W0220829

Le baiser interdit

*

La morsure du loup

PATRICE MICHELLE

Le baiser interdit

NOCTURNE

éditions HARLEQUIN

Collection : NOCTURNE

Titre original : SCIONS : INSURRECTION

Traduction française de YOHAN LEMONNIER-MEHEU

Ce roman a déjà été publié en août 2010

HARLEQUIN®
est une marque déposée par le Groupe Harlequin

NOCTURNE®
est une marque déposée par Harlequin S.A.

Si vous achetez ce livre privé de tout ou partie de sa couverture, nous vous signalons qu'il est en vente irrégulière. Il est considéré comme « invendu » et l'éditeur comme l'auteur n'ont reçu aucun paiement pour ce livre « détérioré ».

Toute représentation ou reproduction, par quelque procédé que ce soit, constituerait une contrefaçon sanctionnée par les articles 425 et suivants du Code pénal.

© 2008, Patrice Michelle. © 2010, 2013, Harlequin S.A.

83-85, boulevard Vincent-Auriol, 75646 PARIS CEDEX 13.

Service Lectrices — Tél. : 01 45 82 47 47

www.harlequin.fr

ISBN 978-2-2802-8577-3 — ISSN 2104-662X

Prologue

On me pourchasse.

Landon sentit des vibrations imperceptibles traverser le sol sous ses pieds nus. Il leva sa hache.

Le vent froid de l'automne fit frissonner la forêt, asséchant la sueur qui coulait sur son torse nu.

Il enfouit ses orteils dans la terre meuble afin de mieux discerner la présence du prédateur à ses trousses et sentit un frisson lui parcourir l'épiderme tandis que ses perceptions gagnaient en acuité. Il demeura immobile, humant les courants d'air, attendant que son odorat se mette au diapason de son ouïe et de son toucher surdéveloppés. Il mit mentalement de côté les odeurs puissantes de pin, d'humus et d'écorce et se concentra sur les parfums étrangers, l'oreille dressée, guettant le mouvement le plus infime.

Ça arrivait à toute vitesse. Juste derrière lui. Il identifia aussitôt le pas furtif de celui qui le chassait.

Ses biceps se tendirent et il abattit la lame acérée avec force. La hache fendit sans mal la bûche en deux morceaux égaux qui rejoignirent le tas qui grossissait de part et d'autre de la souche.

Le prédateur était tout près. Une vingtaine de mètres tout au plus. Il replaça avec des mouvements lents et précis une autre bûche et abattit une nouvelle fois la lame.

Quinze mètres. Il était assez proche maintenant pour que Landon perçoive l'odeur de sa sueur.

Ses lèvres s'étirèrent en un sourire carnassier et il pivota vivement, faisant décrire à son arme un arc de cercle mortel.

— La vache, t'es cinglé ! s'exclama Caine en se figeant à moins d'un mètre de Landon.

Il fixa la lame triangulaire qui brillait à quelques centimètres de sa gorge et reprit :

— Tu as failli me décapiter.

— Est-ce que tu vas finir par comprendre qu'il ne faut pas essayer de m'approcher par surprise ? lui demanda Landon en reposant la hache sur le sol.

— Pourtant, j'étais sous le vent, dit Caine avec un sourire satisfait.

— Tu sais bien que je ne me fie pas qu'à mon nez, grogna Landon, mécontent du comportement du jeune changeforme.

Son odorat n'était sans doute pas aussi fin que celui des autres Luprédas, mais il avait appris à développer ses autres sens bien au-delà de ce dont les membres de la meute étaient capables.

— Qu'est-ce qui t'amène ? s'enquit Landon en posant la hache sur son épaule.

— Les trois zerkers ont disparu.

Visiblement sous le choc, Landon abattit la hache qui fendit non seulement la bûche, mais aussi une bonne moitié de la souche qui la soutenait.

— Pourquoi est-ce que tu me racontes ça ? lui demanda Landon en serrant les poings, je ne fais plus partie de la meute.

— C'est le conseil des Eminences Grises qui m'envoie. Ils ont besoin de ton aide.

Landon fut saisi par un accès de rage. Le conseil des Eminences l'avait empêché de participer au rituel permettant d'accéder au statut de mâle dominant en raison de son faible odorat. Ce défi, car c'était bien de cela qu'il s'agissait, visait à mettre à l'épreuve la supériorité physique, mais surtout les talents de chef et de stratège. Et voilà qu'aujourd'hui, ils venaient lui demander son aide.

— Ils ont choisi Nathan comme mâle dominant, il me semble, gronda-t-il entre ses dents, à lui de retrouver ses garous zerkers égarés.

— Nathan n'est pas au courant.

— Il est le chef de meute, il aurait dû en être informé.

— Tu sais très bien pourquoi on ne lui a rien dit, répondit Caine, visiblement agacé.

Il croisa les bras sur sa poitrine et ajouta :

— S'il l'apprenait, il entrerait aussitôt en guerre contre les vampires. Les Sanguinas sont les seuls capables de venir à bout d'un zerker.

— Les vampires ignorent jusqu'à l'existence des zerkers, rétorqua Landon, et qu'est-ce qui nous dit que ces trois-là ne sont pas juste partis de leur plein gré ? Ce n'est pas comme si la meute les avait traités en frères jusqu'ici !

Landon n'était pas condamné à vivre sous sa forme hybride, contrairement à eux, mais il savait néanmoins quel effet cela faisait d'être considéré comme un pestiféré.

— Il leur est arrivé quelque chose. Il y avait du sang partout. Du sang de loup-garou.

Quelle histoire. Landon se passa une main dans les cheveux tout en réfléchissant aux implications de ce que Caine venait de lui apprendre.

— Qu'est-ce que les Eminences attendent de moi au juste ?

Les épaules de Caine retombèrent légèrement.

— Ils sont conscients du fait que tu es parvenu à établir une trêve fragile avec Jachin Black, le nouveau chef des Sanguinas. Ils veulent que tu discutes avec lui et que tu tentes de découvrir si les vampires ont quoi que ce soit à voir avec la disparition de nos zerkers.

Et comment diable voulaient-ils qu'il s'y prenne sans révéler l'existence même des hybrides aux Sanguinas ?

— Les Eminences font tout pour empêcher qu'une guerre n'éclate, Landon, refuserais-tu de faire ça pour ta meute ?

Landon glissa à Caine un regard lourd de menace. Cette petite ordure savait parfaitement que rien ne comptait plus pour lui que le bien-être des Luprédas.

— Ils ne t'ont pas choisi par hasard comme messager, dit enfin Landon en arrachant la hache de la souche dans laquelle elle était restée fichée, avant de s'éloigner en direction de son chalet.

— C'est sans doute vrai, admit le jeune loup-garou avec un petit rire.

Tout en emboîtant le pas à son aîné, il ajouta :

— Ils savent que tu as un faible pour moi.

— Je dirais que c'est toi qui as le plus intérêt à ce qu'on éclaircisse cette affaire de zerker, lâcha Landon. Tu ferais bien de t'en rendre compte rapidement.

— Ça, c'est un coup bas, grogna le jeune loup en s'arrêtant soudain, le visage déformé par un rictus de colère muette.

— Je l'admets, concéda Landon en caressant la douille suspendue à son cou par une chaîne en argent, mais tu avais besoin que quelqu'un te remette les idées en place. On vit tous avec nos erreurs passées, mon garçon.

L'expression de Caine s'adoucit et il rejoignit Landon.

— Ouais, je sais, dit-il en assénant une tape amicale à son aîné.

Leurs regards se croisèrent et ils demeurèrent un moment immobiles, face à face.

— Je vais voir ce que je peux faire, proposa enfin Landon avec un soupir.

— J'ai déjà plaidé en faveur de ta réintégration, dit Caine en lui empoignant amicalement le bras.

— Nathan va adorer que les Eminences complotent derrière son dos, prédit Landon.

— Nathan est un crétin, affirma Caine en le rejoignant à la porte de son chalet.

— Nous sommes d'accord là-dessus, rétorqua Landon avec un sourire.

— Il ne te pardonnera jamais de l'avoir rabaissé devant tout un parterre de loups-garous et de vampires.

— J'ai simplement fait ce qui était nécessaire pour protéger notre clan si l'éventualité d'une guerre contre les vampires se présentait, répondit Landon avec un haussement d'épaules. Jachin fera un bon chef pour les Sanguinas.

— Nathan n'a pas non plus digéré de ne pas pouvoir te bannir, à cause de tes terres qui jouxtent celles de la meute. Au fait, juste pour ton information, depuis l'humiliation que tu lui as fait subir, il y a trois mois, il clame à qui veut l'entendre qu'il te hait et qu'il arrachera ton cœur de sale traître de ses propres mains s'il recroise ta route.

Landon ressentit brusquement un besoin impérieux d'en finir avec Nathan. Il observa le jeune Caine d'un regard serein et dit avec un sourire de prédateur :

— Va donc dire à Nathan que je l'attends.

Landon était en conversation avec un officier de police. Il avisa Jachin qui passait la porte du Jamie's Pub, un bar du Lower East Side, et lui adressa un signe de tête. Le vampire avait l'air en meilleure forme que jamais ; apparemment, la vie en concubinage lui convenait à merveille.

— Je dois voir un ami, s'excusa Landon en se levant de table.

— A la prochaine, Rourke ! lança l'officier en levant sa pinte, avant de l'avaler d'un trait.

— Tu ferais bien de rentrer en métro, Mike, lui conseilla amicalement Landon en lui posant la main sur l'épaule.

— Ouais, ouais, d'accord.

Landon se dirigea vers le comptoir du petit bar en traçant un sillon dans l'air chargé de fumée de cigarettes. Les effluves des cacahuètes et de l'alcool se mêlaient à l'odeur de sueur que dégageait le patron, un remugle chargé d'émotions antagonistes allant de l'euphorie à la déprime la plus profonde. Il fit de son mieux pour ignorer les relents nauséabonds en fendant la foule, naviguant entre les tables occupées. A l'extérieur, son odorat n'était pas aussi efficace que celui de ses frères de sang, mais dans un endroit clos... La surcharge sensorielle lui donna le tournis et il se moucha pour chasser les parfums innombrables ; il avait besoin d'avoir les sens et les idées claires pour sa rencontre avec Jachin.

Le vampire le vit approcher, l'observant de son regard bleu de prédateur.

— Ça faisait une éternité, dit-il à Landon en levant son verre en guise de salut.

— Trois mois, précisa Landon en prenant place sur un tabouret.

Il commanda une Guinness au barman qui le servit rapidement avant de s'éloigner.

Landon avala une longue gorgée du liquide sombre. Bon sang, que ça faisait du bien ! Sans quitter Jachin du regard, il se demanda comment sa compagne humaine parvenait à vivre parmi les vampires.

— Comment va Ariel ? s'enquit Landon, elle est plutôt résistante pour avoir survécu à une blessure par balle.

— C'est vrai que ma compagne est quelqu'un de

solide, mais sans les talents de médecin de ma sœur…, enchaîna Jachin avec un petit rire, dissipant un silence qui devenait gênant. Elle est tout à fait remise à présent, continua-t-il, et elle est enceinte. Ça fait des semaines qu'elle a des nausées.

Un enfant ? Landon accueillit la nouvelle avec un sourire, tandis qu'un sentiment étrange lui saisissait les entrailles. La jalousie ? Non, ce devait être un simple haut-le-cœur. Ce maudit steak cru qu'il avait avalé pour le dîner refusait de passer.

— Comment se porte ta meute ? demanda Jachin en redevenant sérieux, faisant rouler son verre vide entre ses paumes.

Landon se tendit subitement et ses épaules se contractèrent malgré lui. Il serra sa pinte et plongea son regard dans le liquide noir et blanc.

— Le mâle dominant m'a banni pour avoir défié son autorité à l'intérieur du cercle sacrificiel.

— C'était osé d'attaquer ton chef.

Landon leva les yeux vers son interlocuteur.

— Nathan était obsédé par votre présence sur les terres des Luprédas. Il était prêt à lancer toute la meute contre vous, et peu lui importaient les pertes subies dans un camp ou dans l'autre. Il fallait que je trouve un moyen de te faire gagner du temps pour que tu puisses brandir le calice sacré et revendiquer ton statut de chef. Avec toi à la tête des vampires, une paix fragile entre nos deux races n'est plus une utopie.

— Il n'aurait pas dû te rejeter, lança Jachin avec colère.

Landon haussa simplement les épaules. Il savait qu'un jour ou l'autre, il finirait par tuer Nathan. Le mâle dominant mourrait de son arrogance et de sa stupidité. Etait-ce vraiment un crime ? Restait à savoir qui, une fois Nathan éliminé, aurait le cran de prendre la tête de la meute. Nathan avait bien un bras droit, mais c'était un crétin qui n'avait pas les épaules pour cela.

— Tu ne m'as pas fait venir ici sans raison, dit Jachin.

Leurs regards se croisèrent.

— Le mâle dominant souhaite savoir si les Sanguinas ont quoi que ce soit à voir avec l'absence de trois des nôtres.

Le sourire de Jachin disparut brusquement.

— Pourquoi les Luprédas suspectent-ils les Sanguinas ?

— Parce que nos hommes semblent avoir disparu.

Le regard du vampire se fit inquisiteur et sa mâchoire se contracta.

— C'est très grave d'accuser les Sanguinas sans preuve.

La tension entre les deux hommes s'intensifia brusquement. Landon entendit le rythme cardiaque du vampire ralentir de façon inquiétante, tandis qu'il se mettait à dégager de puissantes phéromones de testostérone. Un mur de musc se dressa entre eux, comme si le vampire agitait délibérément un mouchoir rouge sous le nez de Landon, dans le seul but d'attiser sa colère.

L'assaut olfactif agressa les narines hypersensibles du loup-garou. Il éternua et se pinça le nez pour conserver son sang-froid. Une bonne bagarre lui ferait sans aucun doute le plus grand bien, mais il n'était pas venu pour ça.

— Nos frères n'ont pas été enlevés en douceur, expliqua Landon d'une voix neutre.

— Et qui aurait pu faire une chose pareille ? s'étonna Jachin avec une sincérité presque crédible. Quel Sanguina pourrait se glisser au milieu d'une meute de loups-garous et en abattre trois sans qu'on le remarque et que tout le groupe ne lui tombe dessus ?

Landon sentit les poils de son échine se hérisser rien qu'à l'évocation d'une telle situation.

— Ils vivaient à l'écart de la meute, dit-il.

Les traits de Jachin se muèrent en un masque de calme absolu.

— Et pourquoi ces trois-là vivaient-ils à l'écart du clan ? Est-ce que le mâle dominant les a chassés, eux aussi ? C'est pourtant en restant groupés que les Luprédas sont les plus forts.

— Aucun humain n'aurait pu les vaincre, coupa Landon sans répondre, et je te repose la question : est-ce que les Sanguinas ont quelque chose à voir avec ça ?

Les doigts de Jachin se refermèrent sur le verre qui rompit sous la pression. Des éclats tombèrent sur le zinc.

— As-tu seulement envisagé que l'un des tiens pouvait s'être attaqué à ses frères de race ?

Landon sentit un poids s'abattre sur ses épaules. Il refusait d'envisager une telle éventualité. Un Lupréda responsable d'une chose aussi ignoble ? Mais n'était-ce pas Nathan lui-même qui avait suggéré d'éliminer les zerkers le jour même où leur état était avéré ? Seule la sagesse des Eminences avait évité une exécution sommaire aux jeunes loups. Peut-être Nathan avait-il rallié d'autres frères à sa cause et s'en était-il pris aux zerkers, malgré l'arrêt prononcé par les Eminences Grises ?

Jachin ouvrit la main et les éclats de verre prisonniers de sa paume tombèrent sur le bar. Landon fut alors témoin de sa prodigieuse vitesse de guérison en voyant les coupures disparaître le temps d'une respiration. Manifestement, Jachin avait totalement recouvré ses moyens après l'épidémie qui avait failli éradiquer son espèce, vingt-cinq ans auparavant, lorsque le sang humain était devenu un poison mortel pour les vampires, les forçant à se retirer du monde.

Une humaine avait publié un livre sur les vampires trois mois auparavant, et Jachin avait eu la conviction qu'elle était l'instrument de la prophétie dont son père l'avait entretenu sur son lit de mort. Prophétie selon laquelle vampires et humains trouveraient un jour un terrain d'entente. Il avait pris le contrôle de son clan et avait choisi Ariel comme compagne. A voir son étonnant pouvoir de guérison, le sang d'Ariel était, semble-t-il, parfaitement comestible pour les vampires.

De nouveau les regards des deux créatures se croisèrent. Landon commençait à craindre pour la sécurité de sa meute. Si les Luprédas entraient en guerre contre des Sanguinas totalement guéris, la bataille serait déséquilibrée.

— On a parlé de SDF humains qui auraient disparu ces derniers mois. Est-ce que vous avez mis la main sur d'autres humains dont le sang est viable ?

Jachin acquiesça.

— Apparemment, la maladie est en train de disparaître d'elle-même. Le sang des jeunes générations n'est plus empoisonné.

Landon serra les poings malgré lui.

— Est-ce que d'autres vampires se sont déjà nourris ? Dévorer des humains portés disparus n'est pas très charitable.

— Certains vampires ont déserté le clan lorsque j'en ai pris la tête, rétorqua Jachin d'une voix égale, et notre unité de nettoyeurs n'a pas encore localisé tous ces francs-tireurs. Certains sont encore dans la nature et échappent à nos recherches. Il est possible qu'ils aient trouvé un moyen de distinguer les humains sains.

— Si c'est le cas, il se peut que tes vampires déviants soient responsables de la disparition de nos loups-garous, hasarda Landon en observant les réactions de son ami.

Chacun tâchait de jauger au mieux la sincérité de l'autre.

— Notre rêve de paix pèse bien peu face à la défiance et à la haine qui existent entre nos races, déclara enfin Landon qui semblait avoir retrouvé un peu de son calme.

Sa remarque arracha un sourire à Jachin.

— A nous de donner l'exemple dans ce cas, proposa-t-il en inclinant légèrement la tête, même si je vois mal comment des vampires déviants auraient pu supprimer trois loups-garous sans laisser la moindre trace. Quoi qu'il en soit, s'ils se sont attaqués à tes frères, ni moi ni aucun membre de mon clan ne pourra en être tenu pour responsable.

— Les Eminences Grises n'aimeront pas cette réponse, mais je pense qu'ils s'en satisferont.

Jachin engagea sa carte de crédit dans la borne de paiement posée sur le bar.

— Nous allons intensifier la présence de l'unité de nettoyeurs en ville, expliqua-t-il. Je ne vois pas ce que des vampires déviants pouvaient avoir à faire avec tes loups-garous, à part les combattre pour le plaisir. Leur garde-manger, c'est la ville, pas les montagnes Shawangunk.

Il descendit de son tabouret et conclut :

— A ce propos, tu ne m'as pas dit pour quelle raison tes disparus vivaient à l'écart de la meute ?

Landon paya à son tour et se leva en faisant crisser le tabouret sur le sol de ciment. Il était légèrement plus large d'épaules que Jachin, mais le vampire le dominait de quelques centimètres. Les deux hommes se mesurèrent une fois de plus du regard. Landon inspira, adoptant malgré lui une posture de garde. Des siècles de méfiance avaient modelé leurs comportements. Les braises de la guerre étaient encore chaudes et un rien pouvait les enflammer de nouveau.

Les vieilles habitudes avaient la vie dure et la confiance devait se gagner sur le long terme.

— Ils ne rentraient pas dans le rang, expliqua Landon en songeant avec amusement au double sens de la réponse qu'il venait de fournir au vampire.

1

— Il paraît que tu as été géniale avec les mômes de Handleburg ce soir.

Assise dans sa voiture, le téléphone contre l'oreille, Kaitlyn étouffa un petit cri de surprise.

— Bon sang, Abby Brooks, est-ce que tu es voyante ? Je n'ai pas encore quitté l'orphelinat ! s'écria-t-elle. Qui est ton informateur, je suis sûre qu'il n'est même pas majeur…, poursuivit-elle en s'attendant à apercevoir son interlocutrice sur le parking.

— C'est mon petit doigt qui me l'a dit, minauda Abby à l'autre bout du fil. J'ai entendu dire que tu rentrais la semaine prochaine. Tu vois, je t'avais dit que tu t'attacherais à ces gamins.

— Ouais, c'est vrai qu'ils sont adorables.

Ç'avait vraiment été une soirée fantastique. Kaitlyn avait grandi auprès de parents aimants, mais elle avait tout de même quelque chose en commun avec les enfants instables de Handleburg, elle s'en était rendu compte de façon assez brutale un peu plus tôt dans la journée, lorsqu'un gamin l'avait provoquée, l'interrompant au milieu d'une phrase ; elle évoquait alors sa collaboration avec la police. Le garçon lui avait lancé qu'elle ne pouvait pas avoir la moindre idée de ce à quoi sa vie à lui pouvait ressembler.

Il avait raison. Elle n'avait pas grandi auprès de parents toxicos et n'avait pas eu à éviter les fusillades entre gangs qui pouvaient éclater en pleine journée, comme au beau milieu de la nuit. Mais elle savait que dans un avenir pas si éloigné, elle aussi perdrait ses parents, puis ses coéquipiers. Abby et les enfants de l'orphelinat seraient alors sa seule famille. Tout ce qu'elle souhaitait, c'était avoir la chance de leur faire comprendre qu'ils n'étaient pas *nécessairement* destinés à marcher dans les traces de leurs parents.

— Merci de m'avoir filé un coup de main pour cette petite conférence, au fait. Ah, et j'oubliais, les enfants veulent que je participe à ton cours de taekwondo mardi prochain. Et accroche-toi bien, roulements de tambours… j'ai décidé de consacrer au moins une soirée par semaine aux gamins de Handleburg, apprit-elle à Abby en faisant démarrer la voiture.

— C'est fantastique, Kaitlyn, mais ta mère, dans tout ça ?

Elle poussa le chauffage à fond pour dissiper les volutes qui sortaient de sa bouche.

— Elle a de moins en moins de bons jours ces temps-ci, et quand elle est trop malade, elle ne veut voir personne. Les antalgiques la font dormir énormément. Je me suis dit qu'en passant du temps avec les petits, j'éviterais de penser à elle en permanence. Sans ça, je crois que je…

Elle s'interrompit, la gorge serrée en songeant à l'état préoccupant de sa mère.

— Tu fais le bon choix, ma chérie. Est-ce que tu as reçu mon petit cadeau de félicitations, dis-moi ?

Kaitlyn éclata de rire.

— Oui, j'ai déjà accroché ton Dictaphone à mon porte-clés.

— Je me suis dit que tu pourrais continuer à bosser pendant les planques. Mais ne crois pas t'en tirer à si bon compte, on va aller faire un tour au Fuel pour fêter ta promotion, mademoiselle le lieutenant !

Kaitlyn sortit du parking et s'engagea sur la route.

— Pas ce soir, Ab.

— Tu devrais vraiment faire la fête, ma chérie, te détendre un peu. Et puis… avec un peu de chance, tu tomberas sur M. Perfection et il fera bouillir ton sang d'Irlandaise !

Ou bien je me retrouverai avec M. Nimportequi, le genre de type prêt à coucher avec la première qui veuille bien de lui. Kaitlyn savait que si sa meilleure amie l'avait incitée à donner un coup de main à Handleburg et si elle l'invitait au bar ce soir, c'était uniquement pour lui fournir l'occasion de rencontrer quelqu'un et de donner un sens à sa vie. Abby avait encore mentionné son fameux M. Perfection et aussitôt Kaitlyn avait repensé à sa dernière relation en date. Elle n'était sortie avec personne depuis sa rupture avec Rémy, deux ans auparavant.

Au départ, elle avait été immédiatement séduite par son charme et son petit côté mauvais garçon. Ils étaient sortis ensemble pendant environ un an, et puis leurs priorités avaient commencé à diverger. Ils n'avaient finalement pas grand-chose en commun. Rémy ne pensait qu'à une chose : devenir un Garotteur comme son père. Kaitlyn avait fini par ne plus supporter cette obsession. Rémy voulait vivre dans le passé, elle non.

Elle ne fut pas surprise d'apprendre qu'il avait finalement rejoint le groupe de chasseurs de vampires. Les Garotteurs avaient repris du service trois mois auparavant, après l'enlèvement d'une femme. Ariel Swanson avait été séquestrée juste après la sortie de son roman sur les créatures de la nuit. Un enlèvement, juste pour un livre… Les vampires avaient laissé par le passé un sillage sanglant parmi la population humaine, c'était un fait, mais ces monstres avaient disparu depuis vingt bonnes années.

— Désolée, je me lève tôt demain, et avec ma

promotion, j'ai hérité de ma première affaire. Je vais avoir un paquet de recherches à faire.

— Quel sens du devoir ! se moqua gentiment Abby avec un soupir résigné, ton père serait fier de toi, tu sais ?

Est-ce qu'il le serait réellement ? se demanda Kaitlyn en s'arrêtant à un feu rouge. Elle se plaisait à le croire en tout cas. Sa voix grave et son accent lui manquaient tellement…

Elle cilla pour chasser le voile qui commençait à embuer son regard et enfonça l'accélérateur quand le feu passa au vert.

— Merci pour tes félicitations, Ab, et merci d'être là pour moi. Je ne sais pas comment j'aurais fait sans toi ces dernières années. On s'appelle demain, tu me raconteras ta soirée au Fuel.

— Comment tu as deviné que j'irai quand même y faire un tour sans toi ?

— Je commence à te connaître, ma chérie, pouffa Kaitlyn. On se rappelle. Tchao.

Elle reposa son téléphone et plutôt que d'allumer la radio, elle mit machinalement en route le scanner de la police.

Elle écouta d'une oreille distraite le flot des appels entrants et les dialogues avec les officiers de permanence, en songeant au mal qui gangrenait le plus cette ville. Il y avait la drogue, bien sûr, mais la circulation des armes était un véritable fléau.

Quelques mois auparavant, un véhicule blindé convoyant des armes à pulsations avait été détourné alors qu'il se dirigeait vers un entrepôt du gouvernement. Les armes laser avaient été conçues afin de donner un avantage à la police, face à des criminels équipés de gilets en Kevlar. Manifestement, les malfrats avaient trouvé les armes de la police à leur goût et maintenant ils voulaient les mêmes. Des rumeurs prétendaient également que les Garotteurs étaient de nouveau actifs et qu'ils étaient équipés d'armes à pulsations. La plupart des officiers de police s'étaient contentés de regarder ailleurs lorsqu'ils l'avaient appris. Mais pas le chef de Kaitlyn.

Les phares de sa voiture fendirent la nuit tandis qu'elle empruntait une route secondaire pour regagner la voie rapide.

Son supérieur hiérarchique avait clairement annoncé son objectif. Il voulait des résultats, et il ne serait pas avare en promotion s'il pouvait étaler sur la table des dossiers estampillés *affaire classée*, le moment venu. Ses informateurs lui avaient rapporté que les Garotteurs nouvelle génération avaient des liens avec la mafia, ce qui recoupait les informations selon lesquelles certains notables de la Cosa Nostra arboraient eux aussi ce type d'arme. Le premier dossier de Kaitlyn en tant que lieutenant était d'établir ces soi-disant liens s'ils existaient réellement — d'où la masse de recherche qui l'attendait le lendemain.

— Une femme nous signale des cris et des éclairs de lumière vive du côté du parc Morningside, crachota la voix de l'opérateur sur les fréquences de la police.

Sans la moindre hésitation, poussée par la force de l'habitude, Kaitlyn composa le numéro de son insigne et enfonça le bouton d'appel.

— Ici le lieutenant McKinney. Je suis sur zone. Je vais jeter un œil.

— Reçu, McKinney. Les renforts sont en route. T moins sept minutes.

— Reçu, central.

Le cœur battant, Kaitlyn ouvrit la boîte à gants. Elle glissa son arme dans le holster en cuir et l'accrocha à sa ceinture, puis changea de direction et fila vers le parc Morningside.

Elle était comme son père… Toujours en service même lorsqu'elle ne l'était pas.

Kaitlyn vint stationner sur une place de parking baignée d'ombre. Son regard passa sur la cabane de pique-nique défoncée et son toit couvert de graffiti, ainsi que sur les toilettes qui la jouxtaient.

Un unique lampadaire jetait une lumière chiche sur cette partie du parc voisine de la forêt. Malgré son manteau, un frisson lui courut sur la peau. Son instinct la mettait en garde.

Elle éteignit les phares et saisit la puissante lampe torche de service placée sous son siège. Ses doigts s'enroulèrent autour du lourd cylindre de métal puis elle sortit du véhicule.

Elle referma silencieusement la portière, inspira lentement et, écartant son manteau d'un revers de la main, elle posa sa main sur la crosse de son arme, tout en examinant le parc noyé dans les ténèbres.

L'adrénaline jaillit le long de ses terminaisons nerveuses lorsqu'elle braqua sa lampe sur le petit tourniquet qui tournait sur lui-même. Elle fit sauter le bouton-pression qui retenait son arme. Les renforts n'allaient pas tarder, songea-t-elle, comme mue par une force invisible qui la poussait à avancer vers les jeux pour enfants.

Une chouette hulula et son cri nocturne glaça Kaitlyn jusqu'aux os. L'air du soir transportait des fragrances ténues de braises et de pin. Elle saisit la crosse de son revolver.

— Police de New York, sortez de là immédiatement ! lança-t-elle en traversant le parking, son souffle jetant un voile ouaté à chacune de ses inspirations rapides.

Dès qu'elle eut posé le pied en dehors du cercle de lumière dessiné par le réverbère, un crissement comparable à celui d'un ongle sur un tableau noir se fit entendre, la figeant sur place.

Elle retint son souffle en cherchant à localiser la source de ce son atroce.

Le tourniquet.

Enfin le bruit cessa et le manège miniature s'immobilisa dans un grincement abominable.

Sa lampe balaya la cage à singes, la cabane sur pilotis et le toboggan. Qui que ce soit, il devait être loin maintenant. La tension l'abandonna peu à peu et elle put de nouveau respirer normalement. Son sang-froid retrouvé, elle s'avança d'un pas sûr vers le bac à sable où étaient réunies les différentes activités.

Une rafale de vent la frappa de plein fouet, puissante et précise… comme si quelqu'un venait de la frôler à toute allure. Son manteau s'était soulevé, et l'air froid s'était engouffré sous ses vêtements.

Elle raffermit sa prise sur son arme et pivota sur elle-même, dirigeant le faisceau de sa lampe dans le sillage supposé de celui qui venait de passer près d'elle.

Personne. Rien que les feuilles dansant sur le vent d'automne et sa voiture garée non loin. *Je suis en train de perdre les pédales.*

Avec un haussement d'épaules, elle poursuivit son chemin, identifiant chaque petit bruit à mesure qu'elle avançait : du verre brisé et des feuilles craquant sous ses semelles, les gravillons qu'elle chassait à chaque pas tandis qu'elle approchait du tourniquet.

Elle aurait pu faire demi-tour, retourner à sa voiture et attendre tranquillement les renforts, mais un impérieux besoin de *savoir* la poussait inexorablement en avant.

Une fois devant le manège, elle en éclaira la base de sa lampe. Il y avait des morceaux de peinture écaillée de couleur rouge et verte sur le socle de bois et une bouteille de bière vide trônait au centre.

Elle soupira et saisit la rambarde de métal qui ceinturait le tourniquet de la main qu'elle utilisait pour tirer. Elle jeta un regard sur la zone dégagée qui s'étendait au-delà de l'aire de jeux avant d'être avalée par la forêt.

Rien. Rien qu'un fin tapis de brume qui flottait à quelques centimètres au-dessus de l'herbe humide.

Elle secoua la tête en maudissant les cinglés de tous poils qui s'amusaient à lancer des appels en pure perte, quand quelque chose attira son regard au centre de la clairière qu'elle venait de balayer de sa lampe. Le vent avait chassé la brume, révélant ce qui se cachait juste en dessous.

Des braises incandescentes.

Poussée par une force inexplicable, elle s'élança vers le brasier mourant.

A mesure qu'elle se rapprochait, une puanteur de chair et de cheveux calcinés se fit plus présente, lui retournant l'estomac.

Lorsqu'elle fut tout près, son envie de vomir se fit insoutenable et elle eut un hoquet. Autour du tas de cendres, il y avait comme un scintillement, le contour d'une aura dessinait la forme de ce qui avait été un corps. Bras et jambes écartés, comme si la victime avait été fixée au sol.

Son pouls s'accéléra brusquement et elle fut prise d'un tremblement incontrôlable. Elle avait conscience que très peu de gens partageaient son don de perception des auras. Elle percevait un fin filament lumineux qui dessinait les silhouettes. C'était comme si, au moment de leur mort, les victimes laissaient derrière elles une puissante signature énergétique, et cette empreinte lui offrait parfois des indices. Cette fois l'aura était violette et avait la vigueur d'un néon. Cette couleur signifiait que le décès avait été brutal.

La mort la mettait toujours mal à l'aise, notamment si elle avait été violente, mais ce qui l'effrayait le plus face à ce cadavre en particulier, c'était le tracé de son aura.

Elle balaya une nouvelle fois la forêt du faisceau de sa lampe et prépara le discours qu'elle allait tenir aux officiers dès que les renforts arriveraient. L'aura n'avait rien d'humain. Elle savait que les policiers seraient incapables de percevoir sa signature énergétique, mais elle espérait que le labo parviendrait à faire parler les cendres et qu'elles livreraient des échantillons d'ADN exploitables.

Des lumières apparurent derrière elle et elle reprit pied dans la réalité. Elle se retourna et vit un véhicule se garer sur le parking ; ce n'étaient pas ses collègues.

— Bon sang, cracha-t-elle en plongeant au sol, masquant dans le même geste la lumière de sa torche.

L'endroit était l'un des plus mal famés de la ville et elle était seule. Abby lui avait enseigné le taekwondo à un niveau plus qu'honorable et elle était armée, mais elle ne voulait prendre aucun risque.

Elle ignorait qui était au volant de ce camion noir, même si le motif sur la grille du radiateur lui était familier. Un homme de haute stature descendit alors du véhicule.

Landon Rourke.

Son blouson de cuir cintré le faisait paraître encore plus large d'épaules qu'il ne l'était déjà. La lumière du réverbère mettait en valeur ses courts cheveux bruns et la ligne racée de sa mâchoire, tandis qu'il avançait vers l'aire de jeux.

Kaitlyn se releva lentement en poussant un soupir de soulagement. Elle rangea son arme et attendit qu'il la rejoigne.

Dans le passé, Landon avait de temps à autre offert ses talents de détective privé à la police. Sur le terrain, principalement. C'est à ces occasions qu'elle avait croisé sa route une ou deux fois, à l'époque où elle n'était encore qu'étudiante. Son charisme et son pas décidé faisaient de lui le genre d'homme qu'on n'oubliait pas aisément.

On lui avait dit qu'il avait cessé de collaborer avec la police quelques années auparavant et les rumeurs étaient allées bon train. La plus populaire prétendait qu'il avait eu des différends avec le chef de la police de l'époque, aujourd'hui à la retraite.

Qu'est-ce qu'il fichait là ?

Landon traversa l'aire de jeux et se dirigea vers Kaitlyn McKinney, serrant les dents à s'en donner des crampes à la mâchoire. Il avait cru halluciner en voyant la voiture de la jeune femme sur le parking.

Les apparences étaient vraiment contre lui maintenant ! Il n'aurait jamais dû suivre les conseils du salopard qui l'avait appelé sur son portable vingt minutes auparavant en lui demandant de se rendre à cet endroit précis du parc. La présence de Kaitlyn fit résonner comme un signal d'alarme dans son esprit.

Si tu veux revoir les membres disparus de ta meute, rends-toi au parc Morningside. Ils seront peut-être un peu roussis lorsque tu arriveras sur place.

L'inconnu avait raccroché aussitôt. La seule information dont il disposait, faute d'avoir eu le temps de tracer l'appel, était qu'il s'agissait d'une voix d'homme, et qu'il ne l'avait jamais entendue auparavant.

Lorsqu'il ne fut plus qu'à quelques mètres de Kaitlyn, il ravala un rugissement de rage. L'odeur de chair brûlée — celle d'un Lupréda — flottait dans l'air. Le désir de vengeance le saisit aux tripes. *Foutus désaxés.* Les poings serrés, il fit le serment silencieux de tuer de ses mains les responsables du meurtre de ses frères de meute… zerkers ou non.

Il rejoignit Kaitlyn. Les braises perdaient déjà leur éclat orangé.

— Landon Rourke, c'est bien ça ? lui demanda Kaitlyn en lui tendant une main fine, je suis le lieutenant McKinney.

Lieutenant ? Elle avait donc été promue ? Landon observa la main tendue. Il serra les poings au fond de ses poches et lui adressa un bref salut de la tête. La dernière chose dont il avait besoin était bien de la toucher.

— Ravi de faire votre connaissance, lieutenant.

— Appelez-moi Kaitlyn. Que faites-vous ici ? Et ne dites pas que vous vous baladiez juste dans le coin, ajouta-t-elle en baissant sa main tendue, l'œil soudain inquisiteur.

Le sarcasme ne lui échappa pas, mais une unique question le taraudait : *Pourquoi diable le tueur avait-il commis ce meurtre ici plutôt que n'importe où ailleurs ?* Son regard passa sur les restes consumés de son frère défunt. Le vent se leva et commença à disperser les cendres. Quelques gouttes de pluie s'écrasèrent au sol. Il n'allait pas tarder à tomber des trombes d'eau.

Qui pouvait être assez tordu pour les attirer, lui et Kaitlyn, dans *ce* parc en particulier ? Son esprit tournait à plein régime, faisant battre le sang à ses tempes. La balle qu'il portait autour du cou sembla lui brûler la peau.

— Avez-vous intercepté l'appel sur les fréquences de la police ? hasarda-t-elle face à son silence.

— Ouais, j'étais… dans le coin.

C'est ce qui s'appelle m'offrir une justification sur un plateau, songea-t-il en contemplant une nouvelle fois les cendres.

— Alors, qu'en pensez-vous ? dit-il, des gamins qui se sont amusés à brûler un animal ou carrément autre chose ?

Les sourcils de la jeune femme se soulevèrent.

— Je penche plutôt pour la seconde option.

Le cœur de Landon manqua un battement. Elle n'avait absolument aucun moyen de déterminer ce qu'avait été ce tas de cendres rien qu'en l'observant. A moins que…

— Qu'est-ce que ça pourrait être d'autre ? Vous ne pensez tout de même pas sérieusement que c'était une personne ? demanda-t-il en désignant l'amas noirâtre qui se dispersait rapidement au vent nocturne, une expression impassible sur le visage.

Elle secoua la tête et passa derrière son oreille une mèche rebelle qui avait échappé à sa barrette.

— Non, je… Je dirais que c'est humanoïde, mais que ce n'est pas tout à fait humain, avoua-t-elle enfin en observant les restes avec perplexité.

Landon sentit son sang se figer.

— Humanoïde ? Mais de quoi est-ce que vous parlez ?

Elle lui adressa un regard gêné. Elle se mordit la lèvre et se décida à braquer sa torche sur les restes.

— La victime était étendue et son… visage était tourné vers le nord. Elle faisait au moins deux mètres et possédait une mâchoire allongée, quelque chose comme un museau.

Elle se déplaça et éclaira les cendres sous un autre angle avant de poursuivre.

— Ses pieds et ses jambes étaient étrangement arqués, continua-t-elle, comme si… comme si elle se déplaçait sur la pointe des pieds.

A chaque mot, l'étau se resserrait autour de la poitrine de Landon. Sa description précise et fine était un véritable supplice. Kaitlyn venait de faire le portrait exact d'un zerker Lupréda, mais il ne pouvait pas, bien entendu, avouer à quel point elle était dans le vrai.

— Halloween n'est que dans deux semaines, fit-il remarquer d'une voix égale, même si ça sent la fourrure carbonisée.

Il donna un coup de pied dans les cendres afin de

perturber la perception qu'elle avait de ce qui restait du corps.

— On ferait bien de s'assurer que le feu est complètement éteint, poursuivit-il sans attendre sa réponse, je ne sais pas quel genre d'accélérateur ils ont utilisé, mais même les os ont fondu. Le feu pourrait bien reprendre à n'importe quel moment avec ce genre de substance et ça m'inquiète. Nous sommes très proches de la forêt.

— Attendez ! Vous n'avez pas senti une goutte de pluie ? Les preuves vont disparaître s'il pleut. Tenez-moi ça, vous voulez bien ?

Elle lui tendit sa torche, ôta vivement sa barrette en forme de griffe creuse, puis s'agenouilla pour la remplir de cendres.

— J'ai discerné des reflets argentés là où les mains et les pieds devaient se trouver. J'aimerais prélever quelques échantillons et les faire analyser.

— Cette barrette ne va pas vous être d'un grand secours, nota-t-il en l'éclairant comme elle l'avait demandé.

— Sans doute, mais je n'ai pas mieux sous la main.

Elle le fixa de ses magnifiques yeux bleus. Le rideau soyeux ondulait désormais librement sur son épaule. Elle ramena une mèche rebelle derrière son oreille, et son odeur de musc mêlée de fragrances de violette submergea les sens de Landon.

Leurs regards se croisèrent et il *sut*. Elle était agitée d'infimes tremblements, son cœur s'emballait et sa température corporelle augmentait, révélant le parfum intime de son excitation.

Elle avait envie de lui.

Il y avait quelque chose dans l'odeur qui émanait de cette femme qui le bouleversait. Il était comme pris à la gorge par ce parfum entêtant. Le faisceau de sa lampe pénétra dans l'épaisse chevelure auburn de Kaitlyn, révélant de délicates nuances de rouge. Il raffermit sa prise sur la lampe pour ne pas être tenté de laisser ses doigts courir dans le rideau soyeux et mouvant. Il commençait à avoir le souffle court. Le parfum de la jeune femme était désormais imprimé au plus profond de sa mémoire, et il avait le plus grand mal à garder son self-control.

Il serra les dents pour ne pas la saisir par la nuque et l'embrasser à pleine bouche. Jamais il n'avait désiré une femme avec une telle intensité et il n'était pas du genre à refouler ses désirs. Les Luprédas avaient coutume d'obéir aveuglément à leurs instincts dès qu'il s'agissait de sexe.

Mais il n'était pas un Lupréda.

Pendant plus de quinze ans, il avait veillé sur cette femme. Il l'avait protégée depuis ses six ans, lorsqu'elle avait perdu son père.

Durant les dernières années, le veilleur qu'il était avait vu son instinct protecteur se muer en quelque chose de différent, un sentiment plus trouble. Aussi avait-il décidé de prendre ses distances avec elle et avec le département de la police. Depuis trois ans, il n'avait pas collaboré une seule fois avec les flics.

Il se rendait compte ce soir à quel point elle avait changé. C'était désormais une belle jeune femme de vingt-quatre ans, infiniment désirable. Elle était svelte, élancée et cette fragilité apparente aurait dû le dissuader, mais c'était précisément cela qui l'attirait chez elle, malgré la crainte de la briser en deux à la moindre caresse.

Il suffisait qu'il perde pied, même l'espace d'une seconde, que sa fièvre l'aveugle, pour qu'il la tue d'un seul geste.

Il s'était résolu à demeurer loin d'elle, mais à présent… cette proximité soudaine commençait à faire vaciller ses belles résolutions. L'attirance qu'il avait toujours refoulée dans le passé s'épanouissait en lui en dehors de tout contrôle ; il la voulait, il la désirait, elle *devait* être à lui.

Il se releva, les poings serrés, et s'éloigna de quelques pas. Il fallait qu'il mette de la distance entre eux.

— J'ai réussi à emprisonner un peu de cendre entre la charnière et la barrette elle-même, annonça triomphalement Kaitlyn.

Landon déglutit avec difficulté. Elle n'avait pas perçu — et c'était tant mieux — le désir bestial qui brûlait au fond de son regard. Il n'aurait jamais dû s'approcher si près d'elle.

— Expliquez-moi un peu comment vous avez réussi à tirer des conclusions aussi abracadabrantes rien qu'en observant un simple tas de cendres ? lui demanda-t-il, à court d'idées, pour faire diversion.

Je peux communiquer avec les morts, faillit répondre Kaitlyn, mais elle imaginait déjà la mine incrédule du colosse à la veste de cuir si elle lui assénait ce genre d'ineptie.

C'était pourtant la stricte vérité.

Les défunts laissaient derrière eux une signature énergétique unique. Violette en général si la mort avait été violente, comme s'ils tentaient d'appeler à l'aide par-delà la tombe. Le cadavre qu'elle avait devant elle était différent. Son aura était presque fluorescente. C'était sans précédent.

Qu'est-ce qui lui avait pris de partager ses conclusions avec Landon ? Peut-être avait-elle besoin d'être rassurée, tant ce phénomène était étrange, même pour elle ? Ou peut-être était-ce parce que, de façon inexplicable, elle se sentait en confiance avec lui ? Il n'en demeurait pas moins que son don particulier faisait d'elle une personne à part. Aucun de ses coéquipiers n'était au courant. S'ils l'avaient su, ce n'est pas d'une promotion qu'elle aurait hérité, mais d'une visite chez le psy. Cela devait rester secret aussi longtemps que possible.

— J'ai une imagination débordante, répondit Kaitlyn. Merci pour votre aide. Je vais récupérer la torche, si vous voulez bien, ajouta-t-elle tandis qu'une grosse goutte de pluie éclatait sur l'arête de son nez, suivie d'une autre, ce qui lui évita d'avoir à soutenir le regard sceptique de Landon.

Elle protégea la barrette au creux de sa paume, se releva et lui tendit sa main libre. Landon rendit la lampe sous un début d'averse.

— Vous allez faire un rapport là-dessus ? lui demanda-t-il.

Elle songea alors que les renforts auraient dû l'avoir rejointe depuis un moment. Elle se tourna de nouveau vers le tas de cendres et eut un mouvement de recul. Sans le faisceau de la torche pour éclairer la scène, elle discerna plusieurs empreintes partielles sur le sol. Des empreintes de mains humaines qui brillaient faiblement dans les ténèbres autour du corps calciné. Ce n'était pas une rémanence d'aura, il s'agissait d'autre chose.

— Est-ce que vous voyez ce que je vois ? demanda-t-elle en faisant mine de faire demi-tour.

Landon s'arrêta et prit son temps avant de répondre.

— Non, je ne vois que les cendres, répliqua-t-il en lui lançant un regard interrogateur.

La voix de Landon était sereine et Kaitlyn sentit son cœur se serrer ; il devait la prendre pour une dingue. La pluie tombait maintenant en un épais rideau argenté. Elle se dirigea vers sa voiture en enfouissant la barrette au fond de sa poche. Elle aurait de la chance s'il restait le moindre échantillon exploitable. Rapidement elle fut trempée jusqu'aux os.

Landon attendait manifestement une réponse précise à sa question. Il ne se contenterait pas de faux-fuyants.

— Pour ce qui est de mon rapport… je ferai mention d'un animal brûlé illégalement. Et puis nous verrons bien ce que dira le labo.

Ses dents commençaient à s'entrechoquer, elle força l'allure.

Avant d'atteindre le parking illuminé par l'unique réverbère, elle prit le temps de se retourner en direction de l'aire de jeux, mue par un instinct inexplicable, comme si la solution allait se révéler à elle. Avait-elle rêvé tout cela ?

Elle s'arrêta pour respirer calmement… et s'immobilisa : il y avait les mêmes empreintes fluorescentes sur les poignées du tourniquet. Elles n'y étaient pas lorsqu'elle l'avait examiné en arrivant, elle l'aurait juré.

Un frisson désagréable lui courut le long de l'échine.

— Kaitlyn, vous allez bien ? demanda Landon, la faisant sursauter au passage.

Son cœur battait à cent à l'heure. Landon était face à elle, ses larges épaules la dominant du haut de son mètre quatre-vingts. Elle suivit le trajet des ruisseaux de pluie qui dégoulinaient de long de ses sourcils et de ses joues bien dessinées. Kaitlyn sentit son ventre lui jouer *Le Lac des cygnes*, avec petits sauts et entrechats.

Heureusement pour elle Landon restait immobile, ce qui lui évita de humer une nouvelle fois son obsédante odeur mâle. Lorsqu'il s'était agenouillé près d'elle, la torche à la main, elle avait perdu la notion du temps, nimbée par son odeur puissante, comme enveloppée dans une épaisse couverture chaude et douce. Bercée par sa chaleur, elle avait perdu le cours de ses pensées.

Des lumières rouges et bleues apparurent derrière Landon. Kaitlyn cilla, reprenant pied dans la réalité. Le véhicule d'intervention vint se garer non loin d'eux.

— Ça va aller, dit-elle après avoir inspiré profondément. Nous ferions bien d'aller informer l'officier qu'on en a terminé ici. Merci pour le coup de main.

— De rien.

Landon tourna les talons et retourna vers son camion. Lorsqu'il fut parti, Kaitlyn approcha du véhicule de police.

Charlie Johnston baissa légèrement la vitre et leva le regard vers elle. Quelques gouttes de pluie parvinrent à se frayer un chemin jusque sur son visage rubicond.

— Désolé, McKinney. On a été retardés par une crevaison. J'ai aperçu Rourke, ça fait un moment qu'on ne le voit plus au commissariat. Tout va bien ?

Elle acquiesça.

— Quelqu'un s'est amusé à mettre le feu à un animal.

— On ne va quand même pas perdre notre temps avec ce genre d'affaire, si ?

— T'inquiète, je me charge de faire le rapport.

Elle laisserait tout de même Ryan jeter un œil aux cendres, par curiosité.

— Allez, passe une bonne nuit, lui lança-t-elle en tapotant contre sa vitre.

Charlie attendit que Kaitlyn ait regagné sa voiture avant de quitter le parking. Assise sur le siège, la jeune femme fut prise alors de tremblements incontrôlables. Elle poussa le chauffage au maximum, saisit la lampe torche et s'apprêtait à la ranger dans la boîte à gants, lorsqu'elle sentit comme des reliefs sur le cylindre de métal. Elle alluma le plafonnier pour en avoir le cœur net. Quatre sillons parallèles étaient incrustés dans le métal sur l'un des flancs de la lampe et un cinquième ornait le côté opposé.

Son cœur s'affola de nouveau lorsqu'elle logea ses doigts dans les cinq larges sillons.

L'idée que Landon ait pu plier le métal à main nue la plongea dans un état de perplexité et d'excitation proche de ce qu'elle avait ressenti en humant son parfum entêtant. Il dissimulait un secret sous le masque de sérénité qu'il affichait, quelque chose de profond, de mystérieux.

Quelque chose de terriblement intrigant.

2

Deux heures plus tard, Landon pénétrait dans son chalet niché au cœur de la chaîne des Shawangunk. Caine était allongé de tout son long sur son canapé en cuir brun.

— Fais comme chez toi, surtout, lança-t-il à l'intrus en jetant ses clés sur la table.

— C'est toi qui m'as donné rendez-vous ici, répondit Caine avec un grand sourire. Tu ne pourras pas dire que je n'accours pas quand tu m'appelles, ajouta-t-il en écartant les bras.

— Tu n'entends que ce qui t'arrange, c'est ça, ton problème.

— Merci, Doc, pour ce diagnostic éclairé, railla-t-il avant d'ajouter sur un ton plus sérieux : Qu'est-ce qu'il y a de si important pour que tu veuilles me voir en personne ?

— J'ai reçu un appel hier. On me demandait de me rendre au parc Morningside si je voulais retrouver nos disparus.

Caine se redressa et s'assit, les mains posées sur les genoux.

— De qui venait l'appel ?

— Je n'en sais rien. La piste m'a mené à une cabine publique à l'autre bout de la ville. Je suis allé jusqu'au parc, poursuivit-il en serrant les poings, et j'y ai trouvé un tas de cendres. A l'odeur, c'était un Lupréda, aucun doute.

— Saloperie ! s'exclama Caine, j'aurais dû être là, j'aurais peut-être senti une piste.

Landon fusilla le jeune homme du regard. Il venait de l'insulter sans même s'en rendre compte.

— Moi, je n'ai rien senti. Mon odorat n'est peut-être pas aussi fin que le tien, il ne me permet sans doute pas de suivre une piste sur des kilomètres, mais là, il n'y avait vraiment… rien, quelque chose ne tourne pas rond.

— Pas la moindre piste olfactive… c'est impossible ! s'étonna Caine en fronçant les sourcils.

— Précisément, répondit Landon en venant s'asseoir dans le canapé, mais il y a encore pire : Kaitlyn était là, et elle a été capable de dresser le portrait précis de la créature calcinée qu'elle avait sous les yeux.

Caine pâlit à vue d'œil.

— Et elle n'est pas devenue dingue dans les secondes qui ont suivi ?

Curieusement, elle était restée étonnamment stoïque. Ce qui amena Landon à se demander d'où elle tirait ce sang-froid. Caine était dans le vrai : si elle croyait à sa propre thèse, son monde était en train de basculer. Sur le moment, il avait eu autre chose à penser et il ne s'était pas soucié des réactions de Kaitlyn.

— Elle a voulu récolter des échantillons, mais il s'est mis à pleuvoir et les cendres ont été emportées.

— Encore une chance pour nous, soupira Caine.

Oui, ils avaient eu de la chance, mais le loup qui vivait en Landon était paradoxalement heureux que Kaitlyn ait accepté la réalité — si extraordinaire soit-elle — de ce qu'elle pensait avoir vu.

— Je ne sais pas comment elle est arrivée à ses conclusions, mais sans elle, il y a une chose que je n'aurais jamais sue : il n'y avait qu'un seul Lupréda.

Son téléphone se mit alors à vibrer à sa ceinture. Il saisit l'appareil.

— Ça, c'est la cerise sur le gâteau, soupira-t-il en lisant le nom de son correspondant.

Il décrocha et annonça :

— Ici Rourke.

— Eh bien, j'aurai quand même fini par réussir à te contacter ! s'exclama la voix exaspérée de Jachin. Je suppose que tu es de retour dans les montagnes. Ça fait deux jours que j'essaie de te joindre. Tu vas arrêter de me balader, Rourke, je veux des réponses et je les veux maintenant !

— Mais de quoi est-ce que tu parles ! s'enflamma Landon à qui le ton de Jachin déplaisait souverainement.

— J'ai trouvé l'un de tes loups… du moins ce qu'il en reste.

Landon tomba assis sur le canapé.

— Où ça ? Je veux mener mon enquête sur place…

— Nous nous sommes occupés du corps.

Landon tressaillit et ses épaules se contractèrent.

— C'est un membre de ma meute, j'ai le droit de…

— On l'a jeté devant chez moi, à moitié carbonisé. Il était à demi transformé. Je veux une explication.

Les implications de ce que Jachin venait de lui apprendre étaient d'une importance capitale. Cela ne faisait plus aucun doute désormais : les Luprédas n'avaient rien à voir avec la disparition des zerkers. Pendant vingt-cinq ans les loups-garous avaient tout mis en œuvre pour découvrir le lieu de résidence des Sanguinas, en vain. S'ils y étaient parvenus, la guerre aurait éclaté depuis belle lurette.

— Si tu veux que je coopère, il va falloir commencer à parler, Rourke, le prévint Jachin d'un ton peu amène.

Landon sentit le regard de Caine peser sur ses épaules. L'ouïe surhumaine du jeune loup lui permettait de ne rien perdre de leur conversation.

— Nous les appelons des zerkers, avoua Landon dans un soupir. Lorsque nous passons de notre forme humaine à notre apparence lupine, cet état intermédiaire est inévitable. Avec le temps, nous sommes parvenus à maintenir cette forme pendant une courte période. Certains sont devenus dépendants de cet état, comme drogués. Quelques jeunes se sont mis en tête de revêtir cette apparence aussi souvent que possible, en particulier durant les combats rituels, ceux qui déterminent le prochain mâle dominant.

— En d'autres termes, ils espéraient être capables, sous cette forme, de vaincre des vampires, résuma Jachin d'une voix blanche.

Landon poursuivit son récit sans confirmer — ni infirmer — la conclusion à laquelle était parvenu Jachin.

— A force de pratique, ils ont fini par réussir à maintenir cette forme hybride, mais ils en ont payé le prix. Leurs esprits encore malléables ont été affectés par cette apparence intermédiaire, instable. Pour faire court… ils n'ont jamais retrouvé le chemin de leur aspect humain.

— Tu es en train de me dire qu'ils sont restés bloqués entre l'homme et le loup ?

Landon poussa un lourd soupir.

— Oui, et cette perspective leur a vraiment grillé le psychisme.

— Voilà pourquoi ils vivaient en dehors de la meute, souffla Jachin, comme pour lui-même.

— Nous avons retrouvé les cendres de l'un d'eux dans le parc cette nuit. Tu as trouvé l'autre. Il nous en manque un.

— Nous allons continuer à chercher. Il semble évident à présent que ni les Sanguinas ni les Luprédas ne sont impliqués.

— Je pensais que c'était l'œuvre d'un de tes vampires

francs-tireurs, pour te déstabiliser. Eux seuls connaissent le sanctuaire de ton clan.

— Je n'ai pas senti la présence d'un autre vampire alentour, et pas davantage celle d'un Lupréda. Assez curieusement, je n'ai rien senti du tout. Comme s'il n'y avait rien à trouver.

— Idem dans le parc, pas la moindre piste, avoua Landon, tout en repensant à l'étrange halo dont Kaitlyn avait parlé.

Lui aussi avait perçu cette substance et cela l'avait mis extrêmement mal à l'aise.

— Y avait-il quelque chose autour des restes, des empreintes de pas, ou quoi que ce soit d'autre ?

— Non, rien que ce corps à demi carbonisé. La pluie aura de toute façon effacé les empreintes, dit Jachin avec regret. Ce serait peut-être le moment d'envisager que tout cela soit en rapport avec la prophétie. Mon père s'est adressé à Ariel en rêve, peu de temps après que je suis devenu le nouveau chef du clan. Il lui a livré l'intégralité de la prophétie, et selon lui elle n'implique pas uniquement les vampires, contrairement à ce qui est ordinairement admis parmi les Sanguinas.

— Je t'écoute, l'encouragea Landon.

Une femme parlera de notre réclusion
Grâce à son esprit nous survivrons.
En devenant la compagne du premier des vampires,
Elle exaucera notre plus cher désir.

Alors qui fut chassé deviendra le chasseur,
Et la clarté viendra de l'ennemi intérieur.
Reconnais tes erreurs, vois quelles furent tes faiblesses,
Pour que la vérité que tu cherches apparaisse.

Une voix devra s'élever pour régner,
Elle aura deux bouches pour s'exprimer.
L'objet de cette quête est savoir puissant,
De ce que tu as enseigné, tu apprendras à présent.

Les tromperies prendront fin,
Afin que les trois ne fassent qu'un,
Et que la paix règne enfin.

— Envisage la prophétie comme un tout, maintenant que tu connais l'intégralité du texte, précisa Jachin après avoir terminé son récit. Les événements récents prendront peut-être une tout autre signification à la lumière de ces mots. Quelque chose ou quelqu'un essaie délibérément de nous dresser les uns contre les autres. Quoi que ce soit, cela s'est révélé assez puissant pour piéger tes zerkers, alors surveille tes arrières.

— Est-ce que tu as complètement perdu les pédales ? s'écria Caine à la seconde où Landon raccrochait, les zerkers sont notre meilleure arme secrète contre les Sanguinas si une guerre devait éclater !

— N'emploie pas ce ton avec moi, gronda Landon. Nous pouvons toujours utiliser la forme primale, mais la priorité pour le moment, c'est d'identifier cette chose qui nous traque. Elle est au moins aussi puissante qu'un zerker — sinon davantage — et elle surpasse peut-être même les Sanguinas. Et surtout, elle est salement futée…

— Pourquoi se fier à ce point à cette prophétie ? Cette ânerie guide les pas de la race qui nous a créés pour leur servir de chiens de chasse ? cracha Caine.

Landon pouvait comprendre l'amertume de Caine. Il avait partagé ce point de vue, jusqu'au jour où Jachin avait évoqué son idéal de paix. Il reprit tout depuis le début.

— Tu dois certainement te demander comment je me suis retrouvé à établir une trêve avec un vampire, n'est-ce pas ?

— J'espérais que tu finirais par aborder la question de toi-même.

Landon avait toujours eu un grand respect pour la loyauté et la confiance indéfectible du jeune loup-garou.

— Nous nous sommes rencontrés un soir dans un bar, Jachin et moi. Nous étions aussi ivres l'un que l'autre.

Et chacun de nous traversait alors un véritable enfer personnel, ajouta-t-il mentalement.

— Nous nous sommes retrouvés dans la ruelle derrière le bar et nous avons bien failli nous entretuer. Le combat a fini par nous épuiser complètement et nous avons fini adossés à un mur, couverts de blessures, à bout de force. C'est là qu'on a commencé à discuter. Jachin m'a parlé d'une prophétie qu'il voulait voir s'accomplir et l'idée d'une paix entre nos deux races m'a séduit. C'est cette nuit-là que nous avons jeté les bases informelles de la trêve. Jachin croyait dur comme fer à cette prophétie, et elle a bel et bien commencé à se réaliser lorsqu'il a pris une compagne humaine : Ariel.

Landon repensa aux dernières lignes de la prophétie et les mots résonnèrent en lui avec force. *Afin que les trois ne fassent qu'un et que la paix règne enfin.* Qu'est-ce que ça pouvait bien vouloir dire ?

— Je me demande si les trois qui deviennent un font référence aux vampires, aux loups-garous et aux humains qui seraient supposés vivre en paix ? Je doute fort que la population humaine accueillerait nos deux races à bras ouverts. Le traumatisme a été énorme lorsqu'ils ont appris l'existence des vampires, alors des loups-garous…

Caine acquiesça.

— Tu as raison. Si tu es vraiment convaincu que cette prophétie parle de nous, alors il faut envisager que le nombre trois fasse référence à autre chose, comme… nos zerkers. Est-ce qu'il existe une autre race plus puissante encore que les Luprédas et les Sanguinas ? Une race qui ne laisserait aucune odeur derrière elle ? Qui aurait intérêt à nous monter les uns contre les autres ?

— Certainement pas les gouvernants humains, ils ont bien retenu la leçon après l'échec de leur projet Scions et la vague de terreur que les vampires ont fait peser sur la ville.

La meute de Landon avait payé le prix du sang face aux vampires par le passé, mais les Luprédas n'étaient pas blancs comme neige et portaient également le poids de leurs erreurs. Pour ce qu'il en savait, il n'existait qu'une autre race inhumaine. Mais elle était censée être éteinte... Il repoussa cette éventualité qui semblait décidément trop improbable et son regard croisa celui de Caine.

— Ta théorie selon laquelle l'agresseur des zerkers serait la troisième force à laquelle la prophétie fait référence est intéressante. C'est en tout cas un début de réponse. C'est ce texte qui nous a permis, à Jachin et à moi, de trouver un terrain d'entente, d'éviter de nous entretuer. Le pouvoir, les promesses contenues dans ces quelques mots, voilà ce qui porte Jachin. Il avait été banni de son clan lorsque j'ai fait sa connaissance. Imagine-toi ce que ressent un vampire forcé de vivre parmi les humains, exposé à chaque seconde à la tentation de boire leur sang empoisonné ?

— C'est tout ce qu'ils méritent, statua Caine.

— Nous devrons nous unir avec eux si nous voulons la paix, tempéra Landon.

— O.K., pigé. Je savais que Jachin avait pris la tête des Sanguinas avec l'idée de réformer le clan en profondeur, mais je ne pensais pas qu'il voulait *vraiment* la paix. Et comment la prophétie vient-elle s'imbriquer dans tout ça, selon toi ?

— Je n'en suis pas encore très sûr, soupira Landon en se levant du canapé, mais pour le moment, ne dis rien aux Eminences. S'ils insistent, raconte-leur simplement que j'y travaille. Nous devons avant tout trouver le dernier zerker.

— Compris.

Caine se laissa raccompagner jusqu'à la porte d'entrée en jetant un regard à la dérobée sur la douille en argent en partie écrasée que Landon portait autour du cou.

— Que comptes-tu faire de la fille McKinney ?

Si seulement je pouvais faire d'elle ce que je veux…

— Je vais lui rendre une petite visite.

— Tu veux savoir si elle va laisser cette affaire de côté ?

— Non, j'aimerais qu'elle nous aide.

— Tu veux impliquer une humaine là-dedans ? s'étrangla Caine, et tu prétends que c'est *moi* qui aime jouer avec le feu ?

— Elle ignore notre existence, répondit calmement Landon en laissant Caine franchir le seuil.

— Par moments, j'ai encore l'impression d'avoir ce maudit collier en argent autour du cou, fixé là par les vampires, lui confia Caine en se retournant et en tapotant le pendentif de son aîné, et avec ce qui rôde en ce moment, à ta place j'envisagerais d'enlever ça, au cas où tu serais forcé d'adopter ta forme primale.

Aucune réponse.

— Landon…, reprit Caine, la mine contrite, face au visage impassible de son interlocuteur.

— Bonne nuit.

Landon lui ferma la porte au nez, mettant un terme brutal à leur discussion.

Il monta l'escalier en serrant ce pendentif qui lui permettait de ne jamais oublier à quel point il était vital de maîtriser ses instincts.

Le cœur de Landon bat la chamade dans sa poitrine tandis qu'il poursuit Isabelle dans les bois en pleine nuit. Elle est nue et sa peau semble scintiller sous la lune. Elle disparaît derrière un arbre, laissant un rire cristallin dans son sillage.

— Allez, Landon, montre-moi ta forme primale ! lui lance-t-elle en lui adressant un clin d'œil coquin par-dessus son épaule.

Elle reprend sa course, plus vite encore, ses longs cheveux blonds flottant derrière elle comme une traîne diaphane. Il n'a jamais été autant attiré par une autre femelle garou.

Sa cage thoracique semble vibrer de l'intérieur, la bête en lui lui donne l'ordre de se métamorphoser. Chaque fois qu'il la poursuit de cette façon, une irrépressible envie de la posséder et de la faire hurler de plaisir le saisit.

— Je suis sûre que Caine a déjà pris sa forme primale pour Margaret, le provoque-t-elle. Allez, transforme-toi pour moi, ça m'excite.

Sa voix chaude et sensuelle semble voler jusqu'à lui, incendiant chacun de ses sens.

L'excitation de la traque, le vent d'automne sur sa peau… il veut profiter d'elle de tout son corps, sentir sa peau douce sous ses doigts, contre sa poitrine, sa croupe plaquée contre les reins d'Isabelle.

Les démangeaisons le gagnent et les os de son thorax craquent. Sa mâchoire et son nez s'allongent douloureusement et ses jambes s'arquent. Ses vêtements se déchirent, mais il n'y prête pas attention et arrache les derniers morceaux de tissu de ses mains griffues, avec un grognement satisfait.

Le vent passe sur sa fourrure, comme la promesse du plaisir à venir. Sa vision devient plus précise et il perçoit les zones de chaleur. Isabelle est à présent une silhouette colorée, un farfadet rouge bondissant comme une gazelle par-dessus une souche. Elle contourne un tronc et s'immobilise. Elle se plaque contre l'écorce, le souffle ample et rapide. Le vent forcit et lui apporte l'odeur puissante de la pluie. L'air se charge d'humidité.

Sa mâchoire s'élargit dans un sourire carnassier. Il la rattrape, l'imminence de la pluie aiguise son appétit.

Il contourne le tronc et y enfonce ses griffes, immobilisant

Isabelle qui accueille cet assaut avec un feulement torride. Au loin, les cris de plaisir de Margaret résonnent dans la forêt.

— Dis-moi que tu n'as pas envie de…, commence Isabelle en levant un sourcil blond comme le soleil.

Un énorme bruit sourd retentit entre les arbres. Landon lève l'oreille.

Il lance un cri de guerre, dégage ses griffes de l'écorce balafrée et s'élance entre les arbres en direction de la détonation, obsédé par l'idée de protéger ses frères de meute.

Il arrive bientôt à l'orée de la forêt. Il y a là un humain qui se tient au milieu de l'aire de jeux en bordure de la forêt. Il tient une arme et fait feu à plusieurs reprises.

Landon suit la trajectoire des balles du regard. A cet instant Caine émerge de la forêt en compagnie de Margaret. Elle crie le nom de Caine et sa peur est palpable.

La pluie s'abat, lourde, aveuglante. Landon se tourne de nouveau vers leur adversaire humain qui lève une nouvelle fois son arme avec une détermination absolue.

— Je ne te laisserai pas lui faire du mal, marmonne-t-il en faisant feu.

Le besoin impérieux de protéger sa meute monte en Landon. Son souffle devient le métronome haletant d'une bombe à retardement logée dans sa poitrine. Il hurle sa rage en surgissant du couvert à pleine vitesse, droit vers l'homme armé.

L'humain pivote vers lui, et prend conscience qu'un loup-garou sous sa forme primale fonce droit sur lui. Il n'a le temps de tirer qu'une seule balle avant que Landon soit sur lui. Le projectile le percute et une douleur violente lui vrille l'épaule, décuplant sa rage. Il pousse un mugissement inhumain et le frappe de son immense main griffue, le projetant avec aisance droit sur l'aire de jeux.

L'humain heurte violemment la cage à singes et s'effondre au sol, inerte.

Landon tremble sous le feu de cette balle qui lui déchire la chair. Jamais il n'a ressenti une douleur aussi atroce.

Il plonge ses griffes dans la plaie en serrant les dents, fouillant entre les muscles et les tendons. Le sang jaillit par à-coups tandis qu'il localise la balle maudite.

Enfin il arrache le projectile de son épaule et crache sa haine à la face de l'humain immobile avant de rejoindre Caine à toute allure.

La peur au ventre, Landon se jette au sol, là où gît son ami, les yeux révulsés, son vaste corps agité de spasmes. Landon examine rapidement ses blessures. Il en a trois et elles saignent abondamment. Une à la cuisse, une autre à la poitrine et une troisième près de l'estomac. Landon ne perd pas de temps et déchire la chair au niveau de l'épaule pour atteindre et ôter la balle. Puis il tourne vers lui la cuisse de Caine pour intervenir sur la seconde.

Caine laisse échapper une faible plainte lorsque Landon plonge sa main dans son abdomen à la recherche du dernier projectile. La pluie ne lui facilite pas la tâche.

Une fois les trois balles retirées, Landon se détend et pousse un soupir de soulagement en voyant son jeune ami défaillir ; il survivra.

Sur son injonction mentale, Margaret et Isabelle les rejoignent. Il leur ordonne de ramener Caine sur les terres des Luprédas.

Une fois ses sœurs et frère de meute partis, Landon reprend forme humaine et s'enfonce dans les bois noyés de pluie. Il ramasse tous leurs vêtements, ainsi que les balles retirées du corps de Caine. Il sait que leur sang ne pourra pas être analysé puisqu'il se dissipe à la lumière du jour, mais les balles pourraient avoir emporté des fragments de chair. Les experts scientifiques pourraient-ils tirer quoi que ce soit d'exploitable de ces prélèvements ? Mieux vaut ne jamais être en position de le savoir. Un peu de vapeur s'élève de sa peau alors qu'il se dirige vers l'homme inconscient.

Pas de battement cardiaque, la culpabilité commence à l'étreindre. Il s'agenouille près de la silhouette inerte et contemple la marque laissée par ses griffes sur la poitrine de l'inconnu. La pluie a déjà nettoyé le sang. Sous sa forme primale, il a beaucoup de mal à contrôler sa force et ses pulsions, mais la blessure qu'il a infligée ne semble pas profonde au point de tuer un homme.

Il avise alors la mare de sang sous la tête de sa victime et prend conscience avec un haut-le-cœur que l'une des barres métalliques de la cage à singes est poisseuse de sang.

Il a la nausée et le souffle court ; la culpabilité le taraude.

Il n'avait pas l'intention de tuer cet homme, mais il a pourtant sa mort sur la conscience. Il ramasse la balle extraite un peu plus tôt de sa propre épaule et examine les vêtements de l'inconnu. Un jean, une chemise et un coupe-vent, rien qui puisse l'informer sur son identité.

Il aperçoit alors un portefeuille à quelques pas du corps. Il l'ouvre d'un coup de pied et son cœur fait un bond.

— Bon sang…

Un insigne d'officier de police. Il vient de tuer un officier du nom de James McKinney.

— Landon ?

Nouveau choc lorsqu'il reconnaît la voix de Kaitlyn.

Elle avance sur le parking, abritée sous un parapluie. Elle arbore une expression très professionnelle, qui donne une étrange sévérité à son visage en forme de cœur.

— Je viens de recevoir un appel du Central. Qu'est-ce qu'on a ?

Landon se redressa sur son lit, les poumons en feu. Il était en sueur et il dut faire un effort pour desserrer les poings.

Il repoussa les draps trempés et emmêlés et posa un pied par terre. Les coudes repliés sur les genoux, les paumes plaquées contre ses paupières closes, il s'employa à retrouver une respiration ample.

Quelques secondes passèrent et le va-et-vient de son pendentif le sortit de sa transe. La nuit qui avait suivi le meurtre non prémédité du père de Kaitlyn, il avait fait monter en pendentif la balle douloureusement retirée de son épaule.

Il contempla la chaîne avec animosité, ce symbole de servitude. Lorsque les vampires avaient commencé à périr de l'empoisonnement du sang humain et étaient partis se terrer dans leurs refuges, il avait juré de ne plus jamais porter d'argent. Il ferma les yeux de toutes ses forces, la culpabilité lui brûlant les entrailles comme s'il venait de commettre ce meurtre. Il n'avait pas prévu que sa forme primale le mènerait à tuer un humain. L'ironie qui voulait qu'il se soit lui-même passé la chaîne au cou à la suite de ce drame ne lui échappait évidemment pas.

Il avait croisé la route de cet officier de police lors de cette funeste nuit, dix-huit années plus tôt, et il avait appris quelque chose de capital, un détail qu'il n'aurait jamais pu apprendre ailleurs. Les balles de McKinney étaient faites sur mesure. Elles contenaient juste ce qu'il fallait d'argent pour pouvoir être efficacement tirées par une arme.

Landon avait appris que l'argent n'empêchait pas uniquement les garous de se transformer à la pleine lune. Manifestement les Luprédas avaient développé une allergie létale aux amalgames contenant un pourcentage élevé d'argent dans leur composition. Une fois que l'argent avait pénétré dans le corps, il se mêlait au sang et empoisonnait à coup sûr sa victime. Il ne faisait aucun doute que s'il n'avait pas retiré les projectiles, Caine et lui auraient péri cette nuit-là.

Mais seul un homme était mort. Landon n'avait pas contrôlé son instinct protecteur et le père de Kaitlyn l'avait payé de sa vie.

L'image de la jeune femme envahit ses pensées et sa gorge se serra. Les émotions antagonistes qu'il ressentait pour elle avaient pris des proportions affolantes depuis qu'il s'était agenouillé près d'elle dans le parc.

Sa douce odeur de fleur ne le quittait pas et il ne cessait de voir son visage, ses joues douces, ses lèvres pleines…

Il était au supplice.

Elle lui demeurerait toujours interdite, inaccessible.

Pour tout un tas de raisons.

3

Kaitlyn était assise dans sa voiture à une rue des bureaux et des entrepôts de la Tacomi.

Elle avait passé la matinée à éplucher tout ce qu'elle avait pu trouver sur l'entreprise qui avait vu son chargement d'armes à pulsations détourné. Kaitlyn avait croisé les informations, pour finalement parvenir à établir des liens indirects entre la mafia et la Tacomi. Aucun argent sale ne transitait par les comptes de la société, pas le moindre prêt, aucune trace comptable, mais les deux entités étaient indubitablement en cheville par le biais de certains employés, connus pour entretenir des relations avec des dirigeants haut placés de la pègre. Qu'un seul salarié soit impliqué, cela pouvait être un hasard, mais quatre ? Elle ne croyait pas à ce genre de coïncidences.

Elle avait également passé en revue la liste des membres du conseil d'administration et un nom avait retenu son attention : Kenneth Duvoe. Kenneth, un ancien pilier des Garotteurs, était le père de Rémy. Le fils avait pris la suite au sein de la nouvelle structure. Un schéma commençait à se dégager, impliquant la pègre, le fabriquant d'armes et la milice populaire.

Il fallait qu'elle aille voir de plus près ce qui se tramait dans ce bâtiment — en particulier dans l'entrepôt —, mais la Tacomi ne plaisantait pas avec la sécurité. Une clôture métallique de cinq mètres de haut ceinturait les huit kilomètres carrés de terrain appartenant à l'entreprise. Son estomac grogna, lui rappelant qu'elle n'avait rien avalé de la journée. Elle avait passé l'heure du déjeuner à tenter d'entrer dans les lieux par la manière douce en demandant à l'employé de l'accueil de lui faire visiter le complexe, prétextant qu'elle était une étudiante de l'école de police. Elle lui avait raconté qu'elle avait un article à rédiger au sujet des armes à pulsations.

— Je sais comment on les utilise, mais j'aurais voulu en savoir plus sur la fabrication elle-même, avait-elle expliqué en adressant un sourire charmant au jeune garde blond.

— Seul le personnel autorisé est admis, s'excusa-t-il après avoir passé un coup de fil à son supérieur hiérarchique.

Le soleil commençait à taper sur le capot de sa voiture et Kaitlyn se rongeait les ongles en imaginant un moyen de pénétrer dans les bâtiments qui jouxtaient le terrain de la Tacomi.

On frappa à la vitre côté passager et elle fit un bond, s'apprêtant à répondre que non, elle n'avait pas un dollar pour dépanner l'importun.

Le visage de Landon apparut derrière la vitre et il tapa de nouveau, en lui faisant signe de déverrouiller la porte.

Kaitlyn s'exécuta et le détective se glissa vivement à ses côtés, apportant avec lui un peu d'air frais chargé de son parfum mâle et de l'odeur de sa veste en cuir. Le mélange des deux effluves était absolument envoûtant et la jeune femme en fut bouleversée.

— J'essaie de planquer de façon discrète, lui fit-elle remarquer tandis qu'il refermait la portière.

Il sentait terriblement bon et ses yeux verts étaient parfaitement irrésistibles, pourtant elle restait sur ses gardes.

— Qu'est-ce que vous faites dans les parages ? Ne me dites pas que vous passiez par hasard, ça ne prendra pas.

— Je vous ai suivie jusqu'ici, répondit-il le plus simplement du monde.

— Je n'ai pourtant pas semé des petites miettes de pain derrière moi, dit-elle d'un ton faussement étonné en jetant un coup d'œil dans son rétroviseur.

— J'ai utilisé le traqueur GPS qui se trouve à bord de tous les véhicules du Département, expliqua-t-il en riant.

— Génial, on vit vraiment dans une société où la liberté prime… Pourquoi me suiviez-vous ?

— Je voulais vous reparler de ce que vous avez vu la nuit dernière.

— Quoi ! Si c'est pour me dire que je déraille et que je ferais bien d'avaler des calmants, je me passerai de vos conseils.

— Je n'imaginais pas que vous aviez si mauvais caractère…, répondit Landon avec un sourire amusé.

Il reprit son air sérieux et ajouta :

— Vraiment, Kaitlyn, c'est important.

Elle poussa un soupir, le regard perdu en direction du bâtiment de la Tacomi. Elle avisa alors un beau chêne, planté juste en bordure de la haute grille. Il avait des branches épaisses et solides et il s'élevait tout près d'un vieil entrepôt transformé en attraction : la maison hantée.

— J'accepte de répondre à condition que vous me rendiez un service.

— Dites toujours.

— Vous et moi, on va sortir ensemble ce soir.

Landon en eut le souffle coupé.

— Vous… heu… voulez qu'on sorte ensemble ? bredouilla-t-il.

Elle acquiesça en se passant la langue sur les lèvres

et Landon dut mobiliser toute sa volonté pour ne pas l'embrasser violemment, la coucher sur le siège et lui faire l'amour là, au vu et au su de tous. Dans l'intimité de l'habitacle, le soleil jouait dans sa chevelure et sur sa peau légèrement hâlée, et magnifiait les fragrances florales qui émanaient d'elle. Landon avait une conscience douloureusement aiguë de chacune des respirations de la jeune femme, de chaque battement de son cœur. Leur proximité mettait le loup en lui aux abois.

— Voilà par où je vais entrer dans l'enceinte de la Tacomi. Je vais acheter un billet pour la maison hantée. Je me glisserai ensuite par la porte de derrière et je grimperai à l'arbre pour franchir le grillage, expliqua-t-elle en se tournant vers lui pour guetter sa réponse.

Elle avait des cils interminables, il l'aurait volontiers contemplée toute la journée. Il n'y avait aucune intention malveillante dans ce regard, rien de dissimulé. Rien qu'une grande honnêteté.

— Pourquoi est-ce que vous voulez vous introduire dans ce bâtiment ? lui demanda-t-il en observant l'immeuble et la grille qui encerclait le périmètre.

— Je suis mon intuition.

Il lui saisit doucement le menton et la força à le regarder.

— Kaitlyn, je veux connaître la vraie raison.

Les yeux de la jeune femme considérèrent un instant cette main posée contre son visage. Il sentit qu'elle retenait son souffle et retira sa main, non sans avoir éprouvé la douceur de sa peau sous ses doigts.

— Je cherche à établir un lien entre les Garotteurs et la mafia, expliqua-t-elle en désignant l'immeuble, cette boîte est impliquée dans des vols d'armes, conclut-elle.

Landon sentit son instinct protecteur passer en alerte rouge. S'il existait réellement un lien et qu'ils la prenaient à fouiner, les nouveaux Garotteurs et la pègre n'hésiteraient pas à supprimer celle qui menaçait leurs petits arrangements. Il aurait fallu qu'elle rentre chez elle pour qu'il puisse la protéger, mais Kaitlyn faisait partie de la police, et elle était lieutenant, de surcroît… Le besoin de servir la communauté coulait dans ses veines.

— Votre patron n'approuverait sans doute pas de vous savoir là-dedans toute seule.

— Ça va aller, répliqua-t-elle, l'air borné, je veux juste glaner une ou deux infos.

— Mais votre idée d'entrer sans renforts… c'est un peu inconscient, non ?

Kaitlyn se redressa et croisa ostensiblement les bras, mettant brusquement sa poitrine en valeur.

— Mais je ne serai pas seule puisque vous allez venir avec moi.

— Je… quoi !

Elle ne manquait tout de même pas de culot.

— J'ignore pourquoi, mais quelque chose me pousse à vous faire confiance, lança-t-elle avec un sourire, et puis vous n'êtes pas allé raconter à mon patron que j'avais besoin d'une évaluation psy après l'épisode d'hier soir, et ça, ça joue en votre faveur.

Quelle tête de mule ! Elle s'en tiendrait à son idée, qu'il décide de l'accompagner ou non.

Il acquiesça en poussant un long soupir, certain — pour tout un tas de raisons — qu'il allait regretter de s'être laissé entraîner dans cette expédition.

Elle lui adressa un large sourire qui lui fit manquer un battement cardiaque. Les top models retouchés des magazines de mode pouvaient bien aller se rhabiller face au charme de Kaitlyn McKinney.

Elle lui indiqua la maison hantée d'un mouvement de la tête.

— On se retrouve derrière « La Maison des Hurlements » à 7 heures.

Landon ravala le dégoût que lui inspirait la perspective d'entrer dans ce lieu, de cautionner cette mise en scène grand-guignolesque et pitoyable des terreurs humaines. Il ferait noir à l'intérieur, elle ne verrait pas son air atterré.

Il acquiesça et s'apprêta à l'entretenir au sujet de l'épisode de la veille.

— Pour hier soir…

— Ah oui, mon moment d'égarement, le coupa-t-elle avec un sourire.

— Vous avez vu quelque chose au moment où on s'éloignait. Qu'est-ce que c'était ?

Elle prit le temps de se passer les mains dans les cheveux avant de se tourner vers lui.

— J'ai vu des empreintes de main phosphorescentes sur l'herbe, autour du corps.

Elle s'interrompit et fronça les sourcils, comme si elle visualisait de nouveau la scène.

— On avait l'impression que celui qui avait fait ça s'était accroupi un moment près de sa victime et avait touché le sol à plusieurs reprises. A moins qu'ils n'aient été plusieurs ! s'exclama-t-elle, les yeux écarquillés.

Elle avait donc vu beaucoup plus de détails que lui. Landon savait que ses autres sens s'étaient développés au-delà de la moyenne des loups-garous, à cause de la relative faiblesse de son odorat, pourtant lui n'avait perçu que de faibles scintillements, là où Kaitlyn avait été capable de discerner une forme précise. Peut-être possédait-elle une sorte de don qui lui permettait — en plus de reconnaître un zerker à ses cendres — de lire les empreintes.

— Merci d'avoir partagé ça avec moi, la remercia-t-il.

— Est-ce que vous les avez vues, vous aussi ? l'interrogea-t-elle, les yeux pleins d'espoir.

Il ne fallait pas qu'elle apprenne sa véritable nature, mais il refusait, sans parvenir à se l'expliquer, qu'elle se croie folle.

— Non, mais je me suis dit qu'il y avait peut-être une piste à suivre en utilisant une lumière spéciale, ou quelque chose de ce genre.

Elle poussa un soupir de déception et posa ses poignets sur le volant.

— La pluie a redoublé au moment où nous partions, je doute qu'il reste quoi que ce soit d'exploitable.

Landon confirma d'un signe de tête et laissa le silence s'installer entre eux. De nouveau, la jeune femme devint le centre de son attention et il eut envie de saisir sa nuque à pleine main pour la prendre contre lui. Il se mit à rêver d'enfouir son visage dans son cou et d'humer son parfum entêtant. Il avait envie d'elle. C'était comme… comme pendant la traque, comprit-il soudain dans un éclair de lucidité. L'excitation de poursuivre sa proie, de la rattraper, de sentir l'adrénaline courir le long de ses veines.

Oui, les émotions étaient semblables, à ceci près que durant la traque, il ne ressentait pas cette empathie avec sa proie. Il y avait un puissant lien physique qui l'unissait à Kaitlyn et c'était une faim d'une autre nature qui le dévorait. Elle n'était pas une proie, mais il la convoitait cependant de toute son âme.

Il ferma les yeux et s'adossa à l'appui-tête. Il devait refréner ses pulsions animales, calmer ce feu qui lui brûlait l'échine.

— Vous allez bien ? s'enquit Kaitlyn avec inquiétude.

Elle effleura sa main qu'il retira vivement en plissant les sourcils pour qu'elle ne puisse pas voir que ses iris avaient changé de couleur sous l'effet de l'excitation. De nombreuses femelles Luprédas lui avaient confié que son regard vert émeraude avait quelque chose d'hypnotique et de terriblement fascinant.

— Pas la peine de paniquer, je n'ai pas la gale, lança-t-elle avant d'éclater de son rire mélodieux.

— J'ai juste… la migraine, grogna-t-il en ouvrant la portière.

Il allait la refermer quand Kaitlyn se pencha sur le siège passager.

— 7 heures précises, Rourke, on est d'accord ?

— Attendez-moi avant d'aller fouiner, Kaitlyn, on est d'accord ? répondit-il sur le même ton.

Elle lui adressa un salut comique avant de regagner son siège.

— J'attendrai mon garde du corps.

— *Le Dictionnaire des loups*, *l'Encyclopédie de la lycanthropie*, *Phénomènes surnaturels*, lut Abby en laissant son doigt courir sur le dos des livres alignés sur l'étagère derrière Kaitlyn.

— Impressionnante collection. Dire que je n'étais jamais entrée dans le bureau de ton père avant aujourd'hui, constata-t-elle en s'accoudant au large dossier en cuir du siège sur lequel était assise Kaitlyn.

— C'est toi qui as insisté pour venir jusqu'ici. Tu voulais tellement en savoir plus sur mon expédition dans la maison hantée, répondit Kaitlyn en tapotant sur son clavier.

— C'est ça les amis, ma cocotte, ça fourre son nez partout. Et puis j'avais deux heures à tuer avant mon prochain cours.

Kaitlyn leva les yeux de son ordinateur et son regard suivit la multitude d'ouvrages alignés sur les étagères du bureau de son père.

— D'aussi loin que je me souvienne, mon père a toujours été un fondu de livres traitant des loups. C'était un passionné de recherches. Je pense qu'il a fini par fusionner avec son sujet d'étude, par être aspiré par lui.

— Je suis étonnée que ta mère n'ait pas mis tout

ça dans des cartons depuis des années, enfin, je veux dire : ni l'une ni l'autre, vous n'êtes intéressées par ce genre de choses.

La référence à sa mère serra le cœur de Kaitlyn. Elle comprenait qu'elle ne veuille pas imposer à qui que ce soit le spectacle de sa déchéance, pourtant, elle ne parvenait pas à se départir du sentiment qu'on la privait d'elle. Elle espérait que le lendemain serait un jour *avec* et qu'elle pourrait prolonger un peu sa visite à l'hôpital.

— Elle s'est débarrassée de certaines choses qui appartenaient à mon père, mais elle ne veut pas qu'on touche à son bureau. Papa avait un rapport très particulier avec sa *pièce. Chaque chose à sa place et une place pour chaque chose,* ce genre de principe.

Son regard se posa sur le sous-main de bois, sur la lampe d'étude et sur la chope de bière dans laquelle étaient rangés un crayon et un porte-plume. Et puis il y avait le presse-papier de verre en forme de loup hurlant. Combien de fois s'était-elle amusée avec cet objet sous le bureau de son père tandis qu'il menait ses recherches ? songea-t-elle en jouant machinalement avec le petit pendentif en forme de tête de loup qu'elle portait autour du cou et que son père lui avait offert pour ses six ans.

— Il veillera sur toi lorsque je suis absent, lui avait-il dit en le lui offrant.

Depuis, elle ne l'avait plus jamais enlevé.

Elle s'intéressa de nouveau à l'écran de son ordinateur en enfouissant son pendentif sous son T-shirt. Le bijou retomba à sa place au creux de ses seins, tandis qu'elle entrait « Landon Rourke » dans la base de données.

Abby vint à ses côtés.

— Tu ne trouves pas un peu tordu de faire des recherches sur un type *après* lui avoir filé un rencard ?

Un rencard ? L'icône indiquant une recherche en

cours tournait sur elle-même au centre de l'écran. Kaitlyn songea avec amertume qu'il s'était écoulé vingt-quatre mois depuis son dernier *rencard*. Quant au sexe…

— Tu n'as pas vaguement un cours à donner ou un petit Conan le barbare en herbe à mater ? lança-t-elle à Abby avec une pointe d'agacement.

Abby arbora un sourire digne de celui du chat d'*Alice au pays des merveilles*.

— Tu aurais dû venir hier soir, je t'assure. On s'est vraiment éclatés avec Willie. Ce soir, il m'emmène dîner en ville dans ce nouveau restaurant.

— Willie ? pouffa Kaitlyn, tu m'avais dit que tu sortais avec un gros lourdaud, mais tu avais fait l'impasse sur son prénom. Heureusement qu'il est balaise, parce qu'il a dû en entendre, à l'école.

— Oui, ma chérie, effectivement, c'est un beau bébé. Bon, et si on parlait un peu de *ton* mec. Raconte-moi…

A cet instant, une photo très flatteuse de Landon apparut à l'écran et Abby en eut le souffle coupé pendant quelques secondes.

— Nom de… Ça, c'est ce que j'appelle un beau morceau. La maison hantée, hein ? C'est un bon prétexte pour se coller contre lui, bien joué.

— C'est pour le travail, Abby ! s'exclama Kaitlyn en levant les yeux au ciel. Je déteste ce genre d'attraction, mais c'est le seul moyen dont je dispose pour entrer dans l'entrepôt de la Tacomi.

Abby croisa les bras sur sa poitrine mise en valeur par son T-shirt en Lycra tendu à l'extrême.

— Oui, oui, oui, continua Abby avec un hochement de tête entendu, et c'est pour cette raison que tu consultes le dossier de M. « Je suis une bombe », juste histoire de savoir si ce n'est pas un psychopathe, c'est bien ça ?

Kaitlyn rabattit l'écran de l'ordinateur portable.

— Sérieusement ? Tu n'es pas loin de la vérité. Si je dois compter sur ce type ce soir, j'aimerais en savoir un peu plus sur lui.

Même si son parfum me fait tourner la tête dès qu'il s'approche de moi.

Abby se pencha et releva l'écran.

— Tu crois que cette base de données référence toutes les femmes à qui il a fait tourner la tête ? La liste doit être interminable.

Kaitlyn faillit s'étrangler. Pourquoi ce commentaire la dérangeait-il à ce point ?

— Cette base de données contient toutes les affaires sur lesquelles il a collaboré avec le Département ainsi que les officiers avec qui il a travaillé.

Abby fit défiler les informations.

— On dirait qu'il a donné un coup de main à la police pendant une quinzaine d'années, mais qu'il n'est plus actif depuis trois ans. Tu sais pourquoi ? demanda-t-elle à Kaitlyn.

— Je n'en sais rien, répondit-elle avec un haussement d'épaules. Il est toujours répertorié comme étant une source fiable, en tout cas.

— Quel âge a-t-il ? demanda Abby en étudiant le visage de Landon. Moi, je dirais une petite trentaine.

Kaitlyn fit défiler les données.

— Il est écrit ici qu'il a quarante ans.

— Les hommes vieillissent mieux que nous, c'est injuste.

Après avoir passé en revue les affaires sur lesquelles Landon avait travaillé, Kaitlyn acquit la certitude que le détective privé était capable de faire face à n'importe quelle situation.

— Une fois que tu auras terminé ta petite *virée frisson* avec M. « Séducteur malgré lui », tu devrais prendre un peu de bon temps avec lui pendant le reste de la soirée. Tu sais comme moi que tu en meurs d'envie, insista Abby en avisant la mine renfrognée de son amie.

— Laisse tomber, Abby, soupira Kaitlyn en refermant la base de données et en éteignant le portable.

Bien sûr qu'elle avait les mains moites à la seule idée de se retrouver de nouveau près de Landon, mais elle devait rester concentrée sur l'affaire. Et puis, mis à part cet étrange lien empathique qui semblait exister entre eux, il n'avait pas montré la moindre attirance à son égard.

De l'intérêt, sans doute, mais pas d'attirance.

A 7 heures, Kaitlyn quitta son appartement pour se rendre en banlieue, là où se trouvait la maison hantée. Elle se gara sur le parking en faisant crisser les gravillons, étonnée de trouver l'endroit à ce point encombré de voitures en stationnement. Elle éteignit le contact et entendit aussitôt les hurlements de plaisir et de peur qui filtraient du bâtiment.

Super.

Elle vérifia que le cran de sûreté de son arme était bien enclenché et elle la rangea dans son holster avant de le fixer à sa ceinture. Elle boutonna son blazer noir cintré sur son petit pull turquoise avant de sortir de la voiture.

Elle verrouilla la porte, s'engagea sur le parking et ralentit en apercevant la longue file d'attente qui serpentait au pied du bâtiment.

Landon se tenait à quelques mètres de la queue. Il l'attendait. Elle le rejoignit et aussitôt ils prirent la suite du flot humain.

— Où est votre manteau ? s'étonna Landon.

Kaitlyn frissonna et remonta le minuscule col autour de son cou en jetant des regards envieux à la veste de cuir de Landon.

— Je ne pensais pas qu'il y aurait une file d'attente pareille. J'ai un manteau, mais il est en laine, j'ai eu peur d'avoir trop chaud une fois à l'intérieur. J'ai… disons, tendance à défaillir quand j'ai trop chaud.

— C'est bon à savoir, commenta Landon en la contemplant des pieds à la tête avec un air indéfinissable.

Elle pouffa et se frotta les mains pour conserver un peu de chaleur.

— Et vous alors ? Vous avez des travers dont je devrais être au courant avant qu'on aille affronter les monstres ?

— Non, tout ça me laisse froid.

Kaitlyn plissa le nez avec amusement.

— Regardez-moi ça, M. « Même pas peur » nous fait son numéro ! Ne me dites pas que ça ne vous fait pas sursauter, ce genre de truc ? demanda-t-elle en désignant le bâtiment.

— C'est eux qui devraient avoir peur de moi, affirma-t-il en enfonçant les mains au fond des poches de son jean.

Le regard qu'il lui lança à cet instant électrisa la jeune femme, qui sentit une chaleur intense lui brûler le bas-ventre, la réchauffant de l'intérieur, l'espace de quelques secondes.

L'instant de grâce s'évapora si vite qu'elle se demanda si elle n'avait pas imaginé cet éclat de désir ardent qu'elle avait cru voir dans ses yeux. Un courant d'air glacé parcourut la foule, dissipant aussitôt la chaleur qu'elle avait ressentie. Elle frissonna et fut saisie d'une terrible chair de poule. La file avança de quelques pas et Kaitlyn en profita pour battre des semelles afin de réchauffer ses pieds engourdis. Comme elle avait froid ! Landon, lui, ne semblait même pas ressentir la morsure glacée du vent.

Mais il est bien au chaud dans sa veste en cuir.

*
* *

Landon luttait pied à pied contre l'attirance qu'il ressentait pour Kaitlyn. Ses joues roses, son sourire éclatant, tout l'incitait à laisser enfin ses doigts explorer sa peau douce, à imaginer son corps nu contre le sien…

Il retint un hurlement de frustration, verrouilla ses mâchoires et serra les poings pour ne pas tendre la main vers sa joue frissonnante.

Comme si la torture n'était pas déjà assez insoutenable, il fut surpris de voir Kaitlyn lui passer devant, ouvrir sa veste en cuir et coller son dos contre son ventre. Il retint son souffle. Il baignait littéralement dans le parfum musqué et floral de la jeune femme. Le parfum n'attendait qu'une inspiration pour pénétrer en lui.

Elle ne se rendait pas compte qu'elle était à deux doigts de se faire enlever.

— Qu'est-ce que vous faites ? souffla-t-il d'une voix qu'il espérait calme, ignorant la bête sauvage qui se débattait en lui avec fureur, lui hurlant de saisir ses seins à pleines mains et d'enfouir son museau dans ce cou offert.

— Je me gèle ! répliqua-t-elle sans ambages en levant vers lui un regard réprobateur, avant de faire de nouveau face à l'entrepôt, et de se plaquer de nouveau contre Landon, annihilant toute résistance chez le loup-garou.

Ce dernier savait qu'il risquait de la casser en deux s'il faisait un geste trop brusque, aussi lui saisit-il les hanches avec d'infinies précautions, afin de l'écarter légèrement de lui.

— Ne bougez pas, lui ordonna-t-il d'une voix sourde, bataillant pour juguler ses pulsions animales et pour maintenir son érection dans des proportions acceptables.

Kaitlyn ne bougea plus.

— J'espère que c'est votre arme que je sens, répliqua-t-elle sur le même ton.

— Bien sûr, je m'arrange toujours pour la glisser à cet endroit, j'adore le contact du métal froid !

— C'est malin, rétorqua-t-elle, amusée.

Landon sentit les battements du cœur de la jeune femme s'accélérer et il se pencha pour lui murmurer à l'oreille :

— C'est ça ou rien, chérie. Je ne peux pas enlever ma veste sans révéler que je porte une arme, je vous suggère donc de rester aussi immobile que possible si vous tenez à vous réchauffer.

— Que je reste aussi raide que vous, en somme ?

Il laissa échapper un petit rire.

Ils avaient presque atteint la caisse. Les cris et les rires provenant de l'intérieur du bâtiment leur jaillirent littéralement au visage lorsqu'un groupe franchit l'entrée. Kaitlyn se pencha en arrière pour murmurer à l'oreille de Landon :

— J'ai un aveu à vous faire. Je déteste vraiment les maisons hantées. Je ne regarde jamais de films d'horreur et je n'aime pas me faire peur. Mon métier est suffisamment angoissant pour que je ne m'amuse pas à occuper mon temps libre d'une façon aussi débile.

— Dire que celle qui me confie cela est la femme qui m'a raconté hier soir, sur une scène de crime, des histoires tout bonnement abracadabrantes sans manifester plus d'émotion que si elle énumérait sa liste de courses, dit-il d'un ton ironique, ému malgré lui par la confession de Kaitlyn.

Que penserait-elle de lui si elle le voyait sous son apparence de loup, engagé dans un combat contre un Sanguina ? Elle n'accepterait jamais sa vraie nature, et il ne comptait pas la lui révéler.

Il grogna lorsqu'elle lui enfonça son coude dans les côtes.

— Très drôle. Contentez-vous de rester près de moi, murmura-t-elle en s'approchant de la caisse.

L'employé saisit le poignet de Kaitlyn et passa son doigt osseux sur sa peau avant d'y apposer le tampon fluorescent indiquant qu'elle avait payé, pendant que Landon glissait sa carte de crédit dans la machine.

Sans réfléchir, Landon retira la main de Kaitlyn et posa lourdement son avant-bras dénudé sur le comptoir en fusillant le type d'un regard menaçant.

L'employé grimaça et tamponna son poignet avec plus de force que nécessaire. Landon lui adressa un sourire de prédateur et suivit Kaitlyn qui montait déjà l'escalier.

Ils franchirent l'entrée et pénétrèrent sous une arcade dont le plafond était décoré de taches de sang et d'ossements suspendus.

— Qu'est-ce que vous nous avez fait, là, avec le caissier ?

Je voulais qu'il ôte ses sales pattes de toi.

— J'en avais assez de faire la queue.

— Ça fait plaisir de voir que vous avez hâte d'y être. N'oubliez pas que nous sommes là pour trouver un accès à l'arrière du bâtiment. Restez près de moi.

Les portes s'ouvrirent sur un vestibule plongé dans l'obscurité. La lumière d'un stroboscope éclairait violemment le labyrinthe qui démarrait juste devant eux, et dont les murs étaient éclaboussés de faux sang.

Landon entendit à peine ce que Kaitlyn venait de lui dire, ses paroles s'étant noyées sous le vacarme assourdissant qui régnait à l'intérieur.

Même si elle excellait dans son métier, Landon se rendit compte que la jeune femme ne plaisantait pas lorsqu'elle disait ressentir une profonde aversion pour ces mises en scène monstrueuses, et son instinct protecteur prit temporairement le dessus sur sa libido. Il posa une main sur l'épaule de Kaitlyn, d'un geste qu'il voulait rassurant.

Elle lui prit la main et la serra. Aussitôt il la sentit se détendre. Ils avancèrent côte à côte, et un étrange sentiment envahit Landon ; il la voulait pour lui seul.

Ses yeux de loup-garou s'accoutumèrent sans mal à la faible luminosité, tandis qu'ils s'engageaient dans le labyrinthe étroit. A quelques mètres devant eux, des trous avaient été aménagés dans le contreplaqué afin que les employés puissent agripper les visiteurs par surprise, provoquant des cris de terreur suraigus mêlés de rires hystériques.

Lorsque ce fut leur tour, Landon sentit que Kaitlyn ne ferait pas exception à la règle. Afin de lui éviter de hurler comme une adolescente, il la prit contre lui et chassa les mains baladeuses surgies du mur, en prenant soin de ne pas briser les membres des employés.

La respiration de la jeune femme reprit un rythme normal et elle se serra un peu plus fort contre lui. Une joie primaire envahit Landon et il se surprit à laisser errer son nez quelques secondes dans sa chevelure odorante, avant de passer à la section suivante de l'attraction.

Ils franchirent un coude et tombèrent nez à nez avec une femme au visage triste, vêtue d'une chemise de nuit surannée, qui tenta de les saisir de ses doigts immatériels. Les cris du soi-disant fantôme firent frémir Kaitlyn qui serra un peu plus fort la main de Landon. Il étouffa un petit rire et lui embrassa furtivement la tête avant de l'inciter à avancer.

Ils passèrent ensuite devant une succession de pièces thématiques qui s'ouvraient de chaque côté d'un couloir tortueux. La première d'entre elles proposait la représentation d'un asile d'aliénés, avec tout le nécessaire de torture et les patients au supplice en pleine séance d'électrochocs. La seconde pièce offrait un assortiment de membres et autres organes flottant dans un liquide indéfinissable, logés dans des bocaux alignés sur des étagères de bois. Des morceaux de viande étaient suspendus à des crochets sur le mur du fond et un soi-disant tueur à la tignasse ébouriffée vociférait des imprécations à l'intention des visiteurs, en brandissant une hache. Chaque coup de l'arme sur la paroi de Plexiglas qui fermait la pièce provoquait son lot de sursauts et de cris de terreur amusée.

Landon sentit le cœur de Kaitlyn s'emballer et l'odeur de sa peur s'élever dans l'air. Il savait pourtant que toutes ces émotions n'étaient que superficielles, mais son instinct de protection était en alerte.

Il devait se faire violence pour ne pas prendre Kaitlyn dans ses bras et la porter jusqu'à la sortie de cette foire aux monstres.

Ils suivirent le flot de la foule jusqu'à l'attraction suivante. Cette fois la mise en scène de pacotille lui serra la gorge. Des hurlements de bête résonnaient dans les haut-parleurs disposés dans le sol et la gueule immense d'un énorme loup aux muscles mécaniques surgissait d'un buisson factice. Ses yeux rouges brillaient dans l'ombre et ses canines proéminentes dégoulinaient de sang.

Kaitlyn ne réagit pas à cette mise en scène, à la grande satisfaction de Landon. A cet instant un autre hurlement sauvage et strident retentit.

Une nouvelle créature émergea de derrière un arbre, lorgnant avec appétit la jeune actrice qui hurlait de peur face au loup surgi des buissons. L'apercevant, elle s'élança vers les profondeurs de la minuscule forêt, le loup-garou sous forme humanoïde sur ses traces. Il était couvert de fourrure, mesurait près de deux mètres et ses yeux lançaient des lueurs maléfiques.

Il ouvrit la gueule, révélant de larges rangées de

dents aiguisées, et s'élança à la poursuite de la jeune femme apeurée, dressé sur ses orteils. Des griffes effilées terminaient des doigts anormalement longs et il poussait d'inquiétants grognements de bête. De tout ce qu'ils avaient vu depuis qu'ils avaient pénétré dans le bâtiment, c'était de loin la prestation la plus convaincante, tant au niveau du maquillage que du jeu d'acteur.

Kaitlyn remua contre lui.

— Je commence à avoir trop chaud, lui dit-elle avant que ses jambes ne la trahissent.

Il la prit dans ses bras, fou d'inquiétude, et la souleva de terre. Sans ménagement, il se fraya un chemin dans la foule en direction de la sortie la plus proche qu'il franchit comme une furie.

L'air frais de la nuit les enveloppa tous deux et il porta le corps inconscient de Kaitlyn jusque sur un banc non loin de là. Il s'assit et commença à la bercer contre son torse. Il s'en voulait terriblement. Jamais encore il n'avait ressenti un tel besoin de protéger quelqu'un, et cette nécessité impérieuse le laissait totalement démuni. Il passa ses doigts sur la poitrine de Kaitlyn, avec une douceur infinie, afin de percevoir ses battements cardiaques. Le cœur de la jeune femme battait fort, mais son visage demeurait de marbre. L'épisode qu'ils venaient de vivre ensemble lui fit prendre conscience à quel point il était attaché à cette humaine.

Un lien puissant s'était établi entre eux à son insu, comparable à celui qui existait entre les membres d'une même meute. Elle faisait partie de sa tribu, ce qui n'empêchait pas Landon de la désirer avec une ardeur aveuglante. Il s'approcha de sa joue et huma le parfum puissant de violette qui se mêlait à celui de sa peau.

Quel supplice !

C'était un véritable calvaire de désirer à ce point une femme qu'il ne pourrait jamais avoir sans risquer de la blesser si les choses devenaient sérieuses entre eux. Quand il était près d'elle, ses instincts de bête prenaient immanquablement le dessus, et le loup l'encourageait à se laisser aller à ses pulsions. S'il ajoutait le sexe à l'équation déjà complexe de leur relation, il risquait, aveuglé par la passion, d'oublier la fragilité de son corps mortel.

Il lui resterait loyal, quoi qu'il lui en coûte : il n'existait rien de plus fort que la fidélité d'un loup. Et il était prêt à la défendre au péril de sa vie, comme tout mâle dominant digne de ce nom se devait de le faire.

— Vous sentez bon, murmura-t-elle d'une voix douce en lui caressant le menton.

Ce contact infime déclencha une tempête de sensations chez Landon, mais il parvint à se maîtriser.

— Content de vous savoir de retour, dit-il en se relevant.

4

Kaitlyn encaissa la réplique de Landon comme on reçoit une gifle. Elle se redressa, s'agrippa à l'accoudoir du banc et inspira une grande goulée d'air. Elle s'était éveillée dans les bras puissants de Landon, il avait la main posée sur son ventre, à quelques centimètres de ses seins ; elle n'avait pu empêcher son cœur de s'emballer et son corps de frissonner d'excitation.

Dieu que ce type était séduisant ! Il y avait quelque chose chez lui — elle ne savait pas si cela tenait à son odeur mâle — qui lui mettait la tête à l'envers chaque fois qu'elle était en sa présence.

Elle croisa son regard froid et se rendit à l'évidence. Le boulot. Il voulait que leur relation demeure purement professionnelle.

Très bien.

Elle émit un petit rire nerveux en priant pour qu'il ne se rende pas compte qu'elle piquait un fard.

— On dirait que la chaleur a finalement eu raison de moi.

En réalité, l'acteur grimé en loup-garou s'était montré si convaincant que son image s'était confondue avec celle du corps calciné dans le parc, lui fournissant une représentation vivante de la créature. Est-ce qu'elle était en train de perdre la tête ? Les loups-garous n'existaient pas !

Elle jeta un regard en direction de l'entrepôt de la

Tacomi et repoussa mentalement les visions de créatures surnaturelles et de détective privé sexy qui lui encombraient l'esprit.

— Bien joué, vous avez trouvé un moyen de nous faire accéder à l'arrière du bâtiment, dit-elle à Landon avec un sourire forcé.

— On reviendra un autre jour, vous n'êtes pas en état.

Comment osait-il ? Elle se leva brusquement et déboutonna son blazer pour pouvoir plus facilement saisir son arme en cas de besoin.

— Allons-y, lança-t-elle d'un ton sans réplique, avant de se glisser contre la clôture qui s'étendait le long de la maison hantée.

Elle ne jeta pas un seul regard en arrière tandis qu'elle courait vers le chêne qui jouxtait la palissade ceinturant le domaine de la Tacomi. Une fois arrivée au pied de l'arbre, elle leva les yeux vers ses frondaisons.

— J'ai bien saisi votre plan pour pénétrer à l'intérieur, mais comment comptez-vous ressortir ? lui demanda Landon en la rejoignant.

Elle le regarda, stupéfaite. *Comment avait-il fait pour courir aussi vite, sans qu'elle entende le bruit de ses pas ?*

— Vous n'avez pas encore compris que c'était précisément la raison de votre présence ici, espèce de grosse brute, répliqua-t-elle en lui agrippant le biceps. Je compte justement sur vos énormes muscles pour le chemin du retour, figurez-vous.

— Et comment ferai-je, *moi*, pour ressortir, une fois que je vous aurai lancée par-dessus la clôture ? insista-t-il en levant un sourcil interrogateur.

Elle considéra un instant l'obstacle avant de répondre.

— Vous êtes grand, vous pourrez sauter et vous agripper aux branches.

— Est-ce que j'ai l'air d'une grenouille ?

Kaitlyn soupira. Elle commençait à perdre patience.

— Vous pouvez aussi prendre de l'élan, grimper à la clôture, *puis* attraper les branches basses.

Sans lui laisser le temps de répondre, elle se dressa sur la pointe des pieds pour saisir une branche. Ses muscles accusèrent le coup, mais elle parvint à se hisser sur l'arbre.

— Vous êtes du genre bornée.

— Je parlerais plutôt de détermination. Allez, montez, lui conseilla-t-elle avant de poursuivre son ascension.

Quelques minutes passèrent avant qu'elle ne se retrouve, le cœur battant, à califourchon sur la branche épaisse qui passait juste au-dessus de la clôture menant dans l'enceinte de la Tacomi. Elle s'était un peu abîmé les mains sur l'écorce rugueuse du chêne. Elle s'allongea contre le bois épais, les jambes dans le vide, et saisit la branche à bras-le-corps.

— Vous êtes cinglée, lui murmura-t-il en la voyant pivoter autour de la branche.

Elle ignora son commentaire et se retrouva bientôt suspendue de l'autre côté de la clôture, les pieds à plus de deux mètres du sol.

Elle prit une grande inspiration et lâcha prise en priant pour ne rien se casser.

Elle se réceptionna et ressentit aussitôt une vive douleur à la cheville droite. Elle étouffa un cri et fut stupéfaite de voir Landon atterrir à ses côtés dans la seconde qui suivit.

— Comment avez-vous fait pour aller aussi vite ? s'étonna-t-elle.

— Mes muscles de grosse brute, sans doute, répondit-il en prenant la pose, bras replié, biceps gonflé.

Elle roula les yeux, atterrée autant qu'amusée, et traversa la pelouse rase en direction de l'entrepôt, pliée en deux, à petits pas rapides, serrant les dents pour ne pas penser à la douleur que lui causait sa cheville.

— Salut, la rabat-joie, lui lança-t-il en la dépassant.

Il avait adopté la même technique de déplacement qu'elle, mais elle devait admettre qu'il se mouvait avec une grâce qu'elle était loin d'égaler.

En l'espace de quelques minutes, ils atteignirent le mur de l'entrepôt auquel Kaitlyn s'adossa, le souffle court.

— O.K., et maintenant il va falloir entrer, murmura-t-elle à Landon.

— Avec une clôture de cet acabit, vous vous doutiez bien qu'il y aurait un système de sécurité, non ?

— J'ai tout prévu ! annonça-t-elle en brandissant fièrement la carte d'accès qu'elle avait dérobée au planton de service quelques heures plus tôt.

— Où est-ce que vous avez dénich…, commença-t-il avant de s'interrompre en poussant un soupir. Peu importe, je crois qu'il y a une entrée là, juste derrière.

Ils longèrent le mur. Arrivés à l'angle du bâtiment, il n'y avait plus que quelques mètres à franchir pour atteindre la porte. L'air vif leur apportait des odeurs de graisses et de produits industriels agressifs qui firent monter les larmes aux yeux de la jeune femme. Elle se pinça le nez.

Landon était tout près de la porte. Il tendit une main pour qu'elle lui donne la carte d'accès. De l'autre il saisit la poignée… puis il se ravisa vivement.

— Un problème ? lui demanda Kaitlyn.

Son regard tomba alors sur la main que Landon venait de retirer de la poignée. Son pouce était recouvert de la même substance iridescente que celle trouvée dans le parc. Il l'observait avec intérêt.

Ce qui signifiait… qu'il avait bel et bien vu, lui aussi, les empreintes près du cadavre ! Kaitlyn en eut le souffle coupé.

— Vous m'avez menti, gronda-t-elle en lui envoyant un coup de poing dans le bras.

— Mais de quoi parlez-vous ?

— Vous voyez les empreintes lumineuses aussi bien que moi, lui reprocha-t-elle en désignant la porte, ce qui signifie que vous les avez vues aussi dans le parc.

— Ce sont des empreintes ? s'étonna-t-il en frottant la substance entre ses doigts.

— Assez de mensonges, Landon ! Vous les voyez aussi bien que moi, répéta-t-elle.

— Je ne vois pas d'empreintes, juste une espèce de graisse vaguement iridescente…

— Que vous avez déjà vue dans le parc, l'interrompit-elle avec colère.

Cette fois elle le tenait.

— Je ne suis pas très sûr de ce que j'ai vu, se défendit-il.

— Arrêtez de chercher des excuses et suivez-moi, nous avons un boulot à faire, lança-t-elle en glissant le passe dans la fente électronique avant de franchir la porte qui s'ouvrit dans un bruit métallique.

Landon jura intérieurement : il n'avait jamais vu Kaitlyn remontée à ce point. La colère de la jeune femme l'agaçait et l'excitait à la fois. Il franchit la lourde porte en métal avant de se retrouver coincé dehors. Il faisait noir à l'intérieur et Kaitlyn était déjà dans le bureau adjacent.

De la lumière provenait du bout du couloir et l'odeur de graisse était omniprésente, tout comme le ronronnement caractéristique des machines et le fracas métallique des pièces manufacturées tombant dans les bacs de récupération. Il y avait aussi des voix qui s'élevaient par-dessus le vacarme. Le temps leur était compté.

Lorsqu'il rejoignit Kaitlyn à l'intérieur de la pièce, elle lui désigna aussitôt la veste posée sur le dossier du siège derrière le bureau du directeur. L'insigne cousu au revers du vêtement — un G transpercé par une dague — sauta aux yeux de Landon. C'était l'insigne des Garotteurs. Une vague de colère sourde monta en lui. D'abord les empreintes du meurtrier d'un zerker Lupréda sur la poignée de la porte de l'entrepôt de la Tacomi, et maintenant ça… Cette affaire sentait mauvais.

Kaitlyn était occupée à fouiller dans les dossiers ; il lui fit signe de sortir. Elle fit non de la tête et posa sur la table une chemise qu'elle ouvrit d'un geste décidé.

L'ouïe surdéveloppée de Landon capta des bruits de pas. Quelqu'un approchait. La poisse !

Avec une vitesse qui aurait terrifié Kaitlyn si elle y avait prêté attention, il referma le dossier et le rangea dans le meuble.

— Quelqu'un vient, lui murmura-t-il à l'oreille ; on n'a pas le temps de sortir avant son arrivée.

Il prit la jeune femme par le bras et tous deux se précipitèrent vers le placard dans lequel ils s'enfermèrent précipitamment.

L'endroit était exigu et ils tenaient à peine dans cet espace restreint plongé dans les ténèbres. Lorsque Landon referma les portes, la promiscuité devint absolue. L'odeur de Kaitlyn qui envahissait leur cachette, ses petits seins écrasés contre son torse, leurs jambes emmêlées, cette situation plongea le loup-garou dans un état second. Il agrippa l'une des étagères pour ne pas céder à la tentation de laisser ses mains courir sur ce corps si désirable, pour ne pas plaquer sa bouche contre la sienne.

Un bruit de pas, puis celui de la porte qui s'ouvrait lui firent oublier les pensées sulfureuses qui encombraient son esprit.

Si la porte du placard cédait derrière lui, il devait se tenir prêt à combattre un Garotteur. Il aurait l'avantage de la surprise face à un adversaire voyant un inconnu de sa carrure surgir à l'improviste, mais il était quoi qu'il en soit décidé à se battre comme un diable pour protéger Kaitlyn. Il était prêt.

Elle se colla davantage contre lui et la libido du loup-garou s'enflamma. Il pouvait humer l'odeur de son excitation, il percevait les battements affolés de son cœur. Déchiré par ses pulsions, il ravala un hurlement de désir et saisit un manche à balai dont le bois craqua sous la pression de ses doigts.

— Il nous faut un autre chargement, affirma une voix d'homme.

Une chaise racla le sol, un tiroir grinça. Les nouveaux arrivants venaient sans doute de s'asseoir au bureau.

— Non, c'est encore trop tôt. Il faut se méfier de la femme flic qui rôdait ici hier et qui a demandé à visiter l'usine. Vous savez que je vous soutiens à cent pour cent, mais je n'ai vraiment pas besoin de ce genre de publicité en ce moment, rétorqua une voix grave.

— J'ai appris qu'un flic cherchait à avoir accès au complexe, c'est la raison de ma présence ici ce soir. Nous travaillons le gouvernement au corps pour qu'il nous permette d'acheter des armes à pulsations, mais vous connaissez la danse comme moi, ça prend un temps… Ce qui est sûr, c'est que nous avons un vrai problème, Carl.

Landon sentit Kaitlyn se raidir contre lui.

— C'est Rémy, chuchota-t-elle à son oreille.

Il détestait ce type. Du jour où Kaitlyn avait commencé à sortir avec lui, Landon avait attendu avec impatience leur rupture.

— J'ai besoin que vous me garantissiez qu'il n'y aura pas d'enquête, exigea la voix forte de Rémy.

— On s'en occupe.

— Je ne veux pas voir se reproduire le même scénario que la dernière fois. Il faut que le vol ait l'air d'un accident durant lequel quelques armes auront *malencontreusement* disparu, pas d'un braquage.

Une chaise racla le sol comme si quelqu'un se levait.

— C'est compris. Faites-nous savoir quand vous serez prêts et nous serons au rendez-vous.

— Je ne veux pas être au courant de la date d'exécution.

Nouveaux bruits de tiroirs suivis du bourdonnement caractéristique d'une photocopieuse.

— Voilà le planning des livraisons et les trajets de nos chauffeurs. C'est tout ce que je peux faire pour vous.

— Ça fera l'affaire.

Les voix décrurent à mesure que les visiteurs s'éloignaient. Kaitlyn tendit la main vers la poignée, mais Landon arrêta son geste.

— Non, ils sont encore dans le couloir. Nous devons attendre, murmura-t-il vivement.

— Je ne les entends plus, répliqua-t-elle en essayant de libérer sa main.

— Faites-moi confiance, insista-t-il en prenant garde de ne pas la blesser.

Il s'attendait à ce qu'elle lui tienne tête, aussi se mit-il à décrire de petits cercles avec son pouce sur son poignet afin de détourner son attention. Elle fut totalement prise de court et une lueur d'excitation passa dans son regard. Il distinguait ses pupilles comme en plein jour.

Landon lui saisit le menton avec une infinie douceur, tout en passant ses doigts dans ses cheveux, submergé par son parfum floral et musqué. Elle releva la tête et leurs lèvres se frôlèrent, comme une invitation à l'amour.

Le cœur battant à tout rompre, il l'embrassa et glissa sa langue entre les lèvres humides et offertes. Il s'enivra du goût de ce baiser, buvant littéralement à la source du désir qu'elle faisait naître en lui.

Elle répondit avec une passion qui sidéra le loup-garou. Il était conscient que Kaitlyn le désirait, mais il n'avait pas prévu ce déferlement de sensations. Il voulait pénétrer en elle, la prendre de toutes les façons possibles. Sa langue s'enhardit et il la plaqua contre les étagères qui se trouvaient derrière elle, retenant avec peine le hurlement possessif qui montait en lui.

Les mains de Kaitlyn se glissèrent avec avidité sous le T-shirt du détective et il les sentit remonter le long de son dos nu. Elle lui griffa la peau, comme rendue folle de désir par leur promiscuité forcée. Une chaleur animale était en train de les consumer, au diapason de leurs baisers.

Elle avait un goût tellement… tellement ! L'âme du loup qui vivait en Landon était en pleine furie et lui lacérait le poitrail de l'intérieur, exigeant d'être libérée, affamée de cette chair qu'il voulait pénétrer et mordre.

Il lui était impossible de mettre fin à ce baiser, aussi prit-il appui sur les étagères pour retrouver un semblant de sang-froid. L'odeur animale que dégageait Kaitlyn menaçait de le submerger, il fallait qu'il se reprenne sans quoi il risquait de la tuer sans y prendre garde.

Elle se frotta contre lui, l'encourageant à aller plus loin, marmonnant d'incompréhensibles imprécations contre sa bouche ouverte.

— Tu as une odeur de bête, haleta-t-elle, j'en perds la tête. Je suis tellement excitée que je n'arrive plus à penser. Touche-moi encore, vas-y.

La voix rauque de la jeune femme lui fit bouillir le sang. Il attrapa les planches de bois à pleines mains et les réduisit en copeaux. Il était en train de perdre les pédales.

— Je ne peux pas te toucher, gronda-t-il contre ses lèvres.

— Bien sûr que si, tu peux, l'incita-t-elle en guidant sa main en direction de ses seins.

Sans la quitter des yeux, il pinça un téton entre le pouce et l'index, qui se dressa aussitôt sous le fin tissu de son soutien-gorge ; elle haleta. Le plaisir intense qu'il lisait au fond des yeux de Kaitlyn était presque effrayant. Il aurait voulu la saisir à pleines mains, mais il serra les dents et se contenta d'agacer une nouvelle fois le téton tendu.

Avec un grognement, elle l'encouragea à prendre son sein au creux de sa paume, tout en l'embrassant dans le cou.

Elle est à moi ! mugissait comme une litanie le loup furieux qui tournait en rond à la lisière de sa conscience. Landon ne tiendrait plus très longtemps. Il fallait qu'il la dévore de baisers, qu'il la prenne sans retenue, comme les nuits où il hurlait librement à la lune à s'en déchirer les poumons.

Il laissa ses mains descendre vers le pantalon de Kaitlyn et dut s'agripper aux passants de sa ceinture pour conserver un semblant de maîtrise. Elle choisit cet instant précis pour lui mordre le cou, réduisant à néant ses efforts pour rester maître de lui-même.

Un bruit de tissu déchiré vint ponctuer leurs halètements.

Landon ne bougea plus. Il avait à peine tiré sur les passants, mais… il les avait arrachés.

Il enfouit bien vite les morceaux de tissu au fond de sa poche. Il saisit la nuque de la jeune femme et posa son front contre le sien, le souffle court. Landon était dans un tel état qu'il craignait de ne plus pouvoir museler le loup très longtemps.

La bête la voulait. Maintenant.

— Eh bien, celle-là, on ne me l'avait jamais faite, pouffa-t-elle en posant ses mains sur celles du loup-garou. Landon ?

Il releva la tête et ferma les yeux avec force. Elle était toujours plaquée contre lui, son ventre se soulevant au rythme de sa respiration contre l'érection qui pulsait contre le bas-ventre de Landon. Et puis cette odeur dont il ne parvenait plus à juguler les effets.

— Ça n'aurait pas dû arriver, murmura-t-il.

Kaitlyn sentait le sang battre à ses oreilles. Son cœur cognait à un rythme infernal contre la poitrine massive de Landon. Elle déglutit afin de calmer sa respiration et de dissimuler sa déception. Pourquoi s'arrêtait-il ? Jamais de sa vie elle n'avait été à ce point bouleversée par un homme. Son odeur masculine mêlée à celle de sa veste de cuir lui avait fait perdre la tête.

Elle ne comprenait pas ce qui venait de lui arriver. Pourquoi lui avait-elle rendu ses baisers ? Pourquoi l'avait-elle encouragé à continuer ? Elle était censée être en colère contre lui, et elle l'était toujours, mais… il y avait quelque chose de bestial en lui, de magnétique. Il se dégageait de Landon une sorte de force primaire qui trouvait une puissante résonance en elle. Ce type était une véritable ligne à haute tension érotique.

Il avait suffi à Landon de toucher son poignet pour qu'elle perde pied. Elle était tombée sous le charme et s'était collée à lui comme une chatte en chaleur.

C'était presque effrayant.

Le brouillard sexuel commençait à se dissiper et elle fut reconnaissante à Landon d'avoir mis fin à leurs ébats. Au moins l'un d'eux avait-il conservé un peu de maîtrise ! Elle avait vraiment besoin de respirer un peu d'air frais et tant pis si Landon ne jugeait pas cela prudent.

Elle ouvrit la porte du placard et l'écarta de son chemin.

— Tu as raison, c'était une erreur. On sort de là.

— Kaitlyn.

Il tenta de l'arrêter lorsqu'elle passa devant lui, mais elle s'écarta.

— Ne me touche pas.

Elle appuya rapidement sur le bouton de la photocopieuse et sortit un nouvel exemplaire de l'itinéraire des différents chargements de la Tacomi que Carl avait eu l'imprudence de laisser dans la machine. Elle plia le papier, le rangea dans sa poche et se dirigea vers la porte. Elle posa son oreille contre le montant en métal et n'entendit que le fracas lointain des machines.

Elle sentit Landon derrière elle lorsqu'elle jeta un œil au-dehors. Le couloir était vide. Elle s'y engagea.

Dans son dos Landon ne faisait pas le moindre bruit, mais elle savait qu'il était là, qu'il couvrait ses arrières. Ils avaient sans doute des choses à régler, mais elle avait la certitude de pouvoir compter sur lui pour la protéger.

Une fois dehors, elle se mit à courir en direction du chêne. Sa cheville était encore un peu douloureuse, mais cela demeurait supportable ; elle voulait mettre de la distance entre elle et Landon.

Il atteignit la clôture quelques secondes après elle. Kaitlyn n'avait pas l'intention de lui demander de l'aide, aussi entreprit-elle d'escalader seule l'obstacle.

Elle était sur le point de se lancer à l'assaut de la grille lorsque Landon s'écria derrière elle :

— Kaitlyn, non !

Au même instant, quelque chose siffla à ses oreilles et vint éclater sur la clôture avec un bruit étrange.

Elle regarda le caillou qui venait de retomber en petits morceaux à ses pieds. La clôture était électrifiée. Landon venait de lui sauver la vie.

— Comment as-tu deviné ? lui demanda-t-elle en se tournant dans sa direction.

— J'ai entendu le bourdonnement électrique, dit-il en s'agenouillant, mains jointes, devant elle. Monte là-dessus, je vais t'aider.

— Et toi ? s'inquiéta-t-elle, prise d'un accès de culpabilité.

— Je suis plus grand que toi, ça va aller.

Elle considéra la branche, loin au-dessus de sa tête en se mordant la lèvre.

— Je pourrais essayer de te hisser là-haut, une fois que j'y serai, proposa-t-elle.

— Je fais deux fois ton poids, dit-il en souriant. Ça va aller, je t'assure.

Avec un soupir, elle posa ses mains sur les épaules de Landon et grimpa sur le marchepied improvisé.

— Tiens-toi prête à attraper la branche.

A peine eut-elle le temps d'assurer son équilibre qu'elle fut propulsée dans les airs. Elle dépassa la branche et contracta ses abdominaux pour ne pas se blesser lorsqu'elle se réceptionna sur le ventre contre l'écorce rugueuse. Elle expira violemment sous le choc et s'agrippa aussitôt pour ne pas retomber.

— Ça va ? s'enquit Landon.

— On dirait que tu ne connais pas ta force, Musclor, lui lança-t-elle.

— C'était pour t'éviter de faire des tractions, répliqua-t-il avec un sourire.

Kaitlyn rampa jusqu'au tronc en prenant garde à ne pas toucher la grille avec ses pieds et sentit la branche ployer brusquement sous elle.

Landon venait de s'y accrocher. Comment diable avait-il fait pour sauter aussi haut ?

— On ferait bien de se dépêcher si tu ne veux pas que la branche casse sous notre poids, suggéra Landon.

Kaitlyn se remit en mouvement. Elle posa le pied sur une prise un peu plus bas et entama la descente. Une fois au sol, Landon sauta et atterrit près d'elle.

La balle déformée qu'il portait autour du cou attira l'attention de la jeune femme. Le pendentif avait dû glisser de sous son T-shirt pendant leurs acrobaties. Elle était curieuse de savoir ce qu'il représentait pour lui, mais ce n'était pas l'heure des questions personnelles.

— Comment as-tu fait ça ?

— J'étais champion de grimpe aux arbres, quand j'étais gosse, expliqua-t-il en haussant les épaules.

Avec un soupir irrité, Kaitlyn tourna les talons en direction de la maison hantée.

Landon la suivit, les mains enfoncées dans ses poches.

— Qu'est-ce que tu vas faire de ce qu'on a appris ce soir ?

— Je n'en sais encore rien. Il va falloir que je discute avec mon supérieur pour voir comment il veut gérer ça.

Landon l'attrapa par le bras.

— Kaitlyn, les Garotteurs sont dangereux. Je ne veux pas que tu t'en mêles. Tu as entendu ce qui s'est dit là-bas. Tu ne crois pas sincèrement que le conducteur du camion va survivre à cet *accident* ? Ils n'hésiteront pas à te tuer.

Elle fixa ostensiblement la main de Landon posée sur son bras, jusqu'à ce qu'il la lâche.

— La seule façon de coincer les Garotteurs, c'est de les arrêter en flagrant délit. Il suffit de monter une opération pour les prendre la main dans le sac.

— Je n'aime pas ça. Tu n'as aucun moyen de savoir qui est impliqué là-dedans. Ils ont des hommes à l'intérieur même de la police, ils ont la possibilité de faire pression à tous les niveaux.

— C'est précisément pour ça que je compte en parler à mon chef et à lui seul. C'est lui qui formera l'équipe et on ne recrutera que des hommes de confiance.

Elle commençait à s'éloigner lorsque Landon ajouta :

— Kaitlyn, je suis désolé.

Elle se retourna vers lui.

— Est-ce que tu vas enfin me dire pourquoi tu m'as menti ?

— Je n'ai rien vu d'autre que des points lumineux

l'autre soir, s'excusa-t-il, c'est pourquoi je t'ai demandé ce que toi, tu avais vu.

— Le fait est que tu as tout de même vu quelque chose, mais que tu me l'as caché. J'ai connu mieux comme travail d'équipe !

De nouveau elle lui tourna le dos.

— Au sujet de ce qui s'est passé..., commença Landon.

— C'est toi qui avais raison, répondit-elle sans se retourner, c'était une erreur.

5

Le matin suivant, alors que Kaitlyn, en route vers son travail, patientait derrière un camion en pleine manœuvre, le rêve qu'elle avait fait la nuit précédente lui revint brusquement à la mémoire.

Elle est dans sa chambre de petite fille. Les murs sont roses comme dans ses souvenirs et un ciel bleu où paressent des nuages est peint au plafond. Elle va se mettre au lit.

Elle ôte son collier et le pose sur la coiffeuse. Elle s'éloigne alors et entend la petite chaîne glisser sur le bois.

Elle se retourne, cherche le pendentif sur la moquette, mais il n'y est plus.

Elle entend un grognement derrière elle. Elle se retourne, la peur au ventre. Un loup la fixe, le poil hérissé. Son pelage est brun avec des zébrures argentées. Il ressemble trait pour trait à celui qui est peint sur le mur de sa chambre. Lorsque Kaitlyn lève les yeux en direction de l'œuvre, le loup ne s'y trouve plus. Il est face à elle, bien réel. Il se met à gronder. Il est gigantesque.

Elle soutient son regard, le cœur battant.

— Du calme, mon gros, lui murmure-t-elle en se dirigeant lentement vers la porte.

Le grondement s'accentue et il retrousse les babines, révélant de longues dents blanches et menaçantes.

Elle cesse aussitôt de bouger. Le loup jette un regard en direction de la porte et recommence à grogner.

Un bruit dans le couloir attire son attention. Quelqu'un vient, une ombre longue qui se déplace vite.

Elle s'éloigne de la porte au moment précis où le loup bondit, changeant de forme tandis qu'il traverse la pièce d'un saut. Lorsqu'il atterrit, il se tient sur ses pattes arrière, comme un humain.

Kaitlyn s'était réveillée en poussant un cri.

Etaient-ce les événements récents qui avaient provoqué ce rêve ? Elle avait porté la main au collier autour de son cou et senti le contact rassurant du métal contre son sein. Un Klaxon avait résonné, tirant Kaitlyn de sa rêverie, et elle avait appuyé sur l'accélérateur en laissant temporairement de côté ses errances oniriques.

Elle était presque arrivée au bureau lorsqu'elle songea à la conversation qu'elle aurait sous peu avec son chef, Ronald Spark. Comment allait-il prendre la chose ? Ronald n'avait à aucun moment mentionné d'éventuels contacts de leurs adversaires au sein de la police. Elle avait découvert que Rémy était passé du côté des méchants et que Landon lui avait menti — Landon qu'elle avait pourtant embrassé… Maudit parfum entêtant ! Elle avait des raisons de mettre en doute son propre jugement, en particulier en ce qui concernait les hommes. Il n'y avait qu'une seule personne susceptible de lui donner une réponse honnête si elle l'interrogeait au sujet de Ron. Il fallait qu'elle le fasse maintenant, juste avant la réunion.

Elle prit son téléphone pour appeler Hank Freely, l'ancien coéquipier de son père. Ils avaient fait l'académie de police ensemble et Hank passait souvent la voir. Avant. Il avait aussi l'habitude de prendre des nouvelles de sa mère. Et puis il avait pris sa retraite, avait vendu sa maison en ville et s'était retiré dans son chalet dans les montagnes. Elle ne l'avait plus revu depuis.

— Oui ?

— Salut, Hank, c'est Kaitlyn McKinney. Comment se porte le retraité ?

— Je n'ai pas à me plaindre, répondit-il en riant, je me suis mis à la pêche à la mouche. Eh bien, c'est sacrément plus compliqué que ça n'en a l'air. Et toi, comment vas-tu ? Et ta maman ?

Le cœur de Kaitlyn se serra.

— Elle n'est pas au mieux. Elle a été admise à l'hôpital il y a quelques mois.

— Je suis désolé de l'apprendre, dit Hank d'une voix triste. On ne peut pas dire que j'ai fait ce qu'il fallait pour prendre des nouvelles. Et toi, tu vas bien ?

— J'ai été promue lieutenant, lui apprit-elle en tâchant de chasser sa morosité.

— Je le savais ! C'est ton père qui aurait été fier de toi !

Kaitlyn déglutit avec difficulté. Elle aurait aimé qu'il soit là en personne, il aurait pu répondre directement à ses questions.

— Tu le crois vraiment ?

— Mais j'en suis persuadé. Quelque chose me dit que tu n'appelles pas seulement pour causer de la pluie et du beau temps avec ce bon vieux Hank, ma petite. Alors dis-moi, qu'est-ce que je peux faire pour toi ?

Le feu passa au vert, la file de voitures devant elle s'ébranla et elle appuya sur l'accélérateur.

— J'ai besoin de l'avis d'une personne de confiance.

— Je t'écoute, Kaitie, répondit Hank en retrouvant son sérieux.

— Qu'est-ce que tu peux me dire sur Ronald Spark ? Je sais que toi et papa, vous avez fait l'académie avec lui, mais j'aurais voulu savoir ce que tu penses de lui, de son caractère.

Hank s'éclaircit la voix.

— Ron est un type réglo, il l'a toujours été. Je rempilerais dans l'heure s'il me le demandait.

Voilà qui confirmait son impression. Elle irait discuter

de cette affaire avec son chef le cœur bien plus léger. Il était tout de même question d'un policier mouillé dans une affaire criminelle.

— Merci beaucoup, Hank, ça m'aide vraiment. Je ferai peut-être un saut jusqu'à ton nid d'aigle un de ces jours. Ça fait longtemps qu'on ne s'est pas vus.

Il pouffa.

— Avec plaisir. Je n'ai pas beaucoup de visites. Et puis depuis que j'ai déménagé, j'ai beaucoup moins de place et il me reste des affaires qui appartenaient à ton père. Tu pourras les récupérer quand tu viendras. Je suis sûr que ta mère sera ravie de les ranger avec le reste.

— C'est entendu. Merci encore, Hank.

— Prends soin de toi, Kaitie.

Une fois arrivée au boulot, elle passa le reste de la matinée à taper son rapport. Elle détailla tout ce qu'elle avait découvert et établit la liste des liens probables. Elle ne pouvait pas y faire figurer officiellement ce qu'elle avait appris la nuit précédente, mais elle pouvait faire référence à une source anonyme, ce qui lui permettrait d'ouvrir une enquête sur une suspicion de braquage. Ceci fait, elle pourrait prendre les Garotteurs en flagrant délit.

Une odeur de pizza se répandit dans le bureau, succédant à celle du café et son estomac émit une plainte. Elle l'ignora et se rapprocha de son clavier. Elle tapa un peu plus vite en se promettant de manger quelque chose dès qu'elle aurait terminé son rapport.

Ron avait passé la matinée en réunion, elle n'avait pas encore eu l'occasion de s'entretenir avec lui. Le téléphone sonna, l'appel venait du labo.

Elle avait failli oublier le prélèvement de cendres.

— Dis-moi que ça a donné quelque chose, Ryan, lança-t-elle en décrochant le combiné.

— Bonjour à toi aussi, la salua-t-il froidement.

Elle poussa un soupir impatient et se rendit compte à quel point elle était tendue.

— Bonjour, Ryan. Dis-moi que tu as quelque chose.

Il rit.

— J'adore les femmes qui vont droit au but. Si seulement tu acceptais de sortir avec moi un de ces soirs, je suis sûr que ça collerait entre nous…

Elle visualisa le beau visage joyeux de Ryan, son large sourire et son adorable accent du Sud. Il avait du charme, mais elle s'était fixé comme règle de ne pas mélanger travail et sentiments. *Et Landon alors ?* se dit-elle. *Une merveilleuse erreur*, songea-t-elle, apportant elle-même la réponse à sa question. Et puis techniquement Landon ne travaillait plus avec la police depuis trois ans.

— Ryan, tu sais que j'ai des principes très stricts…

— Les lois sont faites pour être enfreintes, ma chérie.

— Allez, arrête un peu de me draguer. Est-ce que tu as réussi à tirer quelque chose des cendres que je t'ai fait envoyer ?

— Tu me brises le cœur, se lamenta-t-il. Pour répondre à ta question, non, ça n'a pas donné grand-chose. La pluie a fait beaucoup de dégâts. Je ne sais pas ce que tu espérais en me rapportant ça dans une barrette, mais j'ai tout de même réussi à isoler différents ADN. Celui d'un homme, celui d'une femme — le tien, j'imagine — et… est-ce que tu as un chien ?

— Pourquoi ?

— J'ai aussi trouvé quelque chose qui se rapproche de la structure d'un ADN canin.

— Vraiment ?

Le cœur de Kaitlyn fit un bond.

— Ce sont de simples conjectures, rien de vraiment fiable, mais… Alors, tu as un chien ?

— Non.

— Tu as prélevé ça dans un tas de cendres, c'est

bien ça ? Ça pourrait très bien être les restes calcinés d'un chien. Et l'ADN mâle pourrait être celui de ton petit ami s'il a tenu la barrette entre ses mains ?

— Bien essayé, Ryan, mais tu n'auras aucun détail sur ma vie personnelle.

— J'aurai tenté le coup, répondit-il, assumant pleinement son indiscrétion.

— Merci d'avoir fait ces analyses pour moi.

— La prochaine fois je serai plus malin, je te filerai un rencard d'abord, et ensuite j'accepterai les échantillons.

— Maintenant que je suis au courant, ça va être plus coton.

Elle raccrocha le combiné qui sonna de nouveau. C'était son chef.

— Bonjour, Ron.

— J'ai cinq minutes de libres. Venez dans mon bureau.

Kaitlyn sentit l'excitation monter en elle. Elle sauvegarda le document sur lequel elle travaillait et verrouilla son terminal. Attrapant son dossier, elle se dirigea vers le bureau de Ron.

Elle entra et vint s'asseoir face à lui. Il releva ses lunettes sur son front glabre et reposa le document qu'il était en train de parcourir.

— Je suis content que vous m'ayez appelé, j'allais justement demander à vous voir au sujet de l'affaire que je vous ai confiée.

— Oh ?

Kaitlyn fit ce qu'elle put pour garder un ton neutre, mais elle sentit sa gorge se serrer. Il y avait quelque chose dans la voix de Ron qui lui déplaisait terriblement et elle avait le pressentiment qu'elle n'aimerait pas ce qu'il avait à lui dire.

Il posa ses lunettes sur le bureau et s'éclaircit la voix.

— Je vous mets sur une autre affaire, plus urgente.

— Quoi ? Je croyais que c'était *cette* affaire la plus urgente ?

— D'autres dossiers requièrent notre attention et nous manquons d'effectifs, affirma-t-il en alignant machinalement les papiers posés devant lui.

Il évitait son regard. C'était très mauvais signe. Où était passée sa détermination ?

— Quelqu'un vous a menacé, c'est ça ? hasarda-t-elle en se calant au fond de son siège.

— Non, personne ne m'a menacé, dit-il en la fixant droit dans les yeux, et je n'aime pas beaucoup vos insinuations !

Elle fit glisser son rapport jusqu'à lui, accompagné d'une note manuscrite et de la photocopie de l'itinéraire récupéré la veille.

— C'est dommage, nous aurions de quoi les faire tomber si on pouvait seulement organiser un flag.

Ron parcourut rapidement le rapport et la note, puis il mit son destructeur de papier en marche et y plongea l'ensemble. Kaitlyn le regarda faire, abasourdie. Il referma l'autre dossier, très épais, celui qui trônait depuis l'arrivée de Kaitlyn sur le bureau, et le fit glisser vers elle.

— Nous n'allons faire tomber personne, McKinney, voici votre nouvelle affectation.

Les derniers fragments de son rapport s'éparpillèrent au fond de la corbeille. Elle n'en revenait pas. C'était l'unique copie de l'itinéraire dont elle disposait. Tout ce qui lui restait, c'étaient des recherches, des notes éparses glanées çà et là. Elle l'aurait giflé.

Apparemment Rémy avait respecté sa part du contrat ; il s'était effectivement arrangé pour que la police reste à l'écart.

— Mais tout ce qu'on a à faire, c'est les prendre en flagrant délit…

— Laissez tomber, McKinney. Vous avez une nouvelle

affaire et vous aurez un partenaire pour vous y aider, il s'agit de Kent Sloan. Si ça vous pose un problème, vous pouvez retrouver votre ancien grade. Est-ce que je me fais bien comprendre ?

— C'est limpide, monsieur, répondit-elle en s'emparant du dossier.

Elle quitta le bureau, l'ego éraflé et la fierté en berne.

— On ne peut pas gagner chaque fois, Kaitlyn, lui lança Ron d'une voix douce.

— Hank se trompe sur toute la ligne à votre sujet ! lui lança-t-elle une fois sur le pas de la porte.

Elle s'éloigna sans rien ajouter et se dirigea vers son bureau, l'épais dossier en main. Elle s'assit sur son siège et demeura immobile de longues minutes, encore sous le choc.

Les conversations formaient un bourdonnement autour d'elle. Trois lieutenants discutaient autour de la machine à café de leur partie de la veille, la routine quotidienne du central ronronnait à ses oreilles. Pourtant quelque chose clochait. Manifestement son chef avait subi des pressions, qu'était-elle supposée faire ?

Le grade de lieutenant n'était pas un sésame qui ouvrait toutes les portes, il lui permettait seulement de travailler sur des affaires et de les résoudre. C'était là l'important, l'insigne n'était qu'un simple outil. C'était sa toute première affaire et elle vivait sa réaffectation comme un échec personnel.

Brusquement, son estomac se rappela à son bon souvenir ; il fallait qu'elle avale quelque chose. Et elle avait besoin de prendre l'air.

Elle prit son sac à main dans le tiroir du bureau et s'apprêtait à gagner la sortie lorsqu'on l'interpella.

— Hé, McKinney ! lança une voix masculine.

Elle se retourna vers l'homme aux cheveux sombres qui s'avançait vers elle en lui tendant la main.

— Je suis Kent Sloan, j'ai hâte de travailler avec toi.

Elle lui serra la main en contemplant ses yeux bleus. Pourrait-elle jamais faire confiance à qui que ce soit désormais ? Il fallait qu'elle sorte de cet endroit, elle commençait à voir des conspirateurs partout.

— Ravie de te rencontrer. Je pars déjeuner. Tu veux qu'on jette un coup d'œil au dossier à mon retour ?

— Il a l'air plutôt épais. Pourquoi ne pas s'y mettre tout de suite ? On en a pour un moment.

Kaitlyn considéra l'imposant tas de paperasse et poussa un soupir.

— On prend quel bureau, le tien ou le mien ?

Il faisait nuit lorsque Kaitlyn arriva chez elle. Avec Kent, ils avaient passé la journée à éplucher les détails de leur nouvelle affaire. Elle était épuisée et contrariée. Elle ne prit même pas la peine d'allumer la lumière et déposa le dossier et son sac à main sur la petite table de l'entrée. Elle suivit le couloir, résolue à changer de vêtements avant d'aller rendre visite à sa mère... Mais un frisson la parcourut soudain.

Quelque chose ne tournait pas rond. Elle n'était pas seule.

Elle fit doucement sauter le bouton-pression de son holster et sortit son arme, le cœur battant. Elle arriva à la hauteur du bureau de son père, le souffle court, et braqua vivement son arme à l'intérieur, balayant chaque recoin à toute vitesse.

— Ça ferait tache dans vos états de service que vous ayez descendu votre chef, McKinney, lança alors Ron d'une voix calme.

Elle baissa son arme, soulagée, mais ne la rangea pas dans son étui.

— Qu'est-ce qui vous prend de vous introduire chez moi de cette façon, Ron ?

— J'ai trouvé un double caché dehors.

Il alluma la lampe du bureau et lui montra une photo qu'il avait prise sur le mur.

— On était jeunes à cette époque, pleins de fougue, comme vous, plaisanta-t-il en reposant la photo sur le sous-main.

C'était une photo de son père, de Ron et de Hank. Ils se tenaient par l'épaule et souriaient. Sa mère lui avait raconté qu'elle datait du jour de leur remise de diplôme.

Ron était peut-être un vieil ami de son père, mais elle n'appréciait pas sa façon de s'introduire chez elle, sans parler du camouflet qu'il lui avait infligé un peu plus tôt dans son bureau.

— Qu'est-ce que vous voulez ? demanda-t-elle en relevant le canon de son arme dans sa direction.

— Pose ton arme, Kaitlyn, soupira-t-il en passant soudainement au tutoiement. Je suis ici pour te parler de l'affaire Tacomi. Nous allons devoir nous montrer extrêmement prudents. Manifestement, il y a une taupe dans le département qui donne des infos aux Garotteurs et à la mafia.

— Est-ce que vous êtes en train de me dire que vous ne m'avez pas réellement retiré l'affaire ? demanda-t-elle en se laissant tomber dans le siège, stupéfaite.

Ron acquiesça lentement.

— Mais il fallait que je donne le change, puisque je n'ai pas la moindre idée de l'identité de celui qui nous trahit. Tu avais raison. J'ai reçu des menaces téléphoniques. On m'a demandé de te débarquer.

— Bon sang, Ron, vous avez déjà pensé à devenir comédien ? Parce que vous étiez salement convaincant tout à l'heure. O.K., voilà comment je vois les choses…

Ron leva un doigt pour calmer son enthousiasme.

— Tu es toujours sur cette affaire, mais de façon officieuse.

— Ce n'est pas jus…

— Réfléchis une minute, veux-tu ? Si quelqu'un te voit fouiner au grand jour, ils sauront que nous sommes toujours après eux. Il y a sans doute un ripou parmi nous, c'est pourquoi je te garde en renfort, au cas où j'aurais besoin qu'on m'épaule.

Elle n'aimait pas ça, mais Ron avait raison. La mafia et les Garotteurs allaient la surveiller. Elle voulait les voir plonger, et elle était prête à faire ça en sous-marin.

— Qu'est-ce que vous attendez de moi ?

Ron sourit, se leva de sa chaise et contourna le bureau.

— Tu es bien la fille de ton père, du moins tel qu'il était étant jeune.

Comment ça, étant jeune ? Qu'est-ce qu'il voulait dire par là ?

— J'ai mémorisé les dates et les itinéraires avant de détruire le document, reprit-il. Je vais recruter un petit groupe de trois hommes qui ont toute ma confiance et nous allons arpenter chaque itinéraire, jusqu'à mettre la main sur ces salauds.

— Ça m'ennuie d'enfoncer des portes ouvertes, fit-elle remarquer, d'un air soucieux, mais s'il y a une taupe au sein du département, est-ce qu'on ne devrait pas alerter les affaires internes ?

— Si, et nous le ferons, répondit-il avec un sourire, mais je ne veux pas que leurs investigations gênent mon opération. Notre marge de manœuvre va être dramatiquement réduite et cela pourrait être notre unique chance. Mais ne te monte pas trop la tête, il y a gros à parier qu'une fois inquiétés, la mafia et les Garotteurs feront porter le chapeau à leur mouchard.

Il la serra soudain contre lui, sans lui laisser le temps de réagir.

— Ton père, Hank et moi, nous étions comme des frères, tu sais, et je ne voudrais pas qu'il t'arrive quelque chose.

— J'aimerais simplement me rendre utile, Ron,

pas la peine de me chouchouter, répliqua-t-elle en se dégageant de son étreinte.

— Ton rôle est capital dans cette affaire, Kaitlyn, lui dit-il en la prenant par les épaules, tu seras la première au courant dès que tout sera mis en route.

Le vent froid de l'automne lui apporta de fortes odeurs de saucisse et de chou, tandis qu'elle se dirigeait vers l'hôpital.

— Il faut qu'on parle, dit une voix à ses côtés.

Elle était perdue si loin dans ses pensées qu'elle n'avait pas entendu Landon approcher. Surprise et enivrée par son odeur grisante, elle faillit trébucher.

— Tu m'as suivie ?

Etrangement, cette idée l'excitait. Elle allongea le pas, obsédée par l'idée qu'il marchait à ses côtés, moulé dans son T-shirt kaki.

Juste avant qu'elle ne détourne le regard, Landon l'avait capturée dans le faisceau de ses pupilles marine, avec l'intention manifeste de la dévorer toute crue. Elle s'était sentie chavirer.

Bon sang, elle était encore raide dingue de lui.

Landon inspira profondément, enfonça ses mains dans ses poches et se décida à poser la question qui lui brûlait les lèvres.

— Qui est ce type ? lui demanda-t-il.

Kaitlyn fut prise de court. Elle s'arrêta et se tourna vers lui.

— De qui parles-tu ?

Un petit groupe sortit d'un restaurant et se dirigea bruyamment dans leur direction. Landon se rapprocha de Kaitlyn pour les laisser passer.

— Du type qui porte cette eau de Cologne bon marché, lui murmura-t-il à l'oreille.

Kaitlyn bouillonna intérieurement de colère, mais

elle ne laissa rien paraître ; elle ne voulait pas lui faire ce plaisir.

— C'est lié à une affaire criminelle, se justifia-t-elle.

Elle commença à s'éloigner, mais il la retint par le bras.

— Et le dossier Tacomi ?

Elle observa ostensiblement la main de Landon agrippée à sa veste.

— Ça ne te regarde pas, asséna-t-elle en se libérant brusquement de son étreinte.

Elle s'éloigna, prise d'un léger vertige. Elle n'arrivait pas à savoir pourquoi elle lui en voulait à ce point mais, vu de l'extérieur, la scène qui venait de se dérouler devait furieusement ressembler à une rupture entre deux amoureux.

Alors oui, ils avaient échangé un baiser inoubliable qui l'avait électrisée des pieds à la tête, mais il l'avait trahie et ça, elle n'arrivait pas à le digérer, malgré l'attirance animale qu'elle ressentait dès qu'il s'approchait d'elle.

Landon la regarda s'éloigner, avec la tentation de la rattraper pour lui livrer ses sentiments. Il avait senti sur elle l'odeur d'un autre homme, ce qui signifiait qu'ils avaient été physiquement très proches. Le bout des doigts le démangea ; ses griffes menaçaient de jaillir.

Il serra les poings et décida de la suivre, en se demandant comment il allait pouvoir jouer les gardes du corps alors que Kaitlyn ne lui faisait plus confiance et qu'elle semblait ne plus rien vouloir avoir à faire avec lui.

Pourtant, il lui emboîta le pas, hypnotisé par les ondulations de ses hanches et par les fragrances florales qu'elle laissait dans son sillage.

— Je sais que tu m'en veux, lui dit-il en la rattrapant,

mais je ne t'ai pas menti. Je n'ai pas vu ce que toi, tu as vu l'autre nuit. J'ai vaguement discerné une luminescence, mais rien qui ressemblait à des empreintes.

Elle fit volte-face.

— C'est suffisamment dur pour moi d'être dotée de cette capacité bizarre sans qu'en plus on me prenne pour une cinglée. Personne dans le département n'est au courant. Et il y a une bonne raison pour ça. J'ai été assez bête pour te faire confiance et toi, tu me jettes ma naïveté au visage. C'est indigne !

Landon savait exactement ce qu'elle ressentait. Lui-même avait longtemps vécu à cheval entre deux mondes, mais il ne pouvait pas se permettre de s'ouvrir à elle.

— Ça fait un moment que je bosse comme privé et que je collabore avec la police, mais je ne me suis jamais senti vraiment à ma place. J'ai longtemps fait cavalier seul, Kaitlyn, alors je comprends en partie ce que tu ressens. Je ne voulais pas te donner cette impression. Je ne te prends pas pour une folle. Je suis désolé d'avoir agi comme je l'ai fait.

Son regard se fit plus dur, comme lorsque le mâle dominant s'adressait à sa meute, s'agissant d'une question de vie ou de mort.

— J'ai vu les mêmes traces dans le parc et sur cette poignée, continua-t-il, et cela signifie que les affaires sont liées, insista-t-il, et je veux que tu abandonnes ; c'est bien trop dangereux.

— C'était juste un chien incendié, non ? lui rétorqua Kaitlyn avec un air de défi, en quoi est-ce que ça pourrait être dangereux ?

Elle lui lança un regard inquisiteur avant de poursuivre :

— Et qu'est-ce que tu as à voir avec tout ça, toi ? Tu sais des choses, mais tu ne me dis pas tout.

Bon sang ! Il ne pouvait rien lui dire sous peine de

mettre en péril la meute, aussi choisit-il de jouer la carte de l'intimidation. Il se rapprocha d'elle.

— Je n'ai pas vu d'empreintes, soit. Mais si ce que tu m'as décrit existe réellement, cette chose est capable de te réduire en pièces d'un seul claquement de doigts. Alors laisse tomber, Kaitie !

Elle se dressa sur la pointe des pieds pour se hisser à sa hauteur. Leurs visages n'étaient séparés que de quelques millimètres. Elle avait un regard volcanique, comme celui d'un loup en plein combat.

— Tu en sais plus que tu ne veux bien l'admettre. Tant que *je* n'en saurai pas davantage, je ferai les choses à *ma* façon.

Elle tourna les talons, la tête haute, et il la regarda s'éloigner. Quel maudit caractère ! Elle ferait une parfaite femelle dominante. Elle avait bien plus de cran que la plupart des mâles de la meute.

6

Lorsqu'elle eut quitté Landon, Kaitlyn rejoignit l'hôpital et gagna directement la chambre de sa mère.

— Oh, mais qu'est-ce que tu m'apportes là ? s'enthousiasma la mère de Kaitlyn d'une voix douce en la voyant entrer.

Kaitlyn fit tourner le vase qu'elle tenait dans ses bras, afin que sa mère puisse admirer les pierres translucides colorées qu'elle y avait savamment disposées selon des motifs complexes.

— Je l'appelle le bouquet éternel, expliqua-t-elle.

— C'est splendide, dit Sharon, admirative, en regardant Kaitlyn poser l'objet sur la table près du lit.

— Je compte rester longtemps avec toi aujourd'hui, annonça Kaitlyn en prenant la main de sa mère.

L'émotion la gagna lorsqu'elle constata que la poigne de Sharon avait perdu de sa vigueur.

— Magnifique, le récit de tes aventures m'a manqué. Raconte-moi comment se passe ton travail.

Kaitlyn remarqua les larges cercles autour des yeux de sa mère. Elle lui serra la main un peu plus fort et la posa contre sa joue. Elle ne l'avait pas encore mise au courant pour sa promotion ; elle ne voulait pas tirer la couverture à elle lors de ses visites.

— Hé, hé, toi d'abord. Raconte. Comment te sens-tu ?

— Je suis épuisée en permanence, Kaitie, soupira-t-elle. Les médicaments atténuent la douleur, mais j'ai l'impression de passer mes journées à dormir. Et puis ton père me manque tellement…

Durant les derniers mois, sa mère avait de plus en plus souvent évoqué son défunt époux. Ces conversations douces-amères étaient pénibles pour Kaitlyn. Elle savait que sa mère avait hâte d'en finir avec ce cancer qui lui dévorait le corps, et parler de son mari semblait l'apaiser, chaque fois qu'elles se remémoraient ensemble les bons moments passés avec lui.

Ce soir-là elles parlèrent toutes les deux de leurs vacances à la mer, des carnavals, des farces d'Halloween… Et ce faisant, Kaitlyn songea, le cœur serré, à quel point sa mère souffrait, avec la certitude effrayante que dans un avenir proche elle serait bientôt seule au monde.

Tandis qu'elles évoquaient son père, le souvenir du rêve mettant en scène le loup de la toile peinte lui revint à la mémoire.

— Maman, dit-elle en serrant la main de sa mère, j'ai toujours voulu te demander d'où venait la fascination de papa pour les loups et les lycanthropes ? Ça a toujours été son obsession ?

— Non, soupira Sharon, ça date d'avant ta naissance. Nous étions jeunes mariés et ton père était parti courir dans le parc, comme tous les soirs. Il est revenu couvert de sang et m'a dit avoir été attaqué par un chien gigantesque. Il a fallu lui faire trente points de suture au mollet. A dater de ce jour, poursuivit-elle, le regard perdu dans le lointain, son obsession pour les loups ne l'a plus quitté et il a même fini par s'intéresser aux légendes concernant les lycanthropes.

— Cet intérêt soudain ne t'a pas paru étrange ?

— Si, bien sûr. Et puis j'ai lu un article parlant des victimes d'attaques de requins. Certains ont développé une passion pour ces animaux, sans doute afin de surmonter leur phobie. Ton père faisait parfois des cauchemars et se réveillait en sueur, mais tout cela a cessé du jour où il s'est plongé dans ses recherches. Je crois que j'ai dû me résoudre à cela en pensant que c'était un moindre mal. J'étais surtout heureuse de retrouver mon mari tel qu'il était avant, même si ses loisirs à lui étaient plutôt… bizarres.

— Merci de me raconter ça, murmura Kaitlyn à sa mère avec un sourire, ça m'aide à le connaître un peu plus chaque fois qu'on parle de lui. Il est mort sans que j'aie eu la chance de savoir vraiment quelle personne il était, j'étais trop jeune et trop égocentrique pour m'intéresser à lui.

Kaitlyn n'avait jamais vraiment connu les circonstances exactes de sa mort, elle savait simplement qu'il s'était fait agresser. Désormais elle était flic et elle tenait à savoir ce qui s'était passé, pour autant elle ne voulait pas aborder ce sujet avec sa mère et préférait lui laisser ses souvenirs heureux. Elle découvrirait bien la vérité un jour par elle-même.

— Tu ne devrais pas envisager les choses de cette façon, ma chérie, lui fit remarquer sa mère en lui serrant la main, tu n'avais que six ans quand il est mort. Ta venue au monde a été un vrai miracle pour nous qui pensions ne jamais réussir à avoir d'enfant. Ton père t'aimait énormément et il savait que c'était réciproque. Il se montrait très protecteur et il voulait toujours le meilleur pour toi. Même en mourant, il t'a épaulée en quelque sorte, grâce à cette bourse remise aux orphelins de la police.

— Oh, maman, sanglota Kaitlyn en embrassant sa mère sur la joue.

Trois jours plus tard Kaitlyn parvint enfin à prendre un peu de temps pour elle. Elle voulut rendre visite à sa mère, mais cette dernière ne se sentait pas bien, ce jour-là. Aussi, plutôt que de se résoudre à déprimer seule chez elle, fit-elle un crochet par la bibliothèque du centre-ville. Elle se gara dans une ruelle adjacente et remonta le trottoir jusqu'au perron de l'édifice en humant les senteurs du soir.

Elle croisa plusieurs personnes qui quittaient la bibliothèque, parmi lesquelles un homme efflanqué aux cheveux noirs. Ce dernier sembla hésiter, s'arrêta à son niveau, palpa ses poches comme s'il cherchait quelque chose. Il faisait bon à l'intérieur du bâtiment, mais Kaitlyn frissonna en observant l'inconnu du coin de l'œil. L'homme se dirigea finalement vers les rayonnages dédiés aux autobiographies.

Bon sang, je vais finir par devenir complètement parano, si je ne me sors pas de la tête ces histoires de taupe et de complot. Elle passa la main sur le holster vide caché sous sa veste et poussa un soupir. Elle savait à quel point les portiques de la bibliothèque étaient sensibles et elle n'avait pas voulu attirer l'attention sur elle en les faisant sonner ; elle avait donc laissé son arme dans la boîte à gants de la voiture.

Il fallait qu'elle se détende. Elle inspira profondément et se dirigea vers l'accueil.

— En quoi puis-je vous aider ? lui demanda la jeune hôtesse brune qui portait un piercing au sourcil.

— Je cherche les microfiches des journaux datant d'il y a une vingtaine d'années.

— Le département des microfiches se trouve dans cette direction, pièce 100, lui indiqua l'employée.

Kaitlyn alluma la lumière en pénétrant dans la salle en question. Des globes fluorescents s'illuminèrent en grésillant et révélèrent des étagères croulant sous des boîtes entières de microfiches dûment étiquetées.

Elle trouva ce qu'elle cherchait et chargea la bande dans un projecteur. Elle fit défiler les pages jusqu'à trouver le bon article : « Un policier est tué en dehors de son service dans le parc Morningside. »

Ses yeux s'agrandirent de stupeur à la mention du parc. Elle ignorait que c'était à cet endroit qu'avait eu lieu le drame.

Elle lut l'article :

Le corps de James McKinney a été retrouvé tôt ce matin dans le parc Morningside. Des témoins présents ont noté des traces de griffures sur sa poitrine, suggérant qu'il avait sans doute été agressé par un animal. Les marques étaient trop grandes pour être celles d'un chien, mais aucune autre explication n'a été avancée jusqu'ici.

Elle ferma les yeux et retint ses larmes. Lorsqu'elle avait été en âge de comprendre, sa mère lui avait expliqué quel homme était son père. Mais elle avait alors prétendu qu'il avait succombé à une blessure à la tête, infligée par un voleur.

Elle poursuivit sa lecture :

L'enquête sur la mort de l'officier McKinney conclut à un décès par traumatisme crânien. Des traces de sang sur l'aire de jeux pour enfants confirment qu'il aurait été violemment projeté contre le portique, ce qui aurait provoqué une mort instantanée. Rien ne permet cependant de déterminer quel animal a attaqué le fonctionnaire de police.

Le cerveau de Kaitlyn se mit à tourner à cent à l'heure, tentant d'imaginer quelle créature avait pu se jeter ainsi sur son père.

Dix-huit ans plus tôt, les vampires étaient déjà une race disparue. Etait-il possible que certains aient survécu ? En outre, il y avait eu cet incident isolé, l'enlèvement de l'écrivain Ariel Swanson, quelques mois plus tôt, mais c'était un cas unique, pour ce qu'elle en savait. Et que penser de l'étrange aura de la créature trouvée dans le parc ? Si cette chose existait réellement et qu'elle vivait dans les bois en bordure du parc, était-il possible qu'un de ses congénères soit responsable de la mort de son père ? Est-ce que cette créature possédait des griffes acérées ? Peu lui importait désormais de savoir qui avait réduit cette abomination en cendres.

Elle voulait des réponses et la seule personne susceptible de les lui fournir était Landon. Il était le seul à avoir suggéré que quelle que soit la nature de la chose qui avait attaqué et brûlé le cadavre dans le parc, elle était capable de déchiqueter Kaitlyn d'un seul geste. A contrecœur, elle se décida à composer le numéro du Central. Quelqu'un trouverait bien les coordonnées de Landon pour elle.

— Salut, Sandra, est-ce que tu aurais le numéro de portable de Landon ?

— Nous l'avons, mais il tient à sa tranquillité. Je peux l'appeler, lui dire que tu le cherches et lui donner ton numéro. Ça te convient ?

— Faisons comme ça, accepta Kaitlyn en soupirant. Je vais bientôt quitter la bibliothèque de la 42e Rue, je n'aurai peut-être pas de réseau pendant un moment. Dis-lui d'attendre un quart d'heure avant de me rappeler. Merci.

Elle raccrocha et enclencha le mode vibreur de l'appareil au cas où Landon appellerait un peu trop tôt. Elle passa les dix minutes suivantes à ranger les microfiches dans leurs boîtes, avant d'éteindre l'appareil.

Elle fit un signe à la bibliothécaire, boutonna sa veste et sortit les clés de sa poche avant de passer le portique de sécurité pour retrouver la fraîcheur de la nuit.

Il n'y avait personne sur le trottoir. Quelques voitures passèrent, éclairant de leurs phares l'angle du bâtiment au-delà duquel elle était stationnée.

Dès qu'elle se fut engagée dans la petite rue, elle sentit une présence derrière elle.

Personne n'aurait pu la rejoindre si rapidement, mais son instinct lui souffla qu'il s'agissait de l'homme brun qu'elle avait croisé un peu plus tôt. Elle pourrait certainement en venir à bout, sauf s'il était armé. L'homme était si près qu'elle sentait son souffle, mais elle résista à la tentation de se retourner. Au lieu de ça elle lui écrasa le pied d'un coup de talon et lui enfonça son coude dans les côtes. Elle l'entendit grogner de douleur et s'élança vers sa voiture, le cœur bondissant dans sa poitrine.

A mesure qu'elle s'enfonçait dans la ruelle, les ténèbres se faisaient plus denses, mais elle aperçut les contours de sa voiture à quelques mètres seulement. Le souffle court et les muscles des jambes en feu, elle força l'allure.

Heureusement qu'elle lui avait écrasé le pied, cela allait lui permettre de rejoindre sa voi…

L'homme la dépassa à la vitesse de l'éclair et s'appuya avec nonchalance contre la carrosserie, comme s'il l'avait attendue ainsi toute la soirée. Sa rapidité était proprement terrifiante… et parfaitement inhumaine.

— Tu veux jouer à ça avec moi, coquine ? Alors allons-y, la provoqua-t-il en l'invitant à se battre d'un geste de la main, et lui adressant un grand sourire qui révéla ses canines aiguisées.

Kaitlyn sentit la sueur lui rouler dans le dos malgré la fraîcheur de la nuit. Elle voulut faire volte-face pour retrouver la sécurité de la bibliothèque, mais un coup puissant à la poitrine lui coupa le souffle et la projeta en l'air.

L'inconnu la rattrapa avant qu'elle ne heurte le sol, et éclata d'un rire sinistre. Il était certes famélique, mais sa poigne était d'acier. Kaitlyn chercha à reprendre son souffle, malgré la douleur qui irradiait de son sternum.

Dans quel guêpier était-elle encore allée se fourrer ? En dépit de sa vision vacillante, elle discerna un deuxième homme qui se dirigeait vers eux. Celui-là avait les cheveux longs.

— Tu nous as bien fait courir, ma petite, lui reprocha-t-il.

Au même instant, ses crocs apparurent et il déchira la veste de Kaitlyn de ses griffes, avec la même aisance qu'un chat déchiquetant un mouchoir en papier.

Elle hurla de douleur lorsqu'il la saisit par le col, lui meurtrissant la chair au passage. L'instinct de survie et la souffrance libérèrent des quantités fantastiques d'adrénaline dans son corps. Elle en profita pour lui écraser son poing au milieu de la figure, avant de lui envoyer son pied entre les jambes.

— Ta proie n'est pas encore morte, saloperie de vampire ! s'exclama-t-elle malgré la douleur dans sa poitrine.

Le vampire aux cheveux longs relâcha sa prise et s'effondra à genoux en se tenant l'entrejambe. Son comparse, celui qui la retenait prisonnière, la projeta une nouvelle fois en l'air avec un cri de colère.

La jeune femme atterrit rudement sur le capot de sa voiture et sa tête heurta la carrosserie. Il lui sembla entendre son téléphone vibrer quelque part sur le sol, mais les vertiges et la douleur perturbaient sérieusement ses perceptions. Sa vision se brouilla et elle glissa mollement du capot.

La souffrance était trop grande. Ses jambes refusèrent de la porter et elle s'effondra sur l'asphalte froid et rugueux. Quelque chose de chaud coula de son front, elle supposa que ce devait être son sang. Elle ferma les yeux pour ne pas laisser le liquide épais l'aveugler.

Elle entendit des bruits de pas tout proches. La panique la gagna et elle se contracta, s'attendant à être battue à mort ou réduite en charpie. Au lieu de ça, un cri bestial résonna à l'autre bout de la rue. Il y eut un bruit sourd, suivi de grognements animaux hargneux.

Il y avait encore un espoir si les vampires se battaient entre eux !

Il faisait extrêmement sombre dans cette ruelle. Elle cilla pour tenter d'y voir clair, mais sa vision refusait de lui obéir et elle ne distingua que des silhouettes vagues qui se déplaçaient avec une rapidité aberrante.

Un cri de bête à glacer le sang résonna, et une masse molle et humide vint atterrir sur son épaule et son bras droit. Elle fut prise d'une violente nausée ; c'était du sang. Enormément de sang. L'un des vampires venait donc de tuer l'autre. Elle serait la suivante sur la liste.

Elle commença à ramper en serrant les dents face à la douleur. Elle devait rester aussi discrète que possible.

Les grognements et les bruits de combat reprirent et elle cessa sa reptation. Le second vampire avait-il seulement blessé son adversaire ? Plutôt que de vérifier par elle-même, elle se résolut à s'éloigner aussi vite et aussi loin que possible, avant qu'ils ne remarquent son absence. Elle n'avait fait que quelques mètres lorsqu'un goût métallique vint lui envahir la bouche. Son cœur battait beaucoup trop fort et elle commençait à avoir du mal à respirer.

Elle s'arrêta, le temps de reprendre son souffle. A aucun prix, elle ne devait s'évanouir.

Un éclat argenté attira son attention. Il y avait quelque chose sur le sol. Elle plissa les yeux pour mieux y voir. Une balle écrasée.

C'était le pendentif de Landon.

Cela signifiait-il qu'il était là ? Etait-ce son sang qui l'avait éclaboussée ? Elle sentit la bile lui monter à la gorge et elle dut déglutir à plusieurs reprises pour ne pas vomir en imaginant le pire. Elle ne voulait pas qu'il lui arrive malheur. Landon lui cachait des choses, c'était évident, mais elle était intimement persuadée qu'il faisait partie des gentils.

Elle se tourna vers les silhouettes floues des combattants ; il fallait qu'elle soit fixée. L'un des deux dominait l'autre d'une bonne tête et il y avait dans sa posture quelque chose de différent. Elle cilla, mais sa vision commença à s'obscurcir avant que son esprit embrumé ne parvienne à comprendre ce qu'elle était en train de regarder.

— Landon ! appela-t-elle d'une voix faible en serrant le pendentif au creux de sa paume.

Elle l'enfouit au fond de sa poche, et les ténèbres l'avalèrent.

Landon entendit la toute petite voix de Kaitlyn. Il jeta un coup d'œil dans sa direction et ses sens de loup-garou lui permirent de la distinguer nettement malgré l'obscurité. Son cœur battait normalement, mais elle venait de s'évanouir. Cette idée le mit hors de lui.

Son appartement était tout près, aussi avait-il décidé de la rejoindre directement à la bibliothèque, après avoir reçu l'appel de Sandra. Arrivé sur les lieux, il avait aussitôt perçu la menace. Il avait vu Kaitlyn étendue sur le sol et n'avait même pas pris le temps de réfléchir avant d'adopter sa forme primale ; elle était en danger. Il avait ôté son pendentif d'argent et s'était jeté sur les vampires avant qu'ils puissent comprendre ce qui leur arrivait.

Il avait tué le plus grand d'un coup puissant qui lui avait sectionné la jugulaire, puis il avait fait face au second pendant que le premier se vidait de son sang.

A présent, ils s'observaient en silence, se jaugeant l'un l'autre.

— Incroyable, s'exclama soudain le vampire face à la masse gigantesque de Landon sous son apparence hybride, voilà qui va rendre ce combat beaucoup plus intéressant !

Landon sentit que le vampire transpirait de peur malgré ses répliques pleines de morgue. Il allait payer de sa vie ce qu'il venait de faire à Kaitlyn.

Qu'est-ce qui est si incroyable ? Le fait que je vais te tuer sans effort ou la lenteur avec laquelle je compte le faire ? Tu ne m'arrives pas à la cheville et tu le sais. Mais vas-y, tente ta chance ! lança mentalement Landon au vampire, tout en faisant claquer sa mâchoire de façon sinistre.

Le vampire éclata d'un rire effrayant et découvrit ses crocs.

— Puisque tu combats sous cette forme, je ne vais pas être forcé de te courir après comme derrière un vulgaire toutou ! On va pouvoir se battre comme des hommes.

Tu fais erreur, maintenant, c'est toi, ma proie.

Le vampire haussa les épaules avant de franchir d'un bond les trois mètres qui les séparaient, griffes sorties, bouche ouverte, visiblement déterminé à réduire Landon en charpie.

Le loup-garou intercepta le Sanguina en plein vol et planta profondément ses griffes dans l'épaule de son adversaire, perforant les muscles et les tendons. Le vampire hurla de douleur lorsque Landon remua les doigts. Le suceur de sang attrapa l'avant-bras de son agresseur et le laboura, arrachant un grognement de souffrance au lycanthrope qui fit passer son ennemi au-dessus de sa tête avant de le fracasser contre le mur de la bibliothèque.

Le vampire s'écroula sur l'asphalte dans un bruit sourd, entraînant des briques et du mortier dans sa chute. Il poussa un cri de colère et se jeta de nouveau sur Landon. Cette fois-ci, le loup-garou était prêt et d'un puissant coup de poing en plein visage, il l'envoya s'écraser une nouvelle fois contre le mur.

Grâce à son ouïe surhumaine, il entendit des sirènes approcher alors qu'il s'apprêtait à achever son adversaire. Il n'avait que quelques minutes devant lui pour s'occuper du vampire et mettre Kaitlyn à l'abri.

Il ne laissa pas au Sanguina le temps de reprendre

ses esprits. Il s'assit pesamment sur sa poitrine et le saisit par les cheveux. *J'aurais aimé te rendre chaque coup de griffe, chaque morsure au centuple, mais tu as de la chance, je manque de temps,* lui expliqua-t-il mentalement avant de lui briser la nuque d'un rapide mouvement de torsion.

Dès que le cœur du vampire eut cessé de battre, Landon saisit les deux corps sans vie en remerciant silencieusement les services de la ville de ne pas avoir remplacé les ampoules des réverbères de la ruelle.

Personne n'était venu dans l'allée depuis le début de l'affrontement. Du reste, qui serait assez fou pour mettre le pied dans un coupe-gorge plongé dans l'obscurité et d'où s'élèvent les bruits d'un combat à mort ? La police ne tarderait plus, cependant.

Landon reprit forme humaine, attrapa les clés que Kaitlyn avait laissées tomber durant la bataille. Il ouvrit le coffre et fut heureux d'y trouver des cordes de remorquage. Il ôta le crochet situé à leur extrémité et les plongea largement dans le réservoir du véhicule. Ceci fait, il les jeta sur les corps inertes des deux vampires.

Il prit Kaitlyn toujours inconsciente dans ses bras et l'allongea avec soin sur la banquette arrière, avant de s'installer derrière le volant. Il mit le contact et enfonça l'allume-cigare tout en éloignant le véhicule des deux cadavres.

Il descendit ensuite mettre le feu aux cordes imbibées qui s'embrasèrent aussitôt. La chaleur des flammes réchauffa son torse nu et il recula en regardant les vêtements s'enflammer.

L'odeur de chair calcinée lui emplit les narines tandis qu'il retournait vers la voiture. Il jeta un dernier coup d'œil dans le rétroviseur en songeant qu'il aurait préféré se débarrasser des corps d'une façon plus discrète, mais l'arrivée de la police ne lui en avait pas laissé l'occasion.

Il prit la direction opposée à celle d'où s'élevait le bruit des sirènes, vers les montagnes Shawangunk. Il ignorait si les vampires avaient traqué Kaitlyn, mais à son arrivée, il lui avait semblé que les Sanguinas jouaient avec elle plus qu'ils ne chassaient. Si la jeune femme ne se remettait pas de ses blessures, Jachin pouvait dire adieu à sa trêve, vampires renégats ou pas.

7

Kaitlyn se débattit lorsque Landon la porta à l'intérieur de son chalet. Elle était dans un état second, comme au réveil d'un affreux cauchemar et s'évanouit une nouvelle fois lorsqu'il la mit sur son lit. Il posa son doigt sur la jugulaire de la jeune femme et se concentra pour compter les pulsations.

Les battements étaient réguliers ; elle survivrait.

Soulagé, il entreprit de l'examiner afin de constater quelles blessures les vampires lui avaient infligées.

Sa veste et son T-shirt étaient en lambeaux et poisseux de sang. Son sang à elle.

Il s'installa près du lit et commença à la déshabiller d'une main tremblante. Il découvrit un pendentif en argent entre ses seins et fut surpris que le bijou n'ait pas cassé alors que ses vêtements n'avaient pas résisté à la violence des coups de griffes. Un petit loup en argent était suspendu au bout de la chaîne.

Il songea, la gorge serrée, qu'il s'était promis de la protéger à tout prix durant toutes ces années et que, ce soir, il venait d'échouer.

Il déposa la longue chaîne et le pendentif près d'elle sur le lit et entreprit de lui ôter ses vêtements. Son soutien-gorge était déchiré et les lambeaux de tissu s'étaient mêlés au sang qui avait commencé à coaguler le long des quatre grandes entailles qu'elle avait reçues au niveau du plexus solaire. Il ôta le sous-vêtement et le sang se remit à jaillir.

Ce spectacle le bouleversa et il laissa échapper une longue plainte triste qui fit vibrer les carreaux de la fenêtre.

Il lui ôta le reste de ses vêtements afin de s'assurer qu'elle n'avait pas d'autres blessures. Mais, heureusement, seules les quatre plaies sur sa poitrine nécessitaient des soins rapides.

Il fit alors ce que font les membres d'une meute pour leurs frères et leurs sœurs blessés. Après avoir déposé un baiser sur son front, il lécha précautionneusement la première plaie. Il passa sa langue sur la chair tuméfiée et sentit le goût de son sang. Cela provoqua en lui un étrange cocktail de sensations opposées.

Elle avait la même saveur que…

Lui.

Elle avait le goût des Luprédas. Landon se rassit, stupéfié par cette découverte. Il ôta la barrette qui retenait les cheveux de Kaitlyn et passa sa main dans ses boucles soyeuses.

— J'ai tellement envie d'être avec toi que je suis en train de me convaincre que tu es ma sœur de meute, mon petit loup, lui chuchota-t-il, le cœur battant.

L'une des plaies se remit alors à saigner comme en réponse à son aveu, mettant en évidence l'incapacité de ce corps mortel à guérir de lui-même.

— Tu es à moi, peu importe le sang qui coule dans tes veines, murmura-t-il en se penchant de nouveau sur ses blessures afin d'y déposer un peu de salive cicatrisante.

Lorsqu'il arriva à la quatrième plaie, il constata avec satisfaction que les trois autres s'étaient déjà refermées et fut surpris de voir des croûtes commencer à se former.

Tandis qu'il lui administrait les premiers secours,

il avait pris soin de laisser ses propres émotions de côté et s'était interdit de laisser ses lèvres errer sur ce corps offert. Il devait la guérir, ses pulsions sexuelles attendraient.

Il lapa une dernière fois l'ultime plaie avec des grognements affectueux, puis il vint s'allonger près d'elle et lécha la petite blessure qu'elle avait à la tempe. Il laissa sa langue vagabonder jusqu'au creux de son cou et ferma les yeux pour mieux profiter de son odeur. Il envisagea un moment de se rhabiller, mais ce peau-à-peau était trop agréable pour qu'il y mette un terme.

Une heure passa ainsi, puis Kaitlyn roula sur le côté et vint se blottir contre lui, ses seins plaqués contre son torse. Elle lui passa la main dans les cheveux et le tint serré contre elle. Ses gestes étaient délibérés, cela ne faisait aucun doute.

Elle ouvrit les yeux et il perçut l'accélération de son rythme cardiaque, ainsi que le parfum de son excitation grandissante.

— Je ne sais pas pourquoi je suis nue contre toi et j'ai l'impression d'avoir été malmenée, chuchota-t-elle d'une voix fatiguée en lui caressant le cou, mais je me sens en sécurité. Je voudrais juste que tu m'embrasses.

— Mais tu es blessée..., commença-t-il.

Elle posa un doigt sur ses lèvres pour l'interrompre.

— Chut... Je suis en vie et c'est tout ce qui compte. Je veux que tu me touches, Landon. Aime-moi, murmura-t-elle en se collant à lui.

Tu n'imagines pas à quel point j'en ai envie. Une vive émotion le gagna, accompagnée d'une puissante érection. Il laissa la pointe de ses doigts dessiner la courbe des hanches de Kaitlyn puis, glissant sa main dans son dos, il l'attira à lui avec une infinie douceur. Il huma son odeur en portant sa bouche à ses seins avec une délicatesse presque religieuse.

— Embrasse-moi, haleta-t-elle en lui attrapant les cheveux.

Landon avala le téton dressé et sentit les ongles de la jeune femme s'enfoncer dans son cuir chevelu. Elle avait envie de lui.

Il se découvrait des trésors de patience avec cette femme à qui il voulait donner du plaisir, qu'il désirait combler.

— Vas-y, je n'en peux plus d'attendre, supplia-t-elle.

Landon sentit son corps frémir aux accents sensuels et rauques de cette voix affolante. Il lui attrapa les seins avec fermeté et referma vigoureusement ses lèvres, la mordillant, lui arrachant des gémissements de plaisir.

Bientôt une odeur musquée les nimba tous deux. Il la prit par les hanches et roula sur elle. Elle étouffa une petite plainte qui rappela à Landon qu'elle était blessée. Il s'appuya alors sur son coude et se glissa entre ses cuisses tandis qu'elle le saisissait par les épaules et plantait ses ongles dans son dos. Elle se cambra et se frotta en gémissant contre Landon.

— Je sens le parfum de ton désir, gronda-t-il en laissant sa langue courir sur le ventre de Kaitlyn.

Il pouvait sentir les battements rapides de son cœur et dut se ressaisir pour ne pas la prendre par les hanches et la pénétrer immédiatement.

— Ouvre-moi tes jambes, Kaitie, je veux te dévorer. Je veux t'entendre hurler de plaisir.

Kaitlyn se redressa soudainement.

— Je… je n'ai jamais pu avoir d'orgasme de cette manière, avoua-t-elle en piquant un léger fard.

— Tu en auras avec moi, lui assura-t-il avec un sourire sauvage.

Il n'avait pas le privilège d'être son premier amant, mais il avait l'intention d'être le meilleur… et le dernier.

Il descendit toujours plus bas et saliva à l'idée de la goûter enfin et de la faire hurler de plaisir.

Tu es à moi !

Kaitlyn était dans un état second. Son esprit et son corps ne lui appartenaient plus. Elle n'avait jamais ressenti une attirance si puissante pour aucun homme avant Landon. Elle était sous le charme de son beau visage et sa carrure d'athlète lui donnait le sentiment d'être minuscule entre ses bras.

— Non, regarde-moi, lui ordonna Landon lorsqu'elle voulut jeter un coup d'œil à ses blessures.

Elle plongea dans son regard, hypnotisée par son intensité. Elle se sentait protégée et aimée, ainsi dominée par la masse de ce corps puissant dédié à son plaisir. Jamais elle n'aurait imaginé que Landon puisse être un amant si attentif, si doux.

Elle devinait qu'il lui restait beaucoup de secrets à découvrir à son sujet, mais cela pouvait attendre.

— Allonge-toi, Kaitie… et fais-moi confiance, je vais te faire l'amour comme tu en as envie.

A peine sa tête avait-elle touché l'oreiller qu'une langue affamée se glissa en elle, explorant délicieusement son intimité.

Elle se cambra et poussa un petit cri, stupéfaite de la façon dont son corps réagissait au moindre mouvement de langue de Landon.

— Détends-toi et ouvre-toi pour moi, mon cœur, lui demanda-t-il tout en glissant ses mains sous ses fesses pour soulever légèrement ses hanches.

— Je ne sais pas si je peu… eu… eu, hoqueta-t-elle.

Le cœur battant contre ses tempes, elle se sentit perdre pied. Ses jambes tremblèrent malgré elle et bientôt ce fut tout son corps qui fut agité de spasmes.

— Landon…

Ses hanches se mirent à onduler presque malgré elle, ses sens chavirés par un tourbillon vertigineux comme elle n'en avait jamais connu.

A chaque coup de langue, à chaque infime pression, elle s'abandonnait un peu plus, et des larmes de joie se mirent à rouler sur ses joues.

— Laisse-toi aller, chuchota-t-il en refermant ses dents et sa langue avec une attention infinie autour du bouton sensible.

— Je… je vais…

— Jouir, termina-t-il tandis qu'il glissait deux doigts en elle, sans cesser de faire aller et venir sa langue.

Les sensations se mêlèrent, se confondirent et elle poussa un long cri en se contractant autour des doigts de Landon. Chacune de ses terminaisons nerveuses était comme électrisée. Ses seins se durcirent, ses doigts se crispèrent et son dos s'arqua à plusieurs reprises. Elle se sentait possédée, dans tous les sens du terme.

Les doigts de Landon resserrés sur ses fesses lui firent sans doute un peu mal lorsqu'il enfonça sa langue en elle, mais elle oublia aussitôt cette infime douleur en l'entendant haleter lorsqu'il déglutit avant de venir la goûter une nouvelle fois avec appétit. C'était comme si la saveur de son sexe procurait à Landon les mêmes sensations que ce qu'elle venait de vivre sous ses caresses.

— Landon…, commença-t-elle alors qu'il s'apprêtait à se lancer une troisième fois à l'assaut de son intimité.

Il leva les yeux vers elle sans cesser d'aller et venir et elle contempla un regard qu'elle ne lui connaissait pas.

L'habituelle bienveillance tranquille avait laissé place à une lueur sauvage d'un vert presque inhumain. Elle s'apprêtait à poursuivre lorsqu'un fracas violent provenant d'une autre pièce se fit entendre.

En un instant Landon avait quitté le lit, et enjambait la balustrade de la mezzanine où ils se trouvaient.

Elle n'eut même pas le temps de ramener le drap sur sa poitrine nue.

Je suis en train de perdre la tête, il n'a tout de même pas pu sauter d'aussi haut…

Landon avait revêtu sa forme primale avant même de toucher le sol. Il fit face à l'intrus, lui aussi sous son apparence hybride. Landon était prêt à le réduire en charpie.

Le loup-garou noir scruta Landon. Il connaissait ce regard.

Tu n'as pas l'air blessé. Je suis venu dès que j'ai reçu ton appel, lui apprit mentalement Caine.

Le jeune loup avait une plaie à la poitrine qui se refermait déjà.

— Landon ? appela Kaitlyn du haut de la mezzanine.

Landon saisit vivement Caine par le bras et l'attira dans la cuisine tout en reprenant son apparence humaine.

— Tout va bien, Kaitlyn, c'est juste mon petit frère. Il est un peu… turbulent.

Caine reprit lui aussi forme humaine en se dégageant de la poigne de Landon.

— Petit frère ? répéta-t-il en croisant les bras sur sa poitrine nue.

— Qu'est-ce que tu veux que je lui raconte d'autre, tu viens de débarquer chez moi en pulvérisant la fenêtre ! Et reconnais que tu as tendance à te comporter comme un imbécile. Quelle idée de revêtir ta forme primale pour un oui, pour un non. Tu sais comme moi le risque que tu cours en faisant ça.

Les traits de Caine se durcirent.

— Voilà comment tu me remercies alors que j'ai accouru à ton aide aussi vite que possible ?

Landon poussa un profond soupir. Il avait peut-être été un peu sévère avec Caine.

— Raconte-moi ce qui s'est passé.

— C'est Nathan, répondit simplement Caine en serrant les poings.

— Comment ça ? insista Landon qui sentait la colère et le désir de vengeance monter en lui.

— J'ai voulu répondre à ton appel, l'appel du mâle dominant.

— Je ne suis pas le…

— Arrête un peu ! Nous savons tous les deux que c'est toi, le véritable chef de meute et Nathan en est parfaitement conscient, lui aussi. Nous avons tous entendu ton cri, nous avons ressenti ta colère et plusieurs membres de la meute ont voulu s'élancer vers toi. Nathan a perdu les pédales et il s'est mis à frapper tous ceux qui faisaient mine de te rejoindre. Il y a des chances qu'il me bannisse à mon retour.

Quel idiot ! Landon n'avait pas mesuré l'impact qu'il pouvait avoir sur ses frères. Comment aurait-il pu imaginer qu'ils puissent entendre un cri de rage jeté depuis le centre-ville…

— Je ne permettrai pas qu'il te chasse, lui promit Landon.

Caine lui asséna une tape amicale sur l'épaule.

— Tu comptes lui coller une seconde rouste ? Dans ce cas, je veux être aux premières loges !

Le soutien inconditionnel du jeune Caine lui fit chaud au cœur, mais combien d'autres le suivraient s'il décidait de défier Nathan en dehors du rite annuel ?

— Je suis persuadé que ton appel a attisé l'intérêt des Eminences Grises. Ils doivent penser que ton enquête concernant la disparition des zerkers avance bien.

— C'est noté.

— Si tu me permets une remarque, c'est tout de même assez étrange de te trouver ici, une poignée d'heures après t'avoir entendu pousser un tel hurlement, en compagnie d'une femme, dont l'odeur imprègne toute ta maison… et également son propriétaire.

— Les vampires l'ont agressée en ville, expliqua Landon sans se démonter.

— C'est pour ça que tu étais sous ta forme primale quand je suis arrivé ? C'était pour la protéger ? s'enquit Caine avec étonnement.

Landon se massa la nuque. La présence de Caine et ses remarques judicieuses lui rappelaient qu'il lui restait un certain nombre de choses à régler.

— Oui. Elle l'ignore encore, mais je compte faire d'elle ma compagne, continua-t-il en se surprenant lui-même.

— Tu as l'intention de t'unir à une humaine ? s'exclama Caine en ouvrant des yeux ronds. Jamais la meute n'acceptera une humaine comme femelle dominante !

Landon savait que Caine avait raison.

— Alors c'est une bonne chose que je ne sois pas à la tête de la meute, pas vrai ?

— La meute a besoin que tu sois son chef, Landon, en particulier maintenant que les vampires sont de retour. Est-ce que cette femme accepte ta double nature ?

— Elle ne m'a pas repoussé, elle ne m'a jamais traité de monstre jusqu'ici. Cela dit je pense qu'elle a dû perdre connaissance avant de m'avoir vu sous ma forme primale.

— Elle s'en serait certainement rendu compte si vous aviez fait l'amour. Oh, je vous ai interrompus, c'est ça ? s'esclaffa Caine en percevant la gêne de Landon.

— On peut le dire comme ça, oui, répondit son ami d'une voix blanche.

— Je pourrais m'excuser, mais je ne suis qu'un sale égoïste, et je maintiens que tu es, de plein droit, notre mâle dominant.

Les paroles de Caine touchèrent Landon, mais il n'avait pas l'intention d'abandonner Kaitlyn. A aucun prix. Elle était faite pour lui, jamais il n'avait ressenti d'union charnelle aussi forte avec aucune autre et il se languissait de lui faire enfin pleinement l'amour.

— Je vais te trouver des vêtements. J'aimerais que tu veilles sur Kaitlyn pendant que j'informerai les Eminences de mes progrès.

— Je refuse que tu retournes là-bas sans moi, rétorqua Caine en lui attrapant le bras.

Landon considéra un instant la main du jeune loup.

— Ta mission est de veiller sur elle. Compris ?

— Compris, répondit Caine en lâchant prise.

Il était contrarié, mais il considérait Landon comme son mâle dominant ; il obéirait.

— Qu'est-ce que c'était que ce raffut ? demanda Kaitlyn avec inquiétude lorsqu'il fut de retour près d'elle.

Landon gagna la penderie dans laquelle il prit un jean qu'il enfila aussitôt.

— C'est une longue histoire. Je dois m'occuper de certaines choses. Caine va rester avec toi. Il te protégera jusqu'à mon retour. Ne t'en fais pas, il restera en bas.

— Landon..., commença-t-elle d'une voix tremblante.

Il remarqua que les cicatrices profondes sur sa poitrine avaient laissé place à de larges marques rouges.

— Est-ce que ça va aller ? s'enquit-il.

— Je suis très fatiguée, répondit-elle en acquiesçant.

Landon prit des vêtements pour Caine et attrapa une chemise avant de revenir au pied du lit. Il releva délicatement le menton de Kaitlyn et déposa un baiser sur ses lèvres.

— Repose-toi un peu, je serai bientôt de retour.

— Oui, je vais faire ça… je vais… me reposer… un peu, soupira-t-elle en se rallongeant.

Il attendit qu'elle eût retrouvé une respiration paisible avant de descendre l'escalier.

Dès qu'il fut sorti de son chalet, il composa le numéro de Jachin.

— Quelles sont les nouvelles ? lui demanda aussitôt le vampire.

— J'ai tué deux des tiens, il y a quelques heures. Est-ce qu'ils faisaient partie des renégats ? l'interrogea Landon après lui avoir fait une description sommaire de ses deux adversaires.

— Oui. Ils s'appelaient Tomias et Ren. Que s'est-il passé exactement ? demanda Jachin d'un ton agressif.

— Ils se sont attaqués à une humaine.

— Ont-ils bu son sang ?

Landon marchait tout en parlant et s'apprêtait à pénétrer sur le territoire des Luprédas en bordure duquel son chalet était installé. La question de Jachin le prit de court et il s'arrêta au milieu des pins. Il se souvint que les vampires cherchaient surtout à jouer avec Kaitlyn lorsqu'il était intervenu.

— Non, ils ne l'avaient pas mordue quand je suis arrivé.

— Je vais faire savoir aux nettoyeurs que deux de leurs cibles ont été éliminées. A partir de maintenant, je vais faire en sorte que mes vampires se tiennent tranquilles.

— Si d'autres s'en prennent encore à moi ou aux miens, je rendrai coup pour coup, répliqua Landon en raccrochant.

Une demi-heure plus tard, Landon entrait dans la grande maison des Luprédas et demandait à voir Garius. Il ne sentit nulle part l'odeur de Nathan tandis qu'il remontait le grand couloir. Etonnant. Après ce que Caine venait de lui apprendre, il s'était attendu à ce que le dominant reste auprès de ses sujets, en particulier maintenant que la mutinerie grondait.

L'idée d'un soulèvement contre l'autorité en place le fit sourire, tandis qu'il repoussait les lourds vantaux de bois ouvrant sur la bibliothèque aux vastes étagères croulant sous les ouvrages reliés de cuir.

— Bonjour, Landon, le salua Garius.

Le vieux loup-garou se leva du siège où il lisait, confortablement installé près de la haute fenêtre. Il referma son livre et s'avança vers le nouvel arrivant.

— J'imagine que tu m'apportes des nouvelles.

Le vieil homme était toujours aussi petit et ses cheveux grisonnants encadraient un visage faussement angélique. Landon savait que ses mains étaient capables de froisser une barre d'acier aussi aisément qu'une feuille d'aluminium. Garius était l'Eminence Grise la plus respectée, et il y avait une raison à cela.

— Je suis venu faire le point sur mon enquête, commença-t-il en prenant place sur une chaise.

— Je croyais que tu étais venu apaiser les membres de la meute que ton hurlement a rendus hystériques, ironisa Garius.

— Ce n'était pas dans mon intention, expliqua Landon sans baisser les yeux.

— Tu as conscience, j'imagine, que cela revient à défier ouvertement Nathan ? Jamais il n'a réussi à mobiliser la meute de cette façon. Jamais, répéta Garius avec un sourire en coin.

Le vieil homme ne lui laissa pas le temps de répondre. Il s'éclaircit la voix et revint au sujet qui les occupait.

— Où en es-tu avec nos zerkers, dis-moi ?

— Deux sont morts, le troisième est porté disparu.

Les traits de Garius se durcirent.

— Est-ce que les Sanguinas ont quelque chose à voir avec ça ?

— Ils n'y sont pour rien. L'un des zerkers a même été littéralement jeté aux pieds de leur chef.

— Sais-tu qui est derrière tout ça ? Qui pourrait être capable de localiser le nid des Sanguinas ? Nous l'avons cherché en vain pendant des années.

— Non, pas encore.

Landon avait son idée, mais ce n'étaient que pures conjectures, il n'avait rien pour étayer ses suppositions.

— Mais tu as ton avis sur la question ?

— Je pense que quelqu'un ou quelque chose fait en sorte de mettre le feu aux poudres entre les Luprédas et les Sanguinas.

— Et ils auraient réussi si tu n'étais pas parvenu à établir une trêve avec Jachin, intervint Garius.

— Où est Rourke ? Je sens l'odeur de cette petite pourriture ! s'écria soudain la voix de Nathan quelque part dans la grande demeure.

— Vous ne devez pas permettre à Nathan de bannir Caine du clan, glissa Landon à l'oreille de Garius.

— Je te laisse aborder toi-même le sujet avec lui, rétorqua le vieil homme au moment où la lourde porte s'ouvrait à la volée sur un Nathan rageur.

— Comment oses-tu revenir dans ma maison ? s'écria Nathan, les veines du cou tendues comme une corde d'arc.

— Ta maison, Nathan ? répéta Landon avec étonnement. Cette maison appartient à la meute, dont Caine fait d'ailleurs toujours partie, lança-t-il à l'intention des loups-garous qui s'étaient agglutinés à la porte à la suite de leur mâle dominant.

— Je me serais fait une joie de te tuer sur-le-champ pour avoir osé poser le pied dans ma demeure. Et ce n'est pas à toi de décider qui fait ou non partie de la meute, gronda Nathan en serrant les poings. Mais tu as de la chance, j'ai des choses importantes à faire.

Il désigna la porte à Landon d'un geste du menton et ordonna :

— Allez, dégage.

Landon percevait parfaitement les émotions qui montaient de la petite foule amassée à la porte de la bibliothèque. Ils étaient dans un état de fébrilité extrême. Il n'avait jamais senti ce mélange détonant d'adrénaline et d'inquiétude. Quelque chose ne tournait pas rond dans la meute.

— Qu'est-ce que tu as de si important à faire ? insista Landon sur le ton de la conversation, malgré la haine qui lui tordait le ventre.

— Ça ne te regarde p..., commença Nathan en découvrant ses canines.

— Les Eminences Grises sont toutes présentes, intervint Garius d'une voix impérieuse. Parle, Nathan, nous t'écoutons. De quelle affaire s'agit-il ?

— Je refuse d'aborder ces questions en présence d'étrangers à la meute, répondit Nathan en fusillant Landon du regard.

— Parle ! s'exclama Garius en frappant du poing sur l'accoudoir de son siège.

Landon se tourna vers l'ancien, visiblement stupéfait. Le conseil des Eminences était certes composé des anciens dominants de la meute, mais il n'avait encore jamais vu un de ses membres jouer ainsi de son autorité.

— Quelqu'un a déposé le corps d'un des zerkers à la lisière de notre territoire. Son corps est à demi calciné, lâcha Nathan entre ses dents.

— Quelqu'un ? répéta Garius en levant un sourcil.

Le regard de Nathan naviguait de Landon à Garius. Il n'appréciait manifestement pas que son rival assiste à cette discussion et il l'aurait volontiers tué de ses mains si cela avait pu lui épargner sa présence. La nouvelle dont Nathan était porteur avait de quoi inquiéter, il ne faisait aucun doute que le chef des Luprédas comptait incriminer les vampires.

— Les Sanguinas, cracha Nathan avec haine, comme pour confirmer les craintes de Landon.

— Tu as senti l'odeur des vampires sur le corps ? lui demanda Landon.

— Oui, lança-t-il en défiant son rival du regard, prenant à témoin toute l'assistance.

Cet imbécile allait-il déclencher une guerre entre les races, uniquement pour renforcer son autorité ?

— Tu mens ! lança Landon dont les griffes menaçaient de jaillir de leur fourreau, quand une main se posa sur son épaule, l'empêchant de sauter à la gorge de Nathan.

— Les autres zerkers sont-ils en sécurité ? demanda Garius en prenant place aux côtés de Landon, tandis que les cinq autres Eminences faisaient cercle près de Nathan.

Landon glissa un regard en direction du vénérable qui se tenait à ses côtés, et comprit qu'il connaissait déjà la réponse.

— Nous n'avons pas pu retrouver les autres, mais je doute qu'ils soient encore en vie, répondit Nathan en se tournant vers les membres de la meute.

— Lorsque nous les aurons retrouvés, en supposant qu'ils soient encore de ce monde, ils seront en mesure de nous éclairer sur les événements récents. D'ici là, je doute qu'il soit dans notre intérêt de nous en prendre aux vampires. Les autres Eminences partagent-elles cet avis ? s'enquit Garius.

— Nous le partageons, statua Markson, appuyé par les hochements de tête des autres membres du conseil.

*
* *

Kaitlyn se réveilla en sursaut. Elle fixa le plafond et mit quelques secondes pour se souvenir de l'endroit où elle était.

La maison de Landon. Mais où pouvait-elle bien se trouver ?

Juste après que Landon eut enjambé la balustrade, elle avait voulu se lever, mais elle avait été saisie d'un vertige et s'était écroulée sur le lit. Elle avait fermé les yeux un long moment afin de chasser la sensation de tournis. Elle avait parlé brièvement avec Landon, mais les détails de leur conversation étaient flous. Il y avait sans doute été question de son frère…

Elle ferma de nouveau les yeux en essayant de capturer les images fugaces du rêve qu'elle venait de faire. Landon y était omniprésent. Elle était dans ses bras et elle le suppliait de lui faire l'amour… L'euphorie onirique était en train de la quitter. Elle roula sur le côté, enfonça son visage dans l'oreiller et inspira l'odeur mâle de Landon.

Un rai de lumière filtra du rez-de-chaussée et elle consulta sa montre. 5 h 30. Du matin ou du soir ? *Combien de temps ai-je bien pu dormir ?* Son corps protesta énergiquement lorsqu'elle voulut se redresser pour s'approcher de la haute fenêtre qui s'ouvrait sur le ciel nocturne. Il ne fallait pas qu'elle pense à ses blessures.

Soudain tout lui revint à la mémoire et elle se souvint que c'était un vampire qui l'avait frappée à la poitrine. Elle souleva les couvertures et contempla son torse. Des profondes entailles qu'elle avait reçues quelques heures auparavant, il ne restait plus que de fines marques rouges à peine visibles.

— Comment ai-je pu guérir si vite ? murmura-t-elle.

— Vous devez avoir une constitution robuste, suggéra une voix d'homme.

Kaitlyn remonta précipitamment la couverture en sursautant.

— Qui êtes-vous ? demanda-t-elle en allumant la petite lampe de chevet.

Il devait avoir une vingtaine d'années et ses cheveux étaient noirs comme le jais. Il était nonchalamment adossé au mur en haut de l'escalier.

— Je suis Caine, le petit frère de Landon, annonça l'homme avec un grand sourire, en croisant ses bras massifs sur un T-shirt marqué du logo de l'équipe des Giants de New York.

Il portait un jean et marchait pieds nus.

Kaitlyn serra les couvertures autour d'elle.

— Où est Landon ?

— Il a dû s'absenter. Il m'a demandé de rester ici pour veiller sur vous. Il paraît que vous vous êtes bagarrée avec deux vampires ?

— Disons plutôt qu'ils m'ont suivie avant de m'attaquer.

— Ils vous ont traquée ? répéta-t-il en entrant dans la pièce.

Kaitlyn acquiesça et s'adossa à la tête de lit.

— Dès que j'ai mis un pied dans la bibliothèque municipale. L'un d'eux m'a remarquée et il m'a attendue jusqu'à ce que je sorte. Ils m'ont sauté dessus alors que je rejoignais ma voiture qui était garée dans une petite rue tout près. Landon est arrivé et… je crois que je me suis évanouie. Je ne comprends toujours pas comment il a réussi à me sortir de là sans se faire démolir, raconta-t-elle en secouant la tête, incapable de recoller les morceaux.

— Mon frère se montre toujours très protecteur envers ceux qu'il aime. Ça ne me surprend pas qu'il n'ait pas été blessé.

— Même face à des vampires ? insista-t-elle, tout en repensant avec émoi à ce qu'elle avait partagé avec Landon avant de sombrer dans le sommeil.

C'était bien réel. Elle n'avait pas rêvé et elle vibrait

encore de cette étreinte. Le sourire de Caine s'élargit, comme s'il devinait la teneur exacte de ses pensées et elle rougit.

— Bien…, reprit-elle, je crois que je vais prendre une douche. On se retrouve en bas ?

En sortant de la douche, Kaitlyn chercha en vain des vêtements propres, pour finalement trouver les siens dans la machine à laver. Elle mit en route le sèche-linge et fouilla dans les affaires de Landon. Tous ses pantalons étaient trop larges pour elle, même le jogging était trop ample. Elle déclara forfait et enfila un long T-shirt blanc dont l'inscription sur le torse, *loup solitaire,* trouva une résonance particulière avec les paroles de Landon lorsqu'il lui avait confié se sentir un peu en marge de la société. Sa robe improvisée lui descendait sous les genoux et portait l'odeur de son amant. *Son* amant : cet instinct possessif la troubla.

Elle prit le temps de visiter le chalet au plafond blanc et aux poutres noires. L'endroit lui plaisait. La chambre était décorée dans des teintes ocre très masculines et la tête de lit de bois sculpté correspondait parfaitement au tempérament ombrageux du propriétaire des lieux. Elle s'approcha de la haute fenêtre, ouvrit les rideaux d'un geste sec et fut stupéfaite de découvrir la crête d'une montagne qui se détachait à l'horizon. Où diable était-elle ?

Comment se faisait-il que Landon ne se soit pas cassé une jambe en sautant ? se demanda-t-elle en arrivant au bas de l'escalier.

Elle passa devant un tableau représentant un loup hurlant à la lune et sourit en découvrant la décoration minimaliste mais chaleureuse du salon. Un immense canapé occupait l'essentiel de l'espace, flanqué de deux fauteuils. Un tapis recouvrait le plancher près du sofa et un autre s'étendait au pied de l'âtre.

Suivant les appétissantes odeurs de bacon et de café, elle gagna la cuisine au bout du couloir et tomba nez à nez avec une statue de loup qui se dressait dans un angle, à hauteur de hanche, tout près de la porte de la cuisine. L'animal semblait avoir été sculpté directement dans la masse d'une souche et son regard sévère paraissait la jauger.

— Joli chiot, lança-t-elle à l'œuvre en lui tapotant la tête.

— Vous aimez les chiens ? lui demanda Caine, accoudé au bar, une tasse de café à la main, lorsqu'elle pénétra dans la cuisine.

— Oui, même si je n'en possède pas moi-même. Mon père aimait tellement les loups que j'ai l'impression d'avoir grandi au milieu d'eux, plaisanta-t-elle, il en a mis partout dans la maison, un peu comme Landon. Ce café sent divinement bon, est-ce que je pourrais en avoir ?

Caine considéra le T-shirt de Kaitlyn et il demeura un instant pensif avant de finalement prendre une tasse sur l'étagère et de la lui remplir.

— Asseyez-vous, proposa-t-il.

Kaitlyn prit place autour de la petite table ronde de bois.

Caine lui tendit son café, puis posa devant elle une assiette d'œufs au bacon.

— Vous devriez manger pour reprendre des forces.

— Merci beaucoup.

Son estomac émit un grondement de satisfaction et elle mordit généreusement dans une tranche de bacon craquant.

Caine avala une nouvelle gorgée sans la quitter des yeux.

— A votre avis, pourquoi les vampires se sont-ils attaqués à vous ?

Elle haussa les épaules et but un peu de café.

— Parce que ce sont des vampires, j'imagine.

A bien y réfléchir, ses deux agresseurs semblaient s'attendre à plus de résistance de sa part. Ce qui lui fit penser qu'elle avait perdu son portable dans la ruelle. Elle jeta un regard circulaire à la recherche d'un téléphone.

— Je n'ai pas vu de téléphone dans la chambre. Est-ce qu'il y en a un en bas ? Il faut que je signale mon agression. La police doit être alertée que les vampires sont de retour.

— Ces deux-là n'ennuieront plus personne, lança la voix de Landon dans son dos.

Elle se tourna vers lui, surprise de ne pas l'avoir entendu arriver.

— Les forces de l'ordre doivent être mises au courant. Il faut qu'ils se tiennent sur leurs gardes puisque les Garotteurs sont occupés à voler des armes au lieu de faire la chasse aux vampires.

— Les vampires sont partis, Kaitlyn, lui apprit Landon en se servant une tasse à son tour.

Il était encore plus séduisant avec sa barbe naissante et ses cheveux en bataille, mais son ton était sans appel, il lui demandait de laisser tomber.

Kaitlyn referma ses doigts autour de la céramique brûlante de la tasse et soutint le regard de Landon. Elle aurait volontiers entamé la discussion, mais pas en présence de Caine. Elle changea donc de sujet et aborda la question qui la taraudait depuis son réveil.

— Je ne vois pas de marques sur toi… Comment t'es-tu débarrassé de ces vampires sans même être blessé ?

— C'est vrai ça, frangin, comment tu as fait ? renchérit Caine avec amusement.

*
* *

— Il est temps que tu rentres chez toi, suggéra Landon en lançant un regard assassin à son frère de meute.

— Je ne peux pas, répliqua Caine avec raideur.

— Si, maintenant tu peux, rétorqua Landon avec un regard appuyé.

Caine lui adressa un sourire plein de reconnaissance. Il posa sa tasse, s'approcha de Kaitlyn et s'inclina devant elle.

— Ce fut un plaisir de faire votre connaissance, Kaitlyn. Et… ne laissez pas mon frère vous intimider, ajouta-t-il en se tournant vers l'intéressé.

Landon adressa mentalement un grognement à son cadet, mais Caine poursuivit.

— Il aboie, mais il ne mord pas… du moins en général.

— Caine…, intervint Landon.

Kaitlyn éclata de rire.

— Je suis heureuse d'avoir fait votre connaissance, moi aussi. Vous êtes plus… détendu que votre frère.

Landon sentit l'aiguillon de la jalousie lui percer le cœur.

Caine lui adressa un sourire conquérant.

— Joli T-shirt, lança-t-il en désignant le vêtement de Kaitlyn, je ne le connaissais pas, celui-là.

Landon résista à la tentation de sortir le jeune garou par la peau des fesses et ravala un grognement bestial. Kaitlyn prendrait ce bruit incongru pour une manifestation de sa misanthropie, mais Caine ne se méprendrait pas sur le sens du message : *dégage de là immédiatement*.

— A plus, frangin, lança Caine en sortant de la cuisine.

Kaitlyn attendit que la porte d'entrée se soit refermée, puis elle se tourna vers Landon.

— Ton petit frère est gentil, mais il n'a pas tes yeux, les siens sont noirs. Tu as hérité ça de ton père ou de ta mère ?

Landon attrapa une tranche de bacon dans la poêle et s'adossa à la cuisinière.

— Je n'ai pas de parents, répondit-il sans réfléchir en croquant dans la viande croustillante.

— Excuse-moi, je suis désolée. Tu as perdu tes deux parents ? demanda-t-elle en plantant sa fourchette dans ses œufs brouillés.

Landon eut du mal à avaler son bacon en prenant conscience que Kaitlyn avait mal interprété ses paroles. Il se sentait tellement à l'aise avec elle qu'il n'avait pas pris garde à ses propos.

— Oui, ils sont morts tous les deux, expliqua-t-il en toussant.

— J'ai perdu mon père quand j'avais six ans, lui raconta Kaitlyn en mâchant tristement une bouchée de bacon. Ma mère est à l'hôpital et elle est en train de mourir d'un cancer. Ça fait aussi de moi une quasi-orpheline, j'imagine.

L'innocente confession de Kaitlyn prit Landon au dépourvu et un soudain sentiment de culpabilité l'étreignit. Il l'avait perdu de vue lorsqu'ils avaient fait l'amour, mais les humains étaient des créatures fragiles.

— Même une fois partis, tes parents continuent de vivre en toi, la rassura-t-il, comme s'il avait la moindre idée de ce qu'il était en train de raconter.

Jachin et Ariel auraient bientôt un enfant, le premier métis des descendants de Scion, et Landon voulait comprendre la nature de ce lien qui unissait les parents à leur progéniture. Cela devait être très proche de ce qui unissait les membres de la meute, un amour profond et un souci constant de leur bien-être. Mais il se destinait à Kaitlyn, ce qui réduisait à néant ses chances de connaître un jour la joie d'être père. Il ne pourrait jamais coucher avec elle, car il serait incapable de museler sa nature sauvage au plus fort de l'étreinte.

— Finis ton assiette, suggéra-t-il d'un air bougon, avant d'avaler une dernière bouchée et de sortir de la cuisine.

8

Qu'est-ce qui lui prend ? se demanda Kaitlyn en regardant Landon s'éloigner. Voilà qu'il la quittait brusquement après lui avoir dit des choses magnifiques au sujet de ses parents.

L'odeur du feu de bois l'attira dans le salon, et les premières lueurs du soleil l'accompagnèrent comme elle pénétrait dans la pièce. Landon était là ; accoudé au manteau de la cheminée, il fixait les flammes. Ils avaient vécu quelque chose de très intime quelques heures auparavant, pourtant elle ne trouvait pas les mots pour abolir la distance qui s'était soudain créée entre eux.

— Je voulais te remercier pour m'avoir secourue dans la ruelle. D'ailleurs tu ne m'as pas dit comment tu avais fait pour me tirer de ce mauvais pas, dit-elle pour rompre le silence.

— Je les ai pris par surprise, expliqua-t-il.

— Tu t'es débarrassé seul de deux vampires ? Sans récolter une égratignure ? Tu as vraiment dû les prendre au dépourvu !

Landon attrapa un pique-feu et remua les bûches.

— Sandra m'a appelé, elle m'a dit où tu étais et elle m'a appris que tu essayais de me joindre. De quoi voulais-tu me parler ? lui demanda-t-il en remettant la pique à sa place.

Kaitlyn se frictionna les bras. Elle avait froid, mais

le feu commençait à la réchauffer. L'agression qu'elle avait subie lui avait presque fait oublier la raison pour laquelle elle l'avait appelé. Etait-ce trop demander que d'espérer qu'il lui dise la vérité, maintenant qu'ils avaient partagé des instants aussi intimes ?

— Quand j'étais petite, ma mère ne s'est jamais étendue sur les circonstances dans lesquelles mon père avait trouvé la mort. C'est pour ça que j'étais à la bibliothèque ; pour faire des recherches.

— Et qu'est-ce que tu attendais de moi ? s'enquit Landon en la fixant soudain.

— Mon père a été attaqué dans le parc Morningside, expliqua-t-elle tandis qu'un nœud se formait dans son estomac.

— Et ? l'encouragea-t-il en croisant les bras sur sa poitrine.

— Tu ne vois pas le lien ? Peut-être que la chose qu'on a retrouvée calcinée était celle qui a tué mon père ? Nous savons tous les deux que l'affaire de la Tacomi et celle du parc sont liées. C'est toi-même qui m'as déconseillé d'enquêter davantage, tu disais que c'était trop dangereux. Je veux que tu me dises ce que tu me caches. Qu'est-ce qui a attaqué la créature carbonisée ?

— Ce qui s'est passé la nuit dernière nous prouve que les vampires ne sont plus une espèce éteinte, commença-t-il en passant volontairement sous silence son intervention.

Les vampires étaient connus pour leur vitesse et leur force surhumaines, mais l'aura qu'elle avait perçue dans le parc n'était pas celle d'un vampire. Cela avait à peine forme humaine.

— Je ne sais pas à qui appartenaient ces cendres, mais ce n'étaient pas celles d'un vampire. Je veux savoir de quoi il s'agissait, insista-t-elle.

— Ça ne t'a pas suffi de te faire presque tuer par

deux suceurs de sang ! s'exclama-t-il en se passant nerveusement les doigts dans les cheveux.

Elle n'arriverait pas à lui soutirer la moindre information. *Et moi qui pensais que notre étreinte allait nous rapprocher, c'est raté*, songea-t-elle avec aigreur.

— Très bien. Tu ne veux pas me dire ce que tu sais, alors je m'en vais.

— Kaitlyn !

Elle l'ignora, descendit l'escalier, et se souvint qu'elle n'avait pas la moindre idée de l'endroit où elle se trouvait.

— Et on est où, ici, d'abord ! s'écria-t-elle en faisant volte-face.

Le mouvement brusque lui fit tourner la tête et Landon la rattrapa juste à temps, avant qu'elle ne s'effondre au sol.

— Doucement, Kaitie. Tu as été attaquée par des vampires, tu as encore besoin de repos, murmura-t-il d'une voix douce en la conduisant vers le canapé.

Il sentait si bon que la tête lui tourna encore davantage.

— Ça m'a brûlé à la poitrine quand ils m'ont attaquée, murmura-t-elle contre son épaule, je pensais que les blessures seraient plus profondes, mais je n'ai que de petites cicatrices roses.

— Tu es encore sous le choc, tempéra-t-il en s'asseyant sur le canapé avant de l'allonger contre lui.

Elle se sentait en sécurité entre ses bras puissants, adossée à son torse musclé. Ou étaient-ce ses lèvres contre son front qui la réconfortaient ainsi ?

— Je vais peut-être me reposer encore un peu, dit-elle en soupirant.

Elle tourna la tête et vint nicher son visage au creux du cou de Landon qui lui caressait le ventre en un apaisant mouvement de va-et-vient. Le feu qui craquait dans l'âtre et la chaleur de ce corps parvinrent à la calmer. Ils avaient encore des points de désaccord, mais elle était trop fatiguée pour se battre. Elle ferma les yeux et se laissa aller.

Ce fut la respiration ample de Landon à son oreille qui la réveilla. Le feu avait fini par s'éteindre. Elle avait dormi un bon moment. Sous elle le torse de Landon se soulevait par à-coups, il devait rêver. Le visage toujours blotti au creux de son cou, elle perçut les battements rapides de son cœur et sentit le sien accélérer ses pulsations. Si seulement elle parvenait à comprendre le lien étrange qui les unissait…

Elle l'imagina lui faisant l'amour, la faisant crier comme il l'avait déjà fait, et un frisson la saisit. Elle serra les cuisses en se mordant la lèvre pour refréner le désir qui montait en elle. Elle voulait sentir son poids sur elle, humer son odeur tandis qu'il la toucherait. Elle voulait retenir son souffle au moment où il se glisserait en elle.

Elle laissa ses doigts courir sur la cuisse de Landon. Il haleta. Elle remonta un peu plus haut en griffant la toile du jean et sentit son érection s'affermir de seconde en seconde.

Lorsque ses doigts se refermèrent sur son sexe dressé, Landon laissa échapper un grondement de plaisir.

Elle se retrouva soudainement à quatre pattes sur le tapis. Landon était penché sur elle et lui maintenait les poignets.

Son cœur s'affola de se retrouver dans cette position presque bestiale. Il avait bougé si vite qu'elle en fut désorientée. Que devait-elle faire ? Jamais elle ne s'était sentie à ce point à la merci de quelqu'un.

Landon avança les jambes, lui écartant les cuisses dans le même mouvement. Les poignets toujours entravés, elle laissa son buste glisser au sol et se cambra. Son sexe était en feu et elle attendit avec impatience et anxiété ce que Landon déciderait de faire.

Il passa son visage dans son dos, dans son cou, inhala son odeur.

— Comme tu es fragile, souffla-t-il à son oreille.

— On parie ? le provoqua-t-elle en reculant, plaquant ses fesses contre le jean de son amant.

Il lui attrapa le cou entre ses dents, sans la mordre, marquant simplement sa domination, tout en faisant onduler son bassin.

Il était bien plus bestial qu'elle ne se l'était imaginé et elle demeurait stupéfaite de constater à quel point elle aimait ça. Elle n'avait pas peur de lui, elle espérait seulement qu'il lui lâcherait bientôt les poignets pour qu'elle puisse se frotter librement contre lui.

Il se tint un moment immobile, le souffle court, et elle comprit alors qu'il faisait son possible pour se maîtriser. Mais elle n'avait pas envie qu'il se calme, bon sang, elle voulait…

Dans la seconde qui suivit, Landon l'avait lâchée et il se tenait debout face à elle.

Elle chassa les cheveux tombés contre son visage et s'assit face à lui. Il regardait par la fenêtre, les mains au fond des poches.

— Landon…

— Tu peux garder le T-shirt, si tu veux. Habille-toi, je vais te ramener, dit-il sèchement.

Elle détestait qu'il joue avec elle de cette façon ! Qu'il n'espère pas qu'elle quémande une explication sur son comportement de psychopathe. Elle ne s'abaisserait pas à ça.

— Si tu m'as amenée ici avec ma voiture, je pourrais repartir seule, affirma-t-elle en se remettant debout.

— Nous sommes dans les montagnes Shawangunk, consentit-il à ajouter, et je n'ai pas très envie de retourner en ville à pied.

Elle fut sur le point de rétorquer qu'il pouvait se brosser pour qu'elle fasse le chauffeur, mais son bon sens la rattrapa. Il lui avait sauvé la vie tout de même ! Elle tourna les talons et alla se changer.

Landon attendit que Kaitlyn eût disparu en haut de l'escalier pour sortir ses mains tremblantes de ses poches. Il plia et déplia les doigts, luttant intérieurement pour ne pas lui courir après.

Lorsqu'il s'était éveillé, couché sous ce corps si désirable, les doigts de Kaitlyn courant sur ses cuisses, il avait eu un moment d'égarement. Il avait perdu le contrôle. Avant même de comprendre ce qu'il faisait, il l'avait plaquée au sol, dans la position de soumission des Luprédas. Son odeur l'avait enivré et il l'avait pratiquement mordue, obsédé par l'idée de la marquer.

Pendant ce court laps de temps, le loup en lui s'était rendu maître de ses pensées. Ses sens avaient gagné en acuité et, percevant les battements rapides du cœur de la jeune femme, il avait su qu'elle était prête à se donner à lui. Les odeurs puissantes qu'elle émettait alors avaient semé le chaos dans les pensées du loup-garou. Elle n'était pas une Lupréda, mais elle avait provoqué en lui l'éveil de la bête.

C'est cette pensée et la peur de la blesser qui lui avaient permis de libérer Kaitlyn de son étreinte.

Dehors la journée touchait à sa fin et le soleil descendait sur la cime des arbres. Landon poussa un soupir de soulagement en songeant que grâce au ciel leur étreinte ne s'était pas déroulée de nuit. La lune était presque pleine et son appel était si puissant qu'il n'aurait sans doute pas été capable de refréner ses pulsions. Il se prit à regretter d'avoir perdu son pendentif en argent dans la ruelle pendant le combat contre les vampires. Avec le temps, il s'était habitué à cette entrave qui lui évitait de se transformer malgré lui.

Il tenait trop à Kaitlyn. Il devait retrouver sa chaîne

d'argent ou la remplacer, sans quoi il devrait se tenir quelques jours loin de la jeune femme, le temps que la lune décroisse.

Une heure plus tard, Kaitlyn quittait la voie rapide pour rejoindre une route secondaire.

— Tu prends les petits chemins pour rentrer en ville ? demanda Landon avec étonnement.

C'était la première phrase qu'il décrochait de tout le trajet. Elle avait fait en sorte de l'ignorer, mais une question ne cessait de la hanter : pourquoi Landon refusait-il de lui faire confiance au point de ne pas lui révéler ce qu'il savait ? Elle avait la conviction qu'il était au courant de quelque chose au sujet du parc Morningside.

— Je fais d'une pierre deux coups, répondit-elle, laconique, en s'engageant sur un chemin de terre.

— Tu prends souvent ces petites routes ? demanda Landon entre deux cahots.

— Seulement pour rendre visite à un vieil ami de la famille. Tu peux rester dans la voiture le temps que je rassemble quelques affaires, si tu veux, déclara Kaitlyn en se garant à côté d'un pick-up, devant le chalet de Hank.

Landon descendit du véhicule en même temps qu'elle.

— J'ai du mal à rester en place, expliqua-t-il.

— Typiquement masculin, murmura-t-elle en refermant la portière.

— Kaitie, ma chérie ! s'exclama Hank en l'accueillant sur le pas de la porte.

Kaitlyn s'élança et se jeta dans les bras du vieil homme.

— Que c'est bon de te revoir après tout ce temps. Je parie que tu ne restes pas, pas vrai ? Et qui est ton ami, dis-moi ?

Kaitlyn jeta un regard en direction de Landon qui était resté adossé à la voiture, les bras croisés.

— C'est Landon Rourke. Tu l'as peut-être déjà rencontré au poste. C'est un détective privé, il a déjà donné un coup de main au département sur certaines affaires, dans le passé.

— Ah…, dit simplement Hank.

Il avisa le T-shirt trop large de Kaitlyn avant de porter de nouveau son regard sur Landon.

— Je savais bien que je l'avais déjà vu quelque part. Je parie que tu es là pour récupérer les affaires de ton père ? supposa-t-il en se massant le menton.

— C'est vrai. J'étais dans le coin alors j'ai décidé de faire un crochet.

— Est-ce que Rourke habite dans les environs ? lui demanda-t-il.

— A une heure d'ici environ.

— Est-ce que tu ne penses pas que ton petit ami devrait habiter plus près de chez toi… En ville, par exemple ? lui dit-il en ouvrant la moustiquaire puis la porte.

— Hank ! Ce n'est pas mon…

Pourvu que Landon ne l'ait pas entendu !

— Il est un peu vieux pour toi, non ?

Pour sa part, Kaitlyn jugeait leurs seize années de différence plutôt excitantes. Landon était un homme d'expérience. La plupart des types qu'elle avait fréquentés étaient immatures, Landon était l'archétype de *l'homme.*

— C'est à moi de décider avec qui je sors, tu ne crois pas ?

— Je sais bien. Mais comme ton père n'est plus là, j'ai du mal à m'empêcher d'être un peu paternaliste… désolé.

— Hank, je vais bien, je t'assure. Landon est juste un collègue, rien de plus.

Hank pouffa en lorgnant ostensiblement son T-shirt beaucoup trop grand pour elle.

— Oh, ça ! C'est… c'est une longue histoire.

— Je suis à la retraite, j'ai tout mon temps ! plaisanta-t-il.

Kaitlyn n'avait aucune envie d'entamer la discussion au sujet d'un type qui soufflait le chaud et le froid avec une telle aisance sur ses sentiments et sur ses sens.

— La boîte, Hank.

— Je t'apporte ça, capitula le vieil homme avec le sourire.

Quelques minutes plus tard, il revint avec un gros carton qu'il lui tendit.

— Voilà, tout est là. Je ne l'ai pas ouvert, ton père tenait à son intimité.

— Merci, je vais le mettre avec les autres affaires de papa.

Elle revint vers la voiture.

— Tu veux que je mette ça derrière ? proposa Landon en tendant les bras.

Kaitlyn acquiesça. Elle n'avait pas envie de parler. Les remarques de Hank la faisaient réfléchir. Il fallait regarder les choses en face : elle mourait d'envie d'entamer une relation avec Landon, ce qui était parfaitement stupide étant donné qu'il était manifestement incapable de lui faire confiance. Elle avait un profond respect pour son intelligence et pour son jugement — sans compter qu'il lui avait sauvé la vie —, mais il était tellement secret ! Lui qui connaissait tous ses petits travers à *elle*.

Elle regarda Landon charger la caisse dans la voiture sans parvenir à détacher son regard de sa chevelure, de ses muscles et de ses cuisses moulées dans son jean. Elle poussa un soupir de frustration et s'installa derrière le volant.

Pendant le chemin du retour, Landon ne décrocha

pas un mot, ce qui lui permit de penser à son aise à leur avenir. Le problème de la confiance était épineux, mais elle avait envie de ce type à un point… Elle ne parvenait tout simplement pas à réfléchir posément dès qu'il s'agissait de lui. Ses réactions semblaient alors dictées non par son cerveau, mais par un instinct primal dont elle ignorait l'origine.

Elle arrêta la voiture devant l'appartement de Landon. Il descendit puis se pencha à la fenêtre avec un sourire ravageur.

— Merci d'avoir ramené ton petit ami jusque chez lui.

Elle piqua un fard. *Bon sang, il n'a rien raté de ma conversation avec Hank !* songea-t-elle soudain en serrant le volant un peu plus fort.

— On allait faire l'amour, mais tu m'as laissée en plan tout à l'heure. Je pensais que les hommes d'expérience avaient un peu plus de tact que ça. Passe-moi un coup de fil quand tu auras décidé de grandir un peu.

9

Le répondeur clignotait lorsqu'elle entra dans le bureau, les bras encombrés par le carton. Elle s'accroupit, le posa au sol près du sofa et grimaça de douleur en sentant quelque chose lui piquer la cuisse. Elle fouilla au fond de sa poche et trouva le pendentif à la balle d'argent. Elle avait ramassé le bijou de Landon juste avant de s'évanouir, puis ça lui était sorti de la tête.

Elle examina l'objet. Il y avait comme des inscriptions sur le métal. Elle l'approcha de la lumière et tenta de les déchiffrer, mais la déformation de la balle l'en empêchait.

Elle passa le pendentif autour de son cou avec un soupir. Elle lui rendrait son bijou à leur prochaine rencontre.

Elle s'apprêtait à consulter ses messages, lorsque la une du journal attira son regard : *Les vampires sont de retour.* Elle jeta un œil distrait à l'article. Noyé au milieu d'informations sans intérêt, le journaliste signalait que les cadavres carbonisés de deux vampires avaient été découverts près de la bibliothèque et que la police locale avait demandé de l'aide au gouvernement. Kaitlyn se demanda de quelle façon les nouveaux Garotteurs s'inséraient dans ce canevas. Elle passa aussitôt un coup de fil pour signaler la perte de son portable, et éviter ainsi de se retrouver avec une facture de cinq cents dollars si un plaisantin le retrouvait et s'amusait à l'utiliser à tort et à travers.

Elle demanda qu'on suspende son compte le temps qu'elle remette la main sur l'appareil ou qu'elle fasse une déclaration de vol. Le répondeur continuait de clignoter inlassablement. Elle appuya sur le bouton de lecture.

— Salut, cocotte ! s'exclama la voix guillerette d'Abby. Tu es plutôt discrète ces temps-ci. Je t'ai laissé un message sur ton portable, mais comme tu n'as pas répondu, j'essaye ton fixe. Alors, c'était comment, la maison hantée avec M. « Topmodel » ? Hein ? Allez, rappelle-moi.

— C'était torride… et en même temps c'était une vraie douche froide, maugréa-t-elle en passant au second message.

— Je t'avais dit que je te tiendrais au courant de l'avancée du projet qui nous intéresse, annonça la voix de Ron. C'est pour ce soir. Consulte ton portable. Je t'enverrai sûrement des images. Elles ne serviront probablement à rien si tout se déroule comme prévu, mais je préfère couvrir mes arrières. Que te dire d'autre… C'est en route.

A peine le message fut-il terminé que Kaitlyn composait à la hâte le numéro de portable de Ron.

Il sonna une fois avant de l'aiguiller vers la boîte vocale.

— Ron, j'ai eu ton message. Rappelle-moi, dit-elle simplement avant de raccrocher.

Est-ce que Ron avait déjà envoyé les images ? se demanda-t-elle avec anxiété. Et dire qu'elle venait de faire couper la ligne ! Elle l'avait perdu durant le combat, il fallait donc qu'elle retourne en ville et qu'elle mette la main dessus.

Elle se changea en hâte, attrapa ses clés, son sac à main et quitta son appartement.

*
* *

La nuit était déjà tombée lorsque Kaitlyn se gara non loin de la petite ruelle. Elle eut un frisson en pensant aux suceurs de sang.

Elle s'assura que son arme était bien à sa place dans son holster, saisit sa lampe, et sortit de la voiture. Son pas se fit plus lent à mesure qu'elle approchait du théâtre de son agression, balisé par le ruban jaune et noir de la police.

Elle braqua sa lampe d'un bout à l'autre de l'allée en essayant de ne pas trop penser à ce qui s'était déroulé à cet endroit. Entre les punks, les sans-abri, les policiers et les pompiers qui avaient défilé, elle aurait vraiment de la chance si elle retrouvait son téléphone, mais qui ne tente rien…

Quelques voitures en stationnement lui bloquaient la vue. Elle s'accroupit pour passer sa lampe sous la première d'entre elles.

Rien.

Elle avança à quatre pattes jusqu'à la suivante et fit de même. Quelqu'un poussa un cri qui la fit sursauter. Elle porta instinctivement la main à son arme.

— J'veux qu'tu m'rendes ma bière, ordure ! criait un ado un peu plus loin dans la rue.

Kaitlyn laissa échapper un soupir de soulagement et reprit ses recherches. Il y avait des papiers gras sur le sol, qu'elle dut repousser à l'aide de sa torche.

Toujours rien.

Elle allait se remettre debout lorsqu'elle croisa le regard de quelqu'un qui avançait dans la même position qu'elle, à l'autre extrémité de la voiture. Elle poussa un cri et éblouit Landon en braquant le faisceau de sa lampe sur son visage.

— Qu'est-ce que tu fais là ?

— J'ai perdu mon pendentif la nuit dernière, expliqua

Landon en fixant le bijou qui pendait au cou de Kaitlyn, j'espérais le trouver ici.

La jeune femme se sentit un peu ridicule. Elle ôta la chaîne et la lui tendit.

— Je suis tombée dessus par hasard en rampant et je l'ai reconnu. Je l'ai mis dans ma poche avant de m'évanouir, expliqua-t-elle.

Elle déposa le bijou dans sa main.

— Je peux savoir pourquoi tu portes une balle autour de ton cou ? ajouta-t-elle.

Il s'avança et laissa glisser un doigt dans le creux de son décolleté. Elle tressaillit et resta bouche bée lorsqu'il sortit le petit loup en argent.

— Et toi, pourquoi portes-tu un loup autour de ton cou ?

— C'est un cadeau de mon père, se justifia-t-elle en rangeant l'objet entre ses seins.

— Pareil pour moi, répliqua-t-il en glissant le pendentif sous son T-shirt kaki.

Son père lui avait fait cadeau d'une balle usagée ? Etrange. Mais peut-être avaient-ils l'habitude de chasser ensemble après tout !

— Qu'est-ce que tu fais là ? lui demanda Landon.

— Je cherche mon portable, je l'ai perdu par ici pendant l'attaque.

— Je vais t'aider à le retrouver, ce n'est pas très prudent de traîner toute seule dans les rues en pleine nuit.

Ils entamèrent les recherches autour de la troisième voiture.

— Je doute qu'il soit encore là. Si les pompiers ou les équipes de nettoyage ne l'ont pas récupéré, tu peux parier que les gens qui traînent dans le coin auront mis la main dessus. J'espère que tu as fait une déclaration de vol.

— Oui, je l'ai faite tout à l'heure.

Bon sang, elle n'avait pas pensé aux torrents d'eau que les pompiers avaient déversés…

— Non, je ne vois rien, annonça Landon en se relevant.

Kaitlyn se remit debout et gagna le centre de la ruelle. Elle balaya une nouvelle fois l'asphalte du faisceau de sa torche et suivit du regard la pente naturelle du bitume. Il y avait un amas de feuilles mortes et de détritus agglomérés un peu plus loin sur une grille d'égout. Elle s'approcha et déblaya le tas du bout du pied.

Le rayon de la lampe accrocha un reflet argenté qui l'encouragea à persévérer. Il était là.

Elle s'accroupit et brandit triomphalement le téléphone.

— Landon, je l'ai !

— Fantastique ! lança Landon d'un ton moqueur en avisant l'appareil ruisselant d'eau.

— Les feuilles l'ont peut-être protégé, avec un peu de chance.

Elle ouvrit le rabat et tenta de l'allumer. Rien. Pas la moindre réaction.

— Tu peux t'en acheter un autre, non ?

— Mais c'est de celui-là en particulier que j'ai besoin, expliqua-t-elle en le refermant avec un claquement sec.

— Quelque chose me dit que ce n'est pas juste une histoire de portable cassé, je me trompe ?

Il semblait sincèrement ennuyé pour elle mais, paradoxalement, elle l'aurait giflé. Il était prévenant, attentionné, mais c'était aux problèmes de Kaitlyn qu'il s'intéressait, pas à la femme elle-même.

Il refusait de lui faire confiance, mais il s'attendait à ce qu'*elle* se confie à lui ? Quel culot ! Pourtant à qui d'autre pouvait-elle se confier ? Landon avait prouvé qu'il savait tenir sa langue. Il était déjà au courant de l'affaire Tacomi et il ne faisait pas partie de la police, il ne pouvait donc pas être la taupe.

Pourquoi les choses doivent-elles toujours être si compliquées ? se demanda-t-elle en tâchant d'estimer ce qu'elle pouvait raisonnablement lui révéler.

— Qu'est-ce qui ne va pas, Kaitie ? J'aimerais t'aider, lui dit-il en lui saisissant le menton avec douceur.

Malgré l'obscurité de la ruelle, elle sut que son regard était sincère. Et puis il avait toujours cette odeur... Il l'avait appelée Kaitie, elle frissonnait chaque fois qu'il l'appelait comme ça.

Elle allait lui répondre, mais Landon l'interrompit d'un baiser lent, doux, qu'il fit durer interminablement. Elle sentit ses jambes flageoler.

Lorsque leurs lèvres se séparèrent, il la contempla avec une tendresse infinie, une lueur amusée. Kaitlyn prit alors conscience que, dans le vertige de cette étreinte, elle l'avait tiré à elle sans lâcher la torche et le cellulaire.

— Hum... je suis désolée, bredouilla-t-elle en lâchant précipitamment le blouson de Landon, je ne sais pas ce qui m'a pris, je...

Il lui caressa la joue et laissa ses doigts jouer dans ses cheveux.

— Tu dois bien admettre qu'on forme une sacrée équipe.

Etait-ce une remarque personnelle ou professionnelle ? Elle acquiesça, mais recula tout de même d'un pas pour retrouver son empire sur elle-même. Elle avait envie de lui faire confiance, même s'il mettait ses sens en ébullition chaque fois qu'un épisode un peu chaud avait lieu entre eux, et même si elle n'avait vraiment pas envie qu'il lui joue le coup de la douche froide une fois de plus.

— Ce n'est pas le lieu pour parler de ça. Allons chez moi, je t'expliquerai.

***

Durant le trajet, son esprit retrouva son acuité habituelle. Landon avait pris sa propre voiture. Il pénétra dans la maison à sa suite lorsqu'ils arrivèrent à destination.

Il allait parler, mais elle leva un doigt et lui fit signe de la suivre jusqu'à son bureau. Elle enclencha le répondeur afin que Landon écoute le message de Ron. Ce fut celui d'Abby qui résonna. Abby avait un débit incroyable, et le temps que Kaitlyn réagisse, sa meilleure amie en était déjà au passage où elle mentionnait « M. Topmodel ».

Landon leva un sourcil intéressé et croisa les bras sur sa poitrine. Kaitlyn refusa d'entrer dans son jeu et, ignorant ses gloussements, remit la machine en route.

La voix de Ron emplit l'espace et le sourire de Landon disparut. Il écouta le message jusqu'au bout avec attention.

— Tu as eu de ses nouvelles depuis qu'il t'a laissé ce message ? demanda-t-il sitôt l'enregistrement terminé.

— Non. J'ai laissé un message sur son répondeur, mais il ne m'a pas rappelée.

Landon considéra un instant le portable trempé de Kaitlyn, puis il ôta sa veste d'un geste de l'épaule, la jeta dans le fauteuil et saisit son propre téléphone accroché à sa ceinture.

— Si l'eau n'a pas grillé la carte, on doit encore pouvoir en tirer quelque chose.

Il ouvrit les deux appareils et inséra la minuscule puce dans son téléphone.

— Qu'est-ce que tu fais ? demanda-t-elle en se rapprochant de lui.

— La puce renferme toutes les informations que contenait ton téléphone. En toute logique, si j'allume le mien avec ta carte à l'intérieur, c'est lui qui sonnera si on t'appelle.

— Tu veux dire que je vais pouvoir consulter mes

messages ? demanda-t-elle en lui prenant l'appareil des mains.

— Exactement.

Le portable s'alluma et afficha l'habituel écran d'accueil.

Kaitlyn composa son numéro sur le téléphone et entra son code secret pour accéder à son répondeur. Elle n'obtint qu'un message d'erreur et se souvint qu'elle avait fait suspendre sa ligne un peu plus tôt. Elle appela aussitôt son opérateur pour lui signaler qu'elle avait retrouvé son appareil.

— Ils disent que ça va prendre une à deux heures avant que le numéro ne soit réactivé, mais ça ne me dit pas comment je vais récupérer les pièces jointes que Ron m'a peut-être envoyées ?

— L'écran de ton téléphone sera beaucoup trop petit pour voir quoi que ce soit, tu vas devoir réexpédier le message vers ton ordinateur.

— Je savais que tu finirais par te rendre utile, plaisanta-t-elle en contournant le bureau pour ouvrir son ordinateur portable.

Kaitlyn se pencha sur la machine, ses cheveux tombant librement de chaque côté de son visage. Landon avait encore le goût de ses baisers dans la bouche et son odeur ne le quittait pas.

Il détourna volontairement le regard et aperçut la lune parfaitement ronde derrière les rideaux. Elle ne serait pas pleine avant un jour ou deux, mais il ressentait déjà son appel irrésistible.

De nouveau il contempla Kaitlyn qui fronçait les sourcils en pianotant sur son clavier. Elle était belle et terrible, et athlétique pour une femme de sa taille, mais tellement fragile face à sa force de loup-garou.

Il avait un peu plus envie d'elle à chacune de leurs

rencontres. Plus le temps passait entre deux métamorphoses, plus le loup en lui semblait avide d'assouvir ses pulsions bestiales.

Elle t'appartient, prends-la !

Elle est humaine, se raisonna-t-il, épuisé par ce combat incessant contre lui-même. Tout irait bien tant qu'il maintiendrait une distance raisonnable entre eux.

— Ron a dit qu'il allait m'envoyer des images. Tu ne veux pas venir voir comment je pourrais les visionner ?

Landon passa derrière elle et étudia l'écran par-dessus son épaule.

— Avec les formats d'images les plus courants, l'un de ces deux logiciels devrait faire l'affaire.

Elle cliqua sur l'icône correspondante. Landon allait se redresser lorsqu'il se figea, comme statufié, nimbé de son odeur parfaite ; il aurait pu en tomber à genoux. S'il avait été sous sa forme lupine, il se serait frotté à elle afin de s'imprégner entièrement du parfum de *sa* femelle.

Kaitlyn était *sa* femelle, *sa* compagne. Il en avait pris conscience un peu plus tôt au chalet, mais il avait dû s'éloigner d'elle pour ne pas la prendre, pour ne pas pénétrer en elle, au risque de la blesser, ou pire.

Il allait devoir museler sa nature bestiale et peut-être alors parviendrait-il à devenir l'amant dont elle rêvait. Le pendentif l'aiderait à maintenir sa forme primale en sommeil.

Il se pencha un peu plus, inhala son parfum et posa ses mains de chaque côté du clavier.

— Alors, tu t'es décidé à agir en adulte ?

Landon ramena ses longs cheveux en arrière et déposa un baiser sur sa joue. Un frisson saisit la jeune femme et son souffle devint plus rapide.

— Je refuse que tu joues au yoyo avec moi de cette façon, tu vas devoir me répondre, Landon.

Elle lui attrapa le poignet et fit mine de le repousser,

mais il se colla contre elle, plaquant la raideur de son sexe contre son dos. Elle tourna la tête pour lui embrasser le bras droit, et il comprit qu'elle en voulait davantage.

Le cœur de Landon s'emballa et ses tempes se mirent à battre à un rythme primitif. Il ne fallait pas qu'il laisse ses griffes sortir de leur fourreau, aussi attrapa-t-il fermement le bureau. Pourquoi ne parvenait-il pas à se maîtriser, bon sang ! C'était comme si son corps refusait de lui obéir.

Non, c'était le loup en lui qui devenait enragé.

Du calme ! ordonna-t-il mentalement à la bête.

Kaitlyn tenta de se tourner face à lui, mais il l'en empêcha en lui saisissant les hanches.

— Non, pas encore, gronda-t-il en modérant sa prise pour ne pas lui fracturer le bassin.

Le loup regagna sa tanière et Kaitlyn s'adossa au torse de Landon.

— Tu ne veux pas que je te caresse ? s'étonna-t-elle presque à voix basse en levant la tête vers lui, palpant la nuque de son amant d'une main tandis que l'autre descendait lui saisir fermement les fesses.

— Laisse-moi te toucher, Kaitlyn, l'implora-t-il en glissant ses mains sous ses vêtements.

Elle le laissa faire et, à sa grande surprise, elle l'encouragea même en ôtant son sweat-shirt. Elle se retourna et saisit le T-shirt de Landon pour le sortir de son jean.

— A ton tour, maintenant.

Le sexe douloureusement dressé contre la toile de son pantalon, il se mit torse nu et jeta le T-shirt au sol. Elle palpa ses pectoraux, explorant chacun des reliefs dessinés par sa musculature. Enfin elle se pencha sur un téton noir et l'agaça du bout de la langue. Il ferma les yeux en lui embrassant la tête. Cette femme le rendait fou de désir. Il l'aimait tellement !

Landon fit glisser une bretelle de soutien-gorge et lui embrassa l'épaule. Elle tressaillit lorsqu'il descendit encore et se laissa porter par la courbe de son sein. Elle l'arrêta en posant un doigt sous son menton. Landon posa avec passion ses lèvres sur celles de Kaitlyn, tout en l'emprisonnant de ses bras puissants dans un corps-à-corps haletant. En réponse à cet assaut, elle lui mordit la langue et défit vivement les boutons de son jean.

Elle sent si bon, murmura la bête sortie de sa tanière. *Elle t'appartient. Laisse parler tes instincts. C'est ce qu'elle veut.*

Non ! se rebiffa-t-il intérieurement tout en repensant à l'intimité qu'ils avaient partagée dans son chalet. *Elle possède l'odeur des Luprédas uniquement parce que j'aimerais que ce soit le cas. Si elle était des nôtres, je n'aurais pas besoin de la ménager. J'aimerais croire qu'elle peut aimer mon vrai moi, mais c'est un leurre. Allez, dégage de ma tête !*

Il défit le soutien-gorge de Kaitlyn, le jeta au sol, et laissa ses lèvres descendre jusqu'à sa poitrine.

Je serai toujours là pour te tourmenter, ricana le loup, *allez, montre-lui un peu ton vrai visage !*

Landon émit une petite plainte de plaisir lorsqu'il happa le téton dressé de Kaitlyn. Elle inséra sa main dans son caleçon et enroula ses doigts autour de son sexe raidi. Landon lui agrippa fermement les fesses et l'attira encore plus près. Le tissu du jean émit un léger craquement désespéré.

Il prit conscience que ses griffes venaient de jaillir malgré lui et qu'il avait littéralement déchiré un morceau du pantalon.

Kaitlyn éclata de rire et l'embrassa de plus belle.

— Voilà une façon originale de m'enlever mon jean, Musclor !

Landon paniqua intérieurement. Il n'avait même pas senti ses griffes jaillir ! Que se serait-il passé si elle avait été nue ? C'était pure folie que d'espérer parvenir à se contrôler en sa présence, elle faisait resurgir ses instincts bestiaux à la moindre caresse.

— Je suis désolé, murmura-t-il en reculant légèrement, une fois ses griffes rétractées.

— Ah, non ! s'emporta Kaitlyn en jetant les bras autour de son cou, cette fois tu vas terminer ce que tu as commencé, mon bonhomme. Et je me fous éperdument de mon jean.

J'aurais pu te blesser. Landon la prit dans ses bras et enfouit son visage dans son cou.

— J'ai tellement peur de te faire du mal. Je ne me le pardonnerais jamais, Kaitie.

— Et qu'est-ce qui te dit que ce n'est pas *moi* qui vais te faire du mal ? minauda-t-elle contre son oreille, en laissant ses ongles lui griffer le dos. Je ne suis pas une poupée de porcelaine, continua Kaitlyn en laissant son jean tomber à ses pieds, je suis une dure à cuire et si j'ai mal, ne t'inquiète pas, je le dirai. Beau boulot au fait, le félicita-t-elle en brandissant le jean en pièces, jamais on ne m'avait déshabillée aussi vite !

Le loup grogna à l'idée qu'un autre homme l'ait un jour approchée.

— Je te propose de clore les inscriptions à ce concours de l'amant le plus brutal, chuchota-t-il en jetant le jean par terre.

Kaitlyn recula vers le canapé en lui faisant signe d'approcher d'un simple mouvement du doigt. Elle éteignit en passant le plafonnier et s'allongea.

— Alors donne-moi une bonne raison de ne plus laisser personne tenter sa chance.

Comme elle était belle sous la lueur de la lune ! Ses pommettes roses et ses cheveux roux offraient un magnifique contrepoint aux coussins d'un vert profond sur lesquels elle était allongée. Il perçut de subtiles notes musquées qui trahissaient son excitation. Il cessa de réfléchir et ôta ses vêtements avant de la rejoindre.

Kaitlyn le regarda approcher en s'exhortant au calme. Il était immense, carré, large d'épaules... Il aurait dû l'intimider — d'autant qu'il l'avait mise en garde —, mais au contraire, cela la mettait dans un état d'excitation inimaginable.

Il se déplaçait avec une grâce féline et ses abdominaux se contractaient à chaque pas ! Il s'agenouilla près d'elle et elle put lire le désir sur son visage à la faveur de la lune. Kaitlyn frissonna et posa un doigt sur la fossette qu'il avait au menton.

— Est-ce que je t'ai déjà dit que ça te rendait extrêmement séduisant et que j'ai parfois le vertige quand tu es près de moi ?

Landon posa une main sur sa cuisse et lui effleura le front de l'autre. Il saisit une mèche de ses cheveux entre ses doigts et happa le doigt qu'elle avait posé sur ses lèvres.

La sensation de sa langue humide et de sa bouche chaude et moite autour de son doigt la fit haleter.

Il remonta un peu plus la main posée sur sa jambe et, d'une infime pression, lui suggéra d'ouvrir ses cuisses.

Elle le laissa faire et ondula pour se rapprocher encore un peu. Il sourit et commença à libérer le doigt humide de salive.

Leurs visages étaient tout proches, mais ils ne s'embrassèrent pas. Au lieu de cela, Landon la regarda au fond des yeux tout en glissant un doigt en elle avec un sourire prédateur.

— Tu es mouillée, chaude et si... étroite.

Kaitlyn répondit à ses mouvements par de petits mouvements de hanches et lui palpa le ventre jusqu'à saisir son sexe dressé.

— Et je t'attends, ajouta-t-elle en le serrant un peu plus fort.

Landon tressaillit et ferma les yeux l'espace d'un instant. Lorsqu'il les rouvrit, ses pupilles étaient d'un vert un peu plus profond.

— Tes yeux…

Il plaqua sa bouche contre celle de Kaitlyn et introduisit au même instant un second doigt en elle. Les deux sensations conjuguées la firent chavirer.

Elle lui rendit son baiser avec ardeur, sans cesser de chevaucher cette main amoureuse, la sienne allant et venant le long de la verge de Landon. Elle voulait qu'il lui fasse l'amour de la même façon qu'il était en train de la caresser, avec lenteur et fermeté ; elle voulait hurler de plaisir.

Avant qu'elle ait eu le temps de réagir, Landon plongea sa tête entre ses cuisses, et de sa langue ajouta de nouvelles notes à la partition que jouaient ses mains à l'intérieur de son corps.

La verge de Landon lui échappa et elle ne pensa plus qu'à la bouche plaquée contre son sexe, qui la dévorait avec passion, tandis que les doigts de Landon s'agitaient, tournaient, allaient et venaient, la hissant crescendo sur un tempo endiablé.

Elle planta ses ongles dans ses épaules, grogna, se cambra, amoureuse de cette langue experte. L'orgasme guettait, et elle aurait voulu se laisser aller, mais elle ne voulait pas jouir sans lui cette fois.

Elle aimait sa force, elle respectait son sens de l'honneur et même le désintéressement dont il faisait preuve en tant qu'amant, mais une petite voix dans sa tête lui soufflait que cette nuit, il y avait un enjeu. Il y aurait un dominant et un dominé. Ce soir, les rôles allaient s'établir. Landon avait une présence terrible, mais elle devait lui faire savoir qu'il ne mènerait pas toujours la danse.

Elle serra les dents pour ne pas s'abandonner au

plaisir et lui releva la tête de force. Elle ondula et se mit à genoux avant de l'embrasser.

Landon la saisit par la taille et lui rendit son baiser avec une ardeur qui enflamma la jeune femme.

Il avait sa saveur intime dans la bouche, leurs odeurs se mêlaient et elle en eut presque le tournis. Elle s'accrocha à ses épaules et leurs lèvres se séparèrent afin qu'elle puisse enfouir son visage dans son cou et poser ses lèvres contre les pulsations puissantes de son vaste cœur.

Landon laissa ses mains se perdre dans la chevelure rousse et lui embrassa le front en murmurant son nom.

Elle lui caressa de nouveau le ventre et capta son regard lorsqu'elle saisit son sexe dressé.

Il cambra les reins et laissa échapper un grondement de plaisir. De nouveau elle vit ses pupilles prendre une teinte plus claire, comme si elles s'illuminaient de l'intérieur. Il lui saisit le poignet pour la forcer à cesser ses mouvements.

— Laisse-moi donner le tempo, ce sera encore mieux, suggéra-t-il d'une voix rauque.

Elle acquiesça et observa avec satisfaction l'extrémité humide de sa verge. Il était si dur, chacun de ses muscles semblait bandé à l'extrême, comme une statue de chair. *Mon magnifique dieu de l'amour à moi*, songea-t-elle en le prenant dans sa bouche.

Il lui lâcha le poignet et posa doucement une main sur sa tête, tandis que l'autre suivait la courbe de ses reins.

Il la saisit et la pièce sembla soudain tournoyer autour de Kaitlyn qui se retrouva à quatre pattes sur le canapé. Landon se coucha sur elle, son sexe plaqué contre ses fesses. Il la maintenait de force dans cette position, lui enfouissant presque la tête dans les coussins.

— Tu ne sais pas à quel jeu tu joues, Kaitie, gronda-t-il contre son oreille.

Elle tourna la tête et recula volontairement.

— Ce que je veux, c'est ce que tu allais faire quand tu es parti la dernière fois. J'ai envie de ça… je veux que tu te laisses aller.

Landon laissa échapper un grondement de colère en la libérant de son emprise. Il pesait toujours sur elle, la maintenant dans une immobilité forcée qu'elle accepta. Elle attendit sans bouger, de crainte qu'il ne se défile encore une fois.

Enfin elle sentit ses mains lui caresser le dos avec brusquerie et elle ferma les yeux.

— J'espère que tu as des préservatifs, souffla-t-elle sans bouger.

Landon se coucha une nouvelle fois sur elle et lui embrassa la tempe.

— Réfléchis bien avant de demander, tu pourrais obtenir plus que tu ne souhaites, ma petite enquêtrice soumise.

Elle l'entendit saisir un préservatif dans sa veste et sourit intérieurement.

— J'y compte bien, mon beau privé dominateur, répliqua-t-elle.

Une fraction de seconde plus tard, elle était de nouveau prisonnière de sa poigne d'acier.

— Tu aimes que ce soit moi qui décide ?

Elle eut un petit rire de gorge et ondula une nouvelle fois du bassin.

— J'aime te laisser croire que c'est toi qui décides, corrigea-t-elle.

Landon la força à se redresser et ils furent bientôt tous deux à genoux, dos contre torse. Il la prit dans ses bras, l'empêchant de bouger tandis qu'il l'embrassait dans le cou.

— Tu *me* laisseras faire à ma guise, affirma-t-il sur un ton autoritaire qu'elle ne lui connaissait pas, car c'est pour ton bien. Je me fais bien comprendre ?

Le cœur de Kaitlyn s'affola. Il ne lui posait pas la question, c'était un ordre. Elle acquiesça et il relâcha légèrement sa pression en laissant ses mains lui caresser les hanches.

— Tu es certaine de ne pas vouloir te retourner ? chuchota-t-il dans son cou.

Elle fit non de la tête en lui attrapant les mains pour les guider jusqu'à ses seins. Son corps tout entier était en ébullition.

— Je veux que tu me donnes ce que tu m'as toujours refusé, répondit-elle en l'incitant à lui pincer les tétons.

— Est-ce que tu as déjà fait l'amour dans cette position ?

Il lui sembla que son cœur franchissait le mur du son lorsqu'elle sentit les battements de celui de Landon dans son dos. Il n'était pas aussi calme qu'il voulait bien le laisser croire.

Elle tourna la tête et déposa un baiser sur sa joue.

— Une fois. C'était pas mal.

Il la laissa à peine terminer sa phrase et agrippa ses seins en un geste de pure possession, sans la quitter du regard.

— Le passé n'existe pas. Seul le présent compte.

— Ça veut dire que tu me garantis que je vais aimer ça ? haleta-t-elle.

— Tu me diras ça quand j'aurai fini de te faire hurler de plaisir, répliqua-t-il en lui pinçant les tétons.

— Vantard…

Il l'interrompit en resserrant son étreinte sur ses seins. Elle eut le souffle coupé par un mélange de douleur et de plaisir. Son entrejambe se fit encore plus moite et elle dut s'agripper au canapé tant ses jambes tremblaient.

Landon la maintint contre lui, tout en laissant son autre main s'immiscer au plus chaud de son intimité, lui arrachant un cri de jouissance. Elle commença à onduler presque malgré elle en laissant échapper un bruit de gorge inarticulé.

— Allez, donne-m'en plus, on en a tous les deux envie, haleta-t-elle, incapable d'organiser ses pensées, comme si elle était plongée au beau milieu d'un rêve érotique.

Landon retira sa main, lui saisit les hanches et la souleva comme si elle ne pesait pas plus qu'une plume. Il la tint ainsi à quelques centimètres du sol, l'extrémité de sa verge effleurant le sexe de la jeune femme. Il la tenait si fermement qu'elle aurait certainement des bleus, mais elle s'en moquait.

— Maintenant, Landon ! hurla-t-elle, la tête enfouie dans les coussins.

Il bascula son bassin en avant et se glissa en elle. Entièrement. Kaitlyn ouvrit la bouche sur un cri muet.

— Est-ce que je te fais mal ? demanda-t-il d'une voix douce en reposant ses genoux sur le sol.

— Non, sanglota-t-elle, continue, je t'en supplie, continue !

— Je serais incapable de m'arrêter même si je le voulais, répondit-il sans cesser d'aller et venir.

Kaitlyn répondait à chacun de ses mouvements, le menant aussi loin en elle qu'elle le pouvait.

— Fais-moi crier, réclama-t-elle dans un souffle.

Il lui emprisonna alors les mains et pilonna ses reins comme un marteau frappant l'enclume. Ses coups de boutoir se réverbérèrent depuis le sexe de Kaitlyn jusqu'à sa bouche, d'où jaillit un cri de pure jouissance.

— Dis-moi que tu aimes ça, Kaitie, ordonna-t-il dans un feulement, tout en imprimant un mouvement circulaire à son bassin.

Mais Kaitlyn était incapable d'articuler le moindre mot.

— Ah…, gémit-elle face au déluge de sensations qui la saisirent, ou… oui, j'aime ça ! hurla-t-elle.

Landon se retira presque entièrement, la laissant pantelante, avant d'entrer en elle une fois de plus, mais cette fois en saisissant son épaule entre ses dents.

Il faisait cela pour la maintenir immobile, rien de plus, mais à sa grande stupéfaction, il constata que ses canines commençaient à jaillir. Comment cela était-il possible alors qu'il portait son pendentif ?

Le loup s'unissait à Kaitlyn et il s'apprêtait à apposer sur elle sa marque, malgré la barrière d'argent.

Non ! s'écria-t-il mentalement en tentant vainement de rétracter ses canines.

Son sexe lui-même semblait doué d'une vie propre et était agité de spasmes, comme pour se débarrasser du préservatif.

Kaitlyn gémit de plus belle en lui ouvrant largement ses cuisses.

— Tu durcis encore ! s'émerveilla-t-elle en se contractant autour de sa verge, c'est tellement bon, j'ai l'impression d'être en feu !

Elle en a envie, gronda le loup.

Elle ne se rend pas compte de ce qu'elle risque, contra Landon.

Elle te veut, c'est tout ce qui compte, rétorqua la bête.

— Mets fin à cette torture, Landon, mords-moi et fais-moi jouir, le supplia-t-elle d'une voix chevrotante.

Les vampires avaient prévenu les Luprédas que s'ils s'aventuraient à mordre un humain alors qu'ils se trouvaient sous forme lupine, ils seraient condamnés à demeurer sous cette apparence. L'inverse était-il vrai ? Ne pourrait-il plus se changer en loup ? Impossible de savoir ce qui se passerait, mais il savait une chose : Kaitlyn était son âme sœur.

Il glissa une nouvelle fois sa main vers le sexe offert et humide et décrivit de petits cercles rapides.

Kaitlyn saisit sa main et l'incita à appuyer plus fort, tout en bougeant les hanches comme une damnée.

L'odeur intime de la jeune femme se modifia subtilement et il sut qu'elle allait jouir.

— J'ai si chaud, souffla-t-elle, son corps tout entier ruisselant de sueur.

Landon perdit alors le contrôle de ses sens.

Elle est à moi ! mugit le loup en plantant ses canines dans la chair tendre.

Elle poussa un hurlement et son sexe se contracta autour de la verge tendue de Landon. Elle fut secouée de spasmes, emportée par un orgasme gigantesque. Landon décrocha sa mâchoire de l'épaule de Kaitlyn et lécha les petites blessures causées par ses canines, sans cesser d'aller et venir en elle.

Kaitlyn ne se contentait pas de se laisser prendre, elle répondait avec sauvagerie à chacun de ses mouvements. Lorsqu'elle atteignit son second orgasme, Landon l'accompagna et elle le sentit se libérer en elle en frémissant d'extase.

Le souffle court, elle laissa sa tête reposer sur l'accoudoir du canapé, le regard tourné vers Landon. Il embrassa la marque qu'il lui avait faite sur l'épaule, puis s'allongea sur elle lorsqu'elle tomba à plat ventre, littéralement épuisée.

Jamais il ne s'était laissé aller à ce point. Cela lui procurait un sentiment grisant de liberté, et une impression de fragilité tout à fait inédite. Kaitlyn savait le mettre à nu, il n'avait jamais aimé une femme à ce point.

— Alors… tu vas m'expliquer pourquoi tu m'as mordue ? demanda-t-elle lorsque leurs souffles eurent retrouvé un rythme constant.

Landon tressaillit. Il se leva, jeta le préservatif à la poubelle, en sentant le regard de Kaitlyn peser sur ses épaules. S'il lui révélait la vérité et qu'elle ne l'accepte pas, c'est toute la meute qu'il mettrait en danger.

Il revint s'allonger près d'elle et voulut la serrer contre lui, mais elle recula ; elle attendait une réponse.

Il passa un doigt sur les deux petits points rouges qui ornaient la peau de son épaule. Deux autres, identiques, dans son dos la désignaient désormais comme sa propriété. Ils ne s'effaceraient jamais et porteraient toujours son odeur afin que chaque Lupréda sache qu'elle lui appartenait. Cette idée le révoltait autant qu'elle le séduisait. Dans le monde des Luprédas, elle était à lui, mais, parmi les humains, il n'avait pas la moindre emprise sur elle.

— Je ne te mordrai plus sans ton accord, la rassura-t-il en lui prenant la main pour y déposer un baiser.

— Ce n'était pas ma question. Je t'ai demandé *pourquoi* tu l'avais fait.

— Tu fais ressortir mon côté bestial. Ce n'était jamais arrivé et, honnêtement, je n'ai pas pu m'en empêcher, répondit-il avec autant de franchise que possible.

— Ce n'est pas grave, les marques disparaissent déjà. Demain il n'y paraîtra plus.

J'en doute fort, ma douce compagne.

— Ça t'ennuierait si elles ne disparaissaient pas complètement ?

Elle rougit. Elle était tellement belle avec sa crinière rousse ébouriffée.

— Ce sera comme une sorte de suçon.

Tout le monde saura que tu es à moi, songea-t-il.

— Personne ne saura rien si tu ne les montres pas. Est-ce que ça t'a plu ?

Elle prit sa main dans la sienne et glissa l'index de Landon dans sa bouche. Elle le suça comme une sucrerie. Son érection se manifesta aussitôt, un peu plus raide à chaque coup de langue.

Elle lui mordit le doigt et lui adressa un sourire désarmant.

— Est-ce que ça répond à ta question ?

Il se pencha vers elle et l'embrassa longuement. Elle fit mine de glisser sa main vers sa verge, mais il la retint avec un petit rire.

— Et si on se reposait un peu, proposa-t-il en s'allongeant sur le dos.

Kaitlyn s'étendit contre sa poitrine avec un petit soupir de regret, tout en emmêlant ses jambes avec celles de Landon.

— D'accord, mais cinq minutes seulement alors.

Landon lui caressa les cheveux jusqu'à sentir sa respiration devenir ample et profonde, la lune jouant dans ses boucles ardentes. Il était prêt à vivre loin de la meute, si c'était pour avoir toujours Kaitlyn auprès de lui. Ce n'était pas tous les jours que l'on croisait le chemin de son âme sœur, et il comptait la chérir chaque jour de son existence.

10

Kaitlyn s'éveilla dans la chaleur des bras de Landon. Il dormait paisiblement, couché contre elle, les ombres dessinant son profil si séduisant. Il faisait encore nuit, mais la lumière de la lune les nimbait d'une clarté bleutée. Combien de temps avait-elle dormi ?

Elle souleva le bras de Landon qui pesait sur sa poitrine et se leva discrètement. Elle ramassa son jean derrière le bureau et poussa un soupir en apercevant la large déchirure à l'entrejambe. Elle laissa retomber le vêtement au sol et enfila le T-shirt de Landon qui lui tombait aux cuisses. L'odeur de son amant l'enveloppa entièrement et elle revint vers le canapé pour le regarder dormir, tout en pressant le col du vêtement contre son nez pour s'enivrer de son parfum.

Quel amant ! Elle se doutait que ce serait bon, mais à ce point-là…

— Tu es vraiment un vilain petit garçon, lui chuchota-t-elle à l'oreille avec un sourire satisfait.

Elle décida de le laisser dormir jusqu'à ce que son téléphone soit de nouveau en service. Son regard tomba alors sur le carton qu'elle avait rapporté de chez Hank.

La veste de Landon avait glissé du canapé, ouvrant l'un des pans du carton au passage.

Elle braqua la petite lampe de bureau vers le bas et s'agenouilla. Des piles de papiers et des chemises cartonnées occupaient un coin du carton. Une boîte contenant tout un attirail de pêche était logée dans l'autre. Enfin un coffret de bois à l'effigie du loup était posé dans le troisième angle, sur une photo encadrée. Elle saisit le cadre et son cœur cessa de battre. Il s'agissait d'une photo volée de Landon traversant la rue.

Elle retourna la photo et lut la date. Non, c'était impossible. Elle datait de plus de vingt ans !

Elle contempla une nouvelle fois l'image. Pourquoi son père possédait-il un cliché de Landon ? Et comment était-il possible qu'il n'ait pas changé ? Personne n'avait l'air aussi mature à vingt ans.

Elle reposa la photo et ouvrit le coffret de bois. Elle y trouva une poignée de balles. Elle s'était attendue à quelque chose de plus émouvant, comme un bijou datant de l'enfance de Kaitlyn ou ayant appartenu à Sharon, sa mère, mais des balles ?

Elles avaient une couleur étrange, argentée. D'ordinaire, elles étaient couleur cuivre, parfois teintées de plomb. Elle en examina une de plus près et remarqua les initiales gravées sur la surface : J.M.

Un frisson la saisit lorsqu'elle comprit qu'elle avait déjà vu ces lettres ailleurs, quoique déformées.

La photo à la main, elle revint vers le canapé ; ses jambes tremblaient. Elle s'assit près de Landon et compara le projectile du pendentif à celui qu'elle tenait au creux de sa main. Ils étaient identiques. La balle appartenait à son père.

Elle ravala un sanglot et ferma les yeux.

— Que se passe-t-il, Kaitlyn ? s'alarma Landon en lui prenant délicatement la main.

Elle ouvrit les yeux et des larmes roulèrent sur ses joues. Elle avait toujours trouvé que Landon avait quelque chose d'étrange, mais cette photo trouvée dans les affaires de son père confirmait ses soupçons. Elle lui posa les balles dans la main, ainsi que la photo.

— Explique-moi pourquoi mon père avait ce cliché

de toi dans ses affaires, et pourquoi tu portes une de ses balles autour du cou !

Le ton de sa question blessa profondément Landon. Il ne pouvait pas accepter que sa promise le haïsse, mais c'était pourtant ce qui le guettait si elle apprenait la vérité. La photo qu'elle brandit le prit complètement par surprise. Quand James McKinney avait-il pris ce cliché ? Et pourquoi ?

— Je suis aussi surpris que toi de voir cette photo, répondit Landon avec un étonnement sincère tout en s'asseyant.

— Mais tu sais pourquoi tu portes l'une de ses balles en pendentif, murmura-t-elle, les yeux brillant de larmes.

Landon aurait tout fait pour chasser la douleur qu'il lisait sur son beau visage. Elle était son âme sœur, celle dont il était tombé amoureux trois ans auparavant, il lui devait la vérité, même si cela impliquait de se mettre en danger.

— Cette nuit-là, dans le parc, il tirait sur quelque chose dans les bois, il… essayait de protéger quelqu'un. C'est arrivé si vite ! Je n'avais pas l'intention de tuer ton père, Kaitlyn, tu dois me croi…

Il fit mine de la toucher, mais elle le repoussa violemment sans le laisser terminer sa phrase.

— Mon père s'est fait lacérer, commença-t-elle avant que ses yeux ne s'élargissent d'épouvante. C'était toi dans la ruelle, c'est toi qui as tué les vampires, tu étais… immense.

En une fraction de seconde, Landon était debout près d'elle. Il la rattrapa au moment où ses jambes se dérobaient sous elle.

— Doucement, Kaitie.

— Ne me touche pas ! s'écria-t-elle en retrouvant son équilibre.

Elle recula et se heurta aussitôt au bureau.

— Bon sang, mais qu'es-tu, au juste ? Ce... ce corps dans le parc, celui dont j'ai vu l'aura, c'était un... c'était un loup-garou, pas vrai ? lui lança-t-elle en le harponnant de ses pupilles volcaniques.

— Techniquement, on les appelle des zerkers, mais oui, c'est un loup-garou.

Elle posa ses deux mains sur la poitrine de Landon. Elle commençait à avoir du mal à respirer ; elle allait bientôt s'évanouir.

— Essaie de respirer calmement, lui conseilla Landon, impuissant à l'aider, inspire profondément ou tu vas tourner de l'œil.

— Et comment est-ce que je suis supposée réagir ! s'emporta-t-elle en agitant les bras. Je viens juste de découvrir que l'homme avec qui je viens de faire l'amour est non seulement le meurtrier de mon père, mais qu'en plus c'est une saloperie de loup-garou !

Elle était en état de choc et elle se sentait trahie.

— Kaitlyn, je...

— Dégage d'ici, lui ordonna-t-elle en ramassant ses vêtements avant de les lui jeter au visage et de lui désigner la porte.

Landon se rhabilla en silence. Il était en train de boutonner son pantalon lorsque le téléphone sonna.

Leurs regards convergèrent vers le bureau.

— C'est Ron, annonça-t-elle après avoir vérifié l'identité de son correspondant.

Elle ouvrit l'appareil et prit la communication.

— J'ai eu ton message, Ron.

L'ouïe surdéveloppée de Landon lui permit de percevoir la voix de son interlocuteur, un homme qu'il avait appris à détester au fil des années.

— Je suis heureux de l'apprendre, Kaitlyn, maintenant écoute bien ce que *moi*, j'ai à te dire.

— Rémy ? Où est Ron ?

Elle lança un regard interrogateur à Landon.

Est-ce que tu peux l'entendre ? articula-t-elle exagérément à l'intention de Landon, en désignant le combiné du doigt.

Il acquiesça vivement en croisant les bras sur la poitrine.

— Disons seulement qu'il n'aura plus besoin de son téléphone. Il me semble en revanche qu'avant de quitter ce monde, il t'a fait parvenir un autre message.

— Qu'est-ce que tu lui as fait ? Bon sang, Rémy, tu as complètement perdu la tête ou quoi ?

— Pas du tout. J'adhère simplement à une cause et je la défends.

— Et tu es prêt à tuer pour ça ?

— Tu as jusqu'à 2 heures du matin pour te rendre à la gare désaffectée de Chelsea, sur la 25e Rue. Tu m'apporteras ton portable. Si tu ne viens pas, mes hommes s'assureront que ta mère rejoigne son Créateur un peu plus tôt que prévu.

— Espèce d'ordure ! cracha-t-elle, vibrant de colère, si tu touches un cheveu de ma mère, je vous extermine tous !

Rémy ne répondit pas à sa menace, et conserva un calme olympien.

— Je suis sûr que tu viendras à mon rendez-vous. Inutile de préciser que je ne veux pas voir tes collègues dans le secteur. Je saurai si tu les mets au courant et je passerai le coup de fil dont je viens de t'entretenir. Non seulement ta mère mourra, mais tu devras en outre expliquer à la police comment cette perte tragique t'aura poussée à assassiner Ron.

Les mains tremblantes, elle lança un regard désespéré à Landon, qui s'approcha aussitôt et lui saisit les épaules avec une grande douceur. Il laissa le loup sortir de sa tanière et put ainsi s'adresser mentalement à Kaitlyn.

Fais-le parler, qu'il nous raconte comment il t'a piégée. C'est un petit fumier orgueilleux, il ne ratera pas une occasion de se faire mousser.

Elle tressaillit face à cette intrusion dans son esprit, mais il lui serra un peu plus les épaules afin de la rassurer, avant de désigner le téléphone d'un geste du menton.

— Tu n'es pas assez intelligent pour avoir planifié ces horreurs tout seul, Rémy, le provoqua-t-elle sans quitter Landon du regard.

— Tout le monde vous a entendus vous accrocher l'autre jour au poste.

— Mais je ne lui ai pas parlé depuis le début de la semaine.

— Allons, allons, tu as la mémoire courte. Tes relevés téléphoniques prouveront que tu l'as appelé aujourd'hui même. Et puis tu semblais vraiment enthousiaste de l'avoir au bout du fil, il y a quelques minutes.

— Quelque chose me dit que Ron est mort la nuit dernière. L'appel a été passé après sa mort.

— Rends-toi à l'évidence ! Nous sommes plus malins que toi. Nous avons fait en sorte que l'heure du décès soit impossible à déterminer avec certitude, mais quand ils trouveront son corps, il y aura des preuves qui t'incrimineront. Il me suffit de passer un coup de fil anonyme, de parler d'une odeur suspecte et tu es finie, Kaitlyn. Allez, on arrête là. Tu as toujours été une fille bornée, et aujourd'hui ça te joue des tours. Sois plus maligne cette fois et amène-nous ce foutu téléphone à 2 heures tapantes.

Elle referma l'appareil et se mit à trembler nerveusement. Landon la prit aussitôt dans ses bras et la serra fort. Elle se laissa faire quelques instants avant de le repousser.

Il n'insista pas, mais lui lança de sa voix de mâle dominant :

— Ne laisse pas nos problèmes personnels interférer entre nous. Accepte mon aide. Tu as besoin de quelqu'un pour veiller sur ta mère et pour couvrir tes arrières pendant ta rencontre avec Rémy. Tu ne peux pas être à deux endroits à la fois. Laisse-moi t'aider, insista-t-il face à l'expression bornée de la jeune femme.

A peine avait-elle acquiescé qu'il saisit son téléphone et appela Caine.

Pendant que Landon mettait son frère de meute au courant de la situation, Kaitlyn réunit ses affaires, se déplaçant comme un automate. Elle grimpa l'escalier et monta dans sa chambre pour se trouver des vêtements plus chauds en vue de sa confrontation avec Rémy ; les manteaux épais n'étaient pas vraiment conseillés quand on voulait être libre de ses mouvements.

Elle enfila un jean, un T-shirt rouge et une veste de jogging avant de redescendre et d'attacher ses cheveux.

Elle était pâle comme la mort et elle avait le regard vide. Elle avait conscience d'être dans une sorte d'état de choc et d'être beaucoup trop calme au regard de ce qu'elle venait d'apprendre au sujet de Landon. Manifestement elle tenait vraiment à ce type.

Quelle idiote ! Elle avait pourtant senti que quelque chose clochait chez lui. Ce soir, la vie de sa mère était en jeu, elle ne pouvait pas se permettre de manquer son coup.

Elle se dirigea vers l'armoire et se dressa sur la pointe des pieds. Ses doigts heurtèrent sa casquette de base-ball, la repoussant encore plus loin au fond.

— C'est ça que tu cherches ? lui demanda Landon en attrapant l'objet pour elle.

Elle le remercia, mais constata que le regard de Landon était fixé sur un loup qu'elle avait peint, plusieurs années auparavant, sur le mur rose de sa chambre, et qu'elle n'avait jamais eu le cœur de recouvrir. L'animal avait un pelage d'un brun profond et des taches argentées autour des oreilles. Il était assis dans les herbes hautes, fier et majestueux, telle une sentinelle qui suivait chacun de ses mouvements, où qu'elle se trouve dans la pièce.

Un frisson la saisit lorsque son rêve lui revint à la mémoire. Elle vissa la casquette sur son crâne et passa sa queue-de-cheval dans l'ouverture à l'arrière.

— Je te laisse avec ton ami à poil, lança-t-elle à Landon en quittant la pièce.

— Est-ce ton père qui a peint ça pour toi ? lui demanda-t-il en la saisissant par le bras.

Elle se dégagea de sa poigne, coupable de ce désir qui refusait de la quitter malgré ce qu'elle venait d'apprendre.

— Il a engagé un artiste pour le faire sous ses directives, répondit-elle avant de descendre l'escalier, sans laisser à Landon le temps de réagir.

Il la suivit jusque dans son bureau. Elle avait encore deux heures devant elle avant le rendez-vous fatidique.

Elle songea de nouveau qu'elle n'avait pas droit à l'erreur et saisit ses clés.

— Où vas-tu ? lui demanda Landon en bloquant le passage.

Elle tenta de se faufiler, mais il la saisit par les épaules.

— Je veux voir ma mère. On est en dehors des heures de visite, mais j'entrerai par effraction s'il le faut.

— Si tu t'approches d'elle, ils penseront que tu essaies de tenter quelque chose. Tu sais qu'ils la surveillent.

Elle savait qu'il avait raison.

— Je suis désolé, Kaitlyn, pour… ce passé tragique. Si je pouvais tout recommencer, murmura-t-il en lui massant affectueusement les épaules.

Elle n'avait aucune envie d'évoquer le rôle de Landon dans la mort de son père, la blessure était encore trop fraîche. Elle se redressa, se dégagea de son étreinte et lui prit son téléphone. Si elle pouvait recevoir des appels, cela signifiait que son opérateur avait réactivé son accès.

Elle fit défiler l'historique des messages et trouva celui de Ron. Elle le réexpédia vers son ordinateur et s'installa au bureau en attendant que le mail arrive dans sa boîte de réception. Un flash d'info clignota dans la fenêtre de son navigateur internet :

Camion de la Tacomi accidenté. Chauffeur tué. Armes volées.

— L'accident fait déjà la une, indiqua-t-elle à Landon, tandis que l'icône indiquant un nouveau message attirait son attention.

Il contenait deux photographies. Elle suivit les instructions de Landon pour les ouvrir et ne fut pas surprise de voir Rémy parader sur la première. Il avait une arme à la main. Derrière lui le camion de la Tacomi était couché sur le flanc. Le second cliché était moins net et elle discerna une silhouette floue au second plan, près du semi-remorque. Elle imprima les deux documents.

— Ron a réussi à envoyer des photos ? demanda Landon d'un ton étonné.

Elle saisit le premier cliché et le lui tendit.

— Pas étonnant qu'il veuille mettre la main sur mon téléphone, il recèle la preuve qu'il était sur la scène de crime.

— Et l'autre ? s'enquit Landon en se tournant vers la machine qui ronronnait.

Elle lui tendit la feuille encore chaude et alla s'adosser au bureau.

— Celle-là me laisse perplexe. On dirait presque une panthère noire. Qu'est-ce que tu en dis ?

— Je dis que je vois la même chose que toi, répondit-il en posant l'image sur une étagère.

— C'est étrange, non ?

Ils demeurèrent un long moment muets, avant que Kaitlyn ne brise finalement un silence qui devenait pénible.

— J'imagine que tu vas vouloir attendre l'arrivée de Caine pour discuter du rendez-vous avec Rémy ? Puisqu'on est là, pourquoi ne me racontes-tu pas d'où viennent les loups-garous ? Tu t'es battu comme un beau diable contre ces vampires, l'autre nuit, c'était comme si vous aviez des comptes à régler.

Landon s'adossa au chambranle de la porte et croisa les bras sur sa poitrine.

— C'était le cas. Si les loups-garous existent, c'est parce que les vampires les ont créés. Ils voulaient un adversaire à leur taille pour le chasser.

Kaitlyn tressaillit en entendant le mot *chasser*.

— C'est… barbare.

Non, se reprit-elle, elle ne devait pas oublier que Landon n'était pas humain. Il avait tué deux Sanguinas à mains nues, cet homme… Ce Lupréda pouvait se défendre tout seul.

— Tout a changé quand les vampires ont commencé à s'éteindre, il y a vingt-cinq ans. Ils nous ont libérés de nos chaînes et nous avons gagné notre liberté.

— Connais-tu l'origine des vampires et la raison de leur haine envers l'humanité ?

Il acquiesça.

— Les premiers vampires sont le fruit d'un projet gouvernemental top secret baptisé Scions. Son objectif était de créer, par le biais de manipulations génétiques, un super-soldat.

— Mais pourquoi s'attaquer aux humains ?

— Parce que les scientifiques les traitaient comme des rats de laboratoire, leur faisaient subir des batteries de tests inhumains et ne leur permettaient pas de sortir du complexe. Ils ont fini par se révolter.

— Et ils se sont mis à tout dévaster, à se nourrir de sang humain et à créer des loups-garous pour les chasser, c'est ça ?

— En gros, confirma-t-il en se massant la nuque.

— Comment se fait-il qu'on soit au courant de l'existence des vampires, mais pas de celle des loups-garous ?

— Parce que nous ne nous attaquons pas aux humains. Nous avons été conçus de telle sorte que si l'on s'aventure à mordre un humain en étant sous forme de loup, cette apparence devient permanente. C'est très dissuasif.

Elle se frotta l'épaule.

— Tu m'as mordue. Est-ce que l'inverse se vérifie ? Est-ce que je vais me transformer en loup-garou ?

Landon sembla choqué.

— Ce n'était pas une morsure de loup !

— On aurait bien dit pourtant, répliqua-t-elle avec agressivité.

En un éclair, il fut face à elle.

— Ça n'avait pas l'air de te déranger, tout à l'heure.

Le rose lui monta aux joues et elle détourna les yeux face à son regard pénétrant en faisant mine d'étudier les ouvrages de son père.

— Tu penses qu'il connaissait ta vraie nature et que c'est pour cette raison qu'il gardait cette photo de toi ?

Landon prit le temps de réfléchir.

— Non, je ne pense pas qu'il ait été au courant avant cette nuit terrible dans le parc.

Kaitlyn chassa vivement les images qui lui venaient à l'esprit, elle ne pouvait pas se permettre de flancher maintenant. Cependant elle avait besoin de réponses à ses questions.

— Est-ce que c'est un vampire qui a mis le feu à ce zerker ?

— Non.

La réponse laconique de Landon ne la satisfaisait pas.
— Mais tu sais qui est responsable, n'est-ce pas ?

Devait-il lui dire la vérité, ou du moins partager sa théorie avec elle ? Il n'avait aucune certitude, mais le Velius était l'hypothèse la plus plausible, surtout depuis qu'il avait aperçu sa silhouette près du camion sur la photo.

Il poussa un soupir et s'adossa au bureau que Kaitlyn venait de quitter.

— Après que les vampires nous ont créés, ils ont abandonné leurs labos, mais il s'en trouvait parmi nous qui voulaient ressentir l'excitation d'être le chasseur et non la proie. Ils ont donc mené secrètement leurs expériences à l'insu des vampires et ont créé *leur* proie, qu'ils ont sobrement baptisée Velius.

Landon songea alors à un passage de la prophétie : *La proie cessera de fuir et deviendra chasseur.*

— Vous n'étiez quand même pas gardés en cage en attendant la traque suivante, si ?

— Non, les colliers d'argent que les vampires nous forçaient à porter nous empêchaient de nous transformer et nous maintenaient dans un périmètre restreint.

— Continue, je t'écoute, intervint Kaitlyn, ébahie par son récit.

— Seuls quelques Luprédas étaient au courant de ces expérimentations sur le Velius, et nous n'étions pas tous d'accord entre nous.

— Tu… tu veux dire que tu étais l'un d'eux ?

— Moi et quelques autres, nous avons voulu agir. La perspective de réduire en esclavage une autre espèce après ce que nous avions vécu… Nous avons détruit le laboratoire et libéré les cobayes.

— Ça n'a pas dû te rendre très populaire.

— Non.

Le destin était ironique, lui qui était en passe de devenir une icône pour son clan…

— Quel genre de créatures étaient ces… *proies* ?

— Des métamorphes. Des hommes-panthères, pour la plupart. Selon la fantaisie de leurs créateurs, bien entendu.

— Bien entendu, répéta-t-elle en levant les yeux au ciel.

Le jean et la casquette la rajeunissaient, mais n'enlevaient rien à sa beauté aux yeux de Landon.

— Tu crois que ces panthères ont survécu et qu'elles cherchent à se venger à leur tour ?

Sa question lui remit à la mémoire un autre passage de la prophétie.

La proie cessera de fuir et deviendra chasseur,
L'ennemi intime se révélera plus gris que noir.
Faire face à ses contradictions,
C'est trouver la réponse à ses questions.

La panthère semblait la réponse évidente à l'énigme. Quelqu'un avait essayé de dresser les vampires contre les Luprédas dont les Velius étaient l'échec le plus patent. Quant à savoir ce que pouvait signifier *L'ennemi intime se révélera plus gris que noir* ?

Provoquer une guerre et assassiner trois zerkers par le feu était un acte plutôt *noir* pour Landon. Et puis cela n'expliquait pas comment les panthères avaient fait pour ne pas laisser la moindre odeur, car elles en possédaient une, jadis.

Kaitlyn claqua des doigts sous son nez.

— Ého ? Humaine à loup-garou ! Tu me reçois ?

Landon adorait ce petit côté immature. Quelle tragédie que la mort de son père ait dressé ce rempart entre eux. Il pouvait s'estimer heureux qu'elle lui adresse toujours la parole.

— J'étais en train de me demander à quel point la

prophétie dont m'a fait part un ami vampire s'était réalisée jusqu'ici.

— Un ami vampire ? J'avais cru comprendre que vous étiez légèrement en froid, non ?

— C'est une longue histoire.

— J'ai tout mon temps, s'entêta-t-elle.

Landon lui récita la prophétie, l'épisode concernant le roman d'Ariel, ce qui l'amena à raconter comment il était parvenu à établir une trêve avec celui qui était devenu depuis le chef des vampires, et qui avait fini par tomber amoureux de l'humaine qu'il avait initialement enlevée et qui était aujourd'hui sa compagne.

Lorsqu'il eut terminé, Kaitlyn semblait ébahie.

— Wahou ! C'est un vrai film, ton truc. Incroyable histoire.

— Les humains jugent souvent notre existence elle-même assez incroyable, et pourtant nous sommes là.

— Et les panthères aussi, désormais.

— Je n'en étais pas absolument certain jusqu'à ce que je voie cette photo. Tout s'explique, maintenant.

— Mais tu as dû les sentir dans le parc, non ? Vous autres les lycanthropes, vous avez un odorat hors du commun, il me semble ? Et puis ces empreintes luminescentes ?

Landon se tendit. Elle venait de toucher un point sensible.

— Je n'ai rien senti, et Jachin non plus. Ils parviennent, je ne sais comment, à masquer leur odeur. Quant aux traces brillantes, aucun de mes frères n'a mentionné quoi que ce soit de semblable sur les lieux des enlèvements. Mais nous savons désormais qu'il existe un lien entre les panthères, la Tacomi et la mafia.

Kaitlyn sembla enfin prendre la mesure de l'abomination à laquelle ils allaient devoir faire face.

— Aïe, ce n'est pas bon du tout, ça.

— On ne s'attaque pas à des truands humains, cette

fois, dit-il en saisissant Kaitlyn à la nuque, et c'est pour cette raison que j'ai demandé de l'aide à Caine et à quelques autres.

Elle lui attrapa vivement le poignet.

— Quelques autres ? Mais vous êtes combien dans ta meute ?

— Cent cinquante, répondit-il en lui caressant la joue.

On frappa à la porte. Les loups étaient suffisamment près pour qu'il détecte leur odeur.

— C'est Caine, Laird et Roman, répondit-il à la question muette de Kaitlyn.

Caine, le petit frère de Landon, et deux autres colosses pénétrèrent dans la pièce qui sembla aussitôt étouffante. Kaitlyn ne parvint pas à soutenir leur regard. Même sous leur apparence humaine, ils formaient un groupe terriblement impressionnant. Sachant qu'ils étaient tous des lycanthropes, elle se rapprocha instinctivement de Landon.

— Je te présente Laird, commença Landon en lui désignant un jeune homme de son âge, à la chevelure auburn et aux grands yeux bleus.

Il était aussi grand que Landon, mais il était plus svelte.

— Ravi de faire ta connaissance, Kaitlyn. J'ai cru comprendre que tu étais flic ?

Son regard franc et son large sourire la mirent aussitôt à l'aise.

— Merci pour le coup de main, répondit-elle.

— Comme si on avait le choix, ronchonna l'autre type, qui ramena sa crinière blonde derrière ses oreilles.

Il avait plus l'air d'un surfeur que d'un redoutable loup-garou.

— Laisse tomber, lui lança Caine avant d'adresser un sourire amical à Kaitlyn. C'est bon de te revoir, même dans ces circonstances. Ne fais pas attention à Roman, il a tendance à parler sans réfléchir. La plupart des gens ne comprennent rien à son sens de l'humour.

— Il me reste quelques détails à vous exposer, annonça Landon en posant ses mains sur les épaules de Kaitlyn en un geste protecteur.

Lorsque Landon parlait, les sourires disparaissaient et les lycanthropes semblaient se mettre mentalement au garde-à-vous. Une tension palpable emplit la pièce et des regards respectueux convergèrent vers l'homme debout derrière elle. Vraisemblablement, il avait une emprise incroyable sur ses frères.

— Nous avons mis la main sur les informations que Ron a transmises à Kaitlyn. Nous avons la preuve qu'au moins un Garotteur est impliqué dans le récent accident d'un camion de la Tacomi. Je veux que vous fassiez preuve de la plus extrême prudence. Les Velius sont également impliqués et il est probable qu'ils soient également liés à l'enlèvement et au meurtre de nos zerkers.

— Tu as retrouvé tous les zerkers ? lui demanda Laird.

Landon acquiesça.

— Alors ce n'est pas une chimère, cette histoire de panthères ? intervint Roman. C'est dingue, je croyais que c'était juste une légende urbaine qu'avaient inventée les anciens de la meute !

— Pourquoi est-ce qu'on ne les a pas sentis ? demanda Caine.

— Voilà une question à laquelle j'aimerais pouvoir répondre.

Landon s'éloigna de Kaitlyn. Il saisit la photo qu'ils avaient imprimée et la tendit à Caine.

— Tu vois cette silhouette, à l'arrière-plan ?

Roman et Laird se rapprochèrent pour y jeter un œil.

— Nom de… ! s'exclama Caine.

— Voyons maintenant comment nous allons intervenir durant ce rendez-vous avec le Garotteur, enchaîna Landon, impassible.

— Tu crois que les panthères seront de la fête elles aussi ? s'enquit Caine.

— Soyez prêts à tout. Je veux que toi, Laird et Roman, vous suiviez Kaitlyn jusqu'à la gare. Vous vous garerez plus loin et vous finirez à pied. Je ne veux pas que le type que Kaitlyn doit rencontrer suspecte votre présence. Il aura peut-être posté des guetteurs, alors gardez les yeux ouverts. Je le veux vivant. On a besoin de lui.

— C'est risqué, intervint Kaitlyn qui commençait à respirer péniblement, qu'est-ce qui se passera s'ils sont plus nombreux que prévu ? Et si ces… Velius sont là aussi, vous ne pouvez pas sentir leur odeur !

— On ne peut pas les traquer après coup, répondit Landon, mais je te garantis que ces trois-là entendront jusqu'aux battements de cœur des panthères si elles sont dans les parages. Moi, je vais à l'hôpital m'assurer que ta mère va bien.

Caine prit son téléphone et le lança à Landon.

— Prends mon portable, on t'appellera quand on en aura terminé avec ces fumiers. Il est sur vibreur.

Landon le remercia d'un signe de tête et enfouit l'appareil au fond de sa poche.

— Tu as une deuxième arme ? demanda-t-il à Kaitlyn.

Elle acquiesça. Il la fixa de ses yeux émeraude et sembla sonder les profondeurs de son âme.

— Je vais protéger ta maman. Promets-moi d'être prudente.

11

Kaitlyn avait l'impression qu'une armée d'insectes abominables se frayaient un chemin dans ses entrailles. Le temps qu'elle gare sa voiture près du lieu du rendez-vous, elle était devenue une vraie boule de stress. Il n'y avait sur le parking que la BMW noire de Rémy, et un unique réverbère dispensait une chiche lumière sur le bitume. L'endroit où devait avoir lieu le rendez-vous était plongé dans l'obscurité.

Elle fixa son arme à sa cheville et la recouvrit de son jean, puis elle prit le téléphone de Landon et effaça le message qu'elle avait envoyé un peu plus tôt vers sa boîte mail. Elle rangea l'appareil ainsi que ses clés dans la poche de sa veste, saisit sa lampe et sortit de la voiture.

Elle remonta la rue en scrutant les ténèbres, à la recherche d'hommes embusqués derrière des amas de rails figés par la rouille, ou entre deux wagons abandonnés. Les ombres s'étiraient de façon lugubre autour d'elle, mais l'endroit semblait complètement désert. Seule une silhouette solitaire se détachait un peu plus loin dans la pâle clarté lunaire.

Kaitlyn déglutit péniblement et serra la lampe un peu plus fort, réconfortée de sentir les empreintes de Landon incrustées dans le métal. Il n'était pas près d'elle, mais elle savait qu'il avait tout fait pour la protéger et cela lui procurait un étrange sentiment de plénitude.

Du coin de l'œil elle vit Caine avancer à couvert. Elle ne fit rien qui puisse laisser penser qu'elle l'avait vu et se dirigea vers Rémy.

Elle alluma la lampe et la braqua sur les ténèbres qui s'étendaient sous le pont soutenant les anciennes voies de chemin de fer.

— Montre-moi le téléphone, lui ordonna Rémy, tandis qu'une sonnerie résonnait dans sa poche.

Elle le brandit et braqua la lampe sur l'appareil. Elle en profita pour vérifier l'origine de l'appel et constata qu'il venait du portable de Ron.

— Incroyable. Pour la première fois, on dirait bien que tu m'écoutes ! se félicita Rémy tandis que Kaitlyn continuait d'avancer vers lui.

— Tu ne m'as pas vraiment laissé le choix, répondit-elle en orientant la lampe dans sa direction afin de s'assurer qu'il n'était pas armé.

Détendu en apparence, il avait les bras le long du corps. Il referma le portable de Ron dans un claquement et le téléphone de Kaitlyn cessa de sonner. Aux yeux de Kaitlyn, ce téléphone dans la main de Rémy était *déjà* une arme. Il ne fallait à aucun prix qu'il passe le moindre coup de fil, la vie de sa mère en dépendait.

Rémy était toujours le même. De taille moyenne, les cheveux blonds coupés court. Il s'était manifestement mis à faire de l'exercice car il avait gagné en carrure. Son regard en revanche était devenu froid et calculateur.

— Je n'arrive pas à croire que tu aies tué Ron et que tu t'abaisses à menacer ma mère. Tu as beaucoup changé en deux ans.

— Pas tant que ça. Ce n'est pas moi qui ai tué Ron et l'autre flic… Quel était son nom déjà ? Ah oui, Wayne. C'est Kent qui s'en est chargé. Quant à moi, je n'ai pas changé, c'est juste que tu as toujours été trop obnubilée par ta carrière pour voir le vrai *moi*.

Il n'avait pas tort, elle s'était plongée dans le boulot

corps et âme. Elle s'en voulut presque de l'avoir jugé hâtivement. Pourtant, elle avait vu juste au sujet de Ron et de Landon et son impression initiale au sujet de Kent semblait se confirmer, si le Kent avec qui elle faisait équipe était bien celui qui avait tué Ron et Wayne.

Elle se reprit et songea qu'elle devait rester concentrée sur son rôle. Elle devait faire parler Rémy aussi longtemps que possible afin que Caine et les autres aient le temps de repérer ses éventuels complices.

— C'est plutôt une bonne chose que j'aie été autant absente, alors. Je t'aurais foutu dehors bien plus tôt sinon. Tu es vraiment devenu le toutou des Garotteurs, hein ? Ils te font voler des armes à la Tacomi, s'arrangent pour que tu profères des menaces de mort et même que tu te livres au chantage. Ils t'ont lavé le cerveau, ma parole.

— La mort de ces flics était un faible prix à payer pour notre protection. Nous avions besoin de ces armes. Tout le monde a entendu les infos au sujet de ces deux vampires carbonisés dans une ruelle. Ils sont de retour, Kaitlyn ! Bon, ça suffit. Donne-moi ce téléphone. Si je n'appelle pas mes hommes dans — il consulta sa montre — sept minutes, ta mère est morte.

Kaitlyn sentit son sang bouillir et s'avança, menaçante.

— Espèce d'enfoiré de menteur, ce n'était pas ce qui était convenu !

— Disons que c'est une petite assurance, répliqua-t-il avec un sourire, en tendant la main vers son téléphone.

Kaitlyn fit mine de le lui donner, quand un bruit sourd résonna au-dessus de leurs têtes. Une arme à pulsations fit feu, puis des bruits de lutte suivirent la déflagration.

— Espèce de salope ! cracha Rémy en lui arrachant le téléphone des mains.

Il lui décocha un direct à la mâchoire qu'elle esquiva

en se baissant, avant de lui expédier la lampe dans les côtes.

Les deux cellulaires glissèrent au sol et Rémy hurla de douleur. Il s'élança et projeta Kaitlyn contre un mur de briques. Ses poumons se vidèrent brusquement et une souffrance terrible lui vrilla le dos. La main de Rémy se referma sur son cou et il serra comme un forcené.

Prise de panique, elle abandonna la lampe et s'employa à le faire lâcher prise, en lui labourant la peau. Elle commençait à voir flou, mais parvint tout de même à lui décocher un coup de pied à l'entrejambe.

Il accusa le coup et sa prise se relâcha légèrement, permettant à Kaitlyn de reprendre son souffle. Elle s'apprêtait à le rendre stérile pour de bon quand il fut soudain soulevé de terre et expédié de l'autre côté de la rue. Son corps vint s'écraser contre un mur.

— Ça va aller ? Est-ce que tu peux respirer ? lui demandèrent Roman et Laird avec inquiétude.

Elle vit Rémy, à quatre pattes, tenter de frapper Caine qui lui asséna un violent coup de poing au visage, l'expédiant brutalement au sol.

Kaitlyn connaissait la puissance des loups-garous.

— Ne… laissez pas Caine… le tuer, parvint-elle à articuler.

Laird franchit la rue en un éclair et saisit le poing de Caine avant qu'il ne s'abatte une nouvelle fois sur Rémy qui essayait de se relever.

— Du calme, mec, elle le veut vivant.

Kaitlyn s'approcha de Rémy et le toisa. La lèvre du jeune homme était ouverte. Il cilla à plusieurs reprises, luttant manifestement pour ne pas sombrer dans l'inconscience, tout en s'appuyant péniblement sur son coude.

— Ta maman va nous quitter, annonça-t-il avec un air triomphant.

— Tu vas appeler ton porte-flingue, lâcha Kaitlyn, blanche de rage en le saisissant par le col.

Il la repoussa, tituba et s'effondra en arrière sur le bitume.

— Trop tard, ricana-t-il avant de s'évanouir.

Kaitlyn traversa aussitôt la rue pour récupérer le téléphone de Landon. Elle l'alluma et interrogea Caine du regard, la gorge serrée.

— Ton numéro ?

Caine le lui donna et elle le composa à la hâte en priant pour que Landon soit arrivé à temps auprès de sa mère. La sonnerie retentit encore et encore, jusqu'à ce que la messagerie se mette en marche.

— Il ne répond pas, annonça-t-elle à Caine qui s'était approché d'elle.

— On emporte les deux hommes de main et cette petite ordure de Rémy. Il y a de la corde dans le pick-up. Attachez-les solidement et faites-les taire jusqu'à notre retour, ordonna Caine aux deux autres.

Il adressa un signe de tête à Kaitlyn, le front barré d'un trait soucieux.

— Allons à l'hôpital, proposa-t-il.

Elle le laissa conduire pour pouvoir rappeler Landon en chemin et constata que les réflexes des loups-garous se révélaient fort pratiques dans la circulation. Il roulait tellement vite qu'elle n'osait même pas consulter le compteur. Elle vit simplement les bâtiments, les panneaux et les autres voitures défiler dans un flou coloré de chaque côté.

Elle repensa alors à la genèse des loups-garous et à leurs créateurs.

— Tu n'es pas vraiment le petit frère de Landon, pas vrai ?

Il secoua la tête avec un léger sourire.

— Non, mais c'était la meilleure façon d'expliquer

pourquoi je venais de fracasser sa porte d'entrée. J'avais peur qu'il ne soit blessé. Il avait poussé un tel cri…

Il s'éclaircit la voix avant de poursuivre.

— Bref, peu importe. Landon n'est pas mon frère de sang, mais c'est un admirable mentor. Je le suivrais jusqu'en enfer, contrairement à cet abruti de Nathan.

— Landon n'est pas votre chef ? rétorqua Kaitlyn avec étonnement.

— Non, il n'est pas notre mâle dominant, expliqua Caine en se garant devant l'hôpital, même s'il devrait logiquement l'être.

Elle bondit de la voiture et toutes ses pensées revinrent vers sa mère tandis qu'elle fonçait vers les bâtiments. Caine la dépassa et lui tint la porte.

— Elle est au quatrième étage, chambre 420. Je te rejoins aussi vite que je peux, fonce !

En un éclair, Caine avait disparu. Seules les portes menant aux escaliers qui se refermèrent sur son passage témoignaient de sa présence.

Elle grimpa les marches quatre à quatre et envisagea d'alerter la sécurité de l'hôpital, mais elle ignorait à quoi ils devraient faire face là-haut. Seraient-ce des hommes de main ou des panthères polymorphes ? Elle ne voulait pas mettre en danger plus de monde que nécessaire, sans parler de Landon et de Caine qui seraient peut-être amenés à manifester leur nature bestiale pour protéger sa mère…

Lorsqu'elle atteignit le quatrième étage, elle dégaina son arme et ouvrit prudemment la porte.

Une forte odeur d'antiseptique la prit à la gorge. Les couloirs étaient déserts, baignés d'une lumière bleutée et le bureau des infirmières était vide.

Elle enfouit sa main armée sous sa veste et ouvrit la porte. Elle remonta le couloir à pas rapides et aperçut une chaise roulante renversée et de la paperasse éparpillée au sol.

Le cœur battant, elle se précipita vers le bureau et passa le buste par l'ouverture. Une infirmière aux cheveux courts gisait sur le dos, du sang coulait de sa tempe sur la moquette.

Elle se précipita près d'elle et prit son pouls. Il était faible, mais présent.

Elle se releva, décrocha le téléphone suspendu au mur et composa le zéro.

— Ici l'accueil, que puis-je pour vous ?

— Kaitlyn McKinney à l'appareil. Une infirmière a été blessée au quatrième étage. Elle est étendue dans le bureau des admissions. Appelez une ambulance et dites-leur de se dépêcher, elle perd beaucoup de sang.

— Doux Jésus ! Je m'en charge !

Elle raccrocha et composa aussitôt le numéro de la police. Elle signala l'incident puis se dirigea vers la chambre de sa mère.

Un patient hasarda un regard par sa porte entrebâillée avant de la refermer précipitamment en voyant Kaitlyn passer comme une tornade.

Elle pénétra dans la pièce avec anxiété. Tout était sens dessus dessous. La table de service était fendue en deux et la chaise avait été jetée à l'autre bout de la chambre, brisée. Les billes colorées s'étaient répandues un peu partout et le vase qui les contenait gisait brisé au sol.

Caine était là, les poings dressés, dominant le corps d'un homme brun très pâle — mort ? Sa mère était allongée dans son lit, les yeux clos.

Mon Dieu, pourvu qu'elle soit encore en vie. Elle écarta les billes de la pointe du pied et lui prit la main. Elle avait un visage paisible, celui du sommeil profond. Son pouls était régulier.

— Landon est arrivé à temps, lui glissa Caine à l'oreille, ils étaient dans sa chambre, mais ils n'ont pas eu le temps de faire quoi que ce soit. Je n'en reviens pas qu'elle ne soit pas réveillée avec tout ce raffut.

— Ce sont les antalgiques, ça la fait dormir profondément.

Elle effleura la chevelure de sa mère, le cœur lourd.

— Où est Landon ? s'enquit-elle auprès de Caine.

— Il s'est lancé à la poursuite de la panthère, annonça-t-il, la mine sombre, en désignant la fenêtre.

La vitre avait complètement éclaté, elle ne s'en était même pas rendu compte, obsédée qu'elle était par la bonne santé de Sharon. Elle n'avait remarqué ni le froid qui régnait dans la pièce, ni le verre brisé, ni le T-shirt de Landon maculé de sang, au pied de la fenêtre.

— Tu crois qu'il va s'en sortir ?

— Oui, ça ira, la rassura-t-il, il hurlera s'il a besoin de moi.

Kaitlyn remonta le couvre-lit sur les jambes de sa mère en tâchant de ne pas trop penser à Landon.

— Dis-moi qu'il respire encore, dit-elle à Caine en désignant l'homme immobile sur le sol.

Caine acquiesça à regret.

Soulagée, Kaitlyn examina la pièce, à la recherche du carnet que sa mère avait toujours à portée de main. Elle le trouva sous le lit, et c'est à ce moment qu'elle vit l'arme automatique.

— C'était à lui, expliqua Caine en désignant l'homme de main.

D'un coup de pied, Kaitlyn expédia l'arme à l'autre bout de la pièce et se mit à griffonner sur son carnet.

— Une infirmière a été blessée, j'ai dû appeler la police. Il faut que tu partes. Rejoins Laird et Roman, dépose Rémy et ses hommes devant le commissariat avec ce mot et va-t'en aussitôt, lui ordonna-t-elle en arrachant la feuille du carnet et en la lui mettant dans la main.

— Est-ce que je ne devrais pas plutôt rester avec toi ? demanda-t-il en désignant la silhouette inerte au sol.

— Ce n'est qu'un humain, non ?

— Oui, à ma grande déception. Landon se battait contre deux adversaires quand je suis arrivé, il protégeait ta maman. Quand le Velius a vu qu'on était plus nombreux, il a fui en fracassant la fenêtre.

Des voix graves résonnèrent dans le couloir, ainsi que le crachotement des radios de la police.

— Va-t'en, murmura-t-elle à Caine en le poussant vers la porte.

Il enfouit le mot au fond de sa poche et s'élança dans la direction opposée.

— Non, pas par l..., commença-t-elle, mais il sautait déjà par la fenêtre.

Elle courut à sa suite et ne vit en se penchant au-dehors qu'une silhouette floue zigzaguant dans la nuit entre les voitures.

— Quel frimeur, marmonna-t-elle.

Un grognement dans son dos attira son attention ; l'agresseur de sa grand-mère était en train de se relever péniblement en se massant la mâchoire. Elle le connaissait. C'était le partenaire que Ron lui avait assigné, celui en qui il avait, soi-disant, une confiance absolue et qu'il considérait comme un homme de parole.

— Je crois que j'ai la mâchoire cassée, marmonna Kent en roulant sur le dos.

— J'en doute, mais c'est tout ce que tu mériterais, espèce d'ordure.

Il tenta de lui attraper la cheville, mais elle esquiva d'un bond avant de lui asséner un violent coup de poing au menton qui le fit replonger instantanément dans l'inconscience.

— Ça, c'est pour avoir essayé de tuer ma mère ! lâcha-t-elle en se massant le poing.

Dieu qu'il avait le crâne solide !

Elle lança la chaise brisée par la fenêtre afin de justifier le carreau cassé, remit son arme en place dans le holster qu'elle portait à la cheville. Elle plia le T-shirt de Landon qu'elle mit dans sa poche.

Elle saisit ensuite Kent par le col et le traîna jusque dans le couloir.

— Officier, par ici ! lança-t-elle à l'intention du policier affairé dans le bureau des infirmières. Cet homme a tenté d'agresser ma mère.

Kaitlyn s'était installée dans la salle de réunion mise à sa disposition afin qu'elle puisse rédiger son rapport. Elle était occupée à relire le document quand un policier vint s'asseoir près d'elle.

Elle mentionnait dans son rapport que tout avait commencé avec son affectation sur le dossier Tacomi. Elle évoquait le rôle de Rémy et des Garotteurs, le chantage qu'elle avait subi afin qu'elle leur confie les clichés que Ron avait pris en le payant de sa vie, et les menaces qui avaient pesé sur sa mère. Elle indiquait que des preuves falsifiées seraient trouvées sur le corps de Ron, l'incriminant elle-même à tort. Elle avait laissé dans l'ombre le rôle joué par Landon et ses frères loups, se contentant de signaler que des francs-tireurs dont l'identité lui demeurait inconnue l'avaient aidée avant de disparaître dans la nature.

Elle signa le document et le fit glisser en direction de l'officier John Roberts qui le parcourut avec attention.

— On peut dire que tu sais comment tourner les choses, McKinney, dit-il, la mine sombre, mais toute cette affaire n'a pas été traitée selon les règles ; une fois que les avocats entreront dans la danse, tu sais comme moi que tes arguments ne tiendront pas.

Elle se massa les tempes. Elle était épuisée, physiquement et mentalement.

— J'étais prise par le temps, la vie de ma mère était menacée... Dis-moi que vous avez bien mis Rémy et ses deux hommes à l'ombre.

Il acquiesça avant de se pencher par-dessus la table pour murmurer :

— Tu sais comme moi qu'il va falloir davantage de preuves. Si on n'arrive pas à les forcer à témoigner les uns contre les autres, ce sera ta parole contre la leur.

Elle sortit le téléphone de Landon de sa poche et montra à John les photos prises par Ron.

— Tu parles de ces clichés dans ton rapport, mais ça ne prouve pas qui a tué Ron et Wayne. Et de toute façon il faudra les forcer à nous dire où sont les corps, sans quoi les meurtres ne seront même pas avérés.

— Tu peux utiliser ça pour qu'ils se mettent à table, dit-elle en sortant de sa poche le petit enregistreur offert par Abby.

Elle appuya sur le bouton lecture et John put entendre l'intégralité de la conversation qu'elle avait eue avec Rémy avant qu'il ne l'agresse.

Un sourire revint sur le visage de Roberts.

— Tu as fait un sacré bon boulot, Kaitlyn. J'espère qu'avec ça ils vont faire payer ces ordures pour la mort de Ron et de Wayne et pour ta mère.

— Moi aussi, soupira Kaitlyn en se laissant retomber dans le fauteuil.

Par chance, Sharon ne s'éveilla qu'une fois installée dans une autre chambre.

Le soleil commençait à poindre lorsqu'elle ouvrit les yeux. Elle sursauta et Kaitlyn émergea de son état semi-comateux pour se précipiter à son chevet.

— Maman ? Ça va ? Est-ce que tu as mal ?

— On dirait que cette journée commence plutôt bien, annonça-t-elle avec un sourire, j'ai juste été surprise de te voir. Que fais-tu ici aussi tôt ? Tu as l'air épuisée, ma chérie.

— Je t'aime, maman. On m'a dit que tu allais changer de chambre à cause des travaux de rénovation. Je voulais être là à ton réveil, expliqua-t-elle en déposant un baiser sur son front.

— On m'a déplacée ? répéta Sharon en jetant un regard autour d'elle.

Kaitlyn acquiesça. Elle n'aimait pas mentir à sa mère, mais il était inutile de lui livrer les détails sordides de ce qui venait de se produire.

— Tu auras moins de soleil l'après-midi.

— Ça ira très bien, la rassura sa mère en fermant les yeux.

Elle semblait détachée de tout, comme si elle lâchait doucement prise. Kaitlyn sentit sa gorge se serrer et un début de panique s'empara d'elle en voyant sa mère immobile.

— Maman ?

Cette dernière rouvrit les yeux.

— Je me réveille doucement, chérie. Tu viens plutôt le soir, habituellement.

Kaitlyn soupira intérieurement et l'embrassa de nouveau.

— Je te laisse te reposer. Est-ce que je peux revenir plus tard ?

— Bien entendu. A ce soir, ma puce.

Aussitôt sortie de la pièce, Kaitlyn prit ses clés de voiture et s'adossa au mur. Elle avait l'impression d'avoir fait un séjour dans un tambour de machine à laver. Elle n'avait jamais connu un tel état de délabrement.

Le parfum enivrant de Landon vint alors l'envelopper et elle sentit ses jambes la trahir. Comme cette odeur était réconfortante, puissante, à croire qu'il était là, à côté d'elle. Elle devait absolument se reprendre.

C'est alors qu'elle ouvrit les yeux et le vit, assis sur le banc face à elle.

— Ça fait combien de temps que tu es là ?

— Un certain temps.

Il avait son visage des mauvais jours et avait pris le temps de se changer. Chemise bleue ouverte sur un T-shirt gris, jean délavé et paire de bottes. Il approcha et elle remarqua ses cheveux trempés en bataille, comme s'il y avait passé ses doigts encore et encore ; une vraie incarnation de la virilité.

Elle dut se retenir pour ne pas se jeter dans ses bras, mais à l'idée qu'il n'était qu'à moitié humain, elle reprit son sang-froid.

Elle vit alors de longues griffures dans son cou…

— Tu es sûr que ça va ? demanda-t-elle avec inquiétude.

— Tout va bien, répondit-il en lui prenant la main et en lui desserrant les poings.

Il lui prit ses clés de voiture.

— Je vais te ramener, tu tiens à peine debout.

— Merci, mais je peux me débrouiller seule, marmonna-t-elle.

— Si tu veux rentrer chez toi, tu vas devoir me rejoindre à ta voiture.

Et avant qu'elle n'ait eu le temps de dire un mot, il disparut. Comme ça. Elle ne s'habituerait jamais à la vitesse surhumaine de ces gens. Avec un soupir, elle suivit le même chemin.

Landon l'attendait, adossé à la voiture. Il ouvrit la porte côté passager et elle s'installa en protestant à peine. Elle devait bien admettre que Landon avait raison, elle était trop épuisée pour prendre le volant.

Il quitta le parking et Kaitlyn se laissa aller en arrière contre l'appui-tête.

*
* *

Elle s'éveilla dans les bras de Landon qui la sortait de la voiture.

— Qu'est-ce..., bredouilla-t-elle en clignant des yeux sous le soleil aveuglant.

Elle jeta ses bras autour du cou de Landon et y enfouit son visage.

— Nous sommes arrivés chez toi.

— Oh!

Landon la porta à l'intérieur et ses bottes firent craquer les marches quand il monta à l'étage. Kaitlyn sentit sa casquette tomber comme par magie et elle ôta ses chaussures en les chassant de la pointe du pied, une à une, avant de sentir la douceur incroyable d'un matelas contre son dos; son lit!

— Nom de..., commença Landon.

Sans doute venait-il de voir les marques de strangulation laissées par les doigts de Rémy sur sa gorge.

— Ça va aller, marmonna-t-elle.

Il se releva, mais elle enroula ses mains autour de sa nuque.

— Non, s'il te plaît.

Il l'allongea et posa sa tête sur sa poitrine. Elle poussa un soupir et sentit les doigts de l'homme-loup défaire sa queue-de-cheval avant de venir se perdre dans sa chevelure.

Un torrent d'émotions contradictoires déferla en elle, et lorsque Landon la prit contre elle, les larmes se mirent à couler naturellement sur ses joues.

Elle pleura la mort de son père, les années perdues, sa mère hospitalisée. Elle pleura face à la certitude que malgré la victoire de cette nuit, les jours de Sharon étaient comptés et elle repensa à la terreur qu'elle avait sentie en la croyant morte quelques minutes plus tôt. Ce n'était plus qu'une question de jours, maintenant.

Elle serait bientôt seule, sans personne pour l'aider, sans personne à aimer. Alors ses pensées se tournèrent naturellement vers Landon. Elle le serra un peu plus fort contre elle, avec la sensation de tomber dans un abîme sans fin. Il lui embrassa la main, la prit dans la sienne et elle s'accrocha à lui pour ne pas être avalée par les ténèbres.

12

Kaitlyn roula sur le côté et enfouit sa main sous son oreiller. Quelques secondes passèrent avant que les brumes du sommeil ne se dissipent complètement. Elle ouvrit les yeux et constata que le soleil de fin d'après-midi brillait à l'extérieur. Avait-elle vraiment dormi toute une journée ?

Elle avait un léger mal de tête, qui s'accentua lorsqu'elle se souvint dans quelles circonstances elle s'était endormie. Elle avait sombré dans le sommeil en pleurant dans les bras de Landon. Elle se sentit un peu honteuse… Dire qu'elle était censée être une femme forte. Maintenant elle allait devoir affronter son regard. Elle roula de l'autre côté et trouva le lit vide.

Elle sut instinctivement que Landon n'était plus dans la maison.

— Merci, murmura-t-elle en embrassant l'empreinte qu'il avait laissée dans l'oreiller.

Quelle heure pouvait-il bien être ? Sa montre indiquait 16 h 30. Elle avait le temps de manger un peu et de prendre une douche avant d'aller à l'hôpital.

Sous le jet brûlant, elle repensa avec douleur au rôle que Landon avait joué dans la mort de son père. Comment l'homme-loup avait-il vécu ce drame ? Elle avait évité de penser à cet épisode de sa vie, mais désormais elle devait faire face à ses sentiments afin d'aller de l'avant.

« C'est mon père qui me l'a offert », avait-elle dit à Landon en parlant de la tête de loup qu'elle portait autour du cou.

« Le mien aussi, c'est lui qui me l'a offert », avait répondu Landon avec quelque chose d'étrange dans la voix, comme un regret.

Est-ce que son pendentif était un moyen de ne pas oublier une erreur passée ? Peut-être…

— Oh, Landon, murmura-t-elle en laissant de lourdes larmes se mêler à l'eau ruisselante.

Elle savait qu'il regrettait son geste fatal, mais comment lui pardonner une telle chose ?

Il m'a sauvé la vie, il a sauvé celle de maman.

Et elle lui en était reconnaissante. Pouvait-elle envisager de vivre sans lui ?

Non ! lui cria son cœur. *C'est quelqu'un de bon. Vous n'êtes pas toujours d'accord, mais il respecte ton avis et malgré son côté brut, c'est l'homme le plus tendre que tu aies rencontré. Il comprend tes réactions et il te laisse être toi-même.*

Landon représentait tout ce dont elle pouvait rêver.

Oh, bon sang, elle l'aimait au-delà du raisonnable, d'un amour presque douloureux. Elle leva les yeux face au jet purificateur et sentit chaque gouttelette lui frapper la peau, comme un châtiment pour cet amour qu'elle portait à un homme qui était le meurtrier de son père.

La culpabilité et l'humidité de la pièce commencèrent à l'oppresser.

Elle éteignit la douche et demeura immobile, laissant l'air frais pénétrer sous le rideau. Elle attendit de claquer des dents pour saisir une serviette et se sécher.

Le cœur lourd, elle sortit de la salle de bains et s'habilla. Elle avala un en-cas et fit un détour par le bureau pour éteindre l'ordinateur qu'elle avait laissé allumé la veille.

Face à l'écran noir, elle se demanda ce qu'elle allait apporter à sa mère. Chaque jour elle s'arrangeait pour ne pas venir les mains vides, pour lui offrir un petit quelque chose qui illuminerait sa journée.

Son regard tomba sur le coffret de bois à l'effigie du loup. Il était là où elle l'avait laissé, sur le tapis, près du canapé. Sa mère allait adorer. Elle renversa les balles qu'il contenait sur le sol avant de le remettre dans le carton. Son œil fut attiré par la pile de papiers rangée dans ce même carton. Elle ouvrit la chemise dans laquelle tout était classé. Il s'agissait d'une correspondance entre sa mère et son père.

Elle fut prise d'une gêne soudaine à fouiller ainsi dans les poèmes et les lettres intimes de ses parents, mais songea que cela ferait un merveilleux cadeau pour sa mère. Lorsqu'elle eut terminé de lire, les joues ruisselantes de larmes, elle songea à tout cet amour que son père avait laissé derrière lui.

Elle plaça sa lettre préférée sur le dessus de la pile, attrapa ses clés, son sac et quitta la maison.

— Mademoiselle McKinney, l'interpella une infirmière lorsqu'elle dépassa le bureau du septième étage.

— Oui ?

— Je tenais à vous prévenir que votre mère a eu une dure journée, l'informa la soignante qui devait avoir une cinquantaine d'années ; elle est réveillée, mais il se peut qu'elle s'endorme pendant votre visite.

— Vous pensez que je devrais repasser demain ? demanda Kaitlyn en serrant les lettres contre sa poitrine.

— Bien sûr que non, ma petite. Allez rejoindre votre maman, c'est une joie pour elle de vous voir chaque jour.

Kaitlyn la remercia et se dirigea vers la chambre de Sharon.

— Ah, ma seconde visite de la journée ! se réjouit celle-ci en pousant un soupir fatigué.

Kaitlyn fit mine de ne pas remarquer les cernes et la pâleur de sa mère lorsqu'elle l'embrassa.

— Techniquement, je suis la même personne, mais en plus reposée, douchée et le ventre plein.

Sa mère eut un petit rire tandis que Kaitlyn approchait une chaise du lit.

— C'est vrai que tu as meilleure mine, Kaitie, mais je voulais parler de l'homme charmant qui est venu me voir tout à l'heure.

Kaitlyn adressa un regard inquiet à sa mère. Elle avait pourtant réclamé une surveillance rapprochée, vingt-quatre heures sur vingt-quatre.

— Quel homme ?

— Un ami à toi. Et très séduisant, je dois bien admettre, ajouta sa mère avec un sourire entendu.

— De qui parles-tu, maman ? s'enquit Kaitlyn en froissant malgré elle le paquet de lettres qu'elle tenait contre sa poitrine.

— Il m'a dit s'appeler Landon Rourke et avoir travaillé avec toi sur une affaire, tout récemment. Pourquoi ne pas m'avoir dit que tu avais été promue ? Ton père aurait été très fier de toi, ma chérie.

Kaitlyn ne savait que penser de cette visite impromptue, mais elle espérait qu'il n'en avait pas trop dit au sujet de l'affaire qui les occupait.

— Que t'a-t-il raconté ?

— Simplement que tu avais été très efficace sur cette affaire.

— Et c'est tout ? insista Kaitlyn avec un incommensurable soulagement.

— Il avait une façon de parler de toi, poursuivit Sharon songeuse, il semblait si admiratif. On aurait dit ton père, quand il parlait de moi. Mais c'était il y a des lustres, quand nous étions jeunes. Je suis si fatiguée, Kaitie…

— Ne dis pas de bêtises, maman. Papa t'a toujours aimée, et je peux te prouver à quel point il tenait à toi.

— Comment ça ? demanda Sharon qui commençait à fermer les yeux.

Kaitlyn lui mit entre les mains la petite boîte de bois.

— Je l'ai retrouvée dans les affaires que papa avait entreposées chez Hank.

— Ce chalet était le refuge de ton père, lorsqu'il avait besoin de passer un peu de temps avec lui-même. Il a dû y séjourner plus longtemps que Hank lui-même.

— Hank vit là-bas désormais, lui apprit Kaitlyn.

— Merci de me l'avoir apportée, Kaitie, la remercia sa mère en fermant encore une fois les yeux.

— Attends, maman, j'ai autre chose pour toi. Ecoute, lui demanda-t-elle en lui prenant la main.

Sharon chérie,

T'ai-je déjà dit combien je t'aimais ? Combien je garde un souvenir ému de cet instant où tu m'as dit : « oui, je le veux » ? J'ai compris, le jour où tu es entrée dans mon existence, qu'enfin j'avais trouvé l'âme sœur. Nous avons eu des moments difficiles dans le passé, nous avons essayé en vain d'avoir un enfant durant des années. Et puis Kaitie est entrée dans nos vies, illuminant nos jours de son merveilleux babil et de son regard neuf sur le monde. Elle a redonné un souffle à notre famille, elle y a insufflé une vie nouvelle. Je l'aime de tout mon cœur, et je ne peux imaginer ma vie sans elle, mais si nous ne l'avions pas eue, sache que mon amour pour toi serait demeuré intact. J'ai conscience d'être un peu taciturne, c'est dans ma nature, mais je t'aime de toute mon âme, Sharon. J'aime ce pétillement dans ton regard lorsque résonne ton rire si communicatif. J'aime la douceur sans pareille de tes mains. Tu es tout pour moi et tu le seras à jamais.

Ton époux aimant.

James.

Kaitlyn leva les yeux vers sa mère. Elle avait toujours les paupières closes, mais des larmes roulaient sur ses joues.

— C'est le plus beau cadeau que l'on m'ait jamais fait.

— Il y a des dizaines de lettres et de poèmes écrits de la main de papa dans cette boîte. Tu aimerais que je t'en lise d'autres ? lui demanda Kaitlyn, la gorge serrée par l'émotion.

Sharon acquiesça lentement, sans ouvrir les yeux.

— Oui, ce serait merveilleux.

Kaitlyn entreprit de lire chacun des écrits de son père. Lorsqu'elle eut terminé, elle releva la tête et constata que sa mère avait toujours les yeux clos. Les larmes avaient fait place à une expression de plénitude absolue.

— Maman ?

Elle posa le doigt à l'intérieur de son poignet, mais ne perçut pas la moindre pulsation.

Les lettres se répandirent au sol lorsqu'elle se leva en hâte pour poser une oreille contre sa poitrine. Le cœur de Sharon McKinney avait cessé de battre. Elle s'était endormie pour toujours.

Kaitlyn étreignit sa mère et pleura à en avoir la migraine. Puis elle se rassit et lui caressa la joue.

— Je t'aime, maman, et tu vas me manquer. Au moins tu ne souffres plus. Dis à papa que je l'aime également.

Kaitlyn rentra chez elle quelques heures plus tard. Elle était épuisée, le cœur en miettes, avec la sensation de ne rien avoir avalé depuis des jours. Elle se gara près de la voiture d'Abby et se demanda comment elle allait pouvoir lui faire comprendre qu'elle n'était pas d'humeur à papoter avec elle.

Abby sortit de sa voiture et vint à sa rencontre, une bouteille enveloppée dans un sac en papier à la main.

Kaitlyn désigna le petit paquet du menton.

— Qu'est-ce qu'il y a là-dedans ?

Abby sortit la bouteille de vin de sa cachette.

— Je ne suis pas vraiment d'humeur à faire la fête, Abby. Désolée.

Abby lui montra l'étiquette de la bouteille.

— C'est un merlot. Idéal quand on veut parler entre amies. J'ai aussi apporté des biscuits et du fromage.

Kaitlyn se rendit compte qu'Abby n'avait pas son comportement habituel.

— Tu es au courant pour ma mère, n'est-ce pas ?

Abby remit la bouteille dans son sac et prit Kaitlyn par l'épaule en l'emmenant vers la maison.

— Landon m'a passé un coup de fil.

— Landon ? répéta Kaitlyn en s'arrêtant net.

Abby acquiesça, les larmes aux yeux.

— Il m'a appelée il y a environ une heure et m'a suggéré de passer te voir. Il a dit que tu aurais besoin d'avoir une amie auprès de toi. Je suis désolée pour ta maman.

La prévenance de Landon la stupéfiait.

— C'est gentil, Ab. Quelques verres de vin avec toi vont me faire du bien.

— Je suis là, ma chérie, la réconforta Abby en l'embrassant sur la joue.

— Je vais avoir des tonnes de choses à faire dans les jours à venir, mais je ne veux pas décevoir les gamins. Vous êtes tout ce qui me reste, Ab.

— Ne t'en fais pas pour Handleburg, je te couvre jusqu'à ce que tu te sentes prête. Allez, entre, on se gèle dehors.

Abby se révéla être d'un grand secours. Cette nuit-là elle fit en sorte que Kaitlyn lui dise de quoi elle avait besoin, après quoi elle s'occupa des préparatifs pour les funérailles.

***

Deux jours plus tard — le lendemain des obsèques de Ron et Wayne —, Kaitlyn revint de celles de sa mère, le cerveau noyé dans un brouillard opaque, heureuse cependant de savoir que ses parents reposaient désormais ensemble.

C'était un matin d'automne froid et sec, illuminé par un soleil implacable. Tous ses collègues avaient fait le déplacement, ainsi que d'anciens flics à la retraite, qui avaient travaillé avec son père. Leur présence lui avait fait chaud au cœur.

C'est elle qui avait dit l'éloge funèbre. Elle avait évoqué les lettres de son père, avait raconté comment sa mère s'était éteinte en entendant ses mots. Puis elle avait lu l'un de ses poèmes.

— Mon père était profondément amoureux de ma mère et je suis heureuse de savoir qu'elle est morte avec cette certitude. L'amour sincère résiste aux épreuves de la vie. Quand vous rentrerez chez vous, dites à ceux qui vous sont chers combien vous tenez à eux, prenez-les dans vos bras.

L'assemblée s'était levée pour saluer son discours. Elle les avait tous remerciés au nom de ses parents et leur avait dit combien leur présence l'avait réconfortée.

Lorsqu'elle revint chez elle, un bouquet et une carte l'attendaient sur le perron de sa maison.

Mes pensées sont avec toi, Kaitie.
Landon, à toi pour toujours.

Cet après-midi-là, tandis que Kaitlyn faisait le ménage pour éviter de trop réfléchir, quelqu'un vint sonner à la porte. Elle alla ouvrir sans ôter ses gants jaunes en caoutchouc.

Caine jeta un œil critique à son bandana rouge et à son jean informe.

— Jolie tenue.

Il est arrivé quelque chose à Landon, songea-t-elle aussitôt.

Elle donna le change malgré tout et s'accouda à la porte en chassant d'un souffle la mèche rebelle qui lui tombait dans les yeux.

— Qu'est-ce qui me vaut ta visite, Caine ?

— Je peux entrer ? demanda-t-il en franchissant le seuil.

— Mais je t'en prie.

L'air froid s'engouffra avec lui, faisant frissonner la jeune femme en sueur.

Caine enfouit les mains dans ses poches, visiblement mal à l'aise.

— Je voulais juste te dire que j'étais désolé pour ta mère. On était aux funérailles, Landon et moi.

— Ah bon ? Je ne vous ai pas vus.

— Landon a estimé qu'il valait mieux qu'on reste à l'écart. Il avait peur que tu ne le prennes mal.

— Pourquoi est-ce que je l'aurais mal pris ?

— Eh bien… à cause de ton père, répondit-il en évitant son regard.

— C'est le passé, on ne va pas revenir là-dessus en permanence, lança-t-elle en ramassant son seau et ses serpillières.

— En fait, c'est aussi de ça que je voulais te parler.

Kaitlyn le dévisagea un instant avant de tourner les talons et de monter l'escalier.

— Si tu veux discuter, il va falloir me suivre pendant que je nettoie. C'est ma mission du jour.

— Je vois ça, remarqua-t-il en passant devant la chambre.

Elle alluma la lumière de la salle de bains et arrosa la robinetterie de produit lavant.

— Je t'écoute.

Caine s'adossa nonchalamment au chambranle, puis

se raidit soudain, comme s'il venait de voir un spectre. Il regardait en direction de la chambre.

— Qu'est-ce qui ne va pas ? demanda Kaitlyn.

— Qui a peint ce loup sur ton mur ? demanda-t-il sans quitter l'œuvre du regard.

— Vous autres, les Luprédas, vous vous ressemblez tous. Comme je l'ai déjà dit à Landon, c'est mon père qui a demandé à un artiste du coin de peindre ça selon ses directives.

— Ah, dit-il simplement en se détendant.

Il s'adossa de nouveau au montant de la porte.

— Je suis ici pour te demander de pardonner à Landon, expliqua-t-il.

— Est-ce qu'il ne devrait pas le faire lui-même ?

— Il me tuerait s'il savait que je suis ici. Il pense mériter ta haine et ta colère.

— Eh bien, comme ça on est deux ! Il a tué mon père, Caine. Il a peut-être sauvé la vie de ma mère, mais ça ne change rien à ce qu'il a fait.

— Il le regrette chaque jour. Est-ce que tu savais qu'il veille sur toi depuis cette fameuse nuit ?

— De quoi parles-tu ? demanda-t-elle, ébahie.

— Landon a toujours été là, dans l'ombre, pour s'assurer que tu allais bien. Il a même fait en sorte que tu puisses aller à l'université.

Elle secoua la tête d'un vif mouvement de dénégation.

— C'est faux, j'ai eu une bourse réservée aux orphelins de la police.

— Financée par un mécène anonyme.

Kaitlyn accusa le coup face à cette révélation.

— Landon a fait tout ce qu'il a pu pour tenter de compenser la perte que tu avais subie.

Pourquoi ne m'a-t-il rien dit ? Quoique, il est bien du genre à faire ce genre de chose. Quel entêté !

Elle réfléchit à ce que Caine venait de lui révéler, tout en astiquant la douche.

— Je ne suis pas venu pour te demander de pardonner, mais simplement pour te dire que tu te trompes de personne.

— Explique-toi ! C'est bien Landon qui a tué mon père, non ?

— Mais il l'a fait pour me sauver la vie, avoua Caine en levant les mains au ciel.

— Raconte-moi exactement ce qui s'est passé, lui ordonna Kaitlyn, le cœur battant à tout rompre.

Caine lui relata en quelques mots ce qui s'était produit dans le parc dix-huit années plus tôt… et elle sentit la nausée la gagner. Elle aurait préféré ignorer certains détails.

— Landon a agi comme il le fait toujours, assumant son rôle de mâle dominant en protégeant les siens. Ma théorie est que ton père a dû me voir sous ma forme primale aux trousses d'une femelle Lupréda hurlante. Il en a conclu que j'allais la tuer.

— Mon père a fait ce que n'importe quel autre flic aurait fait. Il a protégé une innocente, murmura Kaitlyn tandis que les pièces du puzzle se mettaient lentement en place dans son esprit.

Caine s'approcha d'elle.

— Si tu veux en vouloir à quelqu'un, lui glissa-t-il d'une voix douce, alors c'est moi qu'il faut détester. Landon est de plein droit le mâle dominant de notre meute, et je pense que s'il n'a jamais revendiqué officiellement ce rôle, c'est en partie à cause de ce drame. Il s'en veut terriblement et il porte cette douille autour du cou pour museler la bête en lui.

— Comment ça ? La balle l'empêche de se transformer ?

— L'argent contenu dans la balle que ton père a tirée sur moi a failli me tuer. Si Landon n'avait pas été là, je n'aurais jamais survécu. La balle n'est qu'un pense-bête, mais c'est la chaîne en argent qui l'empêche de revêtir sa forme primale et sa forme lupine lorsque vient la pleine lune. C'est une sorte de réplique des entraves que nous faisaient porter les vampires.

Voilà pourquoi il a retiré sa chaîne lors du combat dans la ruelle. Seul le goutte-à-goutte de l'éponge sur la porcelaine de l'évier ponctuait les réflexions intenses de Kaitlyn.

— Tu as dit que la mort de mon père était en partie responsable de sa mise à l'écart de la meute, reprit-elle en frottant énergiquement, mais tu ne m'as pas donné l'autre raison ?

— Son odorat est moins aiguisé que le nôtre. Il l'a toujours été.

— Un loup-garou sans odorat ?

— Je n'ai pas dit ça. Il reste bien au-delà de ce que peut percevoir un humain, mais pour un garou…

Un sentiment d'injustice submergea Kaitlyn, qui se mit à agiter furieusement son éponge trempée.

— Ne me dis pas que c'est pour un motif aussi crétin qu'il ne peut pas devenir le mâle dominant !

Caine essuya la mousse dont elle venait de l'asperger.

— Si. Les Eminences Grises l'ont écarté de la joute annuelle pour cette raison. Quoi qu'il en soit, je tenais à ce que tu accordes ton pardon à Landon, et que tu l'acceptes comme ton compagnon Lupréda.

Kaitlyn cilla, incrédule, et essora l'éponge.

— C'est à moi de décider si j'accorde mon pardon… et je ne suis pas sa compagne Lupréda ou je ne sais quoi !

— Ce n'est pas ce que disent ces morsures, rétorqua Caine en désignant les marques sur son cou.

13

La remarque de Caine la fit rougir. Lorsqu'elle avait accusé Landon de l'avoir mordue comme une bête, il lui avait répondu avec un sérieux désarmant que ce n'était pas une morsure de loup.

— Je ne te crois pas, répondit-elle à Caine en scrutant son épaule, à la fois choquée et étrangement excitée à l'idée que Landon ait pu la marquer de la sorte.

— Les Luprédas ne laissent leur marque que lorsqu'ils ont trouvé une compagne pour la vie. C'est un engagement éternel que les miens ne prennent pas à la légère. Penses-y, lui lança Caine d'une voix glacée en sortant de la pièce.

A peine eut-elle entendu la porte d'entrée se refermer sur lui qu'elle se précipita vers le miroir. Il y avait bien deux points rouges là où Landon avait planté ses dents, et deux marques correspondantes dans son dos.

Il l'avait marquée au vu et au su de tous. Il avait fait d'elle sa *compagne*, comme disait Caine.

Cela faisait plusieurs jours que Landon l'avait mordue, mais les marques ne disparaissaient pas. Elle avait eu d'autres chats à fouetter, aussi n'y avait-elle pas vraiment prêté attention.

La compagne de Landon. L'idée la remplit d'une coupable allégresse. Ce que Caine lui avait raconté la fit réfléchir. Elle savait que Landon s'en voulait sincèrement pour ce qu'il avait fait et une émotion étrange l'avait envahie depuis qu'elle savait qu'il l'avait protégée à son insu, sans savoir si son affection serait payée en retour.

Pourquoi devrais-je me sentir coupable de tenir à lui ?

Si seulement elle avait pu se confier à Abby à ce sujet… mais elle ne voulait pas mettre les Luprédas en danger, même en confiant son secret à sa meilleure amie. Et puis elle savait déjà quelle aurait été sa réaction. Elle lui aurait dit que le passé était le passé, que dix-huit années s'étaient écoulées et que Landon avait fait de son mieux pour faire amende honorable.

Lorsqu'elle eut terminé de nettoyer la salle de bains, elle prit une douche et se retrouva face à elle-même dans cette maison silencieuse. Cela faisait plusieurs mois que sa mère avait été admise à l'hôpital et qu'elle vivait seule dans la demeure de son enfance. Aujourd'hui ses parents étaient vraiment partis, tous les deux, pour toujours.

Elle avait gardé le nettoyage du bureau pour la fin. La chemise contenant toutes les lettres d'amour était posée sur la table en attendant qu'elle trouve où les ranger. Elle entreprit de les replacer au fond du carton avec les livres, mais ces derniers n'étaient plus calés. Ils tombèrent en éventail au fond du carton et l'un des ouvrages attira son regard. La couverture était dorée à l'or fin et il était fermé par un élastique. Curieux. Elle retira l'élastique et l'ouvrit au hasard. Il s'agissait du journal intime de son père. Elle revint à la première page et constata qu'il en avait entamé la rédaction quelque vingt-cinq années auparavant.

Les choses ont commencé à devenir vraiment étranges environ un mois après que ce chien énorme m'a mordu, dans le parc. Il était noir et son oreille gauche était abîmée. Il avait les yeux vairons. L'un bleu, l'autre marron. Je n'oublierai jamais ses crocs et sa gueule béante.

Kaitlyn poursuivit sa lecture, les yeux écarquillés.

Manifestement cet accident l'avait bouleversé, même s'il avait donné le change face à Sharon.

Sharon ne pourrait pas comprendre ce besoin que j'ai de courir dans les bois, ni mon goût pour la viande crue. Quelque chose en moi a changé.

Elle passa plusieurs pages.

Quand je n'arrive plus à supporter la pression de la ville, Hank me prête son chalet. Il comprend que je puisse avoir besoin de me ressourcer, mais il ignore que je ne suis plus le même.

Les pages défilèrent.

J'ai croisé un inconnu dans la rue aujourd'hui. Son visage me disait quelque chose, pourtant nous ne nous étions jamais rencontrés auparavant. Je l'ai suivi à bonne distance jusqu'au parc de Morningside, là, il s'est enfoncé dans les bois.

Je l'ai attendu plusieurs heures. Lorsqu'il a émergé des buissons, il avait l'air… régénéré. Exactement le sentiment que j'ai lorsque je pars courir dans la forêt.

Etait-ce de Landon qu'il parlait ?

Des loups ! ! Je n'arrive pas à penser à autre chose. J'ai investi dans des ouvrages les concernant, et même un livre sur le mythe des loups-garous. C'est devenu une obsession.

— Oh, papa, si j'avais su…, murmura-t-elle en poursuivant sa lecture avec avidité.

J'ai vu un loup dans les bois aujourd'hui ! Une bête énorme, bien plus grosse que les loups que l'on croise d'ordinaire.

A mesure que le temps passait, ses écrits devenaient plus chaotiques, ses propos parfois incohérents, comme s'il traversait une profonde dépression.

Je dois être en train de perdre l'esprit. Des pulsions purement bestiales s'emparent de moi lorsque la lune est pleine. Dans ces moments-là, je me terre dans le chalet de Hank et je pars dans les bois, pour me ressourcer. Il m'arrive de courir aussi vite et aussi loin que mes jambes peuvent me porter… et je me réveille souvent sur un tapis de feuilles, nu comme un ver, sans savoir comment je suis arrivé là.

Je me sens tellement seul. J'ai le sentiment que personne ne pourra jamais comprendre ce que je vis. Heureusement, je peux toujours compter sur l'amour de Sharon, même si elle ignore mes tourments. Ce soir, je retournerai dans le parc, avec un peu de chance je retrouverai ce type et je pourrai l'interroger au sujet de ses longues balades dans les bois.

Il devait parler de Landon. Voilà pourquoi il avait sa photo dans ses affaires. Elle feuilleta les pages jusqu'à la dernière date, quelques jours avant sa mort.

Trois soirs que je l'attends en pure perte. Peut-être qu'il ne fréquente plus le parc. Je suis seul au monde. J'ai fabriqué des balles spéciales à mes initiales. Une seule devrait suffire, mais je préfère être prudent. Je vais retourner là où tout a commencé. Ma famille va me manquer, mais il vaut mieux pour tout le monde que je disparaisse. Je ne me… contrôle plus. Je ne serai plus jamais le même homme.

Kaitlyn laissa le journal lui échapper des mains. Son père savait que Landon était différent, sans vraiment comprendre ce qui l'attirait irrésistiblement vers lui. Il avait été comme magnétisé par son charisme de mâle dominant. Son père avait vécu ses derniers jours dans la peur et il s'était rendu dans le parc avec la certitude de marcher au-devant de sa propre mort. Avait-il été mordu par un lycanthrope sous sa forme animale ? Elle ne le saurait jamais.

Elle saisit le combiné du téléphone et composa le numéro de Caine. Il décrocha après deux sonneries.

— Oui ?

— Caine, c'est Kaitlyn.

— Je savais que tu finirais par…

— Tais-toi et écoute-moi. Y a-t-il dans votre meute un loup noir à l'oreille coupée avec des yeux vairons ?

— Oui, il y en avait un, répondit-il après une longue

hésitation. Il s'appelait André. Il s'est donné la mort voilà vingt-quatre ans.

— Pourquoi a-t-il fait ça ?

— Parce qu'il n'a pas retrouvé sa forme humaine à la nouvelle lune. Le temps a passé et il a conservé son apparence de loup. Des rumeurs ont prétendu qu'il aurait mordu un humain… Pourquoi tu me demandes ça ? Et comment as-tu entendu parler de lui ?

— Parce que c'est mon père qu'il a mordu il y a vingt-cinq ans, soupira Kaitlyn. Je viens de retrouver son journal intime. Je… je crois que cette morsure l'a transformé. Il a développé une obsession pour les loups et il s'est mis à passer de plus en plus de temps dans les bois, ressentant l'appel puissant de la nature lorsque la pleine lune se manifestait. Il a croisé Landon dans la rue et s'est retrouvé comme hypnotisé par son aura de mâle dominant. Il l'a suivi jusqu'au parc Morningside où il l'a vu disparaître dans les bois des heures durant. Si mon père est retourné au parc la nuit de sa mort, c'était pour en finir. Du jour où il a été mordu, il n'a plus été le même homme.

— Et ce soir-là, il nous a vus sous notre forme primale. Je suis désolé, Kaitlyn, s'excusa Caine d'une voix triste, j'ignorais que la chose était possible, mais on dirait bien que ton père a été transformé par la morsure d'André et qu'il est devenu l'un des nôtres à son corps défendant. Il a développé les mêmes instincts et les mêmes besoins que nous, c'est pour cette raison que Landon lui a fait un tel effet ; il a ressenti l'appel de la meute. La poisse ! Tout s'explique.

— Que veux-tu dire ?

— Les loups sont par nature des animaux grégaires, et si Landon fait exception à la règle, ce n'est pas un choix volontaire de sa part. Je commence à comprendre ses raisons aujourd'hui.

— Mais de quoi est-ce que tu me parles ?

— Tu te souviens de toutes ces représentations de loup chez Landon ? La peinture au mur, la sculpture et le buste sur la table ?

— Oui.

— Quand je suis allé chez ton père, j'ai remarqué que lui aussi en possédait. Est-ce que tu commences à comprendre ce qui les poussait à collectionner ces objets ? Ils vivaient loin des leurs, mais tous deux ressentaient le besoin de s'entourer d'une meute imaginaire.

La voix de Caine tremblait presque d'excitation.

— Ça fait un moment que je me pose cette question, mais maintenant je sais que Landon rêve de réintégrer la meute. Ce journal est un trésor ! Est-ce que les notes de ton père t'ont permis d'en apprendre plus au sujet de Landon ?

— Là, tu exagères. Ne va pas trop loin, Caine, dit-elle.

— Vous êtes vraiment faits l'un pour l'autre, toi et lui. Il faut que tu comprennes que Landon est comme un frère pour moi, et j'estime qu'il a le droit d'être heureux.

Kaitlyn se résolut à contrecœur à s'ouvrir au frère de meute de l'homme qu'elle aimait.

— La vérité, c'est que je tiens à lui. Beaucoup. Je sais que c'est quelqu'un de bien et que c'est un chef-né. Il est certes responsable de la mort de mon père, mais je sais maintenant que c'est son instinct de protection envers les siens qui l'a poussé à agir comme il l'a fait. Je suis seulement triste que les choses se soient déroulées de cette manière.

Kaitlyn comprit à cet instant que la transformation de son père la reliait, elle aussi, d'une certaine façon aux Luprédas. Elle était la fille de James, elle possédait donc, elle aussi, certains traits communs avec les lycanthropes. Voilà qui expliquait l'attirance qu'exerçait sur elle l'odeur de Landon et pourquoi elle possédait cet étrange pouvoir de perception d'aura. A bien y réfléchir, toute petite déjà, elle guérissait à une vitesse incroyable et pas une seule fois elle n'était tombée malade. Tout concordait, mais il lui avait fallu un élément déclencheur pour réunir les pièces du puzzle.

— Ça m'attriste, moi aussi. Bien, je vais devoir te laisser.

— Caine, attends ! Je crois avoir trouvé un moyen de permettre à Landon de redevenir le mâle dominant.

— Je t'écoute.

— Je veux que tu m'arranges une entrevue avec les Eminences Grises.

— C'est impossible, tu n'es pas une Lupréda.

— Et moi, je crois pouvoir vous prouver aisément le contraire.

— Ça ne suffira pas, Kaitlyn. Je ne peux pas faire entrer une humaine sur le territoire de la meute, cela irait contre toutes les règles. Ce n'est pas pour rien que nous conservons le secret au sujet de notre tanière.

— Cette fois, tu vas devoir te fier à ton instinct, pas à ton odorat, Caine, insista-t-elle.

L'intéressé poussa un soupir las.

— Je t'ai déjà vue à l'œuvre, et je sais que tu es une jeune femme déterminée. Si tu penses que ton plan a la moindre chance de fonctionner, je suis avec toi. Et puis la meute doit connaître la vérité au sujet de ton père. Mais je ne pourrai pas te mener à eux avant demain.

— Pourquoi ça ? s'écria-t-elle, sa main se crispant soudain sur le téléphone.

— Parce qu'il fera bientôt nuit et que c'est la pleine lune. Tous les Luprédas se transformeront malgré eux sans rien pouvoir y faire. Lorsque le jour reviendra, je pourrai retrouver mon apparence humaine.

— Et Landon ? s'enquit-elle avec un soupçon de culpabilité. Est-ce qu'il a toujours porté ce collier en argent depuis la mort de mon père ?

— Toujours. Il ne se transforme jamais et je sais que ça lui manque.

— Nous aimerions tous changer le passé, rétorqua Kaitlyn en percevant la contrariété de Caine, mais nous pouvons seulement agir sur le futur.

— Tu as raison. Je t'appelle demain.

Elle raccrocha et contempla les étagères chargées d'ouvrages spécialisés, en songeant qu'elle était à moitié Lupréda.

— Nous allons continuer à pied.

Caine gara son pick-up argenté dans les bois, en bordure du chemin de terre qu'ils avaient emprunté pour pénétrer au plus profond des montagnes Shawangunk. Il coupa le contact et saisit son téléphone.

— Laird, nous serons bientôt là.

Silence pendant qu'il écoutait la réponse de son interlocuteur.

— Je m'en fous. Débrouille-toi comme tu veux, mais tu dois réunir les Eminences Grises.

Il remit son téléphone dans sa poche, tandis que Kaitlyn descendait du véhicule et jetait un œil aux alentours. Les arbres avaient revêtu des parures de rouges, de bruns et de jaunes que le vent agitait doucement. Ils étaient au beau milieu de nulle part.

Caine fit le tour du pick-up pour la rejoindre et lui tendit un bandana.

— Je vais devoir te bander les yeux pour protéger notre repaire.

— Je suis une Lupréda, moi aussi, protesta-t-elle.

— Pas tant que les Eminences ne t'auront pas officiellement intronisée, répliqua-t-il avec détermination.

Elle ne réussirait pas à le faire changer d'avis. *Fais-le pour Landon*, songea-t-elle en se tournant.

Caine lui serra le bandana autour des yeux et lui prit la main pour la guider.

— Vois ça comme un jeu, lui conseilla-t-il.

Kaitlyn tendit son autre main devant elle, avança de quelques pas et trébucha aussitôt sur un rocher saillant — ou bien était-ce une racine ? Elle n'aimait pas ce genre de jeu.

Caine lui saisit l'épaule pour l'aider à recouvrer son équilibre.

— Suis-moi au lieu d'essayer de te guider seule.

Kaitlyn fit en sorte de lâcher prise et de s'en remettre à Caine. Cela n'avait rien d'évident, mais elle y parvint en laissant son esprit vagabonder. Ne pouvant plus se fier à sa vue, elle se fia à ses autres sens. Il y avait le chant des oiseaux, les branches craquant sous ses pas, l'odeur puissante de l'humus. Elle se surprit à sourire en percevant cette foule de détails qui lui auraient échappé si elle n'avait pas été temporairement aveugle.

Après une demi-heure de marche, le doute n'était plus permis : ils montaient à flanc de montagne et elle commençait à franchement appréhender la rencontre imminente avec les Luprédas.

— Parle-moi des Eminences, demanda Kaitlyn à Caine tandis qu'il l'aidait à contourner un énorme rocher.

Elle se laissa faire en se félicitant d'avoir mis des bottes.

— Tu m'as dit que ce serait aux Eminences de déterminer si je suis une Lupréda ou non, mais ce n'est pas à votre mâle dominant de prendre cette décision ? Je suppose que c'est lui, votre chef, non ? J'aimerais connaître l'étiquette au sein de votre meute, histoire d'éviter de faire une bourde lorsque le moment viendra de défendre mon cas.

— Il y a bien un mâle dominant, il s'appelle Nathan. C'est un abruti, jaloux et peu sûr de lui qui ne mérite pas d'occuper ce rang. Landon et lui sont à couteaux tirés depuis que Landon a publiquement défié son autorité il y a quelques mois, en présence de la meute… et des vampires.

— Des vampires ? Landon m'a dit avoir conclu une trêve avec le chef des Sanguinas, mais je n'ai pas eu droit aux détails.

Caine lui serra la main un peu plus fort pour lui faire comprendre qu'il se remettait en route.

— Nathan a banni Landon du clan pour l'affront subi et il le harcèle depuis ce jour. Ce devrait être à lui de décider de ton sort, mais étant donné que tu veux voir les Eminences afin qu'ils déterminent si tu peux oui ou non intégrer la meute, nous allons tout régler d'un coup.

— Qui sont les Eminences Grises ?

— D'anciens mâles dominants déchus de leur rang par un rival plus jeune et plus fort. Ils n'ont rien perdu de leur aura de chef et ils ont le respect de la meute, ce sont eux qui jouent le rôle de médiateurs lorsqu'un conflit oppose le mâle dominant et un membre de la meute.

— C'est donc *leur* autorité qui prédomine ?

— En général ce n'est pas nécessaire et il est rare qu'ils s'impliquent directement. Lors de la joute annuelle en revanche, ce n'est pas — pour des raisons évidentes — le mâle dominant qui fixe les règles ou qui détermine le vainqueur.

— O.K., je comprends mieux. Si cette joute est annuelle, vous devez avoir des dizaines d'Eminences, s'étonna Kaitlyn.

Elle marcha sur une branche sèche qui céda sous son poids, effrayant un oiseau qui prit son envol.

Caine pouffa de rire à cause de son ignorance.

— Cette joute est bien plus qu'un défi physique, c'est une façon de prouver ses talents de chef et de tacticien. Le mâle dominant dirige la meute jusqu'à être défait lors de ce défi, ce qui peut prendre un temps considérable, car nous vivons très longtemps. Nous avons donc peu d'Eminences parmi nous.

Les loups-garous vieillissaient donc plus lentement que les humains. Intéressant. Elle songea aussitôt à la photo de Landon dans les affaires de son père. Vingt années avaient passé et Landon n'avait pas pris une ride ; serait-il toujours aussi jeune lorsqu'elle serait devenue une vieille femme ? Il lui restait à espérer que la longévité faisait partie de son héritage génétique à elle aussi.

— Est-ce que l'une des Eminences possède une plus grande autorité au sein du conseil ?

— Tu devras leur témoigner à tous le même respect, mais ce sera certainement Garius qui te posera les questions. Il est le patriarche de la meute et tous boivent ses paroles. Cette entrevue va certainement rester dans les annales, et je sais d'avance que les Eminences vont être stupéfaites d'apprendre que notre morsure peut transformer un humain. Si seulement nous l'avions su plus tôt, nous aurions pu aider ton père à accepter sa nature.

Kaitlyn accusa le coup et trébucha.

— Je suis désolé, Kaitlyn, je ne voulais pas te blesser, lui dit Caine en la rattrapant in extremis, j'aurais vraiment aimé pouvoir aider ton père.

— Je sais que tu ne pensais pas à mal en disant ça.

— Tant mieux.

— Et qu'est-ce que…, commença Kaitlyn, mais elle fut brusquement soulevée de terre et Caine la chargea sur son épaule avant qu'elle ait pu terminer sa phrase.

— On ne va pas assez vite. Je vais te porter, ce n'est plus très loin. Qu'est-ce que tu as dans ta poche ?

— C'est le journal de mon père.

— Ah, d'accord. Allons-y, tu es prête à t'envoler ? Ferme les yeux.

— Très drôle, marmonna-t-elle en s'accrochant à la ceinture de Caine, le bandeau toujours plaqué sur les yeux.

Caine s'élança aussi vite que ses jambes de loup-garou le lui permettaient et le vent se mit à siffler aux oreilles de Kaitlyn. Heureusement qu'elle avait les yeux bandés, ainsi elle ne se rendait pas compte de leur vitesse. Elle fit en sorte de conserver une respiration lente et de penser à autre chose.

Quelques minutes plus tard Caine la reposa enfin au sol et lui ôta le bandeau. Aveuglée, elle cilla à plusieurs reprises.

— Bienvenue chez toi, Kaitlyn, lui murmura Caine à l'oreille en la faisant pivoter sur elle-même.

Une majestueuse demeure en briques aux fenêtres noires se dressait en face d'elle. De larges colonnes sculptées soutenaient le porche qui ceinturait la maison. Un lierre épais d'un vert profond grimpait à l'assaut des murs ; l'ensemble était magnifique.

Les arbres qui entouraient la demeure la masquaient en partie aux yeux du monde extérieur. Ils formaient un camouflage naturel, tout en laissant le soleil pénétrer à travers leur feuillage. La tanière des Luprédas était à tous égards un lieu vraiment impressionnant.

— C'est à couper le souffle, chuchota Kaitlyn.

— N'est-ce pas ? s'esclaffa Caine en avançant vers l'entrée. Allez, viens, ils nous attendent.

Avant de le suivre, Kaitlyn saisit vivement son arme de cheville et la glissa dans la poche de sa veste. Comment savoir s'ils l'accepteraient ? La prudence et son instinct de flic lui dictaient de rester sur ses gardes, quoi qu'il arrive.

Ils montèrent les marches, passèrent sous le porche

et franchirent le seuil de la demeure. Quel accueil allait-on lui réserver ?

A peine avaient-ils passé la porte d'entrée que Kaitlyn fut fixée.

— Caine, qu'as-tu encore fait ? lança un homme aux cheveux blonds en se levant du canapé, tandis que la porte claquait dans leur dos.

Caine se plaça immédiatement entre Kaitlyn et l'inconnu.

— Ça ne te regarde pas, Brian, occupe-toi de tes oignons.

Le temps d'un battement de cœur et Brian fut près d'eux.

— Tu connais les règles. Pas d'humains ici. Jamais.

La tension entre les deux hommes était palpable. Il y avait d'autres personnes présentes, des femmes, des enfants, qui tous convergeaient pour assister à la scène.

— Ça te plairait, hein, de t'arranger pour que Nathan me bannisse.

Kaitlyn sentit les regards peser lourdement sur elle. On commençait à murmurer. Son premier instinct fut de se rapprocher de Caine, mais le brouhaha enflait, aussi se résolut-elle à en terminer avec cette histoire. Elle marcha droit vers la petite foule hostile.

— Je suis la compagne de Landon, c'est la raison de ma présence ici, affirma-t-elle en soutenant les regards inamicaux.

Une vague de stupeur balaya l'assistance.

— Tu oses m'adresser la parole ? s'emporta Brian.

— C'est vrai qu'elle a l'odeur de Landon, lança quelqu'un.

— Et alors ! Landon ne fait pas partie de notre meute. Tu n'as rien à faire ici, espèce de traînée.

La petite assemblée se désolidarisa de Brian en reculant d'un pas. Est-ce que ça voulait dire qu'ils s'attendaient à un combat ? Est-ce que c'était mauvais signe ? Les doigts de Kaitlyn se refermèrent sur la crosse de son arme.

— Merci pour le compliment, maintenant tu recules, le clébard ! ordonna-t-elle.

Brian lui adressa un grognement menaçant. Ses griffes jaillirent et il s'élança. L'instant d'après il roulait au sol.

— C'était un avertissement. Approche-la encore et je te tue, lança Landon d'un ton sans équivoque.

— Qu'est-ce que tu fais là ? dit Kaitlyn avec étonnement.

— Je pourrais te retourner la question, rétorqua-t-il en lançant un regard lourd de reproche à Caine.

Les deux amants se fixèrent un instant et le cœur de Kaitlyn bondit dans sa poitrine. Landon avait une barbe de trois jours et ses muscles roulaient de façon menaçante sous son T-shirt chaque fois qu'il serrait les poings. Il était manifestement hors de lui de constater qu'elle avait pénétré sur son territoire. Elle ne trouva rien à dire pour se justifier.

— Landon, je suis heureux que tu aies pu veni..., commença Caine.

A cet instant un homme aux cheveux blonds sauta de la mezzanine au-dessus d'eux et atterrit près de Landon.

— Je t'avais dit de ne plus remettre les pieds ici. Tu viens de signer ton arrêt de mort.

— Si tu veux te reprendre une déculottée, je suis ton homme, Nathan, railla Landon.

Le nouvel arrivant gonfla le torse comme un coq en train de parader avant le combat. Kaitlyn s'attendait presque à le voir gratter le sol avec son pied.

— Landon et cette jeune femme sont ici sur ma demande !

Tous les regards convergèrent vers un homme massif aux tempes grisonnantes.

— C'est Garius, chuchota Caine à son oreille.

Kaitlyn avança droit vers l'ancien mâle dominant, saisissant sa chance de désamorcer le combat inévitable entre les deux hommes. La foule se scinda en deux pour la laisser passer. Elle s'arrêta à quelques pas du chef des Eminences.

— Je vous remercie de votre invitation, lança-t-elle respectueusement à l'adresse de Garius et des hommes qui l'accompagnaient — vraisemblablement les autres Eminences.

Garius inclina légèrement la tête.

Laird et Roman m'ont dit grand bien de vous, Kaitlyn McKinney. Je suis persuadé que vous n'avez pas pris la décision de venir ici à la légère, lui dit-il mentalement.

Elle inclina à son tour la tête avec déférence.

— Je requiers humblement auprès des Luprédas la faveur d'être intronisée en tant que membre de la meute.

Un rugissement retentit derrière elle et, en un éclair, Nathan fut près d'eux.

— Comment oses-tu m'insulter de la sorte en t'adressant aux Eminences !

Nathan posa son poing sur la poitrine de Kaitlyn.

— Je suis le mâle dominant des Luprédas, j'ai banni ton… compagnon il y a des mois. Tu n'as donc aucun droit de pénétrer ici. Aucun droit !

Garius sembla hésiter un instant.

— Il a raison, affirma-t-il enfin.

Kaitlyn embrassa en un regard le poing posé sur sa poitrine, le bras musculeux et les lèvres retroussées en un sourire narquois sur des canines menaçantes ; quelle arrogance !

— Eh bien, heureusement que je ne revendique pas ma place en tant que compagne de Landon, dans ce cas. Je suis une Lupréda de plein droit et je viens pour vivre au sein de *ma* meute.

14

Un chaos indescriptible s'abattit sur la pièce. Certains poussèrent des hurlements de colère, d'autres se mirent à lancer des injures.

Bien qu'il soit stupéfait de la révélation que venait de faire sa compagne, Landon ne comptait pas la laisser se faire insulter sans réagir.

— Ça suffit ! s'écria-t-il, et aussitôt le calme revint.

Nathan tendit le bras pour attraper Kaitlyn, mais Landon lui saisit le poignet avec fermeté.

— Ne t'avise pas de la toucher, sinon tu ne vas pas tarder à ramasser tes dents avec tes doigts brisés, le mit en garde Landon.

Nathan s'apprêtait à riposter, mais Garius intervint à cet instant.

— Rentrez vos griffes, messieurs, le sujet mérite que nous y réfléchissions posément.

Il se tourna vers Kaitlyn et l'invita à le suivre en lui offrant galamment son bras.

— Pourquoi n'entrerions-nous pas dans le salon, nous serons plus à l'aise pour discuter… comme des êtres civilisés, ajouta-t-il à l'intention de Landon et de Nathan.

Seul Landon sembla goûter l'ironie de sa remarque.

Kaitlyn pénétra dans l'immense salon au bras de Garius. Il y avait là une gigantesque cheminée et cent cinquante loups-garous dans l'expectative, s'attendant à voir à tout instant la situation déraper.

Mais qu'est-ce que tu es en train de faire, Kaitlyn ? s'apprêtait à lui demander Landon. A cet instant, son regard croisa celui de Caine et il lui fit comprendre silencieusement qu'il était en sursis. Il tenait à entendre ce que Kaitlyn comptait annoncer à l'assemblée avant d'agir. Bon sang, comme elle lui avait manqué !

Il était revenu dans l'antre des Luprédas sur la demande de Laird. Il avait prétendu que les Eminences voulaient s'entretenir avec lui. Il savait bien qu'il aurait déjà dû les tenir au courant de ses progrès et de l'existence des panthères, mais il était resté non loin de son chalet, à rêver des chasses échevelées avec ses frères de meute. Chaque nuit son collier lui pesait un peu plus, l'enchaînant à son apparence humaine.

Garius proposa un siège à Kaitlyn.

— Merci, mais je préfère rester debout.

Garius interrogea Nathan du regard.

— Elle demande à ce que nous l'intégrions à la meute, prétextant qu'elle est de notre sang. C'est toi, le mâle dominant. Si elle peut effectivement prouver son ascendance, la loi du clan t'impose d'accepter sa demande. Si tu n'es pas en mesure de rendre un jugement impartial comme tout bon chef se doit de le faire, alors les Eminences prendront cette décision à ta place.

Nathan s'avança vers Kaitlyn en bombant le torse, s'arrêta à quelques millimètres de son visage et la renifla.

Landon se raidit, prêt à la défendre, mais Garius posa la main sur son épaule et secoua lentement la tête.

Landon inspira plusieurs fois et parvint — avec peine — à juguler les pulsions de la bête en lui.

— Si elle peut prouver qu'elle est bel et bien une

Lupréda, alors je reconnaîtrai son droit à devenir l'une des nôtres.

— A qui suis-je supposée m'adresser ? demanda Kaitlyn à Garius. A vous ou à lui ?

— C'est à Nathan que vous devrez présenter votre requête, il est notre mâle dominant et il saura juger avec justesse et équité.

Kaitlyn opina et se tourna vers Nathan.

— Y a-t-il dans votre meute un loup noir à l'oreille blessée et aux yeux vairons ?

Où veut-elle en venir ? se demanda Landon.

— Non, aucun de nos frères ne correspond à ce signalement.

— Laissez-moi reformuler ma question : y a-t-il eu dans votre meute un loup noir à l'oreille blessé et aux yeux vairons ?

— Oui, répondit Nathan en serrant les dents, mais il est mort.

— Comment est-il mort ?

Landon pressentait qu'elle connaissait déjà la réponse. Il se tourna vers Caine, dont l'attitude confiante confirma ses soupçons.

— Il s'est suicidé, admit Nathan, il a mis fin à ses jours pour une raison que nous ignorons. André n'est jamais parvenu à revêtir son apparence humaine à la fin du cycle lunaire. Il est resté sous forme de loup.

Kaitlyn sortit le journal de son père de sa poche et commença à tourner les pages.

— Rappelez-moi la règle des Luprédas concernant les morsures sur les humains ?

Un murmure monta de l'assistance.

— Comment se fait-il que vous en sachiez autant à notre sujet ? Landon n'aurait jamais dû vous révéler ces informations.

— Est-ce que tu vas te décider à répondre à sa question, Nathan ! insista Landon avec un énervement croissant, tenté à chaque instant de briser le cou de son rival.

Le mâle dominant se tourna vers Kaitlyn.

— Il est dit que si nous mordons un humain alors que nous sommes sous forme lupine, nous ne pourrons jamais revêtir de nouveau notre apparence humaine.

Kaitlyn s'avança alors vers Garius et lui tendit le carnet de son père ouvert à la bonne page.

— Voici le journal de mon père. Il date d'il y a vingt-cinq ans. Voulez-vous lire cette page, je vous prie ?

Garius lut deux pages à voix haute. Lorsqu'il se tut, Landon se tourna vers Kaitlyn, saisi par la révélation. Elle faisait bel et bien partie de la meute. Elle avait toujours été des leurs.

Kaitlyn croisa son regard et lui adressa un sourire timide qui emplit le cœur du loup-garou d'allégresse.

— Mensonges ! s'écria Nathan en désignant l'ouvrage dans les mains de Garius. Elle a monté ça de toutes pièces. Ce journal est une aberration, mais nous ne nous laisserons pas abuser. Elle est humaine, cent pour cent humaine !

Kaitlyn sortit alors un second objet de sa poche. Un couteau de chasse. Elle le saisit par la lame et Landon comprit aussitôt son intention. Elle s'était déjà ouvert la paume avant qu'il ait pu intervenir.

Il se précipita à ses côtés, ôta sa chemise et la roula en boule pour juguler l'hémorragie. Il lui prit l'arme, mais Kaitlyn leva bien haut sa main ensanglantée en s'adressant d'une voix puissante à la meute réunie autour d'elle.

— Lycanthropes ! Reconnaissez-vous cette odeur ?

— Lu-pré-da ! s'écrièrent-ils d'une seule voix.

— Tu es folle, soupira Landon avec un sourire en épongeant le sang avec sa chemise avant de laper la blessure.

— Moi aussi, je t'aime, répondit-elle en lui caressant la joue.

Un moment de pure intimité s'installa entre eux, effaçant pendant quelques secondes le brouhaha des conversations.

— J'ai tellement de choses à te dire, commença-t-elle à voix basse.

Puis elle haussa le ton pour être entendue de tous.

— Je ne suis pas venue ici dans le seul but d'être acceptée au sein de la meute.

Landon fut surpris de la voir se tourner vers Nathan.

— Je crois que mon appartenance au clan fait l'unanimité, non ?

Landon admira la façon qu'elle avait de le mettre devant le fait accompli. Dieu, qu'il aimait cette femme.

— Tu es bel et bien une Lupréda, admit Nathan en serrant les dents, bouillonnant de rage contenue.

— Maintenant que nous sommes tous d'accord, il y a autre chose dont j'aimerais m'entretenir avec les Eminences, poursuivit-elle en se tournant vers Garius et ses compagnons.

— C'est à moi que tu dois t'adresser ! rugit Nathan.

Comment peut-on se ridiculiser à ce point ? ricana intérieurement Landon tandis que sa compagne continuait à narguer Nathan.

— Tu manques à l'évidence d'objectivité dès qu'il s'agit de Landon. Alors non, je ne te consulterai pas, j'ai parfaitement le droit de m'en remettre aux Eminences au sujet de *mon* compagnon.

— Elle a raison, Nathan, confirma Garius. Nous t'écoutons, Kaitlyn McKinney.

— Je demande à ce que mon compagnon soit autorisé à participer à la joute annuelle.

Nathan rougit sous l'affront.

Autant Landon appréciait de voir Kaitlyn se battre

pour elle-même, autant il n'appréciait guère de la voir se mêler ainsi de ses affaires.

— Je suis désolé, dit Garius, mais l'odorat affaibli de Landon le disqualifie d'office, nous avons déjà statué à ce sujet il y a longtemps.

— Inutile de remettre ça sur le tapis, confirma Landon, contrarié.

— Pourquoi ? répliqua Kaitlyn. Tu mérites d'avoir ta chance, comme les autres.

— Mais oui, Landon, pourquoi tu ne lui donnerais pas ton caleçon et tes bottes tant que tu y es, elle a l'air de vouloir tout faire à ta place, railla Nathan.

Landon se contint avec peine.

— Je pourrais te traîner d'un bout à l'autre de cette pièce et te la faire nettoyer avec la langue. On le sait tous les deux, alors un ton en dessous, tu veux ? lança-t-il à son ennemi.

— Pense à la meute, Landon, insista Kaitlyn. Est-ce qu'ils ne méritent pas un mâle dominant digne de ce nom ?

Elle ne lui laissa pas le temps de répondre et se tourna vers Garius.

— Y a-t-il une pièce complètement opaque dans cette grande bâtisse ?

Garius leva un sourcil étonné.

— Vous piquez ma curiosité, jeune demoiselle. Suivez-moi jusqu'à la bibliothèque, elle devrait être assez vaste pour contenir toute la meute.

Landon tenta de dissuader Kaitlyn, mais elle fit un pas de côté et s'éloigna avec la foule, guidée par Garius.

Seul Nathan resta dans la pièce.

— Quand cette mascarade grotesque sera terminée, j'en finirai avec toi une bonne fois pour toutes.

Landon ignora les provocations de son rival, curieux de savoir ce que mijotait Kaitlyn, et suivit les frères de meute en direction de la bibliothèque.

— Et quand tu seras mort, poursuivit Nathan, je prendrai Kaitlyn comme compagne. Il faudra la dresser, mais je pense pouvoir en faire un objet sexuel efficace…

Landon s'élança et percuta de plein fouet Nathan qui fut propulsé à l'autre bout de la pièce avant de s'écraser sur la table, brisant la vaisselle au passage.

— Reste loin de nous ou je te tue, gronda Landon avant de quitter la pièce.

Lorsqu'il rejoignit les autres, les rideaux avaient déjà été tirés, masquant la lumière du soleil. Seul un immense chandelier dispensait une douce lumière dorée sur la chevelure de Kaitlyn qui se tenait face à la meute tout entière.

Landon se fraya un chemin dans la foule et attendit la suite, les bras croisés.

Kaitlyn enfonça une main dans sa poche.

— D'abord un journal, ensuite un couteau, elle va finir par nous sortir un évier si on la laisse faire, plaisanta Roman.

Sa remarque fut accueillie par un concert d'éclats de rire sonores et Landon aurait ri lui aussi s'il n'avait pas eu la sensation d'être un rat de laboratoire qu'on s'apprête à disséquer.

Lorsque le calme revint, Kaitlyn brandit le T-shirt ensanglanté que Landon avait abandonné derrière lui à l'hôpital.

— Est-ce que ça fera l'affaire ?

Elle fouilla de nouveau dans sa poche intérieure et brandit un petit objet noir et menaçant.

— Ou est-ce que vous préférez ça ?

Un calme surnaturel s'abattit sur l'assemblée comprenant qu'elle avait une arme à feu dans la main. Il fallait admettre qu'elle avait un vrai don pour capter l'attention.

Un sourire fleurit sur le visage de la jeune femme qui rengaina son arme.

— Allons, Roman n'est pas le seul à avoir le sens de l'humour !

Nouvelle salve de rires tonitruants.

Bien joué, Kaitie, songea Landon avec fierté.

— Que voyez-vous ? demanda-t-elle à l'assistance en brandissant le T-shirt souillé.

— Des déchirures.

— Du sang.

— Et que sentez-vous ?

— Le sang de Landon.

— Rien d'autre ?

Quelques jeunes mâles s'approchèrent, touchèrent le vêtement, le reniflèrent de plus près.

— L'odeur de Landon, conclurent-ils tous.

Elle tendit le T-shirt aux Eminences.

— Et vous ?

Tous acquiescèrent et Garius dit qu'ils partageaient l'avis de la meute.

— Est-ce que quelqu'un pourrait éteindre la lumière, s'il vous plaît ? demanda la jeune femme.

La pièce fut soudain plongée dans l'obscurité et l'esprit de Landon se mit à fonctionner à cent à l'heure. Est-ce qu'elle était vraiment en train de faire ce qu'il supposait ?

— Et maintenant, que voyez-vous ? demanda-t-elle de nouveau.

— Nous sommes nyctalopes, Kaitlyn, il n'y a rien de différent.

— Pour vous, Garius, aucun changement ?

— Non, Kaitlyn, aucun.

— Et toi, Landon, que vois-tu ? l'interrogea-t-elle.

— Des étincelles iridescentes autour des déchirures et sur les épaules, répondit-il sur le ton de la conversation.

— Pour mes yeux d'humaine, cette pièce est plongée dans l'obscurité la plus totale, mais je distingue des choses que même Landon ne peut pas voir. Je vois les empreintes des mains de son agresseur, là où il l'a poussé, au niveau des épaules, avant de le griffer à la poitrine.

— Le griffer ? répéta quelqu'un.

— Oui. Des griffes de panthère.

Des murmures de colère parcoururent l'assistance.

— Rallumez la lumière, ordonna Garius d'un ton cassant.

Le calme revint et Garius interrogea les deux amants du regard.

— Comment se fait-il que vous discerniez des détails qui nous échappent ?

— J'ai toujours possédé une sorte de don qui me permet de percevoir des auras autour des cadavres. Je le dois sans doute à mon ascendance lycanthrope qui compense comme elle le peut les limitations de ma part humaine. C'est sans doute le même phénomène qui frappe Landon, une façon de contrebalancer son faible odorat.

De nouveau elle leva bien haut le vêtement taché de sang.

— Aujourd'hui, je vous ai prouvé à tous que Landon possédait un don unique. Refuserez-vous de nous aider à traquer les panthères ? Elles laissent une piste derrière elles, mais seuls Landon et moi sommes capables de la distinguer.

Un silence glacial régnait parmi les loups-garous réunis. Landon décida d'enfoncer le clou.

— Vous vous en moquez peut-être, mais ce sont les panthères qui sont responsables du meurtre de nos trois frères zerkers. Pas les Sanguinas. Oui, nos trois frères sont morts !

Des cris indignés résonnèrent dans l'assemblée. Garius leva la main pour rétablir le silence.

— Fort bien. Vous avez défendu votre point de

vue avec brio. Je vais à présent m'entretenir avec les autres Eminences...

A cet instant Nathan bondit à travers la pièce et se jeta sur Landon. Ils roulèrent au sol et le mâle dominant tenta de lui ouvrir la gorge à l'aide du couteau de chasse que Kaitlyn avait laissé derrière elle. Landon parvint à se déplacer légèrement et la lame vint se ficher dans son épaule.

La douleur le saisit et il poussa un hurlement de rage en projetant Nathan dans la foule. Il ôta le couteau de la blessure et s'apprêtait à riposter quand Kaitlyn cria son nom. Il se figea sur place, tremblant de colère, et la regarda s'approcher de lui à pas lents, lui ôter sa chaîne en argent et se la passer au cou.

— Vas-y, démolis ce petit merdeux.

Landon fila droit vers son adversaire tout en revêtant sa forme primale. Son museau s'allongea, ses jambes s'arquèrent et ses vertèbres craquèrent tandis qu'il grandissait à vue d'œil, déchirant ses vêtements. Lorsqu'il se dressa face à Nathan, son corps tout entier était couvert d'une fine fourrure.

Il tremblait littéralement de fureur, mais attendit pourtant que son ennemi se soit à son tour transformé avant d'assouvir son désir de vengeance. Il voulait un combat équitable.

Kaitlyn regarda Landon se transformer en une bête prodigieuse et terrifiante aux muscles massifs. En voyant ses crocs terribles, elle eut presque pitié de Nathan. Presque. Le mâle dominant avait une fourrure blonde et s'il était plus large que Landon, il était aussi nettement plus petit.

— Si vous voulez vous battre, faites ça dehors ! rugit Garius pour couvrir les grognements des deux bêtes.

Nathan frappa vivement Landon à la poitrine, y

laissant trois sillons sanglants, avant de fendre la foule pour gagner la porte d'entrée.

Sale pleutre ! songea Kaitlyn tandis que Landon bondissait à la suite de son adversaire.

La plupart des lycanthropes présents ainsi que les Eminences suivirent les belligérants, seuls quelques-uns demeurèrent en arrière, pariant sur l'issue du combat.

— Landon va le réduire en charpie, prédit Caine.

— Nathan n'est pas manchot, c'est un bon combattant, tempéra un petit brun.

— Nathan va l'emporter, ça ne fait aucun doute, pronostiqua Brian.

— On parie ? proposa Caine.

— Pari tenu. Si Nathan perd, je me retire de la joute pour cette année.

Caine éclata de rire.

— Que tu te retires ou non, ça ne fera pas la moindre différence. Landon va te foutre dehors et tu rentreras chez toi la queue entre les jambes, mon bonhomme.

— Venez, vous êtes en train de tout rater ! cria Laird depuis le vestibule.

Tous les lycanthropes retardataires quittèrent précipitamment la pièce pour assister à la bagarre. Kaitlyn faillit suivre le mouvement, mais elle avisa Garius qui avait ouvert les rideaux et s'installait confortablement dans un siège pour compulser le journal de McKinney père.

Elle fut d'abord choquée par cette violation de l'intimité de son défunt père, avant de songer que l'Eminence avait sans doute le droit de connaître toute la vérité.

— Vous n'allez pas assister au combat ? lui demanda-t-elle.

— J'en connais déjà l'issue, expliqua-t-il en tournant lentement les pages.

Dehors, par la fenêtre, elle observa les deux créatures, gueules béantes, qui bataillaient au corps-à-corps.

Leurs hurlements la firent frémir. Nathan avait clairement le dessous, ce qui signifiait qu'il n'hésiterait pas à employer les pires coups bas pour vaincre.

— Ne devriez-vous pas descendre pour vous assurer que le combat se déroule à la loyale ?

— La vie est ainsi faite, répondit-il sans lever le nez de sa lecture. Un combat n'est jamais chevaleresque. Les adversaires doivent se tenir prêts aux pires infamies, seul le plus fort — dans tous les sens du terme — peut l'emporter.

Dehors, Nathan s'enfonça soudain dans les bois, Landon sur ses talons, bientôt suivis des autres membres de la meute.

— Je trouve cela tellement brutal.

— Nous sommes une espèce primitive, Kaitlyn. Si vous ne vous sentez pas de taille à l'accepter, alors Landon n'est peut-être pas fait pour vous. Il dirigera la meute avec équité, je le sais, mais il devra parfois faire preuve de brutalité pour maintenir son autorité. Ils ont besoin d'un mâle dominant à poigne pour les guider.

— Est-ce que vous êtes en train de me dire qu'il va prendre la place de Nathan, s'il le bat ?

— Il le sera jusqu'à la prochaine joute, répondit Garius en feuilletant paisiblement l'ouvrage, joute à laquelle les Eminences lui permettront de participer et dont je ne doute pas qu'il sorte victorieux.

Kaitlyn fut soudain morte d'inquiétude, mais elle sentit instinctivement qu'elle devrait se montrer forte dès qu'il s'agirait de préserver l'autorité de son compagnon. Elle vint s'installer dans le siège situé près de celui de Garius et le laissa terminer sa lecture.

Quelques minutes passèrent avant qu'il ne le referme d'un coup sec et le lui tende.

— Voilà qui explique beaucoup de choses. C'est bien Landon que votre père avait vu dans le parc, n'est-ce pas ? demanda-t-il en fixant le pendentif qu'elle portait autour du cou.

— Landon ne l'a pas lu, répondit-elle en rangeant le journal dans sa poche. Il ignore que mon père avait prévu de mettre fin à ses jours cette nuit-là. J'espère que, lorsqu'il l'apprendra, il cessera de s'en vouloir.

— La question qui demeure, répliqua Garius avec un regard pénétrant, est de savoir si *vous*, vous lui avez pardonné.

Les paroles qu'elle avait elle-même prononcées lors des funérailles de sa mère lui revinrent à l'esprit. *Un amour sincère permet de surmonter tous les obstacles.*

— Aujourd'hui je connais les circonstances de ce drame et je sais que Landon a un fort instinct protecteur pour les siens. Mon père n'est plus là, mais je sais qu'il s'agissait d'un accident. Landon en a payé le prix pendant dix-huit ans, je pense qu'il est temps de passer à autre chose.

— Je partage votre sentiment, dit Garius en lui prenant la main, et je vous souhaite la bienvenue dans notre meute, Kaitlyn McKinney. Vous vous êtes montrée digne de régner aux côtés de notre mâle dominant.

Elle serra sa main dans la sienne, puis le vieux loup-garou se leva.

— Allons féliciter le vainqueur, proposa-t-il.

Elle jeta un regard au-dehors, mais ne vit personne.

— Mais comment…

— Je viens d'entendre un hurlement de victoire.

— Pas moi, je…

Des cris de joie résonnèrent alors dans les bois. L'un d'eux était plus puissant que les autres et la fit frémir.

Landon était chef de meute.

15

Pourquoi me tient-il à l'écart ? s'était-elle rebellée intérieurement en apprenant, à la fin du combat, qu'elle allait devoir regagner le chalet de Landon.

Elle n'avait pas dit un mot pendant le trajet du retour en suivant tant bien que mal le pas rapide de Caine. Lorsqu'ils arrivèrent à destination, elle ne s'encombra plus de civilités.

— Donne-moi les clés, tu peux arrêter de jouer les nounous.

— Tu es sévère, répondit Caine en enfonçant les poings au fond de ses poches.

— Désolée, ce n'était pas le but, mais j'ai du mal à supporter d'être mise à l'écart.

— Parce que tu crois qu'on ne veut pas de toi ? Tu crois que Landon a honte de toi ?

— Qu'est-ce que tu veux que j'en conclue ?

Caine passa une main nerveuse dans ses cheveux, marmonnant quelque chose au sujet des femmes et de leur caractère.

— Landon m'a demandé de te ramener ici pour pouvoir se laver, soupira-t-il. Il ne voulait pas que tu le voies dans cet état.

— Dans quel état ? Je l'ai vu se transformer, bon sang, je crois être capable d'encaisser à peu près n'importe quoi, maintenant !

Caine gloussa en se dirigeant vers le chalet.

— Qu'est-ce qu'il y a de si drôle ? lui lança-t-elle en lui emboîtant le pas.

— Je sens que tu vas passer ton temps à lui tenir tête et ça m'amuse.

Kaitlyn fit la moue et l'hilarité de Caine redoubla.

— Il a bien besoin qu'on le dresse un peu, il a passé trop de temps tout seul, affirma-t-il.

Kaitlyn fut saisie d'une culpabilité soudaine.

Ils grimpèrent les marches et Caine lui tendit les clés.

— Quand je disais qu'il ne voulait pas que tu le voies dans cet état, je ne faisais pas référence à sa forme primale, Kaitlyn, expliqua Caine en retrouvant son sérieux, Landon ne voulait simplement pas que tu le voies blessé et couvert de sang.

— Que s'est-il passé ?

— Landon a mis Nathan à terre. Il comptait l'épargner. Nathan lui a jeté de la terre au visage et a tenté de le frapper en profitant de sa cécité temporaire. Il n'a laissé aucun autre choix à Landon. C'était tuer ou être tué.

Kaitlyn soupira en songeant aux mâles Luprédas qui s'évertuaient à ménager sa *sensibilité*.

— Caine, si j'avais vu Landon couvert de sang, je me serais fait du souci pour lui, c'est tout. Peu m'importe qu'il ait réduit Nathan en charpie, je savais que cet idiot voulait un combat à mort.

— Est-ce que tu doutais de la victoire de Landon ?

— Non, elle n'en a pas douté une seule seconde, répondit pour elle l'intéressé en apparaissant au pignon du chalet.

Kaitlyn chavira face à cette apparition. Il avait encore une plaie au menton et quelques marques dans le cou. Une blessure au bras cicatrisait déjà. Il était rasé et ses cheveux n'étaient pas encore secs. Il la dévorait littéralement du regard.

— Merci d'avoir veillé sur ma compagne, dit-il à

Caine. Il fera bientôt nuit, va rejoindre les autres et profite de la dernière chasse.

Caine sauta par-dessus la balustrade, atterrit au sol avec une souplesse de chat avant de disparaître dans les bois.

Kaitlyn se tourna vers Landon, elle avait à lui parler. Elle percuta littéralement son torse massif.

— Je ne m'habituerai jamais à te voir bouger aussi vite.

Il laissa son doigt dessiner la délicate courbe du menton de Kaitlyn, avant de descendre dans le V de son décolleté. Le souffle de la jeune femme se fit haletant.

Elle s'apprêtait à parler, mais les mots refusèrent de venir. Après tout ce qu'ils avaient traversé, elle ne savait plus quoi dire et surtout elle se demandait par où commencer.

Landon lui ôta la chaînette au bout de laquelle se balançait la balle d'argent et la remit à son cou.

— On ferait bien de rentrer, il fera bientôt nuit.

Elle aurait voulu lui arracher ce maudit collier et lui crier de cesser de se torturer, mais elle savait qu'avant cela, il devrait se pardonner à lui-même le geste fatal qui avait coûté la vie au père de Kaitlyn.

Il l'accompagna à l'intérieur et l'aida à retirer son manteau.

— Je veux que tu lises ceci, lui dit-elle en fouillant dans sa poche avant de lui tendre le journal intime.

— Ce sont les écrits de ton père, ils ne sont pas destinés à être lus par qui que ce soit.

Elle lui posa l'ouvrage d'autorité entre les mains.

— Tu te trompes. Il aurait voulu que toi, plus que quiconque, tu en prennes connaissance. Il aurait voulu que tu le comprennes.

Elle ne lui laissa pas le temps de répondre et gagna aussitôt la cuisine.

Elle ouvrit le frigo d'une main tremblante et décida

de préparer à dîner pendant que Landon lirait. Elle avait besoin de s'occuper pour éviter de penser aux réactions de Landon face aux révélations que contenait le journal.

— Il ne mange jamais de légumes ou quoi ? murmura-t-elle en trouvant le bac du bas complètement vide.

Pas de fruits non plus. Elle était prête à parier qu'en revanche, le congélateur était rempli. Elle ouvrit la porte du haut. Bingo, plein à craquer.

Il va vraiment falloir que je lui parle de son régime alimentaire, à celui-là.

Elle ouvrit les placards les uns après les autres à la recherche d'une bouteille de vin, elle avait besoin de boire autre chose que de l'eau. Un sourire fleurit sur ses lèvres lorsqu'elle aperçut un petit cabernet.

Le temps qu'elle mette la main sur deux verres et un tire-bouchon, il faisait déjà noir dehors. Landon devait presque avoir terminé sa lecture. Elle avala deux gorgées avant d'emporter les deux verres dans le salon.

La douce lumière de la lampe faisait briller la couverture du journal de son père. Landon était à la fenêtre et fixait les ténèbres. Il accepta le verre de vin qu'elle lui tendit.

— Est-ce que tu l'as lu ? demanda-t-elle.

Landon avala le vin d'un seul trait.

Elle lui prit le verre vide des mains et le posa à côté du sien sur la table basse.

— Je prends ça pour un oui.

Des loups hurlèrent quelque part dans les bois et elle lut une infinie douleur dans les yeux de Landon.

— Comment as-tu deviné que tu étais des nôtres ? lui demanda-t-il en prenant ses mains dans les siennes. La morsure subie par ton père ne signifiait pas forcément que tu étais de notre sang.

— Après avoir lu le journal de mon père, j'ai repensé

à ce que Caine m'avait dit. Il m'avait demandé pourquoi les vampires ne m'avaient pas tuée tout de suite dans la ruelle.

— Je préfère éviter de repenser à ce qui aurait pu t'arriver ce jour-là, l'interrompit Landon en prenant son visage entre ses mains.

Elle sourit et lui embrassa les doigts.

— Quand je suis entrée dans la bibliothèque, je me suis blessé le doigt sur la poignée de la porte. J'ai croisé un homme à ce moment-là et il m'a aussitôt remarquée. C'était l'un des vampires qui m'ont agressée dans la ruelle.

— Il a senti l'odeur de ton sang, les vampires en sont obsédés. Peut-être qu'il a compris tout de suite que, n'étant pas humaine, ton sang n'était pas un poison pour lui. D'après Jachin, les humains des jeunes générations ne sont plus toxiques pour eux.

— Tu m'as dit que les vampires vous avaient créés pour leur servir de proies. Est-ce que tu ne vois pas les pièces du puzzle s'assembler ? Quand le premier vampire m'a sauté dessus, il ne m'a pas mordue, il m'a blessée à la poitrine en me demandant si j'avais envie de jouer. L'autre a renchéri en jugeant que je les avais bien fait courir. Sur le moment j'ai cru à de simples provocations, mais à la lecture des écrits de mon père, j'ai compris qu'ils m'avaient prise pour un lycanthrope.

— C'est un sacré risque que tu as pris en partant de cette supposition pour rejoindre la meute. Pourquoi as-tu la même odeur que nous ? lui demanda Landon en se penchant au creux de son cou pour s'enivrer de son parfum.

— J'imagine que c'est parce que je suis une métisse. Allez, viens, nous avons encore à parler de beaucoup de choses ensemble.

Landon la suivit jusqu'au canapé et s'installa près d'elle.

— Dis-moi comment tu prends tout ça, lui demanda-t-elle en serrant sa main dans la sienne.

— Je pense que ton père aurait fait une sacrée recrue pour la meute, soupira-t-il.

Kaitlyn lui saisit vivement le menton et le força à la regarder.

— Ah non, ne commence pas ! Je ne t'ai pas fait lire ce journal pour que tu te sentes encore plus coupable.

— Si j'avais été un peu plus attentif… Comment son odeur a-t-elle pu m'échapper alors que j'ai compris que tu étais une Lupréda en humant ton sang tout à l'heure ?

— Caine m'a raconté ce qui s'est passé dans le parc cette fameuse nuit, ainsi que la façon dont tu portes ce fardeau depuis lors.

— Caine a la langue bien pendue, fit remarquer Landon avec ressentiment.

— Il ne veut que ton bonheur et il sait combien tu m'aimes.

— C'est vrai, je t'aime, Kaitie. J'ai toujours su qu'un lien puissant existait entre nous sans parvenir à l'expliquer. C'est pour cette raison que j'ai cessé de collaborer avec la police. Je t'ai vue grandir et puis ces dernières années… mes sentiments se sont mués en quelque chose de plus charnel.

— Je ressens la même chose et c'est pour ça que tout ce que nous avons vécu a été si dur pour moi. Je sais que la mort tragique de mon père demeurera comme une blessure dans notre passé commun, ça fera toujours partie de nous, mais je ne veux pas que cette tragédie se dresse *entre* nous.

Landon ne répondit rien, aussi poursuivit-elle.

— Caine m'a raconté qu'il pleuvait fort cette nuit-là. Tu ne m'as pas dit que la pluie affectait ton odorat ?

Landon fixa leurs mains jointes et massa délicatement les phalanges de Kaitlyn.

— C'est vrai que ça masque les odeurs, mais je n'étais qu'à quelques pas, Kaitie, et…

— Et tu étais couvert du sang de Caine et du tien.

— Tu ne comptes pas me laisser m'apitoyer tranquillement, c'est ça, l'idée ?

— Je pense que tu as largement expié pour nous deux ces dix-huit dernières années, expliqua-t-elle en lui caressant la joue. Ça me fait de la peine d'avoir perdu mon père. Mais je suis également triste en imaginant tout ce que tu as subi pour tenter de contrebalancer ton geste fatal, et je ne t'en aime que davantage.

Landon effleura la bouche de Kaitlyn de ses lèvres.

— J'étais terriblement fier de toi aujourd'hui. Tu as soumis les Luprédas à ta volonté comme toute femelle dominante doit savoir le faire. Ils t'ont mangé dans la main.

— Littéralement, pouffa-t-elle en regardant sa main blessée.

Landon passa un doigt sur la cicatrice à peine visible avant de l'embrasser.

— Tu es la compagne idéale, Kaitlyn McKinney. Idéale.

— Est-ce que c'est une façon de me dire que tu ne chercheras plus à me ménager ? Je sais que tu retiens chacun de tes gestes, je m'en suis rendu compte quand nous avons fait l'amour, ta poigne était plus sûre, plus ferme. Je voudrais que tu sois toi-même, pas que tu me considères comme une poupée de porcelaine. De la même façon, je veux que tu respectes la vie que je continuerai à mener en ville ainsi que mon boulot auprès des gamins de Handleburg. Et puis j'ai mon métier…

— Compris, l'interrompit Landon en levant la main, les funérailles de ta mère t'ont tenue éloignée des événements récents, mais il faut que tu saches que le nouvel ordre autoproclamé des Garotteurs a été dissous par le gouvernement qui a rétabli dans ses prérogatives l'organisation historique. Kent et Rémy ont sombré, mais leurs liens avec la mafia ont disparu des rapports.

— Je me doutais que tout ne serait pas rose, soupira Kaitlyn, déçue.

— On fait une équipe du tonnerre sur le terrain, et j'espérais que tu accepterais d'être ma coéquipière au sein de mon agence. J'ai apprécié mes collaborations ponctuelles avec la police et j'envisage de rempiler.

Sa proposition la surprit, mais lui plut aussitôt. La perspective de mettre ses idées en commun avec Landon et de collaborer avec des flics qu'elle avait toujours connus l'enchantait. Elle aurait le meilleur des deux mondes.

— Mais est-ce que ton rôle de chef de meute te laissera le temps de tout mener de front ?

— J'ai tué une panthère à l'hôpital, mais il en reste d'autres dans la nature. Garius et les autres Eminences ont été très clairs à ce sujet, en tant que mâle dominant, il est de mon devoir de m'occuper de cette affaire en priorité avant que d'autres attaques n'aient lieu. Lorsque nous n'épaulerons pas la police sur certaines de leurs affaires, nous mettrons à contribution nos contacts pour localiser les Velius. Et nous les débusquerons.

Kaitlyn acquiesça avec conviction.

— Et si on passait aux choses sérieuses maintenant ? proposa-t-elle en s'éloignant légèrement de lui, tout en ôtant son T-shirt avec un sourire canaille.

Les narines de Landon vibrèrent lorsque les odeurs de musc et de violette envahirent la pièce.

— Laisse-moi prendre les rênes. Je tiens à te protéger, affirma-t-il.

— Me protéger de toi ? demanda-t-elle en dégrafant son soutien-gorge.

Elle jeta sa lingerie au sol.

— Non, inutile de prendre la moindre précaution, ce soir, ajouta-t-elle.

Landon tenta de s'approcher, mais elle se leva juste à temps pour lui échapper.

— Ah, ah, honneur aux dames ! dit-elle en déboutonnant son jean après s'être débarrassée de ses bottes.

Landon contempla ce corps nu et fut subjugué par la façon dont la chevelure de feu de Kaitlyn cascadait sur ses épaules d'albâtre. Elle affichait un sourire tentateur, arborant fièrement ses seins conquérants. Image même de la perfection féminine, Kaitlyn était une apparition divine, il lui était impossible de détacher le regard de ce corps sculptural.

— Il faut que je t'encourage un peu, c'est ça ?

— Non, c'est inutile, je…

Mais le jean et la culotte étaient déjà tombés au sol.

— Kaitlyn, il faut que tu te rhabilles, gronda-t-il entre ses dents.

Prends-la, murmura le loup. *Tu sens comme moi l'odeur de son désir, c'est son corps qui t'appelle.*

— Je me sens un peu nue toute seule, fit-elle remarquer en chassant ses vêtements du pied, tu ne veux pas m'imiter ?

Elle peut t'accueillir, fais-moi confiance, elle tiendra le coup, je vais prendre soin d'elle, lui promit le loup.

Ferme-la ! rétorqua Landon.

— Voilà ce qu'on va faire. Je vais monter m'allonger sur le lit là-haut, en imaginant tout ce que je pourrai te faire, proposa-t-elle d'une voix provocante.

A peine eut-elle le temps de se retourner vers l'escalier qu'elle fut emportée par une tornade humaine. L'instant d'après, elle était allongée sur le dos dans le lit de Landon.

— Tu ne devrais pas me provoquer comme ça, Kaitlyn, la mit-il en garde en glissant sur elle, le sang des Luprédas coule dans tes veines, mais tu n'es pas aussi résistante qu'une femelle loup-garou.

Kaitlyn ne se laissa pas démonter et, le prenant par surprise, elle le fit basculer sur le dos avant de le chevaucher.

— Qui est-ce que tu traites de mauviette, mon p'tit loup ? s'agaça Kaitlyn.

Landon enfouit sa main dans la chevelure rousse et lui caressa la joue.

— Je sais que ton esprit est en acier trempé et que ton cœur est solide comme un roc, expliqua-t-il, dissipant un peu la colère de la jeune femme, mais si je me laissais aller comme je le ferais avec une femelle de mon clan, je pourrais te faire du mal, Kaitlyn, et je tiens trop à toi pour prendre ce risque.

Les larmes aux yeux, elle lui martela la poitrine.

— Et si moi, je te veux tout entier, si j'ai envie que tu vibres avec moi, si je n'ai pas envie d'un ersatz d'amant !

Landon se redressa et leurs visages se frôlèrent.

— C'est vraiment ce que tu penses ? Que je ne suis pas entièrement à toi quand nous faisons l'amour ?

Il la prit dans ses bras et la serra contre son torse.

— Eh bien, tu te trompes, ma douce, je perçois chaque odeur, chaque inflexion de nos corps… à m'en rendre fou.

Elle lui ôta vivement sa chemise, croisa son regard sombre et posa les mains sur ses épaules avant de les laisser vagabonder sur les reliefs de ses biceps.

— Je veux t'entendre haleter, lui murmura-t-elle à l'oreille, je veux sentir que tu es là, que chaque centimètre de ton corps vibre au diapason du mien. Ne réfléchis pas, ressens les choses. Faire l'amour est un acte enivrant, je veux que tu te sentes libre.

Elle lui embrassa le menton et pinça son téton entre

ses doigts. Il poussa un grondement sourd et leurs bouches se rencontrèrent. Il lui rendit son baiser avec une férocité qui la prit par surprise, mais elle répondit avec fougue. Il la tint serrée contre lui, la ceinturant de ses bras puissants, comme pour se fondre en elle. Lorsque leurs langues se mêlèrent, une décharge d'érotisme pur les traversa. Kaitlyn sentit la tête lui tourner, enivrée par leur étreinte.

Comment arrive-t-il se maîtriser ? s'étonna-t-elle alors qu'elle-même peinait à se refréner.

Une idée lui vint alors, qui lui garantirait qu'il lui ferait l'amour pleinement, sans risquer qu'il lui fasse le moindre mal.

Elle s'allongea sur le lit dans une posture d'abandon absolu, les bras tendus au-dessus de sa tête.

— Je veux bien te laisser prendre les rênes, comme tu dis, mais à une condition.

Landon se leva, ôta son jean et la dévora des yeux avant de s'asseoir près d'elle et de laisser sa main arpenter sa peau si douce.

— Laquelle ?

Prise dans l'étau de son regard, elle constata qu'elle avait écarté les jambes malgré elle. Elle les croisa vivement, ce qui fit sourire Landon.

— Je veux que tu me parles en esprit pendant que nous ferons l'amour.

Il se tendit brusquement et sa main cessa aussitôt de la caresser.

— Non.

Elle poussa un soupir de déception en laissant ses doigts errer autour de ses seins.

— Eh bien, on dirait que nous sommes dans une impasse, alors.

Elle sentit le regard avide de Landon posé sur elle tandis qu'elle se caressait. Elle crut même l'entendre déglutir à plusieurs reprises. Afin d'être certaine de son effet, elle se pinça le téton en fermant les paupières, excitée de s'exhiber ainsi face à lui.

Elle sentit aussitôt la main chaude de Landon chasser la sienne et attraper son sein au creux de sa paume brûlante, de façon presque autoritaire. Elle attendit quelques instants, mais Landon demeurait silencieux. L'esprit de Kaitlyn continuait de n'être peuplé que de ses propres fantasmes. Elle poussa un nouveau soupir en laissant sa main vagabonder sur son ventre. Elle voulait établir un échange avec lui, mais avec un mâle dominant, elle savait qu'elle aurait fort à faire.

Landon lui saisit le poignet lorsqu'elle glissa un doigt dans son sexe.

C'est très risqué de me demander de faire ça, il faudrait que je laisse le loup partager mes pensées.

— Je sais, affirma-t-elle en nouant ses doigts avec les siens pour les faire remonter vers sa poitrine, mais je veux t'entendre me parler en esprit chaque fois que tu me toucheras. Cesse de lutter contre la bête, laisse-la prendre le dessus.

C'est du chantage, s'offusqua Landon en agrippant involontairement le sein offert.

Elle éclata de rire en commençant à lui caresser la cuisse.

— Mais quelle belle façon de me faire l'amour. Je serai vraiment excitée d'entendre ta voix dans ma tête pendant que tu m'embrasseras un peu partout. Imagine les perspectives que ça ouvre !

Landon rampa sur elle avec un regard prédateur, planta un genou entre ses cuisses et la maintint contre le matelas.

— Je n'entends rien ! dit-elle sur l'air d'une ritournelle, ravie de faire tourner son amant en bourrique.

— Je ne te touche pas encore, contra-t-il d'une belle voix grave.

Kaitlyn leva la jambe et frotta sa cuisse contre la sienne.

— Maintenant si !

Le genou de Kaitlyn vint effleurer le sexe de Landon.

Tu disais que je devais te parler en esprit uniquement lorsque je *te touche, non ?*

— Ose me dire que tu n'en as pas envie, haleta-t-elle en palpant son torse puissant.

Il lui attrapa la main droite et la plaqua contre le lit. Il fit de même avec la gauche lorsqu'elle fit mine de le toucher.

Bon sang, Kaitlyn, qu'est-ce que tu cherches, à la fin ! s'emporta-t-il d'une voix qui renversa les sens de Kaitlyn.

— Quel est le problème ? Je suis à ta merci, tu peux faire de moi ce que tu veux.

Il baissa la tête pour happer sans ménagement l'un de ses tétons dressés.

— Encore, grogna Kaitlyn, dis-moi à quoi tu penses.

Je veux sentir ton corps contre le mien et le loup en a envie lui aussi, plus encore que moi.

— Pour… pourquoi en a-t-il davantage envie ? ânonna-t-elle tandis qu'il s'affairait sur son autre téton.

Leurs regards se croisèrent et Kaitlyn fut stupéfaite de plonger dans deux orbes d'un vert presque luminescent.

Ça fait bien longtemps que je ne lui ai pas laissé la bride sur le cou. Il rêve de te posséder, entièrement, totalement, bestialement.

Les battements de cœur de la jeune femme s'accélérèrent. Elle s'aida de son genou pour lui faire perdre l'équilibre et il s'effondra sur elle. Elle lui emprisonna les hanches entre ses cuisses.

— Et si on le laissait faire ? proposa-t-elle d'une voix troublante.

*
* *

Landon fut littéralement saisi par un spasme. Il ne mentait pas lorsqu'il évoquait la violence du loup en lui. La bête ruait contre la prison que formait autour de lui la cage thoracique de Landon, au rythme effréné des battements de son cœur. Il sentit une démangeaison au bout des doigts, là où surgiraient bientôt ses griffes.

Il saisit les montants du lit pour ne pas blesser Kaitlyn.

— Le loup a des besoins très primitifs, murmura-t-il en l'embrassant dans le cou, je…

— Je t'aime, l'interrompit-elle en lui relevant la tête, tu dois faire confiance à ton loup, il est supposé veiller à mon bien-être tout autant que toi. Tu as veillé sur moi, tu m'as protégée toute ma vie durant, et le loup nous a accompagnés pendant tout ce temps. Il m'aime, lui aussi.

Elle passa ses bras autour du cou de son amant et lui murmura à l'oreille :

— Est-ce que tu sens ce cœur sauvage qui bat dans ma poitrine ? Il bat pour toi *et* pour le loup en toi. Laisse-le faire.

Elle lui embrassa la jugulaire et commença à onduler du bassin. Landon s'accrocha de plus belle aux barreaux. Cette façon qu'elle avait de l'accepter tel qu'il était — et même de l'encourager à laisser parler sa nature sauvage — l'excitait comme jamais aucune femme n'était parvenue à le faire auparavant.

Il embrassa Kaitlyn avec toute la passion dont il était capable, la mordit, lui happa la langue, noyé dans le parfum musqué de son désir de femme. Il huma les odeurs florales au creux de son cou et ferma les yeux en se glissant en elle avec douceur.

Le loup grogna de déplaisir en entendant Kaitlyn gémir, mais Landon refusa de le laisser s'en donner à cœur joie. Le dos trempé de sueur, il luttait pied à pied contre la bête, refusant de suivre les conseils de Kaitlyn.

Elle lui caressa le dos en de lents gestes tendres, parfaits contrepoints au combat furieux qui se déroulait dans l'esprit du lycanthrope. *Je la protégerai,* lui jura le loup en trépignant, toujours fermement maîtrisé par Landon.

— Laisse-le me prendre, supplia Kaitlyn en lui enfonçant les ongles dans la peau pour l'inciter à glisser plus profondément en elle.

Le désir qu'elle éprouvait pour lui éperonna le loup-garou qui bascula son bassin en avant en grognant, lorsqu'elle se cambra pour l'accueillir au plus intime de son corps.

— Plus fort, Landon…

Le loup hurla de contentement et ses griffes s'enfoncèrent dans les montants du lit. Landon se tint parfaitement immobile, bataillant contre la bête qui semblait déterminée à lui désobéir.

— Landon…, le supplia Kaitlyn en l'incitant à bouger, inquiète de le voir s'arrêter.

Elle avait confiance en lui, une confiance absolue, sans réserve, et il savait devoir faire la paix avec lui-même pour parvenir à l'aimer comme elle le méritait. Il inspira profondément et libéra le loup. Une douleur vive lui traversa le crâne et il grogna sous l'assaut violent de la force primitive qui s'exprimait enfin librement. Il rétracta ses griffes et glissa ses doigts dans les cheveux trempés de sueur de son amante.

— Je t'aime, Kaitie, avoua-t-il une fois encore, d'une voix rocailleuse.

— Tes yeux brillent comme des émeraudes, lui dit-elle, le regard embué de larmes.

— Le loup que tu devines derrière mes pupilles te chérira et te protégera à jamais.

— Je t'aime, moi aussi, sanglota-t-elle en le serrant contre elle.

Les sentiments de Landon furent comme décuplés

par cet instant magique. Comment aurait-il pu imaginer rencontrer un jour une femme capable de le bouleverser à ce point, par la seule force de la confiance absolue qu'elle avait en lui ?

— J'ai des instincts primaires, dit-il en la sentant onduler entre ses bras, je ne serai peut-être pas toujours un amant doux et attentionné.

— Parfait. Je suis heureuse de savoir que tu ne te maîtrises pas complètement, annonça-t-elle avec un sourire en le faisant rouler sur le côté.

Elle le chevaucha de nouveau, saisit son sexe dans sa main et le guida en elle avec un gémissement. Les yeux brillant de désir dans la pâleur de la lune, elle se mit à aller et venir sur la verge dressée, la peau luisante de sueur, la tête rejetée en arrière.

Landon attrapa sa taille fine et la tira vers le bas tout en basculant son bassin vers le haut. Elle cria, le suppliant de continuer. Il avait les nerfs à fleur de peau, et son sang arpentait ses veines comme de la lave en fusion.

Le désir devint tel qu'il fut soudain saisi par le besoin de rouler sur elle et de la prendre avec violence, sans retenue. Non, il devait se refréner, il fallait qu'elle en ait envie, elle aussi.

Kaitlyn cessa de monter et descendre sur la hauteur de sa verge. Elle plaqua ses fesses contre les cuisses de Landon et décrivit des mouvements circulaires avec son bassin, les ongles plantés dans son torse.

— Si tu es prêt pour un peu plus de brutalité, je ne suis pas contre.

Kaitlyn atteignit des sommets d'excitation lorsque Landon roula sur elle. Il lui emprisonna les poignets au-dessus de la tête, contre les oreillers, et la pénétra avec douceur.

— C'est ça que tu veux ?

Elle lui ceintura les hanches entre ses jambes en se mordant la lèvre inférieure.

— Continue.

Landon l'incrusta littéralement dans le matelas, d'un puissant coup de reins. Elle eut le souffle coupé et des fulgurances orgasmiques la traversèrent de part en part.

— Plus fort ! grogna-t-elle.

Landon s'exécuta avec un mâle plaisir, plus fort et plus loin. Ils vivaient une osmose parfaite, leurs peaux s'unissant comme deux morceaux d'acier en fusion.

Il cessa de bouger, son sexe niché au plus profond de Kaitlyn. Elle vibrait, saisie de minuscules spasmes. Lorsqu'elle fit mine de bouger, il grogna ; une vraie bête.

Elle eut l'impression qu'il grossissait en elle, la distendant de l'intérieur. Son ventre était en feu et ses tremblements s'accentuèrent.

— Landon…, supplia-t-elle une fois encore, prête à défaillir.

Landon bougeait à peine, mais elle perçut en elle les pulsations de sa verge. A l'instant où elle se sentit perdre pied, il recula brusquement avant de revenir plus fort encore. Elle l'accueillit en hurlant à s'en briser les cordes vocales. Elle se convulsa, ballottée par les vagues puissantes d'un orgasme gigantesque. Incapable de la moindre pensée consciente, elle se laissa emporter par le plaisir. Elle savait à présent ce que voulait vraiment dire *faire l'amour*.

Landon s'effondra sur elle, le souffle court. Elle lui caressa le dos, la respiration haletante. Ils venaient de vivre une expérience unique, un moment de pur partage, à la fois physique et spirituel. Elle avait trouvé son âme sœur.

Landon bascula sur le flanc et l'attira contre lui. Elle posa sa tête sur son torse, gênée par le pendentif qu'elle chassa d'un geste de la main. Il la serra un peu plus fort et lui embrassa le front en soupirant, sa main se promenant sur le dos de sa compagne.

Elle se sentait en sécurité entre ses bras et, retrouvant peu à peu la maîtrise de ses sens, elle songea combien elle aimerait convaincre Landon d'ôter ce maudit pendentif.

16

Une série de hurlements tirèrent Kaitlyn de sa rêverie. Landon n'était plus dans le lit. Elle se redressa et distingua sa silhouette qui se détachait, nue, sur le clair de lune. Un regard à l'horloge lui indiqua que l'aube serait là dans une petite heure.

Le cœur battant, elle le rejoignit et il la prit dans ses bras en contemplant l'astre nocturne. Dehors, il y avait des loups partout.

— Ils sont cent cinquante, lui murmura-t-il à l'oreille, tandis que les animaux de toutes formes aux pelages variés dressaient leurs gueules vers le ciel.

Ils lançaient des hurlements à fendre l'âme et Kaitlyn comprit brusquement qu'ils rendaient hommage à Landon, leur nouveau chef. Sa place était près d'eux, il aurait dû profiter à leurs côtés de ce bain de lune.

Le chœur sauvage se tut et ils gagnèrent la forêt.

— Tu devrais être là-bas, en compagnie de ta meute. Je veux que tu cesses de porter ça, dit-elle en saisissant le pendentif.

Landon lui prit la main, lui embrassa la paume.

— Je ne peux pas oublier ce que j'ai fait, Kaitie.

— Ce n'est pas ce que je te demande, j'aimerais simplement que tu te pardonnes enfin.

Elle tint entre ses doigts la petite tête de loup qu'elle-même portait autour du cou.

— Le jour où mon père me l'a donnée, il m'a dit que le loup me protégerait. Je ne l'ai jamais quittée depuis.

Elle ôta alors la chaîne de son cou.

— Qu'est-ce que tu fais ? lui demanda Landon.

Elle lui adressa un sourire confiant, tandis qu'un étrange sentiment de liberté l'envahissait.

— Je n'en ai plus besoin, j'ai un vrai loup pour veiller sur moi, maintenant. Mais il ne peut pas me protéger, ni moi ni les siens, tant qu'il est entravé. Cette chaîne que tu portes est un fardeau, elle t'empêche de devenir le mâle dominant qu'ils attendent. James McKinney aurait voulu que tu le fasses. C'est ce qu'aurait voulu mon père, et c'est ce qu'aurait souhaité le policier qu'il était.

— Si je l'enlève, je me transformerai aussitôt, tu t'en rends bien compte ? la mit-il en garde en prenant sa main dans la sienne.

— Je veux te voir dans toute ta splendeur, répondit-elle, laisse-moi le faire.

Il acquiesça et elle lui ôta lentement le bijou. En un instant, ce ne fut plus un homme, mais un loup qui se tint devant elle. Un immense loup portant des taches argentées autour des oreilles et des épaules.

Kaitlyn porta sa main à sa bouche, incapable de contenir son émotion. Des larmes roulèrent sur ses joues tandis qu'elle prenait conscience que c'était lui, le loup peint sur le mur de sa chambre.

La bête s'approcha et s'assit face à elle tandis qu'elle tombait à genoux.

— Tu es si beau ! s'exclama-t-elle en chassant ses larmes.

Elle l'étreignit et ses larmes vinrent se perdre dans l'épaisse fourrure.

— Ne t'avise plus jamais de remettre ce fichu collier, tu m'entends ?

Le loup posa sa gueule sur son épaule et sa patte

sur la cuisse de la jeune femme. Lorsqu'elle recula, il lui lécha le visage, provoquant l'hilarité de Kaitlyn.

— Je sais que tu peux me parler en esprit, arrête de jouer les toutous !

Cet amour que je lis dans tes yeux vaut largement toutes les tortures que je me suis infligées. Tu m'aimes sans restriction et ça, c'est un cadeau inestimable.

Elle renifla, et lui embrassa le museau avant de se relever. Elle ouvrit la fenêtre en grand et se tourna vers l'animal.

— Je sais qu'on est au premier étage, mais j'ai vu Caine sauter sans mal du quatrième. Va courir sous la lune. Le mois prochain, je sais que je ne vais pas te revoir pendant des jours, mais il faut que tu rattrapes le temps perdu.

Tu es certaine que c'est ce que tu veux ?

— Allez, file, tu perds un temps précieux ! s'exclama-t-elle avec un large sourire.

Le loup s'élança puissamment par la fenêtre ouverte et Kaitlyn eut à peine le temps de se précipiter à sa suite pour le voir disparaître dans les bois.

Landon retrouva sa meute et courut en sa compagnie un long moment. L'aube approchant, il regagna les alentours du chalet. Il voulait profiter de sa nouvelle liberté, mais sans s'éloigner de Kaitlyn plus que nécessaire.

Il entendit alors la course effrénée d'un animal non loin de lui. C'était gros. Peut-être une biche. Landon s'élança à sa poursuite, bondissant par-dessus les rochers et les souches pour se rapprocher de sa proie. Il devait faire vite, le soleil serait bientôt là.

Lancé dans sa course folle, il fut à deux doigts de percuter une forme qui filait droit vers lui. Il ralentit brusquement, glissant dans l'humus en voyant un loup plus petit bondir droit vers lui. Il avait une magnifique fourrure auburn, un peu comme…

Le loup le percuta de plein fouet et il se retrouva sur le dos. Le rire de Kaitlyn résonna dans son esprit au moment où le soleil perçait les épaisses frondaisons.

Comment est-ce possible ? songea-t-il tout en reprenant malgré lui forme humaine. Les épines de pin et les rochers dans son dos étaient un peu douloureux sous le poids de la louve, mais il n'y prêta guère attention. Il attendit qu'elle se transforme à son tour, mais elle se contenta de lui lécher gaiement le visage.

— Arrête ! dit-il enfin avant de se dégager de sous son poids.

Un début de panique commença à le gagner lorsqu'il vit la louve aller et venir autour de lui, comme si elle ne prêtait pas réellement attention à sa présence.

— Pourquoi est-ce que tu ne te transformes pas ?

La louve cessa son manège et s'assit près de lui.

— Est-ce que tu peux me parler ? demanda-t-il d'une voix inquiète.

Elle haussa une épaule.

Landon s'agenouilla et plongea son regard dans celui de l'animal, qui lui lécha une nouvelle fois le visage.

— Je ne comprends pas ce que tu veux, essaie d'être plus claire.

La louve posa alors sa gueule sur son épaule et colla sa tête contre celle de Landon.

Saisi par la peur et l'inquiétude, il la prit dans ses bras et caressa sa fourrure.

— Je t'aime, Kaitie.

Le corps de l'animal ondula et ce furent bientôt des bras humains qui enlacèrent le loup-garou.

— Tu m'as fichu une de ces trouilles ! s'exclama-t-il en la serrant un peu plus fort, j'ai cru que tu étais piégée sous cette apparence, comme André.

Kaitlyn le couvrit de baisers en riant de bon cœur.

— Je ne me suis pas transformée parce que je n'étais pas encore prête à le faire. Je voulais que tu me prennes dans tes bras et que tu m'aimes, même sous ma forme lupine.

— Tu… tu peux contrôler ta métamorphose ? Aucun Lupréda n'en est capable. Comment est-ce arrivé ?

— Je me suis sentie différente après avoir enlevé mon collier. Quand tu as sauté par la fenêtre, j'ai eu l'impression qu'une partie de moi t'avait suivi. Peut-être que je peux changer d'apparence parce que j'ai été mordue par un mâle dominant ?

— Ce n'était pas une morsure de loup, Kaitie, releva-t-il tout en réfléchissant à toute vitesse.

— Non, mais c'était une morsure possessive, c'est elle qui a fait de moi ta compagne Lupréda. Quand tu es parti tout à l'heure, je n'ai eu qu'une envie, c'était de courir avec toi sous la lune. Je suis contente que tu n'aies pas été présent pour assister à ma métamorphose, parce qu'une douleur terrible m'a saisie. Un truc incroyable. Mes os se sont mis à craquer et le temps que je comprenne ce qui se passait, j'étais devenue une louve.

— Tu es une sorte de miracle, Kaitie. Jamais auparavant un loup ne s'était uni avec une humaine — et encore moins avec une humaine ayant du sang Lupréda. Tu portais ton collier depuis l'enfance. En l'enlevant, tu as ouvert la porte à la métamorphose.

La capacité qu'elle possédait à se transformer à volonté laissait présager de grandes choses pour leurs enfants. C'était une nouvelle ère qui s'ouvrait pour les Luprédas.

— Pourquoi ne m'as-tu pas parlé en esprit ?

— Je ne sais même pas si j'en suis capable. J'ai essayé, mais ça n'a pas été concluant.

— Je t'ai pourtant entendue rire, rétorqua-t-il en se

massant le menton. Peut-être que la télépathie demande plus d'entraînement que la métamorphose elle-même.

Elle l'embrassa.

— Peut-être. Est-ce que tu enseignerais tout ça à une jeune louve pleine d'avenir ?

Landon éclata de rire et acquiesça. Sa compagne souhaitait partager sa vie et tous ses secrets, il était comblé.

— Tu sais pourquoi je n'ai pas senti le loup en toi quand j'ai guéri tes blessures ?

Elle fit non de la tête et l'encouragea à poursuivre. Il chassa quelques mèches folles et lui caressa la joue.

— Tu avais le goût d'une femelle de la meute, et je souhaitais ardemment que tu sois l'une des nôtres, car je devinais que tu saurais m'accepter malgré ma double nature. La vérité, c'est que j'ai cru que mes sens me jouaient des tours. J'ai cru que j'étais en train de me leurrer.

Il lui embrassa de nouveau la paume et se perdit dans le regard amoureux qu'elle lui lançait.

— Je suis ta louve et je ferai en sorte de combler chacun de tes désirs.

Un sourire dangereux naquit sur les lèvres de Landon.

— Est-ce que c'est une promesse ?

Il la souleva de terre et l'allongea contre son torse.

— Allons faire un tour dans le chalet.

— Tu es vraiment insatiable !

Le rire de Kaitlyn résonna tandis qu'elle posait sa tête contre son épaule.

LILITH SAINTCROW

La morsure du loup

NOCTURNE

éditions HARLEQUIN

Titre original : TAKEN

Traduction française de FABRICE CANEPA

Ce roman a déjà été publié en septembre 2011

© 2011, Lilith Saintcrow. © 2011, 2013, Harlequin S.A.

83-85, boulevard Vincent-Auriol, 75646 PARIS CEDEX 13.
Service Lectrices — Tél. : 01 45 82 47 47
www.harlequin.fr

1

— J'ai vraiment l'impression d'être nue, répéta Sophie en tirant nerveusement sur sa jupe qui avait une fâcheuse tendance à remonter le long de ses cuisses.

Elle se demanda comment elle avait bien pu laisser Lucy, sa meilleure amie, la convaincre de lui emprunter une tenue aussi indécente.

— Je t'assure que tu es parfaite, lui assura celle-ci en refermant son tube de rouge à lèvres.

Elle sortit une cigarette qu'elle alluma avant d'ouvrir sa portière.

— En fait, ajouta-t-elle en se tournant vers Sophie, tu es très sexy comme ça. Je me demande vraiment pourquoi tu préfères toujours t'habiller en nonne…

— Tu n'imagines quand même pas que je vais aller travailler dans une telle tenue. Margot m'enverrait me rhabiller immédiatement.

Lucy descendit de voiture et Sophie l'imita. La fraîcheur nocturne la fit frissonner. Elle regretta amèrement de ne pas avoir opté pour un jean et une paire de baskets dans lesquels elle se serait sentie moins exposée.

Lucy, au contraire, paraissait parfaitement à son aise dans le fourreau de soie qu'elle portait et qui mettait en valeur sa silhouette sensuelle et ses jambes interminables.

— Tu travailles comme secrétaire médicale dans

un hôpital, objecta-t-elle. Rien ne t'empêche de porter ce que tu veux sous ta blouse. Tu pourrais aussi bien être entièrement nue : personne ne s'en douterait.

Elle se pencha pour rajuster les lanières de ses escarpins argentés et Sophie se demanda comment elle comptait danser avec des talons aussi hauts. Mais Lucy avait bien plus l'habitude qu'elle de sortir en boîte de nuit. Sophie ne comptait d'ailleurs pas s'attarder : elle resterait le temps de boire un verre, puis prendrait un taxi pour rentrer chez elle.

Elle soupira intérieurement en songeant au coût que représentait une telle soirée. Sans doute n'aurait-elle jamais dû accepter l'invitation de Lucy…

— Je sais à quoi tu penses, lui dit celle-ci. Et je crois qu'il est grand temps pour toi de retrouver un semblant de vie sociale. Cela fait six mois que le divorce a été prononcé. Tu es une femme libre, aujourd'hui !

En liberté conditionnelle, plutôt, songea Sophie. *Parce que si Mark parvient à me retrouver, je ne donne pas cher de ma peau…*

— J'imagine, soupira-t-elle.

— Un peu plus d'enthousiasme ne te tuerait pas, répliqua Lucy en riant.

— D'accord, si tu insistes : je suis une femme libre.

Tant que Mark ignore où je vis… Si seulement je pouvais arrêter de me ronger les sangs de cette façon…

Hélas ! une telle réflexion relevait de l'absurdité la plus totale. Cela faisait des années que Sophie vivait dans l'angoisse et il n'y avait aucune raison pour que cela change.

De plus, elle savait parfaitement ce que Lucy voulait dire en parlant de vie sociale. Et elle n'avait aucunement l'intention de sortir avec qui que ce soit, ne serait-ce que le temps d'une soirée. Car elle ne tenait pas à renouveler l'erreur de jugement qui avait bien failli lui être fatale…

L'avenue dans laquelle elles venaient de se garer était illuminée par des dizaines d'enseignes au néon. Apparemment, toutes les boîtes de nuit de Jéricho City étaient réunies dans cette rue bordée d'arbres qui, s'ils étaient dénués de feuilles, étaient presque tous emplis de lampions multicolores.

Un vent glacé jouait entre leurs branches et venait caresser les jambes nues de Sophie. Elle resserra autour de ses épaules la fine veste en cuir que lui avait prêtée Lucy et observa d'un œil morne la longue file de noctambules qui patientaient devant la discothèque la plus proche.

— Rappelle-moi pourquoi nous sommes ici, au juste, marmonna-t-elle.

— Parce que je compte bien rentabiliser les cours de salsa que j'ai pris, répondit Lucy en riant. Et parce qu'il était grand temps que tu t'arraches à tes livres !

Sophie hocha la tête et tira sur son T-shirt mauve. Mais rien n'y fit : de toute évidence, le vêtement n'était pas destiné à dissimuler son nombril. Tout comme sa jupe, il lui avait été prêté par Lucy qui, après avoir rapidement passé en revue le contenu de son armoire, avait conclu que rien ne pouvait convenir.

Ce n'était pas étonnant, d'ailleurs, car Sophie ne possédait que peu de vêtements. Et elle les choisissait uniquement sur des critères fonctionnels : ils devaient être faciles à laver et à repasser et pouvoir se porter en toute occasion.

Elle n'avait de toute façon pas les moyens de s'offrir une garde-robe plus élégante et économisait tout ce qu'elle pouvait pour payer ses études et ses nombreux livres.

A plusieurs reprises, Lucy lui avait demandé pourquoi elle ne s'était pas battue pour obtenir la pension alimentaire très confortable à laquelle elle aurait pu prétendre après avoir épousé un homme aussi riche que Mark.

Mais Sophie ne voulait rien devoir à ce dernier et, en acceptant une quelconque rente, elle aurait eu le sentiment de perdre le peu de dignité qui lui restait.

— Je te confie les clés de la voiture, déclara alors Lucy, la tirant de ses sombres réflexions. J'imagine que c'est toi qui conduiras au retour.

Cette suggestion aurait le double mérite de justifier la sobriété dont Sophie comptait faire preuve et de lui faire économiser le coût du taxi.

De toute façon, je n'aurai pas les moyens de m'offrir beaucoup plus qu'un verre ou deux…

— D'accord, acquiesça-t-elle. Mais promets-moi que nous rentrerons à une heure raisonnable.

Lucy éclata de rire.

— Raisonnable ? répéta-t-elle. C'est absurde ! Depuis quand doit-on se montrer raisonnable un vendredi soir ? Il faut vraiment que tu apprennes à te détendre, ma chérie !

Lucy avait toujours pensé que des notions comme la sécurité ou la prudence étaient complètement surfaites. Cette décontraction était d'ailleurs un trait de sa personnalité que Sophie admirait beaucoup, même s'il lui arrivait de la trouver exaspérante.

Ella savait pourtant qu'en cas de coup dur, Lucy était quelqu'un sur qui l'on pouvait compter. Lorsque Sophie était arrivée chez elle couverte d'ecchymoses et terrifiée, elle l'avait accueillie sans hésiter.

C'était elle qui l'avait aidée à effectuer les démarches qui lui avaient permis de faire reconnaître les mauvais traitements dont elle avait fait l'objet, elle encore qui l'avait aidée à refaire sa vie après une procédure de divorce aussi longue que douloureuse…

Ne pense pas à ça. Ne pense surtout pas à ça…

— Je suis sérieuse, Lucy, insista Sophie. J'ai des tas de choses à faire ce week-end.

Dormir. Faire mon budget pour le mois prochain. Trouver un moyen de convaincre Margot de me faire faire des heures supplémentaires…

— Ne pense pas à tout ça, objecta Lucy comme si elle avait lu dans ses pensées. Profite de cette soirée pour te détendre et t'amuser un peu. Il sera toujours temps de revenir sur terre demain matin.

Tout en devisant, elles s'étaient rapprochées de l'entrée de l'Apocalypse, la discothèque préférée de Lucy. Il y avait beaucoup de monde devant l'entrée. Certains attendaient d'être admis à l'intérieur, d'autres étaient sortis pour prendre l'air ou pour fumer une cigarette.

Sophie n'avait plus l'habitude de se trouver dans de tels endroits publics et elle sentit les battements de son cœur s'emballer. Il y avait trop de gens et chacun d'eux constituait à ses yeux une menace éventuelle. Elle se força à respirer profondément pour chasser l'accès d'anxiété qu'elle sentait monter en elle.

Elle avait parcouru suffisamment de livres sur la question pour savoir que sa réaction était parfaitement classique chez quelqu'un ayant subi un traumatisme. Malheureusement, le fait d'en avoir conscience ne suffisait pas à contrôler le phénomène.

Respire.

— Je ne sais pas si c'est une bonne idée, murmura-t-elle.

— Allons, Sophie, ce n'est pas parce que tu es divorcée que tu dois passer le reste de ta vie à te morfondre.

Le videur avait apparemment reconnu Lucy à qui il adressa un petit sifflement admirateur.

— Tu es particulièrement en beauté, ce soir, lui

dit-il en détachant le cordon de soie rouge qui bloquait l'entrée.

— C'est vraiment gentil, Rick, répondit-elle.

Elle lui décocha une œillade enflammée et murmura à l'oreille de Sophie :

— Tu ne trouves pas qu'il est mignon…

Celle-ci se contenta de hausser les épaules.

— Tu crois que j'aurais mes chances ? ajouta Lucy.

Sophie jeta un coup d'œil au videur qui les suivait des yeux.

— Je n'en doute pas, répondit-elle.

Un grand sourire aux lèvres, Sophie l'entraîna vers la double porte qui s'ouvrait devant elles. Lorsqu'elle la poussa, une vague de son s'en échappa, si puissante que Sophie sentit son corps tout entier se couvrir d'irrépressibles frissons.

Elle s'efforça d'écarter ses mauvais pressentiments et se répéta qu'elle était là uniquement pour faire plaisir à Lucy. Cela faisait longtemps que celle-ci tentait de la convaincre de l'accompagner et, jusque-là, elle avait toujours refusé.

Or, elle ne voulait pas continuer à décevoir la seule amie qu'il lui restait. La plupart des gens qu'elle connaissait autrefois avaient pris leurs distances au cours de la première année de son mariage avec Mark. Ce dernier était insidieusement parvenu à la couper de tous ceux qui auraient pu lui venir en aide.

Ne pense plus à ça.

Sophie suivit Lucy en direction du bar autour duquel se massait une foule compacte. Elle serra contre elle le petit sac à main en vinyle décoré de fausses pierres précieuses en plastique que lui avait prêté son amie. Il était juste assez grand pour accueillir son portefeuille, ses clés et un tube de rouge à lèvres.

Le fait de sentir tous ces gens se presser autour d'elle la mettait très mal à l'aise, et elle devait faire de réels efforts pour résister à la panique qui menaçait à chaque instant de la submerger.

Bien décidée à ne pas décevoir son amie, elle se força pourtant à sourire et à faire abstraction du volume sonore assourdissant qui régnait dans la discothèque.

Je sens que la nuit va être longue…

2

— Tâchez de bien vous comporter, leur conseilla Kyle. Nous ne cherchons qu'une chose : assez d'argent pour nous ravitailler en nourriture et en essence. Je ne veux pas revivre ce qui s'est passé la dernière fois !

Julia laissa échapper un grognement et repoussa ses longs cheveux noirs qui lui tombaient dans les yeux dans un geste d'agacement.

— Nous nous sommes juste amusés un peu, objecta-t-elle en fronçant les sourcils.

Zach la considéra d'un air désapprobateur : s'amuser était une chose, mais elle avait bien failli éviscérer un homme dont le seul crime avait été de lui caresser les fesses.

— Kyle a raison, déclara-t-il à voix haute. Et je veillerai personnellement à ce que vous respectiez ses instructions.

Cette promesse sembla ramener Julia à de meilleures intentions et elle baissa légèrement la tête en signe de soumission, aussitôt imitée par Brun, son jumeau.

— D'accord, grand frère, répondit-elle d'un ton un peu trop déférent pour être entièrement honnête. Je ferai bien attention, c'est promis.

La pointe de sarcasme qui perçait dans sa voix n'échappa nullement à Zach, mais il préféra ne pas insister. Après tout, il n'était pas le mâle dominant et ce n'était pas à lui de faire régner la discipline au sein de leur famille.

— Nous pouvons parfaitement nous amuser sans verser une seule goutte de sang, déclara Kyle. Qu'en dis-tu, Eric ?

Ce dernier hocha la tête.

— Pas de sang, répondit-il.

— Brun ?

— Pas de sang, acquiesça leur frère. Nous ne sommes pas des sauvages.

— Très bien, approuva Kyle en glissant les clés de leur camionnette dans la poche de sa veste en cuir. Est-ce que tout le monde est prêt ?

— Bien sûr, répondit Julia, agacée. Allons-y. Je suis affamée.

Sa tension était perceptible et, lorsque Brun fit mine de lui masser doucement la nuque pour l'aider à se détendre, elle repoussa sa main d'un geste irrité.

Ce n'est pas sa faute, songea Zach.

Julia était encore jeune. Elle n'avait connu sa première transformation qu'un peu plus d'un an auparavant et avait encore du mal à se contrôler. De plus, elle avait toujours été gâtée par leurs parents et par tous ses frères qui l'avaient un peu trop protégée des dures réalités de l'existence.

Kyle avait d'ailleurs beaucoup de mal à la discipliner. Et, au lieu de faire preuve de plus d'autorité, il s'était plus ou moins résigné à la laisser agir à sa guise. Zach était convaincu que ce n'était pas la meilleure façon de procéder, mais il avait l'habitude de garder ce type de remarques pour lui.

Après tout, c'était justement pour ne pas avoir à faire face à ce genre de responsabilités qu'il avait décidé de renoncer au rôle de mâle dominant qui aurait dû lui revenir.

Il attendit donc tranquillement que son frère leur

donne le signal de sortir. Mais Kyle paraissait hésiter et observait attentivement la rue dans laquelle il venait de se garer comme s'il attendait quelque chose.

Zach remarqua alors qu'il avait mauvaise mine : sa barbe naissante ne parvenait pas à dissimuler sa pâleur et ses yeux étaient cernés d'ombres très marquées. La fatigue et l'inquiétude qui se lisaient sur son visage ne parvenaient cependant pas à atténuer la grande beauté de ses traits auxquels peu de femmes demeuraient indifférentes.

Zach ne lui avait jamais envié cette qualité : à ses yeux, la force intérieure était bien plus importante que le charme.

Il comprenait très bien les raisons de l'inquiétude de son frère. Cela faisait des mois qu'ils erraient à travers les Etats-Unis et il devenait de plus en plus évident que Kyle n'avait aucun avenir meilleur à leur offrir.

Comment l'aurait-il pu, d'ailleurs ? Tant qu'ils n'auraient pas de chaman, ils demeureraient une bande d'exclus avec laquelle personne n'osait frayer et ne vaudraient guère mieux que des animaux.

Malheureusement, cette situation commençait à peser sur leurs cadets. Ils étaient de plus en plus nerveux, ainsi qu'en témoignait la bagarre à laquelle Kyle venait de faire allusion. Et Zach commençait à se demander pendant combien de temps encore ils parviendraient à éviter l'incident qui leur vaudrait d'être traqués et exterminés par les autres clans.

Il était presque tenté de proposer à son frère de se charger avec Eric du réapprovisionnement. Mais Kyle refuserait probablement de rester en compagnie de Julia qu'il avait beaucoup de mal à contrôler lorsqu'elle succombait à l'une de ses crises. Dans ces cas-là, Zach était le seul qui parvenait à la calmer.

Ce n'est pourtant pas mon rôle…

Zach écarta immédiatement cette pensée. Car au sein

d'un clan comme le leur, critiquer le mâle dominant ne pouvait se terminer que d'une seule façon : par un combat pour le pouvoir.

Or, depuis l'incendie qui avait coûté la vie à leurs parents et au chaman de leur clan, Zach s'était juré que jamais il ne chercherait à prendre la place de Kyle.

— Allons-y, déclara ce dernier, l'arrachant brusquement à ses réflexions.

Ils descendirent tous de la camionnette qui, ces derniers temps, leur servait autant de moyen de transport que de maison.

La nuit était fraîche en ce mois d'automne et il flottait dans l'air une odeur qui rappela à Zach celle de la cannelle. Il perçut aussi le martèlement sourd d'une basse qui provenait de l'intérieur de la discothèque près de laquelle ils s'étaient garés.

Mais ce qui le frappa surtout, ce fut la sensation de danger imminent qui le submergea. Son instinct lui soufflait que quelque chose n'allait pas. Il se concentra pour tenter de déterminer ce dont il pouvait s'agir, mais en fut incapable. Il aurait pourtant juré que quelque chose de grave était sur le point de se produire.

— Je n'aime pas ça du tout, murmura-t-il à Kyle.

Ce dernier hocha la tête : apparemment, son intuition coïncidait avec celle de Zach. Peut-être était-ce pour cela qu'il avait mis tant de temps à descendre de la camionnette.

— Il se passe quelque chose de bizarre, souffla son frère. J'ai l'impression que quelqu'un nous épie…

Il observa les environs, mais, en dehors des gens qui faisaient la queue devant la discothèque, il n'y avait personne aux alentours.

Kyle étouffa un juron.

— Si seulement nous avions un chaman, ajouta-t-il.

Si nous en avions un, nous ne serions pas obligés d'errer de cette façon aux quatre coins du pays sans pouvoir nous établir nulle part.

— Je vais garder un œil sur Julia, déclara Zach à voix basse.

— Bien. Si nous parvenons à réunir assez d'argent, nous pourrons quitter la ville dès ce soir pour aller vers le sud…

Il jeta un coup d'œil à Zach comme si ce dernier était le mâle dominant.

— Ça me semble être une excellente idée, approuva celui-ci.

Au moins, il fera chaud et nous pourrons dormir à la belle étoile au lieu de nous entasser dans la camionnette un soir sur deux.

Bien sûr, cela ne changerait rien au fond du problème : sans chaman, ils étaient beaucoup trop vulnérables. Et le fait que Julia soit de plus en plus instable n'arrangeait rien.

Nous ferions sans doute mieux de la marier à un membre d'un autre clan, si nous parvenons à trouver un mâle assez fort pour lui tenir tête.

Hélas ! un clan sans chaman avait fort peu de chances de pouvoir en approcher un autre, sans même parler de mariage…

Même les ours refusaient de leur adresser la parole alors qu'ils avaient la réputation d'être la plus sociable des meutes. Zach ne put réprimer un soupir résigné qui lui valut un regard interrogateur de la part de Kyle.

Cesse de me regarder de cette façon : tu es le dominant et je suis ton second.

Si seulement notre père était toujours là…

— Tu es le plus agile d'entre nous, déclara enfin Kyle. Tu prendras les devants.

Bon sang, Kyle, tu n'es pas censé dire ce genre de chose…

Donne-moi un ordre et j'obéirai. C'est ainsi que les choses devraient fonctionner.

— D'accord, répondit Zach d'un ton qui se voulait enthousiaste. Allons vider quelques poches ! Et, ensuite, à nous le soleil et les plages de sable fin !

Mais, même à ses propres oreilles, cette bonne humeur paraissait forcée.

3

Sophie aurait bien voulu profiter de sa soirée.

Malheureusement, les boissons étaient coupées à l'eau et la piste de danse était tellement bondée qu'elle avait reçu un coup de coude en tentant d'aller danser. De plus, la musique était si puissante qu'elle avait l'impression que quelqu'un s'acharnait à lui taper sur le crâne à coups de marteau.

Pourquoi est-ce que je suis incapable de m'amuser comme tout le monde ?

Lucy, quant à elle, semblait passer une excellente soirée. Elle dansait sans discontinuer avec un homme qui paraissait être l'archétype même du *latin lover*. Ils allaient bien ensemble et, au fur et à mesure que le temps passait, leurs gestes se faisaient plus familiers, leurs regards plus insistants.

Sophie commençait à penser qu'elle rentrerait seule, cette nuit-là.

Pourtant, j'étais comme elle, autrefois… Avant que Mark ne piétine toutes mes illusions, avant qu'à force de coups et d'injures il ne m'arrache les derniers vestiges d'amour-propre qui me restaient…

Elle écarta bien vite cette pensée qui avait suffi à éveiller en elle un frisson d'angoisse rétrospective. Par réflexe, elle jeta un regard inquiet aux alentours et s'assura qu'elle n'avait rien à craindre de son environnement immédiat.

Parviendrait-elle un jour à s'amuser aussi librement que Lucy ? Pourrait-elle de nouveau danser avec autant de plaisir et d'abandon ? Cesserait-elle de se méfier instinctivement de tous les hommes qu'elle rencontrait ?

Probablement pas.

Elle s'efforça de ravaler la nervosité qui l'avait envahie, mais en fut incapable. Son instinct lui soufflait que quelque chose n'allait pas. Elle n'aurait su dire ce que c'était, mais elle était de plus en plus convaincue qu'il ne s'agissait pas simplement d'une nouvelle manifestation de sa paranoïa.

Sophie avait appris à se fier à son intuition. A maintes reprises, elle lui avait permis de se sortir de situations délicates. Une fois, elle lui avait même sauvé la vie. Elle conduisait de nuit sur une petite route de campagne lorsqu'une image s'était imposée à elle : celle d'une voiture traversant à toute vitesse une intersection.

Quelques instants plus tard, elle était arrivée en vue de ladite intersection qu'elle n'avait pourtant jamais vue auparavant. Par superstition peut-être, elle s'était arrêtée. Un instant plus tard, un véhicule en tout point semblable à celui dont elle avait eu la vision était passé en trombe devant elle.

Malheureusement, cette intuition ne s'était pas manifestée lorsqu'elle avait décidé d'épouser un homme qui confondait femme et esclave et la prenait parfois pour un punching-ball…

Comme elle cherchait des yeux ce qui avait bien pu l'alarmer ainsi, quelqu'un la heurta et elle renversa une partie de son gin-tonic sur le bar. Le cœur battant, elle se tourna vers celui qui venait de la bousculer.

En découvrant l'inconnu qui venait de s'accouder au bar, Sophie eut le souffle coupé. Elle n'était pas particulièrement sensible au charme des hommes qu'elle croisait dans la rue ou, à plus forte raison, dans les boîtes de nuit. Sa prudence naturelle la poussait même à considérer ceux qu'elle trouvait séduisants avec d'autant plus de méfiance.

Mais force était de reconnaître que le charme de celui-ci ne la laissait pas indifférente. Il ne correspondait pourtant pas vraiment à son idéal masculin. Il était trop viril, trop athlétique et les traits de son visage révélaient une confiance en soi exagérée. Son regard de jais était si intense qu'il semblait capable de transpercer tout ce sur quoi il se posait.

Ses cheveux noirs un peu trop longs lui donnaient une allure légèrement bohème qui atténuait quelque peu cette impression de dureté.

Baissant les yeux, elle s'absorba dans la contemplation de son verre. Lucy aurait sans doute trouvé une réplique charmante pour aborder ce bel inconnu et engager la conversation, mais Sophie s'en sentait tout bonnement incapable.

— Je suis désolé, lui dit-il alors.

Il lui cria presque dans l'oreille pour se faire entendre par-dessus le martèlement implacable de la musique. Elle sentit son souffle sur sa joue et se prit à songer que c'était la première fois qu'elle se trouvait aussi près d'un homme depuis qu'elle avait fui le domicile conjugal et trouvé refuge auprès de Lucy.

— Il n'y a pas de quoi, trouva-t-elle la force de répondre.

Elle n'avait plus l'habitude que quelqu'un envahisse ainsi son espace vital. Et le fait que cet homme soit si grand et si musclé n'arrangeait rien. Presque malgré elle, elle jeta un regard de côté pour s'assurer que sa posture ne trahissait aucune agressivité.

Cesse de comparer les hommes que tu croises à celui que tu as épousé ! Tous ne sont pas aussi vicieux…

Hélas ! cette réflexion pleine de sagesse ne parvint pas à la convaincre réellement et elle se décala légèrement, heurtant à son tour la jeune femme qui se trouvait sur sa gauche.

— Désolée, dit-elle à son tour.

Mais sa voisine ne paraissait même pas l'avoir remarquée. Il y avait tant de monde autour du bar qu'il était impossible de garder ses distances.

Je ferais mieux de partir avant de suffoquer...

Jetant un nouveau coup d'œil à son voisin, elle constata que le barman venait de poser devant lui un verre de whisky. L'homme tendit un billet de dix dollars.

Sophie en profita pour observer un peu plus attentivement la tenue qu'il portait : un jean et un T-shirt noirs, des bottes de moto et un ceinturon muni d'une boucle en argent représentant un loup.

Il se tourna alors vers elle et, sous le poids de son regard acéré, elle ne put réprimer un sursaut, renversant au passage son verre de gin-tonic qui se répandit sur le bar. Instantanément; elle fut envahie par un accès de culpabilité aussi irrationnel qu'incontrôlable.

Lorsqu'elle vivait avec Mark, une telle maladresse lui aurait valu au mieux une remarque cinglante, au pis une gifle retentissante. Pourtant l'inconnu se contenta de lui décocher un sourire compatissant.

Terrifiée à l'idée qu'il lui adresse de nouveau la parole, elle y répondit par un petit hochement de la tête et se détourna pour se mettre à la recherche de Lucy. Elle commença par inspecter les environs du bar avant de gagner le bord de la piste de danse qu'elle observa avec attention.

Mais son amie n'était nulle part en vue. L'espace d'un instant, elle se demanda si elle n'était pas repartie en compagnie de son beau *latin lover*. C'était pourtant peu probable : Lucy ne l'aurait jamais abandonnée de cette façon, d'autant que c'était elle qui avait insisté pour qu'elle l'accompagne.

Légèrement inquiète, Sophie alla jeter un coup d'œil aux toilettes, mais n'y trouva pas trace de Lucy. Elle se rappela alors le mauvais pressentiment qu'elle avait eu quelques minutes auparavant. Concernait-il son amie plutôt qu'elle ? De plus en plus anxieuse, Sophie se dirigea vers la sortie.

Lorsqu'elle arriva dans la rue, la différence entre l'ambiance suffocante de la discothèque et le froid glacial qui régnait au-dehors était telle que son corps tout entier fut parcouru d'un violent frisson. Elle se sentait pourtant bien moins exposée ici qu'au milieu de tous ces gens.

Prenant une profonde inspiration, elle s'efforça de dominer son inquiétude et observa attentivement les alentours. Un groupe de fumeurs était rassemblé non loin de là, mais ni Lucy ni l'homme avec lequel elle avait dansé n'étaient du nombre.

Cela ne me dit vraiment rien de bon…

Comme elle se faisait cette réflexion, elle entendit s'ouvrir derrière elle la porte de la boîte de nuit. S'attendant à voir Lucy, elle se retourna brusquement et se retrouva nez à nez avec l'homme qui l'avait bousculée au bar.

Instinctivement, elle recula, convaincue qu'il ne s'agissait pas d'un simple hasard.

Pourquoi m'a-t-il suivie ?

— Est-ce que tout va bien ? lui demanda-t-il d'un ton plein de sollicitude.

Comme elle s'apprêtait à lui répondre, un cri de terreur se fit entendre. Sophie reconnut aussitôt la voix de Lucy et, sans même réfléchir, se mit à courir en direction de la ruelle voisine d'où semblait provenir ce hurlement.

— Lucy ! s'écria-t-elle en débouchant dans la petite impasse.

Auprès du mur de brique qui en fermait l'extrémité, elle aperçut le corps de Lucy près duquel était agenouillé l'homme qu'elle avait vu danser avec elle. Au moment où il se retourna vers elle, Sophie sentit une main se refermer sur son bras.

L'homme du bar l'avait suivie et la tirait en arrière, l'empêchant de courir vers son amie. Comme elle s'apprêtait à protester, elle vit que la chemise blanche que portait le partenaire de danse de Lucy était à présent maculée de rouge, de même que le bas de son visage.

Baissant les yeux, Sophie s'aperçut alors que son amie gisait dans une mare de sang qui s'écoulait à gros bouillons de sa gorge tranchée. Incapable de réprimer l'horreur qui l'envahissait, elle demeura figée tandis que l'agresseur de Lucy se précipitait vers elle avec un grondement inhumain.

4

Zach n'aurait probablement pas dû suivre cette fille. Il aurait dû s'en tenir au plan initial et se contenter de dérober quelques portefeuilles avant de s'éclipser discrètement.

Mais l'odeur de la fille avait eu raison de sa prudence. Et ce n'était pas uniquement parce qu'elle éveillait en lui une pointe de désir irrésistible. En fait, il y avait dans cette douce fragrance quelque chose d'autre, une note fraîche et pure qu'il n'osait encore identifier avec certitude.

Pourtant, s'il avait raison à ce sujet, si cette fille était bien ce qu'il pensait, cela risquait de bouleverser totalement la vie de son clan.

Evidemment, il lui faudrait pour cela s'assurer de sa coopération ce qui ne paraissait guère évident, étant donné la méfiance dont elle avait fait preuve à son égard. A vrai dire, elle ne lui avait même pas laissé le temps de lui offrir un verre et s'était enfuie.

Zach l'avait suivie des yeux tandis qu'elle parcourait la discothèque en tous sens. Ce qui ne l'avait pas empêché de dérober quelques portefeuilles au passage. C'était une activité qu'il aurait pu pratiquer les yeux fermés, tant sa vitesse et sa dextérité dépassaient celles des humains ordinaires.

Malheureusement, les vampires étaient tout aussi rapides et adroits que les loups, peut-être plus encore.

Mais cela faisait bien longtemps qu'il ne s'était pas trouvé confronté à l'un d'entre eux et, si les loups-garous étaient des chasseurs de vampires reconnus, aucun d'entre eux ne s'y risquait sans la présence à ses côtés d'un chaman.

Pourtant, celui de leur clan était mort dans l'incendie qui avait tué leur père et il n'avait plus le choix, à présent : la présence du vampire et l'odeur du sang fraîchement répandu réveillaient déjà la bête qui sommeillait en lui, toujours prête à reprendre le dessus.

Avec un grondement sourd, il tira la fille en arrière et s'interposa entre son adversaire et elle. Comprenant qu'il n'avait pas affaire à un simple humain, le vampire interrompit sa charge et se prépara à livrer bataille.

A cet instant précis, la porte qui se trouvait sur la gauche de Zach s'ouvrit à la volée, laissant apparaître les membres de son clan qui bondirent dans l'impasse en grondant. Kyle était le premier, bien sûr, et sa peau ondulait déjà, indiquant qu'il était sur le point de se transformer.

Il n'attendit pourtant pas cette métamorphose pour bondir sur le vampire.

— Non ! cria Zach en relâchant brusquement la fille qu'il tenait toujours par le bras.

Kyle n'avait jamais compris que, s'il était censé prendre l'initiative, le mâle dominant n'était pas supposé pour autant se jeter la tête la première dans la mêlée.

Ne se rendait-il donc pas compte qu'un vampire qui chassait si près des êtres humains devait se sentir très sûr de lui ? Tout comme les garous, les vampires avaient conscience du fait qu'ils devaient faire preuve d'une discrétion absolue et éviter d'attirer l'attention sur eux.

Ils avaient donc probablement affaire à un redoutable prédateur, mais Kyle paraissait ne pas s'en soucier. Il venait de percuter son adversaire de plein fouet.

Zach laissa la bête prendre le contrôle. Ses os firent entendre d'inquiétants craquements tandis que son corps se transformait. Un grondement sourd monta en lui et il se jeta sur son adversaire.

Ce dernier évita cette charge avec une grâce qui n'avait rien d'humain et répliqua par un coup de griffe en direction de son visage. Un combattant moins rapide que Zach aurait probablement perdu un œil ou même les deux, mais il s'était préparé à une telle contre-attaque et esquiva à son tour.

Zach savait qu'il ne disposait que de peu de temps pour se défaire de son adversaire avant que des témoins gênants ne surprennent leur confrontation. Mais, comme il se préparait à passer de nouveau à l'offensive, Julia s'avança à son tour en poussant un cri de défi.

Le vampire dut sentir qu'elle était moins expérimentée qu'eux et l'attaqua sans hésiter. Sachant qu'elle n'était pas de taille à lui tenir tête, Kyle écarta Julia sans ménagement et s'interposa entre la créature et elle. Les griffes du vampire lui lacérèrent le ventre.

Sous sa forme animale, il aurait peut-être pu encaisser le coup, mais, sous sa forme humaine, il n'avait absolument aucune chance d'y résister. Une gerbe de sang gicla, maculant le visage de Zach qui vit son frère basculer à terre.

La rage qui l'envahit alors eut raison de toute prudence. Sans se soucier des témoins éventuels de la scène, il se rua sur le vampire. Ce dernier parvint à esquiver le premier coup de griffe, mais celui qui suivit lui déchiqueta la gorge. Il tomba sur le sol de l'impasse et son corps fut parcouru de violents sursauts avant de s'immobiliser complètement.

Zach hurla, cherchant des yeux un autre adversaire, quelqu'un à tuer pour assouvir la colère qui brûlait en lui. Il voulait sentir les os de ses ennemis craquer sous ses dents, il voulait leur faire payer la mort de son frère, Kyle, qui gisait à ses pieds dans une flaque de sang.

— Zach ! s'exclama Julia d'une voix tremblante.

Se tournant vers elle en grondant, il avisa les larmes qui coulaient le long de ses joues. Le désespoir qu'il lut dans ses yeux le ramena à la réalité. Il entendit alors les sirènes qui hurlaient au loin et comprit qu'ils n'avaient que quelques minutes pour quitter les lieux avant l'intervention de la police.

A présent que Kyle était mort, il ne pouvait plus continuer à refuser son rôle de mâle dominant. Et il n'avait pas le droit de laisser sa colère prendre le dessus au risque de mettre son clan en danger.

Ils ne pouvaient pas se permettre de se faire arrêter ni même de se faire remarquer par les autres clans de la ville qui verraient d'un très mauvais œil le fait que des étrangers se permettent de venir chasser les vampires sur leur territoire.

— Zach ! murmura Brun d'une voix perdue. Qu'est-ce qu'on fait ?

Zach prit une profonde inspiration et se força à réprimer sa part d'animalité pour reprendre forme humaine. Le vampire avait déjà commencé à se décomposer rapidement et se transformait sous leurs yeux en un liquide noirâtre et malodorant. Il ne resterait bientôt plus de lui que ses vêtements.

— Brun, aide-moi à soulever le corps de Kyle, dit alors Eric.

Zach secoua la tête.

— Nous n'avons pas le temps, déclara-t-il.

— Mais nous ne pouvons pas le laisser là, protesta Julia d'une voix entrecoupée de larmes.

— Si, répondit Zach d'un ton qui n'admettait pas de réplique.

Les trois membres du clan lui jetèrent alors un

coup d'œil qui trahissait un mélange d'étonnement et de soulagement. Aucun d'eux ne paraissait prêt à contester sa position de chef de meute. Au contraire, ils semblaient rassurés de le voir assumer ce rôle qu'il avait si longtemps refusé.

Zach chercha des yeux la jeune femme qu'il avait suivie jusque dans l'impasse et constata qu'elle avait disparu.

— Filons d'ici ! s'exclama-t-il.

Alors que le son des sirènes se rapprochait, ils franchirent d'un bond le mur sur lequel se terminait la ruelle pour atterrir dans une petite cour intérieure. Sans même ralentir, Zach courut jusqu'à la porte qui donnait sur l'extérieur.

Constatant qu'elle était fermée, il la défonça d'un coup de pied et ils débouchèrent dans une rue perpendiculaire à celle dans laquelle ils s'étaient garés. Mais, comme Zach s'apprêtait à se diriger vers leur camionnette, il huma l'odeur de la jeune femme de la discothèque.

Une fois de plus, il remarqua cette note fraîche et pure qui avait attiré son attention. Devait-il laisser passer une telle chance ? Sachant qu'il ne pouvait se permettre d'hésiter en un tel moment, il se tourna vers sa famille.

— Allez chercher la voiture ! leur ordonna-t-il. Je vous rejoins à l'angle de la Cinquième et de Broadway !

— Où vas-tu ? lui demanda Eric avec étonnement.

— Je n'ai pas le temps de vous expliquer, répondit Zach qui s'était déjà remis à courir.

Il n'eut aucun mal à repérer la jeune femme qui ne se trouvait qu'à deux rues de là. Elle était en train de courir. Lorsqu'elle l'aperçut, elle poussa un cri d'effroi et accéléra encore, visiblement en proie à une terreur absolue.

Il aurait voulu pouvoir la rassurer, mais il ignorait

ce qu'elle avait vu exactement dans la ruelle. De plus, il n'avait pas le temps de lui expliquer qui il était ni ce qu'il était. Etant donné les circonstances, il allait devoir l'emmener de force.

Car il ne pouvait renoncer à cette chance qui lui était enfin donnée de trouver une chamane pour son clan…

5

Lorsque Sophie aperçut l'homme qui l'avait bousculée dans la boîte de nuit, elle ne put réprimer un cri de terreur et pressa encore le pas. Elle n'aurait su dire pourquoi elle avait si peur de lui : après tout, il lui avait probablement sauvé la vie en s'interposant entre elle et le monstre qui avait tué Lucy.

Elle ne s'était pas attardée pour assister au combat et s'était enfuie. Mais, au lieu de retourner vers la boîte de nuit pour chercher de l'aide, elle avait paniqué et s'était mise à courir dans la direction opposée.

Une décision qui risque de me coûter très cher, songea-t-elle en voyant l'homme du bar s'élancer à ses trousses.

Elle voulut appeler à l'aide, mais, avant qu'elle comprenne comment cela s'était produit, son poursuivant avait déjà parcouru la distance qui les séparait. Il se jeta sur elle et plaqua une main sur sa bouche, la réduisant ainsi au silence.

Avec une facilité déconcertante, il la souleva alors de terre et l'emporta en courant vers une camionnette qui semblait les attendre. La porte latérale coulissa, révélant un homme jeune vêtu d'un blouson d'aviateur. L'agresseur de Sophie la projeta dans la camionnette avant de sauter à son tour à l'intérieur.

— Démarre ! cria-t-il à l'intention du chauffeur.

— Qui c'est, cette fille ? s'enquit alors une voix de femme tandis que la camionnette démarrait en trombe.

— D'où est-ce qu'elle sort ? demanda l'homme qui leur avait ouvert la porte.

Celle-ci était toujours ouverte et Sophie comprit que c'était peut-être sa dernière chance de s'échapper. Sans se soucier de la chute qui l'attendait, elle se jeta dehors. Mais elle avait sous-estimé les réflexes de son ravisseur et il la ceintura avant qu'elle ait pu atteindre la porte.

Elle se retrouva au fond de la camionnette, plaquée contre sa poitrine par une étreinte d'acier.

— Ferme la porte, Brun ! ordonna-t-il.

L'homme au blouson d'aviateur s'exécuta.

— Qui est-ce, Zach ? demanda le chauffeur en jetant un coup d'œil dans leur direction.

— Je vous présente notre nouvelle chamane, répondit l'homme du bar. Vous ne sentez pas le pouvoir qui est en elle ?

— Où l'as-tu trouvée ? demanda Brun.

— Dans la discothèque, expliqua Zach. Je crois qu'elle était avec la fille qui s'est fait dévorer par le vampire.

En entendant ces mots, Sophie sentit son cœur se serrer et ferma les yeux pour retenir les larmes qui montaient en elle.

Ne pense pas à Lucy. Il faut que tu sortes d'ici…

Baissant la tête, elle mordit l'homme qui la serrait contre lui. Ses dents s'enfoncèrent si profondément dans sa chair qu'elle sentit sa bouche s'emplir d'un goût âcre et métallique.

— Elle n'est pas des nôtres, ajouta Zach dont la voix ne laissait transparaître aucune douleur. Aussi allons-nous devoir lui enseigner nos manières.

— Es-tu vraiment certain qu'il s'agit d'une chamane ? demanda Brun d'un ton dubitatif.

— Elle possède le don, acquiesça Zach. Il ne nous reste qu'à l'éveiller…

Sophie sentit son angoisse augmenter d'un cran. De

toute évidence, elle avait affaire à des fous. S'agissait-il d'une secte ? D'un groupe d'illuminés ? Et, si tel était le cas, que feraient-ils lorsqu'ils s'apercevraient qu'elle ne possédait pas les pouvoirs qu'ils semblaient lui prêter ?

Le cœur battant à tout rompre, elle observa ceux qui l'avaient capturée. Le jeune homme et la fille devaient avoir environ seize ans et se ressemblaient beaucoup. Elle supposa qu'ils devaient être frère et sœur.

Tous deux portaient la même ceinture que celui qui se prénommait Zach. Peut-être était-ce un signe de reconnaissance, une marque d'appartenance à leur gang…

Elle ne pouvait distinguer le visage de l'homme qui se trouvait au volant.

— Nous n'aurions pas dû laisser Kyle, murmura alors la fille.

Le grondement sourd et menaçant qui échappa à Zach tenait plus de l'animal que de l'humain.

— Si tu ne t'en étais pas mêlée, Julia, il serait peut-être encore parmi nous ! s'exclama-t-il durement.

Julia laissa échapper un petit gémissement étranglé. Celui qui semblait être son frère posa une main sur son épaule, mais elle le repoussa.

— Qu'allons-nous faire, maintenant que Kyle n'est plus là ? s'enquit le chauffeur.

— Je ne sais pas, Eric, soupira Zach. Je dois encore y réfléchir… Pour le moment, je suggère que nous mettions autant de distance que possible entre cette ville et nous. Je ne tiens pas à ce que les vampires ou l'une des autres tribus viennent nous demander des comptes. Surtout tant que nous ne nous sommes pas liés à notre chamane… A ce propos, comment t'appelles-tu ? ajouta-t-il à l'intention de Sophie.

Il ôta la main qui couvrait toujours sa bouche pour lui permettre de répondre.

— A l'aide ! hurla Sophie à pleins poumons, tout en sachant qu'elle n'avait guère de chances d'être entendue.

Zach plaqua de nouveau sa paume sur ses lèvres.

— Très bien, soupira-t-il. Si c'est ainsi que tu le prends, nous remettrons cette discussion à plus tard. Prends la direction du sud, Eric. En attendant, faisons le compte de ce que nous avons gagné ce soir.

Brun et Julia sortirent de leurs poches de nombreux billets qu'ils déposèrent sur le matelas qui recouvrait une partie du sol de la camionnette.

— Fais les comptes, Brun, ordonna Zach en jetant à son tour une poignée de billets froissés.

Le jeune homme hocha la tête et essuya du revers de la main les larmes qui perlaient au coin de ses yeux. Il se mit à compter les billets.

— Nous aurions dû ramener le corps de Kyle, murmura Julia d'une voix brisée.

— Il est mort au combat, répondit Zach. Peu importe ce qu'il adviendra de son cadavre. Les esprits du *majir* le guideront vers l'autre monde.

La dureté de son ton cachait mal son émotion et Sophie le sentit frissonner. S'efforçant de dominer la panique qui l'habitait, elle tenta de comprendre le sens de cette énigmatique conversation. Apparemment, Kyle, l'un des membres de leur secte était mort en affrontant l'homme qui avait assassiné Lucy.

Mais pourquoi ce dernier s'en était-il pris à son amie ?

Une idée s'imposa alors à elle.

D'une façon ou d'une autre, Mark doit se trouver derrière tout cela…

Il était la seule personne qu'elle connaissait qui ait des raisons de les haïr, Lucy et elle. Avait-il engagé ces gens pour les capturer ? L'homme qui avait tué Lucy avait-il outrepassé ses directives, s'exposant à la colère du groupe entre les mains duquel elle était tombée ?

— Je vais enlever ma main, lui dit alors Zach. Tâche de te tenir tranquille ou je serai forcé de te bâillonner !

Il ôta ses doigts des lèvres de Sophie qui avala une grande goulée d'air. Il flottait dans la camionnette une légère odeur de fast-food. Ses yeux commençaient à s'habituer à la pénombre et elle remarqua que, outre le matelas qui était posé sur le sol, la camionnette dans laquelle ils se trouvaient était équipée d'une armoire métallique dont la porte entrouverte laissait entrevoir des boîtes de conserve, un matériel de camping et plusieurs sacs.

On dirait qu'ils vivent dans cette camionnette… Est-ce pour cela qu'ils ont accepté de me kidnapper ? Mark leur a-t-il promis de l'argent ? Est-ce qu'ils vont me livrer à lui ?

A cette perspective, un frisson glacé la parcourut. L'idée de retomber entre les mains de son ex-mari lui était insupportable.

Il faut que je trouve un téléphone. Il faut que j'appelle la police…

— Ça nous fait un peu plus de deux mille dollars, déclara Brun qui venait de finir de compter les billets qu'ils avaient apparemment volés.

— Et toi, Eric ? demanda Zach. Combien as-tu ?

— A peu près mille dollars, répondit le chauffeur.

— Parfait. Cela devrait nous permettre de tenir quelque temps. Prends l'autoroute. Nous nous arrêterons dans une station-service pour manger un morceau.

Zach se tourna de nouveau vers Sophie.

— Nous sommes loin du centre-ville, lui dit-il. Tu n'as plus rien à craindre, à présent.

Sophie le considéra avec stupeur. S'imaginait-il vraiment qu'elle se sentait en sécurité ?

Soit ce type est fou, soit c'est moi qui suis en train de le devenir…

— Ne me faites pas de mal, lui dit-elle d'une voix plus ferme qu'elle ne l'aurait cru possible.

— Nous n'en avons pas du tout l'intention, lui assura-t-il.

— Dis, tu es vraiment sûr que c'est une chamane ? s'enquit alors Brun.

— Elle porte la marque, je le sens, acquiesça Zach.

— Je le sens aussi, approuva Eric. Bon sang… Une chamane ! Et dire que Kyle s'est fait tuer au moment même où notre chance était en train de tourner. C'est si absurde…

— Je sais, soupira Zach. Mais les regrets sont inutiles. Kyle nous a quittés et tout ce que nous pouvons faire pour lui, à présent, c'est offrir une prière à la lune en sa mémoire. Nous allons devoir apprendre à vivre sans lui. Mais nous avons une chamane, désormais.

Il se tourna vers ceux qui se trouvaient à l'arrière.

— Julia, tâche de trouver un manteau pour notre elle. Je ne voudrais pas qu'elle attrape froid. Brun, garde l'argent sur toi. Nous pourrions en avoir besoin…

Julia alla chercher l'un des sacs qui se trouvaient dans l'armoire métallique et le posa sur le sol. Elle s'agenouilla et fouilla à l'intérieur avant d'en tirer un long manteau noir qu'elle lança à Sophie.

— Ecoutez, murmura celle-ci en s'efforçant de dominer sa propre angoisse, je vous promets que si vous me laissez partir, je ne dirai rien à personne…

Julia lui lança un regard méprisant.

— Tu ne devrais pas supplier de cette façon, remarqua-t-elle. Ce n'est pas digne d'une chamane…

— Je crois que vous commettez une énorme erreur, objecta Sophie. Je ne suis pas ce que vous semblez croire.

— Il vaudrait mieux que Zach ne se soit pas trompé à ton sujet, rétorqua Julia en haussant les épaules. Parce que si tu n'es pas chamane, cela signifie que tu n'es rien de plus qu'un témoin gênant. Et si c'est le cas, je n'hésiterai pas à t'envoyer rejoindre tes ancêtres.

Un nouveau frisson glacé parcourut l'échine de Sophie. Elle n'avait plus aucun doute, à présent. Elle avait bel et bien affaire à des fous.

6

Une heure plus tard, ils s'arrêtèrent dans une station-service qui se trouvait au bord de l'autoroute. Ils étaient demeurés quasiment silencieux durant tout le trajet. Telle était la tradition au sein des clans.

Rien ne devait retenir l'esprit d'un défunt sur Terre, parmi les siens. Libéré de toute entrave physique, il était libre de retourner auprès de la déesse où l'attendaient ses ancêtres.

Ce temps de silence et de recueillement ne laissait pas à Zach la possibilité d'expliquer à leur chamane quelles étaient ses responsabilités.

De toute façon, elle ne paraissait guère disposée à l'écouter. Prostrée dans le fond de la camionnette, elle évitait de croiser son regard. Mais chaque fois qu'elle pensait ne pas être observée, elle fouillait la cabine des yeux, cherchant probablement à mettre au point un plan d'évasion.

Malgré la peur qu'il percevait en elle, Zach la trouvait terriblement séduisante. En fait, l'impression de fragilité qui se dégageait d'elle la rendait même plus touchante et lui donnait envie de la prendre dans ses bras pour la rassurer. Evidemment, s'il l'avait fait elle l'aurait probablement repoussé sans ménagement.

Plutôt petite, elle était mince et élancée. Ses longs cheveux bouclés avaient la couleur du bois de santal. Les traits de son visage légèrement triangulaire dégageaient un mélange de douceur et de volonté. Mais ce qui le troublait le plus, c'était son regard.

Elle avait de très beaux yeux en amande dont il ne pouvait distinguer la couleur dans la pénombre de la camionnette. Mais ils devaient être clairs. Verts, peut-être, ou bleus…

Curieusement, cette question éveillait en lui une curiosité qu'il ne parvenait pas à s'expliquer. Certes, il ne pouvait nier le fait qu'elle était séduisante, mais la fascination qu'elle exerçait sur lui dépassait la simple attirance physique.

Le moment est mal choisi pour jouer les jolis cœurs !

Zach passa en revue les membres de son clan. Brun et Julia étaient assis sur le matelas qui se trouvait à l'arrière du véhicule. Tous deux étaient silencieux et paraissaient en proie à une profonde détresse. On aurait dit deux enfants perdus.

Il ne pouvait voir le visage d'Eric qui conduisait toujours, mais la rigidité de sa posture trahissait son extrême tension. Leur cousin avait toujours été très proche de Kyle. Tous deux avaient le même âge : plus vieux que les jumeaux mais plus jeunes que Zach.

Il est mort à cause de moi. Parce que je n'ai pas eu le courage de prendre mes responsabilités et d'assumer mon rôle d'aîné. Je savais pourtant qu'il n'était pas assez fort pour mener notre clan, surtout sans le soutien d'un chaman. Pourquoi a-t-il fallu que je le laisse devenir notre dominant ?

La question était purement rhétorique. Il savait pertinemment pourquoi il avait renoncé à ce qui aurait dû être son héritage.

Il lui suffisait de fermer les yeux pour revoir la maison en flammes, pour sentir l'odeur âcre de la fumée… Il revoyait avec une précision diabolique ce qui s'était passé alors, la façon dont il avait retenu Kyle, l'empêchant de se précipiter à l'intérieur pour secourir leurs parents.

Tout était arrivé si vite.

Ils avaient livré bataille contre une bande de vampires. Au cours de ce combat, leur père, qui était le mâle dominant de la meute, et leur chaman avaient été grièvement blessés.

L'incendie s'était déclaré au beau milieu de la nuit, sans qu'il sache s'il s'agissait d'un malheureux accident ou d'un acte de vengeance des vampires. Mais le feu avait surpris le chaman alors qu'il était en transe et il était mort sans même avoir repris conscience.

Quant à leur père, il avait tout juste eu la force d'ordonner à Zach de secourir Julia et Brun. Ni lui ni sa compagne, la mère des jumeaux, n'étaient jamais ressortis du bâtiment en flammes.

Aujourd'hui encore, au souvenir de cette nuit d'horreur, Zach se sentait rongé par la honte. Après avoir secouru son frère et sa sœur, il aurait dû retourner à l'intérieur pour tenter de porter assistance à ceux qui s'y trouvaient toujours.

Au lieu de cela, il avait empêché Kyle de le faire et était demeuré immobile face à la demeure en flammes, les yeux emplis de larmes, accablé par ce qui venait de se produire. Cette conduite était indigne d'un mâle dominant. Aussi avait-il renoncé à ce statut pour laisser son frère prendre la tête de leur clan.

Et c'est cette décision qui l'avait conduit à la mort.

Une fois de plus, Zach devait faire face à un profond sentiment de culpabilité. Pourtant, le moment était mal choisi pour se morfondre ou s'accabler de reproches. Plus que jamais, le clan avait besoin d'un chef. Et il allait aussi devoir former leur nouvelle chamane.

Zach lui jeta un coup d'œil et, immédiatement, elle détourna le regard.

On dirait que les choses sont mal engagées…

L'intervention inopinée de ce vampire n'avait pas seulement causé la mort de son frère. Elle l'avait poussé à enlever de force cette femme qui se défiait à présent de lui et de sa famille.

Hélas ! Zach n'avait pas eu le choix : cela faisait des années qu'ils erraient sans trouver personne qui puisse prendre la place de leur défunt chaman et il ne pouvait se permettre de laisser passer cette occasion unique.

La pratique du chamanisme exigeait une conformation psychique très spécifique, et rares étaient les individus qui présentaient une telle aptitude. Il émanait d'eux une odeur très particulière, fraîche et pure comme celle d'une cascade sous la lune.

Les loups-garous étaient capables de la percevoir. Et cette émanation, de nature à la fois physique et psychique, exerçait sur eux une influence apaisante. Même en cet instant, malgré le chagrin et la colère que lui inspirait la mort de son frère, il percevait cet effet.

Evidemment, il faudrait du temps avant que la jeune femme ne ressente en elle la présence des loups. Lorsque cela se produirait, elle commencerait à prendre conscience de ses pouvoirs et pourrait apprendre à les contrôler.

Si seulement tu étais là pour voir ça, Kyle…

Ils s'arrêtèrent près d'un fast-food. Eric et Brun allèrent chercher des hamburgers et des frites pour tout le monde et ils se remirent aussitôt en route. La viande était trop cuite, le pain n'avait aucun goût et les frites étaient trop grasses.

Cela n'empêcha pas Eric de s'attaquer avec appétit à ce piètre repas tout en conduisant. Brun s'approcha alors de la jeune chamane et lui offrit à manger. La position de son corps, tout comme les phéromones qu'il émettait, exprimait sa soumission. Evidemment, il était peu probable qu'une humaine s'en aperçoive.

Mais Brun était certainement celui d'entre eux qui paraissait le moins menaçant.

Or, plus leur chamane se trouverait en contact avec eux et plus sa transformation s'effectuerait rapidement.

— Tiens, lui dit Brun d'une voix très douce. Ce n'est pas terrible, mais au moins c'est nourrissant.

Elle secoua la tête.

— Laissez-moi partir, lui dit-elle, je vous promets que je ne dirai rien.

— Nous ne te voulons aucun mal, tu sais, répondit-il. Tu n'as pas à avoir peur de nous…

Zach observa la jeune femme, espérant que cette tentative d'apaisement porterait ses fruits. Mais tel ne semblait pas être le cas.

— Nous avons besoin de toi, ajouta Brun, conciliant.

— Est-ce Mark qui vous a engagés ? lui demanda-t-elle. S'il vous a promis quelque chose, vous ne devriez pas le croire. Il n'hésite pas à mentir pour parvenir à ses fins. Je suis bien placée pour le savoir…

Mais qu'est-ce qu'elle raconte ? Et qui est ce Mark ?

— Tu devrais manger, lui conseilla Zach. Je crois qu'après tout ce qui s'est passé, tu as besoin de reprendre des forces. Comme nous tous, d'ailleurs…

Bien sûr, il aurait pu demander à Eric de s'arrêter au prochain motel. Ils auraient pu dormir un peu et récupérer. Mais Zach ne tenait pas à ce que les membres de son clan aient le temps de s'appesantir sur ce qui s'était produit ce soir-là.

Tant qu'ils rouleraient, ils se concentreraient sur leur destination immédiate, sur le prochain arrêt. Et ils mettraient de la distance entre eux et les vampires qui avaient probablement appris la mort de leur semblable.

Il voulait également être sûr que, lorsqu'ils s'arrêteraient enfin, lui-même aurait un plan à leur proposer. Or, pour le moment, rien ne lui venait.

Certes, ils avaient une chamane, à présent. Ils

pouvaient donc envisager de s'installer quelque part et de renouer avec leurs semblables qui cesseraient de les ostraciser.

Mais où iraient-ils ? Cela faisait si longtemps qu'ils erraient que Zach se sentait sans racines. Ils n'avaient aucun ami, aucun contact en dehors de quelques humains qu'ils avaient croisés au hasard de leur voyage.

Du coin de l'œil, il vit Brun déposer un hamburger et une barquette de frites devant leur chamane. Puis il rejoignit Julia qu'il servit à son tour. Ils échangèrent quelques mots à voix basse et sa jumelle se mit à sangloter doucement.

Zach serra les dents. Il ne pouvait lui reprocher ses larmes. Comme eux tous, elle était profondément ébranlée par la disparition de Kyle. De plus, elle devait se sentir coupable puisque c'était en tentant de la défendre que leur frère avait été mortellement touché.

Mais la manifestation de son chagrin rappelait cruellement à Zach les erreurs que lui-même avait commises.

Jamais il n'aurait dû abandonner à son frère la responsabilité de leur clan.

Jamais il n'aurait dû se laisser distraire par leur nouvelle chamane au point de ne pas sentir la présence de ce vampire.

Jamais il n'aurait dû laisser Kyle se jeter sous les griffes de ce dernier alors que lui-même se trouvait en position d'attaquer.

Hélas ! ses regrets étaient vains et rien de ce qu'il pouvait dire ou faire à présent n'effacerait ses fautes…

Incapable de supporter le poids de sa culpabilité, il se rapprocha de la chamane en prenant soin de maintenir entre eux une certaine distance de façon à ne pas la paniquer.

— Mange, dit-il d'un ton encourageant. Nous allons

probablement rouler une bonne partie de la nuit avant de nous arrêter et je ne suis pas sûr que nous trouverons quelque chose d'ouvert à ce moment-là.

Elle leva son beau visage vers lui et il constata que ses yeux étaient gris. Il inspira discrètement son odeur, se gorgeant de cette senteur qui apaisa légèrement les remords qui l'aiguillonnaient. Sa simple présence contribuait à le calmer et c'était une impression merveilleuse.

Pourquoi ne nous es-tu pas apparue avant ?

C'était une question absurde, sans doute. Elle n'avait probablement aucune idée de l'existence de ses propres pouvoirs. Et encore moins de la nature de ceux qui l'avaient enlevée.

Mais Zach savait que le simple fait de se trouver en leur compagnie suffirait à éveiller ses facultés dormantes. Et il espérait qu'en en prenant conscience elle comprendrait pourquoi ils avaient tant besoin d'elle.

— Comment t'appelles-tu ? lui demanda-t-il.

Elle ne répondit pas, se contentant de le fixer d'un air accusateur.

— Ecoute, lui dit-il, tu viens de voir un vampire tuer l'une de tes amies…

— Ma seule amie, objecta-t-elle. Elle s'appelait Lucy…

Zach hocha la tête.

— Elle n'est pas la seule à avoir été tuée ce soir, ajouta-t-il. Le vampire a aussi pris la vie de mon frère, Kyle.

— Ce n'est pas juste, murmura-t-elle. Tout ce qu'elle voulait, c'était passer une bonne soirée…

Elle détourna les yeux pour qu'il ne voie pas les larmes qui brouillaient son regard.

— Elle voulait que je m'amuse un peu. Elle savait que cela ne m'était pas arrivé depuis longtemps…

Machinalement, elle porta la main à l'annulaire

de sa main gauche. Zach remarqua son geste. Elle ne portait pourtant pas d'alliance. Cela signifiait-il qu'elle était divorcée ? Cela aurait pu expliquer la remarque qu'elle venait de faire.

Il sentit également la peur qui montait en elle. Si c'était bien à son ex-mari qu'elle pensait, leur relation ne lui avait pas laissé un très bon souvenir.

— C'est Mark qui vous a engagés, n'est-ce pas ? lui demanda-t-elle de nouveau.

Cette question paraissait confirmer l'intuition de Zach : si ce Mark était bien son ex-mari, elle semblait penser qu'il avait pu commanditer son enlèvement.

— Je vous en prie, ne me faites pas de mal, ajouta-t-elle d'un ton mal assuré.

Zach secoua la tête.

— Ne t'inquiète pas, lui dit-il. Nous ne te voulons aucun mal. Nous avons besoin de ton aide. Je suis vraiment navré que les choses se soient passées de cette façon, mais ni toi ni moi n'y pouvons rien…

Il lui décocha un sourire qui se voulait rassurant.

— Tout ce qui compte, c'est que nous t'ayons trouvée. Tu es des nôtres, à présent.

Cela ne parut guère la rassurer.

— Il faut absolument que je rentre chez moi, répondit-elle. Je dois aller travailler lundi… Et j'ai un cours du soir que je ne peux me permettre de rater. J'étudie pour devenir assistante sociale, vous savez…

— Voilà une bonne nouvelle, déclara Zach d'un ton malicieux. Une assistante sociale, je crois que c'est exactement ce dont nous avons besoin. En voyageant avec nous, tu auras tout loisir de t'entraîner.

Ce trait d'esprit fut accueilli par un silence glacé. De toute évidence, elle n'était pas d'humeur à plaisanter.

— Nous reparlerons de tout cela, déclara-t-il. En attendant, essaie d'avaler quelque chose.

Mais elle semblait bien décidée à jeûner. Elle se contenta de se recroqueviller contre la paroi de la camionnette et ferma les yeux comme pour fuir une situation sur laquelle elle n'avait aucune prise.

7

Le van fit une embardée et Sophie fut brusquement tirée de la somnolence fiévreuse dans laquelle elle avait sombré. Constatant qu'elle n'avait pas rêvé et se trouvait bel et bien en compagnie de ces gens étranges, elle ne put réprimer un gémissement de désespoir.

Quelqu'un avait jeté sur elle un long manteau de cuir qui lui tenait chaud. Elle aurait aimé pouvoir se rendormir, sombrer dans une inconscience rassurante. Mais elle sentit la camionnette ralentir et s'arrêter.

Il régnait toujours dans le véhicule un profond silence et elle aurait pu se croire seule. Pourtant, elle sentait confusément ceux qui l'avaient enlevée. C'était une sensation étrange et elle n'aurait su dire précisément comment elle percevait leur présence, d'autant qu'ils demeuraient toujours aussi silencieux.

Même ce silence lui paraissait inquiétant. Il était trop profond, trop parfait. Personne ne pouvait être aussi discret…

Elle sentit alors une main se poser sur son épaule et quelqu'un la secoua sans ménagement.

— Debout, fit Julia. Il est temps d'aller faire un brin de toilette.

Sa voix était enrouée, comme si elle était demeurée des jours entiers sans parler ou comme si elle avait pleuré. Pourtant, Sophie ne pouvait imaginer qu'elle était capable de la moindre émotion. De tous ses ravisseurs, elle était celle qui lui faisait le plus peur, après leur chef, bien sûr.

Sophie se redressa et rajusta tant bien que mal ses vêtements. Plus que jamais, elle regrettait de s'être laissé convaincre par Lucy d'enfiler une tenue aussi indécente. Cette minijupe et ce décolleté étaient déjà difficiles à porter dans une boîte de nuit, mais c'était bien pis encore à présent qu'elle se trouvait aux mains de ses ravisseurs.

Elle se sentait sale, épuisée et affamée et regretta même de ne pas avoir accepté le hamburger que lui avait proposé Brun. Comme elle se redressait péniblement, ce dernier fit coulisser la porte latérale de la camionnette.

Il faisait nuit, mais la lumière d'un réverbère inonda l'intérieur de la cabine. Ainsi qu'elle l'avait pensé, celle-ci était bel et bien aménagée de façon à pouvoir servir de logis temporaire : il y avait un matelas, une grosse bonbonne d'eau, une cuvette qui devait servir d'évier et leur permettre de laver leur linge.

Eric, le chauffeur, était déjà descendu et s'allumait une cigarette. Il tira une profonde bouffée qu'il recracha en fermant les yeux. Brun sortit du van et s'étira. Zach, quant à lui, demeura à l'intérieur, le regard rivé sur une carte routière.

— Tu viens ? demanda Julia d'une voix impatiente. Nous n'allons pas rester là toute la nuit !

Sophie jeta un coup d'œil hésitant aux chaussures à talon que lui avait prêtées Lucy. Ses pieds la faisaient terriblement souffrir et elle aurait préféré s'en passer. Mais elle n'irait pas très loin pieds nus si par chance elle parvenait à échapper à la surveillance de Julia.

A contrecœur, elle resserra donc les brides qu'elle avait détachées et descendit de la camionnette. Elle regretta aussitôt de ne pas avoir pris le manteau qui lui avait servi de couverture. Il faisait si froid que le sol du parking était recouvert d'une fine couche de gelée blanche.

Ils se trouvaient sur une aire d'autoroute, au bord d'une petite rivière qui glougloutait doucement. Il n'y avait là que deux bâtiments de brique : l'un abritait des toilettes, l'autre un petit magasin où l'on pouvait acheter des journaux, des cartes routières, des confiseries ou du café.

Derrière le comptoir de la boutique était assis un vieil homme à barbe blanche qui portait une casquette et lisait le journal.

Julia la prit par le bras et l'entraîna en direction des toilettes. Lucy en profita pour l'observer à la dérobée. Elle avait un joli visage encadré de longs cheveux noirs. Il émanait d'elle une étrange impression de jeunesse et de maturité, comme si elle avait dû grandir trop vite et assumer des responsabilités trop lourdes pour elle.

— J'ai des vêtements qui devraient t'aller, déclara-t-elle. Si tu gardes les tiens, tu vas finir par attraper la crève. Ensuite, Zach t'emmènera probablement te refaire une garde-robe…

Elles continuèrent à marcher en silence puis Julia se tourna vers elle et la regarda droit dans les yeux.

— C'était mon frère, tu sais, lui dit-elle.

— Qui ça ?

— Kyle, celui qui s'est fait tuer près de la boîte de nuit. C'était mon frère.

Ainsi, Brun et Julia étaient le frère et la sœur de Zach, le chef de leur groupe.

— Je suis désolée, murmura Sophie.

Elle ne put s'empêcher de penser à Lucy gisant dans une flaque de sang, la gorge tranchée.

— Ce n'est pas ta faute, reprit Julia d'une voix tremblante. En fait, c'est à cause de moi qu'il est mort… J'ai attaqué ce vampire sans réfléchir… Si seulement je n'étais pas si impulsive ! Si seulement j'étais plus comme Zach… A cause de moi, nous nous retrouvons privés de dominant… Bon sang, murmura-t-elle, je croyais vraiment que je réussirais à le tuer. Je suis assez douée pour cela, d'habitude.

Un frisson d'angoisse parcourut l'échine de Sophie. D'un ton parfaitement décontracté Julia venait d'admettre qu'elle était une meurtrière. Et cela ne paraissait pas lui poser le moindre problème de conscience.

Je suis tombée entre les mains d'une bande de psychopathes…

Elle avait du mal pourtant à imaginer que Julia, Brun et Eric puissent être des tueurs sanguinaires. D'ailleurs, s'il fallait en croire les films qu'elle avait vus à ce sujet, les psychopathes agissaient généralement seuls…

Peut-être avait-elle affaire à des professionnels, des mercenaires que Mark avait engagés pour l'enlever. Mais cela n'expliquait toujours pas qui était l'homme à la chemise blanche ni pourquoi Zach et sa bande l'avaient affronté…

Sophie s'efforça de se rappeler ce qui s'était passé exactement. Mais sa mémoire se dérobait. Elle revoyait distinctement le cadavre de son amie baignant dans son sang et l'homme qui s'était tourné vers elle d'un air menaçant…

Puis tout se perdait dans une brume irréelle. Avait-elle vraiment vu un animal sauvage se jeter sur le tueur de Lucy ? Elle n'aurait su le dire, mais il lui semblait se souvenir de griffes et de crocs, de grondements et de cette atroce odeur de sang frais qui avait envahi la ruelle…

— Fais attention où tu mets les pieds, lui conseilla alors Julia, la tirant brusquement de ses pensées. N'avais-tu rien de plus pratique que ces chaussures à talon ?

— Je ne pensais pas que j'allais me faire kidnapper,

ne put s'empêcher de répliquer Sophie. Ni que ma meilleure amie allait se faire tuer sous mes yeux !

— J'imagine, concéda Julia en haussant les épaules.

Elles étaient parvenues devant le bâtiment qui abritait les toilettes. Julia ouvrit la porte donnant sur celles des femmes et lui fit signe d'entrer. Lorsque Sophie se fut exécutée, elle la suivit à l'intérieur et posa sur l'un des lavabos le sac qu'elle avait apporté. Elle en tira un jean noir ainsi qu'un T-shirt à manches longues et un sweat-shirt de la même couleur.

— Merci, lui dit Sophie qui commençait à grelotter.

Julia se contenta de hausser de nouveau les épaules.

Sophie referma sur elle une des portes et enfila les vêtements que la jeune fille venait de lui donner. Ils étaient à peu près de la bonne taille et nettement plus chauds que ceux de Lucy. De plus, elle serait à présent moins exposée aux regards des hommes qui l'avaient enlevée.

Au moins, ils n'avaient pas eu le moindre geste déplacé à son égard. A défaut d'être très flatteur, c'était au moins quelque chose de rassurant…

Lorsqu'elle se fut habillée, Sophie revint vers les lavabos. Elle avait l'intention de se débarbouiller, mais elle constata que Julia n'était toujours pas sortie et décida d'en profiter pour aller demander de l'aide au vendeur de la boutique. Si elle lui disait dans quelle situation elle se trouvait, peut-être pourrait-il prévenir la police.

Le cœur battant, Sophie ôta ses chaussures à talon pour éviter que leur cliquètement n'alerte Julia et, sur la pointe des pieds, se dirigea vers la porte. Au passage, elle aperçut son reflet dans la glace qui surmontait les lavabos.

Elle faisait vraiment peine à voir. Ses cheveux emmêlés, son visage noirci, ses yeux cernés lui donnaient l'air d'une droguée en manque. Elle avait également un bleu à la pommette qu'elle s'était probablement fait lorsque Zach l'avait propulsée dans la camionnette.

Mais ce n'était rien comparé à ce que Mark avait pu lui infliger autrefois…

Serrant les dents, elle gagna la porte et l'entrouvrit pour s'assurer qu'elle n'était pas surveillée. Mais il n'y avait personne. De plus, il était impossible d'apercevoir l'entrée des toilettes depuis l'endroit où était garée la camionnette. Si elle contournait le bâtiment par la droite, elle avait donc une chance de rejoindre la boutique sans être vue.

En espérant que l'un d'eux ne s'y trouve pas déjà, bien sûr…

Sophie longea la façade jusqu'à l'angle et risqua un coup d'œil.

La voie est libre.

Elle se répéta une dernière fois ce qu'elle allait dire au vendeur.

Ma meilleure amie a été tuée devant l'Apocalypse, une boîte de nuit de Jéricho City. J'ai été enlevée par les quatre personnes qui m'accompagnent. Lorsque nous serons partis, appelez la police et communiquez-leur le numéro d'immatriculation de la camionnette.

Il ne lui restait plus qu'à espérer que le vieil homme ne la prendrait pas pour une folle…

Sophie prit une profonde inspiration et se remit en marche, pressant le pas pour rejoindre le magasin au plus vite. La surface irrégulière et glacée du bitume mordait cruellement la plante de ses pieds, mais elle s'en moquait : la seule chose qui comptait, pour le moment, c'était qu'aucun de ses ravisseurs ne se trouvait encore dans la boutique.

Lorsqu'elle atteignit enfin la porte, le vieil homme releva les yeux de son journal comme s'il avait senti sa présence. Il lui décocha un sourire, mais son regard trahissait une certaine méfiance, motivée sans doute par son apparence douteuse.

Sophie poussa la porte qui s'ouvrit, déclenchant un joyeux carillon qui, étant donné les circonstances, lui parut parfaitement déplacé. Mais, alors qu'elle ouvrait la bouche pour demander l'aide du vendeur, elle sentit un bras se poser sur ses épaules et ne put retenir une exclamation d'effroi.

— Ne t'en fais pas, ma chérie, lui dit Zach en la poussant à l'intérieur. Ce n'est que moi. Je meurs d'envie de boire un café. Tu en veux un aussi ?

Il venait de s'exprimer avec le naturel d'un acteur consommé, la prenant complètement de court. Le pire, c'est que le vieil homme paraissait rassuré par l'apparition de Zach. Et, de fait, il avait sans doute une allure bien moins inquiétante qu'elle.

— Soyez les bienvenus, leur dit-il. Si c'est du café que vous voulez, je viens justement d'en faire.

— Je vais vous en prendre trois, dans ce cas, répondit Zach. Et donnez-moi aussi quelques beignets. Nous avons roulé une bonne partie de la nuit et ma femme est affamée.

— Certainement, acquiesça le vieil homme qui quitta le tabouret sur lequel il était juché pour les servir.

— Vivement que nous soyons dans le Sud ! s'exclama Zach d'un ton jovial. J'en ai vraiment assez de ce froid !

— Vous n'êtes pas le seul, approuva le vendeur en riant.

Zach pressa affectueusement l'épaule de Sophie et déposa un petit baiser dans ses cheveux. Elle fut tentée de hurler mais se retint, craignant qu'une telle réaction n'attire des ennuis au vendeur.

Ce dernier déposa trois gobelets sur le comptoir et sortit une boîte en carton pour y placer les pâtisseries que Zach avait commandées.

— Qu'est-ce qui vous ferait plaisir, ma petite dame ?

J'ai des beignets nature, au chocolat et à la framboise. Ils sont encore frais.

Sophie avala difficilement sa salive et Zach lui adressa une bourrade affectueuse qui tenait lieu de mise en garde.

Reprends-toi, Sophie. Joue le jeu en attendant de trouver une opportunité…

— Tu vois quelque chose qui te tente ? lui demanda Zach.

Comment fait-il pour avoir l'air si amical alors qu'il m'a enlevée de force ?

Elle jeta un coup d'œil à son visage et fut frappée une fois encore par le charme qui émanait de lui. En de toutes autres circonstances, elle l'aurait certainement trouvé très attirant. Mais ce pouvoir de séduction ne le rendait que plus dangereux…

Il lui décocha un sourire et, dans son regard, elle crut discerner une lueur de gaieté comme si la situation l'amusait beaucoup. Sophie sentit alors sa peur refluer légèrement face à la colère qui l'envahissait.

Comment peut-il se permettre de se moquer de moi en de telles circonstances ?

La question était sans doute absurde. Après tout, que pouvait-elle attendre d'un homme qui n'avait pas hésité à la kidnapper ?

— Je n'ai pas faim, répondit-elle. Merci quand même, ajouta-t-elle à l'intention du vendeur.

Le regard qu'elle lui lança était implorant, mais il ne parut pas s'en apercevoir. Peut-être était-il myope. Peut-être n'avait-il aucun sens de la psychologie…

— Ne me dites pas que vous êtes au régime ! protesta-t-il vivement. Vous n'en avez vraiment pas besoin, vous savez. Vous êtes mince comme tout…

— C'est ce que je ne cesse de lui répéter, renchérit Zach. Vous n'avez qu'à nous mettre un beignet de chaque sorte. Et je prendrai aussi deux tartelettes aux pommes.

— Cela vous fera dix dollars, jeune homme.

— Vous oubliez les cafés, objecta Zach.

— Je vous les offre.

— Merci beaucoup.

Comment parvient-il à avoir l'air aussi décontracté alors qu'il a tué un homme, il y a tout juste quelques heures ?

Elle comprit soudain que, si elle ne parvenait pas à faire comprendre au vieil homme qu'elle était en danger, il s'écoulerait sans doute plusieurs jours avant que quelqu'un ne prévienne la police.

Lucy était sa seule amie et elle était morte. Quant à Margot, sa supérieure hiérarchique, elle serait sans doute furieuse de ne pas la trouver à son poste, lundi matin, mais elle ne contacterait probablement pas les autorités avant plusieurs jours…

Et où serait-elle, alors ?

A plusieurs reprises, Zach avait fait allusion au fait qu'ils voyageaient en direction du sud. Comptait-il quitter le pays et se rendre au Mexique ? Si c'était le cas, ses chances d'être retrouvée deviendraient négligeables.

Si je n'avais pas quitté Mark, lui au moins me chercherait à l'heure actuelle…

Zach lui tendit alors la boîte remplie de pâtisseries.

— Amène ça aux autres pendant que je règle, lui demanda-t-il. Je m'occupe des cafés.

— On dirait que vous n'êtes pas du matin, remarqua le vendeur à l'intention de Sophie. Ma femme était comme vous, Dieu ait son âme. Une vraie porte de prison tant qu'elle n'avait pas eu sa première tasse de café !

Sophie comprit qu'elle n'avait aucune chance d'obtenir l'aide du vendeur. Il était bien trop âgé pour être en mesure de défaire un combattant comme Zach. Et, même s'il avait une arme cachée derrière son comptoir, les autres étaient juste dehors, prêts à intervenir.

Résignée, elle prit donc la boîte des mains de Zach et, après avoir adressé un petit salut de la tête au vieil homme, quitta la boutique. Toujours pieds nus, elle regagna la camionnette près de laquelle se trouvaient Brun et Eric.

La ressemblance entre le frère et la sœur était flagrante. Mais Brun paraissait moins arrogant que Julia. Ses yeux étaient rougis par les larmes silencieuses qu'elle l'avait vu verser au cours du trajet.

Eric était un peu moins grand et athlétique que Zach, mais bien plus que Brun. Il avait des yeux d'un bleu si clair qu'il paraissait presque délavé, ce qui lui donnait un regard particulièrement troublant. Il lui adressa un petit signe de tête qui, s'il n'était pas franchement amical, ne trahissait cependant aucune inimitié.

— Ça va ? lui demanda Brun.

Bien sûr que non ! Comment veut-il que j'aille bien ?

Elle ravala cette réplique cinglante et lui tendit la boîte de pâtisseries.

— C'est pour vous.

— Merci ! s'exclama Brun avec un sourire désarmant.

Il ouvrit la boîte et tendit un beignet à Eric qui remercia Sophie de la tête.

— Au fait, nous ne nous sommes pas encore présentés. Je suis Brun, le frère jumeau de Julia. Lui, c'est Eric, notre cousin.

Il s'aperçut alors qu'elle était pieds nus et ouvrit de grands yeux.

— Tu devrais vite rentrer te mettre au chaud, suggéra-t-il.

Comprenant qu'elle risquait effectivement de tomber malade, Sophie s'exécuta. Brun s'approcha alors de la porte arrière grande ouverte.

— Est-ce que tu es vraiment une chamane comme le dit Zach ?

— Comment veux-tu qu'elle le sache ? répondit Eric. Ses pouvoirs ne se sont pas encore éveillés. Mais Zach sait ce qu'il dit. Et cela signifie que nous allons enfin pouvoir nous installer quelque part.

— Ce serait bien, soupira Brun. Je commence à en avoir assez de voyager sans arrêt… En tout cas, ajouta-t-il à l'intention de Sophie, je suis content que nos routes se soient croisées, même dans des circonstances pareilles. Et je suis heureux que tu t'occupes de nous, à présent.

Sophie le considéra avec étonnement et méfiance.

— Je te rappelle que vous m'avez enlevée, lui dit-elle.

— Ce vampire ne nous a pas laissé le temps de t'expliquer pourquoi nous avions besoin de toi, répondit Brun. Mais je suis sûr que, lorsque Zach t'aura tout raconté, tu comprendras pourquoi nous n'avions pas le choix…

Il se tut en voyant approcher leur chef. Ce dernier tendit une tasse de café à Brun et à Eric.

— Super ! s'exclama Julia qui venait également de les rejoindre.

Elle paraissait aussi fraîche et radieuse que si elle avait dormi douze heures d'affilée et Sophie regretta amèrement de ne pas avoir pris le temps de se passer de l'eau sur le visage.

— Où est mon café ? demanda Julia.

— Tu n'en as pas, répliqua Zach. Je t'avais demandé de veiller sur elle et tu l'as laissée filer.

— Mais elle est là ! protesta Julia en désignant Sophie.

— Parce que je l'ai interceptée à temps. Nous venons de perdre notre chef et il n'est pas question que nous perdions notre chamane. Si cela se produit, c'est toi que je tiendrai pour responsable. Dorénavant, tu veilleras sur elle à chaque instant, c'est compris ?

Le ton décontracté de Zach n'enlevait rien au caractère menaçant de ses paroles, bien au contraire. Sophie frissonna, se demandant avec angoisse si la situation n'était pas sur le point de s'envenimer encore un peu plus.

Et, si elle n'éprouvait aucune sympathie pour Julia, elle ne tenait pas à la voir se faire maltraiter par Zach. Cette simple idée la mettait terriblement mal à l'aise, lui rappelant l'époque maudite où elle vivait avec Mark.

Mais Julia se contenta de hocher la tête et sauta à bord de la camionnette avec une aisance déconcertante. Ce n'était pas la première fois que Sophie était frappée par l'agilité dont faisaient preuve ses ravisseurs. Il y avait chez eux une grâce naturelle qui avait quelque chose de félin et transparaissait dans chacun de leurs gestes.

Brun et Zach montèrent à leur tour tandis qu'Eric contournait la camionnette pour aller s'installer au volant.

— Tiens, fit Zach en tendant à Sophie une tasse de café. C'est pour toi.

Elle lui prit le gobelet des mains et avala une gorgée de liquide brûlant tandis qu'Eric démarrait en douceur. Le silence retomba alors, aussi profond qu'avant leur arrêt sur l'aire d'autoroute.

Il avait presque quelque chose de religieux, comme si ses ravisseurs étaient en train de prier ou de méditer. Une fois de plus, elle se demanda si elle était tombée sur les membres d'une secte étrange.

Au fond, cela importait peu. Tout ce qui comptait, en fait, c'est qu'elle était prisonnière et que chaque minute l'éloignait un peu plus de Jéricho City et de ceux qui étaient susceptibles de se lancer à sa recherche…

8

Durant la journée qui suivit, ils roulèrent presque sans discontinuer, se succédant au volant. Ils limitèrent leurs arrêts au strict minimum, ne s'accordant pas plus d'une demi-heure pour déjeuner. Le soir, ils se trouvaient à presque sept cent cinquante kilomètres de la ville où le vampire les avait attaqués.

Ils gardèrent le silence pendant toute la durée du trajet, ne le rompant que lors du repas. De toute évidence, cela ne contribua guère à rassurer leur chamane dont la défiance était presque palpable. Même les efforts que déploya Brun pour détendre l'atmosphère à l'heure du déjeuner se révélèrent vains.

Une fois de plus, elle refusa de manger. Dans la camionnette, elle demeurait immobile, enroulée dans son manteau, les fixant d'un air réprobateur. Puis, comprenant sans doute qu'elle ne parviendrait ni à les culpabiliser ni à les attendrir, elle ferma les yeux et fit semblant de dormir.

Zach se garda d'intervenir. Il savait pertinemment qu'elle commencerait bientôt à réagir à leur présence et s'éveillerait à ses pouvoirs. Il lui serait alors plus facile de comprendre pourquoi ils avaient tant besoin d'elle et pourquoi ils l'avaient capturée.

Evidemment, il lui faudrait encore un certain temps pour développer cette symbiose si particulière qui unissait un chaman à sa meute. C'était toujours plus difficile pour quelqu'un qui n'était pas né dans ce clan et plus encore lorsqu'il s'agissait d'un être humain.

Ceux-ci avaient appris depuis longtemps à refuser ce que la raison ne pouvait expliquer. Ils avaient refoulé le souvenir des loups-garous, tentant de se convaincre qu'il ne s'agissait que de simples légendes, de vieilles superstitions.

Les loups ne faisaient rien pour les en dissuader, bien au contraire. Ils n'avaient que trop souffert par le passé de la défiance et de la haine que leur différence inspirait aux humains. Nombre d'entre eux avaient été traqués et massacrés comme des bêtes sauvages.

Les survivants n'avaient jamais pardonné aux hommes ces tueries, oubliant que, bien souvent, eux-mêmes s'étaient rendus coupables d'actes tout aussi sauvages. Aujourd'hui, les deux communautés coexistaient en s'ignorant, ce qui valait peut-être mieux.

Seuls quelques individus comme la chamane qu'ils venaient de trouver leur rappelait parfois que les espèces n'étaient peut-être pas aussi différentes qu'ils voulaient bien le croire…

Pourtant, en temps normal, un chaman humain était formé par un chaman de leur peuple qui lui enseignait son art et le préparait à sa nouvelle vie. Il n'était pas enlevé de force par un clan dénué de chef après avoir vu un des siens se faire tuer par un vampire.

Les choses étaient vraiment très mal engagées…

Mais ce n'était pas le pire.

Car, au cours de ces dernières heures, Zach avait acquis la conviction qu'ils étaient suivis.

Lorsque le soleil commença à décliner à l'horizon, ils arrivèrent en vue d'une ville de taille moyenne et se mirent en quête d'un hôtel. Malgré les périodes de sommeil qu'ils s'étaient accordées tour à tour, ils ne pouvaient continuer à rouler indéfiniment.

Fort heureusement, l'argent ne manquait pas et Eric

n'eut aucun mal à leur trouver une chambre. C'était une suite confortable équipée de deux grands lits, d'une kitchenette, d'un poste de télévision, que Julia alluma aussitôt, et d'une grande salle de bains.

Brun ressortit aussitôt pour aller acheter à manger. Zach envoya alors Julia et Eric chercher quelques vêtements et des affaires de toilette pour leur chamane avec qui il se retrouva donc seul. Sans un mot, elle alla s'enfermer dans la salle de bains.

Zach éteignit la télévision et tira les rideaux pour observer attentivement le parking en contrebas. Aucune nouvelle voiture ne s'y était garée depuis qu'ils étaient arrivés. Il n'y avait personne dans la rue.

Pourtant, il sentait confusément qu'ils étaient épiés. Au fil du temps, il avait appris à se fier à cet instinct. Son père disait toujours qu'il devait faire confiance à l'animal en lui qui veillait toujours.

C'est ton meilleur ami, ton allié le plus sûr lorsqu'il s'agit de te défendre ou de défendre ta famille.

Comme chaque fois qu'il pensait à son père, Zach revit la maison en flammes et sentit monter en lui une culpabilité atroce. Il se força à respirer profondément et à chasser ce sentiment.

Broyer du noir ne le conduirait nulle part. Il avait des problèmes nettement plus urgents à régler et ne pouvait se permettre de ressasser de vieux souvenirs.

Au moins, l'âme de Kyle avait dû franchir le voile et rejoindre le royaume du *majir.* Sans doute avait-il déjà retrouvé leurs parents.

Qu'il le veuille ou non, Zach était désormais le chef de ce clan et c'était lui qui allait devoir expliquer à leur chamane ce qu'elle était exactement.

Il ralluma la télévision et regarda les informations. Sans surprise, il constata que l'on ne parlait pas de la jeune femme qui avait été tuée à Jéricho City. L'actualité internationale était suffisamment fournie, ces temps-ci, pour ne laisser aucune place à un simple meurtre.

Au bout d'une dizaine de minutes, il alla frapper à la porte de la salle de bains.

— Est-ce que tu as fini ? demanda-t-il. Il faut que nous parlions.

La chamane ne lui répondit pas. Tendant l'oreille, il ne perçut aucun bruit à l'intérieur : ni eau qui coulait, ni mouvement, ni sanglots…

Zach avait pris soin de vérifier que la salle de bains ne possédait aucune fenêtre donnant sur l'extérieur. Alors que pouvait-elle bien faire là-dedans ?

Bien sûr, il lui aurait été facile de forcer la porte. La serrure ne résisterait certainement pas à un bon coup d'épaule. Mais ce n'était probablement pas le meilleur moyen de la mettre en confiance.

Or, il ne savait même pas qui était réellement cette fille. Il ne connaissait pas son nom, ignorait si elle était mariée, si elle avait des enfants, si quelqu'un l'attendait chez elle et se demandait en ce moment même où elle était passée…

Zach soupira. Il avait agi sans réfléchir, ne se fondant que sur le fait qu'il avait trouvé la chamane qui faisait si cruellement défaut à son clan.

Or, il n'avait pas affaire à quelqu'un de son peuple, mais à un être humain. Les réalités de son clan lui étaient étrangères et, à ses yeux, ils n'étaient probablement qu'une bande de ravisseurs dénués de scrupule. S'il voulait gagner sa confiance et s'assurer de sa coopération, il allait donc devoir faire preuve d'un peu plus de diplomatie.

Malheureusement, ce n'est pas ma spécialité…

De fait, il ne savait pas grand-chose des humains. Quant à leurs femmes, tout ce qu'il savait d'elles venait des films et des émissions de télévision qu'il avait pu voir. Et il n'était pas certain que ces sources soient très fiables…

Comme il s'interrogeait sur la façon dont il pourrait aborder le sujet, il entendit un raclement qui provenait de la salle de bains. Tendant l'oreille, il perçut distinctement l'accélération des battements de cœur de la jeune femme. De toute évidence, elle mijotait quelque chose. Il frappa de nouveau.

— Je te promets que nous ne te voulons aucun mal, lui dit-il. Sors de là et je t'expliquerai tout…

Elle laissa échapper un petit son mi-dubitatif, mi-moqueur.

— Dis-moi au moins quelque chose, insista-t-il.

— Laisse-moi tranquille ! répliqua-t-elle.

Il remarqua l'essoufflement qui perçait dans sa voix et sentit la tension qui émanait d'elle en cet instant. Un nouveau raclement se fit entendre, plus fort que le précédent, et il se termina par le craquement sec de quelque chose que l'on arrachait.

Mais qu'est-ce qu'elle fabrique ?

Cette fois, Zach n'hésita pas et, d'un coup d'épaule, il força la porte de la salle de bains.

La violence du coup que lui porta la jeune femme aurait surpris n'importe quel humain. Mais Zach était un loup-garou et il esquiva sans mal le porte-serviettes qu'elle venait d'arracher du mur. Il attrapa l'extrémité de cette arme improvisée et la lui arracha des mains.

Loin de se laisser décourager, elle se jeta alors sur lui et commença à le bourrer de coups de poing et de pied. Il ne chercha même pas à les éviter et se contenta d'avancer vers elle, la forçant à reculer jusqu'à ce qu'elle se retrouve dos au mur.

Il lui saisit les poignets et les plaqua au-dessus de sa tête, esquivant de justesse le violent coup de genou qu'elle lui avait décoché. S'avançant encore, il l'emprisonna contre le mur. Mais, loin de se décourager, elle le mordit de toutes ses forces.

Zach ne put réprimer un cri de douleur. Jamais il ne se serait attendu à trouver en elle une combattante aussi pugnace. Comprenant que la souffrance risquait d'éveiller la bête qui sommeillait en lui, il plongea son visage dans ses boucles brunes et prit une profonde inspiration.

L'odeur fraîche et pure de la jeune femme l'aida à se maîtriser, lui prouvant de nouveau, s'il en était besoin, qu'il avait bien affaire à une chamane. Mais cette odeur se doublait d'une fragrance plus personnelle, plus sensuelle qui éveilla en lui un accès de désir aussi violent qu'inattendu.

Etait-ce une réaction à la montée d'adrénaline qu'avait provoquée ce bref combat ? Réagissait-il à la sensualité de cette morsure ? Ou était-ce tout simplement parce qu'il trouvait la jeune femme attirante ?

Quoi qu'il en soit, elle avait dû percevoir sa réaction physique car elle se figea brusquement. Il s'écarta légèrement et avisa la peur qui se lisait à présent dans ses yeux. Elle comprenait qu'elle n'avait aucune chance de lui résister.

L'impression de fragilité qui émanait d'elle en cet instant ne faisait qu'accroître le désir qu'elle lui inspirait. Mais il savait qu'il n'était pas question pour lui d'y céder. S'il le faisait, jamais elle n'accepterait de devenir la chamane de leur clan et ils seraient de nouveau voués à l'errance.

— N'ai pas peur, dit-il d'une voix un peu trop rauque pour être vraiment rassurante.

— Pourquoi est-ce que tu me traites comme ça ? murmura-t-elle en luttant vainement contre les larmes qui lui montaient aux yeux. Je ne t'ai rien fait…

— Nous avons besoin de toi, répondit Zach. Je sais

que cela doit te paraître incompréhensible, pour le moment, mais je t'assure que c'est la vérité.

— Mais tu te trompes à mon sujet, plaida-t-elle. Je ne peux pas vous aider. Je ne suis pas celle que tu crois…

Zach prit une profonde inspiration et fit un pas en arrière sans pour autant lâcher ses poignets.

— Ecoute, lui dit-il, si tu acceptes de rester calme et de t'asseoir tranquillement, je t'expliquerai qui nous sommes et pourquoi nous avons besoin de toi, d'accord ?

Elle hocha la tête et il la libéra. Son regard trahissait toujours une immense angoisse, mais elle paraissait momentanément résignée à lui obéir. Ce n'est qu'alors qu'il remarqua l'odeur qui flottait dans la pièce.

Une odeur de sang.

Baissant les yeux, il s'aperçut que l'extrémité de ses doigts en était couverte. Elle avait dû se couper en arrachant le porte-serviettes.

— Regarde dans quel état tu t'es mise, soupira-t-il en lui prenant les mains. C'est absurde. Puis-je savoir ce que tu comptais faire au juste après m'avoir défoncé le crâne ?

— M'enfuir et appeler la police…

Le ton qu'elle venait d'employer était plein de défi et il éprouva une certaine admiration pour elle. Peu de gens étaient capables de faire montre d'un tel courage lorsqu'ils se savaient en état d'infériorité.

— Ce n'était pas un mauvais plan, concéda-t-il avec un sourire. Mais cela ne nous aurait probablement pas retenus plus d'une demi-heure. Ensuite, nous aurions suivi ta trace et nous t'aurions retrouvée…

Il s'interrompit, songeant que ce n'était peut-être pas la façon la plus diplomatique de présenter les choses. Mais il n'avait pas l'habitude de traiter avec les humains.

— Très bien, répondit-elle en le défiant du regard.

Puisque tu sembles décidé à me garder prisonnière, je t'écoute. Qui êtes-vous, exactement ? Et qui est l'homme qui a tué Lucy près de l'Apocalypse ?

— Ce n'était pas un homme, répondit Zach.

Sophie fronça les sourcils d'un air interrogateur.

— L'être qui a attaqué ton amie était un de ceux que vous, les humains, vous appelez des vampires...

— Nous, les humains ? répéta-t-elle d'un ton narquois. Parce que tu n'es pas humain, peut-être ?

— Non. Nous sommes différents...

— Ne me dis pas que toi aussi, tu es un vampire.

— Certainement pas ! Ma tribu est en guerre contre eux depuis des siècles...

— Je vois, acquiesça-t-elle. Tu es donc un loup-garou.

Elle ne cherchait même pas à dissimuler son ironie.

— Précisément.

— C'est absurde, répondit-elle.

— Mais c'est pourtant la vérité.

Elle le considéra longuement et il vit l'ironie céder de nouveau la place à l'angoisse. Il était évident qu'elle ne croyait pas un mot de ce qu'il venait de lui dire. Et elle devait être convaincue qu'il n'avait pas toute sa raison.

— Ecoute, lui dit-elle. Que ce type ait été un vampire ou non, je suis prête à reconnaître que tu m'as probablement sauvé la vie. Et je t'en serai éternellement reconnaissante. Mais je ne vois vraiment pas ce qu'une fille comme moi pourrait bien apporter à un clan de chasseurs de vampires aussi redoutable que le vôtre. Alors laisse-moi rentrer chez moi. J'ai un travail. J'ai une vie. Elle ne vaut peut-être pas grand-chose, mais c'est la mienne. Et crois-moi, je l'ai méritée...

Comme elle prononçait ces mots, Zach perçut dans sa voix une note douloureuse.

— Sais-tu que je ne connais même pas ton nom ? lui dit-il.

— Je m'appelle Sophie.

— Sophie, répéta-t-il, goûtant ces deux syllabes. C'est un joli prénom.

— Merci, répliqua-t-elle sèchement.

— Je comprends que tu tiennes à ta vie, reprit-il. Et je n'ai pas l'intention de t'en priver…

— Dans ce cas, pourquoi est-ce que tu m'as kidnappée ?

— Je ne t'ai pas…

Il s'interrompit, sachant que ses protestations étaient vaines.

— D'accord, soupira-t-il. Je t'ai enlevée… Mais c'est temporaire. Dès que tu auras pris conscience de tes pouvoirs, nous pourrons retourner à Jéricho City, si c'est ce que tu veux. Tu reprendras ta vie normale sauf qu'en plus tu seras notre chamane…

Sophie ferma les yeux et pinça l'arrête de son nez comme pour lutter contre un brusque accès de migraine.

— Nous aussi, nous aspirons à mener une vie normale, tu sais, renchérit Zach. Depuis que nous avons perdu notre chaman, nous sommes condamnés à errer sur les routes. Nous sommes fatigués, Sophie. Et nous sommes prêts à nous installer où tu le voudras…

— Ecoute, je crois vraiment que tu devrais consulter quelqu'un, lui dit-elle gravement. Je ne doute pas que tu sois convaincu de tout ce que tu me racontes. C'est sans doute très clair dans ta tête. Mais je t'assure que tu as besoin d'aide. Les vampires n'existent pas. Pas plus que les chamans ou les loups-garous…

— En es-tu vraiment certaine ?

— Bien sûr, Zach, répondit-elle d'une voix très douce, comme si elle parlait à un enfant. Laisse-moi partir et je te promets que je ne dirai à personne ce qui s'est passé. Vous pourrez reprendre tranquillement votre route en direction du sud…

Zach poussa un soupir de résignation.

— Je vois, murmura-t-il.

Il prit une profonde inspiration et se concentra sur sa part animale. Il savait à quel point il pouvait être difficile de maîtriser une transformation partielle.

Car la bête qui sommeillait en lui supportait mal d'être ainsi enchaînée et n'aspirait qu'à être libérée, à pouvoir se livrer pleinement à sa nature sauvage.

Sans lui abandonner le contrôle de son être, il la laissa affleurer et son corps commença aussitôt à se transformer. Ses os craquèrent sèchement tandis que ses muscles ondulaient sous ses vêtements.

Ses ongles grandirent soudain, prenant l'aspect de griffes acérées. Ses dents se firent crocs tandis que son visage s'allongeait. Son corps tout entier se couvrit d'une fourrure sombre.

Un grondement sourd lui échappa, bien trop grave pour pouvoir être issu d'une gorge humaine.

Doucement, contrôle-toi… Le but n'est pas de lui faire peur.

Au prix d'un violent effort de volonté, il parvint à museler sa part animale avant qu'elle ne prenne entièrement le contrôle. Aussitôt, sa fourrure disparut, son visage, ses dents et ses ongles reprirent leur apparence ordinaire.

Il s'aperçut alors que le visage de Sophie était livide. La belle assurance dont elle faisait preuve quelques instants auparavant avait bel et bien disparu. La bouche légèrement entrouverte, elle le considérait d'un air complètement terrifié. Puis elle se laissa lentement glisser le long du mur jusqu'au sol et replia ses jambes contre sa poitrine.

Elle se mit alors à claquer des dents.

— Ce n'est pas possible, murmura-t-elle. Ce n'est pas possible…

— C'est pourtant la vérité, lui dit-il en s'agenouillant en face d'elle.

— Je suis en train de devenir folle.

— Pas du tout, lui assura-t-il. Tu as toute ta raison.

Et il est parfaitement normal que tu réagisses de cette façon…

— Qu'est-ce que tu en sais ? protesta-t-elle en lui lançant un regard chargé de reproches. Tu n'es même pas humain !

Son corps était parcouru de frissons aussi violents qu'irrépressibles, comme si ce qu'elle venait de voir avait ébranlé son être tout entier.

— Je le sais, répondit-il avec une assurance feinte.

Mais qu'en savait-il, au fond ? Les subtilités de la pensée humaine lui échappaient complètement et Sophie aurait tout aussi bien pu être folle à lier. La plupart des chamans l'étaient, après tout…

— Tu es vraiment un loup-garou, reprit-elle.

— Ou un lycan, comme tu préfères…

— Stop ! s'exclama Sophie en secouant la tête. Ça suffit…

Elle posa son front contre ses genoux et prit une profonde inspiration.

— Comment se fait-il que personne ne soit au courant ? lui demanda-t-elle enfin.

— Les hommes sont au courant depuis toujours, objecta doucement Zach. Mais, aujourd'hui, ils refusent de croire tout ce qui ne correspond pas à leur vision du monde…

— Mais c'est insensé, protesta Sophie. Il doit bien y avoir des témoins qui vous ont surpris…

— Bien sûr ! Il y en a même qui l'ont raconté. La plupart sont passés pour fous ou ont été tournés en ridicule. Quant à nous, nous préférons faire profil bas. Car les humains n'ont pas toujours été tendres avec nous, par le passé.

— Alors tu vas me tuer, n'est-ce pas ? murmura-t-elle. Parce que j'en sais plus que je ne le devrais. Ta famille et toi allez me tuer et me manger.

Zach la considéra avec stupeur.

— Mais comment peux-tu croire une chose pareille ? s'exclama-t-il. Nous ne sommes pas des monstres !

— Vraiment ? demanda-t-elle d'un ton dubitatif.

— Je t'assure que je n'ai jamais mangé d'être humain de ma vie, répondit-il gravement.

Elle ne put retenir un soupir de soulagement.

— Tant mieux, souffla-t-elle.

Puis elle pâlit de nouveau.

— Mais alors… Tu ne m'as pas menti, n'est-ce pas ? Lucy a bien été mordue par un vampire ?

Il hocha la tête.

— Est-ce qu'elle va en devenir un à son tour ?

— Il n'y a aucun risque, lui assura Zach. Pour cela, il aurait fallu qu'elle boive son sang. Ton amie est morte, Sophie. Je suis vraiment désolé…

Elle baissa la tête, défaite.

— Des loups-garous, murmura-t-elle.

Elle releva les yeux vers lui.

— Des vampires, ajouta-t-elle.

Il hocha la tête, ne sachant que répondre. Au moins, elle était à présent au fait de la situation…

Brusquement, à une vitesse dont il ne l'aurait pas crue capable, elle bondit sur ses pieds et se précipita vers la porte de la chambre.

Elle n'eut pas le temps d'y arriver, bien sûr. Déjà, il l'avait ceinturée et, craignant qu'elle ne se fasse mal en heurtant le sol, il la fit basculer sur le lit. Incapable de résister à la tentation, il se laissa tomber sur elle et la plaqua contre le matelas.

Le sommier fit entendre un grincement de protestation.

— Bien tenté, lui dit-il. Mais je te rattraperai chaque fois, chamane. Je te l'ai dit : nous avons besoin de toi.

— La seule personne qui se souciait de moi est morte dans cette impasse, répliqua Sophie.

Leurs visages se touchaient presque et il sentait son haleine brûlante caresser son visage.

— Tu n'as pas le droit de me retenir ici contre mon gré ! Je ne veux pas me retrouver prise au piège. Plus jamais ! Alors laisse-moi partir ! Je t'en prie…

Sa voix se brisa sur la dernière syllabe et une larme coula le long de son visage.

Zach se maudit intérieurement. Il aurait dû faire preuve de douceur et de gentillesse, lui expliquer posément la situation et ce qu'ils attendaient d'elle. Au lieu de cela, il se conduisait comme une brute, usant de la supériorité que lui conférait sa force physique.

Ce n'était pas digne d'un chef. Un mâle dominant se devait de protéger et de soutenir les membres de sa meute, non de les violenter. Or, en tant que chamane, Sophie était un membre à part entière de son clan. Et il lui devait plus de respect que cela.

S'était-il donc coupé du monde au point d'être devenu incapable de dominer ses propres pulsions ? Avait-il perdu le sens de ce que les autres pouvaient penser ou ressentir ?

Qu'attendait-il de Sophie, au juste ? Qu'elle accepte sans discuter d'endosser un rôle dont elle ignorait tout ? De rejoindre des créatures qui devaient lui apparaître comme des monstres ?

Il aurait aimé pouvoir tout recommencer et reprendre posément cette conversation. Mais il était trop tard à présent.

Sophie était allongée, parfaitement immobile. Ses yeux clos ne parvenaient pas à retenir les larmes qui glissaient en silence le long de ses pommettes et de ses joues. Elle paraissait si fragile en cet instant qu'il en eut la gorge serrée. Jamais il ne s'était senti aussi méprisable.

Précautionneusement, il s'écarta d'elle et se remit

debout. Elle se replia alors en position fœtale et continua à sangloter.

Zach jura intérieurement.

Il ne lui restait plus qu'à espérer qu'un autre membre du clan serait plus à même de lui exposer la situation et de lui faire comprendre le rôle qu'ils espéraient lui voir occuper car, de toute évidence, il avait échoué.

De plus, ils ne pouvaient se permettre de retenir indéfiniment un chaman contre son gré. Si une autre tribu s'en apercevait, ils risquaient de le payer très cher. Au mieux, Zach serait jugé et condamné à l'exil. Au pis, il serait mis à mort sans autre forme de procès.

Dans un cas comme dans l'autre, sa famille serait condamnée. Car il savait que, s'il disparaissait, Eric ne voudrait jamais reprendre les rênes. Quant à Brun et à Julia, ils étaient trop jeunes pour le faire.

Il ne pouvait supporter l'idée que son clan se désagrège. Il devait à son père de le protéger. Il le devait à Kyle qui s'était sacrifié pour eux.

Mais il avait le sombre pressentiment que leur temps était désormais compté…

9

Sophie était étendue sur son lit, les yeux fixés sur le plafond qui formait une tache plus claire dans l'obscurité de la chambre. Elle était incapable de trouver le sommeil. Chaque fois qu'elle fermait les yeux, le souvenir de la transformation de Zach s'imposait à elle avec une précision terrifiante.

Elle aurait voulu se convaincre qu'il ne s'agissait que d'une illusion, d'un tour que lui avait joué son imagination. Mais il n'en était rien, bien sûr. Il ne s'agissait ni d'un cauchemar ni d'une mauvaise plaisanterie : les gens qui l'avaient enlevée étaient bien des loups-garous et Lucy avait bien été tuée par un vampire.

Pour la première fois depuis qu'elle avait réussi à échapper à Mark, Sophie éprouvait de nouveau cette atroce sensation de terreur et d'impuissance mêlées.

Elle avait réagi de la même façon qu'autrefois, d'ailleurs : en se repliant sur elle-même, en se coupant du monde pour que celui-ci n'ait plus aucune prise sur elle. Et ils avaient fini par renoncer à lui parler, la laissant seule dans son coin.

Ils avaient mangé en silence et l'odeur de la nourriture lui avait cruellement rappelé qu'elle n'avait rien avalé depuis le déjeuner de la veille. Mais elle avait le sentiment qu'accepter ce qu'ils lui proposaient reviendrait à s'avouer vaincue.

Elle avait donc résisté à la tentation, s'enfonçant

toujours plus loin en elle-même. Julia et Brun avaient regardé un épisode des Simpson à la télévision tandis que Zach et Eric s'entretenaient du trajet qu'ils comptaient entreprendre le lendemain.

Puis les jumeaux s'étaient couchés sur l'autre lit tandis que leurs aînés s'allongeaient à même le sol. Quelques instants après avoir éteint la lumière, ils s'étaient tous endormis.

Sophie avait été tentée d'en profiter pour fuir. Mais elle était convaincue que leur instinct animal les aurait instantanément réveillés. Le simple fait qu'ils n'aient pas pris la peine de l'attacher confirmait cette impression.

Elle ferma de nouveau les yeux, cherchant un peu de réconfort dans le sommeil et l'oubli.

Mais, cette fois, ce fut le visage du vampire qui s'imposa à elle. Et, juste derrière lui, le corps ensanglanté de sa meilleure amie…

Elle rouvrit les yeux en frissonnant et se remit à fixer le plafond.

Le pire, c'est qu'elle ne se sentait pas bien du tout. Son corps était parcouru d'étranges frémissements qui glissaient le long de sa peau. Le moindre bruit lui paraissait amplifié : le bruissement des draps, le souffle des êtres qui dormaient autour d'elle, le battement irrégulier d'un volet mal accroché.

Ses propres sensations semblaient accentuées et elle était douloureusement consciente du contact du tissu rendu légèrement rugueux par des années de lavage intensif.

Que lui arrivait-il, au juste ? Etait-elle en train de tomber malade ? Souffrait-elle d'une allergie ? Ou bien s'agissait-il là d'une forme de somatisation qui s'expliquait par la nuit atroce qu'elle venait de passer ?

Comme elle s'interrogeait à ce sujet, la fenêtre de la chambre vola brusquement en éclats.

Sophie se redressa sur son lit et eut tout juste le temps de sentir une écœurante odeur de terre et de putréfaction avant que la porte ne soit enfoncée à son tour. Elle tenta de crier, mais quelqu'un lui sauta dessus et la plaqua soudain à terre entre les deux lits. Elle comprit qu'il s'agissait de Zach.

— Reste là, lui ordonna-t-il. Surtout, ne bouge pas !

Quelqu'un alluma la lampe de chevet qui fut aussitôt désintégrée par un objet contondant. Un véritable concert de cris et de grognements s'ensuivit tandis que les assaillants qui venaient de faire intrusion dans leur chambre d'hôtel se jetaient sur Zach et son clan.

Sophie hésita quelques instants, ne sachant s'il valait mieux demeurer où elle se trouvait ou profiter de cette diversion pour s'enfuir. Elle entendit alors un hurlement de douleur qui se perdit dans un gargouillis écœurant et le souvenir de ce qui s'était produit dans la ruelle lui revint à la mémoire.

Sans même savoir comment elle pouvait en être aussi sûre, elle comprit que les créatures qui étaient en train de les assaillir étaient des vampires et qu'ils étaient venus venger celui que Zach avait tué à Jéricho City.

Or, Sophie ne voulait pas finir comme Lucy, la gorge lacérée par un vampire. Dominant sa peur, elle récupéra son sac à main et se dirigea à quatre pattes vers la porte de la chambre. Autour d'elle, le combat redoublait d'intensité et elle se demanda ce qui se passerait si le gérant du motel arrivait.

D'après ce que lui avait dit Zach, les lycans et les vampires s'efforçaient de maintenir leur existence secrète. Et elle était convaincue qu'ils n'hésitaient pas à tuer pour cela…

Par miracle, elle parvint à éviter tous ceux qui se battaient autour d'elle et finit par atteindre la porte. Elle se redressa alors et quitta la chambre. Dans le couloir, elle constata que plusieurs clients avaient entrouvert leurs portes pour voir ce qui pouvait causer un tel raffut. Mais aucun d'entre eux ne semblait avoir le courage d'intervenir et, lorsqu'ils virent Sophie sortir, ils jugèrent plus prudent de s'enfermer dans leurs chambres.

Sans leur prêter la moindre attention, elle courut vers l'escalier dont elle dévala les marches quatre à quatre. Parvenue dans le hall, elle constata qu'il n'y avait plus personne derrière le comptoir de la réception. L'espace d'un instant, elle fut tentée d'utiliser le téléphone qui était posé dessus pour contacter la police.

Mais quelqu'un l'avait certainement déjà fait. De plus, elle n'avait aucune envie de répondre aux questions qu'on ne manquerait pas de lui poser au sujet de ses ravisseurs. D'ailleurs, si elle racontait ce qu'elle savait à leur sujet, on la prendrait pour une folle.

Sophie gagna donc la porte qui donnait sur le parking. En sentant le contact rêche et glacé du goudron sous ses pieds, elle s'aperçut qu'elle était pieds nus. Mais il n'était pas question de retourner chercher ses chaussures, bien sûr.

Elle serra donc les dents et traversa le parking en courant. La première chose qu'elle aperçut en débouchant dans la rue, fut la silhouette familière et rassurante d'un taxi.

Elle lui fit signe et, pour la première fois depuis la veille au soir, la chance lui sourit. Le taxi ralentit et s'immobilisa devant elle. La vitre du chauffeur s'abaissa et il la considéra avec une pointe de méfiance.

— Vous êtes dans un drôle d'état, remarqua-t-il.

— Je sais, articula Sophie en priant pour qu'il accepte de la prendre. J'étais à une soirée qui a mal tourné et je veux rentrer chez moi. Pourriez-vous me conduire à la gare routière la plus proche ?

— Vous n'avez pas pris de drogue, au moins ? lui demanda-t-il d'un air suspicieux.

— Bien sûr que non… Ecoutez, j'ai de quoi vous payer. Et je ne cherche pas d'ennuis, je vous assure. Tout ce que je veux, c'est rentrer à la maison.

Un hurlement déchira alors la nuit. Il tenait plus de l'animal que de l'humain et Sophie ne put retenir un violent frisson. Le chauffeur fronça les sourcils et jeta un coup d'œil en direction de l'hôtel.

— Vous feriez mieux de monter, lui dit-il.

Sophie ne se le fit pas dire deux fois et s'installa à l'arrière. Le taxi démarra alors et elle s'affaissa contre la banquette. Jamais elle ne s'était sentie aussi soulagée qu'en cet instant. Même pas le jour où elle avait enfin trouvé le courage de fuir le domicile conjugal…

Mais comment aurait-il pu en être autrement ? Ne venait-elle pas de se trouver confrontée à des créatures dont l'existence même remettait en cause ses convictions les plus profondes et sa vision de la réalité ?

— Que vous est-il donc arrivé ? lui demanda alors le chauffeur. Vous paraissez terrifiée.

Ma meilleure amie s'est fait tuer par un vampire et j'ai été kidnappée par une bande de loups-garous.

— C'est mon ex-mari, répondit-elle. Il m'a forcée à venir à cette fête…

Le chauffeur lui lança un regard compatissant dans le rétroviseur.

— Je suis désolé, lui dit-il.

Il récupéra une boîte de mouchoirs qui se trouvait dans la boîte à gants et la lui tendit.

— N'y pensez plus, lui dit-il. Vous serez bientôt de retour chez vous et vous pourrez oublier tout ça.

En réalité, il fallut plus de dix heures à Sophie pour rentrer chez elle. Après avoir été déposée à la gare routière par le taxi, elle avait somnolé sur un banc en attendant le premier bus qui était parti à huit heures du matin. Il lui avait ensuite fallu un peu moins de sept heures pour parcourir sept cent cinquante kilomètres.

Elle avait alors repris un taxi qui l'avait conduite directement chez elle. Lorsqu'elle arriva enfin à son appartement, ses pieds nus étaient en sang, elle était transie et se sentait complètement vidée.

Elle prit soin de refermer les verrous de la porte d'entrée, regrettant au passage qu'il n'y en ait pas plus de deux. Elle n'était pourtant pas certaine qu'ils suffisent à dissuader un vampire ou un loup-garou d'entrer si l'une de ces créatures parvenait à la retrouver.

Luttant contre l'envie qu'elle avait d'aller directement se coucher, elle se força à réfléchir à cette question. Elle avait pris soin de récupérer son sac avant de fuir l'hôtel. Zach et sa famille n'avaient donc aucun moyen de connaître son identité : tout ce qu'ils savaient d'elle, en fait, c'était son prénom.

Certes, ils pouvaient se renseigner au sujet de la jeune femme qu'on avait retrouvée morte devant l'Apocalypse. Mais, même s'ils parvenaient à découvrir son identité, cela ne les aiderait guère à remonter jusqu'à elle. Car Sophie ne connaissait quasiment aucun des amis de Lucy.

Terrifiée à l'idée que Mark puisse un jour la retrouver, elle avait limité sa vie sociale au strict minimum. C'était d'ailleurs la raison pour laquelle elles étaient allées seules en boîte de nuit. Là-bas, elles n'avaient croisé personne qu'elles connaissaient. Et le seul homme avec lequel Lucy s'était entretenu était mort après l'avoir tuée.

Il n'existait donc aucun moyen de remonter jusqu'à elle. Le seul élément qui la reliait à cette funeste soirée, c'était le jeu de clés de voiture que lui avait confié son amie. Mais elle était la seule à savoir qu'il se trouvait en sa possession, bien sûr…

Rassurée sur ce point, Sophie contempla le tableau

qui était accroché au-dessus du canapé dans le minuscule salon de son appartement. Cette lithographie représentait une toile de Van Gogh et c'était Lucy qui la lui avait offerte, tout comme son porte-parapluies multicolore, son petit poste de radio, l'un de ses fauteuils dépareillés et des dizaines de petites choses encore qui lui rappelaient son amie.

C'était même Lucy qui l'avait aidée à trouver cet appartement, quelques mois après qu'elle se fut enfuie de la luxueuse maison que Mark et elle occupaient à Hammerheath, le quartier le plus huppé de la ville.

Ce n'était à ses yeux qu'un retour dans son monde. Car elle avait grandi dans un appartement de ce genre, dans l'un des quartiers les plus défavorisés de la ville. Et c'était probablement pour cette raison qu'elle s'était laissé séduire si facilement par Mark.

Elle avait voulu croire à un conte de fées moderne : son beau prince charmant l'emmènerait loin de la misère et de la grisaille du quotidien et tous deux vivraient heureux jusqu'à la fin des temps. Mais elle n'avait pas tardé à découvrir que les apparences étaient trompeuses.

Au fil des années, la belle maison qu'ils habitaient était devenue une cage dorée, un enfer dans lequel elle dépérissait à petit feu. Et, si elle ne s'était pas enfuie, elle serait probablement morte, à l'heure actuelle.

Ici, au contraire, elle avait retrouvé sa liberté. Tant qu'elle payait son loyer, elle y était chez elle et personne ne s'arrogeait plus le droit de lui indiquer ce qu'elle était censée faire, dire ou penser. Elle avait cru pouvoir refaire sa vie et avait peu à peu repris confiance en l'avenir.

Or ce qui s'était passé au cours des dernières vingt-quatre heures avait tout changé. Non seulement elle avait perdu sa meilleure amie – sa seule amie – mais, de plus, elle avait vu s'effondrer toutes ses certitudes.

Qu'était-elle censée faire à présent ? Continuer de vivre comme si de rien n'était, aller en cours et à son travail comme si sa vision de la réalité n'avait pas été entièrement bouleversée ?

Etait-ce seulement possible ?

Sophie ne se sentait pas encore prête à répondre à de telles questions. Pour le moment, elle avait juste besoin de reprendre des forces et de se remettre de la terreur qu'elle avait éprouvée.

Le mieux était de ne penser à rien, de décomposer chaque moment en une série d'actions simples. Poser son sac à main sur le meuble de l'entrée. Se défaire de ses vêtements. Les jeter à la poubelle. Se servir un verre d'eau. Le boire…

Elle alla ensuite prendre une douche brûlante sous laquelle elle demeura immobile durant de longues minutes avant de se laver soigneusement. Elle désinfecta ensuite les coupures qu'elle s'était faites aux pieds et aux mains et enfila un T-shirt trop large qui lui servait de chemise de nuit.

Elle gagna enfin sa chambre et, après avoir fermé les volets, se laissa tomber sur son lit et demeura allongée là, les yeux grands ouverts dans la pénombre. Elle avait l'étrange impression de flotter entre rêve et réalité, comme si tout ce qui venait de lui arriver était trop irréel pour avoir réellement prise sur elle.

Chaque fois que le souvenir de ce qui s'était passé dans l'impasse lui revenait à l'esprit, elle se forçait à faire le vide, à ne plus penser à rien. Bien trop tendue et épuisée pour s'endormir, elle demeura ainsi durant ce qui lui sembla durer des heures.

Puis, sans même s'en rendre compte, elle sombra dans un profond sommeil.

10

Julia appliqua doucement une serviette imbibée d'eau sur la vilaine ecchymose qui ornait la tempe de son frère jumeau. Eric détourna un instant les yeux de la route qui défilait devant eux et tourna vers Zach un regard interrogatif.

— Crois-tu qu'ils l'aient emmenée ? lui demanda-t-il.

— C'est impossible, répondit-il. Je les aurais vus faire.

Il massa son épaule endolorie en maudissant le vampire qui l'avait mordu. Son corps neutraliserait le poison qui s'était insinué en lui, bien sûr, mais le processus était terriblement douloureux et il avait beaucoup de mal à se concentrer.

— Je lui avais dit de rester allongée entre les deux lits, reprit-il.

— La dernière fois que je l'ai vue, elle était près de la porte, remarqua Julia.

Zach serra les dents, furieux de s'être laissé surprendre de cette façon, furieux d'avoir perdu de vue la chamane qu'il aurait dû protéger.

— La seule chose dont nous puissions être sûrs, déclara-t-il, c'est qu'elle est toujours vivante. Elle est liée à nous, désormais, et s'il lui était arrivé quelque chose, nous l'aurions senti.

— Es-tu vraiment certain que le lien se soit activé ?

— Je n'ai aucun doute à ce sujet, lui assura Zach avec bien plus d'assurance qu'il n'en éprouvait réellement.

Certes, Sophie avait passé assez de temps avec eux pour que ses pouvoirs se soient éveillés. Cependant, elle n'avait donné aucun signe de cette transformation. Or, si Zach ignorait la façon exacte dont se manifestait une telle initiation chamanique, il s'était attendu qu'elle donne lieu à des rêves ou à des visions spécifiques…

— Elle a certainement profité du combat pour s'enfuir, déclara-t-il.

C'est ce que j'aurais fait à sa place, en tout cas…

Zach inspira profondément, s'efforçant de chasser l'angoisse qui le rongeait. Il était le mâle dominant, à présent, le chef de son clan. Et il ne pouvait se permettre de se laisser ronger par le doute.

— Je ne pense pas que les vampires l'aient capturée, poursuivit-il. Etant donné la violence et le manque de finesse de leur assaut, je doute fort qu'ils aient pris soin de laisser un garde à l'extérieur.

— Il va falloir la retrouver rapidement si nous ne voulons pas qu'elle se fasse repérer par une autre tribu, remarqua Eric.

Zach hocha la tête. C'était effectivement une question qui l'inquiétait au plus haut point. Car, même s'ils avaient établi un embryon de lien avec Sophie, il était encore assez fragile pour être dissout. Et n'importe quel clan serait heureux de recruter un nouveau chaman.

— Où a-t-elle pu aller, d'après toi ? s'enquit alors Julia.

— A Jéricho City, répondit Zach sans hésiter. Elle m'a dit qu'elle devait rentrer parce qu'elle travaillait lundi matin.

Il regretta amèrement de ne pas avoir fouillé son sac à main pendant qu'elle dormait. Ses papiers d'identité lui auraient permis de découvrir son nom de famille et peut-être même son adresse.

— Crois-tu que cette attaque de vampire était un hasard ? lui demanda alors Eric.

— Bien sûr que non. Ils voulaient certainement venger celui que nous avons tué à Jéricho City.

— C'est de lui que je voulais parler, objecta Eric. Crois-tu que le fait qu'il s'en soit pris à Sophie ait été un hasard ?

— Il ne s'en est pas pris à elle directement. C'est son amie qu'il a tuée. Mais rien ne dit effectivement que, ce faisant, il ne comptait pas justement attirer Sophie…

— Je ne vois pas pourquoi il aurait fait une chose pareille, remarqua Brun. Les vampires ne s'intéressent pas aux chamans.

— Cela ne signifie pas pour autant qu'ils ne sont pas prêts à les éliminer si cela peut nous mettre des bâtons dans les roues, objecta sa sœur.

— C'est vrai, approuva Zach. Dans le doute, nous devrions considérer que c'est exactement ce qui s'est passé. Et c'est une raison supplémentaire pour retourner à Jéricho City au plus vite.

— Comment comptes-tu procéder lorsque nous serons là-bas ? demanda Eric.

Zach comprit que, s'il voulait conserver la confiance de ses proches et leur remonter le moral, il ne pouvait plus se permettre de trahir la moindre hésitation.

— Nous commencerons par trouver une planque sûre où nous installer. Ensuite, je vous y laisserai pour aller mener ma petite enquête. Je trouverai notre chamane et je la ramènerai.

— Est-il bien raisonnable d'y aller seul ? objecta Eric. Si des vampires s'intéressent effectivement à elle, cela pourrait très mal tourner.

— Ne t'en fais pas pour moi. Je serai aussi discret qu'une ombre. Quant à vous, tâchez de ne pas vous faire remarquer pendant que je ne serai pas là. C'est surtout valable pour toi, Julia.

— Crois-tu vraiment que je mettrais ma famille en danger ? protesta-t-elle vivement.

— Ce ne serait pas la première fois.

— Ce n'est quand même pas ma faute si Sophie s'est enfuie !

Zach aurait pu lui rappeler ce qu'il lui avait dit lorsqu'ils s'étaient arrêtés sur l'autoroute. Mais lui reprocher ce qui s'était passé à l'hôtel n'aurait pas été très glorieux. S'il voulait être digne du rôle qui lui était échu, il allait devoir commencer par assumer ses responsabilités.

Et le fait qu'il n'ait jamais demandé à devenir le chef de son clan n'y changeait rien.

— C'est vrai, soupira-t-il. Ce n'est pas ta faute si les vampires nous ont attaqués.

— Mais tu considères que je suis responsable de la mort de Kyle, n'est-ce pas ? murmura-t-elle d'une voix tremblante.

— Kyle était notre chef, répondit Zach. Il connaissait les risques auxquels il s'exposait. Il a commis l'erreur d'attaquer ce vampire sous sa forme humaine.

— Mais c'est parce qu'il voulait me défendre, insista Julia.

Zach ne répondit pas. Qu'aurait-il bien pu lui dire ? Que Kyle aurait dû la laisser mourir pour protéger son clan ? Qu'il aurait dû lui enseigner le sens de la discipline et du collectif au lieu de la laisser faire ce qu'elle voulait ? Que leur frère avait probablement été trop faible pour être leur chef ?

Que c'est par ma faute qu'il est mort, parce que je n'ai pas voulu assumer ce rôle…

Il était trop tard. Rien de ce qu'il pourrait dire ne changerait ce qui s'était passé ce soir-là. La seule chose qu'ils pouvaient faire, à présent, c'était protéger leur chamane. Car s'ils la perdaient Kyle serait vraiment mort pour rien.

— Je suis désolée, articula Julia d'une voix étranglée. Je suis vraiment désolée…

Elle fondit alors en sanglots et Zach sentit son cœur se serrer dans sa poitrine.

Comment avaient-ils pu en arriver là ? Comment un clan aussi noble et respecté que le leur avait-il pu se changer en quelques années seulement en une poignée de loups-garous désespérés et au bout du rouleau ?

Dans le regard de ses trois compagnons, Zach ne lisait plus que désarroi et résignation. Et ce constat éveilla une colère brûlante. L'animal qui était en lui émit un grondement menaçant qui trahissait un mélange de révolte, de refus et de défi.

— Nous sommes des loups, déclara-t-il à l'intention de sa famille. Nous ne nous laisserons pas impressionner par quelques vampires ! Tant qu'il nous restera un souffle de vie, nous devrons nous battre pour notre clan. Et Sophie en fait partie, désormais. Alors, je vous promets que j'irai la chercher et que je vous la ramènerai, dussé-je pour cela défier une horde entière de ces créatures.

Julia releva la tête et un pâle sourire se dessina au travers de ses larmes. Ces mots paraissaient lui redonner du courage.

— Lorsque nous serons tous réunis, nous reprendrons contact avec les autres meutes, reprit Zach, encouragé par sa réaction. Nous trouverons des alliés pour renforcer notre clan. Puis nous partirons vers le sud comme je vous l'avais promis. En Louisiane, peut-être, ou même au Mexique… Là, nous achèterons une maison à la campagne et nous serons libres de vivre comme nous l'entendons sans que personne n'y trouve rien à redire.

— Ce serait bien, murmura Brun. Mais est-ce que tu es vraiment sûr que notre chamane sera d'accord ? Elle ne paraissait pas avoir très envie de nous accompagner.

— C'est seulement parce que nous l'avons enlevée de force, répondit Zach. Je suis sûr que si je parviens à lui expliquer qui nous sommes vraiment et ce que nous attendons d'elle, elle acceptera de nous accompagner.

— Tu crois ? lui demanda Julia d'une voix emplie d'espoir.

— J'en suis certain.

L'assurance dont il faisait preuve sembla rassurer les deux jumeaux qui se mirent à discuter avec enthousiasme de la maison de leurs rêves. Eric paraissait plus circonspect, même s'il se gardait bien d'exprimer ses doutes. Zach ne pouvait lui en vouloir, d'ailleurs. Car il était convaincu qu'il ne serait pas si aisé de persuader Sophie.

11

Le réveil retentissait déjà depuis plus d'une minute lorsque Sophie parvint enfin à ouvrir les yeux et à interrompre ses sonneries stridentes. Pendant quelques instants, elle demeura parfaitement immobile, se demandant pourquoi son corps tout entier était aussi endolori.

Qu'avait-elle donc fait la veille pour être en si piteux état ?

Lucy l'avait appelée pour lui proposer d'aller en boîte de nuit avec elle puis…

Les souvenirs envahirent brusquement son esprit, se mêlant en un flot d'impressions aussi indistinctes que terrifiantes. Sophie s'efforça aussitôt de faire le vide, de chasser ces visions pour recouvrer un semblant de sérénité.

Certes, il viendrait un moment où elle ne pourrait plus se permettre de fuir la réalité de cette façon, où elle devrait faire face à ce qui lui était arrivé. Mais, pour l'instant, elle allait devoir se rendre à son travail et faire comme si cette journée était semblable à toutes les autres.

Lorsqu'elle eut recouvré son *self-control*, elle gagna la salle de bains où elle prit une douche rapide avant de revêtir l'un des deux tailleurs très stricts qu'elle portait pour aller travailler.

En l'enfilant, elle se rappela soudain ce que lui avait dit Lucy lorsqu'elles se trouvaient devant l'Apocalypse :

Rien ne t'empêche de porter ce que tu veux sous ta blouse. Tu pourrais aussi bien être entièrement nue : personne ne s'en douterait.

Ce souvenir lui fit monter aux yeux des larmes qu'elle eut beaucoup de mal à retenir. Elle avait l'impression terrifiante de n'être séparée de la réalité que par une fine couche de glace qui risquait à chaque instant de céder sous ses pieds. Elle basculerait alors dans le gouffre terrifiant et glacé qui se trouvait juste au-dessous.

Refusant de céder à la panique, elle alla se préparer une tasse de café qu'elle avala mécaniquement. Le liquide brûlant ne suffit pas à chasser les frissons glacés qui couraient le long de sa peau.

Ne pense à rien. Concentre-toi sur ce que tu as à faire et oublie le reste. Tu ne peux plus rien pour Lucy. Alors tâche au moins de sauver ce qui reste de ta propre vie.

Elle fit la vaisselle puis rassembla les affaires dont elle aurait besoin pour son cours du soir. Consultant sa montre, elle constata alors avec un certain soulagement qu'il était l'heure de partir.

Au coin de la rue, elle acheta le journal qu'elle lut dans le bus. Elle ne parvenait pas réellement à saisir la signification des mots qui défilaient devant ses yeux, mais cela n'avait aucune importance. Tout ce qui comptait, c'était de s'occuper l'esprit, de ne laisser aucun temps mort dans ses pensées, dans lequel pourrait venir s'engouffrer les souvenirs.

La matinée s'écoula comme un rêve étrange. La réalité semblait ne pas avoir prise sur Sophie et elle effectuait son travail de façon mécanique, répondant au téléphone, tapant les ordonnances et renseignant les patients qui défilaient devant elle.

L'heure du déjeuner arriva enfin, mais, comme elle

s'apprêtait à quitter son poste pour aller manger à la cantine de l'hôpital, Margot, sa supérieure hiérarchique, passa la tête par l'embrasure de la porte de son bureau.

— Sophie, pourrais-tu venir un instant ?

Réprimant un soupir, Sophie la rejoignit.

— Je viens de recevoir un coup de téléphone de l'accueil, expliqua Margot. Apparemment, il y a quelqu'un qui demande à te voir. Un inspecteur de police. J'imagine que c'est au sujet de ton ex-mari…

— Sans doute, acquiesça Sophie en s'efforçant de maîtriser les battements précipités de son cœur.

Elle s'était attendue à une telle visite. Après tout, elle était l'une des plus proches amies de Lucy…

— J'ai demandé à Steve de le conduire en salle de réunion, indiqua Margot. Il doit nous y attendre.

Sophie comprit que Margot comptait l'accompagner et fut tentée de protester. Mais cela n'aurait probablement pas manqué de vexer sa supérieure qui aimait à se croire indispensable.

En silence, elle lui emboîta donc le pas et elles passèrent devant le bureau d'Amy, la collègue de Sophie, qui, comme souvent, était en grande discussion avec le Dr Marcus.

S'il fallait en croire la rumeur, tous deux sortaient ensemble et l'épouse du médecin était au courant. Mais elle s'en moquait, sachant qu'en cas de divorce elle garderait la moitié de ce que possédait son époux.

Je me demande s'il y a des couples mariés qui sont heureux…

Tandis qu'elles se dirigeaient vers la salle de réunion du personnel, Sophie ne put s'empêcher de remarquer les odeurs qui flottaient dans le couloir : celle du désinfectant avec lequel on nettoyait le sol, celle de l'éther, le parfum sucré et vieillot que portait Margot, les plateaux-repas des malades…

Elle n'avait jamais été particulièrement sensible

aux odeurs mais, ce jour-là, son nez paraissait capter la moindre fragrance avec une acuité déconcertante. Peut-être s'agissait-il d'une réaction au choc qu'elle avait subi, de même que cette envie de viande saignante qui la taraudait depuis le début de la matinée…

Ressaisis-toi, ma vieille. Ce n'est pas le moment de craquer.

Sophie serra les dents et plaqua sur son visage le masque imperturbable qu'elle avait appris à porter, à l'époque où elle était mariée. Elle était passée maîtresse dans l'art de dissimuler ses émotions, de ne trahir aucune faiblesse susceptible d'alimenter le sadisme de Mark.

— Tu sais, lui dit alors Margot, si tu ne veux pas parler à ce policier, je peux toujours lui dire que tu es partie déjeuner. Nous pourrions même envoyer le Dr Brunner lui expliquer que tu ne veux plus être ennuyée avec ces histoires…

Sophie ne put s'empêcher de sourire. Le Dr Brunner était probablement la personne la plus douce et la plus gentille qu'elle connaissait, mais il était doté d'un physique formidable qui ne manquait jamais d'impressionner ses interlocuteurs.

— Merci, Margot, répondit-elle, touchée par la prévenance de sa supérieure. Mais ce n'est pas la peine, je t'assure.

— D'accord. Mais n'oublie pas que tu n'es pas obligée de répondre à ses questions.

— Je sais, acquiesça Sophie.

De fait, si l'inspecteur était bien venu lui parler de Lucy, elle comptait garder pour elle ce qu'elle savait. Qu'aurait-elle pu lui dire, d'ailleurs ? Que son amie avait été tuée par un vampire ? Qu'elle-même ne s'était enfuie que pour être capturée par une famille de loups-garous ?

Avant même que Margot ait poussé la porte de la

salle de réunion, Sophie perçut distinctement l'odeur de l'after-shave bon marché que portait le policier.

L'homme était appuyé contre la grande table de conférence et parcourait un dossier qu'il referma brusquement en les voyant entrer. La première impression de Sophie fut qu'il ressemblait comme deux gouttes d'eau au lieutenant Columbo.

Brun, légèrement voûté, il portait un imperméable froissé et trop large pour lui. Son sourire patelin cachait mal l'acuité de son regard qui la transperça de part en part dès qu'elle entra dans la pièce. Elle comprit immédiatement qu'il était potentiellement très dangereux et qu'elle allait devoir se montrer prudente.

— Bonjour, leur dit-il en s'inclinant légèrement. Je suis l'inspecteur Andrews. Laquelle d'entre vous est mademoiselle Wilson ?

— C'est moi, répondit Sophie d'une voix légèrement étranglée.

Elle toussa pour s'éclaircir la voix.

— Que puis-je pour vous ? ajouta-t-elle d'un ton plus assuré.

Il ne lui répondit pas immédiatement et jeta un coup d'œil à son dossier.

— Je voulais juste vous poser quelques questions, déclara-t-il enfin.

— Est-ce que c'est au sujet de Mark ? demanda-t-elle.

— Qui est Mark ? s'enquit le policier.

Elle ne fut pas dupe du ton innocent qu'il venait d'employer : de toute évidence, il savait parfaitement à qui elle faisait allusion.

— Mark Harris, précisa-t-elle, mon ex-mari. Nous sommes divorcés suite à une plainte que j'ai déposée pour harcèlement moral et physique.

Elle s'était exprimée d'une voix glaciale et Andrews fronça les sourcils.

— Non, mademoiselle. Ce n'est pas de lui qu'il s'agit.

A vrai dire, je suis venu vous parler de votre amie, Lucy Cavanaugh… Ce sont ses collègues de travail qui m'ont dit que vous étiez proches, précisa l'inspecteur.

— C'est exact, répondit Sophie en s'efforçant de conjurer l'image de Lucy gisant dans une flaque de sang, la gorge déchiquetée par un vampire. C'est bien ma meilleure amie. Que lui est-il arrivé ?

— Quand l'avez-vous vue pour la dernière fois ? lui demanda Andrews.

— Eh bien…

Sophie fit mine de réfléchir à la question.

— Vendredi après-midi… Elle est venue me demander si je voulais aller en boîte de nuit avec elle, ce soir-là. Je lui ai dit que je devais travailler.

De fait, c'était précisément ce qui s'était passé. Sauf que Lucy n'avait pas renoncé aussi facilement, et qu'elle s'était lancée dans un plaidoyer très convaincant.

Si seulement j'avais refusé de l'écouter…

Mais cela n'aurait rien changé, bien sûr : Lucy serait probablement allée en boîte sans elle et elle serait morte de la même façon.

— Mademoiselle Wilson, soupira Andrews, je ne sais comment vous dire cela… Votre amie s'est fait agresser en sortant de boîte de nuit…

— Agresser, répéta Sophie d'une voix blanche.

Elle n'avait pas besoin de feindre l'angoisse : il lui suffisait de repenser à ce qui s'était passé dans cette ruelle pour sentir monter en elle une terreur glacée et l'affreuse certitude que rien ne serait plus jamais comme avant…

— Que s'est-il passé ? articula-t-elle. Est-ce que Lucy va bien ?

L'inspecteur passa la main dans ses cheveux. Ce geste aurait pu trahir un malaise ou une certaine nervosité, mais, curieusement, Sophie était convaincue qu'il était parfaitement calculé. Andrews gagnait du temps et étudiait chacune de ses réactions.

Il ne sait pas à qui il a affaire…

C'était peut-être le seul bénéfice qu'elle avait tiré de toutes ces années passées aux côtés de Mark. Peu de gens étaient aussi doués qu'elle pour dissimuler leurs émotions. Elle y parvenait si bien qu'elle se demandait même parfois si elle serait encore capable de les exprimer librement.

Au fond, cela avait sans doute peu d'importance. Car, maintenant que Lucy n'était plus là, elle n'avait personne auprès de qui étaler ses sentiments.

— Je suis désolé, mademoiselle Wilson, mais votre amie Lucy est décédée des suites de ses blessures.

— Mon Dieu, murmura Margot.

— Que s'est-il passé ? demanda Sophie d'une voix blanche.

— C'est ce que j'essaie de découvrir, répondit Andrews. Elle a été attaquée de façon très brutale. Nous avons d'abord cru qu'il s'agissait d'un animal, mais l'analyse des blessures indique que l'assaillant était bien un être humain. Peut-être pourriez-vous m'aider à découvrir de qui il s'agit…

Sophie songea que le moment serait parfaitement choisi pour éconduire l'inspecteur en expliquant qu'elle se sentait incapable de répondre à ses questions, qu'elle avait besoin d'un peu de temps pour se remettre de ce choc…

Mais cela n'aurait fait que repousser l'inévitable confrontation.

— Inspecteur, protesta alors Margot d'un ton si réprobateur qu'il en paraissait presque menaçant, le moment est mal choisi…

— Cela ne fait rien, intervint Sophie, surprise une fois de plus par l'attitude protectrice de sa supérieure hiérarchique.

Jamais elle n'aurait pensé que Margot agirait de cette façon et elle regretta soudain les propos peu charitables qu'elle avait pu tenir à son sujet.

— Si cela ne vous ennuie pas, inspecteur, je préférerais m'asseoir.

— Mais certainement, lui dit-il en tirant une chaise.

Sophie se laissa tomber dessus et il prit place en face d'elle. Il commença alors à lui poser toutes sortes de questions au sujet de Lucy, de ses fréquentations, de ses habitudes, de ses ex-petits amis et de son rapport à la drogue.

Sophie avait l'habitude de ce genre d'interrogatoires. Elle en avait subi plusieurs après avoir porté plainte contre Mark. Et elle avait appris à dominer l'angoisse et le sentiment de culpabilité qu'ils lui inspiraient autrefois. Elle répondit donc posément à chacune de ces questions.

Non, elle n'avait pas eu de nouvelles de Lucy durant le week-end.

Non, cela ne l'avait pas étonnée. Elle avait juste supposé que Lucy avait rencontré quelqu'un en boîte de nuit.

Oui, elle était célibataire et non, aucun de ses ex n'avait conservé à son encontre de rancœur particulière.

Non, Lucy n'avait pas d'ennemis.

A part peut-être Mark, l'ex-mari de Sophie, qui lui en voulait probablement pour avoir aidé cette dernière au moment de leur séparation.

Non, elle ne croyait pas pour autant que Mark puisse être responsable d'un tel acte…

L'inspecteur Andrews écoutait attentivement chacune de ses réponses, prenant des notes sur son petit calepin. Durant tout ce temps, Margot demeura à son côté, lui serrant parfois l'épaule pour la réconforter.

Sophie, quant à elle, s'étonnait presque de la facilité

avec laquelle elle mentait au policier. Mais elle avait passé des années à mentir à tous ceux qui l'entouraient.

Je suis si heureuse avec Mark…

Je suis tombée.

Nous nous entendons si bien…

C'est si stupide… Je me suis cognée en ouvrant ce placard…

Mais non, je t'assure que je suis tombée…

Il ne boit pas tant que cela…

— Eh bien, je pense que j'en sais suffisamment, déclara enfin l'inspecteur Andrews. Merci beaucoup pour votre aide, mademoiselle Wilson.

Il sortit de la poche de son imperméable une carte de visite qu'il lui tendit.

— N'hésitez pas à m'appeler au cas où quelque chose vous reviendrait. Même si cela peut vous paraître anodin.

— Très bien, répondit Sophie. Vous pouvez compter sur moi.

Elle glissa la carte dans la poche de son tailleur.

— Je vais vous laisser, à présent, déclara Andrews.

— J'imagine que vous parviendrez à retrouver votre chemin tout seul, lui dit Margot sans cacher le peu de sympathie que lui inspirait le policier.

— Certainement, acquiesça Andrews. Au revoir.

Sophie le suivit des yeux tandis qu'il se dirigeait vers la porte. Le dernier regard que lui lança l'inspecteur juste avant de sortir la mit mal à l'aise. Il paraissait sentir qu'elle ne lui avait pas tout dit et elle comprit qu'elle n'en avait probablement pas fini avec lui.

— Pauvre Lucy, murmura alors Margot. C'est atroce… Je ne la connaissais pas très bien, mais je sais que vous étiez très proches, toutes les deux. Tu devrais rentrer chez toi. Prends tout le temps qu'il te faudra. Nous nous débrouillerons pour te remplacer en attendant…

— C'est très gentil, Margot. Mais je préfère rester

ici. Travailler m'occupera l'esprit. Et je ne tiens pas à me retrouver seule…

— Je comprends, ma petite.

Contre toute attente, Sophie sentit que tel était vraiment le cas et se dit qu'elle avait mal jugé Margot.

Mais ce n'était pas la première fois qu'elle se trompait à ce point au sujet de quelqu'un…

12

Il était tard lorsque Sophie regagna enfin son appartement. La journée qui venait de s'écouler lui avait semblé durer une éternité. Rétrospectivement, chaque minute lui paraissait avoir duré une heure.

Margot avait dû le sentir, d'ailleurs, car elle lui avait proposé de prendre un jour de congé payé. Après avoir hésité, Sophie avait fini par accepter.

Cela lui laisserait peut-être le temps de réviser ses cours et d'éviter de sécher comme elle l'avait fait le soir où leur professeur de psychologie appliquée avait eu la bonne idée de leur imposer une interrogation surprise.

Je suis désolée, mais je n'ai pas eu le temps de réviser ce week-end. Vous comprenez, je me trouvais aux mains d'une bande de loups-garous et ils refusaient de me laisser partir…

Sophie ne put s'empêcher de sourire en imaginant la tête qu'aurait faite son professeur en entendant une telle excuse. Sans doute lui aurait-il conseillé lui aussi de prendre un peu de repos…

Elle en avait effectivement besoin. Car son étrange sensibilité aux odeurs n'avait fait que se renforcer au cours de la journée et elle s'était longuement interrogée sur les raisons de cet étrange phénomène.

Certes, elle n'avait pas été mordue par les loups-garous qui l'avaient enlevée. Mais elle avait mordu

Zach. Cela pouvait-il expliquer le développement inattendu de ses facultés olfactives ?

Elle avait désespérément tenté de se convaincre qu'il s'agissait d'un simple effet de la fatigue. Et elle y était presque parvenue jusqu'à l'incident qui s'était déroulé sur le campus…

Alors qu'elle passait à proximité de l'un des terrains de base-ball de l'université, elle avait surpris un mouvement du coin de l'œil. Avant même de comprendre ce qui s'était passé, elle avait attrapé au vol une balle qui fusait dans sa direction.

Cet arrêt stupéfiant lui avait valu une salve d'applaudissements de la part des joueurs et leur entraîneur lui avait même demandé si elle ne voulait pas se joindre à l'équipe féminine. Sophie s'était enfuie sans lui répondre et il avait dû se demander s'il n'avait pas eu affaire à une folle…

Etait-elle en train de se transformer en loup-garou ? Une telle idée paraissait absurde, bien sûr, mais c'était surtout parce que personne ne croyait vraiment à l'existence des lycanthropes.

Or, Sophie *savait* qu'ils existaient.

Et si les légendes concernant leur existence étaient exactes, pourquoi cette maladie ou cette malédiction ne serait-elle pas effectivement transmissible ainsi qu'elles le prétendaient ?

Troublée par cette question, Sophie ouvrit la porte de son appartement et pénétra dans le petit vestibule. Elle tendit la main pour allumer le plafonnier, mais la lumière refusa de s'allumer. Résignée, elle s'avança dans l'obscurité en direction du salon.

Elle sentit alors un bras enserrer sa taille, tandis qu'une main venait se plaquer sur sa bouche, étouffant son cri de terreur. D'un coup de talon, son agresseur referma la porte derrière eux.

— J'aime beaucoup ton appartement. Il n'est pas grand, mais il a quelque chose de très accueillant…

Sophie se figea en reconnaissant la voix de l'homme. Comment Zach avait-il fait pour la retrouver ?

— Je ne te veux aucun mal, lui dit-il. Mais il faut que nous parlions…

La douceur de sa voix ne suffit pas à atténuer l'angoisse qui étreignait Sophie. Combien de fois Mark lui avait-il fait ce genre de promesses ? Et combien de fois s'étaient-elles soldées par des coups et un nouveau passage à l'hôpital ?

Zach l'entraîna jusque dans le salon et alluma la lumière. Puis il la fit asseoir sur le canapé et ôta sa main en lui adressant des yeux un avertissement éloquent. De toute façon, Sophie ne se faisait aucune illusion : les cris qu'elle poussait lorsque Mark la battait n'avaient jamais fait venir personne.

D'ailleurs, même si quelqu'un décidait d'appeler la police, Zach aurait tout le temps de faire d'elle ce qu'il voulait avant qu'une patrouille n'arrive sur les lieux. Elle se contenta donc de l'observer attentivement.

Il n'avait pas changé de vêtements depuis la dernière fois qu'elle l'avait vu et n'avait apparemment pas non plus pris le temps de se raser. Malgré cela, il conservait une certaine élégance qui tenait peut-être à la grâce naturelle de chacun de ses gestes.

Cette fluidité était d'autant plus étonnante chez un homme aussi grand et athlétique que lui.

Sauf que ce n'est pas un être humain…

Sophie jeta un coup d'œil en direction de la porte, tentant d'estimer quelles étaient ses chances de l'atteindre sans que Zach ne l'intercepte.

— N'essaie même pas, lui dit-il comme s'il avait lu dans ses pensées. Je suis bien plus rapide que toi.

— Comment m'as-tu retrouvée ? lui demanda-t-elle.

Essaie de gagner du temps en attendant de trouver une solution…

— Tu m'as dit que tu suivais des cours du soir pour devenir assistante sociale, expliqua-t-il. Il n'y a qu'une université à Jéricho City qui dispense ce genre de formation.

— Ils n'auraient jamais dû te donner mon adresse !

— Que veux-tu ? répondit-il d'un ton ironique. La secrétaire n'a pas su résister à mon charme…

Cela n'étonna pas Sophie outre mesure. Bien que Zach soit un lycanthrope et un criminel, elle ne pouvait nier qu'il était aussi l'un des hommes les plus séduisants qu'elle ait jamais rencontrés…

Sauf que ce n'est pas un être humain…

Reste concentrée ! Réfléchis !

Le téléphone se trouvait dans la cuisine. Si seulement elle parvenait à l'atteindre et à s'y enfermer, elle pourrait peut-être appeler à l'aide…

— Je ne comprends pas, lui dit-elle. Pourquoi est-ce que tu me harcèles de cette façon ? Je ne t'ai rien fait de mal.

— Je n'ai jamais dit le contraire, répondit Zach en haussant les épaules.

— Alors qu'est-ce que tu attends de moi, au juste ?

Il passa la main dans ses cheveux et poussa un profond soupir.

— C'est ce que j'ai essayé de t'expliquer avant que tu ne t'enfuies de l'hôtel. Tu possèdes une qualité très particulière, Sophie, une qualité qui te prédispose à devenir une chamane.

Elle lui jeta un regard dubitatif.

— Je trouve assez étonnant que tu ne me croies toujours pas après tout ce que tu as vu… J'imagine qu'il te faut des preuves.

Sophie haussa les épaules.

— Est-ce que tu as constaté un changement en toi,

au cours de ces dernières heures ? lui demanda Zach. Une plus grande sensibilité aux odeurs, peut-être. Ou une faculté de précognition, la capacité de deviner ce qui allait se passer à la seconde suivante ?

Sophie sentit les battements de son cœur s'emballer.

— C'est bien ce que je pensais, acquiesça Zach. Cela prouve que la transformation a commencé. Tu dois sans doute te sentir très fatiguée. C'est parfaitement normal. Le processus va provoquer en toi un certain nombre de modifications aussi bien psychologiques que physiques…

Les doutes qui la rongeaient depuis le début de la journée firent place à une certitude plus terrifiante encore. Elle était bien en train de devenir…

Quelque chose d'autre…

Pas un être humain…

— Ce n'est pas possible, murmura-t-elle d'une voix blanche.

Un sourire amusé se dessina sur les lèvres de Zach.

— Je t'assure que si. Mais laisse-moi t'inviter à dîner. Je suis certain que tu dois te sentir affamée. Que dirais-tu d'un bon steak ?

— Je n'ai pas faim, répondit Sophie.

Le gargouillement que fit entendre son ventre prouvait sans conteste qu'il s'agissait d'un mensonge.

— Laisse-toi tenter, insista-t-il d'une voix enjôleuse. Que dirais-tu d'une entrecôte ? Ou même d'une délicieuse côte de bœuf ? J'ai repéré un restaurant qui m'a paru très convenable, à deux rues d'ici.

Sophie hésita, songeant qu'elle serait certainement plus en sécurité dans un lieu public. Mais il s'agissait peut-être d'un piège…

Comme elle se faisait cette réflexion, Zach fronça les sourcils et lui fit signe de garder le silence. Levant la tête, il renifla à deux ou trois reprises.

— Ce n'est pas possible, murmura-t-il avant de se

tourner de nouveau vers elle. Cette fois, il va falloir que tu me fasses confiance, ajouta-t-il.

Elle le considéra avec stupeur, se demandant comment il pouvait lui demander une chose pareille. Avait-il oublié qu'il l'avait kidnappée puis s'était introduit chez elle par effraction ?

— Je vois, soupira-t-il. Ecoute, nous avons un grave problème. Des vampires viennent de pénétrer dans l'immeuble. Jusqu'à présent, je pensais que c'était par hasard qu'ils avaient attaqué ton amie à la sortie de cette boîte de nuit. Mais je commence à me demander s'ils n'en avaient pas après toi. Que peuvent-ils bien te vouloir, à ton avis ?

— Comment sais-tu qu'ils sont là ? Ne me dis pas que tu les as sentis…

— Bien sûr que si. Tu le pourrais aussi si tu connaissais leur odeur. Pourquoi s'intéressent-ils à toi, Sophie ?

— Je n'en ai pas la moindre idée. Jusqu'à vendredi, j'étais convaincue que les vampires et les loups-garous n'existaient pas.

— Malheureusement, les vampires sont aussi réels que les lycans. Et nous allons devoir partir d'ici très rapidement si nous ne voulons pas qu'ils nous tombent dessus…

— Pars si tu veux, mais il n'est pas question que j'aille avec toi. Je ne tiens pas à me faire enlever de nouveau !

— Je n'ai aucunement l'intention de te kidnapper, répliqua-t-il. Pour le moment, j'essaie juste de te sauver la vie. Tiens-tu vraiment à finir comme ton amie ?

Le souvenir du corps ensanglanté de Lucy s'imposa à elle, faisant vaciller sa résolution. Mais, avant qu'elle ait pu répondre, quelqu'un frappa à la porte de l'appartement. Zach se détourna et huma l'air.

— Ce sont eux ? articula Sophie.

— Non… C'est un humain. Un mâle… Est-ce que tu attends quelqu'un ?

Sophie secoua la tête, terrifiée à l'idée qu'il puisse s'agir de Mark.

— Personne ne connaît mon adresse, articula-t-elle. Du moins, c'est ce que je croyais jusqu'à ce soir…

Elle n'osait imaginer ce que dirait Mark en découvrant qu'un autre homme se trouvait chez elle. Pour la première fois depuis qu'elle avait fait sa connaissance, elle se réjouit de la présence de Zach. Lui, au moins, ne l'avait jamais maltraitée physiquement…

— C'est peut-être mon ex-mari, souffla-t-elle.

— Tu n'as pas l'air de le porter dans ton cœur…

Sophie ne répondit pas, mais il dut lire dans son regard la terreur qui l'habitait.

— Ne t'inquiète pas, lui dit-il. S'il s'avise de prononcer la moindre parole déplacée, je lui ferai regretter amèrement de t'avoir retrouvée.

On frappa de nouveau et Zach se dirigea vers la porte d'un pas résolu. Il ouvrit et s'appuya contre le montant avec une décontraction aussi parfaite que s'il vivait ici depuis toujours.

— Bonsoir, dit-il d'une voix assurée. Que puis-je pour vous ?

— Est-ce que Mlle Wilson est là ?

Ce n'était pas Mark. Sophie était convaincue d'avoir déjà entendu cette voix, mais elle ne parvenait pas à se rappeler dans quelles circonstances.

— Puis-je savoir qui la demande ? s'enquit Zach.

L'amabilité avec laquelle il venait de s'exprimer donnait à la scène un caractère totalement surréaliste. Sophie se demanda si elle n'était pas devenue folle et si la scène à laquelle elle croyait assister ne se déroulait pas entièrement dans sa propre imagination.

— Je suis l'inspecteur Andrews de la police criminelle de Jéricho City. Je me suis entretenu cet après-midi même avec Mlle Wilson au sujet de son amie Lucy Cavanaugh.

— Elle m'en a parlé, acquiesça Zach d'un ton parfaitement naturel. Cette nouvelle l'a secouée, vous savez. Il vaudrait peut-être mieux que vous repassiez plus tard…

Comment parvient-il à rester aussi calme ?

— Cela ne prendra pas longtemps, assura le policier. Il se trouve simplement que deux témoins ont vu Mlle Cavanaugh en compagnie de quelqu'un dont la description correspond à celle de Mlle Wilson…

— Attendez, si j'ai bien compris, Lucy a été tuée dans la nuit de vendredi à samedi, n'est-ce pas ?

— C'est exact.

— Dans ce cas, il est inutile d'ennuyer Sophie. Il se trouve que j'étais avec elle, cette nuit-là.

— Vraiment ? s'étonna Andrews. Mlle Wilson ne m'en a pourtant rien dit, monsieur…

— Sellers. Gabriel Sellers.

Sophie n'aurait su dire ce qui l'emportait chez elle de la stupeur ou de l'admiration. Jamais elle n'avait vu quelqu'un mentir avec un tel aplomb.

— Gabriel Sellers ? répéta Andrews d'un ton pensif. Elle n'a pas mentionné votre nom, j'en suis certain…

— Ça ne m'étonne pas, répondit Zach. Son ex-mari a déjà proféré des menaces à son encontre à de multiples reprises. Elle ne tient pas à ce qu'il apprenne qu'elle n'est plus célibataire…

— Dois-je en déduire que vous êtes le petit ami de Mlle Wilson ?

— Je ne suis pas sûr que cela vous regarde, répondit Zach d'un ton moins conciliant. Quoi qu'il en soit, je peux vous assurer que Sophie se trouvait en ma compagnie durant tout le week-end. Est-ce que cela répond à vos questions, inspecteur ?

— Puis-je savoir où vous avez passé ce week-end, monsieur Sellers ?

Le ton patelin du policier avait fait place à une froideur toute professionnelle. Il était évident que ce brusque revirement de situation ne faisait qu'accentuer la méfiance que lui avait inspiré le témoignage de Sophie.

Celle-ci ne savait quel parti prendre. L'arrivée d'Andrews lui offrait une chance inattendue d'échapper à Zach. Il lui suffirait pour cela de s'avancer et de demander son aide.

Mais elle serait obligée alors de reconnaître qu'elle avait menti en lui assurant qu'elle ne se trouvait pas avec Lucy, vendredi soir. Elle devrait donc répondre à un nouvel interrogatoire qui serait certainement moins plaisant que le premier.

Que dirait-elle alors ? Qu'elle avait vu sa meilleure amie se faire tuer par un vampire ? Qu'elle avait été enlevée par des loups-garous ? Un tel témoignage l'enverrait tout droit dans un hôpital psychiatrique.

— Au risque de me répéter, répondit alors Zach, cela ne vous regarde pas. Mais, puisque vous tenez tant à le savoir, nous étions ici même et nous avons passé une bonne partie de la journée au lit… Maintenant, si vous voulez bien m'excuser, j'aimerais retourner auprès de Sophie. Elle vient de perdre sa meilleure amie et elle a besoin d'un peu de réconfort. Au revoir, monsieur Andrews.

— Inspecteur Andrews, répliqua le policier d'un ton glacial. Et j'aimerais vraiment m'entretenir avec Mlle Wilson.

— Très bien, soupira Zach d'un ton résigné.

Il se tourna vers elle et éleva la voix comme si elle se trouvait dans une pièce éloignée.

— Sophie ! Il y a ici un policier qui demande à te parler. C'est au sujet de Lucy…

Qu'était-elle censée faire ? Dénoncer Zach au risque d'éveiller les soupçons d'Andrews ? Ou bien abonder dans le sens d'un homme qui l'avait enlevée et s'apprêtait probablement à recommencer ?

Jamais elle ne s'était sentie aussi démunie qu'en cet instant.

Que dois-je faire ?

Comme elle formulait cette question, elle eut brusquement l'impression que sa vision périphérique était envahie par un fourmillement de silhouettes indistinctes, comme si des dizaines de personnes se trouvaient à la limite de son champ de vision.

Je suis en train de devenir folle…

De fait, il lui semblait également entendre des murmures indistincts autour d'elle, comme si ces personnes lui chuchotaient quelque chose qu'elle ne parvenait pas à distinguer…

— Sophie ?

Brusquement rappelée à la réalité, elle se força à ignorer ces sensations inexplicables et se rapprocha de la porte d'entrée. Le regard d'Andrews la transperça une fois encore et elle fut tentée de s'enfuir sans demander son reste.

Zach passa alors un bras autour de ses épaules et l'attira contre lui. Contre toute attente, ce contact l'aida à maîtriser la panique qui menaçait à tout instant de la submerger.

— C'est bien le policier dont tu m'as parlé ? lui demanda-t-il d'une voix très douce. Celui qui t'a annoncé la mort de Lucy ?

Craignant que sa voix ne trahisse l'angoisse qui l'habitait, Sophie se contenta de hocher la tête. Elle percevait toujours les silhouettes qui chuchotaient de façon indistincte.

Que lui arrivait-il donc ? Etait-elle en train de perdre la tête ? La mort de Lucy et la découverte de l'existence des loups-garous avaient-elles suffi à faire chanceler sa raison ?

Qu'est-ce que j'ai fait pour mériter ça ?

— Je suis vraiment désolé de vous déranger, déclara Andrews. Vous ne m'aviez pas dit que vous aviez passé votre soirée de vendredi avec M. Sellers.

— Vous ne me l'avez pas demandé, répondit-elle d'une voix qui lui parut étonnamment calme et maîtrisée. Vous m'avez juste demandé si j'étais avec Lucy et je vous ai répondu que non.

— Certes, concéda l'inspecteur. Et vous avez passé tout le week-end avec lui ?

— Oui, répondit Sophie.

Après tout, rien de ce qu'elle venait de dire ne constituait un mensonge. Ce n'était en fait qu'une version édulcorée de la réalité…

— D'habitude, nous nous retrouvons chez moi, intervint Zach d'une voix affable. Mais ce week-end Sophie voulait revoir ses cours. Elle étudie pour devenir assistante sociale, vous savez… Quoi qu'il en soit, je l'ai aidée à réviser.

— Je vois, acquiesça Andrews. A ce propos, où habitez-vous, monsieur Sellers ?

— A deux pas d'ici, en fait, répondit Zach d'un ton assuré. Juste au-dessus du Ted's Beef Grill. Vous connaissez ?

— Non…

— C'est un restaurant fabuleux. Je vous conseille d'aller y faire un tour si vous aimez la viande rouge.

— Je n'y manquerai pas, répondit Andrews. Bien… Je vais vous laisser, à présent. Je suis désolé de vous avoir importuné, mademoiselle Wilson.

— Il n'y a pas de quoi, répondit Sophie en s'efforçant d'ignorer les murmures qui envahissaient son esprit.

Elle percevait également une écœurante odeur de putréfaction qui avait envahi le couloir. Andrews paraissait ne rien remarquer, mais, lorsqu'elle jeta un coup d'œil interrogatif à Zach, elle discerna une lueur d'inquiétude dans son regard.

— Pouvons-nous faire quoi que ce soit d'autre pour vous, inspecteur ? demanda-t-il.

— Je ne crois pas, répondit-il. Vous avez ma carte, mademoiselle Wilson.

— Oui, articula-t-elle. Je vous appellerai si quelque chose me revient. Bonne nuit, inspecteur.

Andrews parut hésiter puis il hocha la tête.

— Bonne nuit, mademoiselle Wilson. Monsieur Sellers…

Il se détourna enfin et s'éloigna en direction des escaliers. L'odeur de putréfaction était à présent insoutenable et Sophie se demanda comment le policier pouvait ne pas s'en apercevoir.

Zach a peut-être dit la vérité. Suis-je en train de changer ?

— J'ai bien cru que nous ne nous en débarrasserions jamais, souffla ce dernier.

Il observa attentivement le couloir qui s'ouvrait devant eux.

— Je pense qu'ils le laisseront passer, déclara-t-il. Tout comme les loups-garous, les vampires préfèrent éviter d'attirer l'attention des humains… Par contre, il n'est pas question pour nous de passer par l'escalier principal. Est-ce qu'il y a une autre issue ?

— Il y a un escalier qui court le long de la façade, répondit Sophie.

Comme elle prononçait ces mots, les ampoules qui éclairaient le couloir se mirent à grésiller puis s'éteignirent brusquement, les plongeant dans la pénombre.

13

Zach passa en revue toutes les options qui s'offraient à lui. Il était évident que les vampires devaient surveiller l'escalier de secours. La bête, tapie en lui, intimait de courir sus à l'ennemi, d'attaquer de front ces montres et de les détruire à coups de griffes et de crocs.

Mais il savait que, ce faisant, il risquait d'exposer Sophie. Or, c'était elle qu'il était venu chercher et il ne pouvait se permettre de la perdre aussi stupidement. Il ne lui servirait à rien de tuer cinq ou dix vampires si c'était pour condamner son clan.

— Comment as-tu pu lui mentir avec un tel aplomb ? lui demanda soudain Sophie.

Il lui fallut quelques instants pour comprendre qu'elle parlait du policier qui venait de partir.

— Je n'avais pas vraiment le choix, répondit-il.

— Puis-je au moins savoir quel est ton véritable nom ? Zach ou Gabriel ?

— Zach, répondit-il. Mais le moment est mal choisi pour faire les présentations. Ils approchent…

— Est-ce que ce sont eux que je vois ?

— Que veux-tu dire ?

— Eh bien… C'est assez difficile à expliquer… Depuis tout à l'heure, j'aperçois des formes indistinctes à la limite de mon champ de vision.

J'avais raison. Sophie est bien une chamane. Et si elle voit déjà cela, c'est qu'elle est particulièrement douée.

— Ce que tu vois n'a rien à voir avec les vampires, répondit-il. En tant que chamane, tu es capable de distinguer le *majir*, le monde des esprits…

— Ne me dis pas que je vois des fantômes, articula-t-elle d'une voix blanche.

— En quelque sorte…

— Et ce sont eux qui ont éteint la lumière ?

— Non. Ça, ce sont les vampires. Ils préfèrent chasser dans l'obscurité.

— Mon Dieu, balbutia Sophie.

Son visage était blafard, à présent, et il craignit qu'elle ne se mette à crier. Ne pouvant courir ce risque, il plaqua de nouveau sa paume sur sa bouche.

— Ecoute, lui dit-il d'une voix très rauque en luttant contre la bête qui brûlait de prendre le contrôle et de contre-attaquer. Il ne va pas être facile de leur échapper, cette fois. Ils sont nombreux et, s'ils ont surveillé le bâtiment, ils s'attendent probablement à me trouver là. Surtout, ne t'éloigne pas de moi, c'est compris ?

Sophie hocha la tête et il vit l'ombre d'un espoir se mêler à la terreur qui se lisait dans ses yeux.

— Bien, lui dit-il. Tant que tu resteras à côté de moi, nous aurons peut-être une chance de nous en sortir vivants.

Cédant à une brusque impulsion, il posa ses lèvres sur son front et prit une profonde inspiration. Malgré la peur qui habitait Sophie en cet instant, son odeur conservait cette note fraîche et pure qui avait le don de l'apaiser.

Lorsqu'il s'écarta enfin, elle lui jeta un regard étonné.

— Pourquoi as-tu fait ça ?

— Parce que j'en avais besoin, répondit-il d'un ton plus calme. Suis-moi.

Il la prit par la main et s'élança dans le couloir. Mais au lieu de descendre l'escalier comme s'y attendaient probablement leurs ennemis, il s'élança vers les étages supérieurs. Ils gravirent les marches quatre à quatre et parvinrent enfin devant une porte métallique qui donnait sur le toit de l'immeuble.

Elle était fermée à clé, bien sûr, et Zach l'enfonça d'un violent coup de pied. Une bouffée d'air froid leur parvint.

— Il y a de plus en plus de fantômes, murmura-t-elle alors.

— C'est bon signe, lui assura Zach. Les esprits cherchent à te venir en aide…

Le seul problème, c'est qu'elle ne contrôle pas encore ses pouvoirs. Il va falloir que je la nourrisse rapidement et que je l'installe quelque part où elle sera suffisamment en sécurité pour pouvoir entrer en transe.

Zach plissa les yeux et inspecta les environs, cherchant une issue. Le mieux était sans doute de traverser le toit et de sauter sur celui de l'immeuble voisin, qui se trouvait de l'autre côté de la ruelle.

Mais il n'était pas question de s'élancer sans réfléchir. Car si les vampires avaient bien préparé leur embuscade, il y avait probablement un guetteur quelque part sur le toit.

Zach renifla et finit par le repérer. Il était tapi dans l'ombre, juste derrière l'une des bouches d'aération de l'immeuble. Sophie avait dû le sentir, elle aussi, car elle se rapprocha instinctivement de lui.

— Ne t'inquiète pas, je suis là pour te protéger, lui assura-t-il d'un ton bien plus confiant qu'il ne l'était réellement.

Seul, il n'aurait pas hésité à attaquer le vampire de front. Mais la présence de Sophie à côté de lui constituait un handicap non négligeable. Il devrait en effet veiller sur elle en priorité, ce qui le forcerait à s'exposer.

Ce n'est pas vraiment comme si j'avais le choix…

— Suis-moi, murmura-t-il.

Elle hocha la tête et il s'avança sur le toit d'une

démarche mal assurée, comme s'il était ivre ou blessé. Le vampire tomba dans le piège et sortit de l'ombre pour se précipiter dans leur direction.

Il ne regarda même pas Zach, se concentrant exclusivement sur sa compagne. Ce détail confirma ses doutes : les attaques de la boîte de nuit et de l'hôtel étaient bel et bien dirigées contre Sophie. Pour une raison qu'il ne s'expliquait pas, ces créatures paraissaient décidées à la tuer.

Il repoussa donc la jeune femme en arrière et s'interposa entre le vampire et elle. Il laissa alors la bête prendre le contrôle et se transforma brusquement.

Son ennemi en profita pour lui décocher un coup de griffes qu'il ne chercha pas à éviter, se contentant de se déplacer légèrement de façon qu'il atteigne ses côtes et non son ventre.

Zach ravala le cri de douleur et de colère qui lui montait à la gorge, se contentant d'un grognement sourd. Il ne tenait pas à faire savoir aux vampires qui étaient dans l'immeuble que Sophie et lui se trouvaient sur le toit.

Sachant que son adversaire n'hésiterait pas à appeler des renforts, il comprit qu'il ne pouvait se permettre de perdre un seul instant. Et, comme le vampire faisait mine d'attaquer de nouveau, son bras se détendit à une vitesse stupéfiante, lacérant d'un coup de griffes la gorge de son adversaire qui fut projeté en arrière.

Les mains plaquées sur son cou, il tenta vainement de retenir le sang qui s'écoulait à gros bouillons et expira sans un mot.

Sophie fit alors entendre un petit cri d'alarme.

Zach se retourna et constata que deux autres vampires venaient de sortir par la porte qui menait à l'intérieur du bâtiment. Sans hésiter, il effectua un bond prodigieux qui le plaça entre Sophie et eux.

Comprenant probablement qu'ils avaient affaire

à forte partie, les vampires se séparèrent et chacun d'eux chercha à le contourner pour atteindre Sophie. L'odeur de mort et de putréfaction était étouffante, malgré le fait qu'ils se trouvaient à l'air libre.

Cela signifiait que les nouveaux venus étaient assez âgés et qu'ils détenaient probablement plus de pouvoir que celui qu'il venait d'affronter. Ils ne prenaient d'ailleurs plus garde à dissimuler leur véritable apparence et leur peau était d'une lividité cadavérique, leurs yeux injectés de sang et leurs ongles semblables à des griffes acérées.

Ils émirent ce son si particulier qui avait le don de lui donner la nausée. C'était une sorte d'odieux gargouillement, une parodie de rire obscène dont ils se servaient généralement pour démoraliser leurs adversaires.

Mais cette fois ils avaient affaire à un lycanthrope. Et il était bien décidé à défendre sa chamane jusqu'à la mort s'il le fallait. Il répondit donc à leurs provocations par un grognement de défi.

Le plus grand se jeta alors sur lui. Zach réagit sans réfléchir, se fiant à l'instinct de la bête. Il esquiva un coup et contre-attaqua aussitôt, transperçant son ennemi. Ce dernier tenta de répondre par une morsure, mais les griffes de Zach s'était déjà refermées sur sa gorge.

Il serra si violemment que la tête de la créature se détacha et roula sur le toit.

L'autre vampire parut hésiter l'espace de quelques instants puis se détourna pour bondir en direction de l'escalier. Zach dut faire appel à toute la force de sa volonté pour ne pas céder à l'impulsion qui le poussait à le prendre en chasse.

Pense à la chamane. C'est elle et elle seule qui compte.

Il se força à respirer profondément et parvint à

maîtriser la bête furieuse en lui qui entendait bien continuer à se battre.

C'est peut-être un piège. Dieu seul sait combien m'attendent dans l'escalier…

Ayant recouvré forme humaine, il se tourna vers Sophie qui se tenait toujours au même endroit, les yeux agrandis par l'effroi.

— Ressaisis-toi, lui dit-il. Il y en a peut-être d'autres…

— Alors c'est à cela que ressemblent vraiment les vampires, murmura-t-elle d'une voix horrifiée.

— J'en ai bien peur. Et ceux-là en avaient après toi…

— Mais ce n'est pas possible ! protesta-t-elle. Je ne leur ai rien fait !

— Il ne s'agit pourtant pas d'un malentendu : cela fait trois fois qu'ils s'attaquent à toi. Il doit bien y avoir une raison à cela. Mais le moment est mal choisi pour en discuter. Il faut filer et vite !

Zach lui tendit la main et, pour la première fois depuis qu'ils se connaissaient, elle la prit sans hésiter. Au même instant, il fut assailli par une vision inattendue : celle de leur maison en flammes. Il pouvait sentir l'odeur âcre de la fumée et entendre les cris des loups-garous qui s'étaient retrouvés piégés à l'intérieur…

— Pas cette fois, murmura-t-il.

Cette fois, je ne laisserai pas mourir ma chamane.

— Qu'est-ce que tu dis ? lui demanda Sophie.

— Nous allons nous en sortir, lui dit-il en étreignant doucement ses doigts.

Il plongea son regard dans le sien.

— Je ne laisserai personne te faire du mal, ajouta-t-il.

Elle avala difficilement sa salive et ses yeux s'emplirent de larmes.

— Si seulement j

— Laisse-moi le temps de te le prouver. C'est tout ce que je te demande.

— Je n'ai pas vraiment le choix, répondit-elle en jetant un coup d'œil aux cadavres des vampires qui commençaient déjà à se décomposer.

Dans quelques minutes, ils seraient réduits en poussière.

— Ils ne me laisseront jamais tranquille, n'est-ce pas ?

— Non, répondit Zach. Mais nous veillerons sur toi, Sophie. Tu fais partie de notre clan, désormais.

Il sentit alors une nouvelle odeur.

De la fumée.

Cela n'a aucun sens. Les vampires détestent le feu.

— Il y a quelque chose qui brûle, remarqua Sophie.

— C'est ton immeuble, répondit Zach. Il va falloir que nous sautions sur celui d'à côté.

Sophie lui lança un coup d'œil inquiet.

— Tu plaisantes, j'espère…

— Pas du tout. Cette fois, il va vraiment falloir que tu me fasses confiance.

— D'accord, lui dit-elle. Que dois-je faire ?

Zach la prit dans ses bras et la souleva de terre.

— Ferme les yeux, lui conseilla-t-il.

Elle s'exécuta et il laissa la bête affleurer une fois encore. Il aurait besoin de sa force et de son agilité s'il voulait éviter une chute qui, si elle avait peu de risques de le tuer, serait certainement fatale pour Sophie.

Il prit alors une profonde inspiration, chassant la terreur que lui inspirait la simple idée de la perdre. Sans hésiter, il se mit alors à courir vers le bord du toit. Puis, d'un bond, il s'éleva dans les airs en serrant contre lui cette femme qui représentait désormais l'avenir de son clan.

14

Zach se laissa tomber dans un fauteuil et posa les pieds sur la table basse qui se trouvait en face de lui. Sophie, quant à elle, était assise sur le lit de cette chambre d'hôtel anonyme, les yeux fixés sur le poste de télévision éteint.

Elle cherchait à reconstituer le déroulement de la nuit qui lui apparaissait comme une succession d'images dépourvues de sens.

Zach dans son appartement…

La visite de l'inspecteur Andrews…

La bagarre sur le toit de son immeuble…

Cet improbable saut dans le vide…

Le terrifiant jeu de cache-cache qui s'en était suivi tandis qu'ils tentaient d'échapper aux vampires…

Le fast-food où ils s'étaient arrêtés pour manger des hamburgers sans prononcer un mot…

Et puis cette chambre…

Tout au long de cette improbable équipée, Sophie n'avait cessé de voir des fantômes qui paraissaient se presser autour d'elle et lui murmurer des phrases dénuées de sens.

C'était une sensation terriblement oppressante et elle aurait voulu pouvoir faire abstraction de tous ces visages inconnus qui l'observaient.

Certains paraissaient éprouver à son égard de la curiosité, d'autres de la méfiance, d'autres encore de l'indifférence. Quant à Sophie, elle avait juste envie qu'ils disparaissent et la laissent tranquille. Mais il semblait de plus en plus évident que rien de tel ne se produirait…

Sophie jeta un coup d'œil à Zach. Il n'avait pas prononcé le moindre mot depuis qu'ils étaient arrivés là. Et elle n'avait aucune idée de ce qu'il comptait faire exactement.

Après quelques secondes d'hésitation, elle estima que le plus simple était sans doute de lui poser la question.

— Nous avons besoin de repos, répondit-il. Toi, surtout. Tâche de dormir un peu.

— Dormir ? répéta-t-elle. Après tout ce qui s'est passé ? Je ne sais pas si j'en serai capable.

— Allonge-toi et ferme les yeux, lui conseilla-t-il. Le sommeil viendra de lui-même.

Il posa la tête contre le dossier de son fauteuil et poussa un soupir fatigué. Sophie fut frappée par la normalité de son attitude.

Rien ne laissait soupçonner qu'il y avait en lui une part de sauvagerie indomptable.

— Je ne peux pas, murmura-t-elle.

— Bien sûr que si, lui répondit-il d'une voix douce.

— Est-ce que les vampires redoutent la lumière du jour ?

— Disons qu'ils préfèrent l'éviter. Seuls les plus âgés sont capables de rester en plein soleil sans avoir à craindre des conséquences fâcheuses. Mais même les plus jeunes sont capables d'y résister.

— Comment peut-on les tuer ?

— En les immolant par le feu ou en leur tranchant la gorge…

Zach s'interrompit et lui adressa un sourire rassurant.

— Ne t'inquiète pas, lui dit-il. Tu n'as plus rien à craindre, pour le moment. Je me suis assuré que personne ne nous avait suivis jusqu'ici. Nous sommes en sécurité.

Sophie avait du mal à s'en convaincre. La présence continuelle de ce que Zach appelait le *majir* l'empêchait de se détendre. Et il y avait toujours en son sein un visage qui se détachait des autres, une voix qui retenait son attention sans qu'elle parvienne à comprendre ce qu'elle lui disait.

Zach parut comprendre que quelque chose n'allait pas et il quitta son fauteuil pour venir s'asseoir à son côté au bord du lit. Elle ne put réprimer un frisson d'inquiétude lorsqu'il posa doucement sa main sur son épaule. Le souvenir de ses griffes impressionnantes envahit son esprit, éveillant en elle une incoercible angoisse.

Pourtant, il y avait en cet instant une grande douceur dans le regard de Zach.

— Tu es une chamane maintenant, lui dit-il gravement. Il est normal que tu sois confrontée à des visions. Lorsque tu auras appris à les maîtriser, ce sont elles qui te permettront de guider notre clan. Les esprits que tu perçois peuvent être de formidables alliés. Mais tu n'es pas encore prête à entrer en contact avec eux. Cela viendra avec le temps. En attendant, il faut que tu te reposes, que tu laisses ton corps achever la transformation qu'il a commencé à opérer.

— Mais pourquoi moi ? s'exclama-t-elle. Je n'ai jamais demandé à devenir chamane, quoi que cela puisse vouloir dire…

— La question n'est pas là, répondit Zach. Tu n'as pas demandé à être humaine, ni à être une femme, ni à avoir les cheveux bruns. Ça fait partie de toi, c'est tout. Et plus vite tu l'accepteras, plus vite tu réussiras à libérer les pouvoirs qui sommeillent encore en toi…

— Et pourquoi tiens-tu tant à ce que je devienne chamane ?

— Parce que mon clan a perdu le sien. Et sans chaman, nous sommes condamnés à l'errance. Nous n'avons même pas le droit de prendre contact avec les autres meutes.

— Pourquoi cela ?

— Tu as eu un aperçu de la bête qui sommeille en moi. C'est une alliée très puissante à condition de parvenir à la maîtriser. Chaque loup-garou livre un combat constant contre la part d'animalité qui l'habite.

— Et que se passe-t-il s'il le perd ?

— Alors, c'est la bête qui prend le contrôle. Au mieux, le loup rejoint ses semblables dans la nature. Au pis, il est mis à mort par les autres lycans.

— Cela semble bien cruel.

Zach secoua doucement la tête.

— C'est un mal nécessaire, je t'assure. Un loup-garou qui serait incapable de dompter sa force intérieure constituerait un risque non seulement pour les humains, mais aussi pour ses semblables qui risqueraient d'être découverts.

— Je ne vois toujours pas le rapport avec les chamans, remarqua Sophie.

— C'est très simple. Les chamans nous aident à domestiquer la bête. Leur simple présence apaise nos pulsions et nous aide à nous maîtriser. En tant que gardiens de notre paix intérieure, ils jouent donc un rôle fondamental dans notre société.

— Et c'est pour cela que tu tiens tant à me sauver la vie ?

Un sourire malicieux se dessina sur les lèvres de Zach.

— C'est peut-être aussi parce que je t'aime bien, répondit-il. Parce que, même si nos relations n'ont pas débuté sous les meilleurs auspices, j'apprécie beaucoup ta présence. Et j'espère que, lorsque tu auras appris à me faire confiance, ce sera réciproque…

Sophie le considéra d'un air ébahi. Jamais elle ne s'était attendue qu'il lui tienne un tel discours. Elle fut tentée de répliquer qu'elle serait peut-être mieux disposée à son égard s'il la laissait partir. Mais elle savait désormais qu'elle ne survivrait pas longtemps, seule face aux vampires qui semblaient bien décidés à la tuer.

De plus, contre toute attente, les paroles de Zach la touchaient plus qu'elles ne la mettaient en colère.

— Tâche de dormir, lui conseilla-t-il de nouveau. Je veillerai sur toi jusqu'à ton réveil. Ensuite, nous irons manger et nous réfléchirons à ce qu'il convient de faire dans les jours qui viennent…

Il se défit alors de son blouson qu'il posa sur les épaules de Sophie avant de l'allonger sur le lit. Puis il lui ôta ses chaussures et caressa ses cheveux avec une douceur telle qu'elle sentit les larmes lui monter aux yeux.

Cela faisait une éternité que personne n'avait pris soin d'elle de cette façon.

— Je suis désolé, Sophie. Je n'aurais jamais dû t'enlever ainsi. J'aurais dû faire preuve d'un peu plus de tact, te suivre pour en apprendre plus sur toi avant de t'aborder en douceur et de te parler de cet étrange héritage… Mais, lorsque Kyle est mort, je n'ai pensé qu'à préserver notre clan. Je sais que cela ne justifie rien, mais je tenais à ce que tu le saches… Ferme les yeux, à présent, et prends une profonde inspiration.

Sophie secoua la tête. Elle savait que, si elle suivait ses conseils, les visages se rapprocheraient d'elle. Et, s'ils la touchaient, elle n'était pas certaine de parvenir à conserver le semblant d'équilibre mental qui lui restait.

— Il y a trop de visages, murmura-t-elle.

Zach continua à lui caresser les cheveux.

— Ils ne te feront aucun mal, je te le promets. Fais-moi confiance et ferme les yeux.

Sophie n'avait plus la force de répondre qu'elle n'avait pas confiance en lui. Peut-être même n'avait-elle plus la force de se défier de lui. Les caresses de Zach avaient quelque chose d'hypnotique et elle sentait son corps tout entier s'engourdir peu à peu.

Sans même qu'elle s'en aperçoive, ses paupières se fermèrent et elle glissa dans les ténèbres. Seul le contact de cette main qui continuait à effleurer ses cheveux la rattachait encore à la réalité.

— Dors, chamane, l'entendit-elle murmurer. Je veillerai toujours sur toi.

Sophie était de retour dans la cuisine de la grande maison d'Hammerheath qu'elle occupait avec Mark. Ce dernier était appuyé contre le plan de travail, les bras croisés sur la poitrine.

— Il faut que nous ayons une petite discussion, tous les deux, lui dit-il de ce ton plaisant dont elle avait appris à se méfier.

Elle passa immédiatement en revue tout ce qu'elle avait fait ce jour-là, cherchant avec inquiétude ce qu'il pourrait lui reprocher, cette fois. Elle était prête à s'excuser, mais rien ne semblait justifier une telle *discussion*.

Mark passa la main dans ses cheveux blonds et lui décocha un sourire affable. Il émanait toujours de lui cette étrange impression de perfection. Il était habillé avec beaucoup de goût, portait une montre luxueuse sans être tape-à-l'œil, était impeccablement rasé… Même ses dents parfaitement alignées étaient d'un blanc étincelant.

Il y avait en lui quelque chose de presque irréel.

Il était difficile de croire que c'était cet homme qui lui avait brisé le poignet, quelques semaines auparavant, et qui avait bien failli la noyer dans leur piscine à vagues.

— Est-ce que tu m'écoutes, Sophie ?

— Oui, bien sûr, répondit-elle sans même réfléchir.

Sentant que la situation était sur le point de déraper, elle avait déjà commencé à reculer imperceptiblement. Du coin de l'œil, elle évalua la distance qui la séparait de la porte de la cuisine. Il ne devait guère y avoir plus de deux mètres cinquante et elle était séparée de Mark par le plan de travail, ce qui lui laisserait peut-être une chance de s'échapper.

— Je m'inquiète à ton sujet, tu sais, reprit-il. Ton amie Lucy a appelé, hier soir, et elle a laissé un message...

Il s'interrompit, le temps de lui décocher un nouveau sourire, celui que les gens trouvaient si charmant, celui qui leur faisait dire que Mark était un homme si charismatique, celui qu'elle en était venu à redouter parce qu'il cachait souvent de sombres intentions...

Une lueur d'amusement passa dans ses beaux yeux bleus.

— Elle semblait penser que vous prendriez le thé ensemble, mercredi prochain, ajouta-t-il.

Cela n'avait rien d'étonnant : cela faisait des mois que Lucy et elle se retrouvaient pour prendre le thé. Ce rituel hebdomadaire les avait beaucoup rapprochées et Sophie en était même venue à se confier à celle qu'elle considérait désormais comme sa seule véritable amie.

Elle se garda pourtant d'intervenir, sentant que Mark guettait le moindre prétexte pour s'en prendre à elle.

— Je pense que tu perdrais beaucoup moins ton temps en te consacrant à des œuvres caritatives. J'en ai d'ailleurs parlé à Délia Armitage, la présidente du Fonds pour la Jeunesse Déshéritée. Elle m'a dit qu'elle serait ravie de travailler avec toi. Tu commences mercredi, de 3 heures à 5 heures. Et n'oublie pas de t'habiller convenablement pour y aller.

— Non, murmura-t-elle.

Ce refus lui avait échappé.

— Non, quoi ? lui demanda Mark d'une voix de velours.

— Non, Mark, je n'oublierai pas.

Mais ce n'était pas ce qu'elle avait voulu dire, bien sûr.

Ce qu'elle avait voulu dire, en réalité, c'était :

Non, je n'irai pas chez cette amie de ta mère qui ne cesse de me rappeler que je me suis mariée au-dessus de ma condition et que je suis indigne de toi.

Non, Lucy est mon amie, la dernière qu'il me reste, et il n'est pas question que tu me forces à renoncer à elle aussi.

— Très bien, conclut Mark. Dans ce cas, c'est entendu. Je suis fier de toi, Sophie…

Il marqua une pause, ménageant ses effets comme il avait coutume de le faire.

— Tu sais, je ne pense pas que Lucy soit une amie convenable pour toi. Elle est un peu… bas de gamme, si tu vois ce que je veux dire. Tu fréquentes la crème de la société, désormais. Et il y a parmi mes amis des gens bien plus intéressants que cette fille.

— Certainement, Mark, répondit-elle en baissant les yeux.

— Franchement, je ne vois pas ce que tu lui trouves ni pourquoi tu as laissé cette relation perdurer aussi longtemps. Ne me dis pas que tu regrettes ton ancienne vie, Sophie…

— Bien sûr que non, Mark, murmura-t-elle.

— D'ailleurs, ajouta-t-il en faisant un pas dans sa direction, la seule personne dont tu aies réellement besoin, c'est moi. Et tu sais que je serai toujours là.

Sophie avait la gorge sèche et les mains moites. Elle se forçait à demeurer parfaitement immobile, à ne trahir aucune réaction qui aurait pu le mettre hors de lui.

— Je sais, Mark, articula-t-elle.

Il se trouvait juste devant elle, à présent, et posa

doucement ses mains sur ses épaules. Il caressa du bout du pouce l'ecchymose qu'il lui avait faite la veille. Sophie se mordit la lèvre pour ne pas crier.

— Ceci nous amène à une autre question, reprit-il.

Elle comprit alors qu'il ne la laisserait pas partir avant de lui avoir infligé une nouvelle correction.

— Tu as tendance à être si tête en l'air, ma chérie…, soupira-t-il. Comment pourrais-je m'assurer que tu n'oublieras pas ce rendez-vous ?

Tout en parlant, il avait enfoncé ses doigts de plus en plus profondément dans sa chair. Sophie ne put retenir un gémissement de souffrance et comprit aussitôt que, ce faisant, elle avait commis une énorme erreur.

D'abord viendraient les gifles, puis les hurlements, puis les coups de pied qui lui briseraient trois côtes. Elle le savait parce qu'elle avait déjà revécu cette scène des dizaines de fois depuis qu'elle avait réussi à s'enfuir.

Et, chaque fois qu'elle faisait ce rêve, elle se réveillait avec l'abominable impression que jamais elle ne parviendrait à oublier tout le mal que Mark lui avait fait…

Sophie se redressa en criant, le cœur battant, le corps parcouru de frissons irrépressibles.

Il lui fallut quelques instants pour comprendre qu'elle ne se trouvait pas dans la cuisine de la maison d'Hammerheath, mais dans une chambre d'hôtel en compagnie de Zach.

Je ne prendrai pas le thé avec Lucy parce qu'ils l'ont tuée…

— Tout doux, murmura Zach en lui prenant la main. Tout va bien. Tu es en sécurité. Ce n'était qu'un rêve…

Elle se tourna vers lui et constata qu'il s'était rasé et avait les cheveux humides. Sans doute avait-il pris une douche pendant qu'elle dormait. En revanche, il n'avait pas eu d'autre choix que de remettre les vêtements sales et froissés qu'il portait depuis deux jours.

Curieusement, ce détail la rasséréna, accentuant un peu plus encore le contraste entre Zach et son ex-mari. Elle sentit refluer lentement la panique qui l'habitait.

— Tu sais que tu m'as causé une sacrée frousse ! s'exclama-t-il en souriant. Ce devait être un sacré cauchemar. Est-ce que tu veux en parler ?

Elle fut tentée de l'envoyer au diable, mais, au lieu de cela, elle fondit en sanglots, incapable de contenir le chagrin qui l'étreignait en cet instant.

C'était si injuste. Mark qui l'avait maltraitée durant des années coulait une vie heureuse, tandis que Lucy qui l'avait toujours aidée et soutenue était morte aujourd'hui, tuée, probablement parce qu'elle était son amie et se trouvait au mauvais endroit au mauvais moment…

A sa grande surprise, Zach la prit alors dans ses bras et la serra contre lui. Et, loin de se sentir menacée par ce contact, elle y puisa un peu de réconfort. Elle percevait distinctement la compassion et la tendresse qui émanaient de lui et formaient autour d'elle une gangue protectrice.

Son angoisse reflua lentement et sa respiration retrouva un rythme normal. La joue plaquée contre sa poitrine, elle se laissa bercer par le battement puissant et régulier de son cœur. Elle l'entendait murmurer dans ses cheveux des paroles réconfortantes : « Tout va bien », « Je suis là », « Laisse-toi aller »…

Mais, curieusement, ce qui lui faisait le plus de bien, c'était son parfum. Une odeur mâle et réconfortante qui s'insinuait au plus profond d'elle et lui apportait une inexplicable sérénité.

Les battements de son propre cœur ralentirent et sa respiration se fit moins hachée, plus apaisée. Elle s'abandonna au léger balancement que Zach imprimait à leurs corps et se laissa aller au massage délicat qu'il lui prodiguait du bout des doigts, défaisant les nœuds que l'angoisse et la tension nerveuse avaient fait naître au creux de ses épaules.

Elle s'aperçut alors que, pour la première fois depuis de longues années, elle se sentait en sécurité dans les bras d'un homme. C'était une impression d'autant plus étonnante que l'homme en question n'en était pas vraiment un et qu'elle avait de bonnes raisons de se méfier de lui.

Pourtant, son instinct lui soufflait qu'il était digne de confiance et qu'elle pouvait se fier à lui. Ne lui avait-il pas sauvé la vie à plusieurs reprises lorsque les vampires l'avaient attaquée ? N'était-il pas revenu à Jéricho City pour la mettre en garde contre eux ?

Et, lorsqu'elle se trouvait à côté de lui, il lui semblait que la pression des esprits du *majir* se faisait moins intense, comme s'ils étaient sensibles eux aussi à l'effet apaisant qu'il exerçait sur elle.

— Est-ce que tu te sens mieux ? lui demanda Zach.

— Je crois que oui, répondit-elle d'une petite voix.

— Est-ce que tu vois toujours le *majir* ?

— Oui. Mais je me sens moins oppressée par sa présence.

— Tant mieux. Avec le temps, tu n'y prêteras même plus attention, sauf lorsque tu auras besoin d'interroger les esprits, bien sûr.

— Tu veux dire qu'ils vont m'accompagner partout où j'irai, désormais ? s'exclama-t-elle, sidérée.

Zach secoua la tête.

— Ce n'est pas tout à fait cela, expliqua-t-il. Tu as toujours vécu au sein du *majir*. C'est notre cas à tous. Simplement, la plupart d'entre nous ne distinguent pas les esprits qui l'habitent. Toi, au contraire, tu peux les voir et communiquer avec eux. Ton esprit est à cheval entre les deux mondes et c'est ce qui fait de toi une chamane.

— Mais comment se fait-il que je ne m'en sois jamais rendu compte auparavant ?

— Je suis sûr que tu le sentais déjà. N'as-tu jamais eu d'étranges intuitions ? Des sortes de prémonitions ?

— Si, reconnut-elle, troublée.

— Cela signifie que ton esprit entrait en contact avec le *majir* de façon inconsciente. Le fait de voyager en compagnie de loups-garous t'a juste permis de prendre conscience de cette capacité. J'ignore pourquoi les choses se déroulent ainsi. Peut-être est-ce parce qu'en acceptant l'existence de notre espèce, un chaman parvient à ouvrir son mental à d'autres influences que celle de la pensée rationnelle… Au fond, cela a peu d'importance. Tout ce qui compte, c'est qu'un nouveau monde vient de s'ouvrir à toi.

— Si tu le dis…, répondit-elle sans grand enthousiasme. Où sommes-nous, au juste ?

— Dans un petit hôtel de l'East Side. Mais nous n'allons pas pouvoir rester ici très longtemps. Les vampires qui nous ont attaqués hier ne vont pas tarder à se mettre à notre recherche.

— Quelle heure est-il ?

— 1 heure de l'après-midi.

— Ce n'est pas possible ! s'exclama Sophie. J'ai vraiment dormi durant tout ce temps ?

— Tu en avais besoin. La transformation que tu as subie t'a coûté beaucoup d'énergie… Sans parler de notre petite course poursuite…

— Heureusement que Margot m'a donné un jour de congé, soupira-t-elle.

— De toute façon, il n'aurait pas été prudent de retourner travailler alors que les vampires te recherchent.

— Je ne vais pourtant pas pouvoir prendre des vacances indéfiniment, objecta-t-elle. Margot acceptera sans doute de m'accorder jusqu'à la fin de la semaine au vu de ce qui est arrivé à Lucy.

— Ce sera déjà ça de pris, acquiesça Zach. Tu ferais mieux de l'appeler dès maintenant. Qui sait ? Elle pourra peut-être te dire si quelqu'un est venu poser des questions à ton sujet.

Il lui tendit son téléphone portable. Elle hésita un instant avant de s'en saisir. Tant qu'elle ne saurait pas comment se protéger contre les vampires, elle n'avait guère d'autre possibilité que de s'en remettre aux conseils de Zach.

Elle appela donc l'hôpital et demanda à être mise en relation avec Margot. Celle-ci accepta sans hésiter de lui accorder les jours de congé qu'elle lui demandait et assura qu'elle se débrouillerait pour la remplacer.

Elle confirma également l'intuition qu'avait eue Zach. En fait, deux personnes avaient demandé à la voir : la première était l'inspecteur Andrews qui souhaitait lui parler de ce qui était arrivé à son appartement. Margot ignorait ce qu'il pouvait bien vouloir dire par là, mais elle lui avait promis de transmettre le message.

L'autre personne qui s'était présentée avait prétendu être un cousin de Lucy. Mais quelque chose chez lui avait éveillé la méfiance de Margot.

— Je ne saurais pas t'expliquer pourquoi, mais ce type m'a paru assez louche. Et, lorsque je lui ai demandé s'il voulait me laisser un numéro pour que tu puisses le rappeler, il a répondu que cela ne servirait à rien…

Après avoir pris congé de Margot, Sophie rendit à Zach son téléphone portable.

— Tu avais raison, lui dit-elle. Quelqu'un a cherché à me voir en se faisant passer pour un cousin de Lucy. Or, celle-ci ne m'a jamais parlé d'un cousin dont elle aurait été proche…

Zach hocha la tête.

— L'inspecteur Andrews est venu, lui aussi, ajouta-t-elle. D'après Margot, il voulait me parler de quelque chose qui s'était passé à mon appartement.

— C'est bien ce que je craignais, soupira Zach.

— Que veux-tu dire ?

— Avant que nous ne sautions sur le toit de l'immeuble voisin, j'ai senti de la fumée.

— Moi aussi, acquiesça-t-elle.

Elle se figea soudain.

— Tu ne penses tout de même pas qu'ils ont mis le feu à mon appartement ? articula-t-elle enfin.

— J'ai bien peur que si. Et j'avoue que je ne comprends pas ce qui a pu les y pousser. Comme je te l'ai dit, les vampires ont peur du feu…

— Mais c'est impossible, murmura Sophie, les larmes aux yeux. Cet appartement contenait tout ce que je possédais !

— Ne t'en fais pas pour ça, lui dit-il. Nous t'aiderons à retrouver un appartement bien plus spacieux que le tien.

— Mais je n'aurai jamais les moyens de me le payer, objecta-t-elle.

— C'est à cela que servent les liens du clan, tu sais. Tu es notre chamane et il est normal que nous pourvoyions à tes besoins. Nous te protégerons contre les vampires et contre ton ex-mari. Et, si tu souhaites poursuivre tes études, nous les financerons. Cela devrait te permettre de décrocher ton diplôme plus rapidement puisque tu n'auras plus besoin de travailler…

Sophie demeura sans voix durant un long moment.

— Où est le piège ? demanda-t-elle enfin. Que serai-je censée faire en échange ?

Zach haussa les épaules.

— Etre notre chamane, répondit-il. Nous aider à nous maintenir dans le droit chemin et à être dignes de notre héritage. Consulter les esprits de temps à autre pour nous aider à prendre des décisions importantes. Nous représenter lors des discussions avec les autres meutes… Comme je te l'ai répété à plusieurs reprises, Sophie, nous avons besoin de toi. J'espère que tu comprends à présent à quel point.

Elle hocha la tête à son tour.

— Et si je refuse ? s'enquit-elle.

— Cela reviendra à condamner notre clan à court terme, répondit-il gravement. Julia et Brun sont encore très jeunes et ils ont beaucoup à apprendre. Sans l'aide d'un chaman, ils se feront probablement tuer par un vampire. C'est ce qui a failli se produire devant la boîte de nuit, d'ailleurs. Mon frère, Kyle, s'est sacrifié pour sauver la vie de Julia. A présent, je suis leur chef, celui qu'on appelle le mâle dominant chez les loups-garous. Mais sans l'aide d'un chaman je suis sourd et aveugle : les décisions que je prends se résument à une éternelle fuite en avant. Et, tôt ou tard, je finirai par commettre une erreur qui nous sera fatale…

Il poussa un profond soupir et la regarda droit dans les yeux.

— Je vais être honnête avec toi, Sophie : tu n'as pas vraiment le choix. Je ne peux pas me permettre de laisser partir le seul chaman que nous ayons rencontré au cours de toutes ces années. A moyen terme, cela reviendrait à anéantir ma propre famille.

Tandis qu'il s'exprimait de la sorte, Sophie ne l'avait pas quitté des yeux. Et elle avait été frappée par la franchise qui se lisait dans son regard.

— De plus, conclut-il, je n'ai pas l'intention de t'abandonner aux vampires. Sans notre aide, tu n'as absolument aucune chance de leur tenir tête. Et je t'assure que si tu tombes entre leurs mains, la mort est le sort le plus doux que tu puisses espérer. Les autres possibilités sont nettement moins agréables…

Sophie ne put réprimer un frémissement d'angoisse.

— Très bien, articula-t-elle. Et si j'accepte ? Que se passera-t-il exactement ?

— Eh bien… Tu pourrais commencer par prendre

une douche. Puis nous irons chercher des vêtements propres. Ensuite, nous nous efforcerons de découvrir ce que te veulent les vampires.

Elle hésita un moment avant de hausser les épaules.

— D'accord, répondit-elle. De toute façon, je n'ai pas le choix.

Un profond soulagement se peignit sur le visage de Zach et elle se demanda s'il était vraiment prêt à lui forcer la main comme il venait de le dire. N'avait-il pas reconnu lui-même qu'il avait fait fausse route en l'emmenant de force ?

Elle ne regrettait cependant pas d'avoir accepté sa proposition. Pour le moment, il paraissait évident que leurs intérêts convergeaient. Et, tant que ce serait le cas, elle n'aurait aucune raison de fausser compagnie à Zach et à son clan.

— Il y a tous les produits de toilette dont tu peux avoir besoin dans la salle de bains, lui dit-il. Je les ai fait monter pendant que tu dormais.

— Merci. Mais j'aimerais tout de même que nous repassions chez moi, au cas où l'incendie aurait été maîtrisé à temps. Il y a certaines choses que j'aimerais récupérer.

— D'accord, acquiesça Zach. Je ne pense pas que nous risquions grand-chose durant la journée.

Il parut hésiter avant d'ajouter :

— Merci, Sophie. Je sais que tout cela ne doit pas être facile pour toi et je te suis très reconnaissant de ce que tu fais pour nous.

Elle hocha la tête, touchée malgré elle par ce qu'il venait de lui dire. Elle était convaincue que Zach n'avait pas pour habitude de révéler ses faiblesses. Or, c'est précisément ce qu'il venait de faire en lui avouant à quel point il avait besoin d'elle.

Sachant qu'il n'y avait rien à ajouter à cela, elle gagna la salle de bains et fit couler une douche brûlante sous laquelle elle demeura très longtemps. L'eau qui cascadait sur son corps chassa peu à peu la tension et la lassitude qui l'habitaient.

Et, maintenant qu'elle se sentait un peu plus reposée, elle constata qu'il lui était assez facile d'ignorer le *majir*, de le repousser à l'extrême limite de son champ de vision.

Elle se demanda quels pouvoirs pourrait bien lui apporter ce contact privilégié avec le monde des esprits. Elle ne savait pas grand-chose au sujet des chamans, mais se rappelait avoir lu quelque part qu'ils étaient capables de lire l'avenir et de soigner les membres de leur clan.

Elle n'avait plus qu'à espérer que le *majir* lui fournirait également les pouvoirs qui lui permettraient de lutter contre les vampires.

Ces créatures l'avaient attaquée à plusieurs reprises et elles lui avaient pris sa meilleure amie. Lucy n'avait pas mérité cela. Elle aurait dû vivre durant de longues années encore et trouver l'homme de ses rêves. Elle aurait dû avoir une chance de réaliser tous les projets qu'elle avait encore quelques jours auparavant. Mais les vampires lui avaient volé son avenir.

Et, sans savoir comment elle s'y prendrait, Sophie était bien décidée à le leur faire payer chèrement. Cela faisait trop longtemps qu'elle se comportait en victime. Il était temps de rendre à ses bourreaux la monnaie de leur pièce.

15

— Mon Dieu…, murmura Sophie d'une voix défaite.

Percevant sa détresse, Zach passa un bras autour de ses épaules. Elle ne chercha pas à se dégager. Au contraire même, elle se serra un peu plus contre lui sans quitter des yeux la façade noircie de l'immeuble qui avait abrité son appartement.

Ce n'était plus qu'une coquille vide : d'après ce que leur avait appris l'un des témoins de la catastrophe, la cage d'escalier vétuste s'était enflammée comme une boîte d'allumettes et seule l'intervention rapide des pompiers avait permis d'éviter qu'il y ait de nombreuses victimes.

S'ils étaient parvenus à évacuer la majorité des habitants, ils n'avaient rien pu faire en revanche pour sauver le bâtiment et s'étaient contentés d'éviter que l'incendie ne se propage à ceux d'à côté.

L'odeur de la fumée, les briques noircies et la toiture éventrée rappelaient à Zach de douloureux souvenirs. Il se surprit même à chercher son frère du regard.

Au moins, cette fois, je suis parvenu à sauver mon chaman…

Certes, cela ne rachèterait pas la faiblesse dont il avait fait preuve, des années auparavant, mais le moment était probablement mal choisi pour se laisser ronger par le remords.

— Il ne peut pas s'agir d'un simple accident, déclara-t-il enfin. C'était forcément un acte délibéré. Mais pourquoi t'en veulent-ils donc à ce point ?

— Je l'ignore, répondit Sophie. Jusqu'à présent, je ne me connaissais qu'un seul ennemi.

— Laisse-moi deviner : ton ex-mari ?

Elle hocha la tête.

— Et tu penses qu'il aurait été capable de faire une chose pareille ?

Elle hésita quelques instants avant d'acquiescer de nouveau.

— Je ne comprends pas comment les choses peuvent en arriver là au sein d'un couple.

— Crois-moi, c'est une question que je me suis souvent posée, répondit-elle.

Il y avait dans sa voix une pointe de dureté qu'il ne lui connaissait pas. Mais c'était peut-être ce qui l'avait aidée à survivre à toutes ces années de maltraitance. Une chose était sûre, en tout cas : depuis qu'elle avait accepté sa proposition, elle paraissait habitée par une force et une résolution nouvelles.

— Et qu'est-ce que tu en penses, aujourd'hui ?

— Il m'a fallu longtemps pour admettre la part de responsabilité que j'avais dans cette histoire, déclara-t-elle sans quitter des yeux l'immeuble détruit. Pourquoi ne suis-je pas allée porter plainte lorsqu'il a commencé à lever la main sur moi ? Pourquoi lui trouvais-je toujours des excuses ? Pourquoi n'ai-je pas claqué la porte plus tôt ?

— Tu avais peur, répondit Zach.

— C'est vrai. Mais cela n'explique pas tout, hélas ! Il y avait une dimension bien plus malsaine dans notre relation, comme si une partie de moi considérait qu'au fond je méritais ce qui m'arrivait… Ce n'est que le jour où il a vraiment failli me tuer que j'ai compris que je ne pouvais plus rester à ses côtés. Alors, je suis partie sans rien emporter d'autre que les vêtements que j'avais sur le dos. Je suis allée aux urgences et j'ai demandé que l'on prenne des photos des blessures que Mark m'avait infligées. J'ai séjourné quelque temps dans un foyer pour femmes battues puis Lucy m'a accueillie chez elle. J'avais arrêté mes études à la demande de Mark et j'ai donc eu du mal à trouver du travail. Pendant tout ce temps, Lucy m'a logée, blanchie et nourrie. Et, lorsque j'ai eu enfin les moyens de me payer mon propre appartement, c'est encore elle qui m'a aidée à le meubler…

Le soupir qu'elle poussa fendit le cœur de Zach. Il savait que Lucy et Sophie étaient proches, mais il ignorait qu'elles l'étaient à ce point.

— Si je comprends bien, murmura-t-il d'un ton pensif, ton ex-mari avait des raisons de lui en vouloir. Sans elle, tu aurais eu plus de mal à divorcer…

— Sans doute, reconnut Sophie. C'est d'ailleurs la raison pour laquelle il a vite cherché à mettre fin à notre relation. Il sentait probablement que Lucy finirait par me convaincre de le quitter.

— Tu ne trouves pas étrange que les vampires se soient attaqués successivement à ta meilleure amie et à ton appartement ?

— Peut-être était-ce une façon de me débusquer, suggéra-t-elle. En agissant de la sorte, ils m'ont coupé toute retraite.

— Du moins, ils l'auraient fait si nous ne nous étions pas rencontrés, dit Zach.

Fort heureusement, leur clan s'était trouvé pour une fois au bon endroit et au bon moment. Et, s'ils avaient tous deux perdu un être cher au cours de cette terrible bataille, ils parviendraient peut-être à sauver les autres membres de la famille.

— C'est vrai, reconnut-elle. Et nous ferions peut-être mieux de ne pas traîner ici, d'ailleurs. Rien ne dit que les vampires n'ont pas laissé l'un des leurs sur place.

— Ne t'inquiète pas pour cela. De jour, il n'a aucune chance de parvenir à nous filer.

— Je suis désolée. Nous aurions pu éviter de perdre notre temps en venant ici…

— Je ne regrette pas de l'avoir fait, répondit Zach. Je crois que tu avais besoin de voir ça par toi-même.

— Pour être vraiment certaine que je n'avais plus le choix ? ironisa-t-elle. Que j'étais bel et bien forcée de t'accompagner ?

— Non. Pour que tu te rendes compte à quel point nos ennemis sont dangereux, répondit-il gravement.

Elle hocha la tête.

— Considère que j'ai retenu la leçon…

Une fois de plus, il fut surpris par la dureté de sa voix. Et cette froideur nouvelle le mit légèrement mal à l'aise. Il comprit alors qu'il l'avait considérée un peu trop vite comme une pauvre femme sans défense.

Or, sous la sensibilité qui la caractérisait se cachait cette volonté farouche qui lui avait permis de surmonter toutes les épreuves auxquelles elle avait été confrontée.

— Ce que je ne m'explique pas, par contre, reprit-elle, c'est pourquoi ces monstres tiennent tant à gâcher ma vie. C'est à croire qu'ils travaillent pour Mark !

— Nous finirons par le découvrir, lui promit-il. Et, lorsque ce sera le cas, je t'assure que des têtes tomberont…

— Tu n'as donc pas la moindre idée de ce qu'ils peuvent me vouloir ?

Zach hésita quelques instants avant de répondre.

— J'ai bien une théorie, soupira-t-il enfin, décidant qu'il valait mieux jouer franc jeu avec elle. Il se peut qu'en s'en prenant à toi, ils cherchent à nous affaiblir nous. Il est rare que des vampires aient l'occasion de s'attaquer à un chaman. Ceux-ci sont généralement formés et protégés par leur clan…

— Cela pourrait expliquer l'attaque de l'hôtel et

le raid sur mon immeuble, concéda-t-elle. Mais le premier vampire a tué Lucy avant notre rencontre. Il n'avait aucune raison de croire que vous seriez là, ce soir-là. Tu m'as dit toi-même que vous aviez choisi cet endroit par hasard.

— Le meurtre de Lucy était peut-être un accident, répondit Zach d'un ton qui manquait de conviction.

— Tu n'y crois pas plus que moi ?

Il haussa les épaules et se remit en marche, l'entraînant loin de cet immeuble calciné.

— Où allons-nous, à présent ? lui demanda-t-elle.

— Commençons par rejoindre les autres. Nous déjeunerons tous ensemble. Ensuite, nous irons chercher des informations.

— Auprès de qui ? s'enquit-elle, curieuse.

Zach soupira intérieurement. Sophie ignorait leurs usages et il devrait tout lui apprendre comme s'il avait affaire à un enfant. Evidemment, cela ne renforcerait guère leur crédibilité auprès des autres tribus.

— Auprès des autres clans de la ville, répondit-il. Le fait que nous ayons une chamane nous permet désormais de dialoguer avec eux. Ils sauront peut-être quelque chose à propos de ce que mijotent les vampires.

— Très bien, qu'attendons-nous pour aller poser des questions, dans ce cas ?

— Il vaudrait peut-être mieux commencer par enfiler d'autres vêtements, répondit Zach. Cela nous évitera de passer pour des clochards.

De fait, le tailleur que portait Sophie était aussi sale que froissé. Quant à ses propres habits, il les portait depuis trois jours.

— Il va aussi falloir que je te donne un cours accéléré sur l'art du chamanisme, ajouta-t-il. Est-ce que cela te convient ?

— Tu es mieux placé que moi pour décider de la meilleure façon de procéder, répondit-elle.

— Bien. Est-ce que tu distingues toujours le *majir* ?

— Oui. Mais il est moins net qu'hier soir.

— Plus tu te concentres sur le monde des esprits et plus il te semblera proche et distinct. Au contraire, lorsque tu veux t'en éloigner, il te suffit d'en faire abstraction. Tu ne peux t'en séparer complètement puisque, en tant que chamane, tu vis à cheval entre le monde des esprits et le nôtre. Mais tu peux choisir ton degré d'implication. Est-ce que cela te paraît avoir un sens ?

— De façon abstraite, oui, répondit Sophie.

— Justement. Il va falloir que tu t'habitues à naviguer entre les deux mondes. Lorsque tu seras seule et en sécurité, tu pourras faire quelques expériences. Les chamans les plus expérimentés sont capables de passer sans transition d'un monde à l'autre, mais au début il te faudra probablement un peu plus de temps.

— D'accord.

— Au cours des jours à venir, je te demanderai très souvent comment tu te sens, ajouta-t-il. Cela finira peut-être par t'agacer, mais cela fait partie de mon rôle de dominant : je dois veiller au bien-être de chaque membre de la tribu…

— A ce propos, comment le chef est-il choisi au sein d'une meute ?

— Cela varie selon les clans, répondit Zach. Les plus conservateurs se battent pour prouver leur valeur, les plus avant-gardistes élisent leur dominant. En général, ce rôle revient au mâle le plus âgé. Mais il faut qu'il en ait envie. Moi, par exemple, j'avais laissé ce rôle à Kyle qui était pourtant plus jeune que moi. Lorsqu'il est mort, je n'ai pas eu d'autre choix que de l'accepter.

— Tu aurais pu laisser Eric diriger, remarqua Sophie.

— Sauf qu'il en avait encore moins envie que moi…

— Si je comprends bien, nous formons un clan de bras cassés, ironisa-t-elle. Le chef n'a pas envie de commander et la chamane est incapable de communiquer avec les esprits.

Un pâle sourire se dessina sur les lèvres de Zach.

— Tu oublies que nous avons aussi deux jumeaux immatures et un cousin antisocial, renchérit-il.

— Avec une telle équipe de choc, comment ne pas croire qu'un avenir radieux s'ouvre devant nous ?

16

Après avoir effectué une nouvelle série de détours compliqués à travers les rues de la ville pour s'assurer qu'ils n'étaient pas suivis, Zach et Sophie, empruntèrent une ligne de bus qui les mena au sud du centre-ville, en plein cœur du quartier qui passait pour être le moins fréquentable de Jéricho City.

Sophie n'y avait jamais mis les pieds, mais l'endroit correspondait parfaitement à l'idée qu'elle s'en faisait. Les rues étaient encombrées de détritus et de papiers sales comme si l'on avait depuis longtemps renoncé à les entretenir.

Nombre de bâtiments étaient dans un état de délabrement avancé et la plupart des murs étaient tagués au nom des gangs qui se partageaient le territoire. L'hôtel dans lequel le clan avait élu domicile ne payait pas de mine, mais il avait au moins le mérite d'être propre.

La chambre qu'il occupait était munie de deux lits et d'une cuisine indépendante.

— La matinée a été particulièrement productive, ironisa Eric qui leur avait ouvert la porte. Nous avons passé notre temps à zapper d'une chaîne à l'autre.

— En restant ici, au moins, vous ne risquiez pas d'être pris à partie par un autre clan ou par une bande de vampires, déclara Zach.

— Je suis content que tu sois revenue, ajouta Eric à l'intention de Sophie.

— Etant donné les circonstances, Zach n'a pas eu beaucoup de mal à me convaincre, répondit-elle.

— Moi aussi, je suis heureux que tu sois là, déclara Brun qui était assis en tailleur devant le poste de télévision.

Il lui décocha un sourire qui trahissait un mélange de cordialité et de timidité.

— Ça alors ! s'exclama Julia qui venait d'arriver de la cuisine, une tasse fumante à la main.

Elle vint se planter devant Sophie et l'observa de la tête aux pieds avant de secouer la tête.

— Je n'arrive pas à y croire ! s'exclama-t-elle enfin.

— C'est pourtant vrai, répondit Zach.

Il y avait dans son sourire quelque chose de paternel et, pour la première fois depuis qu'elle les connaissait, Sophie perçut distinctement la complicité qui existait au sein de cette famille soudée par le malheur et l'adversité.

Et, sans trop savoir pourquoi, elle ne se sentait pas exclue, comme si ces gens trouvaient parfaitement naturel de l'associer à leur petite communauté. N'était-ce pas ce que lui avait dit Zach, d'ailleurs ? Elle faisait désormais partie du clan…

Et, contre toute attente, cette sensation lui paraissait vraiment réconfortante. En dehors de Lucy, cela faisait très longtemps qu'elle ne s'était pas trouvée en compagnie de gens qui l'acceptaient telle qu'elle était et qui partageaient les mêmes préoccupations qu'elle.

Elle ne s'était jamais sentie à l'aise avec les amis de Mark, dans ce monde qui n'était jamais vraiment devenu le sien. Et, depuis qu'elle avait quitté son ex-mari, elle limitait ses fréquentations de peur de croiser quelqu'un qui le connaissait et aurait pu lui dire où la trouver.

Il avait donc fallu qu'elle rencontre un clan de loups-garous pour se sentir vraiment acceptée.

Je me demande ce que ça peut bien vouloir dire sur ma personnalité…

Julia lui tendit la tasse qu'elle tenait à la main et Sophie l'accepta avec reconnaissance. Une délicieuse odeur de café fraîchement passé vint lui chatouiller les narines et elle avala une gorgée du délicieux breuvage.

— Zach m'a demandé d'aller t'acheter des vêtements, lui indiqua alors la jeune fille. J'espère que ceux que j'ai choisis te plairont.

— J'en suis certaine, déclara Sophie.

Cette réponse lui valut un charmant sourire de la part de Julia. Elle paraissait nettement plus jeune que dans son souvenir, peut-être parce que le mélange de dureté et de souffrance qu'elle avait exprimé après la mort de son frère s'était naturellement résorbé.

— Je crois que je vais aller prendre une douche avant de me changer, déclara Sophie. Est-ce que vous avez une serviette à me prêter ?

— Je vais en chercher une ! s'exclama Brun en bondissant sur ses pieds.

Il s'élança vers la salle de bains dans laquelle il disparut, suivi de près par sa sœur. Eric secoua la tête d'un air affligé.

— Il va vraiment falloir les emmener prendre l'air, dit-il à Zach. Ils sont complètement surexcités !

— Ils sont jeunes, répondit son cousin. En tout cas, nous avons eu raison de faire profil bas. Il se passe quelque chose de très étrange en ville. Et les vampires semblent prêts à jouer avec le feu…

Eric haussa un sourcil étonné et Zach lui résuma rapidement ce qui s'était passé la veille dans l'immeuble de Sophie.

— Ça ne me dit rien de bon, décréta Eric d'un air sombre. Décidément, les mauvaises nouvelles s'accumulent, aujourd'hui.

— Que veux-tu dire ? s'enquit Zach.

— Figure-toi que Roy s'est fait plaquer par sa petite amie !

— Pas possible ! s'exclama Zach, atterré. Parce qu'elle pense qu'il a couché avec Susan ?

— Non. Parce qu'elle pense qu'elle est enceinte de son ex.

— Lyra est enceinte ?

— Pas du tout. Mais sa colocataire et elle ont mélangé leurs tests de grossesse !

— Incroyable… Et que s'est-il passé, ensuite ?

— Rien. Ils ne diffusent les épisodes qu'un par un…

Sophie avait assisté à l'échange d'un air passablement médusé. Lorsqu'elle comprit qu'ils étaient en train de parler d'un feuilleton télévisé, elle se sentit gagnée par un étrange sentiment d'irréalité.

Elle était bel et bien passée de l'autre côté du miroir, dans un monde où les vampires étaient réels et où les loups-garous étaient accros aux *soap operas*. Pour dissimuler le sourire qui s'était dessiné sur ses lèvres, elle avala une nouvelle gorgée de café.

Brun revint alors de la salle de bains et lui présenta une serviette-éponge d'un geste obséquieux de majordome anglais. Julia le suivait de près, le corps agité d'étranges convulsions qui paraissaient indiquer qu'elle était sur le point de se transformer.

Zach réagit si rapidement que Sophie ne le vit même pas se déplacer. Il parut se matérialiser aux côtés de Julia et la saisit par la gorge pour la plaquer si violemment contre le mur le plus proche que la paroi se mit à vibrer.

Elle tenta de lui décocher un coup de pied, mais il l'esquiva sans peine et resserra encore son étreinte.

— Calme-toi ! ordonna-t-il d'une voix égale. Dois-je te rappeler qu'un loup-garou incapable de se maîtriser ne vaut guère mieux qu'un animal enragé ?

Julia émit un grondement menaçant, mais les convulsions qui agitaient son corps diminuèrent d'intensité.

— Nous sommes des lycanthropes ! reprit Zach. C'est nous qui contrôlons la bête qui est en nous et non l'inverse. Ne l'oublie jamais.

Le grondement de Julia se mua en un gémissement qui rappela à Sophie les cris que poussaient les loups pour indiquer leur soumission. Elle se rappela alors ce que Zach lui avait dit au sujet de ses responsabilités de mâle dominant au sein du clan.

Elle remarqua également un autre phénomène bien plus étrange encore. Les esprits du *majir* s'étaient brusquement éloignés d'elle et entouraient à présent Julia, tendant vers elle leurs mains fantomatiques comme pour la caresser doucement.

Stupéfaite, elle comprit que Zach n'avait pas exagéré en lui parlant de l'importance des esprits. Ce n'était pas seulement des entités désincarnées : à leur façon, ils interagissaient avec le monde réel. Et il était évident que leur intervention contribuait à apaiser Julia.

Zach ne tarda pas d'ailleurs à la relâcher. Elle lui jeta alors un regard moqueur.

— Tu n'es qu'une brute, lui dit-elle.

Mais il était évident qu'elle ne lui en voulait pas le moins du monde. Sans doute avait-elle conscience d'avoir dépassé les bornes.

Les esprits, quant à eux, avaient fait retraite, regagnant la périphérie de sa vision. Eric lui adressa alors un petit signe de la tête comme s'il devinait le rôle qu'avait joué le *majir*. Quant à Brun, il paraissait soulagé que sa jumelle ait recouvré son calme.

— Je crois que tu as raison, Eric, déclara alors Zach. Vous êtes restés trop longtemps enfermés. Mais il est temps de nous mettre au travail. Tout d'abord, nous allons devoir trouver un hébergement digne de ce nom. Les vampires ont incendié l'appartement de notre chamane.

— Je croyais qu'ils détestaient le feu, objecta Brun, étonné.

— C'est exact, confirma Zach. Et le fait qu'ils aient eu recours à un tel procédé doit nous inciter à faire preuve de prudence. Nous ignorons ce qui a pu les pousser à s'en prendre à Sophie et c'est la première chose que nous devrons découvrir, une fois que nous nous serons installés.

— Et comment allons-nous nous y prendre ? s'enquit Julia.

— Maintenant que nous avons une chamane, rien ne nous empêche d'entrer en contact avec les autres tribus. Quelqu'un parmi eux sait peut-être ce que mijotent les vampires de cette ville… Mais, en attendant, Julia et Brun, préparez les bagages. Eric, tu t'occupes de la camionnette. Sophie, cela devrait te laisser le temps de prendre une douche et de te changer si tu veux.

— Avec plaisir, acquiesça-t-elle.

Eric quitta la chambre tandis que Brun et Julia commençaient à rassembler les affaires du clan. Une fois encore, Sophie fut impressionnée par le sens de la discipline qui régnait au sein de la meute. Elle se demanda si ce trait était partagé par tous les membres d'un même clan ou s'il tenait plus au charisme et à l'autorité naturelle de Zach.

— Est-ce que ça va ? lui demanda alors ce dernier.

— Pas trop mal pour quelqu'un qui vient de perdre le peu qu'elle possédait, répondit-elle en se forçant à sourire.

— Tu es vraiment très pâle.

— C'est juste la fatigue, répondit-elle. Et ce mal de tête qui me taraude depuis tout à l'heure…

— Julia, peux-tu aller chercher de l'aspirine pour Sophie ? demanda aussitôt Zach.

— Tout de suite, Votre Altesse, répondit la jeune fille en se dirigeant vers la salle de bains.

Zach n'avait pas quitté Sophie des yeux et elle commençait à se sentir un peu embarrassée par la douceur et la gentillesse qui se lisaient dans son regard. On aurait presque dit qu'il éprouvait de la tendresse à son égard. Or, cette idée éveillait en elle un trouble bien plus profond qu'elle ne l'aurait voulu.

Se pouvait-il qu'elle soit attirée par cet être qui n'était pas vraiment un homme ? Cette idée la mettait d'autant plus mal à l'aise qu'elle ne pouvait nier la fascination qu'il exerçait sur elle.

Jusqu'à présent, il s'était agi d'une forme d'admiration très impersonnelle : elle était impressionnée par sa force, par la grâce qui transparaissait dans chacun de ses gestes, par l'aisance avec laquelle il se mouvait dans son environnement.

Mais plus elle apprenait à le connaître et plus elle en venait à admirer d'autres qualités bien plus importantes à ses yeux : son attachement à sa famille, son sens du devoir, sa façon de protéger les siens et de faire passer leurs besoins avant ses propres aspirations…

— Tiens, Sophie, lui dit Julia en lui tendant une boîte de médicaments. Nous n'avons pas d'aspirine, mais j'ai trouvé du paracétamol. J'espère que ça ira…

— C'est parfait, lui assura Sophie, soulagée par cette diversion. Merci beaucoup, Julia.

— Il n'y a pas de quoi, répondit la jeune fille avant de rejoindre Brun qui avait entrepris de vider l'armoire.

Zach la contemplait toujours et elle eut soudain beaucoup de mal à avaler sa salive.

— Je… Je ferais peut-être mieux d'aller me laver, articula-t-elle.

— Oui, répondit Zach.

Mais ni l'un ni l'autre ne firent mine de bouger. Ils continuaient à se regarder comme si c'était la première fois qu'ils se voyaient. De toute évidence, ils étaient tous deux parfaitement conscients du fait que quelque chose venait de se produire entre eux.

— Voilà les habits que j'ai choisis pour toi, déclara Julia qui était de retour avec un petit tas de vêtements.

Sophie se tourna vers elle, le cœur battant.

— C'est parfait, balbutia-t-elle.

— Il y a des jeans, des T-shirts, un pull et des culottes, précisa la jeune fille. La seule chose que je n'ai pas prise, c'est un soutien-gorge car je ne connaissais pas ta taille…

Sophie jeta un coup d'œil à la dérobée en direction de Zach. Un sourire malicieux se dessina sur ses lèvres et elle ne put s'empêcher de rougir.

— Tu n'as qu'à m'indiquer tes mensurations et j'irai t'en chercher un pendant que Zach et toi irez interroger les autres meutes, reprit Julia qui ne semblait pas avoir remarqué cet échange de regards.

Zach lui jeta un coup d'œil teinté de malice.

— Ce n'est pas la peine, assura Sophie. J'irai en acheter un à l'occasion…

Sur ce, elle se détourna pour se diriger vers la salle de bains. Elle s'y enferma et, après avoir posé ses vêtements sur la cuvette des toilettes, elle avala un cachet de paracétamol avec une gorgée de café tiède.

Le miroir qui surmontait le lavabo lui renvoyait une image peu flatteuse. Le tailleur qu'elle portait depuis la veille au matin était froissé. Ses cheveux avaient bouclé à cause de la pluie et sa coupe ne ressemblait plus à rien. Ses yeux étaient cernés et trahissaient une profonde lassitude.

Il était évident qu'elle s'était méprise sur la façon dont Zach l'avait regardée. Car, en cet instant, elle ressemblait plus à un animal perdu et trempé qu'à une femme fatale dont aurait pu s'éprendre un homme aussi séduisant que lui.

Au fond, songea-t-elle, cela valait peut-être mieux ainsi : leurs relations étaient déjà assez compliquées comme cela.

Malheureusement, ce sage raisonnement ne parvint pas vraiment à contrebalancer la cruelle déception qu'elle éprouvait…

17

Après avoir pris une douche et s'être enfin débarrassé des vêtements qu'il portait depuis plusieurs jours, Zach rejoignit son clan qui s'était installé dans la salle du restaurant de l'hôtel. Il s'installa à côté de Sophie qui, tout en mordant à belles dents dans un cheeseburger, discutait avec Julia de la façon dont s'organisait leur quotidien.

— En fait, conclut-elle d'un air réprobateur, vous vivez essentiellement de vols et de rapines…

— Le fait que nous n'ayons pas de chaman nous a empêchés de nous installer quelque part, précisa Brun. Dans ces conditions, il est assez difficile de trouver un travail honnête…

— Nous ne vivons pas exclusivement de larcins, tu sais, intervint Zach, soucieux de redorer un peu l'image qu'elle se faisait de leur clan. Nous fabriquons des objets en cuir : des blousons, des ceintures, des sacoches… Julia coud aussi des vêtements. Quant à moi, il m'arrive de louer mes services comme mécanicien.

— Je vois, acquiesça-t-elle, visiblement rassérénée de découvrir qu'ils n'étaient pas seulement de vulgaires criminels.

— Mais Brun a raison, reprit Zach. Maintenant que tu es avec nous, nous allons pouvoir nous établir quelque part et trouver du travail.

Il fit signe à la serveuse et commanda un hamburger

et une bière. Le restaurant était quasiment désert et il fut donc servi très vite. Il mangea en silence en écoutant les autres deviser de choses et d'autres.

Il lui apparut très vite évident que l'influence de leur chamane se faisait déjà sentir : les membres du clan étaient bien plus calmes et décontractés que d'habitude. Ils plaisantaient et riaient de bon cœur, semblant avoir trouvé un tout nouvel équilibre.

Zach eut alors une pensée pour son frère, Kyle, dont le sens de l'humour et la bonne humeur lui manquaient cruellement. Il aurait aimé les voir ainsi. Et il aurait probablement beaucoup apprécié Sophie.

Celle-ci paraissait nettement plus détendue, à présent, même si elle évitait soigneusement de croiser son regard depuis qu'elle était sortie de la salle de bains. Avait-elle senti l'attirance croissante qu'elle exerçait sur lui ?

Les vêtements qu'avait choisis Julia ne contribuaient guère à atténuer sa fascination. Son jean taille basse soulignait ses jambes et la courbe délicieuse de ses reins. Quant au chemisier noir qu'elle portait, il laissait entrevoir la naissance de sa poitrine.

Elle avait discipliné ses longs cheveux qui retombaient en boucles brunes sur ses épaules, caressant ses joues au moindre de ses mouvements.

Mais ce qu'il y avait de plus sexy chez elle, aux yeux de Zach, c'est qu'elle ne paraissait pas se rendre compte de sa propre sensualité. Cette forme de modestie, si rare chez les jolies femmes, lui donnait un mélange de grâce et de naturel qui ne cessait de l'émerveiller…

Lorsqu'ils eurent fini de déjeuner, Eric alla payer au bar, tandis que Julia entraînait Sophie aux toilettes. Seul Brun demeura assis face à Zach en sirotant la fin du milk-shake qu'il avait commandé.

— Tu es bien silencieux, remarqua-t-il.

Zach se tourna vers lui et fut surpris par le regard

de son frère. Ce n'était pas encore celui d'un adulte, mais pas non plus celui d'un enfant.

— Je réfléchissais, éluda-t-il.

— Tu pensais à Kyle, n'est-ce pas ?

— Oui, répondit Zach, surpris par la perspicacité de son frère.

— Julia pense toujours qu'elle est responsable de sa mort, tu sais.

— C'est faux. Le seul responsable, c'est le vampire qui l'a attaqué.

— Je le sais bien, acquiesça Brun. Mais ce n'est pas la façon dont elle voit les choses…

Il demeura silencieux durant quelques instants avant d'ajouter :

— J'aime bien notre chamane.

— Espérons qu'elle accepte de demeurer à nos côtés lorsque cette crise sera résolue…

— Peut-être lui donneras-tu une bonne raison de le faire, remarqua Brun sur un ton malicieux.

Sur ce, il se leva et quitta la table avant que Zach ait pu formuler la moindre réponse. Apparemment, l'effet que Sophie avait sur lui n'était pas passé inaperçu… Agacé de s'être montré si transparent, il quitta à son tour la table pour se diriger vers le bar.

Mais il fut arrêté net par l'un des gros titres qui barrait la une du journal local posé sur le comptoir :

L'EX-FEMME D'UN MILLIONNAIRE RETROUVÉE
MORTE SUITE À UN INCENDIE D'ORIGINE CRIMINELLE

Sidéré, il s'empara du journal et regarda attentivement la photographie qui illustrait l'article. C'était bien celle de Sophie. Elle avait dû être prise à l'occasion de son mariage : sur le cliché, elle portait une longue robe blanche et tenait à la main un bouquet de fleurs. Zach fut frappé par l'innocence qui se lisait dans son regard et par la joie qu'exprimait son sourire radieux.

Il parcourut ensuite l'article lui-même qui était rédigé dans un style particulièrement racoleur. Il revenait sur le divorce difficile de Sophie et de Mark Harris, l'un des hommes d'affaires les plus influents de la ville.

Le journaliste se faisait un plaisir de détailler les accusations de violence domestique, de chantage et de menaces dont Harris avait fait l'objet. Il laissait entendre que Sophie aurait pu obtenir d'importants dédommagements, mais que, pour une raison inconnue, elle avait renoncé à engager des poursuites.

Cela ne le surprit pas du tout : lorsqu'elle avait enfin trouvé le courage de quitter son mari, Sophie avait certainement voulu couper les ponts avec son ancienne existence. Sans doute ne voulait-elle rien devoir à cet homme qui lui avait fait tant de mal.

Mais pourquoi n'avait-elle pas déménagé loin de lui ?

La réponse s'imposa aussitôt à lui : parce que sa seule amie, Lucy Cavanaugh, vivait à Jéricho City…

Zach termina l'article qui lui apprit qu'un corps avait été retrouvé dans l'immeuble. Il avait été identifié en fin de matinée, juste avant la mise sous presse du journal, comme étant celui de Sophie Wilson…

Ce n'est pas possible.

L'article ne laissait pourtant aucune place au doute. S'agissait-il d'une mise en scène ? Mais si c'était le cas, quel intérêt y avait-il à faire passer Sophie pour morte ?

Zach repensa à l'inspecteur Andrews qui avait cherché à contacter Sophie, ce matin-là. Etait-ce parce qu'il ignorait encore que ce corps était censé être le sien ? Ou parce qu'il était chargé de la retrouver et de l'éliminer ?

Je suis en train de devenir paranoïaque…

Il avait pourtant du mal à croire qu'une telle authentification ait pu avoir lieu sans la complicité d'un ou de plusieurs policiers.

Or, un homme aussi riche et influent que Mark

Harris était certainement capable de s'assurer ce genre de complicité.

Mais quel rapport peut bien exister entre un millionnaire en mal de vengeance et une bande de vampires sanguinaires ?

La réponse à cette question constituait probablement la clé de toute cette énigme. Et, s'il voulait obtenir des informations à ce sujet, il devenait urgent de contacter les meutes qui étaient installées ici depuis longtemps.

En attendant, il allait leur falloir trouver un endroit où se cacher, de façon que personne ne puisse reconnaître Sophie.

— Ah ! te voilà ! s'exclama Julia.

Zach eut tout juste le temps de replier le journal et de le glisser sous son bras avant que sa sœur et Sophie ne le rejoignent.

— J'avais envie d'aller m'acheter une pâtisserie, lui dit Julia. Est-ce que Sophie peut m'accompagner ?

Il y avait dans sa voix une note juvénile qui tranchait avec l'attitude blasée qu'elle adoptait la plupart du temps. Apparemment, l'influence de leur chamane se faisait déjà sentir.

— Nous n'avons pas le temps, répondit-il. Eric, Brun et toi allez devoir vous mettre à la recherche d'une maison à louer. Privilégiez la banlieue de la ville. Je préfère éviter le centre, pour le moment.

— D'accord, soupira Julia à contrecœur. Mais tu n'es vraiment pas drôle, tu sais.

— Je sais, acquiesça-t-il. Malheureusement, le moment n'est pas à la plaisanterie. Tant que nous ne saurons pas qui essaie d'attenter à la vie de notre chamane, ni pourquoi on le fait, il ne sera pas question pour nous de baisser la garde. Dis à Eric de passer nous prendre devant la fontaine de Falkner Place à 8 heures précises…

— Et où comptes-tu aller, d'ici là ? s'enquit Eric qui venait de les rejoindre à son tour.

— Renouer les liens avec les différents clans de Jéricho City de façon à pouvoir leur poser quelques questions.

— Pourquoi une telle précipitation, soudain ? lui demanda son cousin, surpris.

Zach lui adressa une mise en garde silencieuse et Eric hocha imperceptiblement la tête, comprenant qu'il devait avoir de bonnes raisons d'agir comme il le faisait.

— Tu viens, Sophie ?

Elle hocha la tête et se tourna vers Julia avec un sourire.

— Ce n'est que partie remise, lui dit-elle. Vous n'aurez qu'à trouver une maison située non loin d'une pâtisserie !

Julia éclata de rire et Zach s'émerveilla une fois de plus de l'excellente influence que Sophie paraissait exercer sur sa sœur. Quelques heures avaient suffi à rendre à l'adolescente boudeuse et colérique un peu de sa belle humeur d'autrefois.

Submergé par la reconnaissance et la tendresse, il fut incapable de résister à l'élan qui s'empara de lui. Sans réfléchir, il couvrit la distance qui le séparait de Sophie et se pencha vers elle pour effleurer ses lèvres des siennes.

Elles ne demeurèrent en contact que l'espace de quelques secondes, mais cela suffit à éveiller en lui un désir incoercible qui se propagea instantanément à tout son être. Le monde qui les entourait lui sembla disparaître tandis que son corps réagissait de façon très explicite à ce baiser.

Il aurait voulu la prendre dans ses bras et l'emporter dans leur chambre où il lui aurait fait l'amour pendant des heures. Jusqu'à cet instant, il n'avait pas réellement pris la mesure de l'envie qu'il avait d'elle, mais elle s'imposait à présent à lui comme une évidence.

Il constata avec joie que Sophie ne cherchait pas à le repousser. La première surprise passée, elle avait même renversé la tête en arrière pour mieux s'offrir à son baiser.

Au prix d'un effort de volonté surhumain, il s'arracha à elle et recula d'un pas. Aussitôt, il vit le visage de Sophie s'empourprer comme si elle prenait soudain conscience de ce qui venait de se produire.

Sans dire un mot, il lui prit la main et l'entraîna vers la porte qui donnait sur la rue. En traversant la salle du restaurant, il sentit peser sur lui les regards de Julia et d'Eric.

Lorsqu'ils se retrouvèrent enfin à l'extérieur, Sophie le considéra avec la même stupeur.

— Pourquoi est-ce que tu as fait ça ? lui demanda-t-elle d'une voix rauque.

— Mais parce que j'en avais envie, bien sûr ! répondit-il en riant doucement. Je te l'ai dit : je t'aime bien, chamane. Peut-être même un peu plus que ça…

— Vraiment ? s'exclama-t-elle d'un ton ahuri, comme si une telle chose lui paraissait impossible.

— Vraiment, acquiesça-t-il. Il va falloir t'y habituer.

Sophie grommela un juron, sans qu'il sache s'il s'adressait à lui ou à elle-même.

— Ce n'est pas si terrible, tu sais, plaida-t-il en souriant.

— Parle pour toi, répliqua-t-elle vertement.

Cette fois, il ne put s'empêcher d'éclater de rire. Il l'aimait bien, c'était certain. Il l'aimait même beaucoup. Et, si tous deux parvenaient à se sortir indemnes de la situation délicate dans laquelle ils se trouvaient, peut-être auraient-ils l'occasion de se demander vraiment s'ils étaient faits l'un pour l'autre.

18

S'il m'oblige encore à m'asseoir dans un de ces bars glauques dans l'espoir de trouver l'un des siens, je démissionne !

Elle commençait à en avoir plus qu'assez de cette odeur de tabac froid, de bière éventée et de toilettes mal entretenues. Elle avait mal aux fesses à force de rester assise sur des tabourets inconfortables. Et elle commençait à avoir de nouveau très faim.

Malheureusement, cette profonde lassitude ne changeait rien à la réalité de la situation : son appartement avait été détruit et elle était poursuivie par des vampires qui semblaient bien décidés à la tuer. Elle était donc entièrement dépendante de Zach et de son clan.

Cette idée ne lui plaisait guère. Depuis qu'elle avait réussi à quitter Mark, elle s'était battue pour préserver sa liberté et son autonomie. Et elle n'entendait pas y renoncer si facilement.

Qu'est-ce que ces vampires peuvent bien me vouloir ?

C'était toute la question, bien sûr. Malheureusement, ils n'avaient jusqu'alors croisé aucun loup-garou susceptible de les renseigner à ce sujet.

Et, pourtant, Zach ne paraissait pas se décourager. Traversant la rue, il poussa la porte d'un nouvel établissement qui ressemblait à s'y méprendre à tous ceux qu'ils venaient de visiter.

Combien y a-t-il donc de bars dans cette ville ? Et

comment se fait-il qu'ils aient tous des clients au beau milieu de l'après-midi ?

Zach lui décocha un léger coup de coude et elle chercha des yeux ce qu'il avait pu voir d'intéressant. Plusieurs hommes au physique imposant étaient en train de jouer au billard au fond de la salle. Ils s'approchèrent et l'un d'eux se détacha du groupe.

— Loups, fit-il d'une voix basse et rocailleuse. Heureuse rencontre.

— Ours, répondit Zach en inclinant légèrement la tête. Heureuse, en vérité.

Les deux hommes s'agrippèrent l'avant-bras. Celui qui les avait abordés devait mesurer près de deux mètres et avait un physique de joueur de rugby. Ses longs cheveux noirs et sa barbe étaient tressés. Il y avait accroché des plumes qui évoquaient celles que portaient traditionnellement les indiens.

Contrastant avec son physique d'ogre, l'expression de son regard trahissait une grande douceur. Il se posa sur Sophie qu'il observa longuement. Elle eut l'impression troublante qu'il était capable de lire dans son esprit et sentit un fourmillement étrange courir le long de sa peau.

— Je vois que vous avez un nouveau chaman, déclara-t-il. Sois la bienvenue, petite sœur. Les esprits m'ont parlé de toi…

Sophie ne savait que répondre à cela. Il était évident qu'ils avaient affaire à un chaman. Et le simple fait de se trouver en sa présence lui faisait toucher du doigt tout ce qu'elle avait encore à apprendre avant de pouvoir revendiquer ce titre.

— Bonjour, articula-t-elle, intimidée par la présence de cet homme hors du commun.

Elle s'aperçut alors que les autres personnes réunies autour de la table de billard les observaient avec attention. Sans savoir comment, elle était persuadée qu'elle n'avait pas affaire à des humains, mais bien à des garous.

Il émanait d'eux une aura d'énergie animale, une forme de vitalité brute que trahissait chacun de leurs gestes. C'était d'ailleurs une impression très étrange : avant de découvrir le monde des garous, jamais elle n'aurait remarqué ce détail. Mais, à présent, il lui aurait été absolument impossible de prendre ces gens pour de simples humains.

Sophie s'aperçut également qu'elle était capable d'identifier à leur odeur la tribu à laquelle ils appartenaient. La majorité d'entre eux était des ours, comme le chaman qui venait de s'adresser à eux. Mais il y avait deux femmes chats et un autre chaman aux cheveux tressés qui avait accroché à ses nattes de petits os qui cliquetaient doucement à chacun de ses mouvements.

Cette fois, je suis bel et bien passée de l'autre côté du miroir…

Sophie sentit monter en elle un mélange d'exaltation mêlée d'hystérie. Par réflexe, elle se rapprocha de Zach qui prit une profonde inspiration. Elle comprit que lui aussi se raccrochait à son odeur.

D'après ce qu'elle avait compris, cela faisait longtemps qu'il ne s'était pas retrouvé en présence de tant d'autres garous. Sans doute se sentait-il un peu intimidé, lui aussi.

— Je suis venu vous demander votre aide, déclara-t-il après s'être éclairci la voix. J'ai besoin de quelques informations.

— J'imagine que tu veux parler de la prime qui a été promise pour la tête de ta chamane, acquiesça l'ours qui les avait accueillis. Au fait, je m'appelle Cullen.

— Moi, c'est Zach et elle, Sophie. Mais j'imagine que tu le sais déjà. Peux-tu me parler de cette prime ?

— Rassure-toi : personne parmi nous ne s'abaisserait

à tuer l'un des nôtres pour de l'argent. Surtout pas un chaman… Mais venez plutôt vous asseoir.

— C'est une plaisanterie, n'est-ce pas ? articula Sophie.

Elle ne parvenait pas à croire que les deux garous puissent discuter de cette prime aussi calmement que s'il s'était agi de la météo ou des chances qu'avait l'équipe de foot locale de remporter son prochain match.

— Ne t'inquiète pas, lui dit Zach. Tant que tu es ici, tu ne risques rien. A vrai dire, je serais prêt à parier que ce bar est l'endroit le plus sûr de cette ville.

— Et tu n'aurais pas tort, acquiesça Cullen.

— La question n'est pas là ! s'exclama Sophie, horrifiée.

— Détends-toi, ma sœur, lui conseilla le chaman ours.

Elle lui jeta un regard chargé de reproches, mais ne put retenir un cri d'effroi en le voyant se transformer sous ses yeux en ours. Il lui décocha un sourire qui révéla une impressionnante rangée de dents. Elle recula prestement et heurta Zach de plein fouet.

— Mais qu'est-ce que tu fais ? s'exclama ce dernier, surpris.

— Ne me dis pas que tu ne l'as pas vu se transformer, balbutia-t-elle d'une voix légèrement tremblante.

Elle se tourna de nouveau vers Cullen, mais celui-ci avait déjà repris forme humaine.

— On dirait que votre chamane a encore beaucoup à apprendre, constata-t-il d'un ton faussement détaché.

— Il faut que tu restes calme, souffla Zach à Sophie. Ne te laisse pas impressionner par ces tours de passe-passe, ajouta-t-il de façon à être entendu de Cullen. Je suis sûr qu'il ne s'agissait que d'une plaisanterie innocente.

Prenant exemple sur lui, Sophie inspira profondément, laissant l'odeur de Zach s'insinuer au plus profond d'elle-même et chasser son angoisse.

— D'accord, lui dit-elle. Mais es-tu certain que cet endroit soit vraiment sûr ?

— Oui, répondit-il sans hésiter. En levant la main sur nous, ces garous enfreindraient l'une de nos lois les plus importantes. Cet endroit est une enclave neutre où chacun peut venir librement et sans crainte. Je sais que tout cela doit te paraître étrange, mais il va falloir que tu me fasses confiance, une fois encore.

Elle hocha la tête, s'efforçant de se convaincre qu'elle ne risquait rien à ses côtés. Ne l'avait-il pas défendue contre trois vampires, sur le toit de son immeuble ? Par comparaison, un ours paraissait constituer un adversaire presque inoffensif…

Sauf qu'il s'agit d'un garou. Et d'un chaman…

— D'accord, se força-t-elle à répondre. Je suis désolée. Je n'aurais pas dû paniquer de cette façon…

— Est-ce que ça va ? s'enquit alors Cullen.

Zach jeta un coup d'œil insistant à Sophie et elle comprit qu'il tenait à la laisser répondre, sans doute pour lui permettre de rattraper sa bévue.

— Tout va bien, déclara-t-elle d'une voix qui lui parut étrangement décontractée. Mais je ne m'attendais pas à apprendre que ma tête était mise à prix…

— Ce n'est jamais plaisant à entendre, acquiesça Cullen.

Le moins que l'on puisse dire, c'est que cet ours a le sens de l'euphémisme.

— Mais il va te falloir apprendre à garder ton calme, lui conseilla le chaman. La plupart des garous deviennent nerveux lorsqu'un chaman perd son sang-froid. Ce genre de situation peut très mal tourner…

— Je vais bien, répéta-t-elle.

Cullen émit un grognement dubitatif.

— Ils peuvent sentir ta nervosité, lui expliqua Zach. Respire profondément et essaie de te détendre.

— Facile à dire, marmonna Sophie qui avait parfaitement conscience du fait que tous les regards étaient à présent braqués sur elle.

— A combien s'élève cette prime ? s'enquit alors Zach.

— A une véritable petite fortune, en fait. Mais la récompense ne vaut que si elle est morte. La rumeur dit que c'est ce qui a failli se produire, il y a quelques nuits de cela, mais qu'une bande de loups est intervenue… Ça vous dit quelque chose ?

— Peut-être bien…

— Ce n'est pas un service que vous nous avez rendu, remarqua Cullen. Depuis ce soir-là, les vampires sont furieux.

— Nous n'avons fait que défendre notre chamane, répliqua Zach, se gardant de préciser que Sophie n'avait assumé ce rôle que bien après.

L'argument parut porter et Cullen hocha la tête.

— Laissez-moi vous offrir un verre, leur dit-il en se détournant pour passer de l'autre côté du bar.

Zach se rapprocha du comptoir et Sophie l'imita. Cullen leur servit alors deux bourbons. Autour d'eux, les conversations avaient repris, de même que les parties de billard qui s'étaient interrompues un moment.

Zach vida son verre cul sec avant de le reposer sur le bar. Sophie préféra siroter le sien en espérant qu'il ne s'agissait pas d'un nouveau manquement à l'étiquette. Mais aucun des deux hommes ne parut s'en formaliser.

Zach déplia alors le journal qu'il avait gardé sous le bras pendant toute la journée. Stupéfaite, Sophie s'aperçut que sa photo y figurait en première page. C'était le détail d'un cliché qui avait été pris à l'occasion de son mariage et dont l'original était resté pendant des années accroché dans le hall de la maison qu'elle occupait avec Mark.

Elle se rappelait parfaitement cette journée qui avait commencé de façon si merveilleuse. Elle se rappelait aussi la façon dont Mark lui avait agrippé le bras, juste avant qu'elle ne jette son bouquet, la serrant si fort qu'elle avait gardé les marques de ses doigts sur sa peau pendant près de deux semaines.

Sans doute aurait-elle dû se méfier dès ce moment-là, mais il avait été tellement adorable pendant leur lune de miel... jusqu'au moment où il l'avait frappée parce qu'elle avait commis l'erreur de claquer une porte...

Ce n'est pas le moment de ressasser ce genre de choses. Concentre-toi plutôt sur cet article...

Mais, lorsqu'elle lut le titre de l'article, elle eut l'impression de glisser encore un peu plus dans l'absurde.

— Mais je ne suis pas morte ! s'exclama-t-elle, sidérée.

— Et, pourtant, tout le monde doit être convaincu du contraire, à l'heure actuelle. La police a découvert un corps qui a été identifié comme étant le tien.

— C'est impossible !

— J'ai réfléchi à la question et je vois bien une explication : il se pourrait qu'ils aient fait appel à ton mari pour reconnaître le corps.

— Mais pourquoi prétendrait-il que je suis morte ?

— J'ai une théorie, mais elle risque de ne pas te plaire...

— Je t'écoute, soupira Sophie en se préparant au pire.

— Peut-être l'a-t-il fait pour pouvoir te tuer en toute impunité par la suite.

Elle ne put réprimer un frisson glacé.

— Tu avais raison, acquiesça-t-elle. Cela ne me plaît pas du tout. Mais c'est le genre de choses dont je crois Mark capable, aujourd'hui.

— Décidément, il ne fait pas bon être chaman à Jéricho City, ces temps-ci, commenta Cullen d'un air sombre.

— Que veux-tu dire ?

— Deux chamans garous ont déjà été assassinés par les vampires, au cours de ces derniers mois.

— Et depuis quand les garous laissent-ils leurs

chamans se faire massacrer ? s'exclama Zach, choqué par cette révélation.

— Tu oublies que nos tribus ne se sont pas spécialisées comme la vôtre dans la chasse aux vampires. De plus, ceux qui vivent dans cette ville se sont hissés aux postes les plus élevés. Ils possèdent un pouvoir immense et peuvent être considérés comme les véritables maîtres de la cité. Leur chef actuel est redoutable. Il s'appelle Harold Armitage. Vous avez peut-être déjà entendu parler de lui.

— Ce n'est pas possible, murmura Sophie. Tu dois faire erreur… A moins qu'il ne s'agisse d'un homonyme.

— L'Armitage dont je parle est l'un des banquiers les plus fortunés de la ville, précisa Cullen.

— C'est bien cela, acquiesça Sophie. Je connais son épouse, Délia. C'est l'un des principaux piliers du monde caritatif à Jéricho City… Et tu prétends que son mari est un vampire ?

— Exactement, dit Cullen. Cela fait près de quarante ans qu'il a été mordu, d'après nos estimations. Et, depuis lors, il n'a cessé de s'élever dans la hiérarchie jusqu'à devenir le chef incontesté de tous ses semblables. Si des vampires s'en sont pris à toi, c'est certainement avec sa bénédiction, sinon sur ses ordres.

— Non seulement ils se sont attaqués à elle, mais ils ont même été jusqu'à mettre le feu à son immeuble, confirma Zach.

— Des vampires qui jouent avec le feu ? s'étonna Cullen. On aura tout vu.

Il remplit de nouveau leurs verres et vida le sien d'un seul trait.

— Comment savez-vous tout ça ? lui demanda alors Sophie.

— Tu devrais le savoir puisque tu es une chamane.

— Je ne sais rien du tout, répondit-elle en le regardant droit dans les yeux. Au cas où tu ne l'aurais pas remarqué, tout cela est nouveau pour moi. Je ne connais pas vos usages et personne ne semble capable de me dire ce que je dois faire exactement.

Le regard de Cullen s'adoucit légèrement et il hocha la tête.

— Ce n'est jamais facile, au début, concéda-t-il. Mais ne te fais pas trop de bile. Lorsque tu seras prête, les habitants du *majir* commenceront à te parler. Ce sont eux qui te donneront les conseils dont tu auras besoin…

— C'est pour cela que tu tenais à venir ici, n'est-ce pas ? demanda-t-elle à Zach. Parce que les chamans comme lui sont capables d'utiliser le *majir* pour obtenir des informations ?

Zach hocha la tête.

— Cela fait effectivement partie des pouvoirs que tu développeras au fil du temps, confirma-t-il.

— Et si tu perçois déjà le *majir*, cela ne devrait pas tarder, remarqua Cullen. Tu es douée, petite. Alors fie-toi à ton instinct. Je suis sûr que, même du temps où tu n'étais pas encore chamane, tu devais avoir une intuition exceptionnelle…

Sophie acquiesça.

— J'étais comme toi, reprit Cullen. Et je dois avouer que je me suis senti soulagé quand le chaman de mon clan est venu me trouver pour me demander de devenir son apprenti. Jusqu'alors, je sentais bien que je n'étais pas comme les autres, mais je voyais plutôt cela comme une malédiction…

— Et maintenant ?

Cullen se fendit d'un large sourire.

— Attends seulement d'effectuer ta première sortie astrale et tu comprendras qu'il n'y a rien de plus excitant au monde qu'être chaman !

— Je suis désolé de vous interrompre, mais j'aimerais bien en revenir au contrat qui a été mis sur Sophie…

Cullen haussa les épaules.

— S'il a bien été mis avec l'accord d'Armitage, il n'y a pas grand-chose que vous puissiez faire. Si vous voulez un conseil, quittez la ville rapidement. Trouvez un endroit tranquille, au moins le temps que votre chamane ait développé ses pouvoirs de vision et de guérison. Même après cela, évitez de revenir à Jéricho City. Armitage n'est pas un simple vampire : il possède assez de serviteurs, d'argent et de relations pour parvenir à ses fins, quelles qu'elles soient.

— C'est l'avis de toutes les tribus ? s'enquit Zach.

— Tu veux savoir si elles seraient prêtes à entrer en guerre contre lui ? La réponse est non. Nous avons déjà perdu deux chamans au cours de ce conflit et nous préférons nous en tenir là. Nous honorerons l'alliance qui unit ma tribu à la tienne et nous vous aiderons dans la mesure de nos moyens. Mais il n'est pas question d'aller plus loin.

— Je n'arrive pas à y croire ! s'exclama Zach en fronçant les sourcils. Les autres garous sont-ils tous devenus des lâches pendant que nous étions condamnés à l'errance ?

— Tu ne parviendras pas à me provoquer, répliqua calmement Cullen. Armitage contrôle la police ainsi qu'une véritable armée de vampires. Il possède des fusils d'assaut alors que nous n'avons que nos griffes. L'attaquer de façon frontale serait du suicide. Armitage est un vampire. Il finira par s'autodétruire. Tous en arrivent là, tôt ou tard. Ou alors, il se fera descendre par l'un de ses adjoints comme Harris, par exemple.

— Harris ? répéta Zach. Tu ne veux pas parler de Mark Harris, n'est-ce pas ?

— Si, bien sûr, pourquoi ?

— Jette un coup d'œil à l'article.

Cullen le parcourut avant de relever brusquement la tête. Il fixa Sophie d'un air ahuri.

— Tu es vraiment la femme de Mark Harris ? lui demanda-t-il.

— L'ex-femme, précisa-t-elle sèchement.

— Inutile de chercher d'où vient le contrat qui a été placé sur toi, dans ce cas ! Harris est le bras droit d'Armitage depuis des années.

— C'est absurde, protesta vivement Sophie. J'ai vécu des années avec lui et je peux t'assurer que si Mark est bien un monstre, ce n'est pas un vampire !

— Exact, acquiesça Cullen d'un air sombre. Mais les affaires d'Armitage s'étendent aussi bien au monde des vampires qu'à celui des humains. Et Harris était chargé de gérer cette partie de ses intérêts.

— Etait ? répéta Zach en levant un sourcil interrogatif.

— Harris vient d'être récompensé pour ses années de bons et loyaux services, expliqua Cullen. Il a été transformé par Armitage en personne.

— Ce n'est pas possible, murmura Sophie d'une voix blanche.

— Il n'y a pas le moindre doute, insista Cullen. Tous les témoignages que j'ai pu réunir à ce sujet concordent parfaitement.

Prise d'un brusque vertige, Sophie ferma les yeux. Jusqu'à présent, elle était presque parvenue à se convaincre que Mark n'était pas quelqu'un de fondamentalement mauvais, qu'il était seulement malade, incapable de contrôler sa violence.

Mais le fait qu'il ait volontairement choisi de servir un vampire, qu'il ait accepté d'en devenir un lui-même et qu'il soit allé jusqu'à mettre sa tête à prix dissipait les derniers doutes qu'elle pouvait avoir à son sujet.

Mark était bel et bien un monstre.

Et l'idée qu'elle ait pu s'éprendre d'un tel être la rendait malade rétrospectivement…

— Qu'allons-nous faire ? articula-t-elle d'une voix blanche.

— Nous allons commencer par rejoindre les autres et leur raconter ce que nous avons découvert, répondit Zach. Ensuite, nous discuterons des deux options qui s'offrent à nous : fuir, comme nous le conseille Cullen, ou rester ici et montrer à Armitage ce dont les loups-garous sont capables lorsqu'on s'en prend à l'un de leurs clans…

Zach se leva et elle fit de même.

— Je suis assez tenté par la deuxième de ces possibilités, ajouta-t-il. Mais, bien sûr, c'est à toi que reviendra la décision finale. Il s'agit de ta ville, de ton ex-mari et de ta meilleure amie… Nous nous conformerons donc à ce qui te semblera être pour le mieux.

Sophie n'était pas du tout certaine de vouloir assumer seule une telle responsabilité.

— Faites très attention à vous, leur conseilla Cullen. Votre chamane n'est pas encore prête à vous guider…

— C'est à elle d'en décider, répliqua sèchement Zach. Et, si les autres tribus sont trop lâches pour nous aider et préfèrent nous laisser mener ce combat seuls, je ne vois pas pourquoi elles auraient voix au chapitre…

— Je ne prétendais pas vous dicter votre conduite, protesta Cullen qui leva les mains en signe d'apaisement. Je m'inquiète juste pour elle.

— C'est inutile. Elle se trouve désormais sous ma protection. Et si Armitage s'avise de s'en prendre à elle, je me ferai une joie de lui arracher le cœur de mes propres mains.

19

La maison n'avait rien d'extraordinaire. C'était une petite demeure meublée d'un étage, de style Tudor, qui était située dans un quartier modeste et tranquille. Mais Eric était très fier d'avoir trouvé une location en l'espace d'une journée.

— C'est parfait, déclara Zach d'un air approbateur.

En fait, ce n'était probablement pas le genre d'endroit que lui-même aurait choisi, mais il ne tenait pas à saper le moral de son clan en critiquant ce qu'ils avaient fait. Il était déjà suffisamment inquiet au sujet de Sophie qui n'avait quasiment pas prononcé un mot depuis qu'ils avaient quitté le bar qui servait de quartier général aux garous de la ville.

— Est-ce que cela te plaît ? demanda Eric à la jeune femme.

— C'est tout à fait ce qu'il nous faut, approuva-t-elle en parcourant les pièces du rez-de-chaussée.

Ils n'étaient pas encore raccordés au gaz de ville qui permettait de chauffer la maison, mais ils avaient de l'électricité et pourraient donc s'éclairer et préparer leurs repas dès le soir même.

De plus, ils disposaient chacun d'une chambre, ce qui ne leur était pas arrivé depuis un certain temps. Pour une fois, Julia n'avait pas choisi le meilleur lit et l'avait laissé à Sophie.

— Je suis très impressionnée, déclara leur chamane

qui paraissait le penser réellement. Quand je pense à toutes les difficultés que j'ai eues pour louer mon propre appartement ! Et il vous a suffi de quelques heures…

Face à de tels éloges, Eric ne put s'empêcher de rougir, ce qui devait constituer une première.

— C'est juste une question d'habitude, répondit-il modestement. Cela fait des années que nous vivons en nomades. Je ne crois pas que nous ayons passé plus de deux mois au même endroit.

— Ça n'a pas dû être facile tous les jours, remarqua-t-elle.

Eric hocha sobrement la tête.

— Tout ce qui compte, c'est que nous t'avons trouvée, Sophie, répondit-il gravement. Grâce à toi, notre période d'errance touche à sa fin.

Un sourire se dessina sur les lèvres de la jeune femme, illuminant son visage tout entier. A cette vue, Zach sentit son cœur se serrer dans sa poitrine. Jamais elle ne lui avait paru aussi belle qu'en cet instant.

Il s'aperçut alors que c'était la première fois depuis qu'il la connaissait qu'elle paraissait aussi heureuse. Il se promit alors qu'il ferait tout son possible désormais pour voir refleurir sur ses lèvres de tels sourires.

Qui sait ? Peut-être parviendrait-il même à la faire rire…

Hélas ! le moment était mal choisi pour cela. Ce fut d'ailleurs Sophie qui prit l'initiative de la grande discussion qui les attendait.

— Malheureusement, nous ne demeurerons peut-être pas ici aussi longtemps que prévu, déclara-t-elle en recouvrant brusquement son sérieux. Zach et moi avons découvert une partie de ce qui se trame chez les vampires de cette ville…

— Apparemment les nouvelles ne sont pas très bonnes, remarqua Eric.

— C'est un doux euphémisme, acquiesça Zach. Mais où sont les jumeaux ?

— Ils sont allés faire quelques courses pour le dîner et ne devraient pas tarder à rentrer. Julia avait l'intention de nous préparer des steaks, je crois.

— Tant mieux, approuva Sophie avec un enthousiasme qui paraissait un peu forcé, cette fois.

Son sourire n'était que l'ombre du précédent. Il reflétait mieux que des mots l'incertitude et les doutes que lui inspirait l'avenir.

— Qu'avez-vous appris, au juste ? s'enquit Eric.

— Que c'est sans doute l'ex-mari de Sophie qui veut sa mort. Or, il vient d'être transformé en vampire.

Eric ne put retenir un juron.

— Ce n'est pas le pire, ajouta Zach. Apparemment, les vampires de cette ville ont pignon sur rue. Ils s'accaparent les postes les plus importants et contrôlent la police. D'après le chaman ours que nous avons rencontré, aucune des tribus de garous n'aurait le courage de se dresser contre leur chef, Harold Armitage. Et Mark Harris est son bras droit…

Eric jura de nouveau.

— On dirait que cette ville a besoin de plus de loups, déclara-t-il enfin. Peut-être devrions-nous faire un peu de ménage et apprendre à ces vampires ce qu'il en coûte de s'attaquer à l'un des nôtres…

— C'est ce que je me suis dit. Mais il ne faut pas sous-estimer l'adversaire.

Depuis qu'ils voyageaient, c'était la première fois qu'ils étaient confrontés à un tel équilibre des forces. D'ordinaire, les garous étaient plus nombreux et surtout bien plus organisés que les vampires que leur égoïsme empêchait de s'entendre.

— De toute façon, conclut Zach, je pense que la décision finale devrait revenir à Sophie.

C'était la moindre des choses, après tout. Si elle

décidait qu'ils ne se battraient pas, ils devraient quitter la ville et elle perdrait son emploi et le bénéfice de sa formation. Si elle voulait rester, en revanche, une lutte à mort s'engagerait entre son ex-mari et eux.

Il n'aurait su dire si elle était prête à un tel conflit. Il ne doutait pas de son courage dont elle avait fait la démonstration à maintes reprises depuis qu'ils se connaissaient. Peu de gens seraient sortis indemnes des expériences qu'elle avait accumulées au cours de ces derniers jours.

En revanche, il était évident qu'elle avait tout à apprendre de son rôle de chaman. En cas de bataille, elle ne pourrait pas utiliser son lien privilégié avec le *majir* pour prévoir les actions de leurs adversaires ou soigner leurs blessés.

Pouvaient-ils combattre sans un tel soutien ?

Zach n'en était pas certain. Certes, les loups-garous étaient de redoutables guerriers. Mais ils n'étaient que quatre dont deux adolescents.

— Alors ? demanda Eric à Sophie. Que veux-tu que nous fassions ?

— Je n'en ai encore aucune idée, avoua-t-elle. Quelle que soit ma décision, ce sera une lourde responsabilité à porter. Et je ne suis pas sûre d'y être prête. Qu'en penses-tu, Zach ? Après tout, c'est toi le chef de ce clan.

— Ce que j'aimerais faire, c'est aller trouver Mark Harris et le tuer de mes propres mains, gronda-t-il. Je sens la peur qui monte en toi chaque fois que tu penses à lui et cela me rend malade ! Ensuite, je m'occuperai d'Armitage et je veillerai à ce que son organisation soit entièrement démantelée.

Sophie se rapprocha légèrement et posa une main sur son épaule pour apaiser sa colère. L'odeur fraîche et pure de sa chamane l'aida à dominer sa rage sans pour autant en supprimer la cause profonde.

Zach constata alors qu'Eric s'était éclipsé, les laissant seuls dans le salon. Sophie n'avait toujours pas retiré sa main de son épaule et lui souriait. Jamais il ne s'était senti aussi proche d'elle qu'en cet instant.

La méfiance, la peur et l'incompréhension avaient disparu, ne leur laissant que cette étrange complicité, cette attirance réciproque qui avait toujours été là, mais n'avait pu réellement s'exprimer jusqu'alors.

— J'ai vu la façon dont tu t'es battu pour moi, lui dit-elle. Tu m'as sauvé la vie à deux reprises, déjà. Evidemment, tu m'as également kidnappée…

— Je t'ai expliqué que je n'avais pas le choix, objecta-t-il, agacé qu'elle lui parle de nouveau de cela.

— Inutile de te mettre en colère, protesta-t-elle sans faire mine de reculer. Tâche de te détendre un peu.

— C'est difficile lorsque ma chamane est traquée par des vampires et qu'elle refuse de me faire confiance. J'ai toujours l'impression que tu as peur de moi, Sophie…

— Cela fait des années que j'ai peur, répondit-elle gravement. En fait, je ne me rappelle même plus la dernière fois où je n'avais *pas* peur. Ce ne pouvait être qu'avant mon mariage… Après, j'ai eu peur de Mark : peur du mal qu'il pouvait me faire, d'abord. Peur qu'il ne parvienne à me retrouver, ensuite… Et il a fallu que j'échappe à un vampire pour tomber entre les griffes d'une bande de loups-garous !

— Je suis désolé, Sophie. Je n'avais pas considéré les choses sous cet angle…

— C'est étrange, tu sais. Ce qui m'a terrifiée le plus, en fait, c'est l'idée que je ne parviendrais peut-être pas à vivre sans Mark. Chaque fois que j'envisageais de le quitter, je sentais monter en moi cette angoisse insoutenable. Je me demandais si Mark n'avait pas raison, au fond, et si je n'avais pas besoin qu'il s'occupe de moi, même s'il le faisait d'une façon détestable…

— Mais tu as fini par dominer ta peur, n'est-ce pas ?

— Exactement, acquiesça-t-elle en ôtant enfin la main

de son épaule. C'est Lucy qui m'a convaincue que la peur n'était jamais une raison suffisante pour ne pas faire quelque chose. Je suis partie alors que cette simple idée me terrifiait. Et, aujourd'hui, je compte bien rester à vos côtés même si cela m'angoisse terriblement…

Zach sentit son cœur se serrer. Jusqu'à présent, il avait été tellement obnubilé par la survie de son clan qu'il n'avait pas vraiment réfléchi au prix qu'elle leur avait coûté : Lucy et Kyle étaient morts et Sophie avait perdu tout ce qu'elle possédait.

Pourquoi faut-il que ce soit si difficile ?

— Je suis désolé pour Lucy, lui dit-il. Je sais combien elle te manque.

— Je ne comprends pas pourquoi Mark l'a condamnée de cette façon. Il devait pourtant savoir que cela ne changerait rien, que je ne reviendrais jamais vers lui…

Zach la considéra avec un mélange d'étonnement et de tendresse.

— Il voulait juste se venger d'elle, répondit-il. Il a sans doute compris le rôle qu'elle avait joué dans votre divorce et il voulait la punir pour cela.

Ce genre d'homme est si possessif qu'il est prêt à tout détruire plutôt que de s'avouer qu'il a perdu quelque chose.

Sophie demeura longuement silencieuse, les yeux fixés sur la fenêtre. Il mit quelques secondes à s'apercevoir qu'elle était en train de pleurer. De grosses larmes roulaient en silence le long de ses joues et faisaient scintiller ses beaux yeux gris.

— C'est à cause de moi qu'elle est morte, murmura-t-elle enfin d'une voix tremblante.

Zach posa ses mains sur ses épaules, la forçant à le regarder droit dans les yeux.

— Ne dis pas une chose pareille, tu n'es pas plus responsable que Lucy. Le seul qui ait quelque chose à se reprocher, dans cette histoire, c'est Mark.

Sophie le considéra gravement puis, à sa grande

surprise, elle tendit les mains vers son visage et l'attira vers le sien. Lorsque leurs lèvres se rencontrèrent, il oublia tout le reste. Seul existait ce baiser qui se faisait à chaque instant plus intense et plus passionné.

Zach laissa glisser ses mains le long de ses bras avant de la prendre par la taille pour la serrer contre lui. Sans même s'en rendre compte, ils reculèrent jusqu'au mur le plus proche contre lequel Sophie se retrouva plaquée. Les doigts de Zach coururent alors sur son corps, éveillant en elle d'irrésistibles frémissements et lui arrachant des gémissements sourds.

Comprenant qu'ils étaient sur le point de perdre tout contrôle, Zach se força à ralentir. Son baiser et ses gestes se firent plus tendres. Mais, loin de les apaiser, cette douceur ne fit qu'alimenter encore un peu plus leurs ardeurs.

Jamais encore il n'avait éprouvé un désir aussi intense. Ce n'était pas une sensation exclusivement sexuelle, mais une envie qui rayonnait du plus profond de lui, envahissant chaque parcelle de son être. Il était comme un aimant irrésistiblement attiré par cette femme qui avait le don de le rendre fou.

Lorsque ses lèvres s'arrachèrent aux siennes pour qu'elle puisse reprendre haleine, il couvrit son visage de baisers qui venaient se poser comme des papillons sur sa peau soyeuse dont l'odeur secrète l'enivrait.

S'il avait écouté son instinct, il l'aurait étendue là, à même le sol, pour pouvoir la pénétrer, la posséder, la faire sienne à tout jamais.

Mais elle se recula de nouveau et secoua doucement la tête.

— Arrête, lui dit-elle d'une voix suppliante.

Il s'immobilisa devant elle, se sentant complètement perdu. Comment était-il censé arrêter ? Pourquoi renoncer à quelque chose d'aussi délicieux ? Cela semblait n'avoir strictement aucun sens…

Il parvint cependant à maîtriser le besoin impérieux qu'il avait d'elle et la laissa le repousser. Il n'était pas certain de comprendre ce qui était en train de se passer. Sophie avait paru apprécier tout autant que lui cette brève étreinte. Qu'est-ce qui avait bien pu la faire changer d'avis si brusquement ?

L'animal en lui renâclait, refusant de se contenter de ces frustrants préliminaires. Et, pour une fois, Zach était parfaitement d'accord avec lui.

Mais il était évident que Sophie ne se sentait pas prête. Et il n'était pas question de lui imposer quelque chose dont elle n'avait pas réellement envie…

— Tu t'es arrêté, murmura-t-elle d'un air étonné.

— Tu me l'as demandé, répondit-il d'une voix très rauque. Je ne vais pas te forcer, Sophie.

Je ne suis pas comme Mark…

— Tu te contentes de me kidnapper, répliqua-t-elle.

Le sourire qu'elle arborait indiquait clairement qu'elle cherchait à le taquiner.

— Et je suis prêt à recommencer chaque fois que tu le voudras, lui dit-il.

— Incroyable ! s'exclama-t-elle, gentiment moqueuse. Je crois bien que c'est la première fois que je t'entends plaisanter !

— Ne t'a-t-on jamais dit que l'humour était la politesse du désespoir ? rétorqua-t-il. Je t'en prie, Sophie, tu ne peux pas me laisser dans un tel état…

Son plaidoyer fut interrompu par un violent claquement de la porte d'entrée. Instantanément, Zach se retourna, prêt à défendre Sophie si nécessaire.

Brun et Julia pénétrèrent alors dans le salon.

— Il pleut des cordes ! s'exclama joyeusement Julia. Nous sommes trempés jusqu'aux…

Elle s'interrompit et renifla l'air saturé de phéromones. Un sourire malicieux se dessina sur ses lèvres et Sophie rougit jusqu'à la racine des cheveux. Cela ne fit qu'accentuer l'amusement des jumeaux qui échangèrent un regard entendu.

Tous deux étaient effectivement trempés de la tête aux pieds. Ils portaient de gros sacs d'où émanait entre autres une délicieuse odeur de viande fraîche.

— J'espère qu'on ne vous dérange pas, ironisa Julia. Je vais aller préparer le dîner.

— Je t'accompagne, ajouta Brun, visiblement embarrassé

— Je vais vous aider, déclara vivement Sophie.

Elle les rejoignit à grands pas et tous trois disparurent en direction de la cuisine, laissant Zach seul dans le salon.

Il demeura longuement immobile, luttant contre la frustration qui le rongeait et se demandant avec une pointe d'angoisse combien de temps encore il parviendrait à surmonter l'envie dévorante qu'il avait de Sophie.

20

Sophie était allongée dans son lit, les yeux fixés sur le rectangle lumineux que le réverbère de la rue dessinait sur le mur de sa chambre. Un délicieux parfum de steak et d'oignons grillés flottait dans l'air, se mêlant à l'odeur désormais familière des habitants. Il en fallait peu, au fond, pour transformer une maison anonyme en véritable foyer.

C'était une sensation nouvelle. Car jamais la demeure luxueuse d'Hammerheath ne lui avait fait cet effet-là. Tout y était trop impeccable, trop apprêté, trop artificiel… On aurait dit un décor de théâtre plus qu'un véritable lieu de vie.

De fait, Sophie s'y était toujours sentie de trop. Durant la journée, elle s'efforçait d'éviter les cohortes de domestiques et de jardiniers qui entretenaient les lieux. Le soir, Mark recevait souvent des gens qu'elle ne connaissait pas vraiment et qui la considéraient pour la plupart comme une opportuniste qui avait su se faire épouser.

Mais ces moments étaient encore préférables aux soirées où ils se retrouvaient en tête à tête. Mark était libre alors de laisser tomber le masque pour faire parler ses poings. Dans ces moments-là, le raffinement du décor paraissait ajouter encore à la sauvagerie avec laquelle il la traitait…

Sophie ne pouvait s'empêcher de comparer Mark et

Zach. Tout semblait les opposer, comme s'ils formaient l'image inversée l'un de l'autre. Sous l'apparence d'un gentleman élégant et parfaitement éduqué, Mark cachait une brutalité et un sadisme sans bornes.

Zach, au contraire, était un loup-garou, mi-homme, mi-bête, l'une de ces créatures que la littérature et le cinéma présentaient comme des monstres sanguinaires. Et, pourtant, il se distinguait par l'étonnante maîtrise de soi dont il faisait preuve en toutes circonstances. Il savait se montrer prévenant et respectueux et paraissait toujours deviner ses attentes et les devancer.

Mark était multimillionnaire, Zach ne possédait guère plus qu'une vieille camionnette.

Mark la voyait comme un objet, un trophée qu'il s'était approprié et était libre de traiter comme il l'entendait. Zach révérait en elle une personne sacrée, capable d'entrer en contact avec le monde des esprits.

Mark l'avait enfermée, tandis que Zach, à sa façon, lui avait appris à se libérer des contraintes et des idées reçues.

Mark avait l'intention de la tuer, tandis que Zach paraissait prêt à donner sa vie pour elle…

Elle aurait pu passer la nuit entière à décliner les oppositions de ce genre. Mais ce qui la préoccupait le plus en cet instant était d'une tout autre nature : pourquoi s'était-elle donnée à Mark sans hésiter alors qu'elle résistait de toutes ses forces à l'envie qu'elle avait de Zach ?

Comme elle s'interrogeait à ce sujet, elle entendit un léger craquement dans le couloir qui menait à sa chambre. Elle était convaincue que Zach s'était installé là pour veiller sur elle.

Que craignait-il le plus ? Que des vampires parviennent jusqu'à elle ? Ou que ce soit elle au contraire qui tente de s'enfuir ?

Au fond, cela n'avait pas grande importance : tout ce

qui comptait, c'était le fait que, comme tous les autres membres de son clan, il tenait à ce qu'elle demeure à leurs côtés.

Les loups l'avaient adoptée avec ce mélange de naturel et d'enthousiasme qui les caractérisait et paraissaient désormais la considérer comme l'une des leurs. Les jumeaux voyaient en elle un substitut maternel. Eric s'efforçait visiblement de gagner son amitié. Quant à Zach, il ne faisait pas mystère de ses intentions…

Or, il ne se trouvait en cet instant qu'à quelques mètres de là, séparé d'elle par une porte qu'elle n'avait même pas pris la peine de fermer à clé.

Pensait-il à elle en cet instant ?

Sophie se retourna une fois de plus dans son lit, se répétant qu'elle ferait mieux de dormir, qu'elle aurait probablement besoin de toute son énergie pour faire face aux décisions qu'elle avait à prendre.

Mais la présence obsédante de Zach l'empêchait de fermer l'œil.

Elle pouvait encore sentir le contact de ses mains sur son corps et le goût sauvage de ses baisers sur ses lèvres. Et ce simple souvenir suffisait à enflammer son corps tout entier d'un violent accès de désir.

Il était le premier homme qu'elle ait désiré depuis qu'elle avait rencontré Mark. En fait, elle avait même fini par se convaincre que ce dernier l'avait à jamais vaccinée contre toute forme d'attirance physique.

Mais Zach lui avait démontré qu'il n'en était rien. Il avait su éveiller des sensations et des sentiments qu'elle avait cru ne jamais pouvoir éprouver de nouveau. Et c'était précisément la raison pour laquelle elle l'avait repoussé, quelques heures auparavant.

Elle était terrifiée par la perspective de s'engager de nouveau, de croire en quelqu'un et de lui offrir son cœur. L'idée qu'elle puisse revivre ce que lui avait fait subir Mark lui était insupportable.

Zach l'avait très vite compris, d'ailleurs. Ne lui avait-il pas demandé à plusieurs reprises de lui accorder sa confiance ? N'avait-il pas cherché à lui prouver qu'il en était digne ?

Combien de temps encore laisserai-je Mark gâcher mon existence ?

Cette question était la plus cruelle d'entre toutes. Lorsqu'elle s'était décidée à le quitter et à demander le divorce, elle avait cru naïvement qu'elle avait gagné et qu'elle serait débarrassée de lui à tout jamais.

Mais c'était sans compter sur l'empreinte indélébile qu'avaient imprimée en elle leurs années de vie commune. La peur que lui avait inspirée Mark avait fini par façonner son caractère en profondeur et leur rupture n'avait pas suffi à la guérir de ses angoisses.

Il avait transformé la jeune fille naïve et trop crédule qu'elle était autrefois en une femme rongée par le doute et la méfiance.

Mais, apparemment, cela ne lui suffisait pas et il avait décidé de l'éliminer purement et simplement comme il avait déjà assassiné Lucy…

Sophie s'efforça d'écarter ce douloureux souvenir. Elle repensa au dîner qu'elle avait partagé ce soir avec les membres de la meute. Ils avaient discuté de tout et de rien et avaient beaucoup ri, heureux de partager ce moment de sérénité avant de devoir faire face aux épreuves qui les attendaient.

Elle n'avait toujours pas pris de décision à ce sujet. Devaient-ils rester à Jéricho City et se battre au risque de sacrifier leurs vies inutilement ? Ou devait-elle céder face aux menaces de Mark et des vampires et partir loin d'ici en renonçant aux derniers vestiges de son existence passée ?

Plus elle considérait ce dilemme et moins la solution lui paraissait évidente.

Il ne lui restait donc plus qu'à espérer qu'elle finirait par trouver le sommeil et que la nuit lui porterait conseil.

Elle était si fatiguée que le murmure d'ordinaire indistinct du *majir* lui paraissait s'être changé en un bourdonnement obsédant. Les esprits qui hantaient la périphérie de sa vision paraissaient d'ailleurs étrangement agités sans qu'elle puisse déterminer pourquoi.

On aurait dit le son d'un poste de radio que l'on aurait entendu à travers un mur : trop sourd pour que l'on puisse distinguer les paroles, mais trop bruyant pour que l'on puisse en faire vraiment abstraction.

Elle remarqua alors que le rectangle lumineux projeté par le réverbère avait pâli brusquement. Elle entendit Zach bouger dans le couloir. Puis la lumière du réverbère s'éteignit complètement, plongeant la chambre dans une obscurité totale.

Sophie entendit du bruit provenant des chambres qu'occupaient les autres membres du clan. C'était comme s'ils s'étaient tous réveillés au même moment. Inquiète, elle se redressa sur son lit, cherchant ce qui avait bien pu les tirer de leur sommeil.

Mais tout ce qu'elle entendait c'était le bourdonnement de plus en plus intense du *majir*. Elle vit l'un des esprits se détacher de la nuée et se placer juste devant elle. C'était une jeune femme au visage tatoué de motifs celtiques qui lui jetait un regard suppliant et gesticulait en lui parlant.

Sophie secoua doucement la tête.

— Je ne t'entends pas, lui dit-elle, partagée entre angoisse et fascination.

Elle était en train de vivre ce dont lui avait parlé Cullen. Mais elle n'était pas encore assez expérimentée pour établir réellement le contact.

— Fais-moi un signe, dit-elle à la jeune femme tatouée.

A cet instant précis, la fenêtre de sa chambre vola

en éclats et une pluie de morceaux de verre s'abattit sur elle. Sophie eut le réflexe de protéger son visage de ses bras et poussa un cri perçant.

Mais déjà les attaquants avaient pénétré dans sa chambre qui fut instantanément envahie par une odeur écœurante.

Des vampires.

Elle vit sa porte s'ouvrir à la volée, laissant apparaître Zach qui avait déjà commencé à se transformer. Mais les vampires s'attendaient visiblement à cette contre-attaque et quatre d'entre eux se jetèrent sur lui. Les deux derniers profitèrent de cette diversion pour enrouler Sophie dans son drap.

Elle tenta de se dégager et de les rouer de coups de pied. Mais ils étaient infiniment plus forts qu'elle et ne paraissaient même pas sentir ses attaques. L'un de ses assaillants la souleva avec une facilité déconcertante, la plaquant de force contre son torse.

L'odeur de pourriture était insupportable et Sophie lutta contre la vague de nausée qui montait en elle. Elle entendit Zach hurler son nom puis le vampire qui l'avait capturée lui assena un violent coup sur la nuque.

Elle sombra dans l'inconscience.

Lorsque Sophie reprit conscience, elle était allongée à même le sol. Elle se trouvait dans une obscurité totale, mais son instinct lui soufflait que la pièce dans laquelle elle se trouvait était minuscule.

Elle perçut alors deux sons distincts : celui, régulier, d'un goutte-à-goutte et un autre, comme un bruit d'arrachement, qui la terrifia sans qu'elle sache pourquoi.

— C'est parfait, fit une voix de femme qui lui parut vaguement familière. Nous allons faire d'elle un exemple dont ces animaux garderont longtemps le souvenir.

— Si tu veux… Ma vengeance n'en sera que plus douce.

Cette fois, Sophie ne put s'empêcher de tressaillir en reconnaissant la voix de son ex-mari. Un flot de souvenirs tous plus atroces les uns que les autres remonta soudain à sa conscience et elle dut faire appel à toute sa volonté pour le maîtriser et se concentrer sur le moment présent.

Il faisait si noir qu'elle aurait tout aussi bien pu avoir les yeux fermés. En revanche, elle distinguait parfaitement les esprits du *majir* qui papillonnaient autour d'elle. Curieusement, leur présence atténuait légèrement la terreur qui lui étreignait le ventre. Elle avait au moins l'impression de ne pas être complètement seule…

— Cela suffit, les enfants, reprit la voix féminine. Tâchez de bien vous tenir…

Cette fois, Sophie reconnut celle qui venait de parler : il s'agissait de Délia Armitage, la grande prêtresse des dîners mondains et des galas de charité.

Sophie tenta de percer les ténèbres et de distinguer les alentours, mais en vain. Des sons de déchirement spongieux se firent de nouveau entendre, accompagnés de bruits de mastication et de déglutition. Son imagination conjura la vision d'un festin écœurant qui devait se tenir dans une pièce voisine de celle où elle se trouvait enfermée.

L'odeur de putréfaction qui parvenait jusqu'à elle ne laissait guère de doutes quant à la nature des convives.

Autour d'elle, les esprits la contemplaient avec un mélange d'inquiétude et de douceur, comme s'ils comprenaient parfaitement la situation dans laquelle elle se trouvait.

Certains d'entre eux avaient forme humaine, d'autres se présentaient sous les traits de loups-garous.

Le souvenir de Zach lui revint alors à la mémoire. Elle l'avait vu se transformer pour tenir tête à quatre vampires. Avait-il réussi à sortir vainqueur de cette confrontation ? L'idée qu'il ait pu être blessé la terrifiait presque autant que sa propre situation.

Malheureusement, elle ne pouvait rien pour lui tant qu'elle gisait ici, pieds et mains liés. Elle n'osait imaginer le sort que lui réservaient Délia et Mark. Sans doute comptaient-ils sur son supplice pour décourager une fois pour toute les garous qui pourraient être tentés de se soulever contre les vampires.

— Venez, mes enfants. Et toi aussi, Harris.

— Mais elle a peut-être repris conscience, objecta Mark dont la voix trahissait une certaine impatience.

Il y avait dans son ton quelque chose de malsain et de puéril. On aurait dit un enfant à qui l'on venait d'interdire d'arracher les ailes d'une mouche. Jamais encore Sophie n'avait remarqué à quel point il pouvait paraître mesquin.

— Laisse-la donc se morfondre dans le noir, lui répondit Délia avec une pointe d'agacement. Nous avons mieux à faire.

Un bruit mouillé se fit entendre et Sophie se demanda s'ils n'étaient pas en train de s'embrasser.

Comme pour répondre à sa question, une image apparut dans son esprit : celle de Mark et de Délia enlacés devant la porte du vaste placard dans lequel elle était enfermée.

Ils se dévoraient de baisers tout en se caressant fiévreusement. Cette vision lui arracha un haut-le-corps et elle la repoussa vivement. L'image disparut aussi vite qu'elle était apparue.

Elle se rappela alors ce que lui avait dit Cullen :

Lorsque tu seras prête, les habitants du majir *commen-*

ceront à te parler. Ce sont eux qui te donneront les conseils dont tu auras besoin…

Etait-ce ce qui venait de se passer ? Cette vision fugace lui avait-elle été envoyée par le *majir* ?

Sans trop savoir pourquoi, elle en fut convaincue.

L'ombre d'un espoir naquit en elle. Se pouvait-il que les pouvoirs chamaniques dont lui avait parlé Zach commencent à se manifester ? Si tel était le cas, il lui restait peut-être une chance de se sortir du piège dans lequel elle était tombée.

S'efforçant de bannir l'angoisse qui la tenaillait, elle prit une profonde inspiration et ferma les yeux, se concentrant sur le *majir.* Plus elle écoutait l'étrange bourdonnement émis par les esprits et plus il lui paraissait évident qu'il s'agissait de la rumeur lointaine de milliers de voix qui se mêlaient.

Toute la difficulté était de savoir comment elle était censée isoler l'une d'elles…

Mais, comme elle s'interrogeait à ce sujet, les esprits parurent prendre conscience de l'intérêt soudain qu'elle leur portait. Plusieurs d'entre eux se rapprochèrent d'un air hésitant. Parmi ces audacieux se trouvait la jeune femme au visage tatoué.

Elle tendit la main vers la joue de Sophie. Et celle-ci ne put réprimer un frémissement en sentant presque sur sa peau le contact fantomatique de ses doigts.

Jusqu'alors, le *majir* lui était apparu comme un chaos indistinct dont la réalité lui paraissait plus que douteuse. Mais elle comprenait à présent que chacun des esprits qui le constituait était un individu à part entière. Si elle parvenait à établir le contact avec eux, elle aurait donc accès à une prodigieuse mémoire collective, une source inépuisable d'expérience et de savoir.

Un sourire émerveillé se dessina sur ses lèvres. Encouragés par cette réaction, d'autres esprits se rapprochèrent et commencèrent à lui caresser le visage, s'efforçant de lui témoigner leur soutien.

— Nous allons nous en sortir, leur dit-elle d'un ton décidé. Je ne sais pas comment, mais je vais nous tirer de là.

21

Zach assena un prodigieux coup de poing sur le bar qui fit entendre un craquement inquiétant. Mais il s'en moquait autant que de la douleur fulgurante qui remonta le long de son bras. Elle l'aidait à se concentrer, à dominer la bête qui hurlait en lui, impatiente d'être libérée et de rejoindre celle qu'il aimait.

Car il ne se faisait plus la moindre illusion à ce sujet : ses sentiments pour Sophie dépassaient la simple attirance, l'engouement passager. Avec elle, c'était une partie de lui-même qui avait disparu et il n'osait imaginer à quoi pourrait bien ressembler sa vie sans elle.

Contrôle-toi, Zach, ne leur offre pas une bonne excuse pour te jeter dehors sans même t'avoir écouté.

Son geste avait au moins eu l'effet escompté : toutes les conversations moururent brusquement tandis que les regards convergeaient dans sa direction. Il remarqua avec satisfaction que toutes les tribus avaient répondu à son invitation. La salle du bar était déjà bondée et continuait pourtant à se remplir.

Zach fit un pas en avant, suivi de près par Julia qui pressait toujours une serviette maculée de sang sur son avant-bras blessé par les vampires. Brun boitillait légèrement et son visage s'ornait d'une impressionnante ecchymose. Mais les jumeaux avaient prouvé leur valeur au cours de ce qui avait été le combat le plus âpre de leur vie.

Mark n'avait tenu à prendre aucun risque et c'est plus de vingt vampires auxquels ils avaient dû faire face tandis qu'un petit commando emportait leur chamane. Ils s'étaient battus comme de véritables démons et étaient parvenus à décimer plus des deux tiers de leurs assaillants.

Les autres avaient préféré battre en retraite, mais ils n'oublieraient jamais ce qu'il en coûtait d'affronter une meute de loups. Hélas ! les vampires étaient parvenus à accomplir leur objectif principal, les privant de leur chamane.

— Ecoutez-moi tous, commença Zach d'une voix forte et claire, je ne suis pas venu pour vous écouter gémir. Ils ont pris trois de nos chamans ! Que vous faut-il de plus ? Combien de temps encore êtes-vous prêts à vous laisser humilier de cette façon ? Quand vous déciderez-vous enfin à réagir ?

Cullen poussa un soupir et croisa les bras, marquant ainsi sa désapprobation. Mais Zach s'en moquait. Il n'était pas venu raisonner : il était venu déclencher l'apocalypse, réveiller la fureur de ces garous qui préféraient la tranquillité d'esprit au sens de l'honneur.

Ce n'est pas à leur part d'humanité qu'il faisait appel, mais bien à l'animal qui les habitait. Hélas ! la tâche était plus ardue encore qu'il ne l'avait imaginé en venant ici.

— Connaissant les pratiques d'Armitage, ils risquent de lui infliger le supplice de la roue, murmura l'un des félins d'une voix horrifiée.

— La roue ? articula Eric d'une voix blanche.

Julia et Brun échangèrent un regard interrogatif. Il valait sans doute mieux qu'ils ignorent en quoi consistait ce supplice.

Zach, quant à lui, était parfaitement conscient du

risque que courait Sophie. C'était d'ailleurs la raison pour laquelle il avait décidé de solliciter l'aide des autres tribus. Etant donné le nombre de vampires auquel ils avaient été confrontés et la coordination dont ils avaient fait preuve, Zach estimait que son clan n'avait aucune chance de s'introduire au cœur du repaire d'Armitage et d'en ressortir avec leur chamane.

Les blessures de Julia et de Brun rendaient une telle expédition bien plus aléatoire encore.

Les deux chamans de la tribu de l'Ours avaient consulté le *majir* pour s'assurer que Sophie n'avait pas déjà rejoint le monde des esprits. Fort heureusement, il n'en était rien, ce qui signifiait qu'elle était toujours prisonnière d'Armitage et des siens.

— Depuis quand les tribus acceptent-elles de laisser les vampires capturer et exécuter leurs chamans ? reprit Zach, plus décidé que jamais à remporter l'adhésion générale. Resterez-vous sans rien faire alors que Julia et Brun qui sont à peine des adultes n'ont pas hésité à mettre leur vie au service de leur chamane ?

Tout en parlant, il s'efforçait de dominer la terreur qui l'envahissait à l'idée que les chamans avaient pu se tromper, que Sophie était peut-être déjà morte et qu'il devrait passer le reste de sa vie sans elle…

Mais il ne pouvait se permettre de douter. S'il faisait montre de la moindre hésitation, il ne parviendrait jamais à convaincre les tribus de le suivre.

— Mais ils sont si nombreux, remarqua l'un des ours. Nous n'avons aucune chance…

— Très bien, déclara Zach en serrant les poings si fort que ses ongles mordirent profondément ses paumes. Si vous refusez de m'accompagner, dites-moi au moins où ils peuvent bien la garder prisonnière.

Cullen le considéra avec stupeur.

— Tu ne comptes tout de même pas t'y rendre seul ? s'exclama-t-il.

— Vous ne me laissez pas d'autre choix. Sophie est ma chamane et je traverserai l'enfer pour elle si je n'ai pas d'autre choix. N'est-ce pas le devoir que nous avons envers nos chamans ?

Plusieurs garous détournèrent les yeux, incapables de supporter le regard accusateur dont il balaya l'assistance.

— Quoi qu'il arrive, je suis avec toi, déclara Eric en s'avançant.

— Vous n'irez pas là-bas sans moi, ajouta Julia en faisant de même.

— Ni sans moi, renchérit Brun.

Le courage dont faisaient preuve les deux adolescents était une leçon bien plus éloquente que le discours le plus enflammé.

— Où sont-ils ? articula Zach, bouleversé par la réaction de son clan.

S'ils devaient mourir ce soir, ils donneraient au moins une leçon à tous ces lâches qui les laisseraient se faire massacrer sans rien dire.

— Armitage possède plusieurs propriétés, répondit enfin Cullen. Quant à Harris, il habite une grande villa située à Hammerheath, l'un des quartiers les plus chic de la ville. C'est probablement là qu'ils sont. Les esprits rapportent que les vampires sont particulièrement actifs de ce côté.

— Nous commencerons donc par-là, déclara Zach.

Et c'est probablement là que tout se terminera…

— C'est de la folie ! protesta Cullen.

De nouveaux garous pénétrèrent dans le bar et observèrent avec étonnement l'assemblée silencieuse qui faisait face aux quatre loups blessés. La tension qui planait à présent sur l'assistance était presque palpable.

— S'ils n'ont pas encore tué notre chamane, c'est qu'ils ne le feront pas cette nuit. S'ils veulent réellement lui faire subir le supplice de la roue, ils commenceront probablement au prochain crépuscule pour finir juste avant les premières lueurs de l'aube. Cela donnera d'autant plus de force à leur rituel…

Cette idée le rendait malade et il avait de plus en plus de mal à contrôler la bête en lui. Il ne pouvait se permettre de céder à la rage, cependant. Le moment viendrait où il pourrait y laisser libre cours. Très bientôt.

— Nous ne pouvons pas les laisser y aller seuls, déclara la chamane des chats en claquant des mains. Leur mort retomberait sur nos têtes ! Le loup a raison : nous avons trop fait le dos rond. Il est temps de réagir, temps de montrer aux vampires que cette ville est aussi la nôtre. Sinon, nous n'aurons bientôt plus d'autre choix que de la leur abandonner définitivement.

Zach lui adressa un regard chargé de reconnaissance.

— Dois-je vous rappeler que le deuxième chaman que nous avons perdu a justement été capturé lors d'une mission de ce genre ? objecta un des chats.

— C'est vrai, reconnut la guerrière qui commandait la tribu de l'Ours. Mais cela prouve juste que les actions commandos sont inefficaces. Ce qu'il faudrait, c'est un assaut frontal. Réunissons les guerriers de toutes les tribus et prenons d'assaut la villa de Harris.

— Tout le monde sait qu'il est impossible de coordonner l'action de tribus différentes, objecta le félin.

— Nous n'avons pas le temps de rechercher un consensus parfait, remarqua Zach. Que chacun des clans agisse en son âme et conscience. Mes loups et moi sommes décidés à attaquer quoi qu'il arrive. Ceux qui voudront se joindre à nous seront les bienvenus. Quant à la stratégie, je ne vous en propose qu'une seule : les massacrer tous de façon qu'ils apprennent une fois pour toutes ce qu'il en coûte de provoquer les tribus ! Je ne vous parle pas d'opération commando et d'exfiltration discrète, mais d'un assaut frontal mené en plein jour. Le seul impératif sera d'être assez rapides pour les réduire à néant avant l'arrivée de renforts humains comme les forces de police. Nous devons frapper vite et fort puis disparaître.

— Si c'était possible, ne crois-tu pas que nous l'aurions fait depuis longtemps ? objecta Cullen en passant la main dans ses cheveux broussailleux.

Sa résignation fit naître un nouvel accès de colère chez Zach.

— Je sais que c'est difficile à admettre, reprit-il, mais tu ferais mieux d'accepter le fait que ta chamane est perdue.

Zach avança d'un pas en direction de Cullen.

— J'ai déjà commis cette erreur une fois, déclara-t-il. J'ai accepté la mort de mon propre père et de son chaman que je croyais inévitable. Veux-tu savoir ce que cela m'a rapporté ? Des années d'errance qui se sont conclues par la mort de mon propre frère. Kyle était notre alpha et il s'est sacrifié pour sauver celle qui est devenue notre chamane. Crois-tu que je puisse accepter de faire moins que cela ? Crois-tu que je serais digne de mon clan qui n'hésite pas à se sacrifier pour des valeurs que vous semblez avoir oubliées ? Nous mourrons, c'est certain. Mais demande-toi si tu auras encore le courage de consulter le *majir* lorsque nous l'aurons rejoint, chaman.

Sur ce, Zach se détourna et se dirigea vers la sortie dans un silence de mort. Eric jeta un regard apitoyé à l'assemblée avant de lui emboîter le pas. Main dans la main, les jumeaux les suivirent.

Mais, comme Zach venait de poser la main sur la poignée de la porte, une voix rocailleuse se fit entendre :

— Attends, loup !

Celui qui venait de parler se nommait Korn et était également un chaman de la tribu de l'Ours. Mais, contrairement à Cullen qui était généralement considéré comme le porte-parole de leur communauté, il ne s'exprimait que rarement. Certains disaient qu'il vivait plus dans le *majir* que dans le monde réel et que ses seuls véritables amis étaient des esprits morts depuis des siècles.

Lorsqu'il s'avança, les ossements qui étaient attachés à ses cheveux cliquetèrent doucement.

— Le moment est venu, reprit-il de sa voix caverneuse. Ainsi que l'a dit Keira, nous nous trouvons à la croisée des chemins : si nous n'endiguons pas aujourd'hui l'invasion des vampires, cette ville est perdue pour nous. Je sais que certains parmi vous croient qu'Armitage finira par s'autodétruire. C'est possible. Mais demandez-vous ce qu'il laissera derrière lui. Le combat doit être livré ici et maintenant.

— Ecoute, objecta Cullen, je n'ai pas plus envie que toi de perdre un autre chaman. Mais une telle bataille serait suicidaire.

— Interroge le *majir*, répondit posément Korn. Tu verras que les esprits appellent à la guerre. Tous les adultes qui voudront se joindre à l'offensive des loups recevront ma bénédiction et celle de nos ancêtres.

— Nous nous joindrons à vous, déclara Keira, la chamane des chats.

— Eric, Brun, Julia, restez au côté de Korn, ordonna alors Zach. Vous attaquerez à l'aube, avec tous ceux qui accepteront de se joindre à vous.

— Et toi ? s'enquit Eric, surpris.

— Je vais m'assurer qu'Armitage ou Mark n'exécuteront pas notre chamane d'ici là, déclara-t-il. Si je ne reviens pas, tu prendras la tête du clan, Eric.

— Pas question ! s'exclama Julia avec humeur. Nous venons avec toi !

Mais Eric lui prit le bras pour la retenir.

— Laisse-le faire ce qu'il a à faire, ordonna-t-il avec une autorité que Zach ne lui connaissait pas. Bonne chance, ajouta-t-il à son intention.

Zach hocha la tête et, après avoir adressé un petit signe de tête reconnaissant à Korn, il quitta le bar. Le jour ne se lèverait pas avant plusieurs heures et Mark risquait de décider de se venger de Sophie avant l'heure fixée pour son exécution.

22

Sophie était toujours allongée dans les ténèbres.

Elle n'aurait su dire combien de temps s'était écoulé depuis qu'elle avait été capturée par les vampires ni depuis quand elle était enfermée là.

Non seulement elle n'avait aucun moyen de mesurer l'écoulement des minutes, mais, de plus, elle avait passé la majeure partie de ce temps dans le monde des esprits.

Or, le temps s'écoulait différemment dans le *majir*. L'un des anciens chamans lui avait expliqué que ce phénomène expliquait en grande partie les légendes concernant le sidh, l'Autre Monde des Celtes, et Seelie, le monde des fées.

Elle avait beaucoup appris.

Elle parvenait à présent à communiquer avec les habitants du *majir*. La plupart d'entre eux avaient appartenu à la tribu des loups-garous. Il y avait aussi quelques humains, d'anciens chamans pour la plupart, et des esprits qui paraissaient échapper à toute classification.

Certains lui parlaient d'époques si anciennes qu'elles étaient antérieures à la naissance de l'humanité. C'était un temps où l'homme ne s'était pas encore complètement séparé de l'animal, le temps des garous.

D'autres lui avaient parlé d'arts ancestraux que les chamans se transmettaient de génération en génération : la connaissance des plantes médicinales, celle des configurations stellaires, l'art de la guérison, les formules qui permettaient de repousser les esprits mauvais ou d'accompagner le départ d'un guerrier tombé au combat…

Elle avait compris le sens des mégalithes bâtis par les anciens. Elle avait appris la longue histoire du peuple garou, celle de leur rencontre avec les humains, des guerres qui s'en étaient suivies et des années de silence au cours desquelles les garous avaient vécu en secret parmi les hommes.

Elle avait découvert le terrible pacte qui unissait les vampires aux forces chthoniennes et le prix terrible qu'ils devaient payer pour esquiver la mort.

Elle avait brièvement soulevé le voile qui sépare le monde des vivants de celui des morts et sa raison avait vacillé au bord de l'abîme. Mais elle était revenue vers la terre des hommes, survolant en pensée d'étranges paysages issus des souvenirs de tous ceux qui vivaient en ces lieux…

Lorsqu'elle reprit conscience d'elle-même, la première chose qu'elle perçut fut un bruit de pas familier qui se rapprochait.

Combien de fois l'avait-elle guetté avec angoisse, sachant qu'il n'annonçait que souffrance et humiliation ? Elle avait vite appris à redouter ce son. Et elle avait espéré ne plus jamais l'entendre. Mais Mark l'avait bel et bien retrouvée. Et il était décidé à la tuer.

Sophie serra les dents, s'efforçant de dominer l'accès d'angoisse qui montait en elle.

Une porte s'ouvrit alors, lui confirmant qu'elle se trouvait bien à l'intérieur d'un placard. Puis elle sentit deux mains enserrer ses chevilles et la tirer sans ménagement hors de ce réduit. Elle retint à grand-peine un gémissement de douleur lorsqu'il la traîna sur le sol de béton d'une cave.

Puis il vint s'agenouiller derrière elle de façon à pouvoir lui parler à l'oreille sans qu'elle puisse le voir.

— Bonsoir, Sophie.

L'odeur si caractéristique qu'elle avait appris à associer à la présence de vampires l'enveloppa. Cullen ne s'était donc pas trompé à son sujet : Mark avait bien accepté de devenir l'un d'eux.

En d'autres temps, cela l'aurait certainement terrifiée. Mais elle avait vu tant de choses au cours de ces derniers jours que cette transformation n'était qu'une aberration de plus sur une liste déjà longue.

D'ailleurs, une fois admise l'existence des vampires, le fait que Mark ait pu choisir un tel destin n'avait rien de surprenant.

— Bonsoir, Mark, répondit-elle d'une voix glaciale.

— Tu as été une méchante fille, souffla-t-il à son oreille.

Quelques jours auparavant, elle aurait probablement été tétanisée par l'angoisse. Mais à présent elle trouvait le procédé à la fois vulgaire et ridicule. Qui essayait-il d'impressionner, au juste ? Elle ou bien lui-même ?

Résignée, elle se prépara à subir l'un de ces interminables monologues dont il avait le secret.

— Non seulement tu as essayé de m'embarrasser en me traînant devant un tribunal, mais en plus tu t'es acoquinée avec cette bande de voyous qui sont les ennemis de mes… associés. Tu n'as vraiment aucune classe, Sophie.

Elle soupira intérieurement, se demandant comment il pouvait lui faire la leçon alors que lui-même avait renoncé à toute morale pour devenir un vampire. De plus, elle ne comprenait pas pourquoi il lui en voulait à ce point s'il la tenait en si piètre estime.

Mais la logique et la cohérence n'avaient jamais été son fort…

Sophie jeta un coup d'œil à la pièce dans laquelle

ils se trouvaient. Elle s'aperçut alors avec une pointe de stupeur qu'elle connaissait cet endroit. Ils se trouvaient dans la cave à vin de Mark. Combien de fois y était-elle descendue pour choisir une bouteille, sachant qu'une mauvaise sélection lui vaudrait inévitablement un regard affligé ou une remarque sarcastique ?

Les dizaines de bouteilles que conservait Mark avaient disparu et l'on avait même retiré les étagères sur lesquelles elles étaient disposées. Le placard dans lequel on l'avait enfermée était celui qui contenait autrefois les alcools forts.

Le sol et les murs étaient éclaboussés de taches brunes dont elle tenta vainement de se convaincre qu'il s'agissait juste de peinture. Mais les entraves métalliques qui étaient fixées sur l'une des parois laissaient peu de doutes sur le nouvel usage de cette pièce.

De toute évidence, la transformation de Mark lui avait permis de donner une nouvelle dimension à ses tendances sadiques. L'endroit était parfaitement insonorisé et constituait une salle de torture idéale…

Cette révélation aurait dû l'emplir d'effroi, mais, curieusement, ce ne fut pas le cas. Elle venait de visiter un autre monde, de s'entretenir avec les esprits de chamans morts depuis des siècles, d'entrevoir furtivement certains des secrets les mieux gardés de l'univers…

Et elle se demandait à présent comment elle avait pu redouter cet homme à l'esprit malade, comment elle avait pu ne pas distinguer la superficialité affligeante de son intelligence et de sa culture, la médiocrité de ses ambitions et le poids accablant des frustrations sous lesquelles il ployait.

— Sais-tu ce qui t'attend, Sophie ? lui demanda-t-il alors.

— Non, répondit-elle.

Le ton de sa voix, calme et assuré, parut le prendre de court.

— Nous t'avons réservé l'une des morts les plus douloureuses qui soit, reprit-il enfin. Le supplice de la roue. Il peut durer pendant des heures, tu sais, le temps de briser chacun des os de ton corps… Qu'en penses-tu, ma chérie ?

Que tu dois avoir de bien mauvaises fréquentations, Mark.

Elle sentait à présent son souffle sur sa gorge et ne put s'empêcher de frissonner. Ce qu'elle craignait en fait bien plus que la souffrance qu'il comptait apparemment lui infliger, c'était qu'il décide de faire d'elle l'une des leurs.

La mort lui faisait moins peur qu'une éternité de damnation.

— Est-ce que tu m'écoutes, ma chérie ? Est-ce que tu m'écoutes attentivement ?

Comment ai-je pu penser un seul instant que j'étais amoureuse de cet homme ?

— Je t'ai demandé si tu m'écoutais, Sophie ! s'exclama-t-il avec une pointe d'exaspération dans la voix.

Il enfonça son index entre ses côtes, éveillant en elle une douleur fulgurante. Elle se mordit la lèvre pour ne pas lui donner le plaisir de l'entendre crier.

— Je ne te savais pas si stupide, répondit-elle lorsque la souffrance se fut dissipée. Je suis couchée sur le sol, pieds et poings liés. Je n'ai pas d'autre choix que de t'écouter, hélas !

C'était la première fois de toute son existence qu'elle osait lui répondre de cette façon. Même lorsqu'ils se trouvaient au tribunal, elle avait toujours évité de s'adresser directement à lui.

Mais elle comprenait aujourd'hui que cette stratégie ne l'avait menée nulle part : ses silences n'avaient pas rendu Mark moins agressif à son encontre. Bien au contraire, ils l'avaient conforté dans une position de supériorité et avaient entretenu son délire dominateur.

Cette fois, en revanche, il demeura bouche bée, choqué qu'elle se soit permis de lui répondre de cette façon. Sophie se demanda alors ce qui se serait passé si, dès les premiers temps de leur relation, elle avait réagi ainsi au lieu de se laisser humilier continuellement.

Sans doute l'aurait-il quittée après quelques disputes, frustré de ne pouvoir lui imposer sa volonté.

— Qui t'a appris à parler de cette façon ? s'exclama-t-il enfin en agrippant ses cheveux. Est-ce ta chère Lucy ?

— Oui, répondit Sophie en le défiant du regard. Elle m'a fait comprendre que tu n'étais qu'une lopette. Et le fait que tu l'aies fait assassiner par quelqu'un d'autre prouve bien qu'elle avait raison !

Cette fois, Mark poussa un hurlement de rage et la gifla violemment. La tête de Sophie heurta le sol en béton, mais au lieu de crier elle se mit à rire.

— Tais-toi ! lui cria-t-il en la frappant de nouveau.

Loin de mettre fin au fou rire de Sophie, la souffrance ne faisait que l'alimenter. Tout ceci lui paraissait brusquement si absurde. Elle avait gâché la plus belle partie de sa vie et Lucy était morte parce que Mark avait besoin de se prouver que rien ni personne ne pouvait lui résister.

Ne voyait-il donc pas à quel point c'était futile ?

Il tira sur ses cheveux, exposant sa gorge et lui permettant enfin de le voir. Il fallut quelques instants à Sophie pour reconnaître son ex-mari.

Ses traits étaient déformés par une rage qui le défigurait complètement. Sa bouche entrouverte révélait deux canines surdimensionnées et ses yeux étaient injectés de sang. Il était très pâle et exhalait une odeur méphitique qui lui souleva le cœur.

— Espèce de traînée ! s'exclama-t-il d'une voix vibrante de haine.

Elle connaissait ce ton et comprit qu'il était sur le point de la battre. Il continuerait certainement jusqu'à ce qu'elle perde connaissance. Mais Sophie s'en moquait. Ne venait-il pas de lui dire qu'elle était condamnée à mort ? Alors, qu'avait-elle à perdre ?

— Il y a quelque chose que j'aurais dû te dire depuis longtemps, ajouta-t-elle avec un sourire angélique. Crois-tu vraiment que frapper une femme sans défense fait de toi un dur, Mark ? Crois-tu que cela compensera ton manque d'assurance ? Ne vois-tu pas comme c'est pathétique ?

Il hurla de nouveau et décocha un violent coup de poing en direction de son visage. Mais Sophie avait anticipé son geste et elle roula sur elle-même. Le cri de rage de Mark se mua en cri de douleur.

Encouragée par ce constat, elle continua à rouler sur elle-même, et parvint à échapper aux coups de pied que Mark essayait de lui décocher. De plus en plus enragé, il lâcha une bordée d'obscénités.

Elle s'éloigna encore. Mais, cette fois, il avait anticipé son geste et son coup de pied l'atteignit en plein dans les côtes. Un autre suivit, la cueillant au menton. Sophie lutta pour ne pas sombrer dans l'inconscience. Cette fois, il était évident que Mark ne se contenterait pas de la maltraiter : il voulait bel et bien la tuer.

Sonnée, elle reprit sa progression maladroite jusqu'au mur du fond contre lequel elle finit par se cogner. Mark se rapprocha d'un pas nonchalant. Un sourire dément était plaqué sur ses lèvres et son regard brûlait d'une haine farouche.

— Tu vas regretter de m'avoir défié, articula-t-il d'une voix sourde.

Sophie comprit qu'elle était arrivée au bout du voyage. Sa bouche était emplie de sang, sa vue se brouillait et elle craignait à chaque instant de s'évanouir. Elle était incapable de se défendre et n'avait plus nulle part où s'enfuir. Fermant les yeux, elle se prépara à encaisser le coup suivant.

C'est alors qu'elle sentit une curieuse chaleur l'envahir. Cela commença au niveau de son sternum puis rayonna en elle, gagnant chacun de ses membres. Elle comprit que cette étrange énergie provenait du *majir*.

Les esprits s'étaient regroupés, formant autour d'elle un halo protecteur. C'était une impression très étrange et curieusement réconfortante.

Elle se rappela soudain ce qu'elle ressentait lorsque, étant enfant, elle se cachait sous la couette de son lit, persuadée que celle-ci avait la capacité de la protéger contre toute menace extérieure.

Elle vit Mark s'approcher d'elle, le visage tordu par un rictus haineux. Il s'apprêtait à la tuer tout comme le vampire avait assassiné son amie Lucy, quelques jours auparavant. Elle ferma les yeux et pria pour que sa mort soit rapide.

Ne t'en fais pas, fit une voix au creux de son esprit. *Tout va bien se passer.*

Au même instant, un bruit assourdissant se fit entendre et la porte de la cave vola littéralement en éclats. Une forme bondit dans la pièce en poussant un grondement de rage. Lorsqu'elle s'immobilisa, Sophie constata qu'il s'agissait d'un loup, presque aussi gros qu'un ours.

En découvrant l'animal, Mark poussa un cri perçant qui évoquait plus le hurlement d'une fillette que le grondement menaçant d'un vampire sur le point de passer à l'attaque.

Une joie sauvage submergea Sophie. Car elle n'avait aucun doute sur l'identité du loup-garou qui contemplait son ennemi d'un air menaçant. Une fois de plus, Zach lui avait sauvé la vie.

Au prix d'un douloureux effort, elle se redressa en s'appuyant contre le mur souillé de la cave. Sa vue était brouillée par le sang, ses jambes la soutenaient à peine et son corps tout entier était couvert d'ecchymoses et de contusions.

Mais le mélange de soulagement et de joie qui l'avait envahie lui faisait oublier sa souffrance et elle décocha un sourire radieux à son sauveteur.

Mark se rua alors sur Zach qui l'évita avec une déconcertante facilité. Chacun de ses gestes trahissait une maîtrise si parfaite que Sophie avait l'impression d'assister à une danse fascinante et mortelle.

Les esprits qui l'entouraient et la protégeaient lui soufflèrent que Zach était allé trop loin, qu'il avait abandonné toute humanité pour laisser le champ libre à la bête qui était en lui. Il était devenu l'incarnation d'une rage animale, une créature vengeresse que rien ni personne ne pourrait arrêter.

Mark dut le sentir, lui aussi, car il fit mine de se précipiter vers la porte. Mais Zach s'interposa en grondant. Comprenant que l'affrontement était inévitable, le vampire sortit ses griffes et frappa le loup à une vitesse si prodigieuse que ce dernier ne put les éviter.

Elles le marquèrent au flanc, faisant gicler des gouttelettes de sang qui retombèrent en une pluie cramoisie. Folle d'angoisse et de colère, Sophie se rua sur Mark et tenta de le ceinturer. Mais la transformation de ce dernier en vampire avait décuplé sa force et il la projeta violemment à travers la pièce, l'envoyant heurter de plein fouet l'un des murs.

Sophie retomba lourdement sur le sol, convaincue que plusieurs de ses os s'étaient brisés net sous le choc. Elle lutta contre la sensation de vertige qui s'était emparée d'elle, refusant de sombrer dans l'inconscience.

Zach tourna la tête dans sa direction avant de pousser un hurlement déchirant qui trahissait autant le désarroi que la rage. Mark en profita pour l'attaquer de nouveau. Sans même chercher à éviter les griffes du vampire, le loup bondit en sens inverse.

Ses mâchoires se refermèrent sur la gorge de Mark avec une violence telle qu'il la trancha d'un seul coup de dents, libérant un flot de sang qui éclaboussa son pelage. Le corps du vampire retomba sur le sol et fut parcouru de soubresauts avant de s'immobiliser brusquement.

Sophie mit quelques instants à réaliser que Zach venait de tuer Mark sous ses yeux. Curieusement, ce constat n'éveilla en elle ni joie ni horreur. Il lui semblait qu'elle avait assisté à l'accomplissement du destin que Mark avait scellé le jour où il avait accepté de servir les vampires.

Zach fit quelques pas dans sa direction et inclina légèrement la tête de côté pour l'observer. Malgré la rage qu'elle sentait brûler en lui, il ne lui inspirait aucune peur. Elle sentait au plus profond d'elle-même que jamais il ne lui ferait de mal.

Il était son protecteur, son gardien, et il n'avait pas hésité à pénétrer au cœur de l'antre des vampires pour se porter à son secours. Elle lui décocha un pâle sourire et il s'approcha encore un peu plus. Sophie tendit faiblement la main vers sa tête pour l'effleurer d'une caresse.

Mais à cet instant précis la lumière de la cave se mit à clignoter. Et, juste avant qu'elle ne s'éteigne et plonge la pièce dans les ténèbres, Sophie aperçut les silhouettes menaçantes qui commençaient à descendre l'escalier et s'avançaient vers eux.

Sans hésiter un seul instant, Zach se retourna et leur fit face.

23

De tous les garous, les loups étaient les seuls qui refusaient de se rendre ou de battre en retraite. Lorsqu'un loup se battait, c'était forcément jusqu'à la mort.

Possédé par la rage propre à son espèce, Zach fit face aux vampires qui s'avançaient dans sa direction. Il ne céderait pas. Il livrerait bataille jusqu'à ce que le dernier de ses ennemis ait été détruit ou que lui-même ait rejoint les esprits de ses ancêtres dans le *majir*.

L'odeur du sang de Sophie emplissait ses narines et alimentait sa colère. Il se battait surtout pour elle, pour protéger son corps qui se trouvait juste derrière lui, pour l'arracher aux monstres qui avaient commis l'erreur de l'enlever.

Zach se ramassa sur lui-même, prêt à bondir sur ses adversaires qui descendaient les marches. Tant qu'il ne serait pas trop gravement blessé, il pourrait continuer à les retenir. Car l'étroit escalier ne permettait pas le passage de plus de deux hommes de front.

Il avait déjà tué un certain nombre des vampires qui avaient tenté de s'interposer entre Sophie et lui lorsqu'il suivait sa piste.

Zach gronda avant de passer à l'attaque. D'un coup de ses griffes acérées, il éventra le premier vampire qui s'était avancé.

— Tuez-le, bande d'imbéciles ! s'exclama une voix de femme en haut de l'escalier. Ces animaux doivent comprendre une fois pour toutes qu'ils ne sont pas les bienvenus ici !

Zach renifla l'odeur de celle qui paraissait commander la horde. Elle était âgée et puissante et le mal qui l'habitait était profond. S'il parvenait à la détruire, il porterait un coup décisif à leur organisation. Hélas ! elle prenait soin de rester en arrière et de lui envoyer ses serviteurs.

L'un d'eux se rua vers lui, toutes griffes dehors. Zach n'esquiva son attaque qu'à la dernière seconde de façon à le prendre par surprise. Il n'eut probablement pas le temps de comprendre ce qui venait de lui arriver et s'effondra sur le sol comme un pantin désarticulé.

Derrière lui, Sophie avait dû perdre connaissance car il ne l'entendait plus bouger. Sa respiration était légèrement sifflante, indiquant qu'elle devait avoir plusieurs côtes cassées.

Cette pensée décupla sa fureur et il poussa son avantage, étripant le plus proche des vampires qui bascula à terre en poussant un hurlement strident. Les autres hésitèrent, sentant qu'ils avaient affaire à un adversaire bien plus dangereux que les garous qui commettaient généralement l'erreur de s'introduire dans l'enceinte de la propriété.

Zach poussa un cri de défi, les invitant à s'avancer s'ils l'osaient. Mais une prodigieuse explosion se fit alors entendre, quelque part sur la propriété. Un instant plus tard, des cris de panique retentissaient un peu partout.

Humant l'air, Zach comprit que l'offensive conjointe des tribus avait commencé plus tôt que prévu. Le jour ne s'était pas encore levé, mais déjà les garous déferlaient sur la villa de Mark, massacrant tous les vampires qui se trouvaient sur leur passage.

Zach aurait voulu se porter au secours de Sophie, mais il sentait que, s'il se retournait, ceux qui se trouvaient encore sur les marches en profiteraient pour attaquer. Il passa donc de nouveau à l'offensive, blessant un autre vampire.

La femme qu'il avait sentie lança alors un cri de colère et de défi et, repoussant sans ménagement ses serviteurs, s'avança à sa rencontre. Elle était bien plus rapide que ceux qui l'avaient précédée. Et il semblait évident que ce n'était pas son premier combat contre un loup-garou.

Contrairement aux autres, elle anticipait ses attaques, se gardant de ses griffes qui fendaient l'air sans parvenir à la toucher. Elle projeta alors dans sa direction une décharge d'énergie psychique d'une telle violence qu'il fut projeté en arrière et alla heurter le mur le plus proche.

A peine eut-il le temps de se relever que déjà elle repassait à l'attaque. Fort heureusement, encouragés par son succès, les autres vampires s'avancèrent à leur tour, ce qui eut pour effet d'entraver ses mouvements.

— Reculez-vous, bande d'imbéciles ! leur ordonna-t-elle, furieuse.

Ils s'exécutèrent aussitôt, mais, au même moment, plusieurs garous d'autres tribus dévalèrent les marches conduisant à la cave. Leur offensive fut si violente que les vampires furent repoussés vers le bas de l'escalier, forçant leur chef à avancer elle aussi.

Voyant qu'elle était acculée par ses propres troupes, Zach bondit sur elle et lacéra son corps de plusieurs coups de griffes. Elle mourut en l'accablant d'injures, mais déjà il prenait à revers les vampires qui tentaient désespérément de repousser les garous qui les avaient acculés.

Insatiable, Zach étripait ses adversaires les uns après les autres. Couvert de sang, il s'abandonnait avec délice à l'ardeur de cette bataille. Plus rien n'existait que cette danse de mort qu'il accomplissait avec exaltation.

S'abandonnant à la joie sauvage de ce massacre, il ne se rendit pas même compte qu'il avait franchi le point de non-retour et abandonné derrière lui les derniers vestiges de conscience qui lui restaient pour ne plus faire qu'un avec la bête.

24

Sophie était étendue, parfaitement immobile, entourée d'une nuée d'esprits surgis du *majir*.

Autour d'elle, tout n'était que silence et ténèbres

Tu ne fais plus qu'un avec nous, désormais, tout comme nous ne faisons plus qu'un avec toi. Laisse-nous te guérir, petite sœur, laisse-nous te ramener vers ton monde…

Sophie s'abandonna à eux, les laissant atténuer ses souffrances et guérir son corps. Pendant ce temps, son propre esprit dérivait librement au sein du *majir*.

Pourtant, quelque chose l'empêchait de goûter pleinement cette paix intérieure.

Quelque chose ou plutôt quelqu'un.

Est-ce Lucy ?

Non. Lucy était morte. Cela, Sophie avait fini par l'accepter, de même qu'elle avait accepté sa part de responsabilité dans cette mort. Mais Lucy avait été vengée, à présent, et elle pourrait reposer en paix.

Qui alors ?

Comme elle s'interrogeait à ce sujet, Sophie perçut le son d'autres voix qui ne venaient pas du *majir*, mais bien du monde des hommes. Tendant l'oreille, elle écouta leur conversation.

— Tout ira bien, à présent, disait l'une d'elles.

C'était une voix familière, une voix d'homme caverneuse et bourrue qui, pour une obscure raison, lui faisait penser à du miel.

— Ne t'en fais pas, les esprits du *majir* s'occupent d'elle.

— J'espère qu'elle se rétablira rapidement, répondit une voix de femme, beaucoup plus jeune.

Julia.

— C'est notre chamane, ajouta-t-elle.

— Je sais, acquiesça l'homme.

Sophie se souvint alors qu'il s'appelait Cullen et qu'il était l'un des chamans du peuple des Ours. Elle pouvait le voir en esprit : il se tenait debout devant la fenêtre de la chambre dans laquelle elle-même était allongée.

Julia se tenait près du lit et lui tenait la main. Son visage trahissait un mélange d'espoir et d'appréhension, comme si elle n'était pas sûre de pouvoir faire confiance à Cullen. Son inquiétude disait mieux que des mots combien elle s'était attachée à elle au cours de ces derniers jours.

Suivant son regard, Sophie aperçut son propre visage. Il était livide et couvert de contusions. Sa lèvre était fendue et elle avait un œil au beurre noir. Mais ce que Julia ne pouvait voir, c'était les esprits du *majir* qui se pressaient autour d'elle, favorisant sa guérison à l'aide de leurs prières et de leurs incantations.

Une silhouette se dessina alors dans l'embrasure de la porte. Comme à son habitude, Eric était vêtu de son blouson de cuir fatigué. Mais son bras était retenu par une écharpe et son visage marqué par les combats qu'il avait livrés.

— Comment va-t-il ? lui demanda Julia.

— C'est difficile à dire, soupira Eric. Il n'a toujours pas repris forme humaine et il ne laisse personne l'approcher en dehors de Brun.

— Si seulement elle pouvait se réveiller, soupira sa cousine. Je suis sûre qu'elle saurait quoi faire.

— Peut-être, acquiesça Eric. En tout cas, elle lui doit

la vie. Je n'avais jamais vu quelqu'un se battre de cette façon depuis la mort de ton père.

— Il est toujours convaincu que c'est à cause de lui que papa est mort.

Eric hocha la tête.

— Combien de temps crois-tu qu'il lui faudra pour se remettre ? demanda-t-il en désignant Sophie.

— Elle a six côtes et un bras cassés, une fracture du crâne et une commotion cérébrale, indiqua le chaman des ours. Les esprits sont en train de la soigner, mais il faut être patients. Cela prendra du temps…

— Malheureusement, Zach n'en a plus beaucoup devant lui, répondit Eric d'un air sombre. Son organisme s'épuise. Et, s'il ne se retransforme pas rapidement, il risque de ne plus jamais y parvenir.

— Je sais, acquiesça Cullen. Mais vous connaissez nos lois : la survie du chaman est prioritaire sur celle des autres membres du clan quels qu'ils soient.

— Faites que les choses n'en arrivent pas là, murmura Julia en serrant les doigts de Sophie entre les siens. Tâche de guérir très vite, ajouta-t-elle à son intention. Nous avons vraiment besoin de toi.

— Je vais redescendre, déclara Eric. Peut-être que si je lui prépare quelque chose à manger, il acceptera de se nourrir…

— Il n'a toujours rien avalé ? s'enquit Cullen.

Eric secoua la tête.

Sophie observa de nouveau son corps et remarqua que son œil au beurre noir commençait à s'estomper, de même que la vilaine entaille qui fendait sa lèvre inférieure. La magie des esprits était à l'œuvre et, bientôt, elle serait complètement remise de sa confrontation avec Mark.

Elle ne pouvait oublier cependant que, si un tel miracle était possible, c'était uniquement grâce à Zach qui n'avait pas hésité à aller la chercher jusqu'en enfer.

Elle ignorait comment il était parvenu à la retrouver, mais elle se souvenait parfaitement de la façon dont il avait surgi pour se battre avec Mark. Elle se rappelait aussi la toute dernière image qu'elle avait gardée de lui, tandis qu'il faisait face aux vampires qui tentaient de pénétrer dans la cave pour pouvoir l'encercler.

Elle avait dû perdre connaissance car elle ne gardait aucun souvenir de la fin de cette bataille. Contre toute attente, il semblait avoir survécu à la confrontation. Il était pourtant évident que quelque chose n'allait pas et que cela inquiétait au plus haut point les membres de son clan.

Sophie jeta un coup d'œil en direction de la porte de la chambre. Elle se demanda ce qui se produirait si elle décidait de sortir en laissant son corps derrière elle. Serait-elle ramenée de force ? Ou pourrait-elle continuer à déambuler à sa guise comme un fantôme ?

Elle se promit de tenter l'expérience dès qu'elle en aurait l'occasion. Mais pour le moment la seule chose qui importait à ses yeux, c'était de découvrir ce qui était arrivé à Zach.

Toute la question était de savoir comment elle était censée réintégrer son corps. Comme elle se posait cette question, les esprits du *majir* qui étaient en train de la soigner se tournèrent vers elle et lui firent signe d'approcher. Elle s'exécuta et se pencha vers son propre corps endormi.

Il lui sembla alors basculer en avant et tomber à une vitesse prodigieuse. Puis elle fut de nouveau plongée dans les ténèbres...

La première chose qu'elle remarqua fut le martèlement entêtant qui se faisait entendre au sein de cette obscurité. Il lui fallut un certain temps pour comprendre qu'il s'agissait des battements de son propre cœur.

Elle rouvrit alors les yeux et fixa le plafond craquelé de sa chambre. Son corps tout entier la faisait souffrir et elle avait la désagréable impression d'être passée sous un autobus. Une douleur atroce lui vrillait le crâne et chacune de ses inspirations était un véritable supplice. Et, pour ne rien arranger, il émanait d'elle une odeur désagréable de transpiration, de sang et de poussière. Sa bouche était aussi sèche qu'un vieux morceau de parchemin.

Mais elle était vivante.

Quelqu'un glissa précautionneusement un bras sous ses épaules pour l'aider à se redresser et Sophie dut lutter contre un brusque accès de vertige. Puis on posa un verre contre ses lèvres et elle but avidement avant de se mettre à tousser.

Cette réaction réveilla aussitôt la douleur qui lui transperçait les côtes et elle eut l'impression qu'on lui enfonçait un poignard dans la poitrine.

— Doucement, murmura Cullen.

— Mais qu'est-ce que c'est que cette mixture ? s'exclama Julia en fronçant le nez d'un air dégoûté. Ça pue !

Cullen continua à administrer à Sophie ce détestable médicament.

— C'est excellent pour la santé, répondit Cullen en souriant. Si tu veux, je t'en mettrai un peu de côté.

— Certainement pas ! s'exclama Julia. Dieu seul sait ce qu'il peut bien y avoir là-dedans…

— Il vaut peut-être mieux que tu ne le saches pas, en effet, acquiesça malicieusement Cullen. Bonjour, Sophie. Bon retour parmi les vivants.

La boisson qu'il lui faisait ingérer évoquait un croisement de pétrole et d'algues marines auquel on aurait ajouté du musc et une certaine quantité de menthe, probablement pour tenter de dissimuler ce goût atroce. En fait, songea-t-elle, ça ressemblait à une sorte de dentifrice au gasoil.

Elle se remit à tousser, recrachant la moitié de la dernière gorgée qu'il lui avait fait avaler.

— Mais tu vas finir par la noyer ! protesta Julia en arrachant le verre des mains de Cullen.

Sophie demeura parfaitement immobile, luttant contre la nausée. Dans son ventre, le liquide paraissait avoir explosé, répandant à travers son corps une sensation de chaleur presque insoutenable. La sensation était si violente, en fait, qu'elle lui faisait presque oublier ses douleurs, ce qui était peut-être le but recherché.

Julia la prit alors dans ses bras et la serra affectueusement contre elle. Sophie s'abandonna à cette étreinte et inspira avec reconnaissance l'odeur familière de la sœur de Zach, celle de son clan.

Elle se concentra alors sur les esprits du *majir* qui avaient repris leur place habituelle à la périphérie de sa vision.

Nous avons fait tout ce qui était en notre pouvoir. A présent, c'est à toi d'agir.

Sophie s'humecta les lèvres et fit mine de parler, mais elle semblait avoir momentanément perdu sa voix.

— Bois encore un peu, l'encouragea Cullen.

— Tu vas la tuer ! protesta Julia.

— Tais-toi, gamine, et laisse faire les hommes d'expérience !

Sophie parvint enfin à retrouver sa voix.

— Où est Zach ? articula-t-elle.

Julia et Cullen se figèrent.

— Repose-toi, lui conseilla enfin le chaman. Tu sors tout juste d'une transe de guérison. Tu as besoin de calme…

— Zach, insista Sophie. Où est-il ?

— En sécurité, répondit Cullen en posant le verre sur la table de nuit de la jeune femme. Nous avons fait en sorte qu'il ne puisse faire de mal à personne, y compris à lui-même.

— Il n'arrive pas à recouvrer son apparence humaine, expliqua Julia sans tenir compte du coup d'œil réprobateur que lui lança Cullen. Il a succombé à une crise de rage guerrière et il ne parvient plus à reprendre le contrôle…

— Ça suffit, intervint Cullen. Sophie a besoin de repos. Je ne tiens pas à ce qu'elle succombe à un contrecoup. Si tu ne sais pas tenir ta langue, je vais devoir te demander de partir !

— Laisse-la tranquille, protesta Sophie d'une voix qu'elle aurait voulue plus ferme. Il faut que je voie Zach.

— Mais tu n'es même pas capable de tenir debout, objecta Cullen. Tu as besoin de manger et de te reposer. Sans cela, tu ne pourras jamais aider qui que ce soit.

Sophie commençait à être lasse de tous ces gens qui prétendaient lui dicter sa conduite.

— J'aimerais commencer par faire un brin de toilette, déclara-t-elle. Julia, est-ce que tu pourrais m'aider ?

— Bien sûr ! s'exclama cette dernière. Je vais chercher tout le nécessaire.

Julia aida Sophie à se recoucher puis s'élança en direction de la porte. Elle faillit heurter le chambranle puis disparut dans le couloir, toujours au pas de course. Sophie se tourna alors vers Cullen qui, vu d'en bas, paraissait encore plus grand et plus imposant que d'ordinaire.

— Qu'est-il arrivé à Zach ? lui demanda-t-elle.

— Tu ne connais pas encore très bien les loups, répondit le chaman.

Elle remarqua alors que ses yeux bleus étaient cernés de noir.

— De toutes les tribus, ce sont les meilleurs chasseurs de vampires, reprit-il. Mais ce n'est pas pour cela qu'ils sont si célèbres.

Sophie hocha la tête, l'invitant à poursuivre.

— Ce qui les caractérise par-dessus tout, c'est leur ténacité. Une fois qu'ils ont pris une décision, rien ni personne ne peut les détourner de leur objectif. Et, lorsqu'ils décident de se battre, ils vont jusqu'au bout... Nous pouvons tous être sujets à des accès de rage. Et nous devons veiller à contrôler la partie animale de nous-mêmes. Mais c'est beaucoup plus difficile pour les loups...

— Qu'est-ce qui les déclenche ?

— Le combat, le plus souvent. Et c'est ce qui s'est passé pour Zach. Cela lui a permis de battre une véritable armée de vampires, de parvenir jusqu'à toi et de vaincre Délia Armitage en combat singulier. Nous avons découvert depuis que c'était elle qui avait pris leur tête...

— Comment pouvez-vous en être sûrs ?

— Parce que nous sommes en train de négocier avec son mari. Il nous a déjà dit que ce n'était pas lui mais Délia qui avait transformé Mark. Apparemment, ils étaient amants. J'imagine qu'elle comptait le faire élire comme successeur de Harold... Mais ce n'est pas ce dont je voulais te parler. Notre principal problème, à l'heure actuelle, c'est Zach. Plus il demeurera sous sa forme animale et plus il lui sera difficile de reprendre forme humaine. Au bout d'un moment, cela deviendra impossible et il sera réduit à l'état de bête sauvage.

Sophie sentit son cœur se serrer dans sa poitrine. L'idée qu'elle était peut-être sur le point de perdre Zach sans même lui avoir avoué ce qu'elle ressentait à son égard lui était insupportable.

— Nous avons déjà été obligés de l'attacher pour qu'il ne blesse pas ceux qui tentaient de le ramener à lui. Mais il est toujours incontrôlable. En fait, je crois qu'il essaie de se sauver...

— Mon Dieu, murmura Sophie en se redressant péniblement sur sa couche.

Elle serra les dents et se força à ignorer la douleur que ce simple geste avait fait naître en elle.

— Ce n'est pas possible, déclara-t-elle. Il faut…

— Sophie ! s'exclama Julia qui venait de revenir avec les produits de toilette qu'elle l'avait envoyée chercher. Je suis là. Tu devrais sortir, Cullen, ajouta-t-elle à l'intention du chaman. Je vais aider Sophie à se laver puis elle ramènera Zach.

Elle posa ses affaires sur le lit et se planta devant l'immense chaman qu'elle toisa sans se démonter.

— Je sais que tu espères la convaincre de rejoindre ta tribu, mais c'est peine perdue. Sophie fait partie de notre clan et elle restera avec nous. Alors va-t'en d'ici et laisse-nous tranquilles.

— Mais elle n'a même pas la force de sortir de son lit, objecta Cullen qui se dirigea néanmoins vers la porte. Je te préviens, gamine, si nous perdons Sophie à cause de toi, tu le regretteras amèrement.

En d'autres circonstances, cet avertissement aurait peut-être convaincu Sophie qu'il était préférable pour elle de faire profil bas. Mais la vie de Zach était en jeu et elle était prête à tout pour le sauver, comme il l'avait fait pour elle à de nombreuses reprises.

— Je n'apprécie pas beaucoup tes menaces, répliqua Julia en fusillant Cullen du regard. D'ailleurs, je t'assure que je ne ferai rien pour mettre la vie de Sophie en danger. C'est notre chamane et je la considère comme une amie.

— C'est réciproque, déclara Sophie en jetant à Cullen un regard lourd de reproches. Peux-tu nous laisser, à présent, pour que je me lave tranquillement ?

Cullen hocha imperceptiblement la tête et se détourna. Il faillit claquer la porte derrière lui, mais la retint à la dernière seconde, estimant peut-être que cette attitude était indigne d'un chaman.

— Je suppose que c'est ce qu'on appelle un ours mal léché ! s'exclama Julia, moqueuse. Je crois bien que, de toutes les tribus, ce sont les plus casse-pieds.

Sophie ne put s'empêcher de sourire : le ton de Julia ne la trompait nullement et elle aurait été prête à parier que la jeune louve avait un faible pour le chaman des ours.

— Je vais t'aider à te débarbouiller un peu, reprit Julia. Je ne sais pas ce qu'il pouvait bien y avoir dans cette cave, mais, à voir dans quel état tu te trouves, cela ne devait pas être très ragoûtant… Et, lorsque nous aurons fini, tu iras t'occuper de Zach, n'est-ce pas ?

Le ton suppliant de la jeune femme et l'angoisse qui se lisait dans son regard la faisaient paraître plus jeune encore qu'elle ne l'était en réalité. En fait, en cet instant, on aurait vraiment dit une petite fille qui avait besoin d'être rassurée.

Sophie prit alors la mesure de sa responsabilité. Elle n'avait pas vraiment compris jusqu'alors à quel point sa meute dépendait d'elle. Mais il était évident qu'aux yeux de Julia elle était la seule capable de sauver son frère.

Si seulement elle ne s'était pas sentie aussi faible…

La maison dans laquelle ils se trouvaient était bien plus vaste que ne le lui avait laissé présager la petite chambre dans laquelle on l'avait installée. Mais elle abritait un clan entier d'ours et ils étaient bien plus nombreux que les loups.

Ils étaient également très nerveux et il ne fallut guère de temps à Sophie pour comprendre que Zach en était la cause. Ainsi que le lui avait expliqué Cullen, il pouvait à tout moment succomber à la rage qui l'habitait.

Si cela arrivait, il serait très difficile de le maîtriser. Ils n'auraient d'autre choix alors que de l'abattre, perspective qui ne les enchantait guère. Car s'il avait été très secoué par l'assaut qu'il avait mené contre les vampires, Zach n'en était pas moins considéré comme un héros par la plupart des garous et notamment les plus jeunes.

Après tout, il avait réussi à faire en quelques heures ce que les tribus de la ville avaient été incapables de faire au cours des dix dernières années. Nombreux étaient donc ceux qui espéraient que Sophie parviendrait à le ramener à la raison.

Après s'être débarbouillée avec l'aide de Julia, celle-ci descendit lentement l'escalier qui conduisait au rez-de-chaussée. Comme elle marquait une pause à mi-chemin, un hurlement terrible se fit soudain entendre. Il trahissait une telle souffrance, un tel désespoir que Sophie ne put réprimer un cri d'effroi.

— C'est Zach, confirma Julia d'un air sombre. On dirait que ça ne s'arrange pas…

Sophie prit une profonde inspiration, s'efforçant de chasser la fatigue et la douleur qui l'assaillaient pour retrouver un semblant d'énergie. Les esprits du *majir* faisaient tout leur possible pour l'y aider, mais il était évident que les soins qu'ils lui avaient prodigués les avaient affaiblis eux aussi.

Elle reprit sa progression et passa devant une salle dans laquelle étaient réunis trois ours qui regardaient un bulletin d'informations traitant d'un mystérieux cambriolage dans le quartier de Hammerheath. Mais sur la table basse étaient posés des fusils à pompe dont la vue lui arracha un violent frisson.

De toute évidence, la tribu avait décidé de ne prendre aucun risque au cas où Zach parviendrait à s'échapper de la cave où il avait été enfermé.

Sophie et Julia pénétrèrent enfin dans la cuisine qui était pleine de monde. Parmi les gens qui se trouvaient là, plusieurs avaient été blessés au cours du raid contre le repaire des vampires. Dès qu'elles pénétrèrent dans la pièce, tous les regards convergèrent dans leur direction.

— Tu ne devrais pas quitter ton lit, lui dit une femme qui, si Sophie devait en croire son instinct et son odorat, devait être la chamane de la tribu des chats.

— Je suis venue voir Zach, déclara Sophie sans se laisser impressionner.

— Très bien, répondit la chamane. Mais la petite doit rester ici. Mieux vaut éviter qu'il y ait trop de monde en bas.

— D'accord, acquiesça Sophie. Attends-moi ici, Julia.

Elle s'approcha de la porte devant laquelle se tenaient deux guerriers de la tribu de l'Ours d'aspect particulièrement imposant.

— Attends un instant, lui demanda l'un d'eux. Je vais appeler Brun. C'est lui qui te mènera à Zach. Il est le seul à pouvoir l'approcher…

Il ouvrit la porte qui conduisait à la cave et descendit les marches.

— Alors, comme cela, c'est vous que Zach a choisie comme compagne ? s'enquit la chamane des chats.

Sophie la considéra avec étonnement. Apparemment, elle se méprenait sur les raisons de sa présence ici.

— Oui, répondit Julia avant qu'elle ait eu le temps de protester. Il est tombé amoureux d'elle au premier regard. C'est d'ailleurs pour cela qu'il a attaqué le repaire des vampires sans attendre que vous vous décidiez à agir !

— Tu devrais contrôler cette gamine, chamane, conseilla le deuxième garde. Elle ne va pas se faire beaucoup d'amis en parlant de cette façon…

Sophie haussa les épaules : elle était convaincue que Julia ne comptait guère sympathiser avec ceux qui se trouvaient là. En revanche, elle aurait bien voulu l'interroger à propos de ce qu'elle venait de dire à son sujet.

Le garde qui était parti chercher Brun revint alors en compagnie de ce dernier.

Brun était méconnaissable. Pâle, les traits tirés, il paraissait avoir vieilli de dix ans. Son regard tourmenté et rougi par le manque de sommeil était souligné de cernes profonds. Ses vêtements portaient de nombreuses traces de griffures et sa tempe gauche s'ornait d'une impressionnante ecchymose.

Pourtant, en apercevant Sophie, il se fendit d'un large sourire qui ne contribua guère à la réconforter. La confiance aveugle que Brun et sa sœur paraissaient avoir en elle ne lui semblait guère justifiée.

— Aide-la, s'exclama Julia à l'intention de Brun. Elle a du mal à marcher.

Cette remarque fit naître dans l'assemblée un murmure teinté d'inquiétude. Brun passa un bras sous les épaules de Sophie pour la soutenir.

— Il est de plus en plus agité, lui avoua-t-il.

— Allons voir ça, répondit Sophie qui sentait se dissiper les effets de la potion que lui avait administrée Cullen.

Si elle ne voulait pas s'effondrer en présence de Zach, elle allait devoir agir très vite. Ils négocièrent difficilement la descente de l'escalier qui conduisait à la cave. Sophie devait s'appuyer simultanément sur la rampe et sur Brun pour pouvoir descendre.

A mesure qu'ils approchaient, elle pouvait sentir l'odeur du loup qu'elle aurait reconnue entre toutes. Mais elle comportait une note différente, à présent, une note de rage si puissante qu'elle paraissait confiner à la folie.

Au bas de l'escalier les attendait l'un des membres de la tribu de l'Ours qu'elle avait déjà croisé lorsque Zach et elle s'étaient entretenus pour la première fois avec Cullen. Dans ses longs cheveux tressés étaient attachés de petits os qui cliquetaient à chacun de ses mouvements.

— Heureuse rencontre, lui dit-il d'une voix basse et rocailleuse. J'ai bien cru que tu ne viendrais jamais, chamane.

— La plupart des membres de ta tribu sont convaincus que j'aurais mieux fait de rester au lit, remarqua-t-elle.

— Mais peu d'entre eux connaissent le *majir* aussi bien que moi, répondit-il.

Cette affirmation aurait pu passer pour de la vantardise, mais en croisant son regard Sophie sut qu'il n'exagérait pas, bien au contraire.

— Si quelqu'un peut encore sauver Zach, c'est toi et toi seule, lui dit-il. Mais ne commets pas d'imprudence : écoute ton instinct et si tu sens qu'il est trop tard, n'insiste pas.

Sophie hocha la tête et le chaman s'écarta pour la laisser passer.

— Où est-il ? s'enquit-elle.

— Il est attaché au mur du fond, lui dit Brun.

— Je le vois, acquiesça Sophie.

De fait, elle distinguait la silhouette de Zach dans la pénombre. Le cœur battant à tout rompre, elle s'avança très lentement. Instantanément, il releva la tête et renifla l'air avant de tourner vers elle ses yeux phosphorescents.

Le grognement sourd qui paraissait s'échapper de lui en continu s'interrompit, remplacé par un silence si soudain et si profond qu'il avait presque quelque chose de religieux. Elle pouvait distinguer les chaînes qui le maintenaient attaché au mur. Plusieurs d'entre elles avaient cédé, indiquant la puissance avec laquelle il avait dû se débattre.

— Brun ? Que dois-je faire ? demanda Sophie, se sentant brusquement dépassée par les événements.

— Est-ce que tu peux t'approcher ? Moi, il ne me laisse pas aller plus loin que cela.

Elle prit une profonde inspiration et fit un pas en avant. Zach ne la quittait pas des yeux, mais il ne fit pas mine de bouger. Sachant qu'elle se trouvait probablement déjà à sa merci, elle s'enhardit à faire un autre pas.

— Et maintenant ? murmura-t-elle.

— Essaie de lui parler, suggéra Brun.

Zach émit un grondement menaçant.

— Ou pas…, souffla Sophie.

Mais elle remarqua alors que le grognement de Zach se terminait sur une notre plus haute, évoquant l'intonation d'une question.

— Zach, c'est moi, Sophie. Je suis venue te dire que j'allais bien… grâce à toi. Il fallait aussi que je te parle…

Il ne répondit pas, mais pencha la tête de côté comme s'il l'écoutait attentivement.

— Zach, est-ce que tu veux bien que je te parle ?

Cette fois, il poussa un rugissement et se projeta en avant de toutes ses forces. Convaincue que sa dernière heure était arrivée, Sophie ferma les yeux et s'apprêta à subir de plein fouet son assaut.

De fait, les dernières chaînes craquèrent, le libérant brutalement. Mais, au lieu de la percuter, il parut rouler sur lui-même avant de la cueillir délicatement au passage.

Ce n'est que lorsqu'ils se retrouvèrent allongés sur le sol l'un contre l'autre qu'elle s'aperçut avec stupeur qu'elle se trouvait à présent *entre ses bras*.

Le pelage qu'elle sentait sous ses doigts lui indiqua que Zach devait se trouver sous une forme hybride, un intermédiaire entre l'homme et l'animal. C'était déjà une victoire, songea-t-elle en rouvrant les yeux.

Elle ne put réprimer un cri d'effroi en découvrant le

visage bestial qui se trouvait à quelques centimètres seulement du sien. Son souffle brûlant effleurait sa joue et ses yeux brillants semblaient faits d'or liquide.

Mais ce qui l'impressionnait le plus c'était la double rangée de dents acérées qui luisaient doucement dans la pénombre. Elle avait parfaitement conscience du fait qu'il lui aurait suffi d'un geste pour lui trancher la gorge.

Pourtant, passé le premier moment de surprise, elle s'aperçut avec une pointe d'étonnement qu'elle n'avait pas peur de lui.

Tout ce qui l'inquiétait, c'était de s'évanouir sous le coup de l'épuisement avant d'avoir pu lui parler.

— Zach, dit-elle d'une voix très douce, reviens, je t'en prie.

Il frémit violemment et elle entendit ses os craquer. De toute évidence, il essayait de lui obéir.

— Zach. Ton clan a besoin de toi. J'ai besoin de toi.

Son squelette poursuivait sa terrifiante restructuration tandis que sa fourrure paraissait refluer sous la peau, révélant un visage qui paraissait de plus en plus humain.

— Ne me laisse pas tomber, ajouta-t-elle. Pas après tout ce que tu as fait ! Tu n'en as pas le droit, c'est compris ?

Il tressaillait à présent de la tête aux pieds. Sa gueule avait déjà fait place à cette bouche qu'elle connaissait si bien.

— S-s-s-s…, souffla-t-il.

Elle comprit qu'il s'efforçait de prononcer son nom. Tendant la main vers lui, elle lui caressa tendrement la joue.

— Encore un effort, l'encouragea-t-elle.

Sa vue commençait à se brouiller et elle savait qu'elle ne tarderait pas à s'effondrer complètement. Mais elle serra les dents, bien décidée à ne pas laisser tomber celui qui avait toujours été là pour elle.

— S-s-so-phie, articula-t-il enfin d'une voix qui n'était plus celle d'une bête.

Un sourire radieux se dessina sur les lèvres de Sophie qui, s'autorisant enfin à lâcher prise, perdit brutalement connaissance.

25

Deux jours après l'attaque des tribus sur la villa de Hammerheath, Zach ne parvenait toujours pas à comprendre comment Sophie avait réussi à parachever son initiation chamanique entre le moment où elle avait été enlevée par les vampires et celui où elle était parvenue à l'arracher à son accès de rage destructrice.

Une chose en tout cas était certaine : cela faisait près de quarante-huit heures qu'elle était plongée dans une transe chamanique qui lui avait permis de se soigner presque complètement et de retrouver l'énergie qu'elle avait perdue.

Korn lui-même s'était déclaré impressionné par la maîtrise psychique dont elle faisait preuve. Après avoir consulté le *majir,* il avait affirmé à Zach que Sophie était désormais capable d'assumer pleinement son rôle de chamane auprès des membres de son clan.

Il avait ajouté qu'elle faisait preuve d'une intuition étonnante et qu'avec un peu de travail elle n'aurait aucun mal à devenir l'égale des plus grands. Après lui avoir tenu ce discours étonnamment long pour un homme aussi taciturne que lui, Korn avait replongé dans le *majir* d'où il entendait apparemment ne plus émerger avant plusieurs semaines.

Cullen n'avait pas remis en cause les dires de Korn. En revanche, il avait maladroitement présenté ses excuses à Zach et l'avait remercié pour ce qu'il avait accompli.

Zach s'était efforcé de minimiser son rôle, moins par modestie que pour garantir de bonnes relations avec les puissantes tribus de Jéricho City. Il avait également beaucoup discuté de l'avenir avec Eric, Brun et Julia qui paraissaient plus optimistes qu'ils ne l'avaient été depuis la mort de ses parents.

Mais celle avec qui il aurait le plus aimé s'entretenir paraissait décidée à interpréter à la perfection et de façon durable le rôle de la Belle au bois dormant. Cela ne l'empêchait pas de passer des heures à son chevet, d'ailleurs. Sa simple présence avait le don de dissiper les derniers vestiges de rage sanguinaire qui subsistaient en lui.

Ce matin-là, comme souvent, il était assis à côté d'elle et serrait doucement sa main dans la sienne.

Il entendait Julia chantonner dans la salle de bains située au bout du couloir. Eric devait se trouver dans la cuisine avec les chats avec lesquels il s'entendait à merveille. Quant à Brun, il était parti chercher leur camionnette et leurs affaires à leur ancienne adresse.

Comme toujours, Sophie avait les yeux grands ouverts, mais il sembla soudain à Zach qu'au lieu de regarder dans le vide, comme c'était généralement le cas, elle fixait le plafond au-dessus d'elle.

Il l'observa plus attentivement, cherchant à déterminer si ce n'était pas un tour que lui jouait son imagination. Pourquoi ne lui disait-elle rien ? Lui en voulait-elle ? Avait-elle peur de lui ?

Il avait demandé à Brun si, lorsqu'elle était venue lui parler, il avait fait mine de l'attaquer. Son frère lui avait affirmé que non. Quant à lui, il n'avait aucun moyen d'en être certain, bien sûr…

Le silence s'éternisa et il sentit les battements de son cœur s'accélérer tandis que la tension montait en lui.

Puis Sophie repoussa brusquement ses couvertures et se redressa.

— Vas-y doucement, lui conseilla-t-il.

Elle se tourna vers lui et lui décocha un sourire moqueur.

— Tu ne crois pas que deux jours de catalepsie, c'est assez long comme cela ? lui demanda-t-elle malicieusement.

Zach était trop stupéfait pour lui répondre. Ce n'était pas vraiment ainsi qu'il avait imaginé son réveil.

— Ce dont j'ai besoin, déclara-t-elle, c'est de prendre une bonne douche, de me brosser les dents et d'enfiler des habits propres.

Au moins, elle paraît en forme, songea Zach.

— Très bien, acquiesça-t-il en s'efforçant de ne pas laisser son regard s'attarder sur l'échancrure de sa chemise de nuit. Je vais voir ce que je peux faire…

Elle surprit son regard et haussa un sourcil mi-amusé, mi-réprobateur. Il ne put s'empêcher de remarquer cependant qu'elle ne faisait pas mine de rajuster son vêtement.

— Sophie…

Il s'interrompit, ne sachant trop par où commencer.

Je suis désolé.

Comment te sens-tu ?

Je t'aime…

Elle se leva avant qu'il ait eu le temps de se décider et vint se planter devant lui. Là, elle plongea ses doigts dans ses cheveux et se pencha pour déposer un baiser sur ses lèvres.

— Si tu savais comme j'ai eu peur pour toi, lui dit-elle.

Tétanisé, il se contenta de la fixer d'un air interdit, ne sachant que répondre à cela.

Elle a eu peur pour moi ?

Cela paraissait n'avoir aucun sens. Il avait eu peur pour elle, lorsqu'elle avait été enlevée. Sans doute avait-elle eu peur de lui lorsqu'il avait succombé à cet accès de rage…

— J'ai bien cru que tu ne reviendrais jamais, soupira-t-elle.

Zach hocha la tête. Cela, au moins, il pouvait le comprendre : lui-même n'avait jamais été aussi terrifié que lorsqu'il s'était senti déraper inexorablement vers l'abîme. Mais ce qui lui avait fait le plus peur c'était l'idée que, s'il se muait en animal, il la perdrait à tout jamais.

— Est-ce que ça va, toi ? articula-t-il enfin.

— J'ai besoin d'une douche, de nouveaux habits, d'un solide petit déjeuner… Et je rêve d'un café !

— Sophie…

— Ils pensent tous que je suis ta compagne, l'interrompit-elle en fronçant les sourcils.

Jamais il ne l'avait trouvée aussi belle qu'en cet instant.

— Ils disent que si tu as tué tous ces vampires pour me sortir de là, c'est parce que tu étais amoureux de moi…

— Eh bien…

— Tu as même tué Mark… Tu sais qu'il voulait me torturer à mort ?

Zach hocha la tête. C'était l'un des derniers souvenirs vraiment conscients qu'il conservait de ce qui s'était passé cette nuit-là.

— J'imagine que c'est ce qu'il a toujours voulu, au fond, soupira-t-elle.

— Sophie…

— Tu sais, le coupa-t-elle de nouveau, tu n'es vraiment pas quelqu'un de fréquentable. Tu commences par m'enlever, puis tu t'introduis chez moi par effraction, tu me kidnappes de nouveau, tu me balades à travers toute la ville et tu finis par tuer mon ex-mari… C'est vraiment une curieuse façon de séduire une femme, tu ne crois pas ?

— Eh bien, je…

— Et, en plus, tu n'arrêtes pas de me couper la parole, déclara-t-elle avec une mauvaise foi consommée.

Elle tendit la main vers sa joue et la caressa du bout de l'index, lui arrachant un violent frisson.

— Et j'oubliais le fait que tu n'es même pas vraiment un humain…

Elle sourit d'un air malicieux.

— Mais j'imagine que j'ai toujours eu des goûts étranges en matière de petits amis, soupira-t-elle.

Le cœur de Zach se remit à battre la chamade tandis qu'une vague d'espoir le submergeait.

— Tu sais que le soir où nous nous sommes rencontrés, Lucy venait de me dire qu'il était grand temps que je rencontre de nouveau quelqu'un. Et j'imagine que, quitte à sortir avec un inconnu rencontré dans une boîte de nuit, le fait qu'il m'ait sauvé la vie à trois reprises doit être considéré comme un point en sa faveur… Et qui sait ? Peut-être parviendrai-je à corriger tes mauvaises habitudes. Mais, pour le moment, j'ai vraiment besoin d'une douche et d'un café.

Sur ce, elle fit un pas en arrière et il en profita pour la dévorer du regard sans le moindre état d'âme, cette fois. Sa chemise de nuit dévoilait de longues jambes au galbe parfait qui paraissaient aussi douces que la soie.

A l'idée de laisser courir sa paume sur sa peau, il sentit monter en lui un désir dont l'intensité le stupéfia. Il la suivit des yeux jusqu'à la porte qui donnait sur la salle de bains.

— Je m'occupe du café, déclara-t-il enfin en se levant.

— Et des vêtements qui ne sentent pas le vampire ? lui demanda-t-elle.

En l'entendant faire allusion aux vampires, il sentit monter en lui une pointe de colère brûlante. Sophie dut s'en rendre compte car elle s'approcha aussitôt de lui et posa doucement la main sur son bras.

— Hé, fit-elle, c'est fini...

Il inspira profondément, se gorgeant de cette odeur qui lui paraissait à la fois apaisante et terriblement érotique. Elle lui décocha alors un petit clin d'œil.

— Ça va mieux ? lui demanda-t-elle.

Il détourna les yeux, craignant de ne pouvoir contrôler l'envie qu'il avait de la prendre dans ses bras et de la dévorer de baisers avant de l'entraîner vers le lit pour lui faire l'amour avec toute la passion dont il était capable.

— Ne nous abandonne pas, lui dit-il enfin. Tu es notre chamane et nous avons besoin de toi. J'ai besoin de toi.

— Zach...

— Tu sais qui nous sommes, à présent. Tu sais que, même si nous n'avons pas toujours agi de la meilleure façon qui soit, nous n'étions pas animés par de mauvaises intentions...

Elle posa ses doigts sur ses lèvres.

— Tais-toi, lui dit-elle. Je sais que tu as besoin de moi, que vous avez tous besoin de moi. Les esprits du *majir* me l'ont dit. Ils m'ont aussi raconté pourquoi tu avais refusé de devenir le chef de ton clan, lorsque votre maison a brûlé. Et je sais aussi que tu te sens coupable de la mort de Kyle parce que, si tu avais accepté ce rôle, il serait probablement encore vivant aujourd'hui...

Zach ne répondit pas, troublé de découvrir tout ce qu'elle savait de lui.

— Cette culpabilité est quelque chose que nous avons en commun. C'est elle qui m'a fait accepter les mauvais traitements de Mark, qui m'a fait me cacher lorsque j'ai enfin obtenu la séparation... Et je crois que nous ne nous sommes pas rencontrés par hasard, Zach. Il est temps pour toi comme pour moi de nous défaire de ce mauvais penchant. Je suis certaine que tu deviendras un excellent chef de clan. Quant à moi, je suis bien décidée à poursuivre l'enseignement que j'ai commencé auprès des esprits du *majir*. Et, si nous nous soutenons l'un l'autre, je sais que nous saurons faire prospérer notre clan.

Une étrange émotion étreignit la gorge de Zach. Car une partie de lui savait qu'elle disait vrai et que tant qu'ils seraient ensemble rien ni personne ne pourrait les arrêter. Prenant la main de Sophie dans la sienne, il déposa sur sa paume un baiser qui avait valeur de promesse.

A ce contact, il sentit naître en elle un trouble qui n'avait rien d'innocent. Il la vit rougir légèrement et ses yeux se mirent à briller tandis qu'elle plongeait son regard dans le sien, lui laissant soudain entrevoir les années de bonheur qui les attendaient.

Il se prit alors à espérer que les temps difficiles étaient bel et bien révolus et qu'un nouvel âge commençait pour leur clan et pour eux.

26

Il pleuvait sur le petit cimetière tandis que le prêtre rendait un dernier hommage à la défunte. Mais, lorsque le cercueil commença enfin à descendre dans la fosse, la pluie cessa de tomber et l'épais manteau de nuages se déchira soudain pour laisser apparaître un rayon de soleil.

Assise à l'arrière de la grande berline aux vitres teintées qu'ils avaient louée pour l'occasion, Sophie regarda la bière s'enfoncer lentement. La fenêtre était entrouverte, mais ils étaient trop loin pour entendre les paroles qu'échangeaient les rares personnes assemblées ce jour-là.

Bien sûr, elle aurait pu demander à Zach de tendre l'oreille et de les lui rapporter, mais cela lui aurait semblé légèrement sacrilège.

Ses doigts se crispèrent sur le petit sac à main qui était posé sur ses genoux. C'était le seul souvenir qu'elle avait gardé de Lucy et de sa vie d'avant, le seul objet dont elle ne s'était pas séparée et qui avait échappé à l'incendie de son appartement.

Une fois de plus, elle laissa son regard errer sur ceux qui se trouvaient là : il y avait Margot ainsi que quelques personnes de l'hôpital et quelques-uns des étudiants avec lesquels elle avait suivi les cours du soir. Il y avait en fait bien plus de personnes qu'elle ne l'aurait pensé et certaines avaient même les larmes aux yeux.

Margot ne pleurait pas, bien sûr. Après tout, elle était bien placée pour savoir que tout ceci n'était qu'une mise en scène. Ne lui avait-elle pas parlé le matin même du jour où l'on avait retrouvé le corps de la jeune femme anonyme que l'on enterrait aujourd'hui sous le nom de Sophie Wilson ?

De temps à autre, Margot observait les alentours comme si elle s'attendait à tout moment à voir Sophie surgir pour clamer qu'elle était bien vivante.

L'inspecteur Andrews était là, lui aussi, et c'était justement Margot qu'il étudiait comme s'il la soupçonnait de lui cacher quelque chose. Apparemment, sa supérieure hiérarchique avait jugé préférable de taire ce qu'elle savait. Dans le cas contraire, cet enterrement n'aurait pas eu lieu d'être.

Andrews faisait-il partie des policiers qui travaillaient pour Armitage ? Etait-il au contraire un policier intègre et perspicace qui soupçonnait cette affaire de cacher quelque chose de bien plus grave ? Ils ne le sauraient probablement jamais.

Sophie avait interrogé le *majir* à ce sujet, bien sûr, mais les esprits étaient restés vagues, indiquant seulement qu'Armitage était un homme aussi complexe que secret…

— Tout va bien ? lui demanda Zach, la tirant brusquement de ses pensées.

— Oui, lui assura-t-elle. Mais jamais je n'aurais pensé assister un jour à mes propres funérailles !

— Ce n'est pas donné à tout le monde, concéda Zach. Mais est-ce que tu es sûre que c'est réellement ce que tu veux ? Et es-tu bien certaine que tu veux faire partie pour toujours de notre meute ?

Sophie acquiesça en souriant. C'était ce qu'elle admirait et qu'elle aimait chez lui : jamais il ne tenait sa présence pour acquise. Il estimait toujours devoir la mériter, tout comme il devait mériter l'obéissance de son clan et ce rôle de chef qu'il assumait avec tant de droiture et d'intégrité.

Sophie, quant à elle, savait que jamais elle ne quitterait le clan. En son sein, elle avait trouvé l'homme qu'elle aimait plus que sa propre vie, la famille qui lui avait toujours fait défaut et l'équilibre et la spiritualité que lui apportait son rôle de chamane.

Elle avait aussi appris à aimer les autres membres de cette communauté : Julia qui était toujours à la fois si exigeante et si fidèle en amitié, Eric qui était un roc sur lequel chacun d'entre eux pouvait se reposer et Brun qui par sa gentillesse et son humour les aidait à traverser les moments les plus difficiles.

— Je suis sûre de moi, répondit-elle. De toute façon, j'ai déjà été déclarée morte. Pourquoi me manifesterais-je soudain au risque de susciter toutes sortes de questions et d'interrogations ? Ce n'est pas comme si l'héritage en valait la peine…

— Mais tu pourrais finir ta formation, remarqua Zach.

— Crois-tu vraiment que j'aie envie de devenir assistante sociale alors que j'ai décroché un poste de chamane au sein d'une meute de loups ?

— Je reconnais que c'est autrement plus complexe, répondit-il en riant. Mais je ne voudrais pas que tu aies des regrets par la suite, Sophie.

— C'est peu probable, lui avoua-t-elle. Ma vision du monde a tellement évolué au cours de ces dernières semaines que je ne sais même pas si je serais encore capable de faire ce métier…

Ses responsabilités de chamane, en revanche, l'amenaient chaque jour à découvrir de nouveaux horizons, à élargir sans cesse sa vision du monde et de ses habitants…

Auprès de la tombe, ceux qui avaient assisté au service se séparaient déjà, échangeant quelques paroles avant de partir par petits groupes tandis que les fossoyeurs s'activaient déjà pour combler la tombe.

— Ce flic risque de nous causer des ennuis, remarqua Zach d'un air sombre.

— Les chamans des différentes tribus m'ont assuré qu'ils veilleraient à ce que son enquête n'aboutisse pas.

La seule chose qui l'ennuyait, en réalité, c'était le fait que personne ne connaîtrait jamais la véritable identité de la pauvre fille qui reposait aujourd'hui sous sa pierre tombale. Qui sait si des parents ou un mari ne l'attendaient pas quelque part, espérant qu'elle finirait par réapparaître ?

Tout le monde s'était éloigné, à présent, et seul l'inspecteur Andrews demeurait près de la tombe qu'il contemplait pensivement comme s'il cherchait à en percer les mystères.

Ci-gît Sophie Wilson — Harris, songea Sophie. *Alors qui suis-je à présent ?*

Percevant sa détresse, les esprits du *majir* lui murmurèrent des paroles de réconfort.

Andrews se détourna enfin et s'éloigna, les épaules légèrement voûtées.

Sophie demeura immobile, le cœur battant la chamade, oppressée par la sensation de n'être plus rien ni personne.

Qui suis-je à présent ?

Comme s'il sentait son malaise, Zach tendit le bras vers elle et serra sa main dans la sienne. Autour d'elle, les esprits du *majir* tournoyaient joyeusement.

Elle sut alors qui elle était réellement.

Et elle sut que sa vie précédente n'avait été qu'un prélude à sa véritable existence qui commençait aujourd'hui.

— Il est temps d'y aller, dit-elle.

Zach hocha la tête et démarra doucement. Et, comme leur voiture s'éloignait lentement le long de l'allée principale du cimetière, Sophie aperçut dans le rétroviseur Andrews qui relevait la tête et regardait droit dans leur direction comme s'il avait confusément senti qu'un mystérieux tour de prestidigitation venait de se dérouler sous ses yeux.

Sophie retint son souffle, craignant qu'il ne décroche son téléphone pour demander aux vigiles de les intercepter à l'entrée. Mais il secoua doucement la tête et se remit en marche tandis que de grosses gouttes de pluie recommençaient à s'écraser mollement sur le cimetière.

— Les autres nous attendent avec la camionnette à l'agence de location, lui indiqua Zach en enclenchant les essuie-glaces. Sais-tu où tu veux aller ?

— Tu es encore en train de me kidnapper, on dirait, remarqua-t-elle en souriant.

Il lui rendit son sourire et elle s'émerveilla une fois de plus de la douceur qu'il y avait en lui. Jamais elle n'aurait imaginé qu'un combattant aussi redoutable puisse être aussi le plus tendre, le plus prévenant et le plus passionné des amants.

— Je ne sais pas, Zach, répondit-elle. N'importe où du moment que c'est loin d'ici. Je crois bien que je ne remettrai plus jamais les pieds à Jéricho City.

C'était une impression étrange que de quitter cette ville qu'elle avait toujours connue et qui avait toujours constitué son unique horizon. Elle se sentait libérée comme si, pour la première fois depuis des années, elle allait pouvoir être réellement elle-même.

— Partons pour le Mexique, alors, décida Zach. Depuis que je te connais, je rêve de te voir sur une plage en Bikini.

— Je ne porte pas de Bikini, remarqua-t-elle.

Pendant des années, elle avait évité de le faire pour

dissimuler les marques des coups que lui infligeait Mark.

— Aucun problème, répondit Zach en riant. Si tu ne veux pas porter de maillot de bain, cela me convient aussi parfaitement.

Un sourire malicieux se dessina sur les lèvres de l'homme de sa vie.

Les esprits du *majir* se mirent à chanter.

Jamais Sophie ne s'était sentie aussi heureuse de toute sa vie.

Et ce n'était qu'un début…

Votre avis nous intéresse !

HARLEQUIN

Vous aimez les romans Harlequin ?

Pour mieux vous connaître et vous satisfaire encore davantage, répondez à notre questionnaire en ligne sur :

http://questionnaire.harlequin.fr

collection Azur
collection Blanche
collection Horizon
Passions
BLACK *ROSE*
Prélud'
Les Historiques
Nocturne
BestSellers

Accédez aussi directement au questionnaire en ligne via votre mobile en flashant ce code

NOCTURNE

Pour profiter encore plus de l'univers fascinant
de votre collection préférée,
découvrez 4 nouveaux romans
à partir du 1er janvier.

DANS L'OMBRE DU VAMPIRE, de Rachel Lee - n° 77

- 3ème volet de la série : Le rendez-vous des Immortels -

A peine sortie de l'inconscience, les paupières mi-closes, Dani observe l'inconnu qui, quelques heures plus tôt, l'a sauvée des griffes d'une horde de vampires sanguinaires. Mais alors qu'elle s'apprête à ouvrir les yeux, elle surprend quelques mots échangés entre son sauveur et sa secrétaire. L'effroyable vérité lui apparaît alors : cet homme au charme étrange et à la beauté fascinante fait lui aussi partie du peuple de la nuit. Et même s'il n'a rien à voir avec la bande de rebelles qui l'a agressée, elle doit s'éloigner de lui au plus vite. Fuir avant qu'il ne découvre qui elle est réellement : une sang-mêlée, mi-louve mi-humaine, appartenant à un clan ennemi des vampires...

LA MENACE DE LA NUIT, de Bonnie Vanak - n° 78

Frissonnante, le cœur en déroute, Maggie sent sur elle le regard sombre de l'homme qui vient de l'aborder sur la plage, tandis que le reflet de la lune plonge comme une lame d'argent dans l'océan d'un noir d'encre. Que lui arrive-t-il ? Quelle force mystérieuse la paralyse ainsi et l'empêche de fuir ? Et pourquoi, malgré la silhouette imposante de l'inconnu et le feu étrange qui brûle dans ses yeux, n'éprouve-t-elle aucune crainte en sa présence ? Comme si elle le connaissait déjà, comme si un lien fatal la poussait vers lui, en dépit de toute raison, au risque de voir soudain son destin basculer à jamais...

LE SCEAU DES TÉNÈBRES, de Jenna Kernan - n° 79

Le cœur brisé, Michaela sent les larmes lui monter aux yeux tandis que la chamane lui révèle la vérité sur ses origines : enfant-esprit, elle a hérité de son père des dons surnaturels et doit rapidement rejoindre les siens pour apprendre à contrôler ses pouvoirs. Mais auparavant, elle doit dire adieu à Sebastian, le chasseur farouche et solitaire qui lui a sauvé la vie et dont elle est tombée amoureuse dès le premier regard. En effet, la caste à laquelle il appartient est inférieure à la sienne et toute relation entre eux est interdite par les lois de leurs deux clans...

LA MALÉDICTION DES IMMORTELS , de Maggie Shayne - n° 80

- 2ème volet de la série : Children of Twilight -

Comme James, son frère jumeau, Brigit est mi-humaine, mi-vampire, et dotée de pouvoirs exceptionnels. Mais à l'inverse de James, le guérisseur, Brigit est une guerrière implacable. C'est donc avec au cœur des sentiments de vengeance et de haine qu'au lendemain du désastre qui a coûté la vie à la plupart de ses semblables, elle se lance à la recherche du coupable : Utana, premier des immortels...Prince égyptien dominateur et cruel, Utana est revenu sur terre pour détruire tous ceux qu'il a engendrés. Pourtant, le jour où Brigit se dresse en face de lui, il sent sa détermination faiblir. Car jamais il n'a rencontré de femme aussi belle que Brigit. Et la lueur meurtrière qu'il lit dans son regard la rend plus désirable encore à ses yeux...

www.harlequin.fr

NOCTURNE

Pour profiter encore plus de l'univers fascinant
de votre collection préférée,
découvrez 5 nouveaux romans
à partir du 1er mars.

MORTELLE LIAISON, de Cynthia Cooke - n° 81

A l'âge de vingt ans, Mari Saguna apprend qu'elle est fille de sorcière. Peu à peu, elle expérimente ses pouvoirs immenses et découvre que le monde n'est pas, comme elle le pensait, peuplé seulement d'êtres humains. Un soir, elle fait la connaissance d'un de ces êtres de l'ombre : Nicholaï, un vampire très puissant au charme maléfique dont elle s'éprend dès le premier regard. Peu à peu, contre toute raison, elle se laisse emporter par la magie de cet amour naissant. Jusqu'au jour où elle fait une découverte aussi douloureuse que stupéfiante : son sang de sorcière contient un poison, mortel pour les vampires…

LE POUVOIR DES LOUPS, de Vivi Anna - n° 82

- 4ème volet de la série : La communauté de la nuit -

Membre de la police scientifique de Nouveau-Monde, Sophie St Clair fait partie du clan des loups-garous. Mais si son travail l'a habituée à côtoyer les différents peuples de la nuit : sorcières, lycans, vampires, elle n'est pas prête pour autant à renoncer aux règles de la meute. Pourtant, lorsque Kellen, un vampire venu du bout du monde, fait irruption dans sa vie, elle sait qu'elle va devoir faire un choix crucial entre les lois de son peuple et la passion qu'elle sent brûler en elle…

LE RÈGNE DE LA NUIT, de Bonnie Vanak - n° 83

La proie du vampire : Fille d'un ange et d'un démon, Mara s'apprête à tuer un chasseur de démons qui a juré sa perte. Pour l'en empêcher, la Société, une organisation qui combat le mal, missionne Lucien, un vampire au charme ténébreux. Avec un seul objectif : la séduire...

L'emprise du loup : Samantha, la soeur de Mara, s'est juré de venger ses parents qui ont été tués par un chasseur de primes de la Société. Grayson, le loup-garou, est chargé d'exorciser le démon qui la hante. Mais il porte en lui un lourd secret : c'est lui autrefois qui a éliminé le père de Samantha...

L'ombre du jaguar : Différente de ses deux sœurs, Ariana lutte pour préserver sa part d'ange. Jusqu'au jour où elle se retrouve au centre d'une lutte entre deux mâles dominants : Damian, le jaguar dont elle est amoureuse et Jarrett, le loup, prêt à tout pour s'approprier sa part d'ombre...

LE CERCLE FATAL , de Gena Showalter - n° 84

- 8ème volume de la série : Les seigneurs de l'ombre -

Comme tous les seigneurs de l'ombre, Strider porte en lui un démon. Le sien — celui de la guerre —, lui impose de gagner tous les challenges. Aussi, lorsqu'il rencontre Kaia, la belle harpie, préfère-t-il l'ignorer, de crainte qu'une relation amoureuse avec elle ne se transforme en lutte de pouvoir. Mais lorsqu'elle lui demande de l'accompagner aux Jeux des harpies, il accepte, persuadé qu'il s'agit d'un piège. Un piège mortel tendu à Kaia par ses ennemies, et dont lui seul peut la sauver...

LA CITADELLE DES TÉNÈBRES, de Gena Showalter - n° 85

- 1er volume de la série : Les seigneurs de l'ombre (réédition) -

Depuis l'enfance, Ashlyn Darrow est harcelée par des voix qui ont transformé sa vie en cauchemar. Pour se libérer de ce don maléfique, elle se rend en Hongrie pour rencontrer des spécialistes en la matière. Mais à peine arrivée dans le château où ces êtres étranges mènent leurs travaux, elle tombe amoureuse de Maddox, un homme aussi séduisant qu'inquiétant que ses pairs disent immortel et habité d'un dangereux démon...

www.harlequin.fr

OFFRE DE BIENVENUE

2 romans Nocturne et 2 cadeaux surprise !

Vous êtes fan de la collection Nocturne ? Pour prolonger le plaisir, recevez gratuitement **2 romans Nocturne et 2 cadeaux surprise !**

Une fois votre colis de bienvenue reçu, si vous souhaitez continuer à recevoir nos romans Nocturne, cela se fera automatiquement. Vous recevrez alors tous les 2 mois 4 romans inédits de cette collection au prix avantageux de 6,41€ le volume (au lieu de 6,75€) auxquels viendront s'ajouter 2,95€* de participation aux frais d'envoi.

*5,00€ pour la Belgique

▶ **Vous n'avez aucune obligation d'achat et cette offre est sans engagement de durée !**

Les bonnes raisons de s'abonner :

- Aucun engagement de durée ni de minimum d'achat.
- Vos romans en avant-première.
- - 5% de réduction systématique sur vos romans.
- La livraison à domicile.

Et aussi des avantages exclusifs :

- Des cadeaux tout au long de l'année qui récompensent votre fidélité.
- Des réductions sur vos romans par le biais de nombreuses promotions.
- Des romans exclusivement réédités pour nos abonné(e)s notamment des sagas à succès.
- L'abonnement systématique à notre magazine d'actu ROMANCE.
- Des points cadeaux pouvant être échangés contre des livres ou des cadeaux.

Rejoignez-nous vite en complétant et en nous renvoyant le bulletin !

TZ3F09
TZ3FB1

N° d'abonnée (si vous en avez un) ☐☐☐☐☐☐☐☐

Nom : .... Prénom : ....

Adresse : ....

CP : ☐☐☐☐☐ Ville : ....

Pays : .... Téléphone : ☐☐☐☐☐☐☐☐☐☐

E-mail : ....

☐ Oui, je souhaite être tenue informée par e-mail de l'actualité des éditions Harlequin.

☐ Oui, je souhaite bénéficier par e-mail des offres promotionnelles des partenaires des éditions Harlequin.

Renvoyez cette page à : Service Lectrices Harlequin – BP 20008 – 59718 Lille Cedex 9 - France

Date limite : **31 décembre 2013**. Vous recevrez votre colis environ 20 jours après réception de ce bon. Offre soumise à acceptation et réservée aux personnes majeures, résidant en France métropolitaine et Belgique. Offre limitée à 2 collections par foyer. Prix susceptibles de modification en cours d'année. Conformément à la loi Informatique et libertés du 6 janvier 1978, vous disposez d'un droit d'accès et de rectification aux données personnelles vous concernant. Il vous suffit de nous écrire en nous indiquant vos nom, prénom et adresse à : Service Lectrices Harlequin - BP 20008 - 59718 LILLE Cedex 9. Harlequin® est une marque déposée du groupe Harlequin. Harlequin SA – 83/85, Bd Vincent Auriol – 75646 Paris cedex 13. SA au capital de 1 120 000€ - R.C. Paris. Siret 31867159100069/APE5811Z

Best-Sellers n°543 • suspense

Le manoir du mystère - Heather Graham

Quand l'agent Angela Hawkins accepte de devenir la coéquipière du brillant et séduisant enquêteur Jackson Crow, elle est loin d'imaginer ce qui l'attend. Tout ce qu'elle sait, c'est que la femme d'un sénateur est morte en tombant du balcon de l'une des plus belles demeures historiques du quartier français de La Nouvelle-Orléans. Et que, pour presque tout le monde, elle s'est jetée dans le vide, désespérée par la mort récente de son fils. Mais à peine Angela commence-t-elle son enquête avec Jackson dans l'étrange demeure du sénateur que l'hypothèse du suicide lui semble exclue. Guidée par son intuition et par des visions inquiétantes où elle voit la jeune femme en danger, Angela est en effet rapidement persuadée que dans l'entourage du sénateur, chacun est moins innocent qu'il n'y paraît. Mais de là à tuer ? Et pour quel motif ? Décidés à dévoiler la sombre vérité, Angela et Jackson vont non seulement risquer leur vie... mais, aussi, leur âme.

Best-Sellers n°544 • suspense

Meurtre à Heron's Cove - Carla Neggers

Lorsqu' Emma Sharpe est appelée d'urgence au couvent de Heron's Cove, sur la côte du Maine, c'est en partie en qualité de détective spécialisée dans le trafic d'œuvres d'art au sein du FBI, et aussi en raison des années qu'elle a elle-même vécues ici. Mais elle n'a pas le temps d'en savoir plus, car quelques minutes à peine après son arrivée, la religieuse qui l'a contactée est retrouvée morte. Pour unique piste, Emma doit se contenter de la disparition mystérieuse d'un tableau représentant d'anciennes légendes. C'est alors qu'elle découvre, stupéfaite, que sa famille n'est pas étrangère à l'histoire de cette toile. Se pourrait-il qu'il y ait un lien entre ce vol, le meurtre et son propre passé ? Emma ne sait où donner de la tête. Heureusement, elle peut compter sur la précieuse collaboration de Colin Donovan, un agent secret du FBI solitaire et mystérieux. Même si elle conserve une certaine méfiance vis-à-vis de cet homme qui se moque des règles et semble n'en faire qu'à sa tête. Lancée dans une folle course contre la montre, elle s'immerge avec Colin dans un héritage fait de mensonges et de tromperies. Sans savoir qu'un tueur impitoyable les a déjà dans sa ligne de mire.

Best-Sellers n°545 • thriller

Dans l'ombre du bayou - Lisa Jackson

Lorsque Eve Renner accepte en pleine nuit le mystérieux rendez-vous fixé par Roy, son ami d'enfance, dans un cabanon du bayou, non loin de La Nouvelle-Orléans, elle n'imagine pas qu'elle met le pied dans un véritable guet-apens. Car elle découvre son ami poignardé, le chiffre 212 tracé sur un mur en lettres de sang. Pis encore : Cole, son fiancé, se trouve sur les lieux du crime et tente de la tuer elle aussi… Trois mois plus tard, Eve se remet difficilement de la trahison de Cole, qu'elle aime depuis toujours. Devenue amnésique, elle ne comprend pas ce qui a pu se passer lors de cette nuit de cauchemar. Jusqu'à ce qu'un mystérieux courrier l'incite à chercher dans ses souvenirs d'enfance. Et c'est là que se dissimule non seulement le secret du meurtre de Roy, mais aussi la clé d'autres mystères, plus troubles, plus dangereux encore…

Best-Sellers n°546 • thriller

Face au danger - Brenda Novak

Traumatisée par la violente agression dont elle a été victime trois ans auparavant, Skye Kellermann a mis du temps à surmonter ses angoisses. Ce n'est que depuis peu qu'elle reconstruit son existence autour de l'association d'aide aux victimes qu'elle a créé en Californie avec deux amies. Mais quand elle apprend que son agresseur est sur le point d'être libéré pour bonne conduite, bien avant la fin de sa peine, toutes ses peurs ressurgissent brutalement : comment oublier que c'est son propre témoignage qui a permis d'envoyer cet homme derrière les barreaux ? Lui n'a certainement pas oublié qu'il a tout perdu par sa faute. Le temps presse et Skye n'a qu'une solution : faire ce qu'il faut pour qu'il ne sorte pas de prison, en commençant par prouver son implication dans trois affaires de meurtres survenues à l'époque de son agression, et qui n'ont jamais été résolues... Heureusement, elle peut compter sur l'aide et le soutien inconditionnel de l'inspecteur David Willis, qui est venu la trouver. Car lui aussi en est convaincu : Burke n'en restera pas là.

Best-Sellers n°547 • roman

Le secret d'une femme - Emilie Richards

Lorsqu'elle arrive à Toms Brook, le village natal de sa mère, en Virginie, Elisa Martinez sait que ce qu'elle est venue chercher ici pourrait bien bouleverser sa vie à tout jamais. Aussi courageuse que farouche, elle a appris à cacher derrière une apparente réserve les lourds secrets de son passé. Un passé qui l'a toujours contrainte à fuir de ville en ville, à changer de nom, à taire tout ce qui pourrait la trahir. Pourtant, quand Sam Kincaid lui propose de travailler avec lui, elle sent qu'il lui sera difficile de ne pas ouvrir son cœur à cet homme séduisant et attentionné. Bientôt prise au piège de son attirance pour Sam, Elisa se retrouve déchirée entre la nécessité de protéger ses secrets et le désir de vivre cet amour qu'elle n'attendait plus – un amour qui pourrait bien être la promesse d'une vie nouvelle…

Best-Sellers n°548 • roman

Un si beau jour- Susan Mallery

Vivre enfin ses rêves. C'est le souhait le plus cher de Jenna lorsqu'elle retourne s'installer à Georgetown, dans sa famille, après un divorce douloureux et une vie professionnelle décevante. Aussi, sur un coup de tête, décide-t-elle de lancer un concept innovant : une boutique dans laquelle elle proposera à la fois des accessoires et des cours de cuisine. Une entreprise qui s'avère rapidement être un véritable succès. Mais à peine Jenna retrouve-t-elle sa sérénité et sa joie de vivre, qu'un couple de hippies, Serenity et Tom, débarque dans son magasin et se présente comme ses parents naturels. Bouleversée, Jenna s'insurge contre cette arrivée intempestive. D'autant plus que celle qui prétend être sa mère ne tarde pas à se mêler de sa vie privée. C'est ainsi qu'elle lui présente Ellington, un ostéopathe, certes séduisant, mais qu'elle n'a nullement l'intention de fréquenter ! Et pour couronner le tout, son ex-mari tente désormais de la reconquérir… Submergée par ses émotions, Jenna doute : peut-elle croire à une seconde chance d'être heureuse ?

Best-Sellers n°549 • historique

La rebelle irlandaise - Susan Wiggs

Irlande, 1658.

Lorsque John Wesley s'éveille sous un soleil brûlant, sur le pont d'un bateau voguant au beau milieu de la mer, il peine à croire qu'il est vivant. Autour de son cou, il sent encore la brûlure de la corde… Il aurait dû être exécuté pour trahison, alors pourquoi l'a-t-on épargné ? C'est alors qu'une voix s'élève au-dessus du vacarme des flots : Cromwell, l'homme qui a ordonné son exécution avant de lui offrir un sursis inespéré...Aussitôt, John comprend que son salut ne lui a pas été accordé sans conditions : s'il veut rester en vie et récupérer sa fille de trois ans que Cromwell retient en otage, il doit se rendre en Irlande et infiltrer un clan de rebelles pour livrer leur chef aux Anglais. Une mission simple en apparence, à condition de ne pas tomber sous le charme de la maîtresse des rebelles, la ravissante Catlin MacBride…

Best-Sellers n°550 • historique

Les amants ennemis - Brenda Joyce

Cornouailles, 1793

Fervente opposante à la monarchie, Julianne suit avec passion la tempête révolutionnaire qui s'est abattue sur la France. Et de son Angleterre natale, où les privilèges font loi, elle désespère de voir la société évoluer un jour. Aussi se réjouit-elle quand, au beau milieu de la nuit, un Français blessé débarque au manoir familial de Greystone et lui demande son aide. Julianne ne tient-elle pas là l'occasion rêvée d'apporter sa modeste contribution au mouvement qu'elle soutient ? Et puis, elle rêve d'en apprendre davantage sur le fascinant étranger qui l'a envoûtée dès le premier regard. Mais Julianne est loin de se douter que l'arrivée du mystérieux Français à Greystone ne doit rien au hasard…vivre sous son toit pendant trente jours…

www.harlequin.fr

LECTURE EN LIGNE GRATUITE

sur

www.harlequin.fr

Des romans à lire gratuitement
sur notre site internet.

Chaque lundi et chaque jeudi,
nous mettons à votre disposition
un nouveau chapitre !

Rendez-vous vite sur

Composé et édité par les
éditions HARLEQUIN

Achevé d'imprimer en France (Malesherbes)
par Maury-Imprimeur
en décembre 2012

Dépôt légal en janvier 2013
N° d'imprimeur : 177390